世界孤本小说

世界传世藏书

【图文珍藏版】

马松源⊙主编

线装书局

# 目　录

世界孤本小说

全译插图本

# 失乐园

[日本] 渡边淳一 ◎ 著　　田丽丽 ◎ 译

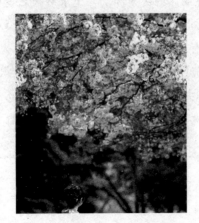

# 导　读

　　渡边淳一,1933 年出生于日本北海道,札幌医科大学毕业,医学博士。毕业后留校担任整形外科讲师,后弃医从文,于 1965 年以小说《列后整容》正式登上文坛,并获得"第 12 届新潮同人杂志奖",1970 年《光与影》获"直木文学奖",1980 年《远方的落日》获"吉川英治文学奖",据其划时代杰作《失乐园》改编的同名电影,获 1997 年国际戛纳电影节金奖。渡边淳一著有 50 余部长篇小说,以及多部散文、随笔集,其中,《樱花树下》是渡边淳一最喜爱的作品,2001 年担任日本直木文学奖评委。渡边淳一不但是当今日本文坛大家,在中国,也是最引人注目、最受欢迎的日本文学巨星之一。

　　《失乐园》是一部描写成熟的男人和女人追求终极之爱的杰作,这是一部梦幻与现实、灵与肉、欢悦与痛楚相互交织的震撼心灵的杰作,奇妙的心理活动与错综复杂的感情纠葛,融入异域特有的四季更迭的绮丽环境里,令人回肠荡气。小说描写男女主人公各自有自己的家庭,因偶遇而相识,从而开始了炽热、执着的不伦之恋,他们并不是因为缺少关爱而去寻找外遇,也不会因为情感老化而走向离婚,他们既厌倦家庭又留恋家庭,他们做出的所有姿势,都是不知如何自卫的自卫,是生命最后的激越阶段的背水一战。

# 上卷

## 洛　日

　　两人呼吸急促地迫不及待紧紧拥抱在一起,此时此刻他们的身体之间,无论是凛子的丈夫也好,灯塔的光线或夜风也好,就连屋里的空气都没有插足之地。他们疯狂地接吻、紧紧地搂着对方,紧密得快要嵌入对方的身体中去了。

　　"好可怕……"

　　从凛子微微启动的朱唇里,流露出了这三个字。久木听了不由自主地停下动作,窥视女人的表情。

　　凛子正躺在久木的怀抱里。她那娇小匀称的身体窝成了一团,男人宽阔的后背覆盖了她。

　　透过床头昏暗的灯光,久木窥见凛子紧蹙着眉头,闭着的眼睑微微颤动,像是在哭泣。

　　此刻,凛子已经挣脱了缠绕女人心灵和肉体的一切束缚,正贪婪地享受着快感,一步步攀上快乐的巅峰。

在即将抵达终点之时,她为什么要说"好可怕……"呢?

久木和凛子已幽会过多次,每次她都会情不自禁地诉说自己的愉悦感受。像"我不行了……""受不了了""救救我……"'之类,虽不尽相同,但都是当凛子的身体到达了愉悦顶点时发自心底的声音。

可是,听她诉说"好可怕……",还是头一次。

久木克制着想要问一问她的冲动,更加用力地抱住了她。在这无论怎么挣扎也逃脱不掉的有力搂抱中,凛子一阵阵轻轻抽搐着,终于到达了快感的顶峰。

过了几分钟之后,久木才开口问她。

在行事之前,凛子一向保持着为人之妻的矜持,现在她羞于自己刚才那番疯狂,微微蜷曲着,把被单拽上来,遮挡了身子。

久木从凛子身后伸过头来,将下颚贴着她浑圆的肩头,轻声问道:

"刚才你说可怕……"

耳畔热乎乎的气息,使凛子倏地一抖,没有吭声。

"你说可怕,什么可怕呀?"

久木又问了一遍,刚刚获得身心满足的凛子才倦懒地低声道:

"只觉得全身的血都在倒流,就跟要涌出来似的……"

这种感觉男人可就体味不到了。

"那不挺舒服吗?"

"当然舒服了,可是,还不光是吗?"

久木追问道。凛子略微停顿了一下,回忆着说:

"就是,快上去的时候,觉得浑身上下就像起了鸡皮疙瘩似的,子宫突然变得像太阳那么火热,那么硕大,从那里涌出的快感流遍了全身……"

久木越听越迷醉于女人肉体那千娇百媚的妖冶,甚至生出一丝妒意。

"就是这儿……"

凛子嗳嚅着,轻轻把手放在小腹上,闭着眼睛说:

"按说不会到这儿来,可你却是那么深,那么有力地刺了进来,简直要把人头盖骨都穿透了,真恨不得由你随便发落算了……"

说到这儿,凛子突然紧紧搂住了久木,久木也更加使劲儿地搂住她那灼热的身躯,真切地感到凛子的感受力又进了一步。

事毕之后两人都喜欢依偎着入睡,近来两人入睡的姿势大多是女人稍稍侧着身子,仰脸枕在男人的左胸上,下半身和男人紧贴在一起,相互缠绕着。

现在两人也是这样躺着。过了一会儿男人慢慢地把手伸到女人的后背,上下摩挲起来。此时的凛子似乎忘却了刚才的疯狂,静如处子,小狗似的温顺地闭上双眼,享受着从脖颈一直到整个后背的爱抚。

凛子的皮肤润滑柔软,听久木赞美她的皮肤好,凛子便小声说:"那还不是拜你所赐啊。"满足的爱的行为令女性体内血脉畅流,促进了荷尔蒙的分泌,使肌肤变得滑润。听到女人的夸赞,久木很得意,更卖力地爱抚起来,渐觉有些疲乏,手指的移动慢了下来,凛子也在纵情欢爱后的满足与安心感中,慢慢合上了眼睛。

两人每次入睡时的姿势都很舒服,可是醒来后有时凛子的头压在久木的肩膀上,压得他胳膊发麻;有时两人上身不挨着,只有下肢搅在一起。今天睡醒后什么样子还难说呢。

但是,不管什么姿势,男人和女人事后都喜欢身体不即不离,恰到好处地依偎着,去感受那飘忽于床笫的、缠绵而缭乱的怠惰。

久木沉浸在这感觉中,毫无睡意,他瞟了一眼被窗帘遮挡的窗户。

估计快六点了,太阳正缓慢地勾勒出一个弧形,沉入了遥远的海平线。

他们是昨天傍晚时分来到镰仓这个旅馆的。

星期五下午,三点刚过,久木就离开了位于九段的公司,到东京站与凛子会合,然后从东京站乘坐横须贺线,在镰仓站下了车。

这个旅馆坐落在七里浜海岸的一个小山丘上。夏天,被年轻游客们充塞得满满当当的海滨大道,一进入九月份,车流骤然减少了,乘出租车二十分钟便到达了下榻的旅馆。

久木选择这家旅馆与凛子幽会,一是因为从东京到这里坐车大约一个小时,可以品味一下离开喧嚣都市的旅行情调。二是从房间就可以观赏海景,还能享受到镰仓这等环境幽雅的古都的意韵。再加上旅馆新开张,不大容易遇见熟人。

尽管久木这么盘算,可再怎么小心,也难保不被人撞见。虽说久木所在的出版社,对男女之事比较看得开,但是,和妻子以外的女人来旅馆开房,万一被人发现,也够他喝一壶的。

久木一向洁身自好,尽可能地避开这类麻烦事,以免人家在背后指指戳戳。事实上,迄今为止,在事关女人的问题上,他一直是相当谨慎小心的。

可最近以来,尤其是认识凛子之后,久木就不像以前那么刻意要避开别人的眼目了。

导致这一转变的原因之一,是邂逅了凛子这么可爱的女人,只要能和她约会,冒些风险也认了。还有一个原因,就是一年前他被解除了出版部长一职,被打发到调查室这样养闲人的部门来了,这让他开始看透世事了。一年前的这次人事变动,对久木是个大大的打击。在那之前,久木属于公司的中坚,有望继续升迁。五十三岁那年,曾一度风传他将成为下一届领导班子的候选人,他自己也颇以为然。

没想到一夜之间,不仅没得到提升,还丢掉了出版部长一职,被调到众人皆知的闲职部门来了。回过头想想,两年前更换了新社长,其亲信等嫡系势力在出版社日渐抬头,只因自己对此苗头估计不足,疏于防范,才导致了这一结局。事已至此,后悔也没有用了。不过,久木心里清楚,没搭上这班车的话,两年后就五十五岁了,再也甭指望提升了;就算有什么可能,也只会调到更乏味的地方或分公司去。

一想到这儿,久木忽然觉得眼前豁然开朗起来。

他打算从今往后,随心所欲地去生活,何必把自己搞得那么辛苦呢?再怎么要强,不愿服输,人也只有一辈子啊。看问题的角度稍稍这么一变,价值观也立刻随之改变了。以前认为重要的东西就变得无足轻重了,相反,以前觉得不重要的东西忽然觉得宝贵起来。

久木从部长职位上下来后,名义上是"编委",实际上几乎没有正经工作可干。调查室的工作就是收集各种资料,或者从这些资料中编辑出特集之类的东西,提供给有关杂志,而且,还没有必须什么时候交稿之类的期限压力。

待在这个自由而空闲的位置上,久木才发觉,活到这个岁数,自己还从来没有发自内心地、投入地和女人恋爱过呢。

当然,他对妻子以及好几个女人也产生过兴趣,也偷偷地逢场作戏过,但都感觉温吞吞的,完全没有燃烧般的激情。

照这样活下去,不能不说是人生的一大憾事。

松原凛子恰巧在这个时候出现在久木面前。

真正的爱情可遇不可求,久木和凛子的邂逅也是极其偶然的。

久木调到调查室三个月后,即去年年底,在报社所属的文化中心工作的衣川,邀请他去中心作个"文章写作方法"讲座,有三十名学员,给他们讲一讲有关写作方面的心得。

久木推说自己在出版社只是编辑书籍,又不是作者,这不是赶鸭子上架吗?可衣川说,甭想那么多,你就讲讲这些年以来看了林林总总的文章,并将它们编辑成书的经验体会就行了。衣川还补了一句"反正你也没什么事",这才把久木说动了。

其实,衣川不单是为了请他讲课,也想给被遣为闲职的久木鼓鼓劲儿打打气。

这位衣川是久木大学时代的同窗,两人一起从文学部毕业后,衣川进了报社,而久木进了出版社,两人隔三岔五的一起喝喝小酒。六年前,久木出任出版部长,衣川紧随其后,当了文化部长。可是,三年前他突然被调到东京都内的文化中心去了。不知衣川对这次调动怎么想,但从他那句"快轮到我出线了"来看,好像对总社还有些恋恋不舍。总之,从"出线"的角度说,衣川先走了一步,所以才担忧久木,特意来邀请的。

久木意识到这一层后，便欣然接受了他的邀请，于约定之日，来到文化中心。在那里讲了一个半钟头的课，然后和衣川一起吃了饭。吃饭时还有一位女士在座，衣川介绍说，她在中心担任书法讲师。她就是凛子。

如果那次不接受衣川的邀请，或者他没带凛子来吃饭的话，就不会有两人的相逢，以及现在非同寻常的关系了。

每当想起和凛子的邂逅，久木总是感慨系之。爱情真是不可思议，或者说，是一种宿命。

见到凛子的那一瞬间，久木就怦然心动，感受到难以名状的激动。

坦白地说，久木也和妻子以外的女性发生过关系。年轻时不用说了，即便到了中年之后，也不缺少相好的女人。有一个女人说，爱上了他的潇洒气质，还有一个女人说，迷上了他那与年龄不相称的少年气。久木从没觉得自己有多潇洒，也不觉得多么少年气，倒是觉得这些赞美够奇妙的。不过，后来他慢慢发觉自己在与女性交往时，是有点像她们说的那样。

不过，在追求凛子时，自己表现出的就不仅仅是少年气了，而是连自己也惶恐不安的一往情深。

比方说，仅在衣川介绍时见过一面，可是一周后，自己竟然凭着从凛子那里得到的名片主动给人家打了电话。

久木对女性这么主动出击，可以说是史无前例的。连久木自己也搞不清怎么回事，可箭已离弦，收不回来了。

后来，他们发展到每天打电话约会，进展神速，今年开春的时候两人终于结合了。

正如最初预感到的那样，凛子是个很有魅力的女性。于是，久木重新审视起这个女人究竟什么地方吸引了他。

从相貌来看她算不上是出众的美人，但脸庞娇小玲珑，惹人喜爱，身材纤巧而匀称，穿着筒裙套装，显得稳重大方。年龄三十七岁，看上去很年轻。最吸引久木的还是凛子的书法特长，楷书尤为得意，还曾经来中心教过一段时间楷书。

初次见面时楷书般端庄高雅的凛子，渐渐地对久木越来越温柔和蔼，最终以身相许，进而发展到彻底沉陷，不能自拔。

目睹了凛子从矜持直至崩溃的全过程，作为男人，久木觉得，她实在是太可爱、太娇艳了。

一番亲热之后，两人赤裸着身子紧紧依偎在一起，任何一方的丁点动静，都能立即传递给对方。

这不，久木刚把头转向窗户，凛子就怯怯地伸出左手去抚摸他的胸脯，久木轻轻按住她的手,看了一眼床头柜上的时钟,六点过十分了。

"太阳快下山了吧。"

从宽大的落地窗望出去,七里浜海和江之岛的景观尽收眼底,夕阳即将在那边落下。昨天,两人来到这里的时候,太阳正要落山,眼看着火球般炽热的太阳渐渐西沉在横跨江之岛大桥桥畔的丘陵上。

"过来看看吧。"

久木一边招呼着凛子,一边从床上坐起来,捡起掉在地上的睡衣穿上,打开了窗帘。

霎时间,晃眼的夕阳射了进来,照亮了地面和床头。

"正好赶上……"

只见夕阳刚巧落在江之岛对面的丘陵上,天际下面被染得一片通红,天色正一点点暗淡下去。

"快来看哪。"

"在这儿也看得见。"

赤裸着的凛子似乎怕见这骤然明亮的光线,用被单裹着全身,侧身朝窗户这边瞧。

"今天比昨天的还红还大呢。"

把窗帘全打开后,久木回到凛子旁边躺下。

夏季刚过,热气腾腾的雾霭弥漫在空中,落日吸纳了雾霭,愈发显得硕大无比。然而,当太阳的底边刚一落到丘陵上,便迅速地萎缩,变成了凝固的绛红色血团。

"这么美的夕阳我还是头一次见到。"

久木听了,又想起刚才凛子所说的"子宫变得像太阳"的话来。

现在,凛子燃烧的身体也像空中消逝的落日一样慢慢平静下来了吧?

久木这样想象着,从凛子身后贴上来,伸出一只手去抚摸她的小腹。

当夕阳残留下的火红光芒消逝在丘陵上之后,天空迫不及待地变成了紫色,随之黑暗笼罩了四周。一旦没有了阳光,黑夜便立即降临,刚才还金光辉映的大海瞬间变得黢黑一片,只有远处江之岛的轮廓与海岸光亮一起清晰地显现了出来。

昨天晚上,久木来到这家旅馆后,才听说江之岛上有一座灯塔,此时只见从灯塔放射出的微弱光束与晚霞的余晖交相辉映着。

"天黑了。"

久木听了点点头,但他从话音里察觉到凛子在想家,不由屏住了呼吸。

据衣川说,凛子的丈夫是东京一所大学医学部的教授,年纪比凛子大了近十岁,应该有四十七八岁了吧。

"只有老实这一点还算可取。"凛子有一次这么半开玩笑地说过。但久木通过朋友了解到,他还是位身材颀长的美男子。

有这么一表人才的丈夫,凛子怎么会和我这样的男人亲近起来呢?

这的确令人费解,但即便问凛子,恐怕也得不到满意的答案,况且,知道了又有什么用呢?

对久木来说,此刻和凛子的约会才是最要紧的。

约会时,必须忘掉各自的家庭,全身心地投入到两人世界中去。

虽然久木这么期望,可是,凛子望着暗淡下去的天空,脸上明显露出悒郁的神色。

久木是昨天下午和凛子来到这里的,今天是第二天,如果今天再住一夜的话,就是连着两天在外过夜了。

当然了,凛子肯定是做好这个思想准备才出来的。那么,是不是触景生情,忽然想起家来,才心神不安的呢?

久木想要摸一摸女人心中在想什么似的,轻轻把手伸到她左侧乳房下边。

凛子的乳房不算大,却浑圆而有弹性。久木一边揉捏着,感受着温润柔软的手感,一边猜想着。

凛子望着日头渐渐西沉的天空,脑子里到底闪过了什么念头呢?

久木想亲口问问她,说出的话却走了样。

"咱们该起床了吧?"

落日早已沉入海里,两人还赖在床上。

"你把窗帘拉上吧。"

久木遵照凛子吩咐拉上了窗帘。凛子用被单遮掩着前胸,低头去捡散落在床边的内衣。

"我都分不清白天还是黑夜了……"

下午他们乘车从七里浜到江之岛去兜了一圈儿,三点回到了旅馆。

从三点直到太阳落山,两个人都没有下床。

久木自己都觉得不可思议。他去起居室的冰箱中拿了瓶啤酒喝起来。

他一边喝啤酒,一边出神地眺望着黔黑下去的大海时,凛子冲完澡出来了。她已经换上了白色的连衣裙,用白色的发带把头发拢在后边。

"出去吃晚饭好不好?"

昨天晚上,他们俩是在旅馆二楼的临海餐厅吃的晚饭。

"可是,已预约了餐厅呀。"

昨晚就餐时,经理过来跟他们客套,听久木说他们今晚还接着住一天,就说明天晚餐来餐厅吃的话,可以为他们备好近海打捞的新鲜鲍鱼。"那就还去那儿吧。"凛子有些疲倦,懒得到旅馆外面去。"今天晚上,没准要喝醉噢。"凛子听久木这么一说,莞尔一笑,脸上已经不见了刚才的阴郁。

久木又打电话确认了座位之后,就和凛子一起到二层的餐厅去了。

星期六晚上来就餐的多是一家子一家子的。他们俩被侍者引到经理事先安排好的靠窗桌位。两人夹着四方桌的一个桌角挨坐着,坐成 v 字形,正对着玻璃窗。

"已经黑得什么也看不见了。"

要是白天,能观赏到一望无际的海景,可是现在夜幕已降临,外面黑黢黢一片,只有窗外那棵巨大的松树隐约可见。"倒把咱们给照出来了。"夜晚的玻璃窗变成一面昏暗的镜子,映照出他们俩,还有餐厅里其他就餐的客人和枝状吊灯,就好像窗户那边还有一个餐厅似的。

久木瞧着玻璃上映出的餐厅,用眼睛搜寻着有没有认识的人。

刚才是侍者引导着来到这个座位,久木一直略微低着头穿过其他餐桌,连走路的姿势都像做贼似的,根本无暇顾及餐厅里有些什么人。到了这个地步,被熟人撞上两个人在一起也无所谓了。尽管久木已经豁出去了,可还是不无担忧,大概因为是在镰仓这个地方吧。

若是在东京的饭店里碰见熟人,还可以借口谈工作啦,或者会朋友啦来敷衍,可是在镰仓的饭店,又是夜晚和女性单独吃饭,就不能不让人起疑心了。再加上在湘南这一带,有不少自己的老朋友和亲戚,谁知道会不会碰上他们。

久木从来没这么担惊受怕过,勇气与怯懦在心里激烈搏斗着。

最后他对自己说,就说是"来这儿办点事,顺便和认识的女性吃吃饭",也许能敷衍过去。想到这儿他收回了视线,看见凛子姿态优雅地端坐在那里,凝视着窗外的夜色。微侧的脸颊上,显露出发生天大的事也不为所动的自信和沉着。

侍者来询问要什么饮料,久木要了一瓶清淡的白葡萄酒。吃凉菜拼盘时,服务生端来了一大盘昨天经理许诺的在近海打捞的鲍鱼,问他们想怎么吃。

"就做成清蒸和油焖两吃的吧。"

按说生吃味道鲜美,应该做成刺身,不过想想还是随厨师去做好了。

夜色衬托的玻璃窗使餐厅内景一览无余,连近处餐桌客人长什么样都看得清清楚楚。"有什么认识的人吗?"久木呷了一口葡萄酒向凛子问道:"这儿离横滨很近……"凛子的娘家是横滨老字号的家具进口商,凛子又是在横滨上的大学,所以,这一带熟人也少不了,可是凛子看都不看,干脆地答道:"没有什么熟人吧。"自打进旅馆,凛子就毫无畏缩之态,直到现在来这里就餐。

"刚才太阳下山时,你好像有点沉默,我以为你想家了呢。"

"你是说,我想家吗?"

"你都两天没回家了,所以……"

凛子端着酒杯,嫣然一笑:

"嗨,我担心那只猫呢。"

"担心猫?"

"我出门的时候,它有点无精打采的,不知是怎么了。"

久木知道没有孩子的凛子养着一只猫,可是听她这么一说,又不免有些失望。

接下来的一瞬间,在久木的脑海里浮现出一个男人正给猫喂食的情景。

现在凛子的丈夫,只得在空荡荡的家里和猫做伴了吧。

说实在的,久木虽然对凛子的丈夫和她的家庭抱有兴趣,但要张口打听就犹豫了。可以说是迫切地想知道,又害怕知道得太多。

"那只猫吃什么呢?"

"我给它放了些猫罐头,饿不着的。"

可她丈夫吃什么呢? 久木最在意的是这个,可又怕问过了头儿。至少在两人兴致勃勃地吃饭这当儿,似乎不宜谈论这个话题。

侍者过来给他们的酒杯里添加了葡萄酒,恰在这时,服务生端来了做好的鲍鱼。鲍鱼和牛排都烤得外焦里嫩。

久木一向喜欢那种原汁原味的法国料理,凛子也和他一样。

"我不客气啦。"

一下午耗费了不少体力,凛子好像肚子饿了,说完就吃了起来。她使用刀叉的姿势十分地道而优美。

"真好吃啊。"

凛子专注地享用着美味的菜肴,一副天真烂漫的样子。久木看着她,又回味起了刚才床上的情景。

那种场面的确是只能意会,不可言传的。不过,要说"真好吃",那正是凛子自身。她的身体所具有的那种柔软而富有弹性的玄妙感触,才是美味之中的美味啊。

凛子完全不知男人此刻脑子里在想什么,香甜地吃着鲍鱼。久木也忍不住夹起一块清蒸鲍鱼塞进了嘴里。

吃完饭已过九点,两人总共喝了一白一红两瓶葡萄酒。

凛子不胜酒力,从脸颊到前胸微微泛红,加上下午做爱的余韵犹存,醉眼迷蒙的。久木也比平时醉得快了些,但是,还不想马上就去休息。

从餐厅出来,他们去大厅里面的酒吧看了看,人太多,只好回了房间。

"去外面走走吧。"凛子提议道。

打开房门就是庭院,十米远的地方有植物环绕,再往前就是夜色茫茫的大海了。

"海味真好闻啊。"

有点起风了。凛子任凭海风吹拂着秀发,挺起胸脯,深深吸了一口气。久木也跟着做起了深呼吸,恍然觉得大海更贴近了。

"江之岛,好亮啊……"

正如凛子所说的那样,路灯和车灯照亮的海滨大道蜿蜒伸向小动岬,由那里凸向海中的江之岛在海滨光亮的倒映下犹如一艘军舰。正中央山顶上的灯塔,在黑夜里放射着光芒,照亮了日头隐去的山丘和黑沉沉的大海。

"真舒服……"

久木靠近迎风站立的凛子,一只手拿着杯子无法拥抱,只好把脸凑过去跟她接吻。

他们在大海浓浓的气息包围中接吻,唯有灯塔的光亮才有幸看到。

"我去拿饮料,喝威士忌吗?"

"给我拿杯白兰地吧。"

在海风吹拂的庭院一角,摆着一套白色桌椅,似乎在邀请他们来小坐。从餐厅出来的时候,觉得喝得够多了,可现在经海风一吹,他们的酒兴又上来了。

"这叫海景私人酒吧。"

凛子说得一点不错,除了夜空中闪烁的繁星和浮在海上的灯塔之外,再没有什么可以搅扰他们的了。

在这秘密酒吧里品味美酒时,恍惚觉得这一小块天地与现实的一切隔绝开来,浮游在梦幻的世界中了。

"我都不想离开这儿了。"

凛子的意思是两个人就这样在风中对饮下去呢,还是不想回东京了呢?久木不解地追问道:

"那咱们就在这儿住下去?"

"你也跟我一起吗?"

"你在哪儿,我就在哪儿……"

两人默默地仰望着夜空,凛子喃喃自语道:

"这是不可能的,对吧?"

久木不解其意,可不想再问下去了,转而想起自己的家来。

久木到这个旅馆来,没有一个人知道。昨天,临下班时他对调查室的女秘书说,"今天我得早点回家"。对妻子只说了句"有个外调的事,要去京都两天"。妻子也没再问什么,她大概觉着有什么事找他,给公司挂个电话就齐了。

独生女出嫁后,久木家便成了两人世界。没多久,有人给妻子介绍了一个陶器制造厂业务顾问的工作,妻子干得很起劲儿,常常比久木回来得还晚。夫妻之间只有例行公事般的谈话,连一起出去吃饭,或外出旅游都没有过。

即便这样,久木也从没想过要和妻子散伙。虽说这种毫无激情的状态叫人厌倦,但他总是一再地说服自己,到了这种年龄,夫妻间也不过如此了。

至少在认识凛子前久木一直是安于现状的。

一阵海风,把久木的思绪吹到了远方,同时,又使他惦念起了凛子的家。

"刚才你说担心那只猫,那你丈夫呢?"

在众目睽睽的餐厅里,久木不好问这些,现在仗着茫茫夜色才壮了胆。

"你两天不管家,没关系吗?"

"又不是头一次了。"

凛子望着星空答道,就像跟星星说话。

"以前我也常跟着书法老师到外地去办事,或参加展览会什么的。"

"那么,这回也是这个理由?"

"不是,我告诉他今天晚上去朋友逗子家玩儿。"

"待两天?"

"逗子是我的好朋友,再说又是周末呀。"

这样说难道能瞒过做丈夫的吗?即便瞒过了,万一有急事时,丈夫从家里打电话来怎么办呢?

"你朋友知道你在哪儿吗?"

"大致说了一下,没关系的。"

久木还是不明白凛子说什么没关系,这时,凛子以不容置疑的口吻说道:

"我家那位是不会找我的,他是个工作狂。"

凛子的丈夫是医学部教授,想必整天扎在研究室里,可是,也未免太没有戒备心了。

"他没怀疑过你吗?"

"你是在担心我吗?"

"我想,要是你丈夫知道了,比较麻烦……"

"你怕他知道?"

久木朝着夜空深深吐出了一口气,琢磨着凛子的问话。

女人问男人,你是不是怕我丈夫知道我和你有深入的关系?看起来像是追问,其实,也可以理解为女人在表决心,纵然被丈夫知道了也无所谓。

"你丈夫知道我们的事吗？"

"这个嘛，不太好说……"

"没说过什么？"

"没有啊……"

还算好，久木刚刚放了点心，忽然凛子淡淡地说道：

"说不定，他已经知道了。"

"可是，他并没有盘问你呀。"

"不是不问，只是不想知道而已……"

骤然间，一阵强风从海面刮过来，最后那个"吧"字拖着尾音随风飘去。

久木的思绪也追踪着风向而去。

不想知道也就意味着害怕知道吧？即使意识到妻子可能和别人偷情，也不愿意正视这一现实，难道说凛子的丈夫是觉得与其贸然知道，不如不知为好吗？

久木的脑海里浮现出一位高个头、穿白大褂的医生形象。无论从地位还是从外表上看，他都是无可挑剔的，甚至可以说是个令人羡慕的男人。可是，他却默默地忍受着对妻子不轨的怀疑。

果真这样的话，到底是因为丈夫太爱妻子，才不加盘问呢，还是故意装不知道，冷眼旁观妻子的不忠呢？想到这儿，久木醉醺醺的脑袋一下子清醒了，这对儿奇怪的夫妻使久木琢磨不透。

"你觉得我们特别怪吧……"

听凛子这么说，久木刚要点头，转念一想，如果说已不再相爱的夫妻很怪的话，那么，这样的夫妻现实中不是太多了吗？

"不是你们奇怪，这世上根本就没有十全十美的夫妻啊。"

"真是这样吗……"

"其他夫妻也好不到哪儿去，只不过装得若无其事罢了。"

"要是装不出来该怎么办呢？"

房间里射出的光线照在凛子仰望夜空的侧脸上，久木注视着她侧脸上的光泽，发现自己正面临一个新的课题。

凛子问的，其实是自己和丈夫不能再装模作样下去的话该怎么办。那么，她的意思究竟是说他们现在已到了无法弥合的程度呢，还是说早晚会面对这种事态呢？不管是什么，她无疑是在期待久木的回答。

"那，他还跟你……"

不知什么缘故，现在这个时候，久木觉得称呼凛子的丈夫为"你丈夫"很别扭，他只想以第三人称相称,不涉及那种关系。

"他还跟你同房吗?"

话一出口,久木意识到这才是自己最想知道的。

凛子沉默了片刻,朝着夜空说了句:

"不了……"

"什么都不做?"

"是我老拒绝他。"

"那他也能忍受?"

"不知道他能不能忍受,反正这种事是没法强求的。"

就像在说一件与己无关的事,凛子的侧脸上呈现出丝毫不愿妥协的、女人特有的洁癖和倔强。

恋情早晚要到达一个顶点。

从相识到相互爱慕,再发展到难以克制而结合,这一过程是那么一帆风顺,恋人们自己往往无所察觉,烈火般燃烧的恋情使他们忘却了这世间的种种不如意。然而,就在情爱逐步升级达到顶峰的一瞬间,他们突然发现前方出现了一条峡谷,往往便驻足不前了。当两人沉浸在快乐之中,以为这就是爱的伊甸园时,才意识到前面是荆棘丛生的荒野,于是变得紧张起来了。

现在,久木和凛子经过了顺风满帆的时期,走到了一个顶点,能否越过这个关卡,就取决于他们的爱情了。

他们一般每月约会几次。有时,两人商定好时间出去旅游几天。要是能满足于这种程度的约会,就没有必要越过峡谷了。可是他们对现状感到不满足,双方都想更频繁地见面,更真切地感受到对方的存在。为了达到这个程度,就要准备冒风险,鼓起勇气,再向前跨出一步,越过深谷。所谓勇气即是双方都采取不顾自己家庭的胆大妄为行动的决心。只要具有坚定的意志,两人就可以更为自由而酣畅地充分享有属于他们自己的时间了。不言而喻,为此将要付出巨大的代价。凛子和久木将会引起各自配偶的怀疑,发生争吵,很可能最终导致家庭的崩溃。因此,如何才能做到既能满足两人的愿望,又能兼顾家庭,是眼下最大的问题。

如果现在凛子的家庭如她所说的那样,已到了崩溃的边缘,妻子不接纳丈夫,没有性关系的话,做夫妻的意义又何在呢?当然在这一点上,久木和妻子也是一样。从这个角度来看,可以说久木的家庭也已经崩溃了。

不过,凛子比久木的处境更难,因为妻子必须要拒绝丈夫的要求才行,而久木只要不主动就没事了,可见男女的确不同。

迎着海风的吹拂，久木渐渐放开了胆子。

久木想，到了现在这个地步，不能再顾虑重重了。趁此机会，要问明凛子的态度，商量商量以后怎么办。

"他知不知道你为什么拒绝他呢？"

"大概知道吧。"

久木的脑海里又一次浮现出凛子那位学究气的丈夫。尽管一次也没见过面，可总觉得他是个戴着眼镜、不苟言笑的人。

他实际上是自己的情敌，可是不知为什么，久木对他怎么也恨不起来。自己爱上了有夫之妇的凛子，对方成了被偷走妻子的"乌龟"。也许是对方的可悲处境引起了自己的同情，或者是对方被妻子拒绝也默默忍耐的稳重使久木丧失了敌对的意识。

不管怎么说，现在久木比那个男人占有优势是不用说的了。

然而，越是处于优势地位，也就越负有责任了。

"我明白你现在的处境。"

久木心里很钦佩凛子。

"一想到你这么难，我也很难过。"

"不过你好办，男人怎么样都可以的。"

"可以是可以，不过，也有不可以的时候。"

又一阵疾风从海上刮来，只听凛子小声说：

"我大概已经不行了。"

"什么不行？"

凛子脸朝着夜空，缓缓点了点头。

"我已经做好精神准备了。"

"你怎么这么……"

"女人有时也不怎么灵活的。"

凛子闭着眼睛任凭夜风吹拂。看着这副殉道者般的容颜，男人内心充满了对女人的爱怜，久木忍不住抱住了凛子。

久木一边跟她接吻，抚摸着她那被海风吹湿的头发，一边搂着她走回房间，眨眼间两人已躺倒在床上，也说不上是谁主动了。

谈到各自家庭时，随着话题深入渐渐不能自制，又苦于没有解决的良策，结果只好逃避到床上来了。

久木突然粗暴地解开凛子的衣扣，去脱她的衣服。对于久木的粗暴，凛子只是轻轻地"啊，啊"着，一边主动配合着脱掉内衣。

现在的凛子也正渴望着被久木紧紧拥抱。

两人呼吸急促地迫不及待紧紧拥抱在一起,此刻他们的身体之间,无论是凛子的丈夫也好,灯塔的光线或夜风也好,就连屋里的空气都没有插足之地。他们疯狂地接吻、紧紧地搂着对方,紧密得快要嵌入对方的身体中去了。

两人大概都有些醉了吧,旋即昂奋起来,凛子很快就达到了高潮,久木意识到后,便停下了动作。

床头那盏光线微弱的台灯,见证了这场床上的暴风雨。

方才犹如野兽一样疯狂的两个人的肉体,现在就像温顺的宠物似的安静了下来,互相拥抱着躺在床上。

凛子的身体还残留着醉意和狂热的余韵,久木全身心地感受着这份余热,想起了"身体语言"这个词。

刚才他们两人正是以身体语言互相交谈的。

当遇到难以用语言表述清楚的、越描越乱的难题时,只有依靠身体来交谈了。经过一番激情燃烧、欲醉欲仙的交合,身心获得极大的满足后,任何难题都自行解决了。

事实证明,现在两人已忘却了那些不愉快,平静而慵懒地躺着。现实的问题就算一个也解决不了,只要身体与身体一交谈,就能够互相理解宽容对方了。

男人察觉到女人已得到满足,不由放松了一些,也越发自信了。

"感觉还好?"

这个问题纯粹是多余的,想想凛子刚才的表现就知道了,可他还想听她亲口说出来。凛子却故意让他失望似的一声不吭,把头轻轻地抵在男人胸前。回答当然是肯定的,只是羞于说出口罢了,也许是女性特有的口是心非的习性使然。

女人越是回避,男人就越想要听听这句话。

"喜欢我吗?"

这个问题也是多余的。背着丈夫到这里来,怎么会不喜欢他? 男人是明知故问。

"到底喜欢不喜欢啊?"

久木又追问道。这回凛子飞快地答道:

"不喜欢呀。"

久木注意地盯着她的脸,凛子说得很爽快。

"我真觉得挺难受的。"

"你说什么难受……"

"和你做呀。"

凛子到底想说什么,久木一时没反应过来,凛子又道:

"我讨厌现在这样,不能把握自己,迷失在情欲中,丧失理智。"

丧失理智,不就意味着得到了完全的满足吗？久木小心地问了句:

"不过,比以前有感觉了吧……"

"我好像落入你的圈套了。"

"哪里,我才是落入你的圈套了呢。"

"反正就是你这个坏家伙把我变成这样的。"

"可是,还得怪你呀。"

"怪我？"

"因为你太好吃了呗。"

这等于是把自己比喻成了点心吗？凛子很困惑。

"不好吃的话,怎么会让人这么着迷呢？"

"可我是第一次啊。"

"什么第一次？"

"变成现在这样啊……"

久木看了一眼枕边的手表,已过十一点。且不说凛子,自己也已经没有力气了,可又舍不得马上就睡,很想这样耳鬓厮磨着享受难得的两人天地。于是久木乘兴又一次问道:

"总之是喜欢我啦？"

"我不是说了不喜欢吗？"

女人的口气仍然没有丝毫妥协。

"那你怎么会……"

"你是问我怎么会这么容易上当？"

对凛子这种自嘲式的口吻,久木有点发怵,小心翼翼地说道:

"我没想到能得到像你这么好的女人。"

"你也不错嘛。"

"你别哄我啦。说实话,我这人最缺少自信了。"

"我就喜欢你这一点。"

和凛子认识时,正是久木刚刚被公司划到线外,调任闲职的时候。

"像你这个年龄的男人都挺傲慢的。一见面就忙着递名片,自我介绍是什么董事或某某部长等等,一个劲儿吹嘘自己在公司里怎么怎么有本事,有权力,可是你什么也没说过……"

"我也想说,只是没有什么好说的。"

"其实女人并不大在乎这些东西,而是喜欢温和而有情调的……"

"情调?"

"对,你给人一种疲惫而忧郁的感觉。"

先不说有没有什么情调,久木当时的精神状态的确正处于低谷。

"记得你跟我说过,以后清闲了,想研究一下昭和史上产生过影响的女子吧?我觉得你说的很有意思,而且……"

"而且什么?"

"相当不错呢。"

凛子直视前方,淡然地说出了这样大胆的话。

其实,到现在为止,还没有哪位交往过的女人夸过他"不错"呢。一般来说,自我感觉使对方得到了满足,但他并不觉得自己技巧有多好。

其实,这个问题男人自己说不算数,只能取决于女人的感觉,而且是经历过不止一个男人的女人才行。

不管怎么说,能被女人评价为"不错",使久木感到高兴。加上还是从最固执的凛子嘴里说出来的,就更增强了他的自信。可是,能不能盲目轻信呢?

"你说的是真心话,还是开玩笑?"

"当然是真心的了,这种事还编假话干吗。"

久木得到了赞扬,继续逗她说:

"就是说还算合格啰。"

"嗯,合格。"

凛子当即应道。

"可见你是阅人无数啊。"

"没有哇……"

"怕什么呀,用不着隐瞒,这样我心里也平衡了。"

两人在一起待了两天,凛子已充分松弛下来了。

"你说这种感觉是第一次,以前呢?"

"什么呀?"

凛子故意问道。

"和他的性生活呀。"

"有点感觉,没这么强烈。"

"就是说从来没有过这么……"

"我不是说了吗,你是个让我知道了这种感觉的坏家伙。"

"那还不是因为你具备这种素质呀。"

"这也有素质一说?"

看着凛子认真的样子,久木越发觉得她纯真可爱得要命,就从身后把手伸到了凛子的前胸。

对于男人来说,没有比眼看着自己最心爱的女人逐渐体味到了性的愉悦,更快乐、更自豪的了。原来像坚硬的蓓蕾一样未开发的身体,渐渐松弛、柔软起来,终于开出了大朵的鲜花,绽放飘香了。男人能在女人开花成熟的过程中起到催化剂的作用,证明了自己的身影已深深植入女人心中,男人从中可以感受到某种生命意义上的满足。

现在凛子就明言,这都是你的功劳,正是久木你这个男人开发出了我沉眠未醒的快感。而且,她的诉说还明明白白地告诉久木,在此之前她不懂得什么是真正的快乐,再说得具体一些,就是她和丈夫之间从没有过这样快乐的感受。

"这可太好了……"

久木又凑近凛子的耳边悄悄耳语道,

"这样一来你就忘不了我了。"

现在久木觉得自己已把楔子嵌入了凛子的身体。这楔子粗大而坚实,从女人的头顶直穿到腰间,任凭凛子怎么挣扎也挣脱不了。

"我不会让你逃掉的。"

"别说大话,我要是真的逃不掉了,你怎么办?"

久木一下子没有反应过来,凛子毫不放松,又追问了一句:

"你不害怕吗?"

被凛子这么一问,久木想起了日落前,凛子在床上说出过"好可怕"的话来,当时,那只是脱口而出的情话,而现在则是对现实的忧虑了。

"我们这么做,会下地狱的。"

"下地狱?"

"不知道你会不会,反正我肯定会下地狱的。"

说着凛子紧紧地抱住了他,说:

"救救我,千万别松手……"

此刻,凛子还残留着疯狂后的余韵,身心都在激烈动荡着。

"没事的,别害怕。"

久木安慰着凛子,又一次感受到男女性感的差异。

和雌性相比,雄性本质上性的快感薄弱,所以,对雄性而言,比起自己沉浸在快感中,更满足于亲眼看到对方渐渐走向快感高潮的全过程。尤其到了久木这个年龄,早已不像年轻人那么急不可耐了,而是变被动为主动,从使对方感到愉悦、满足当中来发现男人的价值。有的女性可能会怀疑这一点,光是让对方舒服,男人自己能满足吗?其实从一开始男人就让自己处于主动引导一方的话,也会享受到掌控对方的另一种满足的。

就拿凛子来说,她起初是个很拘谨的、像楷书一样刻板的女人。然而,当她从种种束缚中被解放出来以后,懂得了什么是快感而沉迷其中,进而蜕变为一个成熟的女人纵情欢爱,最终深深沉溺于淫荡的世界不能自拔。这就是女人肉体逐渐崩溃的过程,同时也意味着女性潜在的本真性感的苏醒。对男人而言,没有比能够亲眼看到这一嬗变过程更刺激、更感动的事了。

仔细观察这一过程的话,男人就能够通过身体接触直接感知到女人以及女性肉体的本来面目。即:它们到底是什么样的?里面隐藏着什么秘密?是怎么变化的?

不过,作为观察者和旁观者所获得的快乐有它的局限。既然性是以身体的接触、结合为前提的,就不可能总是一方主动,另一方被动。即便是男人先发起进攻,但是女人很快燃起了热情,开始狂奔时,男人又受其挑动,紧追上来,等到明白过来时,男人和女人都已深深陷入了无间地狱般性爱的深渊之中了。

虽说达到快乐顶峰的途径有所不同,但是既然双方都觉得不能分离的话,那就不可能仅仅一方坠入地狱了。

久木摩挲着紧贴着他的凛子的后背,又一次想起了刚才她说的"下地狱"的话来。

正如凛子所说,再继续沉迷其中的话,两人极有可能陷入无可挽回的境地。凛子称之为地狱,她的意思好像是说,为了不致坠落下去,应该悬崖勒马了。

说实话,久木并不认同凛子的比喻,他不认为现在的快乐是一种罪恶。不错,有妇之夫和有夫之妇相爱确实不合道德,有悖伦理,但是反过来说,相爱的两个人相互渴求又有什么不对呢?

常识和伦理是随着时代发展而变化的,而相爱的人结合为一体则是万古不移的真义。遵守这一宝贵的原则有什么可心虚的呢?久木在心里这么说服着自己。

可是,无论久木再怎么勇敢,凛子如果不认同的话,两人的爱也持久不了。无论男人怎样放得开,女人要是胆子小,也很难使他们的爱进一步升华。

"绝不会坠入地狱的。"

久木抚摸着凛子几度满足后越加光润的浑圆臀部说道。

"我们什么坏事也没做啊。"

"不,做了。"

凛子毕业于教会办的大学,又是有夫之妇,所以她的罪恶感好像特别强烈。

"可是,因为我们实在太相爱了呀。"

"怎么说也是不正当的。"

到了这个份儿上，道理是讲不通了，男人只有默默服从固执己见的女人了。"那咱们就一块儿下地狱吧。"

这么耽于快乐下去，迟早会进地狱的，可是，禁欲也未见得就能保证进天堂。既然如此，还不如索性纵情享受他一番，坠落到地狱中去呢。久木已不再犹豫了。

秋天

久木左手抱着凛子的上身，用右手指尖从她的后脖颈沿脊背缓缓向下抚摸，一直滑向滚圆的臀部。那是一种似触非触，近乎感觉不到的轻柔触摸。这温柔的不即不离的抚摸，研磨着女人的感觉，使之愈加敏锐。

从窗户向外望去，对面高楼朝阳的一面亮得有些晃眼。三天前刮过的那场台风，卷走了漫长的夏季，清爽宜人的秋天来临了。

久木从上班到现在，一直在看报，看完了第四份报纸后，他仰靠在椅背上，把目光投向了洒满阳光的窗户。快十一点了，屋子里静悄悄的，只有坐在靠门边的女秘书在噼里啪啦地打字。

久木所在的调查室在六楼，从电梯出来，靠右边走廊的最里头。屋子中央桌对桌地摆放了六张桌子，靠近门的地方辟出了一个小小的接待间。

久木每天上午十点到这里来上班。

调查室现有四男一女，女职员同时兼管秘书工作。四位男士名义上的分工是：大久木三岁的铃木，负责公司发展史的编纂工作；比久木大一岁的横山担任公司资料的统计管理；还有一位村松比久木小两岁，负责开发新字典。这些工作在数量和时间上都没有固定要求或期限。同样，久木负责昭和史的编辑，也是迟迟没有着手这项工作。总之，大家都是被划到线外的，所谓"窗边族"，所以，来公司上班也毫无紧迫感，时间多得无处打发。

开始的时候，久木很不习惯这里的悠闲气氛，有些坐立不安，但过了半年就习惯了，也不大在意周围人的目光了。今天也一如往日，久木上班后无要事可做，看完了每天必看的报纸后，点上了一支烟，然后将目光转向了那扇窗户。阳光辉映的高楼那边，云彩画出了两条平行线，就像用刷子刷出来的一样，浮云最前端仿佛有一个井字形的天线。眺望着寂静的天空，久木脑海里又浮现出了凛子雪白的肌肤，耳边仿佛听到她攀上峰顶时充溢着快感的呻吟声。

当此安谧晴朗的秋日，大概只有自己一个人在一门心思想女人吧。

久木现在闲得难受，如果像以前那样，从早到晚忙于会议啦，商谈啦，文件整理等等的话，就不会这么频繁地想起凛子了。

久木凝望了一会儿秋空中飘浮的白云，忽然站起身来。其他人有的在看书，有的盯着电脑，没人注意久木的动静。

看了一圈后，他从房间出来，经过电梯，打开了通往楼梯的那扇门，走了进去。

刚才久木凝望着秋空时所想的，就是给凛子打电话的事。这会儿，凛子一般是自己待在家里的。

关上与走廊相通的这扇门，楼梯间就只有久木自己了，他把手机拿了出来。具有讽刺意味的是，当部长时因工作繁忙而配备的手机，现在正好用在和凛子说悄悄话上了。

他抽出了短短的天线，按了凛子家的电话号码，马上听到了凛子的声音。

"你好，是我。"

凛子好像估计到是久木打来的电话，很快答应了一声。久木再次确认了一下周围没有人后，才对着电话小声说：

"突然想听听你的声音。"

"你现在在公司吧？"

"对，可是一想到你，就冲动起来……"

"你想什么了？"

"那白云的形状，我怎么看怎么像你的身体……"

"别瞎说，现在还是上午哪。"

"我好想你。"

"别胡思乱想的。"

"咱们还到镰仓去好不好？"

自从两人上次去镰仓饭店外宿后，已过去快半个月了。

从镰仓回来后，久木最担心的是凛子家里会不会发生战火。妻子连着两个晚上在外过夜，当丈夫的怎么看呢？久木放心不下，第二天打电话给凛子，凛子只简单地回答了一句"没事"，看来没有什么异常。

果真如凛子所言，平安无事的话，倒真是个匪夷所思的家庭了。不是她丈夫过于憨厚，就是凛子善于周旋。不管怎么说，总算没发生什么事，久木松了一口气。

可是，如果再次出去过夜，凛子那边还是令人担忧。

"这个星期四，镰仓有薪能。"

听说每年秋天都在镰仓大塔宫演出薪能，久木还一次都没有去看过。

"你想去的话我就订票。不过，看完以后时间很晚了，还是住一晚的好。"

"我想去看。"

听凛子回答得这么干脆，久木叮问道：

"没关系吗?"

"不知道,反正我想去。"

这次凛子回答得也很明快。言外之意是,扔下家不管自己外出,这无所谓好不好,愿意去就去。

"好,我马上订票。"

"还得等三天哪。"

凛子脱口而出,立刻发觉自己说得太露骨了,改口道:

"我会忍耐的,你也能忍耐吧。"

久木和妻子之间也早已没有了什么温存,他对着话筒点头应了声"嗯"。凛子略带愠怒地说道:

"都是你不好,把我弄成这样。"

久木打完电话回到屋里,女职员告诉他,刚刚有位叫衣川的来电话找他。朋友中叫衣川的只有一位,所以准是那位东日文化中心的部长。久木这回没用手机,就在房间里拨了电话。正好衣川在办公室,说他今天傍晚到市中心办点事,顺便想跟久木见见面。

久木和他约好六点在银座的小饭馆见面,就挂断了电话。

房间里还是那么闲散,负责编辑公司发展史的铃木无聊地伸了一个大大的懒腰,其他四个人也借机聊起天来。

"真是个好天气啊。不冷不热的高尔夫球天气。"

对铃木的话大家一致赞同。近来,久木一直没去打高尔夫球。当部长时他每周还去一次,可是闲下来之后倒不怎么去了。一是因为应酬少了,但主要还是因为没干什么工作,打高尔夫也没多大意思。这类消遣只有在忙里偷闲时,才有意思吧。当然,也有像铃木这样的,充分利用闲暇的时机,享受高尔夫球的乐趣。

"虽说工作挺舒服的,可精神上萎靡不振就麻烦啦。"

铃木不知道久木正沉迷于和凛子的恋情,总这么劝告久木。

比起打高尔夫球来,恋爱更能使人年轻。久木只是在心里这么想,对别人可说不出口。

大家就这么闲聊着,一挨到中午,都等不及似的离开了办公室。他们大多去地下职工食堂就餐,久木常去离公司走不了五分钟的荞面馆吃饭。也有一些上班族去那儿吃饭,所以偶尔会在那儿遇见以前的年轻下属。每当这时,久木总觉得有些尴尬,对方当然也一样。

对方大概是不知该怎么跟被左迁的前任上司打招呼,所以,一般只用目光交换一下问候之意。但近来久木感觉精神上松弛了一些,时常主动跟对方寒暄上几句。

晚上,久木来到银座数寄屋街的一个小店和衣川见了面。衣川以前常常光顾此店,最近小店重新装修了,他有些惊讶。

"真是焕然一新哪,都快认不出来了。"

店铺大小没怎么变,但黑亮的吧台和桌子都换成了纯木色的,座位也增多了,变了样了。

"太亮了吧。"

常客怀念小店原来的古朴情调,但是新客人喜欢现在这样,所以老板对衣川的不满一笑置之。

"咳,还不如不装修呢。"

这个小店就是这点好,来这儿喝酒的客人,放肆地说什么都不要紧。两人要了一份老板推荐的加吉鱼生鱼片和砂锅炖菜后,先干了杯啤酒。

"有日子没在银座喝酒了。"

"今天算我账上,我还欠着你呢。"

"那倒是,今天我可得喝个够哟。"

久木的意思是领了在文化中心讲演的酬劳,得表示一下,而衣川是指他和凛子的事。

"怎么样啊,那位楷书女士。"

冷不丁被这么一问,久木紧着喝了口啤酒。

"还继续见面哪?"

"嗯,偶尔见见面……"

"真没料到你这家伙行动这么神速,我刚发觉不妙,已经来不及了。"

凛子是通过衣川认识的,所以,和凛子相好大约两个月后,久木跟他透露了两人开始交往的事。

"前几天她到中心来了,我怎么觉得她比原来显得更妩媚了。"

凛子承担的楷书课程已结束,可能是和别的书法讲师一块儿去中心有事吧。

"不过,你也得见好就收噢。让这样的女人陷进去可是罪过哟。"

衣川是在暗示久木不要让那么不谙世故又那么纯情的已婚女人坠入情网,把她引导到疯狂的世界里去。

久木理解衣川说这话的心情,不过,这就等于把女性看成完全被动的了,是身不由己为男人的意志所操纵的。这种看法似乎对女性很尊重,其实是把女人当成了没有意志的木偶了。

就拿凛子来说吧,并不是久木单方面勾引,迫使不情愿的女人陷入婚外情的世界里去的。

25

正所谓你有情我有意,恋爱若非两情相悦,是不大可能进行的。

倒不是为自己辩白,久木接近凛子的时候,凛子也正在寻求着什么。即便不是那么露骨地寻求爱或者男人,但怀有某种欲求不满则是千真万确的。

开始约会以后,关于自己的家庭凛子一概避而不谈,话题自然转到这方面时,她也只是含糊地说一句:"在家待着也不快乐……"

从以后的发展来看,的确是男人比较积极主动,但女人也予以相应的配合。而现在,两人同样地倾情投入,不能自拔。在这一点上,女性的决心似乎更坚定。

衣川当然不会了解这些隐秘的过程。

久木一边给衣川斟上烫酒,一边问道:

"她说了什么没有?"

"没有,旁边有别的讲师,不好说得太多。不过,看样子她有心事。"

"有心事?"

"也许是我多心吧,看她心事重重的样子,倒更添风韵啦。"

没想到,连衣川也这么色眯眯地看凛子,久木有些不快。

于是久木换了个话题,问起衣川的工作情况来。

衣川说,近来文化中心在各地发展势头很猛,竞争相当激烈。幸亏衣川所在的文化中心有点名气,还算撑得下去。但是要想在激烈竞争中站稳脚跟,就必须从根本上改变经营模式。今天,他到都内来,也是就这方面问题来跟总公司商洽的。

"总之,现在干什么都不容易。比起来,还是你那儿舒服啊。"

"也不见得……"

闲职也有闲职的难处,可是照直说的话,就成了发牢骚了,所以,久木没再往下说。衣川叹了口气说:

"公司这种地方,不管是忙还是闲,工资都差不了多少。"

这话不假,和以前相比,久木只少了职务津贴,工资总额没有大起大落。

"其实,我也不愿意这么闲待着。"

"我知道。我也应该跟你学,工作马马虎虎过得去就得,找个喜欢的女人享受享受爱情的滋味。"

"别瞎说,不像你想的那样。"

"男人辛苦打拼,还不是为了找个好女人,完全占有她吗?这是自然界的规律。公的拼命捕获猎物,打败对手,最终是为了得到母的身体和爱情,为了这个目的才拼死搏斗的。"

久木生怕被其他客人听到,衣川却自顾自地说着:

"没准儿是受了你的刺激,这阵子我特别想谈谈恋爱。真想找一个出类拔萃的女人浪漫一番。唉,都这把年纪了,简直是想入非非。"

"哪里,正相反,上了年纪才会这么想。"

"反正,这么活着,老像丢了件宝贝东西似的。"

衣川属于那种一心扑在工作上的男人。还在社会部那会儿,他就热衷于谈论时事政治和社会问题,从不涉及色情话题。在久木的印象里,他是个一点不通人情世故的硬汉子。所以,现在听他说出"想谈谈恋爱"的话来,还以为自己面前坐的不是衣川呢。

这种突变是由于在女性云集的文化中心工作之故呢,还是像他自己说的是年龄的原因呢?

"可是,我恐怕是不行了。"

衣川自己刚宣布说想谈恋爱,一会儿又说出这种泄气话。

"你知道,谈恋爱首先要具备足够的精力和勇气。"

这正是久木深有体会的。

"总之一句话,公司职员的处境实在太严酷了。你被降职了就甭提了,我呢,说实话还没到那份儿上。虽说算不上什么骨干,可还挂在线上。这个时候,要是被人逮到了什么风流韵事的话,指不定被人家怎么糟践呢。这年头,妒忌和中伤无孔不入啊。"

"越是精英,就越没有自由吧。"

"再说,找女人得有金钱和闲工夫呀。兜里没钱,哪轻松得起来呢。"

接着衣川又打着哈哈说:

"你好办,有的是钱。"

"哪里,瞧你说的。"

尽管久木嘴上否认,但以他目前情况来说,比其他同年龄人要优裕得多。他的年收入近两千万元,还有父母留下的世田谷的房产,独生女也出嫁了,再加上妻子在陶器制造厂工作,所以,手头颇为宽裕。

况且为了凛子,开销再多他也心甘情愿。这时,衣川又给久木的白色小酒盅斟满了酒,酒呈琥珀色,晶莹透明。

久木把玩着酒盅,不由联想到凛子雪白的身体。

"再说你还这么有精神头儿,真让人羡慕啊。"

衣川说话酸溜溜的,久木听得出来他什么意思。

"一约会,就那个吧?"

见久木没搭理,衣川自怨自艾地说:

"真是可悲哟,我可有日子没跟这事沾边啦。"

"夫妻之间呢？"

"那还用问吗，早就没了。你怎么样？"

见衣川使劲儿摇头，久木也摇了摇头。

"还不都这样啊，到了咱这岁数，老婆就成朋友了，没那个感觉了。"

"那么，外边呢？"

"也想过找个女人，可哪有你那么运气啊。先不说没遇见看上眼的女人，就算遇到了，老实说，我也没你那两把刷子。"

"不过，新鲜感总有吧。"

"话是不错，像你这样一直没闲着，当然没问题。可像我这么三天打鱼两天晒网的，恐怕就难啰。"

"瞧你说的，谁一直没闲着啊。"

"唉，大概是到岁数了吧，最近没这事，也不怎么想。咳，这种事一想开了，慢慢就无所谓了。"

"别说这种丧气话。""这事其实就是一种习惯，没有也就没有了，不用在这上头劳神，倒也轻松了。只是长此以往，就不像个男人了。"

衣川一口喝干了杯里的酒，说道：

"看来碰上个好女人，就是不一样噢。"

衣川今天有点不大对劲儿，一晚上都在唠叨女人，不知是工作太劳累了，还是没有合适的人可以诉说。

久木想要撤了，可衣川又要了一盅酒，刨根问底地打听：

"她丈夫那边怎么样啊？知道你们的事了吧？"

"这个，不太清楚……"

"你这家伙真是色胆包天哪。"衣川呷了口酒，"没准儿他会跑到公司里来，告你把他老婆怎么着了呢。他是医生，你知道吧？"

"一开始你就告诉我了。"

"当医生的，那方面一般不至于太差劲儿，可他好像差了点。真没想到，他懦弱到这个份儿上，明知老婆与人私通，还打肿脸充胖子，一声不吭。哼，说不定还真不行呢。"

"行了，别瞎猜了。"

"真的，我告诉你，那种精英里头，净是这样的。智商倒是高，那方面可就不合格啰。"

"是吗……"

"不过，早晚会被他发现的，那可就大事不好了。"衣川吓唬久木说，"依我看，你和这个女人，轻恋爱一下就算了。"

"什么,轻恋爱?"

"对,就是轻恋爱。就和轻音乐一样,轻轻松松的。"

也许自己没有女友,嫉妒久木吧,衣川兴致极高地调侃着久木和凛子夫妇。

"可也说不定,他压根儿就不是个善主呢。"

"你啥意思?"

"妻子和人偷情,他保不准也有女人。两人都心照不宣,相安无事地做夫妻呗。"

久木想逃离喋喋不休的衣川,故意瞧了瞧表,结了账。

再这么坐下去,自己就成了衣川的下酒菜了。

和衣川喝酒后的第三天,久木在新桥车站和凛子会合,一起乘车前往镰仓。

正是傍晚的乘车高峰时段,原以为很拥挤,还算幸运,两人并肩坐在新型电车的头等车厢里。

车上几乎都是在东京上班回镰仓的乘客,其中大多是上了年纪的高管模样的人。一男一女坐在一起的只有他们俩。凛子穿着酒红色套裙,系了条围巾,倚靠着久木。这个时候要是碰见了公司同事,可就麻烦了,幸好没有遇见认识的人。

"真高兴。又能和你一起去了。"

久木以为她说的是两人一起去看薪能这码事呢,凛子却说起了另一桩事。

"我跟你说过我那个女友吧?她叫逸见,搞工业设计的。"

"是那个在美国留过学的高中同学吗?"

"对。她和一个著名上市公司的社长交往过,最近分手了。"

"被人家老婆发现了吧?"

"哪儿呀,那个男的警惕性特强,两人一块儿去京都或者香港时,总是分开坐的。坐新干线,也是不在一个车厢。就连坐飞机去国外,都是故意错开一个航班的。你说,一个人坐头等舱还有什么意思呢?真不如两人一起坐经济舱呢。"

"是怕被狗仔队给拍到吧?"

"那倒也是,可是,不管去哪儿,两人都不坐在一起,还叫什么旅行啊?多没意思呀。她说,也挺喜欢他的,可实在受不了总是这样……"

"分手了?"

"一个礼拜前我见过她,她说今后绝不会再爱上这种人了。"

凛子女友的话很有道理,但那位社长的心情也不难理解。

久木回想了一下,不错,上次去镰仓也好,这回也好,都是和凛子并肩而坐的。

其实,和女性并排坐在一起,自己并非毫不在乎,不过,镰仓离东京不远,万一被人看到,就说碰巧座位和熟人挨着,很容易蒙混过去。当然,还有一个原因,就是自己潜意识里有种无所谓的态度,反正自己是划到线外的,即便有什么影响,还能坏到哪儿去呢?

但是,如果是坐新干线去京都或坐飞机去国外的话,就连久木也会慎重考虑一下的。纵然不像那位社长那样,分乘不同的车厢甚至故意错开班机,也会装出一副互不相识的样子坐在一起的。

这样费心劳神都是由于日本社会对男女关系过于敏感的缘故。换句话说就是好事者太多。工作上有失误另当别论,而外面有情人,就会被降职或成为人事变动时的不利因素,这样一来,就得处处提防小心了。总之,现在从媒体到企业内部无不有人削尖脑袋打探绯闻,男人们都战战兢兢如履薄冰。从表面上看他们都是一本正经的样子,但内心的欲望被压抑而扭曲,丧失了自由豁达的勃勃朝气。于是,这个社会渐渐蜕变为嫉妒、中伤横行的险恶社会了。

现在经济界正在呼吁放宽规章制度,其实最应该放宽的是对男女间交往的限制吧。久木漫无边际地遐想时,凛子把右手放在了他的左手上。

"你不一样,不管到哪儿你都和我一块儿去,多好啊。"凛子说着紧紧握住他的手,"我就喜欢你这一点。"

心爱的女人表达对自己的爱意,使他欣喜。可是在众目睽睽的电车上,手拉手也太惹眼了些。久木轻轻抽回了手,心里叹服凛子的大胆。

电车到达镰仓时已是晚上七点多了。他们从车站叫了辆出租车直奔大塔宫而去。寺院内的临时戏台上,薪能已经开始了。

久木出示了入场券,便被人引到席位上。他们生怕挡住别人的视线,一直猫着腰走到戏台右侧前边落了座。台上演的是狂言《清水》,侍童太郎不愿意打水,正装扮成鬼吓唬主人呢。

虽已入秋,还不觉得冷。寺院周围繁茂的树丛间袭来徐徐凉风。戏台两边燃烧的篝火在暗夜衬托下更显得通红透亮。趁着暗夜,鬼又一次现身了,但主人已看穿了侍童太郎的把戏,毫不惊慌,终于剥下了他的假面具,侍童落荒而逃。

看着这通俗易懂的狂言,凛子露出了微笑,再次握住了久木的手。这回有夜幕掩护,久木也握紧了她的手。这时,凛子贴近他,小声问:"今天还是那个房间吧?"她问的是半个月前,两人边看落日边嬉戏的那间屋子。"差不多吧……""今天晚上咱们玩儿装鬼好不好?""是男的当鬼吗?""就像刚才演的那样,折腾人……"久木不知如何作答,这时下一个剧目开演了。这回演的是能剧《饲鹈人》。一开场是一个云游僧到一个庄户人家求宿。和狂言不同,能剧的动作很少,久木看着看着思绪又转到了凛子刚才那句话上。

近来,凛子表现出了一些出格的嗜好。当然说不上是变态,比正常状态略带了点轻度的嗜虐倾向,显得更撩人了。

可能是凛子看到鬼面具时,联想到了那种事。久木窥视了她一眼,她左半边脸被篝火映得红彤彤的。

看完薪能,九点已过。戏台上的照明关掉了,篝火也熄灭了,四周顿时变得一片漆黑。久木想尽快逃离这寂寥之所,他们走到马路边,坐上出租车前往小町路,进了一个门面不大的料理店。据一位家住藤泽的编辑介绍,里见弴或小林秀雄等镰仓的文人墨客曾经常光顾这家小店。一进门,中间一溜长长的吧台,里面也有铺席式的席位。这个店最适合情意相投的朋友在吧台前畅饮。

久木上次来小店是三年前了,没想到老板还记得他。他和凛子先干了杯啤酒。

久木对这个店的独特风味一直念念不忘,只要一来这里,就特别放松,带着女人来也不觉得别扭。

久木要了清炖虎鱼和当地特产镰仓虾刺身、家鲫鱼煲。

因为今晚不用回去,凛子也放宽了心,只喝了一口啤酒,就换上了清酒。

"从前,只靠篝火的照明来演薪能吧?"

凛子问道。刚才两人看的薪能,除了篝火,还有灯光照明。

"镰仓的薪能演出至今已举办了近四十场。从前,武士们所看的和现今不大一样,那时候,不像现在有电灯。就拿京都的大文字祭来说吧,把路灯和霓虹灯都关掉,整个镇子漆黑一片,只能看见满山燃烧着的红通通的火焰。那情景真是无比庄严壮观,人们不由自主地合掌祈祷起来。薪能也是在戏台四周环绕以水池,随风摇曳的篝火与池水交相辉映,这种效果会使人体味到远比现在更幽玄更妖艳得多的意境。""那时候,鬼也显得更恐怖可怕吗?"久木点了点头,想起刚才凛子要他晚上装成鬼来折磨她的话来。

看完薪能后才吃的晚饭,不觉已过了十点了。久木托店里给叫了车,结完账走出了小店。

和店里热闹的气氛形成鲜明对比,外面是群山环绕的暗夜,加之浓郁的大自然气息,使他们意识到自己正身处镰仓。刚才还热闹红火的大塔宫方向,现在已无声无息了。从小町路到饭店,夜晚时分,一路无人,只用了十分钟就到了。

他们在前台办理了入住手续后,拿到钥匙,去了房间。果不其然还是上次那间屋子。进了屋,一瞥见套间里那张宽大的双人床,凛子就不由自主地倚靠在久木身上,久木拥着她一同倒在床上。"终于只有咱们俩了。"从坐电车到看薪能,再到饭馆,旁边一直有人,现在终于得到了解放,凛子的心总算踏实下来了。"我有点醉了……""那再好不过了。""为什么?""你就显得更淫荡啦。"凛子露出嗔怪的表情,久木一把将她搂在怀里,边接吻边解她上衣的扣子,正要去拉裙子拉链时,凛子轻声说:

"关上灯。"

久木伸出一只手,关上了床头柜上方的灯,然后脱去她的套裙,解开她的衣扣,脸凑近她的乳房时,凛子一个劲儿地摇头。

"等一下,我去冲个澡。"

"不用了,这样挺好……"

"不行,身上净是汗。"

"没关系的。"

现在,久木所要的、所渴望的正是凛子觉得害羞的东西。在男人的意识里有着轻微的施虐倾向,而半推半就的女人则有轻度的被虐倾向。于是,久木右手紧紧揽住凛子的上身,另一只手去脱她的连裤袜。

"不行……"

凛子再度挣扎了一番,但是到了这个地步为时已晚。

"我说了不行你还……"

女性快投降时,男性加强了进攻。在久木脱她的长筒袜时,凛子好像配合他似的屈膝而就。

此时女人已经陷入了男人的罗网中。不,应该是男人被女人所套住更为恰当。

被脱得一丝不挂的凛子,像要掩盖羞耻似的紧紧贴了上来。久木感受着凛子那滑腻温馨的肉体,凑到她耳边说道:

"今天晚上我可要好好折磨折磨你。"

"不行不行,我可不喜欢那样啊。"

"你不是说要我变成魔鬼来折磨你吗?"

凛子仍旧不情愿地使劲儿摇头:

"我最近真有点变态了。"

这并不仅仅是凛子的感觉,久木也在黑暗中点了点头。

变成了魔鬼的男人,首先要做的是对女人施以暴力。

久木搂住赤裸的凛子,左手抱着她的肩头,两腿缠绕住她的腰部以下,右手轻柔地抚摸她的后背。

从长时间的拘谨中解放出来的凛子沉浸在舒适惬意的快感之中,渐渐有些陶醉了。然而,这陶醉是那样的短暂。

一步步露出了魔鬼本性的男人,是不会让女人长久这样陶醉在快感里的。

久木左手抱着凛子的上身,用右手指尖从她的后脖颈沿脊背缓缓向下抚摸,一直滑向滚圆的臀部。那是一种似触非触、近乎感觉不到的轻柔触摸。

这温柔的不即不离的抚摸,研磨着女人的感觉,使之愈加敏锐。

男人的指尖一遍又一遍地爱抚着,当他的手指再次从女人的腰际移动到臀部时,凛子实在受不了了,发出了哀叫。

"我不要啦……"

开始时的舒适感突然变成了酥痒难耐的感觉。

然而,男人并不因这一声哀叫而住手。从现在开始他已不再是那可爱的男人,他变成了魔鬼,君临女人之上。

痛苦不堪的凛子竭力挣脱着,久木更加用力地抱紧她,继续爱抚她的脊背。

一旦女人的身体被唤醒了酥痒感觉,便无法再平静下来。她拼命扭动着上身,想要逃脱这爱抚,可男人不为所动,任凭手指继续游弋着。

当他的指尖从后背游弋到女人的侧腹时,凛子发出了最后的哀求。

"我受不了了……"接着又喘息着求告,"救救我吧……"

搂抱自己的男人原来是个魔鬼,凛子这时才如梦方醒。

在这长时间折磨人的爱抚下,备受煎熬的凛子扭动着,呻吟着,哀求着,可是,魔鬼是绝不会轻易饶过她的。

在三番五次的哭诉般哀求之后,凛子才终于获得了解放。她大大地吐了一口气,伸展开四肢,然后,突然攥紧拳头,捶起久木的前胸来。

"你坏死了!坏透了!"

开始还觉得是温柔的爱抚,后来才发现全身的神经都被挠动着,变成令人毛发倒竖的刑罚了。

可是想责备对方,已经太晚了。说出"变成魔鬼来折磨我"的是凛子自己,久木不过是奉命行事而已。自己提出了要求,被男人忠实执行后,又怨恨人家,太不讲道理了。

"你真够坏的……"

凛子嘟哝着,一骨碌背过身去蒙上了被单。看样子是不想让这种恶作剧的男人靠近,岂不知光着身子待在床上的女人又有何处可逃呢?

把女人的肉体驱入了绝境的魔鬼,流着涎水,又一次从背后凑了上来,在呼吸刚刚平静下来的女人耳边喃喃道：

"你的罪还在后头呢。"

凛子倏地缩了一下脖子。久木两手从她的身后伸到前胸,用指尖轻轻揉捻起她的乳头来。

"不要……"

凛子想护住胸部,可是乳头已觉醒般的霍然突起,久木反复地爱抚这可爱的乳头,然后低下头探进被单里,轻轻将嘴唇贴了上去。

"你要干什么……"

凛子明知故问,男人下面要做的事是明摆着的。

久木毫不理睬,衔住了刚才右手爱抚着的乳头。

近来久木和女人的做爱方式与从前大不相同了。

三十岁左右以前,他只知道逞强使猛劲儿。四十岁以后精力略减,变得温柔些了。进入五十岁后的现在,比起激烈单调的动作来,他更注重花费时间进行稳健而温柔的爱抚了。当然一是因为没有了年轻时那样充沛的体力,其次是懂得了这样做更易于得到女性的欢心。

其实并不是越不顾一切越激烈就越好。缓慢而轻柔的,时而使对方感到焦躁的沉着应战更为有效。积二十年之经验,他才摸索到了这一路径。

现在,久木一边含着凛子的乳头,一边伸手抚摸她那充满生命跃动的花蕾。说是含着乳头,实际上不过是用舌尖轻若游丝般地舐着,而爱抚花蕾的手也只是用指尖似触非触地轻抚着,不需要用什么力。动作越是温柔越能够调动起女性的感觉。

女性常说"喜欢温和的男人",那并非指外表,而是指动作温和的意思。也就是说,和女性交媾时的温柔是男人的武器。

现在凛子实实在在地体验到了这种温柔,简直就要溶化进被挑逗起的妖冶的感觉中去了。

察觉到这一变化后,久木便将舌头包裹了她的乳头,花蕾上的手指也像毛刷似的缓缓移动起来。凛子难以忍受般扭动着上身。

"求求你了……"

明知那呻吟中充满了焦躁和急切,久木仍旧按兵不动,继续享受着那柔软的触感,等待女人向他发出哀求。

"讨厌死了……"

凛子似乎已到达了焦躁的顶点,哪怕再等待一分钟,都会自动爆炸,自行登上快乐的巅峰。到了这千钧一发的极限,好容易挤出了一句：

"快一点……"

这听起来像是哀求,又像是撒娇或哭泣。现在,女人体内沸腾滚开的感觉使她呈现出痛苦、焦躁、绝望的表情。

"求求你了……"

凛子又发出了一声哀求。久木早已洞察陷入了绝境的女人的渴求,但他还是想要听到女人哀求"快来吧"。

只要女人老老实实说出这句话,男人就会立刻饶恕她,无上欢喜地进入她那已经燃烧得火热的身体。

他还要再逼近一步,非让她说出这句话不可。

这是因为性的快乐不够丰富的男人,比起行为来更加关注与之相关的种种反应。即所爱的女性燃烧时的姿态、声音、表情。这些反应就像万花筒一样变幻无穷,直抵终点。只有懂得这一切,感受到这一切,男人才能得到身心两全的满足。

这种做爱方式,就像是给毫无意义的东西增添各种各样的附加值,来推销商品的做法一样。仅仅从快乐的角度来说,男人的感受敌不过女人。先不说在性方面还未开发出来的女人,如果是非常成熟的女人,就比男人需要更深邃的感受。为了填平这条沟壑,男人们就要启用这些附加值了。

"求求你了……"

凛子似乎已经到达了忍耐的极限,可久木还在残忍地拷问她的肉体。

"你想要什么呢?"

虽说现在男人占据着使之焦急的优势地位,可是一旦接受了女人的要求,与她交媾的话,男人一瞬间就成了女人的牺牲品,成为被贪婪地汲取的存在。因此,男人要在处于优势地位时尽可能地虚张声势,使其焦躁。

百般挑动之下,女人的肉体早已如火球般燃烧了。圆润的肩头和丰满的胸部都已汗津津的,而那隐秘的丛林深处更像泉水滋润了一般。见女人已充分地做好了接纳他的准备,男人这才从容不迫、不紧不慢地逡巡着进入了。

这种做法也是以前的久木所不曾有的。年轻时,只要对方愿意,就立刻如痴如狂地干起来,全然不顾及对方的感受,只以自己舒服满意为准。总之,那时仅仅仗着精力旺盛,在能否使女性得到满足上缺乏自信,虽说没有具体问过她们,但说不定会有人不仅没得到满足,甚至心怀不满呢。

不知是幸还是不幸,久木现在已没有了往日那种牛犊般的蛮力了。

然而,力量的不足可以用轻缓温柔的默契来弥补,现在久木依靠年龄日益增长所带来的悠游自信,与充分燃烧起来的凛子紧紧结合在了一起。

具体看来,这一性交方式得益于因年龄而获得的智慧。

年轻的时候,他只知道最简便易行地从正面压下去,一鼓作气干完了事,可是现在他采取的是两人面对面的侧位。采用这种体位的好处就是不影响继续爱抚对方的私处,还可以适当掌握自己的频率。空出来的一只手可以抚摸对方的各个部位,还可以欣赏到女人扭动身体时的千娇百媚。

近来,久木更喜欢让侧卧的女性挺起腰部。这种姿势有助于使自己精准地刺激到女性最敏感的所在。

现在,凛子正是这个关键所在受到了阵阵刺激,伴随着压抑的呻吟声,一步步朝快乐的顶峰攀登。

久木几乎已经能够预感凛子到达高潮的瞬间,因为在她呻吟和身体激烈挣扎扭曲的同时,身体深处也会发生微妙的变化。本来柔软温暖的花园随着激情燃烧而逐渐升温,吸力增强,紧紧箍住了男人,然后继续攀升,在最后一瞬间,包裹男人的褶皱犹如滚滚而来的波浪,痉挛般轻轻颤动起来。

随后,凛子终于迎来了高潮。

"我不行了……"

尽管情感上想要压抑,然而身体已不听指挥,也许正是因为知道身体无法控制,才想在语言上多少抑制一下吧。

一旦启动了的身体是无法再停下来的。

燃烧得滚烫的花蕊不停地抽搐般达到高潮后,女人体内褶皱如天鹅绒般紧裹着男人。这才是男人最感愉悦的瞬间,为了得到这欲醉欲仙的一刻,男人为女人效力,竭尽体贴与付出,投入大量的时间、金钱和劳力为女人服务,只是想共同拥有这一绝妙时刻。

然而,久木即便在这时,依然拼命忍耐、控制住了自己。

也可能有人觉得这样太傻了,怎么能放弃好容易到手的快乐呢？但是,眼看着自己所钟爱的女性火一样燃烧,比自己沉浸在快乐之中还能够引起男人的优越感和满足感。

尽管没有了年轻时的力量,却掌握了一些冷静地自我控制的技巧,这也是失去了强健的体魄所得的代价或成果吧。

现在久木就是凭着这一成果使凛子先行一步,而自己却还能克制住。

在性的问题上,未必越年轻就越好。男人的兴奋与大脑密切相关,完全受精神的操纵。因此,任何惧怕、不安或缺乏自信都会导致失败。

年轻时有的是体力,但往往欠缺精神上的自信心。

这是久木深有体会的。刚进公司时他曾和一位比他大五岁的女性交往过,她过去是个未成名的话剧演员,在新宿的酒吧工作过,据说以前在演艺界时和一位绰号花花公子的导演过从甚密。她和那男人虽早已分手了,可是一和她上床,久木就总是想起那个男人。

令人烦恼的是,男人很容易拘泥于面子或自尊,总希望怀中的女人夸自己比以前的男人更有技巧,感觉更好。

然而越这么想,越朝这方向努力,就越焦躁,越萎缩了。

男人们常说的"男人的体贴"就是指的这一点,比起羽毛未丰的年轻人,在女人面前拥有洒脱和自信是极为有效的武器。

久木和那个女演员同床共枕时,老是干着急使不上劲儿,身体怎么也不听使唤。说明年轻的肉体被想象中的花花公子打败了。

好在那位女性的态度让人钦佩。她总是一边安慰因萎缩而焦躁的久木,一边温柔地尽力帮助他挽回自信心。

如果那时她露出厌倦的神色,嘲笑他的话,久木很可能会失去自信,产生性自卑感了。

由此可知,男子是由女子塑造出来的,或者说是培养出来的。

现在久木使凛子燃烧的动力,追根究底是那些女性所培育出来的。

和女性同时达到高潮固然不错,但眼看着女性一步步走向顶点也另有其美妙的感觉。前者沉浸在自己的快乐中,后者则享有把所爱的女人送入极乐的境地,令她充分满足的握有主动权的喜悦。

凛子不可能知道男人微妙的内心活动,正全身心地陶醉在快感的余韵之中。

此时女性的姿态是最无防备、最生动诱人的,毫无一丝紧张与矜持以及反抗的意识。一心在体味着那番愉悦,宛如被轻度麻醉了似的,软绵绵地横卧在床上。这一松弛温顺的姿态真是美妙无比,看着看着,男人不由涌起了对女人的满腔爱恋。

女人如此毫无戒备地展示自己,本身就说明了对他的完全信赖与依恋。面对这样的女人,男人怎能无动于衷呢?

久木突然搂住了凛子的肩头。

凛子的身体还残留着高潮后的余韵,汗津津的、灼热的。他紧紧抱住她,爱抚着她的后背轻声问道:

"觉得舒服吗?"

虽然是明知故问,男人还是想得到语言的证实。

女人老老实实地承认后,男人又问:

"感觉怎么样?"

凛子做出一副羞于出口的表情,男人怨她装糊涂,赌气似的又把手伸到了她的敏感处，凛子上身微微扭曲。

"不行……"

凛子想要推开那只手，身体却不听指挥，在那手指的执拗爱抚之下，渐渐又燃烧起来了。

高潮过后瘫软得如昏死过去一般的女人身体，转瞬间竟再度兴奋，实在快得惊人。

刚才还像被海浪涌到岸边来的海藻一样，飘散在点点浪花之中，现在却已恢复了生机，来寻求更大的欢乐了。

正所谓男子的性有限，而女子的性近于无限。不用套数学公式也可明白，以有限对抗无限是难以取胜的。

幸好，久木还没有发泄出来，刚才他抗拒着强烈的诱惑，停在了一步之遥。以此余力总算可以勉强应付新的欲求。

为了对抗再度激情燃烧起来的女人，男人又一次奋起，只是改变了刚才的游戏方式。

这回，久木从凛子身后悄悄挨近，手伸到胸前揉弄她的乳头。

高潮之后身体往往特别敏感，稍一刺激凛子就有了反应，扭动起身来。

"把手给我！"

凛子一下子没反应过来，刚要回头问，久木猛然抓住她的左手拽到背后来，然后把她的右手也拉到了背后。

"干什么？"

"这手太碍事了……"

刚才久木只要一触摸她的乳房，凛子就感觉酥痒似的扭个不停，还老想用双手护住胸脯，久木觉得有必要惩罚惩罚这双捣乱的手。

久木把凛子的双手拉到背后，拿起床边的浴衣带把它们捆绑了起来。

"你别胡闹啊！"

女人现在才明白了男人的企图，慌忙想把手抽回来，可已经来不及了，她双手手腕已经被牢牢在背后捆成了个十字交叉。

"你这是干什么……"

她两手使劲儿搓来扯去地想要挣脱，全是徒劳。

手被绑得死死的了，凛子突然感到不安，更用力地扭动上身，拼命挣脱束缚，可是挣扎的结果，只能使遮住身体的被单滑落下来，使赤裸的身体一览无余。

"快给我解开……"

知道自己挣脱不了，只好央求起来，可变成魔鬼的男人不仅不为所动，还向她提出了更加残酷的要求。

"开开灯,怎么样?"

凛子猛地扭过脸,拼命摇头:

"不要,千万不要……"

此时男人已占据了绝对优势,可以让女人俯首帖耳,任其胡为了,他不会放过这千载难逢的机会。

男人从浴室拿来一条毛巾。

"你要干吗?"

恐惧至极的女人对一切都反应敏感,男人以主宰者的姿态向女人宣告下一步行动:

"把你眼睛蒙上。"

"不要……"

女人激烈摇晃着脑袋,眼睛还是被蒙上了,她一下子坠入了黑暗之中。

"我害怕……"

她声嘶力竭地叫唤了一声,但男人是不会为她解开绳索的。见女人还在负隅顽抗,魔鬼男人得意地宣布了最后一项行动:

"现在我要开灯了!"

"救命!"

她用有气无力的声音哀求着,魔鬼男人根本不为所动,摁下了开关,顿时,所有的照明都被打开,整个房间亮堂堂的。

卧室正中央是一张很大的双人床。女人赤裸裸地被扔在床上。

女人眼睛被蒙住,双手被反绑在背后,完全失去了反抗的能力。到了这个地步,她还想要掩盖那个羞涩的地方,身体窝成了弓形。从她那浑圆的肩头可以窥见鼓鼓的乳峰,纤细蛮腰下面便是圆润光滑的雪白的臀部。

女人的身体真是不可思议的生物体。

美丽的裸体横陈在眼前,自然很有美感,但如果在这美丽的裸体上再稍加一点装饰的话,就可以使其愈加美丽。比方说,犹抱琵琶半遮面似的只穿着内衣或连裤袜等等,半遮半掩,则会更增添女人的性感,更能够吊起男人的胃口。

现在,凛子浑身上下只有手腕上系着一条浴衣带子,眼睛蒙着一条毛巾。这两样与美丽无缘的东西把女人的身体束缚住的一瞬间,女人身体里便激发出了无限的妖媚和冶艳,似乎在向男人挑战。

仅仅是裸体的话,没有这么强大的诱惑力,为什么稍稍施以束缚,女人的身体就会变得如此令人振奋呢?难道说那束缚里面潜藏着使人想入非非、唤起男人妄想的毒素吗?

全裸的女人被反绑双手,蒙住眼睛,扔在床上。她这种姿态会使男人从女人的美丽、悲哀,想象到其悲剧性的背景,进而一直想到她那因羞耻而颤抖不已的内心。正因为如此,男人才感到亢奋,情欲勃发。

面对这无与伦比的魅力,就算是魔鬼也不能不束手就擒。

久木目不转睛地欣赏着凛子,身体里渐渐燥热起来,欲火不断地升温,终于火山爆发了,他饿虎扑食般扑到床上,紧紧抱住了凛子。

此时此刻,就连魔鬼刽子手也不由自主地玩忽职守,堕落为一介好色而淫荡的凡人。

尽管如此,魔鬼男人还没有完全丧失其统治者的地位。他命令蜷缩在床上被绑缚着的女人把圆滚滚的臀部撅得高高的,自己从前后左右各个角度欣赏着她那淫靡而美妙的姿态。同时,他也没有忘记在女人的耳边絮絮叨叨描绘着她的臀部的形状以及乳头的颜色等等,用语言进行挑逗。

"哟,连这儿都充满了蜜汁。"

听到自己被比喻成了水果,女人真想掩住自己的耳朵可又做不到,她现在一心只盼望男人赶紧做他该做的事,可是男人哪会那么听话。

男人输给女人最大的原因就是控制力不够强。只要再稍微忍耐一会儿,就可以建立起绝对的优势,可是男人往往做不到,在最后关头功亏一篑。

久木现在也已经到达了这一极限。

好不容易才把凛子捆上,在随心所欲地欣赏,不断用语言挑逗对方的过程中,他自己却无法抗拒体内疯狂喷涌的欲望,躺倒在那圆圆的臀部后面了。

尽管对美景还有些流连忘返,但终究压抑不住自己的欲火,他终于把心一横,侵入了那早已蜜液充盈的花园里。

就在他进入的一刹那,凛子"啊"地叫了一声,挺起上身,随即她感觉到自己已经紧紧箍住了男人,便配合男人的节奏,缓慢地伸缩起腰肢来。

从后面进入,即背后位姿势,无疑会有效刺激女人最敏感之处,而且女人越是向后挺起,结合得越是紧密。

男人只是在一开始进得很深,很快便放松了力度,改推进为后拉,反复刺激挑逗,最后拉起绑缚女人双手的十字结,像驾驭着马儿一样前后晃动起来。

久木此刻俨然成了操控女人的君主,然而其征服者的期限也到此为止了。

被蒙住双眼的凛子感受力更加高度集中,开始的时候,她还只是害羞地配合着节奏多变的刺激,但很快就由被动变主动,最后变成无法驯服的野马撒开腿狂奔起来。

结果,男人就这样被女人调动着、搅扰着、引诱着,直到连自己的主导地位也抛到了脑后,在女人身体里彻底溃败了。

其实在做羞耻事这一点上,男人女人没有不同,正因为女人刚才被逼到了无以复加的羞耻状态,一旦完全放开后,女人反倒能够抛掉所有羞耻和顾忌。

开始男人以为是自己在侵犯女人,等到一切都结束之后才发觉,被吸干榨尽的是男人。每次,男人都会像具尸体似的瘫在床上。

在一切生命仿佛都已灭绝的静寂中,先开口的是凛子。

"给我解开呀……"

久木这才发现凛子的双手还被绑在背后,蒙眼睛的毛巾在激烈的震撼中已自行脱落了。

久木把手绕到凛子身后,给她解开手腕上的结。

刚一解开,凛子就用双手噼啪噼啪狠劲儿捶打久木的脸和胸部。

"坏蛋,坏蛋,坏透了。"

她是在气手被反绑的事,久木由着她打,待她气消了之后才问道:

"可是,特舒服吧?"

凛子没回答,叹了口气,这轻微的颤动经由凛子的乳房传递到久木的胸脯。

"你不是让我欺负你吗?"

"谁知道你来真的呀。"

"下回还有更让你好受的。"

"你干吗要这样?"

"喜欢你啊。"

凛子突然伸头抵在久木胸前,保持着这个姿势说:

"我最近有点怪怪的。"

"为什么?"

"被你那么折腾还觉得挺好……"

"比以前还好吗?"

"只要想到眼睛被蒙着、手被绑着,只能任你胡来,就兴奋了……"

"你不会是受虐狂吧?"

"去,我可不喜欢受罪啊。"

"怎么会让你受罪呢,我那么爱你。"

表面上看像是虐待,但还是以爱情为基础的,即便一时性起,真的变成了施虐被虐,只要有爱情的根基,就不能说成不正常。

"别人都这样做吗?"

"不会的,没有人像咱们这么相爱。"

倒不是看过别人做爱,但久木在这一点上很有自信。

"只有我们两个……"

正因为两个人一起放纵情爱，也使两人因此更加情投意合了，双方都为自己在对方面前如此袒露无遗、如此亲密无间而感到无比的恬静怡然。

久木平躺着，凛子微微侧着身子，头枕在久木的肩头上。久木忽然问道：

"我问个问题可以吗？"

"问什么？"

兴许是太过疲乏了，凛子的声音含混不清的。

"嗯，你和他之间……"

久木怎么也说不出"你丈夫"这个词来。

"还做这事吗？"

"说什么哪。"

凛子的声调突然严肃起来，"我不是说过早就没有了吗？"

"那，以前呢？"

凛子沉默着，不大想回答。久木也觉得问得有点过，可还是憋不住想知道。

"没这么舒服吧？"

"当然啦……"

凛子淡淡地答道。

久木又在脑子里描绘起了凛子那位优秀的医生丈夫。实在难以置信，这样的男性却没能满足妻子。

"是真的吗？"

"他对这种事很淡漠的。"

"可是，他的确很优秀啊。"

"这是两码事。"

凛子的丈夫是医学部教授，这让久木无法释怀，但从目前的情形来看，这些优势与性似乎没有必然的联系。

在现实中，有地位、有经济实力的男人确实占有一定的优势。这些东西都是看得见摸得着的，人们自然会给予认可。

然而，还应该加上一条，即性方面的优势，这也是作为男人不容忽视的方面。只是这方面从表面上不易看出来，只能任凭人们去猜想。若是想要确认，最好去问问和这男人有交往的女性，当然，也未必能得到明明白白的回答。

结果，只能妄加猜测随个人想象力去发挥了。

刚才久木得到了凛子坦率的回答，尽管没有详细地描述究竟哪儿比他强，但久木那方面比她丈夫强是板上钉钉的了。

"太好了……"

这一阵子，久木从凛子的态度上也能估摸出八九不离十，现在又得到她亲口证实，使久木悬着的心彻底放肚子里了。

"起初，以为自己不行呢。"

"为什么？"

要问为什么，一句两句也说不清楚。说实话，刚一听说凛子丈夫的情况时，久木觉得自己凶多吉少。且不比社会地位，即便在经济能力上也不及人家，年纪又比自己小了不少。之所以能够明知山有虎偏向虎山行，乃是由于倾倒于凛子的超人魅力，抱着豁出去一搏的劲头儿，输了也在所不惜的决心使然。

现在回过头看，这种不顾一切地鲁莽居然神奇地奏了效。

久木论地位和经济实力虽然敌不过凛子的丈夫，却在性方面享有优势。地位和金钱方面占得上风，却被偷走了妻子的丈夫，和金钱地位上处于劣势，却夺走人妻的男人相比，究竟哪一方算胜出，还不好妄加评断，不过，久木作为后者已然十二分满足了。

归根结底，性这玩意儿真是神奇莫测，久木不禁慨叹不已。

男人和女人干的那事，所有人都大同小异。从身体构造，到牡的侵入牝的身体，直至被包裹在花瓣之中，一泻而出的全过程差不多都是一个模式。

然而，在行事过程中，却因各人趣味不同、个体反应差异，而没有两对儿是一模一样的，正所谓千人千样。

大概动物越高级，性行为样式就越复杂多变。位于动物界尖端的人类，有着千姿百态、花样翻新的性嗜好，也是理所当然的了。

男女两人，从一见钟情到心心相印，从接吻到肉体结合，这一过程姑且不说，再接下去的恋爱过程直到分手，十个男人就有十种方式，十个女人也有十样喜好。

综上所述，可以说，性就是文化。

男人和女人，我们每个人从出生到长大成人，从所受教育到学识教养，从经验到感性认识，无不在性的场合赤裸裸地暴露出来。可是令人头疼的是，性的问题，从书本上和学校里是学不到的。当然通过阅读有关性的书籍，能大致了解男女的身体构造和机能，但是书本知识与现实之间还是有着一道鸿沟。

有关性的问题，还得在实际体验中各自去感受，去领悟。说穿了，对这个问题，无论毕业于什么名牌大学，无论智商多么高的人也有一窍不通的。相反，即使没上过什么学的人，也有特别精通的。

从这个角度说，没有比性更没有阶级差别、更民主的东西了。

就在他漫无边际地遐想时，凛子嘟哝道：

"你想什么哪？"

"没想什么，只觉得能遇见你，真是三生有幸啊……"

久木抱住凛子，在这无比温暖丰饶的肉体相伴下，沉沉地睡着了。

# 良宵

刚才还在月色下端着架子的那个女人，顿时化作一股冲天的火柱，她眉头紧皱锁成一线，在似哭非哭的表情中达到了高潮。久木喜欢凛子此时的表情，又像饮泣又像生气，又像在撒娇。在这无法捕获的万端变化里，蕴藏着女人无限的情欲和娇媚。

十月最后一周的星期六，久木一上午都闷在家里看电视。也没什么特别想看的节目，不外是一周的社会动态追踪报道或高尔夫比赛等等，不知不觉间已经下午三点了。

久木忽然想起什么似的，起身离开电视，到自己房间去，准备起外出的行装来。

以往都是妻子帮他准备，最近几乎都是久木自己动手了。他穿上花格西式夹克上衣，浅褐色的裤子，打好领带，便提着已装好包的高尔夫球袋回到客厅。妻子正在桌前摆弄电脑，眼看临近年底送礼季节了，这会儿她好像在估算成套陶器的价位。

"我走啦。"

听到久木的声音，妻子这才意识到似的，摘下老花镜，转过头来。

"今天晚上不回来，是吧？"

"嗯，先参加一个招待会，然后去箱根的仙石原饭店住一晚，明天在那儿打高尔夫球。"

说完，久木走到门口，妻子随后起来送他。

"我六点在银座也有个洽谈会，晚上回来晚。"

久木点了点头，背起球袋走出家门。

其实，他今天晚上是去和凛子幽会的。拿着高尔夫球袋出门，是为了给外宿一晚打掩护。

不过，久木刚才对妻子说的也并不都是假话。

今天傍晚出席在赤坂某饭店举行的颁奖酒会，以及晚上在仙石原的饭店住宿都确有其事，只不过，发奖仪式是凛子参加的书法协会举办的，而仙石原则是和凛子两个人去。

隐瞒了同行者，固然是为了瞒着妻子，但久木还是觉得不大合适。不过多年来形成的冷淡的夫妻之间，善意的隐瞒或许也是必要的。

从世田谷樱新町的久木家到赤坂的饭店，开车差不多需要一个小时。

久木一边开车一边想着刚刚分别的妻子。

坦率地说,妻子并没有特别值得挑剔的地方。年龄比久木小六岁,今年四十八岁,圆圆脸,显得比较年轻。刚出去工作时,她对久木说,年轻的男职员猜的年龄比她真实年龄小了五六岁还多,看她那高兴劲儿,不像是瞎说。

她长相普普通通,性格十分开朗,家务事以及养育独生女等等都没的挑,而且与十年前去世的久木母亲也处得不错。综合分可以打到七八十分。不过,这种无可挑剔的安心感,有时也会因缺少刺激而成为一种缺憾。

其实,久木与妻子之间已有十年没有性生活了。当然,在那以前也不算频繁,渐渐地就自然消亡了。对他而言,妻子与其说是女人,不如说是生活的伴侣。

久木的同事中曾有人发表过一种奇谈怪论,说是"工作和性交不带回家"。久木和妻子的关系就跟这差不多。

这也许是男人们的信口托词,不过,面对二十多年来朝夕相处、彼此已了如指掌的妻子,要自己"兴奋起来"也是徒劳。这么长时间生活在一起,妻子更像是近亲。因此,也有人调侃"不准和近亲交配"。

总之,二十五年之久的婚姻,已不可能再产生什么浪漫或激情了,两人之间只剩下"安定"了。换句话说,男女之间,要么图安宁,要么求激情,二者都要简直就是一种奢望。

不能说完全出于这个原因,但现在久木寻求的是激情,并深陷其中,不能自拔,已是毫无疑问的了。

虽然是星期六傍晚,但道路格外拥挤。离家时久木还觉得出来得太早了,看现在这路况,五点以前能到就不错了。穿过车流堵塞的涩谷,沿青山路朝赤坂方向行驶,久木看了一眼副驾座上的高尔夫球袋苦笑了一下。

久木和凛子一起出去旅行过不止一次,每次他都是从公司直接去目的地,所以比较轻松。可今天是假日,不方便出门,想来想去就谎称是和朋友去住饭店打高尔夫球了。

昨天晚上跟妻子说了之后,她没有表现出怀疑的样子。今天,久木出门时她的表情也很正常。

这说明妻子还没有察觉,可久木又觉得妻子早已看穿了一切。

妻子原本不是个嫉妒心强、喜怒无常的人,什么都不往心里去,总是我行我素的。她真实的心态不得而知,至少在久木眼里是这样的。

妻子的好脾气纵容了久木,他不断地在外面结交女友。

妻子那麻木不仁的沉静态度里,似乎隐含着丈夫迟早会回到身边来,唠叨也是多余的想法。

但是,这次情况与以往不大一样,久木是全身心投入的,可妻子怎么还这么满不在乎呢?

可能因为这段时间她正热衷于陶器顾问的工作,顾不上久木吧。不过,也说不定有别的要好的男人了。久木想象不出哪个男人会去追求一个快五十岁的女人。可又一想,自己比妻子还大呢,看来也不是毫无可能的。

如果妻子移情别恋,的确是一件令人不快的事。然而现在的久木根本没有资格去责备她了。

到达饭店时已是四点五十分,离颁奖开始还有不到十分钟。

久木把车存在停车场,来到二楼会场,会场里已聚集了一些书法家和书法爱好者等相关人士。

久木从人群间穿过,在接待处签了到。这时,早已在等候他的凛子走近前来。

凛子身着淡紫色和服,系一条白色绣花和服腰带,云鬓高高盘起,别着珍珠发簪。走近一看,和服胸前的图案是小朵菊花,越往下去底色越深,接近下摆时,变成了大朵绽放的菊花了。

久木情不自禁地看呆了,凛子惊讶地问他:

"你怎么啦?"

"哎呀,真是惊艳哪。"

凛子穿西服和穿和服时,给人的印象迥然不同。她穿西服时,显得聪明伶俐,惹人喜爱。穿和服时,则变成了秀外慧中、光彩照人的夫人。

"左等右等不见你的人影,真让人担心。"

"车堵得走不动。"

久木在凛子的引导下走进了会场,坐在中央偏后的地方。

"你就在这儿先呆一会儿。"

"你坐哪儿啊?"

"我坐前边。颁奖会后在隔壁有个小范围招待会,你也参加一下。"

久木点点头,凛子转过身向前排的席位走去。她背后的腰带打的是鼓形结,鼓形结上有两个扇面图案。

在这次书法展览中,凛子获得了鼓励奖。其作品已在美术馆展出,一平方米左右的宣纸上,书写着"慎始敬终"四个字。

"慎始敬终。"久木读着。

"任何事情都要这样才对吧。"凛子曾经这样解释着。

话是不错,可是在久木看来,这几个字过于凝重古板了些;但他转念一想,这正是支撑凛子为人处世的支柱,就一个劲儿点头,表示赞同。

先颁发大奖和优秀奖,然后才是鼓励奖,这回有三人入选鼓励奖。

"你一定得来参加啊。"

应凛子之邀而来的久木,不由担心她的丈夫也会来,按说她应该不会把两个男人同时请来的。

按预定时间,颁奖仪式五点准时开始。

书法家和相关人士共有近二百人出席,首先由主办单位——某报社和书法家代表讲话。久木这才知道,这个书法协会具有全国规模,传统悠久,已举办过近三十届书法展览了。

主办者讲话后开始授奖。从最优秀奖开始,获奖者依次上台领取奖状和奖品。获奖者从书法家派头十足、身着盛装和服的老者,到妙龄女性,一位接一位地登台,每一位都得到了与会者的热烈掌声。

轮到获鼓励奖的凛子领奖了。和她同时获奖的还有两位,一位是五十岁左右的男士,另一位是更为年长的女性。正值盛年的凛子夹在两人中间,愈显得光彩照人。

被念到名字的人上前一步领奖,凛子是第二个。

霎时间,会场里掌声四起,似乎比对其他人都要热烈。

凛子恭恭敬敬地鞠了一躬,接过奖品。久木不由充满了自豪感。

与会者仿佛都把目光集中到了凛子身上。凛子因紧张而脸色略显苍白,恰与浅紫色和服相互映衬,既雍容大方,又不失姣妍和妩媚。

不知女宾们做何感想,男性们注视着台上的凛子,一定是从外表美一直想象到脱去衣服后的裸体美的。

然而他们没有一个人见过凛子的真实形象。她有着怎样丰满的胸部,身体里隐藏着怎样美妙的花蕊,只有他们两人时,她是怎样的风情万种,这一切只有他久木才知道。

这种优越感也许就是拥有美丽的女演员或艺妓这样的妻子、情人的男人们所独享的快感了。

就在久木品味这感觉时,凛子在一阵热烈的掌声中走下了领奖台。评委做了讲评之后,颁奖结束了。

接下来,在隔壁大厅里有个庆祝酒会,大家站起来向那边移动着。

久木正犹豫着要不要去参加时,凛子走过来对他说:

"去一会儿没关系吧?"

"要很长时间吧?"

"待上三四十分钟就可以溜走了。"

"好吧,我先去一会儿。然后在一楼的咖啡厅等你。"

凛子点点头,又回到书法家朋友那边去了。

酒会的会场里,来宾比颁奖仪式来的人还要多,将近有三百人。还是先由主办方讲话,然后由一位德高望重的老先生致祝酒词后,酒会正式开始。

久木在离入口处不远的桌旁喝着啤酒,一边环视着会场。凛子正站在靠近主桌的地方,和一位上年纪的男人交谈着。

书法名人除外,一般的书法家以女性居多。在这众多女性之中,凛子的姿色非常引人注目。虽然不那么雍容华贵,但是典雅的气质中,透出成熟女性的动人魅力。

出席者们似乎也有同感,凛子的身旁聚集了很多男人,都笑容可掬地跟凛子说话。

久木不了解书法圈的事,现在才知道,原来凛子是这个圈子里的后起之秀。他正望着凛子出神,背后有人拍了一下他的肩头。

"你到底还是来了。"

久木回头一看,原来是衣川。

"你呀,是凛子叫我来的。"

"我本来不打算来,今天完事早,就来看看。"衣川说着,朝里边瞧了瞧,"看见她那么受欢迎,心里美滋滋的吧?"

这种时候遇到衣川,和凛子一块儿走不大方便了。不过一个人正无聊,有个人说说话也蛮不错。

"没想到书法协会里有这么多女性啊。"

"从事绘画的也不少,但不如书法的多。要说这也算是个问题……"

"热热闹闹的多好啊。"

"热闹是热闹,不过你也看见了,名书法家大多是男性,他们周围有这么多不同年龄、各种各样的女性围绕着,会发生什么呢?肯定会对年轻貌美的女性另眼相看啰。"说到这儿,衣川慌忙摆摆手,"这当然不包括她了。不过,弟子当中有位年轻女性,师傅的态度会不自觉地亲切和蔼起来。这与其说是偏向,莫如说是男人的本能吧。"

还有这事?久木听着点了点头,衣川压低了声音说:

"有的先生在弟子当中选定一个样板,让其模仿自己写的字,因而入选的。"

"那么,是不是分各种流派或集团呢?"

"那是那是。流派掌门人的名气越大,弟子就越得势,否则就比较吃亏了。"

"这么说和舞蹈界、插花界类似了?"

"基本上都差不多吧。"

衣川以前在报社干过,所以对书法界好像也相当了解。

"那些展出的书法,什么人买呢?"

"除有名望的先生或在传媒界挂了名的极少数先生的作品外,几乎都是被弟子买走。"

"弟子买去做什么呢?"

"以此来表示对先生的忠诚啊。"

一想到凛子生活在这样的世界中,久木忽然同情起她来,同时,也很钦佩她。

会场最尽头的凛子好像注意到了久木在和衣川聊天。

衣川好像也发现了,就朝凛子招了招手,见凛子走过来,就笑着说:

"今天你可真出众啊,一进会场就看见你了。"

衣川平日总叹息自己太腼腆,不会对女人说好听的,现在可是一反常态了。

"刚才他给我讲了些书法界的内幕。"

久木转了话题。凛子有点紧张地问:

"什么内幕呀?"

"跟你没什么关系的。"

衣川摇着脑袋说。就在这时,一位记者模样的中年男子递给凛子一张名片,后面跟着的摄影师走过来,咔嚓咔嚓地给凛子拍起照来。

尽管不是优秀奖,却受到明星级的礼遇,想必是因为凛子的美貌吧。

久木退后一步观看着,衣川问他:

"待会儿你们有什么安排?"

久木支吾着"这个嘛……",衣川立刻明白了。

"行了,别为难了。今天晚上两人也该干杯庆祝一下噢。"

衣川善解人意地说道。

"她家里今天没来人吗?"

久木也正担心这个,又环顾了一遍会场。

"不过,你也真够大胆的,要是她丈夫来了可怎么办呢?"

听衣川这么一说,久木本想回一句"是凛子要我来的",可是话到嘴边,又咽了回去。

"要说大胆的,应该是她呀。"衣川故意打趣地说,"你们不至于为了美女来一场决斗吧?"

衣川一个人想入非非地自得其乐,见久木没有反应,觉得无趣,又待了十来分钟就离开了会场。

又剩下久木自己了,招待会酒宴方酣。

凛子又回到主桌附近去,和与会者谈笑风生,或者和书法家朋友们一起拍照。

久木的目光追逐着凛子的身影,同时想起了衣川刚说的"大胆"这个词来。

听他的口气像是在讥讽久木,不是人家的丈夫,还来出席招待会。不过,本来凛子就没说她丈夫要来,再说,即使来了,他也不认识久木,不会有麻烦的。

久木一边自我宽心,一边喝着啤酒,看了下手表,已过了三十多分钟了。于是,他离开会场,来到一楼的大厅,穿过大厅往左手去就到了咖啡厅。他坐在里面靠墙的位子上,要了杯咖啡。

正是周末,到处是来出席婚礼的男男女女。

咖啡很快就端来了,久木又瞧了眼手表,已经六点半了。

照这趋势来看,到箱根时得九点了。

久木闲得没事干,一边喝咖啡,一边翻看起了笔记本。点燃第二根香烟时,凛子在大厅里出现了。

和一位上年纪的女性告别后,凛子拎着个大纸口袋向这边走来。

"对不起,让你久等了,咱们走吧。"

凛子大概是担心被人看见,想尽快离开这儿。

两人穿过大厅来到地下停车场,坐进车里,凛子才算放下心来,又恢复了平日温和的神情,说道:

"今晚把你弄得晕头转向的,真抱歉。"

"哪里,多亏了你我今天开了眼界,非常愉快。"

久木一边发动汽车,一边问:

"直接去箱根,行吗?"

"按说还有第二轮酒会呢,不过我事先说好不参加的。"

"衣服用不用换换?"

凛子还穿着出席招待会的和服。

"我带了要换的衣服了,到那边再换吧。"

车子开出停车场,立刻被笼罩在赤坂五光十色的霓虹灯之中了。

"今天你太美了。我现在才知道你有那么多崇拜者。"

"哪有什么崇拜者呀。"

凛子羞赧地把头掉向车窗,拿出了粉盒补妆。

"有不少人向你献殷勤吧?"

"我总是和大伙儿一起出去。"

"不过,先生和大人物好像净是男性吧。"

"虽说是先生,可都是老年人,而且也没有像你这么脸皮厚的。"

"男人可不好说噢。"

"人家全是绅士,放心吧。"

车子朝霞关枢纽驶去,从那儿上首都高速公路。久木望着前方明灭的灯光说道:

"衣川说你胆子很大。"

"为什么这么说?"

"他的意思是,万一你丈夫来了怎么办哪。"

"他不会来的。"

"有事出去了?"

"不是,他说了不来就不会来的。"

凛子的语气很果断,丝毫没有犹豫。

车子从霞关坡道上了首都高速公路,经涩谷去用贺方向,然后转入东名高速,直奔御殿场。

久木踩下油门开始加速,然后又问道:

"他知道今天的颁奖式吗?"

久木还是省掉了"你丈夫"这个词。

"知道他也不会关心的。"

凛子凝视着灯光闪烁的前方答道。

"难道也没说想来看看?"

"没有,什么表示都没有……"

"你今天晚上不回家的理由呢?"

"我说和协会的人一起出去。"

"可是他对你外宿不归就一点也不怀疑吗?"

"可能会怀疑的。"

这回答使久木有些意外,他紧握着方向盘问她:

"就是说他无所谓?"

"也不是无所谓,他不爱刨根问底的。"

久木愈加不明白这对儿夫妻是怎么回事了。

"看来是有所怀疑的了?"

"他这人自尊心很强,不愿意知道不利于他的事。若是了解之后确有其事,多没面子呀。"

"不过,如果对你不放心的话……"

"有各种各样的男人。有的人什么都想知道,也有像他这样的,害怕知道了有伤自己的尊严。"

"可是,老是这样下去……"

"是啊,他难受,我也难受。"

凛子出神地看着前方。

星期六的夜晚,南去的高速路意外的通畅。

车子过了用贺收费口,进入了东名高速路,有三条车道。久木又加大了油门。灯光璀璨的大城市迅速远去,静悄悄的住宅区和黑黝黝的森林不断闪过。

对于凛子夫妇,久木再怎么想也没有用。本来就是夺人之妻的罪魁祸首,倒为人家丈夫担心,太不合情理了。

于是,久木把话题转到了书法上。

"一坐到桌前,拿起毛笔,心情就平静下来了吗?"

"即使不太平静时,研着研着墨,烦恼自然而然被吸走了似的。拿起毛笔时,心境已经十分安宁了。"

久木还从未见过凛子写毛笔字的样子,但想象得出凛子研磨和铺开纸书写时的姿态,一定是非常端庄而优美的。

"字能反映出人的品格吧?"

"当然,字如其人嘛。"

的确,字写得帅气的人,性格也是很潇洒的。

"常有人说我的字显得妩媚。"

"这次的作品怎么样?"

"很遗憾,不怎么妩媚吧？我是尽量控制自己不写出那种感觉来的。"

"这也能控制?"

"写四个字以内还问题不大,我也说不好。"

这次凛子写的是"慎始敬终"四个大字。

"不知你的妩媚的字什么样,不过,这几个字写得很有生气,很优美。"

"你这么说我真高兴。"

"不过我还是希望你写的是'慎始乱终'。"

"那是什么意思啊?"

"开始谨慎,最终迷乱。"

"别胡说。"

凛子瞪了他一眼,每到夜里,凛子就会由谨慎矜持变为疯狂迷乱。为了目睹这令人难以置信的变化,久木驱车飞奔在夜晚的东名高速公路上。

到达仙石原饭店时是八点半钟。离开东京时,以为九点才能到,没想到一路顺畅,提前到达了。

在服务台开了房间后，两人被引到了三层尽头的客房。

久木以前来这个饭店打过高尔夫球，知道白天从凉台可以眺望仙石原平原以及高尔夫球场。

凛子本想马上换衣服，一看时间不早了，就决定先去吃饭。

餐厅在一层，窗外已是漆黑一片。隔着落地玻璃窗，能够看见下面的游泳池，水下灯将池水照得湛蓝透明。

"真像仙境一样啊！"

从受奖典礼到酒会凛子一直紧绷着的神经，好容易才松弛了下来。

他们心情放松地又干了杯啤酒。酒会上已多少吃了点东西，所以只要了份清淡的菜肴。

"不知为什么，一到了这儿，就安心多了。"

正如凛子所言，一进入箱根山，久木就产生一种与世隔绝的安心感，这恐怕是因偷情而内疚的关系吧。

芦湖产的虹鳟鱼加奶酪的冷盘端了上来。两人再次举杯喝起了红酒，这时，久木又想起了刚才关于书法的话题。

"你作品上的署名'翠玉'，也叫作雅号吧，是你自己起的？"

"有的人是自己起的，我是先生给起的。"

"松原翠玉，这个名字不错。真希望你用这个雅号再写一幅妍丽的字呢。"

"那么，下次就写一首名人作的恋歌吧。"

"你听这首怎么样：'肌若凝脂颜如玉，满腔热血盼君顾。视而不见忙国事，君心不曾饮孤独？'"

久木朗诵了一首与谢野晶子的和歌，凛子不禁苦笑了一下。久木接着又朗诵起了中城富美子的和歌。这位战后不久和寺山修司一起走红的女歌人，年仅三十二岁就英年早逝了。

"桀骜不驯若枭鸟，柔似蝌蚪惹人怜。美如鲜花夺人眼，爱栖女人一身兼。"久木朗诵完，问凛子："这首歌把女人的娇媚表达得淋漓尽致吧？"

"是啊，的确是好诗。"凛子随声附和着。

因晚餐吃得晚，吃完已过十点了。

凛子紧张了一天，显得有些疲惫。

从餐厅回到房间，关上门后，才真的成了两人世界。久木很自然地拥抱了凛子，凛子也早已期待这一刻，顺势靠在他的胸前，和他接吻。

夜色笼罩的饭店里,悄无声息,静得能听见凛子衣服发出的窸窣声。长长的亲吻之后,凛子拢了拢头发,走到窗边。

这里也是落地玻璃窗,外面的凉台上放着一张白色的桌子和两把椅子。

"出去瞧瞧可以吗?"

凛子想吹吹夜风,打开凉台门走到外面,久木跟在她后边。

"挺冷的。"

入夜时刮起的风,掠过了秋天的高原。

"你看,月亮好大啊……"

久木抬头一看,月亮高悬中天,亮如银盘。

从屋里看时,凉台前面黑郁郁的,现在借着月光可以依稀看到宽阔的草地和高尔夫球场,远处耸立着屏障般的外轮山。清新的空气,使人觉得连月亮都比城市里看见的更大更亮。

"这月亮真大,我都不敢看了。"

凛子望着月亮小声说。

"五脏六腑都被它射透了似的……"

"今晚就来他个月光浴怎么样?"

"你就不能想点别的。"

凛子缩起脖子说了声"好冷啊",此时的久木已被突然涌起的淫亵念头占据了。

两人从凉台回到了屋里,里面的暖和气与外面袭人的寒气形成了鲜明的对比。

一边赏着月,久木忽然涌起了情欲。凛子打算先脱掉和服,再去淋浴。

久木换了浴衣,躺在床上等凛子。凛子关上了过道的灯。

屋里一下子黑了下来。只有月光照射在窗户上,微微泛白。

久木凝望着这宁静中的朦胧夜色。凛子好像开始脱和服了。

凛子站在床的左侧,紧挨着洗澡间的地方,弓着身子在脱衣服。久木只能听到丝绸摩擦发出的声音,腰带解下来,抽去了几条系带后,和服便长长地拖到了地上。

起初觉得暗淡的月光,渐渐习惯之后,能模模糊糊看见东西了。久木看见凛子背对着他,身上披着和服,蒙眬中看起来很像过去贵妇人出门时披的蒙头披肩。

按顺序是先脱和服,再脱长衬衣,最后是贴身衬衣,这么一件件往下脱的。凛子在已有肌肤之亲的男人面前,仍旧背着他,披着和服脱衬衣。

久木之所以被凛子吸引,正是因为她具有这样的矜持和品味。

脱完后,凛子披着和服进了洗澡间,这时她完全一丝不挂了。

久木闻着这些衣物的香气,在皎洁的月光下沉思起来。

端庄而文静的女人变得迷乱使人心醉,若原本就迷乱的女人,再怎么迷乱也毫无情趣。

从洗澡间传来细碎的水流声。

久木关掉了所有的灯,以备凛子洗澡出来之需。表面上是为凛子着想,其实,自有久木的小算盘。房间里温暖如春,从两扇没有拉上窗帘的窗户那儿照进了一抹轻柔的月光。

设置好这般场景后,只等美丽的猎物上场了。

不知什么原因,凛子从洗澡间出来后,站在门边半天不动。久木奇怪地坐了起来,凛子这才问他:

"干吗不拉上窗帘?"

这根本用不着解释,久木不吭声。凛子走到窗前,就在她拉上窗帘的一瞬间,凛子绰约的风姿便袒露在淡淡的月光下了。

她那刚刚出浴的裸体上裹了一件白色的浴衣,腰带长长垂了下来,头发束在脑后,仰起脸眺望窗外的身姿,形成了一个蒙眬的剪影。

久木看得入了神,翻身下床,来到窗边抓住了凛子的手。

"我刚才不是说要月光浴吗?"

"不要。不要。"

久木也不理会,把凛子拽到了床上。

凛子虽然顾虑窗外的月光,一旦被搂抱着躺到了床上,也只有顺从地就范了。

"月光下的解剖现在开始。"

"别玩儿花样啊,我可害怕。"

"你只要老老实实的,保管你没事。一动不动地把一切都交给月亮好了。"

久木发布完命令后,先拽开她浴衣的带子,然后,双手轻轻地解开前襟,丰满的胸部隐约显露了出来。

不知是久木的命令起了作用,还是清澈如洗的月色卸掉了凛子的抵抗力,她头一次这么温顺地躺在床上。

过于顺从倒让久木有些不习惯了,接下去他把浴衣全部掀开了,霎时间,女人完全裸露在月光之下了。

凛子微微扭动着下半身,但已无一丝可遮拦之物,一切都是徒劳。

久木像个盗贼似的,神情专注地从放弃了抵抗的女人身上剥下了浴衣。已毫无还手之力的女人,任凭盗贼在月光下为所欲为。

但凛子像要躲避从窗外射进来的月光似的,还是紧闭着眼睛,从上身到下身都是平躺着的,只将两手放在下身遮掩一下。

凛子的皮肤本来就很白,月光下更显得白皙,只留下一处荫翳。宛如一具白蜡雕塑。

"太美了……"

无论多么残忍的刽子手,看到绝色美人都会心旌摇曳,更何况久木这样速成的刽子手,不可能抗拒这美的诱惑。

久木本想立刻就对这一丝不挂的肉体进行一番猛烈的袭击,却不由自主陶醉于这美的享受之中,于是改变主意,再继续欣赏一会儿。

年轻时他只知道不顾一切地去占有,随着年龄的增长,变得更喜欢用目光来欣赏了。这可以叫作"目淫"吧。他把自己当作月光,目光犀利地在这白皙的肉体上来回扫瞄着。

虽然没有触到身体,但凛子感知到了男人的目光正舔遍自己的全身。她忍受不下去了,正要蜷缩起身子,侧身背朝月光时,被久木双手拦住,并在她耳边轻声道:

"是月光要惩治你。"

苍白的女人肉体正是奉献给月亮的牺牲。

不过,如果让清澈的月光侵犯女人的身体,就需要相应的品味。不能像野兽似的一味粗鲁地占有,而要伸出温柔之手从满面羞涩与迷茫的女人身体中诱出淫乱的感觉,这种刑罚更行之有效。

男人首先从胸部到腰间耐心而轻柔地来回爱抚,然后仿佛偶然触到她的手似的,若无其事地将她遮挡在下体的双手挪开。

在这瞬间,女人意图反抗,却遭遇了更强有力的阻挠,无可奈何地缩回了双手。

于是,一无遮拦的女人身体便完全暴露在了月光下,两腿间的黑色密林愈发显得突出。

不可思议的是,从男人看到白皙皮肤上那处黑色阴影的瞬间开始,女人的身体便彻底抛弃了之前的纯净,显现出淫荡。

至此,男人已无法忍受只用眼睛欣赏了,终于伸出一只手去捕捉女人丰硕的胸部,另一只手去拨开繁茂之所,伸向潜藏在里面的花蕾。

在反复不断的爱抚下,凛子的花蕾很快就苏醒过来,与此同时,柔软的花园里也充满了爱液。

如果现在进入的话,则毫无新意可言了,今天晚上他想玩儿点新花样。

男人确认花园里已经充分湿润后,便抓起女人的右手,将其慢慢引导到那里。

女人惊慌失措地,像碰到可怕的东西似的往回缩手,但是男人毫不松手,仍旧继续迫使她的手指触摸自己的花蕾,并命令她轻轻滑动。

反复数次后,凛子无法忍受了,小声抗议道:

"我不要,不要啦……"

但久木已经打定主意,无论她说什么,今天也要让她看看潜藏在自己体内的淫荡本色。

"不准停……"

"不要……"

待她再一次停止动作的时候,久木取而代之,用自己的指尖去对付那可爱而敏感之点。

男人的手指以一定的频率,轻轻左右移动着,女人的花蕾即刻湿润、膨胀起来,临近崩溃的边缘。

凛子喘息着扭动着,最后歪过头去,比以往任何时候都更快速地达到了高潮。

只凭手指的动作凛子就能达到高潮,是进入今年才开始的。

等凛子全身的颤动平息以后,久木试探着问:

"感觉好不好?"

"不好,真没想到。"

久木想问的是她快速达到高潮的感觉,而凛子说的是自己爱抚自己的感觉。

"那以后你就经常自己……"

"我才不干呢……"

凛子摇了摇头,撒娇似的说:

"还是你的指头好。"

久木又抱过凛子,拿起她的右手。

"川端康成不是写过一部叫《雪国》的小说吗?内容是一个住在东京的姓岛村的男人到雪乡越后汤泽去会一个叫驹子的艺妓。"

"就是那句'穿过隧道就是雪国'吧。"

凛子还记得小说中的开头部分。

"在那部小说中不是有这样的场面吗?那个男人时隔很久再次见到驹子时说'这个手指还记得你',驹子害羞地轻轻咬住男人的手指。"

"这个场面,在电影里看过。"

"那么他说的手指到底是哪根呢?"

久木一边说一边把凛子的右手举起来,对着月光看。

凛子纤细柔软的手指白净细腻,根本看不出刚刚触摸过那个地方。

"小说里说的是食指,在电影里扮演驹子的女演员也是咬他的食指。"

"那样不对吗?"

"要是摸那儿的话,还是应该用这个指头。"

久木握住凛子的中指,然后将它轻轻地放进凛子的花丛里。

"还是这个指头温柔、灵活。"

"那就是川端先生弄错了?"

"不太清楚,反正这个指头好用⋯⋯"

久木握着她的中指继续在她自己的花蕾上轻轻滑动,凛子忍不住哼出声来。

"不行了,我快不行了。"

久木不理会,将自己的中指也加了上去,一边移动一边产生了奇怪的联想。

《雪国》这部小说写作于昭和十年(1935年)前后。从那时到现在,不,应该说从更早的时候,远在万叶时代,男人和女人就在不断做着相同的事情。

所有的男人和女人都是以与生俱来的姿态,肌肤紧密接触,感受着对方的体温,相互寻求着秘处的交合。

此刻,久木是用中指抚触着凛子的小花蕾,也许有的男人用的是食指或无名指。使用的手指虽然有所不同,但所有的男人都在拼命取悦于女人,而女人也在做出回应,这一点却是毋庸置疑的。

上千年以来,人类都在重复着同样的行为,为同样的目的而打拼。久木觉得,我们现在做着的事,和几千年前的祖先是一脉相承的,我们身上流淌着和他们一样的血液。

"这种事不用学⋯⋯"久木一边抚摸着凛子再次湿润起来的花园一边说,"自然而然就会了。"

"可是每个人都不一样啊。"

诚然,没有比性更普遍的了,也没有比性更富于私密性的东西了。

无论是几千年前的人还是现代人,尽管在重复同一件事,但仔细一分析,却有着千差万别,从感受方式到满足程度都大相径庭。

恐怕只有性的世界是无所谓进步与退步的。或许科学文明的进步使现代人更有技巧,古代人较为笨拙,但都是从各自的体验和感觉中慢慢摸索,并为之喜为之忧的。

唯独这一领域,科学也好,文明也好,都难以介入进去,男人女人以其本来面目相互接触而得到的,是仅此一代的智慧和文化。

"你说对不对?"

久木在心里问着,与此同时,把自己送入凛子那温暖湿润的身体中去了。

长时间的爱抚加上有力的拥抱,使凛子立刻燃烧了。

刚才还在月色下端着架子的女人,顿时化作一股冲天的火柱,她眉头锁成一线,在似哭非哭的表情中达到了高潮。

久木喜欢凛子此时的表情,又像饮泣又像生气,又像在撒娇。在这无从捕捉的万端变化里,蕴藏着女人无限的情欲和娇媚。

和以往一样,事过之后是出奇的静寂。凛子将余韵未消的身体倚靠着久木喂嘱道:

"觉得又和上次不一样了。"

看着凛子羞怯地埋着头的样子,久木明白她说的是刚才最后那一瞬间的感觉。

"每次都感觉不一样。"

"感觉越来越强烈了?"

凛子点了点头,自言自语地说:

"我是不是有点不正常啊……"

"没有啊。"

女人性感强,并没有什么可羞耻的。这正是一个成年女性成熟、有风韵的象征。

久木突然来了兴致,一边去摸刚刚平静下来的花蕊与花蕾,一边问:

"这里和这里,感觉不一样?"

"感觉不一样。那里感觉深入而有力……"凛子轻轻闭上眼睛,描述着花蕊的感觉,"好像要被贯穿头顶……"

即使听她这样描述,男人还是无法想象女人的感受。

久木的手指又移动到了花蕾上。

"那里的感觉要浅一些,敏锐一些……"

这么说,这里和男人的那个地方感觉相近吧?

"不过，要像刚才那样一直刺激的话，就像被电击了似的，让人受不了，太残酷了。"

久木听着，渐渐嫉妒起来。

如此异彩纷呈、快感强烈的女人身体究竟是怎样的构造呢？

在此之前，久木一直想方设法使凛子有所感觉，得到快感，没料想，却在女人身体里培育出了可怕的怪物。

与女人的肉体相比，男人的身体显得过于平坦单调了，女人有花蕾和花蕊，还有乳房等多处性感带，而男人只有胯下一处。

而且感觉方式也不同。男人如同涨潮般勃起，发泄出去后便平静下来，没有余韵可言。反之，女人的感觉，正如凛子所说，有的部位浅而敏锐，如触电一样，也有的地方感觉深邃而强烈，直冲头顶，真是丰富多彩。

比较起来，男女之间的悬殊太大了。男人如果是一的话，女人便是一的两倍、三倍甚至十倍。

"女人就是贪得无厌呀。"

久木半是戏谑半是羡慕地说，凛子听了轻轻摇了摇头。

"最开始可不是这样的。"

的确，刚认识凛子的时候，她十分拘谨，感觉迟钝。

经过几次交媾后，凛子渐渐变得积极起来了，而原来久木一直作为指导者，有着君临她之上的优越感。

现在突然发现，曾几何时凛子已找到了感觉，满足她的要求倒成了久木应尽的义务了。不但不是操纵女人的指导者，反而成了为女人竭力服务的侍者了。

"没想到你的进步这么快。"

"这还不是你的功劳吗？"

被女人这样夸赞，是男人最为得意的事了。不过，凛子能够如此盛开，其自身条件的优秀是不容忽视的。换言之，无论怎样的育花名手，没有优良品种，也不可能培育出美丽的花朵。

"归根到底还是你有能力。"

"这也是能力吗？"

"说不太清楚，反正，这里相当的棒。"

久木说着把手轻轻按在凛子余热未消的敏感部位上。

听到这个部位受夸奖，凛子惶惑不解。

近来，快感越来越强，凛子自己也模模糊糊地觉察到了，可是被男人明目张胆地这么说出来，还真不知所措了。

久木自顾自地往下说：

"妙极了，简直是日本第一。"

"别拿我开心了。"

"谁拿你开心了。事实归事实啊。"

"我不懂你的意思。"

久木没办法，只好寻找合适的措辞向她解释：

"就是一种温暖的、被紧紧吸住的感觉……"

"女人不都是一样的吗?"

"那可不一样，每个人都不同。"

凛子还是不明白。

"女人自己当然不大知道，反正像你这样优秀的，到特别差劲儿的，什么样的都有……"

"不过这跟男人也有关系吧?"

"那倒是。不过有时候吧，好容易对方接纳了自己，兴奋地进去之后，觉得不舒服，就早早撤退了。"

凛子忍住笑说道：

"男人也太任性了。"

"有那么点吧……"

"就是嘛，还不是喜欢这个女人，才追求的吗?"

"可是，不发生关系的话，还很难说。"

"我第一次听到这种论调。"

"男人们都明白的，只是对女性说不出口。"

见凛子沉思着，久木干脆把话题转到了平安朝时代。

"《源氏物语》里有位叫六条御息所的女性，她那个地方可能就不大理想。"

"真的?"

到调查室以后，久木看书的机会增多了。

为以后编纂昭和史做准备，他主要看的是现代史，偶尔也重新翻翻以前看过的书，其中就有《源氏物语》。在研究昭和史上的恋爱事件时，想起了光源氏，于是重读了一遍，不料发掘出了一些新意。

久木自我解嘲地想，这还得多谢被降职了。年轻时没留意的东西，现在有了新的发现。六条御息所就是其中的一位令人感兴趣的女性。

"她不仅身份高贵，而且美丽端庄，品位优雅。从表面上看是一位毫无瑕疵的理想女人,谁知,重要的那个地方,似乎不怎么样。"

"你说得明白点好不好。"

"这有几种情况,比如松弛啦,太滑溜啦,不够温暖啦等等。"

"真的假的呀?"

"非常遗憾,极少数人是这样……"

"治得好吗?"

凛子渐渐变得认真起来。

"如果特别爱她的男人拼命努力,她自己也积极配合的话,不是完全没有可能。但男人很难做到总是这样,而且这种事也是有局限的。"

"他不是喜欢这个女子吗?"

"即使喜欢,差劲儿的话,欲求就得不到满足,当别的女性出现时,感情就可能转移。"

"说到底,还是男人太任性。"

"那我问问你,女人也不愿意和性能力差的男人发生关系吧?"

"当然不愿意啦。"

"这不是一回事吗?男人也不愿意和差劲儿的或迟钝的女人做爱呀。"

淡淡的月光洒在床上,男女两人并排躺着,探讨着性的奥妙。

《源氏物语》里有"雨夜品评",现在算是"月夜品评"吧。不,两人都赤裸着身子,还是"裸体品评"最恰如其分了。

久木将一只手置于凛子的秘处,说:

"六条御息所的悲剧,除了她太清高、嫉妒心强等原因外,最大的问题还是在这里。"

"连这都写在书上了?"

"紫式部是女性,所以没有写明或者不好写明吧。不过,从前后内容来分析,有这个意思的。"

凛子饶有兴致地望着久木,听他讲下去。

"源氏看上了这个女人,追求她,终于如愿以偿,同床共枕了。可是,好不容易结合了之后,没多久又疏远起她来,后来再也不主动去找她了。"

"那是因为源氏太狠心了。"

"不错,女人都会这么想的。事实上,女性评论家们几乎一致谴责源氏的薄情寡义。"

久木轻抚着凛子的后背。

"六条御息所也憎恨源氏的薄情,以至于化作冤鬼附体在源氏钟爱的正妻葵上及夕颜身上,使两人命丧黄泉。"

"真是个刻毒的女人哪。"

"表面上稳重、娴静,实际上却是个钻牛角尖的人,一旦嫉恨起来就非常可怕。"

"是源氏先冷淡她的呀!"

"那倒是,可也够难为源氏的。男人实在不愿意和那方面不行的女人交往,而对方还逼着他回答为什么不喜欢她。"

"女人哪知道男人怎么想的。"

六条御息所失去了源氏的爱,原来因为她的秘密之处缺乏魅力,凛子很在意这个问题。

"如果被男人说自己不怎么样的话,女人肯定会受不了这个刺激的。"

"男人是死也不会说出来的。源氏虽然不满意六条御息所,却什么也没有说过,还时常寄一些优美的和歌和信笺给她,她去伊势时,源氏还到野宫去探望了她。"

"不是不喜欢她了吗?"

"可是她那么爱慕自己,不能过于冷淡了。即使有什么不满,表面上也要尊重女性,恭恭敬敬的,这大概就是平安贵族的温文尔雅吧。"

"这么说来,源氏被女性褒贬,挺可怜的了?"

"他尽力温和地对待她们,但并不为人所理解。"

"那是自然啦,正是他那假惺惺的和蔼可亲,女人才意识不到这个问题的。不喜欢人家的话,就不该采取让人家误会的态度呀。"

"但是,如果源氏接触一两次后便完全置之不理的话,会怎样呢?更得被女人责骂为冷酷无情的男人吧。"

凛子寻思了一会儿,说:

"你说有的女人那儿不行,有没有不问男人也能知道的方法?"

"要是像源氏那样接触一两次后,不再继续的就有问题了。"

"这样就能说明不行了吗?"

"不是说绝对不行,可以理解为在性的方面不合拍。"

在皎洁、清澄的月光下谈论这类话题似乎并不协调,谈点高雅些的事更恰当。然而深究起来,对于人而言,没有比性的问题更重要更根本的事了。

"以前的男女之间几乎从不谈及这种事,完全没有这样的沟通。"

凛子对久木的话表示同意,欠起身问他:

"还有一个问题请教一下,有许多恋人或夫妻开始阶段非常亲热,中途好像才明白过来似的,变得冷漠了,这种情况也说明那儿有问题吗?"

"不见得,只是厌倦了对方,不说明别的什么。"

"那么,这种情况和六条御息所的情况怎么区分好呢?"

凛子的提问越来越尖锐了。

"刚才说了,源氏和六条御息所只接触了一两次,尔后源氏再也没有主动提出过要求。而一般的恋人或夫妇的情况则是多次发生关系,厌倦之后,男方变得不积极了,性质完全不一样。"

"就是说,连续几次以上就算合格啰?"

"差不多吧,否则,一般家庭主妇就都不合格了。"

凛子总算明白了,于是又问了个新的问题:

"为什么男人会厌倦呢?"

"这是另一个问题了。"

"常听男人说,在家里对妻子不大上心,不想搞新花样或没什么热情,这是怎么回事呢?"

凛子的尖锐提问使久木有些警觉起来。

"不好说,妻子老在身边,太频繁了,男人怕自己吃不消,才半开玩笑这么说的吧。"

和凛子如此深入地探讨性的问题还是头一次。这么袒露男人的隐私,使女人对自己了如指掌,久木有点不好意思,不过亲密无间的恋人应该是无话不谈的。

久木暗自思忖着,凛子又换了个问题。

"据说欧洲王室有位皇太子,结婚前就和一位年纪比他大的夫人关系密切,真有其事?"

从《源氏物语》突然谈到了外国的王室,久木一时不知如何回答。

"而且,皇太子结婚之后还一直和夫人保持关系,皇太子妃成了三人家庭中的一员了,这怎么解释呢?"

"你觉得奇怪吗?"

"这么说对那位夫人或许有些不敬,无论从年龄上还是外貌上,皇太子妃都占有绝对的优势,皇太子为什么还不和夫人分手呢?"

"这是个很难回答的问题,这背后恐怕还是存在着一个性的问题。"

"那么出众的皇太子妃也不行吗?"

"不是不行,皇太子和夫人在一起时精神上更能得到安宁,加上性方面更有魅力,所以难以割舍吧。"

"可是年龄大那么多,也不怎么漂亮。"

"这你就不懂了。"久木把手搭在凛子的肩头,"性与年龄和外貌没什么必然的联系,有的人到了夫人的年龄还充满魅力,也有的人年轻漂亮却没有性感。总之一句话,没有比性的问题更为属于私人秘密、外界无从窥测的东西了。正因为如此,才显得神秘莫测,别有情趣的。"

"别有情趣?"

"如果女性都是以年轻漂亮取胜,就太没意思了。为防止这一点,上帝就在男人和女人之间加上了性这种不易看到的、具有威力的东西。"

"月夜品评会"快要告一段落了,久木也困了,可是凛子还不肯罢休。

"听你说了半天,还是觉得女人吃亏。因为男人就没有这类问题呀。"

"不对,男人也有难处。女人的问题属于身体构造上的差异,而男人有阳痿啦、早泄啦等等烦恼。这些都和精神方面的影响有关,所以情况更复杂。"

"能治好吗?"

"首先得有自信,女方的鼓励是最有效的。然而,无论外表看来多么风流倜傥的男子,在性接触时没有情趣或笨手笨脚,都会被女性厌倦的。"

"那倒是。"

"和女性一样,男子在性方面受埋怨最伤自尊心了。"

"女人会埋怨吗?"

"就算当面不说,从事后的态度上也觉察得出来,而且女人吵嘴时什么都敢往外说。"

"你被说过吗?"

"托你的福,还没有过。"

"是完全没有吧。"

凛子逗他。

"照你这么说,看来男人和女人都不容易啊。"

"很少有精神、肉体都那么和谐的情侣。"

"咱们还行吧,都这么多次了还想见呀。"

"那还用说,你是日本第一呀。"

凛子扑到他怀里,久木紧搂着这柔软光滑的躯体,沐浴着月光沉沉睡去了。

黎明时分,久木做了一个梦。

一个男人站在一片芒草丛生的荒野上,正瞧着自己这边。不用问也知道,这个男人是凛子的丈夫。凛子也在旁边,却若无其事地顶着寒风朝大路方向走去,只留下久木和那个男人面对面地站在芒草丛中。

久木只记得这些梦境,至于那个人的表情以及什么时候到哪儿去了都忘得一干二净,只剩下了被看穿一切般的冰冷感觉。

久木从梦中醒来,立刻瞅了瞅身旁,凛子还在熟睡中。

本来两人是光着身子睡的,不知什么时候凛子起来穿上了浴衣,领口捂得严严实实的。

久木看了一下枕边的手表，已经五点半了。天快要亮了，只见厚厚的窗帷下端，透出了一缕晨曦。

久木望着微微泛白的窗子，脑子里还在回想刚才的梦境。

最开始梦见的白色芒草，可能是来这饭店的途中，仙石原满山遍野的芒草给他的印象太深的缘故吧。而凛子的丈夫，是因为自己一直难以释怀才出现在梦中的吧。没有见过他，所以看不清他的长相和表情。

只是凛子侧着身从他们两人中间穿行而去，让久木百思不解。

久木放弃继续回忆这不着边际的梦，起身走到窗边，掀开窗帘向外张望。外面笼罩在浓雾之中，外轮山只露出了峰顶，远远看去宛如一幅淡淡的水墨画。

距离天大亮还有一段时间，平原上覆盖的雾霭正迅速浮动着。

久木又迷糊了一会儿，再次睁开眼睛时，已过七点半，窗帘下边的晨曦又明亮了许多。

凛子还在甜甜地睡着。久木一个人下了床，从凉台的窗帘缝隙里看见天已放亮，碧空如洗，外轮山的群峰仿佛近在眼前。

但山腰以下依然雾霭蒙蒙，就像一个椭圆形的棉花团悬浮在半空里，可见这一带是山峦叠嶂的盆地。

久木以前也是秋天来这里的，等到清晨的浓雾散去之后，平原才得以显露出来。今天也一样，透过薄雾，依稀可以看到高尔夫球场的一角，发球练习场那边已有人影在晃动。

这时，久木想起了离开家时，对妻子说在箱根打高尔夫球的事来。

妻子真会相信自己的话吗？久木突然感到有愧于妻子，便拉严了窗帘，想驱散这些不愉快的念头。凛子听到动静，睁开了眼睛。

"该起床了……"

"不着急。我醒了，睡不着，就起来了。"

久木又想起了刚才梦见凛子丈夫的事，他回到床上，但没有把做梦的事告诉凛子。

"咱们再躺会儿吧。"

在晴朗的秋日里打高尔夫球也够有趣，但什么都比不上凛子那柔软曼妙的温馨皮肤。

久木伸手去解她的浴衣系带，凛子咕哝着：

"你要干吗……"

这还用问，当然是想浸泡在晨欢之中啊。

"时间还早着呢。"

虽如此说,对短暂一夜的幽会而言,可就是一刻千金了。

久木就像被时间驱赶着似的,吻着从浴衣前胸里露出来的乳头,双手将她的下半身揽到了自己怀里。

外面的雾早已散尽,而两人的良宵还未过完。

黎明时分久木在梦中见到了凛子的丈夫,却看不清他长得什么样。

久木虽然没有告诉凛子,可是那冷冰冰的、令人厌恶的感觉更加刺激了久木的欲望。

在晨曦被遮蔽的床上,久木比以往更拼命地折腾凛子,让她在将要登顶却还未登顶之间持续徘徊着,凛子实在忍受不了,不停地乞求他"快一点吧",可久木依然故我地让她悬在半空。

凛子怎么会想到,久木这么冷酷地折磨她,是因为黎明时做的那个梦呢?

好不容易凛子才攀上了顶点,她嘟哝着:"真坏!"看着她那含嗔带怨的娇滴滴样子,惹得久木再度发起了攻势,不知不觉间,两人又相拥着沉沉地睡了过去。

久木醒来时凛子还在睡。难道说这次也不例外,女人得到充分满足后,睡得更深沉吗?

已经九点半了,从窗帘下边泄露出来的晨曦更加明亮了。窗外小鸟在鸣啭,想必外面的雾已经散了,蓝天白云,高尔夫球场上,人们正追逐着小白球吧。和这些健康的人们形成对照,久木还躺在床上,享受着凛子暖融融的肌体。

一想到只有自己一人沉迷在怠惰、淫荡、不健全、不道德的世界里,久木就感到无比惬意。

他更贴近了凛子的身体,这时,凛子轻轻扭动了一下脖颈,慢慢睁开了眼睛。

"我又睡着了呀。"

"因为你刚才太辛苦了。"

"不许你胡说……"凛子捂住了久木的嘴,不让他往下说,然后看了看枕边的表,"哎哟,怎么都十点了。"

今天的计划是上午游览芦湖的秋色,下午返回东京。淫乱而放浪的幽会时间正一点点接近尾声。

"赶紧起床吧。"

在凛子的一再催促下,久木才松开一直爱抚着女人的手,懒洋洋地下了床。

窗帘还未打开,房间里黑黑的,凛子一下床就奔进浴室去冲澡。

趁着这工夫,久木打开了电视。当两人沉湎于意乱情迷之中时,外面的世界还是老样子。

不一会儿，凛子洗了澡出来，坐到镜前梳妆。轮到久木进浴室去泡澡。尽管一整夜和凛子肌肤相亲，却没觉得被她的体香熏染，久木很喜欢凛子身上那股淡雅的气味。

久木快速地泡了个澡，就从洗澡间出来了。这时，窗帘已敞开，凛子在窗旁的梳妆台前盘着发髻。

望着凛子雪白柔嫩的脖颈，久木冲着镜子里的凛子说：

"好女人哪……"

"说起来不好意思，认识你以后，比以前上妆多了。"

"这种事有利于荷尔蒙的分泌，连你这儿都滑溜溜的。"

久木说着偷偷地摸了一下她的臀部，凛子慌忙扭着腰肢，嗔怪道：

"别闹别闹，头发要弄乱的。"

"乱了怕什么。"

久木从后面轻轻亲吻着凛子的脖子。

"性的满足使女人的皮肤越来越滋润，男人却越来越干瘪。"

"净瞎说。"

"这就是牝的和牡的与生俱来的宿命，最后牡的被牝的吃掉。"

凛子觉得"宿命"这个词很有意思，不禁笑了起来。

"可怜的牡君，快穿衣服吧。"

在凛子命令下，久木磨磨蹭蹭地脱掉浴衣，换上了出门的衣服。

在饭店的餐厅吃了顿不当不正的早饭，两人出了饭店。稍觉一点点秋凉，不算太冷。在满目秋色中，他们先来到湖尻，从那里乘渡船去游览芦湖。

星期日游人很多，中途他们在箱根园停靠了一下，在那儿坐缆车上到驹岳山顶。站在这里，箱根的群山、远处的富士山直至骏河湾的美景尽收眼底。

海拔一千三百米的驹岳山上，满山遍野覆盖着火红的枫叶，这美景倒映在湛蓝的湖面上，山水一色，红彤彤连成一片。

两人饱览了高原的湖光山色之后，乘缆车下山，回到湖尻时是下午四点。

不早点下山，回东京就该堵车了。

"怎么办？"

凛子没有马上回答，看样子不大想回去。

"晚回去行吗？"

久木又问道，凛子点了下头。久木决定在箱根再逗留一会儿。

"驹岳山上有个能看见芦湖的餐厅。"

两人再次穿过开始拥挤的公路，上了山。餐厅位于不到驹岳半山腰的地方，脚下方的芦湖仿佛近在眼前。

赶着吃完晚饭后,他们才注意到,外轮山已被晚霞染红了。

也许因为在山上,才会觉得日落早吧。从暗云缝隙间泄漏出的光线,斜射在山冈和湖面上。

久木来到凉台,眺望着晚霞映照下起伏的群山,对凛子低语道:

"在这儿待下去该多好啊。"

凛子没吱声,轻轻点了点头。久木下决心提议道:

"咱们再待一晚吧。"

远望着暗黑下去的湖面,凛子微微点了点头:

"好啊……"

久木虽然这么提议,其实没有抱多大期望。估计凛子不会同意,只是随口一说。

"你真的行吗?"

"你呢?"

被凛子这么一反诘,久木一时无言以对。

当然,想住也能住,只是,为此要和妻子联络,还得现编理由,而且明天还要上班。好在工作清闲,没有要紧的事,不过,最晚也得十点左右到公司。

然而,最叫他担心的还是凛子的家庭。

虽说凛子借口招待会后和大家一起出去住,但两个晚上不回家会不会有问题呢?再说明天是星期一,凛子的丈夫也得去上班了。

"我这边怎么都好说,可你那边……"

久木咽下了"你丈夫怎么办哪"这句话,窥视着凛子。凛子凝望着太阳落山后通红的天际低语道:

"只要你没事,我就行。"

夕阳西下后,群山环绕的湖水霎时失去了光辉,沉入了黑暗之中。

望着沉寂的湖面,久木脑子里又浮现出了清晨那个梦里见到的凛子的丈夫。

已经过去一天了,梦的轮廓已不大清晰了,只有那冷冰冰的印象一直挥之不去。

他猜想,凛子很可能是明知道会和丈夫发生冲突,也不顾一切要住下的。

"真的可以吗?"

久木追问道。与其担心凛子,不如说是在问自己,因为说不定要为不能回家的凛子承担责任。

"真的没关系?"

久木又问了一遍。凛子凝视着渐渐幽暗下去的远山,一动不动。

见凛子心意已决，久木就到餐厅门口用公用电话给白天住的饭店打电话。

幸亏今天是星期日，饭店比较空，所以还能订上。还是昨天住的那一间。

然后，他又提着心往家里拨了个电话，没人接，只听见电话留言的声音。久木觉得很万幸，留了句"同伴邀我再留宿一晚，明天回去"，就挂断了电话。

自己这边暂时没什么了，凛子会怎么样呢？

久木回到餐厅，告诉凛子订了房间，然后问她：

"你不打个电话？"

凛子稍稍思忖了一下，站起身来，几分钟不到就打完回来了。

"他没说什么？"

久木不安地问。凛子淡然地答道：

"管他呢。"

"可是明天是星期一呀。你不方便的话回去也行。"

"你想回去？"

又一次被反诘，久木忙不迭地摇起头来。

"我是怕你为难。"

"我会有办法的。"

凛子的语气里含有豁出去的味道。既然本人这么说，久木也不再瞎操心了。

"好的，那今天一晚上，咱俩就得彻底搁在一起了。"

凛子都做好了最坏的准备，男人也不能胆怯。无论后果如何，有凛子和自己在一起，就没什么可怕的。

"咱们走吧……"

久木忽然有些激动，抓住凛子的手说道：

"多谢你了。"

这与其说是对凛子下决心留下来的感谢，不如说是对她给予自己勇气的谢意更准确。

决定再住一晚后，两人又回到了饭店。

上午刚退了房，现在又回来了，两人觉得不大自在。前台值班的服务生若无其事地领他们去了昨天那个房间。

四周已昏暗下来。服务生打开门开了灯，屋内的陈设一如昨日。

服务生放下手提箱离开后，两人站在房间当中没有挪地儿，互相刚一对视，便不约而同地紧紧拥抱在了一起。

没有任何语言交流。

但久木和凛子的心是相通的。

"你到底还是没回去啊。"

"你为了我又住一晚哪。"

尽管两人都没有说出来,但实实在在的身体接触,已使对方感知了一切。

久木更紧地拥抱着凛子,一边吻她,一边在心里问:

"被丈夫责骂,你都不在乎吗?"

凛子也以接吻问他:

"你妻子生气,也无所谓吗?"

两人又以一番热吻互相做了回答。

"妻子说什么我都无所谓。"

"丈夫怎么说我也不在乎。"

久木搂过凛子的头,他们的脸颊紧贴在一起,感受着彼此的情感。此刻,久木断定,两人已越过了那条鸿沟。

无论多么爱慕凛子,久木也不曾想越过那条沟壑的,而现在他们正越过了最后一道沟壑。

到了这个地步,恐怕再难回头了。前面就是枪林弹雨的最前线,弄不好两人会双双中弹倒下的。

"你没事吧……"

久木想用语言再确认一下,却发现凛子已泪流满面了。

这突如其来的眼泪是怎么回事呢?是担心两天不归会引起可怕的后果呢,还是觉得自己居然这样胆大妄为而心情激动呢?不管怎样,这会儿是什么也问不出来的。

久木用手为凛子擦去脸上的泪珠,脱掉了她的外套,解开了衬衣的扣子。

凛子闭着双眼,衣服一件件落到了脚边,最后裙子也落下了,凛子像个木偶一样纹丝不动地站立着。

昨夜苍白的月亮静悄悄地将清辉从凉台洒到了床头;可今夜云层很厚,凉台周围也一片黑暗。

当凛子身上只剩下了文胸和内裤时,久木脱掉自己身上的衣物,抱起凛子上了床。

床的大小、弹性和昨天一样。两人一下子倒在床上,随即紧紧拥抱起来,胸贴着胸,腰挨着腰,四肢互相缠绕着。久木渐渐感觉到了凛子身体的温热,刚才还萦绕在头脑中的家庭、妻子、工作等等,顿时消逝得无影无踪了。

现在久木正一点点溶化、陶醉于凛子的温馨之中,他产生了一种错觉,仿佛自己正在被无边无际的空间慢慢吸进去。

这可以说是孤独感,也可以说是堕落感吧。

做这样的事不会有好结果。这样下去,会被同事们唾弃,陷入无法挽回的境地。久木这么想着,心里反复念叨着,却仍旧迷恋那坠落下去的感觉,全身心地沉醉于那坠落的惬意之中了。

"危险……"

这个词在久木脑海里一闪而过,两人已朝着放纵情欲的快乐的花园坠落了下去。

# 日短

裹着黑色丧服的凛子轻轻低下头去,两手撑在床上。在淡淡的灯光下,和服的黑色和衬衣的雪白形成了鲜明的对比,从这两层衣服之下,露出了雪白而浑圆的双丘。

已进入十二月了,天气依旧温暖如春。

清晨还有些寒意,到了中午,天晴日朗,柔和的光线洒满了街衢。趁午休时,甚至有人远远走到千鸟渊或皇宫附近去享受日光浴。

所谓小阳春天气就是指的这种天气。久木记起了《徒然草》中的一节来。

"十月乃小阳春之候。"

兼好法师这句记载,说明在中世纪,人们就已经体会到初冬时的风和日丽了。

当然这里记载的十月是阴历,按阳历计算,应该是十一月初。

不过,小阳春是个可爱的名称,和真正的春天相比,它显得短暂而无常,故得此名。比起现代人来,亲近自然的古代人对季节怀有更多的爱怜之情。

现代人虽然继承了这个说法,但从古时来看,现在的季节稍稍有些偏差。按说进入十二月份,就是"朔风"季节了,可现在还是小阳春天气,难道说日本的气候正在变暖吗?

久木任思绪驰骋着,穿过了天气晴朗的街道,走进一家咖啡店,水口吾郎已先到一步,在等他了。

"用过饭了吗?"

"还没有,吃饭不着急。"

久木和水口对面而坐,要了杯咖啡。

"让你特意来一趟,抱歉。"

水口比久木年长一岁,同年进的公司,当过月刊杂志的主编,现在居于领导职位,所谓同期里的成功者,不过今天他好像有些忧郁。

"找我有事?"

久木问道。水口点着了烟,深深吸了一口,说:

"是这么回事,从明年起我就要到马隆社去了。"

马隆社是现代书房出版社的分社,设在神田。

新社长上任后,人事变动很大。可是水口任现职时间不长,与新社长关系也不错,他的调职使久木大感意外。

"是社长亲口跟你说的?"

"昨天社长把我找去,跟我说,天野君身体不好,人手又不足,要我务必到那儿去。"

天野是马隆社的社长,比水口大两三岁,得了糖尿病,三天两头上不了班。

"看样子,你是去当社长啰?"

"是副社长,天野君暂时不动。"

"那不是早晚的事吗?"

"难说。其实,当了社长也不过如此。"

马隆社主要出版总社不经营的实用书籍,有二十人左右,听说经营状况不太理想。水口一直期望由常务理事升为董事,当然不会满足于这么个分社社长了。

"你同意了?"

"我又没有什么失误,哪能轻易答应啊,你说呢?"水口烦躁地吸了口烟说,"我只说让我考虑一下。不过,社长心里早就定了。"

"这叫'并非夏去秋才至'啊。"

"怎么讲?"

"这是《徒然草》里'十月乃小阳春之候'中的一句。意思是说,并不是夏天过去秋天才来到,而是夏季之中已经孕育了秋天的征兆。"

"有道理……"

"自然也好,人事也罢,看起来是某一天突然变化的,其实,暗中早已蠢蠢欲动了,只不过没有意识到而已,对吧?"

说到这儿,久木忽然联想起凛子和自己的事来。

他们目前的关系如果相当于盛夏的话,其中已潜藏了秋天的气息了,以后就会走下坡了吗?

水口不知道久木在想什么,愤愤不平地咂着嘴说道:

"说来说去工薪族就是可悲哪,一旦认为你没用了,就像废纸一样被扔掉。"

"你别太悲观了,如果管理有方,马隆分社会有起色的。"

"再努力也是白费。我现在才体会到了你当时的心情。"

"你可别跟我比哟。"

"早知现在,还不如以前和你一起玩儿个够呢。"

水口自入社时起,就一路顺风,踌躇满志。他既有编辑杂志的才能,又具有管理人员的素质,是个办事干练、能说会道、手脚勤快的人。也许正因为他太精明能干了,倒使社长对他敬而远之。

和他比起来,久木一直耕耘在文艺这块地盘儿上,接触作品和作者的机会较多。说不想升迁,那是假话,但他并不厌倦这充满魅力的文艺世界。可以说,久木的手艺人禀性决定了他甘于一辈子做个普通的编辑。

"我得学学你的生活方式了。"

水口的话酸溜溜的,他这类人是不会甘于寂寞的。

"一般人到了分社后就老老实实在那儿待下去了,我可不行。"

尽管水口还未丧失豪情,但男人的情绪往往会受到职位升降的影响。

"你可不能泄气啊,我们这拨人就指望你了。"

"看来我得找个女人鼓鼓劲儿了。"

水口虽然是开玩笑,久木却是听者有意。

说到底,恋爱在水口眼里,仅仅是刺激工作欲望、增添生活情趣的添加剂;可对于久木来说,恋爱要沉重深刻得多。

一想到和凛子的爱情,久木内心涌起的不全是喜悦,更多的是苦恼和痛楚。

"你真行,去了调查室也没变,还是那么悠哉悠哉的,比过去显得更精神了。"

不用说,水口根本不了解久木现在的苦衷。

"我第一次摊上这种事,只能和你说说。"

"别想得太多了。"

久木刚被解职时也苦恼过一阵,可总不能老想不开呀。能不能调整好心态,关系到以后的生活。

"以后还能找你聊聊吗?"

"当然,只要你愿意的话。"

诉说了心事后,水口显得平静些了。两人又聊了聊社内的几件人事变动,就分手了。

久木去附近的荞面馆吃了午饭后,回到办公室,这时衣川打来了电话。

"怎么样,最近你还好吗?"

从上次招待会后,久木就一直没和衣川见过面,差不多有一个月了。

"老样子,你呢?"

"还是穷忙活。"

衣川说的"穷忙活"是指文化中心的经营。

"最近增加了讲座次数,可是学员人数却没有增多,真不景气。"他对久木诉了一通苦后,突然话题一转,"你想不想去别的公司干干?"

久木一时摸不着头脑,不知该怎么回答。衣川解释道:

"我以前工作的地方,正筹备要加强出版部门,还要拓宽文艺种类呢。"

衣川工作过的地方是个有名的报社,以发行报纸为主体,其他部门只是辅助性的。出版部门也是其中之一,以一般出版社的标准衡量,力量是比较薄弱的。

"今后报社要发展,单靠报纸是不行的。所以,在出版方面也准备投入力量,将来还计划出文库本呢。"

"可是,起步太晚了点吧。"

"所以找你帮忙来啦。"

久木大致听明白了,衣川是问他愿不愿意到他以前待过的报社的出版局去工作。

同期的一个同事刚刚被降职到分社,自己却可能被其他公司聘任,真是世事难料啊。久木问道:

"为什么找我呢?"

"电话里说方便吗?"

衣川担心往公司打电话谈这事不合适,久木看看屋里只有铃木一人,被他听到也无关紧要,就说:

"没事……"

衣川放了心,详细向他做了解释:

"是这么回事。现在的出版局长宫田,是比我早两年入社的前辈。前几天,见到他时,我跟他提到了你。他对我说,可以的话,务必问问你有没有来的意思。"

"这可真难得。只是太突然了,我没有思想准备。"

"不用马上答复,等一切就绪也得来年开春了,不着急。不过局长对你相当感兴趣,还说有机会想和你见见面呢。"

"他一直搞出版工作吗?"

"不是,原来在社会部,是个很有魄力的人,总是闲不住。"

久木现在正闲得无聊,所以十分感谢衣川这份好意,可又不便马上答复。

"多谢你的好意,让我先考虑一下。"

"当然,没问题。"衣川忽而压低嗓音说,"近来她好吗?"

他指的肯定是凛子。

"还好……"

最近他们几乎天天通电话,却很少见面。

自从在箱根住了两晚之后,凛子就难得出门了。即使见面,一到九点她就急着回家。

凛子只是说"再忍耐一段时间",其他什么也没解释,但久木猜测她和丈夫之间多半发生了冲突。

久木正担忧着凛子,所以衣川神秘兮兮的口吻引起了他的警觉。

"难道发生了什么……"

在久木的催促下,衣川顿了顿说:

"她不至于离家出走吧。"

"为什么这么说……"

"也没什么根据,只是三天前,她特意到中心来找过我。"

久木昨天还和凛子通过电话,她一点也没提到这件事。

"起初她吞吞吐吐的,问了半天,才说出希望能在中心继续担任讲师。"

"这可不是她一个人能决定的呀。"

原来凛子是代替老师,作为临时讲师来中心教楷书的。原先的讲师是凛子的老师,没有老师的认可,凛子很难继续担任讲师的。

"是先生提出,要她替代的吗?"

"没听说,我估计是她自己的意思。"说完,衣川又用揶揄的口吻问:"她没跟你透露过?"

"好像提过,可是……"

"据她自己说,是想正式钻研钻研书法,不过,也说不定是为了挣钱。"

"挣钱?"

"想长期当讲师,不就是为了钱吗?"

表面看是这么回事,可是凛子不像那么缺钱的人,而且如果真有困难的话,也会跟自己说的。

"只是为了钱吗?"

"不清楚,她是特意为这事来的,所以我猜她多半想离开家独立生活。"

这消息真是晴天霹雳。久木万没想到凛子会有离家出走的打算,就连她想继续任职的事也一无所知。

"那么,中心会聘请她吗?"

"问题不大,讲师由中心聘请,只要中心聘请她一个人,就可以了。"

"可是,不经过老师同意,不太合适吧?"

"这个我说不好,反正她是个敢作敢为的人。"

"你这话什么意思?"

"我这么说你可别见怪,我总觉着她是个认定了一条道就不会回头的人。"

尽管久木不愿意听衣川说三道四,但凛子的确有点爱走极端。

不管怎样,这么重大的事,她为什么不和自己商量一下呢?久木不了解她的真实想法,沉默不语。衣川试探地问:

"看样子你是蒙在鼓里啰?"

事到如今也不必再隐瞒了,久木"嗯"了一声。

"最近感情不大融洽?"

"没有哇。"

虽说不像前些日子那样出门旅行,但每周总要见一两次面。由于凛子的时间有限,每次约会都是惜时如金地缠绵一番,连享受余韵的工夫都没有,便匆匆而别。

"你们两人的事,我不想插嘴……"衣川顿了一下,"如果她一定要工作,我可以满足她的希望,不过,至少应该先和你打个招呼呀。"

"我倒无所谓,多谢你告诉我这件事。"

"你最好再和她好好合计合计。"衣川说完,忽然又补了一句,"她瞧上去很焦虑的样子。"

一瞬间,不知为什么,久木脑海里又浮现出凛子兴奋到极点时那紧锁眉头、窒息般的表情。他攥着电话闭上了眼睛。

和衣川通完话后,久木想马上跟凛子联系,可是在办公室里打这样的电话毕竟不方便。

久木点燃了一支烟,思考着该怎么和凛子谈这件事。

先问问她为什么要去中心当专职讲师。衣川认为她是为了挣钱,难道就这么简单吗?衣川还说凛子一副苦恼的神色,也许有离家出走的打算。

无论如何,这么大的事为什么事先不跟自己说一声呢?

必须先问清楚这件事。为此,先要约她出来见个面。

久木翻了翻笔记本,进入十二月份以后,忘年会和招待会接踵而来,今明两晚都有安排了。

不过,只要凛子能安排出时间,自己不参加这边的招待会也得去见凛子,直接听听她本人的想法。

待心情平静下来后,久木熄掉香烟,拿起手机,走出了房间。

和以往一样,他还是到楼梯过道那儿去打电话。看了看四周无人后,便按了凛子家的电话号码。

现在是下午二点半,只要没有特别的事情,这个时间凛子应该在家。

嘟……嘟……铃声响了好几遍,到第五遍时才有人来接电话,他还以为是凛子,没想到话筒里传出一个男人的声音。

"喂,喂。"

久木不由自主地拿远了电话,屏住了呼吸。

毫无疑问,是一个男人的声音。

"喂,喂……"

又听到几次这样的声音后,久木赶紧挂断了电话。

凛子没有孩子,家里只有他们夫妇两个人,那么这个人会不会是她丈夫呢?

听说他有四十五岁了,可是,听声音挺年轻的。

问题是,这个时候他怎么会在家呢?

他是医学部的教授,今天又不是节假日,怎么会在家呢? 也许临时有急事回来,或者患感冒在家休息吧? 可是,说话声又不像感冒,也许是凛子家里发生什么事了吧?

总之,电话铃响了半天,一个男人来接电话,说明凛子要么不在家,要么就是在家也不能来接电话吧?

久木越想越不安,极力想象着种种可能发生的情况。

难道两个人正在家里争吵吗?

说不定是丈夫一再追问妻子最近为什么总是外出时,争执起来。结果,妻子痛哭流涕,不能接电话,丈夫才来接的。

偏偏打来电话的人没说话就挂断了,于是丈夫更加怀疑了,又训问起妻子来。

就像自己亲临其境一样,久木一个劲儿地往坏处想象着。

无论如何也要跟凛子取得联系,可是,一想到丈夫会接听,又不敢打电话。

"再等等看吧……"

久木安慰自己说。他现在心烦意乱,暂时不想回办公室去,就到地下的公司食堂去喝了杯咖啡。

午饭时间已过,饭厅里空空荡荡的,有个过去的同事朝他点了下头就离开了。

大白天独自一人百无聊赖地喝咖啡,别人一定会在背后议论他,说那个人闲得没事干了等等。

久木的脑子刚一开小差儿,马上又被凛子的事给占据了。

又过去三十分钟了,这回可能是凛子来接电话吧? 万一又是她丈夫接的话,一听见声音赶紧挂掉就是了。这么一想,他便走出食堂,又躲进楼梯间,往凛子家打电话。

这回久木做好了随时挂电话的准备,和上次一样,响了半天没人接。

刚才是第五遍时那个男人来接的,可是这回第六遍也没人接,响了七八遍,直到第十遍还是没人来接。久木挂上电话,等了一分钟,又拨了一次,这回同样响了十声也没人接。

这么说,凛子的丈夫后来出去了,而且凛子也不在家。

久木半是放心半是失望,倚着墙沉思起来。

到底凛子到哪儿去了呢……

久木一向以为,只要想和凛子说话,随时都能联系上的。

可是,凛子和自己之间的联系只靠着一根电话线,一旦这条线断了,就摸不着对方的行踪。假如凛子得了病或去向不明的话,她本人若不和他联系,就无从寻觅了。

原以为两人之间的纽带是十分牢靠的,没想到竟如此脆弱,可见婚外恋就是这么不堪一击啊。

想到这儿,久木比以往任何时候都更加思念凛子,渴望能见到她。

可是到哪儿去找呢? 自己再着急也白费呀。还是再等一等,熬到傍晚以后再打电话,或者等她给自己的手机打来。

久木沮丧地回到屋里,接着看起摊在桌上的资料来。

最近为编纂昭和史,他主要收集从昭和初年至十年代的社会风俗方面的资料。在收集资料的过程中,久木渐渐对这方面的史实发生了兴趣。

尤其是昭和十年代,言论和思想受到压制,"二·二六事件"那样的血腥事件增多,男女之间的痴缠案件也增加了。

阿部定事件即是其中之一。当时在东京中野区开料理店的石田吉藏,被借住在该店的女招待阿部定用腰带勒死,并被割去了阴茎。这宗前所未闻的奇案轰动了当时的社会。

久木感兴趣的不仅仅是事件的内容,还包括对这一罕见杀人案的判决。检察官方面的量刑是监禁十年,最后法院判决则是六年。而且阿部定服刑后又因成为模范囚犯得到减刑,实际上只服了五年刑,她便出狱了。

透过这一温情判决,看得出法官并没有把这个事件看作一般的杀人案,而是因爱到极点导致的情杀,或者说是爱得过头引起的疯狂。

当时正值"二·二六"事件之后,军部势力抬头,整个日本一步步走向战争的黑暗时代。可是这个与军国主义毫无关联的情杀案件,被如此轻判,究竟是什么原因呢?

久木感兴趣的正是这一点。他打算通过收集律师的辩词,以及一般民众对事件的反应等等,站在一个新的角度上来观察昭和这个时代。

久木的思路越来越拓展开来,要完成这个工作更是遥遥无期了。

他就这样边看资料边想凛子,一晃就到了五点,冬季日短,天已擦黑了。

编辑工作时间常常不固定,有时候上班时去采访或取稿子,等到了公司已过了中午。

下班也一样,赶上校对样稿几乎是通宵达旦的。一句话,上班时间有等于无,工作主要是由内容决定的。

好在久木所在的部门不需要太多的采访,所以,一般上午十点来上班,下午六点左右就回家。

今天晚上有调查室的忘年会,下午五点一过,大家都停下了手头的工作,准备出发。

久木把看了一半的资料整理好,放回书架,和同事横山一起出了公司。

地点是新桥的中国料理店。两人上了辆出租车,快到银座时,道路拥堵起来。

一到十二月,街上就热闹非常,每个餐馆和料理店都是顾客盈门。不过,这种繁荣的景象只是表面上的,很多人都是烦恼于长期的不景气,借此机会开怀畅饮,来忘却黯淡的一年。

两人比约定的六点早到了一些,上了二楼,进小包间一看别人还没到。久木又折回楼下,用门口的公用电话给凛子打电话。

快六点了,凛子到附近买东西的话也该回来了。

久木还是顾虑她丈夫接电话,离话筒较远。还是响了半天没人接,只好等到第十声时挂断再打,还是没人接。

看来不光是凛子,连她丈夫也没回家。

到底去哪儿了呢? 不会是两人一块儿出去旅行了吧。

久木站在电话旁正发呆时,另外几个同事也进了店,他只好放弃了打电话,随他们上楼去开忘年会了。

调查室形式上下属于总务部,所以,往年一直参加总务部的忘年会,从前年开始室里自己单独召开了。

他们这个忘年会,加上女秘书总共才五个人,平均每人出八千元聚餐费。

室长铃木首先站起来致祝酒词,先说了通老一套的开场白,"今年即将过去,大家辛苦了"之类,然后,以"明年要以新的气象进一步推动各自的工作"结束了致辞。

久木头一回参加室里的忘年会,觉得铃木说得在理,同在调查室每个人的工作内容却各不相同。

接下来,往各自的杯子斟满了啤酒,大家碰了杯,忘年会正式开始。

起初,话题集中在社内的人事变动及各部门的最新消息上,说着说着就转了向,有的人喋喋不休地发着牢骚。

酒过三巡,众人逐渐放开了一些,嘻嘻哈哈地说笑起来。今晚最有人气的是调查室唯一的女性——秘书小姐。她虽然算不上美人,却很有气质,大家都跟她开起玩笑来。

她今年三十五岁,结过婚,现在单身一人。有人询问她找到新的意中人没有,由此谈论起了各自所喜欢的女性类型等等。一进入这类话题，连一向不苟言笑的铃木也加入了进来。问她"你看我们几个人里谁最招女人喜欢哪"？

"还真说不好呢。"秘书小姐看了一遍在座的几个男人之后说，"说不准谁招女人喜欢，不过，我觉得久木好像有情人。"

满座顿时发出了"噢……"的起哄声。

"这是打哪儿说起呀。"久木忙不迭地否认，可还是挡不住满怀妒意的男人们接二连三地向他发难。

铃木首先发难，"我一直纳闷儿你为什么用手机，原来如此啊。"横山说："怪不得你每次离开屋子时都带着手机呢。"比久木小的村松也说了句："我觉得你最近老是喜滋滋的。"

久木拼命地否认，可是越描越黑。

从好像久木有情人，说着说着就成了久木已经有了情人，于是，问题转到了幽会方式等细节问题上。

"我可得跟你好好学学哟。"

与恋爱无缘的铃木嘟哝着。据说最近交了个女友的横山问他约会时选择什么场所。

"你也是去情人旅馆吗？"

"如今这年头，情人旅馆早就过时了。既然跟喜欢的女人幽会，要去就去大饭店，不然，多没面子啊。"

铃木充内行似的说道。村松立刻反驳道：

"可是每次都去饭店的话，太费钱了。"

"只要女人高兴就值得呀。"

铃木又扭头瞧着久木说：

"他有房子，独生女也嫁出去了，妻子在陶器制造厂担任技术指导，钱的方面毫无问题。"

不愧是调查室主任，什么也瞒不了他。

"他不像我们背着分期付款的包袱，生活悠哉悠哉的。"

"再换个店喝酒，钱包就空了，光担心这些哪能尽兴地玩儿呀。"

"要想找好女人，先得有金钱和时间。"

"在座的各位，时间是不成问题的。"

横山这么一煽动，大家的兴致越来越高涨。

就在这时，久木发现自己放在手包里的手机响了。

和同事吃饭时他向来是关机的，今晚为了凛子的事就没关。听见声音后，他也不便在同事们面前接电话。于是,久木慌忙站起身来,拿着响个不停的手包离开房间,一直走到楼梯口,才接了电话。

"喂,喂……"

刚一听到对方的声音,久木眼泪都快出来了。手机声音不清晰,咝啦咝啦的杂音里传来凛子的说话声,声音听起来很远。

"太好了……"

久木不禁脱口而出,差点和上菜的女服务生撞上。久木慌忙一边退避,一边问:

"你现在在哪儿?"

"在横滨。"

"稍等一下。"

这儿离房间太近,通道又窄,人声嘈杂,久木把话筒贴在耳朵上下了楼梯,在入口处宽敞一点的地方站定后,赶紧又"喂,喂"了几声。

"我在呢。"

听见凛子的声音,久木安了心,接着便诉起苦来:

"我往你家打了好多次电话,都没人接。"

"对不起,我父亲去世了。"

"你父亲?"

"今天早上,家里打电话来,所以心急火燎地回娘家来了。"

久木知道凛子的娘家在横滨,父亲经营一个家具进出口公司。

"什么病?"

"心脏病发作,昨天晚上还好好的,早晨就突然……"

没想到发生了这么大的事,自己净往别处想了。

"真没想到……"久木不知该怎么安慰凛子才好,只好咕哝了一句,"别太难过了。"

"多谢。"

"能听到你的声音真让人高兴。"

这是久木的真实感觉。久木明知这种时候约见凛子不妥当,还是憋不住说道:

"我想见见你。"

今天一整天,先是听水口和衣川说东道西了半天,后来寻找凛子时又听到了她丈夫的声音。也许是这个关系吧,和凛子通了话,久木心里还是忐忑不安的。

"今天、明天都行。"

"我没时间哪。"

"什么时候有空?"

"下个星期吧……"

今天是星期三,到下周还有四五天呢。

"我有话得和你当面说。"

"什么话呀?"

"电话里不方便说。你要在娘家待多长时间?"

"明天守灵,后天是葬礼。所以这两天离不开,我再跟你联系吧。"

"等一下。"久木固执地紧握着话筒,说,"把你那边的电话号码告诉我行吗?"

"有什么用吗?"

"说不定有急事找你。"

凛子只好告诉了他,久木记下后,随意问了一句:

"你丈夫也在那边……"

冷不丁听久木这么问,凛子停了一会儿才说:

"在啊。"

"他也不回家吗?"

"不,他回去。"

凛子声音很干脆,久木这才完全放下了悬着的心,挂上了电话。

知道凛子平安无事,久木舒了口气,接着又担忧起她的丈夫来。今天下午,接电话的男人无疑是凛子的丈夫了,大概是回家来换丧服的。夫妻两人赶回娘家,跟前来奔丧的亲戚们寒暄。凛子身穿黑色丧服,姿态优雅,身旁站着聪颖潇洒的丈夫,大家都在羡慕这对儿般配的夫妻吧。

这使久木感到夫妻关系是一种实实在在地存在。

夫妇可以双进双出,可以去任何地方,见任何人。

可是,情人关系的男女,不用说公开的场合,即使不公开的私人聚会也不能轻易参加的。

以前,和久木相好的女人就抱怨过,没有和他一起在大庭广众中露过面。现在久木才意识到自己和凛子也处在同一境况里,无论怎么相爱也是秘而不宣之事,公开场合是万万去不得的。

久木总算知道了没有婚姻关系的男女之间的联结是那么不牢靠,可是,这又能怪谁呢?

收起了电话,久木满腹心事返回了热闹的忘年会场,刚一进门,大家一齐拍起手来。

"恭喜你和她取得联系。"

横山取笑道。久木只好又否认了一番。

"不,不。是家里有事找我。"

"看你拿着手机飞奔出去的样子,特别兴奋似的。"

到了这个地步,辩白也是多余的。久木横下心,准备当一回大家的下酒菜了,他呷了一口别人给他斟上的绍兴酒。

开完忘年会还不到九点。铃木、横山和秘书小姐要去卡拉 OK。久木不会唱歌,就和村松两人去了银座的一个小酒吧。酒吧里只有一条长长的吧台,充其量能坐十来个人。

各人要了一杯加水威士忌,谈了会儿工作上的事,村松忽然问道:

"瞧这意思,你老兄真有心上人啰?"

久木老老实实地点了点头。村松又问:

"这么说和她已经发生关系了?"

"说是纯情的恋爱也未免有点可笑吧。"

"其实,我也有个相好的女人,可这段日子总觉着体力不支,到底岁数不饶人哪。你怎么样?"

对这样露骨的问话,久木很为难,村松借着酒劲儿追问道:

"每次你都能让她满足吗?"

"不一定。"

"我也想控制节奏,就是不行。我老实跟你说,近来,好容易有机会两人在一起时,老是力不从心,不如从前劲儿足了。"

村松很认真地说。

"其实不见得越深就越好啊。"

"是吗?"

"靠前面那儿,也有敏感的地方……"

"我也这么想过,就是找不准地方。在她腰底下垫个枕头比较好吧?"

"那样也行,或者采取侧位,比较省力。"

久木并不是情场老手,全凭他自己的感受,村松听了不住地点头。

"也许我们是受了色情片的误导了。"

"说到底,技巧是次要的,最重要的是感情。"

村松表示完全赞同。

可见,在性的问题上,男人们也有他们的烦恼和思考。

久木忽然感到和村松的距离拉近了,两人又要了杯威士忌,直喝到十一点多才分头回家。

今晚大概是受了过多的性话题的刺激吧,久木一个人走在街上,突然强烈地思念起凛子来。

　　凛子刚才说一个星期左右见不了面，可是要一直等到下周，久木实在情难自禁。他也知道这种办丧事的时候约她出来不大合适，可还是想再听听她的声音。

　　久木正犹豫不决时，看到路旁有个电话亭，就身不由己地走了进去，拨通了凛子娘家的电话号码。

　　只有借着酒劲儿久木才敢这么做。

　　不大工夫，话筒那头传来一位上了年纪的女性的声音。

　　久木报了自己的姓名后，恭敬地问道："请问，松原凛子小姐在吗？"对方大概以为是吊唁的客人，立即应道"请稍候"。时间不长，凛子接了电话。

　　"喂，喂……"

　　一听到凛子的声音，久木激动得难以自持。

　　"是我，听出来了吗？"

　　"发生什么事了？"

　　深更半夜的把电话打到娘家来，使凛子感到意外。

　　"跟你通过话后，越喝酒越想你，实在忍不住了，我知道不合适，可是……"久木壮着胆子问道，"能见见你吗？"

　　"那怎么行，家父刚刚……"

　　久木明知自己净提无理的要求，还是不死心。

　　"那，明天怎么样？"

　　"明天要守灵啊……"

　　"完事以后也可以呀，我在横滨某个饭店等你。"

　　凛子没言语，久木又说：

　　"明天晚上，我从饭店给你去电话，哪怕一个小时或三十分钟都行。"

久木一个劲儿地说服凛子,连自己都觉得奇怪,什么时候变得这么死乞白赖的了。

忘年会的第二天,久木比平时晚了一个钟头才来上班,头还是昏沉沉的。

昨天忘年会后,和村松两人喝酒的时候还没醉,喝醉是后来给凛子打了电话,跟她说了自己无论如何想要见上她一面之后的事了。

凛子正沉浸在突然失去父亲的悲痛之中,自己怎么会提出这么强人所难的要求呢?真是莫名其妙。难道是因为嫉妒凛子和她丈夫一同在娘家吗?久木一个人又喝起闷酒来,回到家中时,已是后半夜了。

这个年纪居然喝到午夜一点,第二天当然打不起精神来了。

久木自知不该放任自己,可心里又庆幸工作这么清闲。

久木好歹坐到桌前,刚浏览了一会儿资料,就沏了杯茶提提神,再接着看资料,没二十分钟又想休息了。就这么凑凑合合地熬到了下班,久木才算清醒了些,有点精神了。

昨天晚上,凛子虽然没有明确答应,但久木既然说了要去横滨,就得守约。

久木在公司附近的小店里简单吃了点东西,就从东京站坐上了开往横滨的电车。

至于会面的地点,还没有说定,自然应以好找为准。

左思右想了一番,久木进了一家位于"未来港口"的高层饭店,久木曾和凛子在那儿吃过一次饭。

本来想在饭店里的酒吧等她,考虑到凛子守灵时间长,一定很疲劳,再说,自己也觉得有些疲倦,就干脆开了房间。

房间在六十四层,窗户面向大海,可以一览美丽的夜景和由灯带点缀的海湾大桥。

这里离凛子在山手的娘家应该不会太远。

久木站在窗前,望着眼前一片璀璨的灯火,心里想象着将要与从灵堂赶来的凛子拥抱的情景。

他不清楚凛子娘家的守灵几点结束,更担忧凛子的丈夫什么时候回东京。

明摆着,丈夫不走的话,凛子就出不来。

十点时,久木拿起了电话,觉得早了点,又放下了。挨到十一点,再一次拿起了电话,拨通了凛子的娘家。

他要在这守灵之夜,约见别人的妻子。

对这一不道德之举,久木既感到内疚,同时也不无自我陶醉。

接电话的是位男性,听声音不像是她丈夫。

久木说话的语气比昨晚还要客气,请对方叫一下凛子,男人问了句"是找小姐吧"。

从口气判断,大概是凛子父亲公司的人。久木正琢磨着,凛子接了电话。

"喂,是我呀,我现在在横滨饭店呢。"

"真的?"

"昨晚我不是说了要来的吗?我在'未来港口'的饭店里等你。"

久木把房号告诉了凛子后,又催促道:

"你能不能马上来呀?"

"你可真是说风就是雨,我可……"

"守灵结束了吧,他在吗?"

"刚走了一会儿。"

"那还等什么呀,这儿离你家挺近的。"

凛子要是不来,这房间就算白订了。

"求你了,我有重要的事跟你商量……"

央告了好半天,凛子才勉强应允了。

"好吧,我这就去。不过,事先声明,光是见个面噢。"

"那是,那是。"

到底凛子是穿着丧服来呢,还是换了衣服来呢?反正,只要来了,就不会轻易放她回去了。久木坐在沙发上,边看电视边等凛子。从位于横滨山手的凛子娘家到这里,坐车也就十五六分钟的距离。加上准备的时间,约莫得一个小时。久木心不在焉地瞧着电视屏幕,从酒柜里拿了瓶白兰地,兑着水喝了起来。快到十二点了,夜间节目已经接近尾声,剩下的频道都是新年以后要开播的节目预告。

关掉电视,久木走到窗前,眺望起夜景来。回顾过去的一年,从头到尾好像全是为凛子度过的。

春天和凛子发生关系后,就像正负电极相吸,久旱逢甘霖,一发而不可收,两人简直如胶似漆,难舍难分。

这一年是久木一生中最热情奔放的一年,被遗忘的青春仿佛又复苏了。

他一杯接一杯地喝着白兰地,从六十多层的高处向下俯瞰夜晚的阑珊街景,更觉醉意蒙眬,恍惚觉得每一个闪亮里都有凛子的身影。

此刻,凛子一定正穿过一座座高楼大厦和一个个明灭的信号灯,走进饭店,跑进电梯。

他期待着这个时刻的到来,刚刚将额头贴在厚厚玻璃窗上,门铃就响了。

他一跃而起,一打开门就情不自禁地嚷道:

"哎哟,可把你盼来了。"

眼前站着的正是凛子。她身穿黑色府绸丧服,系着黑腰带,一只手里拿着件外套,头发盘了上去,雪白的衣领里露出纤细的脖颈。

久木握住凛子的手走进屋里,又说了一遍:

"你可来了。"

他张开两臂,把凛子紧紧地揽到了怀里。凛子顺势倒在了久木胸前。

此时此刻,什么守灵、丧服统统都被久木忘得一干二净了,他热烈地吻着凛子的嘴唇。

长长的接吻之后,久木放开了凛子,仔细打量起她来。

"真是别有风韵。"

"净瞎说……"

把这种悲哀的服饰说成有风韵,的确不甚妥当。

"我还以为你不来了呢。"

"谁敢违抗你的命令呀!"

凛子靠近了窗子向下俯瞰。

"这个饭店是第一次来?"

"进房间是第一次。"

久木也挨着穿丧服的凛子站在窗前。

"我刚才就这样一边看一边等你。"

说着久木攥住了凛子的手,凛子的手冷冰冰的,也许是初冬的深夜里一路赶来的缘故吧。久木给她焐着手,低声问:

"你丈夫回家了?"

"嗯,回去了。"

凛子的口气十分冷淡。

"我刚才一直在吃他的醋哪。"

"为什么……"

"你们是夫妇,我根本不该吃醋,可我就是嫉妒你们从守灵到葬礼都能肩并肩地和人们交谈,受到他人的称羡。"

"所以才难受呢!"

"难受什么?"

"就因为是夫妇才没处躲没处逃的。刚才婶婶还问我,
'你们俩怎么样啊?'叔叔也问,'不打算要孩子了吗?'什么都问……"

"他们也太爱操心了吧。"

"他们知道我们关系不怎么融洽,都为我们担心。"

"他们要是知道你上这儿来,可不得了。"

"那可不是一般的不得了了。"

凛子身上飘散着一股淡淡的线香味儿，使久木产生了错觉，以为自己来到了仙境里，不觉搂着凛子往床边走。

"不行！"

凛子断然摇了摇头，双手要推开久木的臂膀。

"什么也不做，就躺一会儿。"

"那也不行，头发要弄乱的。"

久木仍然不松手，拽着凛子坐到床头上。

"就这么坐坐总可以吧。"

被抓住胳膊的凛子无计可施，抬手拢了拢头发。

"你非得回去吗？"

"那当然，说好就待三十分钟的呀。"

坐在床头可以望见辽阔海面上的夜色。过了一会儿，久木突然说道：

"昨天衣川打来电话，说你想要当专职讲师。"

"他到底告诉你了。"

凛子早有预感。

"为什么不事先和我说一声呢？"

"不想让你担心嘛……"

"可是不经过你的老师能行吗？"

"如果中心打算聘用我的话，我去请求老师同意。"

"衣川还说你也许打算离家单过。"

"能离家就离家。"

凛子的表情异常严峻，目不转睛地注视着窗外的夜景。

久木看着她的侧脸，把右手放在凛子的膝头。

"那我也离家出走吧。"

"你就算了吧。"

"那怎么行……"

"你做不到。"

"能做到。"

久木的语气越来越坚决，同时，倏地把手伸进了凛子的丧服里，触到了里面的内衣。

凛子想要挪开他的手，他却执拗地继续潜入其两膝之间。

"你打算正式工作？"

久木继续问着,手该干什么还干什么。

"这也是为了离开家?"

"没有收入一个人怎么生活呀。"

"我不会让你受苦的。"

久木的手继续向纵深侵入,凛子慌忙紧闭膝盖。

想要阻止的力和想要侵入的力如相扑选手争夺优势般僵持了一会儿,随着阻挠之力耗尽,久木的指尖摸到了凛子大腿。

"我就放在这儿。"

现在久木只想感触一下凛子肌肤的温暖。

两人并肩坐在床上,像是在观赏夜景,好似一幅安静的画面。但仔细一看,女人的和服前襟已经敞开,男人的手正悄悄潜入丧服下面的内衣里去。

女人完全明白男人的手在企求、寻找着什么,也知道眼下这种时候,这么做非常淫亵而不道德,是无论如何不能允许的事,然而却屈服于竭力想接近它的欲望而默认这一切。

男人觉察到了女人的宽容,便在女人大腿内侧的空间里来回游动着手指尖,脸上却一本正经的。

这一套全是男人的作战策略,是巧妙的圈套,女人明知不该上钩,身体却不由自主地开始湿润了。

这会儿,女人的身体已游离了她的心,独自前行了。

男人的手突然像挣脱了束缚般向里伸去,指尖触到被柔软的褶皱包裹的女人秘处。

"啊。"穿着丧服的女人轻轻叫了一声,伏下了上身。

可是,男人的手指一旦接触到那令人爱怜的部位,便再也不肯离开。

突然间男人铤而走险,直到刚才还在犹豫不决的手,现在竟然大胆地覆盖了整个花园,随后伸出中指,准确地置于那娇小而敏感的花蕾之上。

就在他不急不躁、稳步前进的过程中,凛子的花园早已变得柔软而湿润。

仿佛受制于一个至高无上的命令一般,两个人面对着前面的窗户,保持着这种姿势,而男人的指尖非常准确地摸到女人的花蕾,轻柔而缓慢地在上面画着圆圈。

女人的花园早已爱液充润,因而更加如鱼得水的手指,开始从花蕾向周边转移,进而分开褶皱侵入中心地带,忽而又改变主意退了出来。

就在这似进非进、似退非退、随波逐流般起起伏伏的爱抚中,女人再也忍受不了了,随着一声压抑的低吟,按住男人的手。

"不要了……"

男人的指头还意犹未尽地蠕动着,但立刻放弃了似的停了下来,对着女人耳朵,低声提出了交换条件：

"我想要你……"

见女人没有反应，男人又说道："一会儿就行。"

听到这儿，女人仿佛刚刚意识到问题的严重性，慌忙摇头说：

"不行啊，在这种时候。"

"马上就好。"

"不行，我得回去了。"

男人不理睬女人的反对，若无其事地说：

"你最好转过身去。"

女人不明白他什么意思，扭脸瞧他。久木低声说：

"你背过身去撩起下摆，头发也不会弄乱。"

"那怎么行……"

女人终于明白了男人的意图，想要逃掉，男人早已抓住她，最后通牒似的命令：

"别说了，转过身去……"

这一切，并不是久木事先计划好的。

以前他就听说过这种方式，总想体验一次，又觉得过分就放弃了。换句话说，只是在梦里空想过，没想到会真正实现。

这个梦想现在正在眼前呈现出来。

裹着黑色丧服的凛子低下头去，两手撑在床上。从前面看像是趴在床上，但是绕到她身后，只见两腿站在地上，膝盖弯曲，顶着床边，和服下摆一直撩到和服腰带以上。在淡淡的灯光下，和服的黑色和衬衣的雪白对比鲜明，从这两层衣服之下，露出了雪白而浑圆的双丘。

他一边安慰着几次反抗拒绝的凛子，一边大大地吐出了一口气，在自己的强迫之下，终于到了这一步，真是不容易。

该怎么来形容这奇异的妖艳性感呢？

所有男人都梦想过这种登峰造极的淫乐之景，梦想掀开那穿着华丽和服女人的裙摆看一看。正因为这几乎是所有男人们都怀有的邪恶、粗暴的愿望，因此极少有人如实向女人和盘托出，仅仅把它作为一种传说中的美而传承下来。

然而，这种淫亵的姿势有时也是必要的。

比方说，从前走红的艺妓们到了正月，身穿盛装和服，梳着高岛田发髻，出入各个酒宴时，想要趁着这转瞬即逝的工夫与心上人亲热，又不致弄乱装束的话，这种姿势是再合适不过了。

在守灵之夜这样短暂的时间结合的话,这也是唯一的姿势。

现在凛子为接纳久木,像美丽的孔雀一样展翅开屏。

尽管她觉得羞耻,拼命拒绝,却在不知不觉中也被这种淫荡的姿势激发出了情欲,而且愈燃愈旺了。

当然,这也是受益于久木慢慢给她预热、使她兴奋,以及反复诉说的赞美而感人的台词奏了效。

"太棒了,太美了,美极了……"

男人不住嘴地赞美着,嗓音有些嘶哑。

男人和女人都清楚,眼前这无与伦比的美,发源于稀世罕见的粗俗和淫靡,而他们却甘愿堕人到那淫荡的世界中去。

男人再次以少年般的目光望着从撩起来的和服里面露出的白皙圆润的臀部,抚摸这温暖而润滑的肌肤时,再也无法自控,一气贯入。

"啊……"与此同时,女人发出哀鸣般的叫声,身体不由自主地向前倾倒,男人赶紧双手扶住她的臀部,使她腰部得以稳定。

此刻,两人宛如野兽在交合。

然而这令人羞耻的猥亵姿势,才是人类生存在这个世界以前的、从动物时期就传承下来的、原始的也是最自然最能诱发快感的姿势。

回归本来的野性,任何惶惑、羞耻、怯懦都是不必要的。

什么文明、教养,什么道德、伦理,自人类诞生以来,每一个毛孔所渗透的一切虚饰、伪装都被统统抛到了九霄云外,他们完全回归了自然的本能,像雌雄动物般拼命动作,终于在声嘶力竭般的吟唤声中结束了一切。

疯狂之后是异常的静寂,他们重叠在一起,纹丝不动,仿佛已经僵死了一样。

这死一般的沉寂,昭示了笼罩在爱的极致下的死亡的阴影。

两人就这样一动不动地沉浸在死一般的静谧中,一会儿,男人先抬起了瘫软的身体,接着女人也渐渐苏醒了过来。

男人一旦释放后便很快可以恢复,女人则不同,还沉浸在绵长的余韵里,苏醒得很慢,好久她还趴在床上没起来。

凛子这时才意识到自己犯下了不可饶恕的罪过。

这从她进了浴室后久久地待在里面不出来便可察觉。

五分钟,十分钟,直到十几分钟后,门无声地开了,凛子终于出来了。

她垂着眼帘,脸色苍白,一副懊悔至极的神情,但和服领口和腰带已整理如初,发型也一丝不乱,俨然一位身着丧服的端庄的妇人。

凛子面无表情，默默走到沙发前，拿起叠放在那里的外套。

见凛子这副神态，自己再不开口，她就会这样回去了，久木慌忙问道：

"你要回去？"

凛子声音似有似无，从她微微点头的动作可猜到她是要走。

由于自己的强迫使得凛子这么后悔，久木真不知怎么向她道歉才好。

两人面对面站在门口，久木低下头说：

"我很抱歉，可是……"

一度像野兽一样疯狂的男人，恢复了理智之后，为自己的寡廉鲜耻而震惊、骇然。

"都是我不好，可是……"久木喘了口气，"实在太想要你了。"

这是发自肺腑的毫无矫饰的表白，可凛子听了，缓缓摇了摇头，以不容置疑的口吻说道：

"不，是我的错。"

"不是你的错。"

"今晚做这种事，我要遭到报应的。"

"要是那样的话……"

久木紧紧抱住凛子，喃喃道：

"要遭报应，咱们一起承受。"

既然爱是双方的，那么女人的罪孽也即是男人的罪孽。

可是凛子并没有被这甜言蜜语所动，仿佛什么也没有听见似的，律己似的又一次正了正衣襟，神情木然地打开了房门。

久木想再吻她一下，她却头也不回地走了出去。

凛子一直没有回头，也许是想要与不堪回首的羞耻行为诀别吧。

忽然，久木的手指触到了一个别针样的东西，拿起来一瞧是凛子的发卡。

对了，刚才凛子半跪半卧在床上时，她头部的位置就在这儿。

刚才那鲜明的一幕又浮现在久木眼前，屋子里非常静，只有失落的发卡留下了纵情欢爱的痕迹。

久木一手握着发卡，想象着凛子到家后会怎么向大家做解释。

现在也许到家了吧？凛子会找什么借口来解释呢？

在这儿待了差不多一个小时，加上路上的时间大约需要一个半小时。别人一定会猜想这段时间她的去向。

服饰和发型都整整齐齐的，应该不会引起怀疑，也可能有的女人会多想的。

再怎么想也没有人能想象到他们会在守灵之夜，以那样的体位结合吧。

关键在于凛子如何表现。

由于罪孽意识作怪,会使凛子不自觉地有所流露,引起别人的怀疑,但愿她能装作若无其事。久木一想到她临走时那木然的表情,就坐立不安起来。

"不会出什么事吧……"

久木惦念着凛子,内心涌起了对她的满腔爱怜,他情不自禁地把发卡贴到了嘴唇上。

# 初会

各自都有自己家庭,却在新年之始和别人结合,两人既有罪恶感,其中也掺杂着背叛的快感。而且,结合之前心理挣扎越强,结合后的亢奋也就越烈。凛子呻吟着,扭动着,摇动着散乱的头发,逐渐到达了高潮,之前那激烈的抗拒似乎从来不曾有过似的。

从大年夜到元月二号,久木一直老老实实呆在家里,这是从未有过的。

当然,并不只是和妻子两人过年,女儿知佳携丈夫来与二老共度除夕,笑语欢声,过了一个热闹的元旦。

可是,二号女儿、女婿一走,家里立刻冷清了下来。

虽说随着年纪的增加,夫妻间的对话日益减少,可是,怎么会这么安静呢?

久木现在没有那份心情主动跟妻子说话,妻子当然也很体谅他,从不表现出特别的亲热。

三号下午,和妻子两人去参拜神社,这是一年之始的习俗,仅此而已。

神社位于开车十分钟左右的居民住宅区里,来这儿参拜的都是住在附近的人。

久木和妻子并肩站在神前,各自祈祷各自的。

久木首先祈愿今年一年能平安健康,其次希望和凛子的恋情能进一步加深、持久下去。

身旁合掌祈祷的妻子想的什么呢? 一定是希望自己身体健康、工作顺利,或者早日抱上外孙子,以及久木所不知道的秘密。

然后抽了签,妻子抽了个大吉,久木是小吉。

妻子难得抽着一回大吉,满面笑容,久木对小吉也不在意。

这就算尽了做丈夫的义务了,回家后久木马上又要出门。

"我到董事家去拜一下年。"

久木换上了崭新的西服,告诉妻子说是去董事家拜年,其实只是个幌子。

他和凛子约好了今晚六点在横滨饭店见新年第一面。

去年岁末丧父的凛子,正月应该是在娘家过的。

长兄继承了家业,母亲孤单单的,所以凛子得去陪伴她。

电话里听凛子这么一说,久木就想问问她的丈夫,话还没出口,凛子就告诉他:"就我自己回去的。"

看这情形,她丈夫也回自己家过年了,得知她没和丈夫在一起,不管怎么说,久木轻松了不少。

只是凛子不同意元旦头两天见面。

开始的时候,她借口"没有时间"啦、"特别忙"啦等等打马虎眼,其实恐怕还是对去年年底守灵时那次的强行约会耿耿于怀。

"那次都怪我。"

久木一再地道歉之后,好不容易才约好三日晚上,在上次去过的"未来港口"的饭店大厅里碰面。

然而久木还是放心不下,刚到元旦,又打电话给她,确认了一遍。但既然她说"知道了",就不会不来的。久木这么安慰自己,草草拜访了董事长,就告辞出来,提前到达了横滨的饭店。

正值正月期间,大厅里身着节日盛装的女性花枝招展,洋溢着新年的热闹气氛。今天又是新年第三天,有的家庭正在准备退房回家。

新来的人和要走的人混杂在一起,大厅里熙熙攘攘,久木坐在靠边的一张沙发上,不经意地看着门口。

快六点了,凛子该到了。

今天凛子会是什么打扮呢?

久木惴惴不安地又看了一眼入口处,只见旋转门那边出现了一位和服装束的女性。

久木蓦地站起身,看见凛子从旋转门里走了出来。

今天的凛子穿着白色打底的和服,配着豆沙色的腰带,手上搭着貂皮披肩,走近一看,从和服的前胸到底边上,点缀着一枝枝梅花。

久木迎上前去,问了句"新年好",凛子也轻轻问候了一句。

"你穿这件和服真是美极了。"

凛子羞涩地微微低着头,从凛子的脸上已看不出守灵之夜离开时那凄然憔悴的表情了。

"咱们到楼上去吃点东西吧。"

久木对横滨不大熟悉,所以就在饭店的餐厅订了座位。

上到顶层的餐厅,两人面对面坐在靠窗的座位上。

还是新年期间,一家一户来吃团圆饭的比较多。久木根本不在乎周围的目光,凛子也满脸无所谓的样子,他们已经习以为常了,或者说胆子越来越大了。

久木点完菜后,和凛子喝起了白葡萄酒。久木道:

"我以为你不会来呢。"

"怎么这么想啊?"

"我也说不清,总觉得……"

那天晚上久木强迫凛子做那件事,也许让他心有余悸吧。既然凛子现在来了,也就没什么可担心的了。

"新年在娘家过的吧?"

"嗯,去陪陪我母亲。"

看来新年期间凛子和夫君是不在一起了。

"差不多安定下来了吧?"

"差不多了,就是妈妈还没过那个劲儿。"

父亲去得太突然了,凛子的母亲一时不能接受这个事实。

"那你就住下去吧。"

"我当然可以啦。"

凛子简洁地回答了这一微妙的问题。

先上了个清蒸牡蛎,席间立时飘散着香槟酒的馥香。

久木在董事长家几乎没吃什么,感觉肚子有点饿了。他又要了杯白兰地。

"咱们认识有一年了。"

久木是去年正月认识凛子的,那时只是一般关系,偶尔见个面,吃吃饭而已。

回顾这一年来,两人之间的关系发生了意想不到的变化,至少去年正月的时候,他没有料到会和凛子发展到这么亲密的程度。

"同为一年,却全然不同啊。"

有的一年令人刻骨铭心,也有的一年平淡无奇。从这个意义上讲,过去的一年是久木一生中最难忘的一年了。

"再暖和一点,咱们还去热海怎么样?"

和凛子最初的结合,是去年到热海去看梅花之后。

久木早就想去看梅花,便随口约了她,没想到,她也一直就想去,于是他们尽情观赏到了早春绽开的梅花。后来回到东京,吃完饭,在酒吧喝酒时,久木不想放凛子回家,直接带她去了旅馆。

不知是此前两人已见过多次面,还是鸡尾酒的作用,凛子稍稍抵抗了一下就顺从了他。

回想着那时纯真无邪的凛子,久木深情地望着她的脸。

"你穿这和服真好看。"

从左胸一直到和服腰带,点缀着朵朵梅花,和华丽的樱花相比,梅花的淡雅文静和凛子十分相配。

"这是年底做的,为了在今年过年的时候穿。"

赏梅之后他们定的情,新年伊始,凛子穿着这梅花图案的和服来赴约,更撩动了男人的心。

西餐汤端上来后,凛子悠然地喝了起来。那优雅的坐姿,喝汤的架势,举手投足都给人以美感。

久木看得着了迷,小声说:

"还是觉得梅花比樱花更适合你啊。"

"怎么讲?"

凛子停下了喝汤,问道。

"樱花当然美丽,但是太过奢华,咄咄逼人。比较起来还是梅花娴雅温柔,让人喜爱。"

"梅花太素朴了吧。"

"不,梅花气质高雅,特别清纯。"

"古代人说的花,就是指梅花吧?"

"奈良时代以前是梅花,到了平安时代,樱花被捧了起来。不过梅花不仅仅花好看,花枝造型也很美。"

凛子点点头,低头看了看和服下摆。

"这套和服下面只有枝,没有花。"

"用画匠的话来说,叫作'樱花画花,梅花画枝',梅花是以凛然不俗的枝丫之美取胜的。"

久木由此想到一句和歌。

"有一首咏梅的好诗句,就是石田波乡的'梅花一枝犹如仰卧之死者'。"

说完,久木才意识到凛子的父亲刚故去,便道:

"这首和歌并不是意在用梅花描绘死者,而是要表现梅花所具有的那种清洌、庄严的韵味。樱花含有流于人情的脆弱感,而梅花则清雅闲寂、充满张力,能够传递出其人的真情实态。"

"是有这种感觉。"

"太不可思议了。"

"什么呀?"

"没什么,突然想起来了。"

一瞬间,久木脑海里浮现出了凛子那缭乱的身姿。应该将其比作梅花好呢,还是樱花好呢? 若是比作梅花的话,就是一簇上下腾挪、癫狂乱舞的梅花了。

这些妖艳的念头一闪而过。久木为了拂去这些杂念,一边用刀叉吃着烤鸭肉,一边问:

"今天去参拜神社了吗?"

"还是居丧期间,没去,你呢?"

久木没提和妻子一起去的,只说道:

"去了一趟,抽了个小吉。"

"去年你好像也是小吉吧?"

"你的记性可真好。"

一年前的正月,久木和凛子去了赤坂的日枝神社,那天是一月十日,已过了参拜的时候,就在两人一起拜神、抽签之后,觉得一下子亲密了许多。

"那么,今年就不去了?"

"去是想去,但今年还是不去为好。"

久木点头同意,又随口问道:

"你丈夫呢?"

"他不去。"

久木一听凛子这口气,不由停下了手里的刀叉。

"他是女婿,没那么严格吧?"

"不是因为这个,他从来就不做没用的事情。"

"没用的事情?"

"在他眼里,参拜神社、抽签之类都是无聊的事。"

"也是,他是科学工作者,所以……"

"也许吧。"

凛子的语调相当冷淡,久木转了个话题:

"你打算在横滨待到什么时候?"

"明天回去。"

"那么快就……"

久木以为她还得再待两三天呢。

"你丈夫的大学还没放假吧?"

凛子微微摇了摇头，提高了声调：

"可是，猫在家等着我呢。"

没想到凛子专门为了猫回家。

"这么说你丈夫他不在家了？"

"元旦回他父母家了，两天后就在家了。"

"就他自己……"

"他要是不待在自己的书斋里，就没着没落的，整天泡在书堆里他才觉得幸福呢。"

"他是科学工作者……"

凛子没再说什么，久木喝了口葡萄酒，说道：

"有你丈夫在，还怕猫没人管吗？"

"当然了，他对活物从来就没有一点兴趣。"

"他不是医生吗？"

"所以才不待见猫呐。去年有一次莎莎尿不出尿来，我还带它去医院看过病呢。"莎莎是那只猫的爱称。

"你猜当时他怎么说，他说去医院也是白搭，最多凑凑合合看看哪儿有病，又治不好，甭管它算了。可是，我带它去医院看了看，好点了。这回他又嘀咕医疗费太贵了。"

"猫狗都没有健康保险一说，医疗费就特别贵。"

久木说道。凛子皱起眉头说：

"可是猫也难受呀，不给它治病多可怜哪。"

"那是，猫也是家庭成员之一呀。"

"交给他的话，弄不好会拿去做动物实验呢。"

"不至于吧。"

"反正他和我是两个世界的人。"

服务生来给久木和凛子的杯子里斟满了葡萄酒。

窗外是一片灯海，久木一想到每个灯光底下都住着人家，都有一对对儿男女在颠鸾倒凤，不由产生了莫名的恐惧。

可以肯定地说，这些情侣有的情投意合，有的貌合神离。

凛子和她的丈夫算是其中一对儿貌合神离的夫妻吧。

眺望着眼前的灿灿灯火，一个想法渐渐在久木心中清晰了起来。

以前他一直不明白凛子为什么会跟自己要好，总以为她是厌倦了自己的丈夫，想要找点刺激，才红杏出墙的。

可是听了凛子的这番话，发觉她并不是出于消遣或轻浮的心理。凛子的丈夫冷漠而清高,对参拜神社、抽签等完全不屑一顾,对猫狗之类的宠物冷若冰霜,根本不去理解凛子的心情。

听起来都是些微不足道的琐事,然而对当事者而言,就不是小事了。在这些问题上,没有大道理可讲,它涉及人的感性认识和价值观,不是那么轻易就能妥协和沟通的。

凛子的丈夫外表潇洒,年轻有为,早早当上了副教授,但是,在性格和感觉方面和凛子似乎不大合拍。

或许是对丈夫的不满和抵触感,使凛子向外寻求,这才和自己亲近起来的。

久木沉思的时候,凛子也轻轻地倚着窗边向外眺望街景。

久木忽然觉得自己的心思已被凛子看透,便转过身不再看窗外,凛子也收回了视线。

"真是无奇不有。"

久木就像在概括刚才的谈话,凛子听了,说道:

"对不起,净跟你说些鸡毛蒜皮的事……"

"哪里,这正是我想听的。"

久木并不是幸灾乐祸,而是因此放宽了心。

"好了,今天是新年,不谈那些了。"久木端起酒杯跟凛子碰了碰杯,"祝你今年交好运。"

两人又碰了一下杯,久木一本正经地说道:

"今年会是什么样的一年呢?"

"你是说我们吗?"

"今年想要更多地在一起,更多地去旅游。"

见凛子赞同的样子,久木说了句:

"希望能更长久地待在一起。"

他顿了一下,又叮问道:

"你能行吗?"

"那还用问。"凛子答道,忽然又反问他:"可是照这么下去会有什么结果呢?"

"你的意思是……"

"我们俩……"

对这样直截了当的问话,久木一时答不上来。如果拣好听的说当然容易,可是对于现在的凛子来说,那种暧昧的回答是行不通的。

男人要求更频繁更长久地来往,女人也愿意交往下去,于是海誓山盟、情意绵绵,陶醉在恋爱之中。可是一旦冷静下来,面对残酷的现实时,就会遇到一个又一个的难题。

或许有人认为,陶醉在爱河里时不必探究这个问题。

显然这是好幻想的浪漫主义者的想法,什么实际问题也解决不了。因为根本就没有现成的答案,所以不愿正视这个问题。

可是,热恋中的女人是不喜欢这种暧昧态度的,因为性在本质上是要求黑白分明的,模棱两可的回答是不能说服人的。

如果两人就这么继续热烈相爱下去会有什么结果呢?

随着更多地一起出去约会、旅游,两人不在自己家的时间也就越来越多,那么最后呢?

最后两个人会更牢固地结合呢,还是落个惨不忍睹的下场呢? 或者一起堕入地狱的深渊?

如果继续追问到底会是哪种结局,久木是没有精力和勇气来面对这个难题的,他干脆换了个问题:

"今天不回去行吗?"

"……"

"就在这儿住一晚吧。"

虽然对于女人提出的问题未做出任何回答,但男人告诉自己,先住上一晚再考虑刚才那个问题也不迟。

主菜撤下之后是沙拉和奶酪。以往每到快结束就餐时,都是赶紧考虑下一步的安排,心里老不踏实,可是今天晚上早已安排就绪了。

对久木的建议,凛子不置可否,内心很矛盾。久木知道在这种情形下,不必非要问得那么清楚,自己决定就行了。

他默默站起身来,去人口处的结账台给服务台打电话预订了房间。

"我要一个朝海的双人房间。"

去年年底在这个饭店见面那次,凛子是夜里回去的,久木不久也离开了旅馆,都没能看到清晨的大海景观。

"我订了房间,今晚就住这儿了。"

"我没说要住啊……"

"可是已经订好了。"

要是让凛子走掉,久木就太被动了。

"这可是今年的初次约会呀。"久木悄悄抓住了凛子的手,"今天你也穿的是和服,太好了。"

凛子想起了上次那一幕,不好意思地低下了头。

"放心,我不会像上次那样的。"

那次是由于时间有限，今天则是长夜漫漫，有充裕的时间。

"现在就去房间好吗？"

"不住行不行？"

"我不会放你走的。"

"今年我也逃不了了，对吧？"

凛子虽然是冲着男人说的，其实也是说给自己听的。

饭后要了红茶和白兰地，凛子不想喝，久木非要她喝一点。

"这酒劲儿不大，没事。"

凛子不能喝酒，喝一点就醉，是那种最好灌醉的类型，这样的女性喝这种白兰地最见效。

既然决定在这儿过夜，就可以放开喝了，只要她能从这儿走回房间就行，剩下就是久木的事了。

"对面是千叶县吧？"

凛子不知道久木在想这些，指着窗外问道。只见隔着黑漆漆的大海，远远的彼岸闪烁着一条光带。

"大概太阳就是从那边升起吧。"

从横滨方向看，千叶在东边。

"今年的第一次日出看了吗？"

"遗憾得很，没看着。"

"那好，明天咱们一块儿看吧。"

久木在心里描绘着和凛子拥抱着迎接朝阳的情景。

"可能从床上也能看到。"

"这样会遭报应的。"

躺着迎接喷薄而出的清纯的朝阳，的确有些不敬，却也不失一种有悖道德的魅力。

"咱们走吧。"

久木越来越心里发痒，催促着凛子，凛子说了句"等一等"，就朝电话走去。

不知她是给娘家打电话，还是给东京的家打，反正多半是解释今晚有事回不去了。

不多久凛子回来了，脸色不太好。

"我非得住下吗？"

"是的。"

久木断然答道，凛子想了想说：

"明天五点回去可以吗？"

那样的话两人就不能一起看日出了,但久木想,等到明天早上再说,就站了起来。

凛子似乎还在犹豫,跟在久木后头进了屋,服务生放下钥匙就走了。

久木立刻把凛子抱在怀里。

"好想你啊……"

去年岁暮匆匆忙忙只幽会了一个小时,今天一定要补回来。

一边接吻,久木的手触到了和服的腰带。

久木听说要想使穿和服的女人就范,必须先解掉和服的腰带。他不会解,好在拥抱时,腰带已被弄开,长长的,拖到了地面。

凛子也意识到了,说了声"等一下",就进了卧室,开始解腰带。

现在,久木总算可以松口气了,她不会再说"我要回去"了。

久木放心地坐在沙发上,凛子把和服收进了壁橱里,就去洗浴了。

久木自己也换上了浴衣,看了下表还不到九点。

即使凛子明天一早就走,也有的是时间。

久木环顾房间。这是个套间,外间是起居室,靠墙有长沙发和桌子,窗前摆了个书桌,沙发贴靠的墙上,镶嵌着一面镜子,把房间照成了两个。里面的卧室里,放着一张大大的双人床,正对着窗户。现在是夜晚,海面黑沉沉的,明天太阳将和黎明一起从那里升起。

他们为了看日出才要的这个朝海的房间,所以应该尽量把凛子留到日出时分。久木关掉了所有的灯,只剩下光线很暗的床头灯和外屋的壁灯。

男人像个少年似的忐忑不安地等待着激动时刻的到来,为此做好了一切准备。

久木正猜测着凛子一会儿出来时的模样,只听咔嗒一声门响,凛子洗完澡出来了。

只见她穿一身白色和服内衣,系着腰带,头发高高地挽了上去。

"我可喝多了。"

凛子步履蹒跚地走了过来,久木站起身轻轻地一把抱住她。

"不要紧的。"

他觉得凛子稍稍醉酒之后再一沐浴,愈加显得妩媚动人了。

久木搀扶着轻飘飘的凛子,移到沙发旁的镜子前面。

大概嫌灯光晃眼,凛子把头埋在久木的臂弯里,却不知道自己此刻正背对着镜子。

久木当然也不作声,就这样欣赏起她的倩影来。

高高盘起的发髻下面露出了纤细的脖颈,从圆圆的肩头到苗条的腰肢,再到丰满的臀部,曲线十分优美。白色长内衣薄纱般透明,身体的轮廓清晰可见。

久木看着看着,忽然冒出一个鬼主意。

凛子醉意蒙眬地依偎在久木的臂弯里,久木趁机将一只手从她的长内衣前襟慢慢伸进去,一直绕到后腰,一遍又一遍地爱抚着,渐渐地内衣被掀到了膝盖以上。

凛子内衣里什么也没有穿。

再继续往上撩,凛子赤裸的背影暴露在了夜晚的灯光下,久木目不转睛地看着镜中的倩影。

凛子虽然醉了,还是感觉到了背后的动静。

依偎在久木怀抱中的凛子,忽然仰起脸,回过头。久木慌忙放下衣襟,但为时已晚。

"不要……"

挣脱了男人的搂抱,凛子回头一看,才发现背后有一面镜子。

"你太过分了。"

原来刚才温柔地抚摸她的腰部,是为了从镜子里看她的裸体,对男人的这套伎俩女人怒不可遏。

凛子劈头盖脸地朝久木打来。

"别打,别打。"

绵羊一样温顺的凛子,突然狂怒起来,久木只有招架之功,他一直后退到了卧室的门口,才好容易站稳了脚,双手挡住了凛子的拳头。

"太卑鄙,太狡猾了。"

凛子还是不依不饶的,久木也不理会,径直把凛子抱到了床上。

前一半是女人的进攻,现在攻防转换,男人要开始反击了。

他先把怀里的女人抛到床上,等她陷入了弹簧床后,便压了上去。

"放开我……"

女人叫嚷着,然而搏斗的结局已显而易见,女人事先已被灌够了葡萄酒和白兰地,越挣扎醉意越浓,徒然消耗着体力。

"好了,别再闹了。"久木凑到她的耳边说道。

凛子心里有气,恼羞成怒地折腾了一通之后,酒劲儿上来,全身酥软无力,已没有反抗的气力了。

对于一个纤弱女子来说似乎残酷了点,可是,这也许正是凛子所企盼的状态呢。

这一点,从吃完饭时凛子问的"非得住下吗"到决定住下后,她又说要在明天五点以前回去等等便可看得出来。

尽管没有明说,但凛子对今晚从家里出来会面,好像有些抵触情绪似的。

岁末在父亲的守灵之时,来饭店幽会,以淫亵的姿势接纳了男人,这回又来会见这个提出罪恶要求的男人。

凛子为这样的自己而惊骇,而羞愧。

自己也拒绝过,但最终屈服于对方的强迫,凛子只好用这个理由来安慰自己。

"这是今年的初会。"

久木在全无抵抗力的凛子耳边低语着。

"你知道把这叫作什么吗?"

"……"

"叫作姬始。"

各自都有家庭,却在新年之始和别人结合,两人既有罪恶感,其中也夹杂着背叛的快感。

而且,结合之前心理挣扎越强,结合后的亢奋也越烈。

凛子呻吟着,扭动着,摇动着散乱的头发,逐渐到达了高潮,之前那激烈的抗拒仿佛从来不曾有过似的。

被女人欢愉的姿态煽动着,久木极力控制着最后时段的节奏,继续进攻,她嘴上说着"不行了",而实际上却一次又一次攀上峰顶,连她自己都为如此激烈的反应而恐惧起来。待男人终于鸣金收兵后,女人才精疲力竭地软绵绵地瘫在床上。

然而,快乐的余韵似乎还未消退,她的身体仍在轻轻颤动,仿佛在贪婪地回味着刚才的快感。

久木搂着余韵未消的女人,不禁倒吸了一口凉气。

每次相聚时都变化万端的女体实在令人百思莫解。在最初的阶段男人尚能感动、惊叹其绚丽多姿,然而现在已超越了这个界限,女人那旺盛的情欲使人不安,让人生畏。

凛子似乎也同样感觉不安。

"我想咱们今年不要再见面了。"

"你说什么?"

"我一直是这么想的,只是身不由己。"

这么说今晚能见面,多亏了凛子的身体了,久木觉得很滑稽。

"心里想着这样不对,要尽快结束这一切,却管不住自己又来了……"

凛子像是对久木说,又像是对身体里的另一个自己说道。

"心里想着不要再见面,可最终还是……"

联结男女的因素多种多样,其中肉体的联系与精神的联系具有同等的力量,甚至超乎其上。

仅仅和女性保持关系的话,只要有身体的魅力就足够了,然而,恋爱则是身心两个方面的,缺一不可。

世界传世藏书

世界孤本小说

失乐园

105

凛子当然很清楚这些,才这么说的,久木却故意挑衅道:

"以前你不是这样吗?"

"没有过……"

"和你丈夫的时候……"

久木一时语塞,凛子转过身来问道:

"你愿意听这些?"

"愿意。"

"真的?"凛子又叮问了一句后,说,"我们也不是完全没有性生活,偶尔也有。我一直以为性就是那么回事,不懂什么满足不满足,这时你突然出现了,从此我就变了一个人。"

"后来和你丈夫还……"

"我说过没有了。"

"那你丈夫能满足吗?"

"不清楚,我不愿意,他也没办法。"

明知再问下去不太礼貌,久木还是试探道:

"你不喜欢他哪一点呢?"

"这个嘛,他说话的声音,他的皮肤,反正一句两句也说不清楚。"

"他怎么要求你也不答应?"

"女人的身体很挑剔,不像男人那样见一个爱一个的。"

在性的方面,女人确实比较专一一些。

"那你丈夫怎么解决呢?"

"我不知道。"

凛子淡淡地说道。

"都是因为你我才变成这样的。"

久木默然无语。男女接近后自然而然会有性的结合,把责任全推给男方有失公允。

"那是因为我们合得来呀。"

凛子使劲儿点了点头,说:

"从第二次开始,我就感到要坏事。"

"要坏事?"

"嗯,就觉得好像掉进一个深不可测的不可知的世界中去了,好可怕。"

男人倒没有这种感觉。

"这么说,这儿也……"

久木轻轻地触摸着凛子的乳房,这美丽的乳房与以往虽没有两样,对触摸的反应却比一年前有了长足的进步。

"女人的身体会变的。"

"谁想到会变化这么大呀。"

"这样不好吗?"

"不好,以前的我什么也不懂,现在却变成这样了。"

"不过,你的感觉可是越来越敏锐了……"

"托你的福,再也回不去了。"凛子说完,抓住了久木正揉弄她的乳房的手,"你得负责任噢。"

"什么责任?"

"现在我只能和你做了啊。除了你以外没有人能满足我了。"

凛子猛地掐起久木的手来,久木忍不住叫出声来。

"好痛。"

女人突然说出"只能和你才能满足"的话来,哪个男人听了都会欣喜万分,加倍爱恋她的。可是要男人负起责任,就有点不通情理了。

不言而喻,性爱是男女双方共同营造的,不该一方被追究什么责任。再说,久木自身也同样沉溺在与凛子的情爱之中不能自拔。男人虽然不像女人那样喜欢固定某一个对象,但此刻他确实沉迷于和凛子的性爱,并已深陷其中了。

这样的话不就是共同作案吗?

久木正想这么说,但又一想,终归男人要多负些责任吧。

这是因为女人的性感是由男人挑起、开发的。换言之,没有男人的亲近、刺激,女人几乎不可能懂得快感。与此相反,男人天生就具有性感受,少年时期,大腿间的东西不知不觉开始蠢蠢欲动,触摸它时觉得很舒服,于是,自然而然学会了自慰。

男人不需要女性的协助同样可以获得快乐,比起笨拙地和挑剔的女性做爱来,不如一个人独自享受快感更好。精神方面暂且不论,单纯就快感而言,是不需要女性引导启发的。

和男人的性的自行成熟相反,女人的性则是靠男人来开发、启蒙,逐渐成熟的。

从这些角度来考虑,凛子要久木对她变成现在这样的身体负责,也不是没有道理的。

久木故意夸张地揉着被抓痛的手背,说道:

"搞突然袭击,你可真厉害。"

"谁厉害呀。"凛子看也不看久木的手,说:"我说只能和你才能满足,你是不是幸灾乐祸?"

"岂敢,岂敢,我很高兴你能变成这样。"

"我可不好受啊,像个被你操纵的木偶似的。"

"这是从何说起哟。"

"就是,这么下去不成了你的奴隶了?"

凛子说着,忽地坐起来,伸出涂着淡粉色指甲油的手指,戳着久木的喉咙说:

"我问你,你怎么样,也是非我不行吗?"

"当然啦。"

"骗人。"

说着凛子双手扼住了久木的脖子。

"是真的,我发誓你是最棒的。"

"不许哄我。"

"绝对没哄你。"

突然间,十只手指用力掐紧了他的喉咙。

"你干什么,干什么……"

开始还以为凛子在闹着玩儿,没想到她不管不顾地更加使劲儿地掐起他的喉咙来。

女人力气小,不至于窒息,只是用力过猛,久木憋得直咳嗽。

"松手啊……"

"就不……"

"别这样。"

久木好容易才掰开凛子的手,止不住一阵咳嗽。

"好狠心哪,我没准儿真得被你给掐死。"

"死了倒好了。"

久木轻轻地摸着喉咙,还有点不好受。

"你吓了我一大跳。"

久木嘟哝着,一边揉脖子,一边咽唾沫。这样反复了几次后,久木心中涌起莫名的异样感觉。

刚才凛子说"我好难受"时掐住了他脖子,久木以为她是闹着玩儿,没想到凛子会来真格的。被她扼住喉咙时,久木真切地感受到了被带往遥远的世界去的不安,也品味到了某种甘美的感觉。

久木既害怕这么被掐死,又自暴自弃地想,就这么昏死过去算了。

这种怪念头是怎么冒出来的呢？真是莫名其妙。这时,只听凛子小声道:

"我恨你。"

"以前你说喜欢我的。"

"没错,喜欢才会恨呢。"凛子的口气认真起来,"你知道吗,去年年底我有多惨哪。"

"守灵的时候?".

"那种时候做了那样的事……"

"被家里人发现了?"

"我母亲有点怀疑,不过没人会往那儿想。我只是觉得对不起父亲……"

久木无言以对。

"父亲生前那么疼爱我,可是他的守灵之夜我却那么做,我算完了。为了这件事,我宁愿受到任何惩罚,宁愿下地狱……"

凛子背朝着久木,声音哽咽。

"我怎么会干出那种事来。"

"都是我不好。"

"先不提你了,关键是我怎么也不相信自己会那么做……"

"你这么懊悔,你父亲会原谅你的。"

事到如今,也只能这么安慰她了。

"别多想了。再说,那次的感觉不是挺好的吗?"

久木戏谑地说。

凛子一下子背过身去嚷道:

"不许再说了,做了那么可耻的事,还说得出什么感觉好……"

当时,凛子确实是摇动着可爱的雪白臀部,疯狂地达到了高潮。

"你那时真是兴奋到极点了。"

"不要再说了……"

女人越是羞愧不已,男人越是想要蹂躏她。

"今天还是从后边来?"

久木在她背后柔声道,呼出的热气使凛子缩紧了脖子。

"别瞎想……"

"不,我就要想。"

到这个地步,说什么都没有用。

既然守灵之夜已做了那样的事,现在反省也来不及了。

久木突然产生了一种施虐的心态,他轻轻咬着凛子的肩头,说:

"我真想吃了你。"

"不许你乱来。"

凛子一个劲儿摇头,久木从后面搂住她,双手将她柔软的臀部拉向自己,而凛子也主动配合他的动作,略微撅起了臀部。

她嘴里面拒绝再次亢奋,身体反而在挑逗。

久木轻抚着她那柔软的肌肤。

"真滑溜啊。"

"讨厌……"

"这么滑溜,摸着特别舒服。"

"真的?"

凛子有了些自信,将臀部更贴近过来。

刚才与凛子结合的时候,久木拼命控制住了自己,没有释放出来,所以,现在派上了用场。

要应付像凛子这样的女性,男人每次都释放的话,根本应付不过来。为了让女性充分燃烧,充分满足,即使到了顶点时也要忍耐控制住。

有的男人认为没有必要那么克制自己,性交的目的是为了快乐,不释放出来就毫无意义了。

久木却不以为然。

如果性单纯为了生殖也就罢了,但现实中的性交是爱的表现,是快乐的共享,也是两人共同营造的爱的文化。

这种看法是不容许男人中心的逻辑的。

久木用手指去触摸再度兴奋起来的女人。

"不要……"

凛子嘴上还在抵抗,但她那贪婪的身体早已湿润了。

正所谓身不由己。心里想的是不应该这样,必须停止,却又不由自主地败在身体的诱惑之下,投身淫乐之中。

有人严厉地谴责这一行为,也有的女性嘲讽说,再冷静、理智一些的话,就不会到那个地步的。

这种说法是有它的道理,然而,人的行为并不都是用道理可以讲得通的。

凛子并非不具有理智和冷静,然而一到实际中却不能自控。心里明知不应该,仍旧屈服于身体的诱惑,究其原因,一个可能是自我反省的能力不足,或者是由于性的愉悦具有压倒一切的无穷魅力。

现在的凛子可以说属于后者。

纵使将所有的懊恼、忏悔都抛掉,也要为近在咫尺的爱而燃烧。

这时不再有什么道理可讲,即非说教也非理智,而是潜藏于身体深处的本能在觉醒,在发狂。

对于这样欲火熊熊的女人而言,伦理和常规都毫无意义。

明了一切,而自甘堕落的女性眼里,有一个快乐的花园。只有她才知道那些讲求理智的人们所不了解的、令人眼花缭乱的快悦。这么一想,她便自豪起来,觉得自己是个百里挑一的性的佼佼者。

此时的凛子正处于这一转变之中,她梦呓般的嗫嚅着:

"不要……"

良心的最后壁垒即将陷落了。

世间所有的胜败争斗,最痛苦的并不是失败之际,而是承认失败之时。

现在凛子已知道了身不由己这个道理,一旦承认了它,便无所顾忌了,飘飘然飞向空中那愉悦的花园去了。

一旦体验到快乐的刺激,就不会满足于此,又想寻求新的刺激。

现在他们两人就处在这样的状态之中。

守灵之夜,女人穿着丧服接受了男人,在这无比难堪而羞耻的结合之后,再没有什么可以让他们不敢为的了。

虽然凛子起初一再抗拒,但还是奉献了美妙的臀部,并在久木用语言百般挑逗之下,完成了一切。

才经过高潮不久,凛子的感觉反而更加敏锐,像干柴被烈火点燃一般燃烧起来,最后在低沉的呻吟中再一次达到高潮。

先是拼命压抑自己,结果却是放纵不羁地享受快乐,凛子的这种自相矛盾实在可爱,久木紧紧地把她搂在怀中。

女人最不满的就是男人一完事,就马上背过身去,不理不睬了,似乎女人已经用完了。事前,表现得那么殷勤而迫切的男人,事后就像变了个人似的冷淡下来,简直太失礼,太任性了。

虽然女性对男人这样做感到惊讶、失望,其实只要懂得男人的生理特点,就不会奇怪了。因为一旦释放,男人便会迅速萎缩,失去精力的。当然,男人是不会坦白告诉女人这个落差之大的,女人自然理解不了。

幸亏久木好容易忍住了,还残存一些余力。

因此,久木没有背过身去,而是把凛子抱在怀中,等着她平静下来。凛子嘴上没说,但他的这种悉心体贴,恐怕也是凛子喜欢他的原因之一吧。

虽然久木没有确认过,但凛子亲近他,恐怕正是缘于他这份体贴和耐心。

久木耐心等待凛子心身渐渐平静下来。过了一会儿,凛子睫毛忽闪睁开了眼睛,好

比是池中绽放的睡莲,她直直地盯着久木的喉咙咕哝道:

"我又有了新的感觉。"

她的意思好像是说,刚才那次和这次虽然同样达到了高潮,感觉却完全不一样。

久木一听,又一次感到女人身体的深不可测。

柔软温馨可以容纳男人的一切的女体,眨眼间变成了面目全非的魔怪了。

此时也是如此。凛子说她不止一次地达到高潮,而且感觉各不相同。

"比以前好?"

"应该说是新的感觉。"

无论她怎么解释,久木仍体会不到那种感受。

凛子在说女性最敏感的地方。

"喂,你是怎么知道的?"

"也没什么,只是凭感觉。"

久木依然把右手放在凛子的敏感处。

"是前边这儿吧?"

久木知道在花蕊当中,前面那部分感觉最敏锐,不过,凛子的最敏感带似乎在逐渐扩大。

"刚才你不是稍稍向后抽拉来着吗?那种感觉也特别刺激,舒服极了……"

从前只知道越深越好,自从懂得了前边也有敏感之处后,他开始改变做法,在入口附近徘徊,时而轻轻向后抽拉。

"你猛一进来,我简直就不行了,仿佛有种压倒一切的东西把我和你连在了一起,感受你的存在,什么都顾不上了……"

在她那温暖柔软、有着吸盘般黏合力的肉体里潜藏着无数的快乐之蕾,难道它们被挑动起来,要一起造反吗?

"感受力变得这么好,可怎么办呢?"

"不知道。"

凛子自言自语道:

"就是死了也心甘情愿。"

的确,在性感的极致,有的女人会喊出"我想死"来的。

可是现实中没有女人真的去死,可见,这是一种恨不得去死那样强烈的快感,或是以在愉悦的顶点死去为最高幸福的愿望。不论是哪一种,都仅仅是女性单方面的感觉,男人终究是体验不到的。

久木虽然沉溺于和凛子的性爱,却没有体验过宁肯死去的感觉,也没有获得过那么强烈的快感。

唯有和女性同时释放出来之后,才感受到某种近似的感觉。

那一瞬间,与迅速涌上来的失落感一起,全身不断地萎缩下去,对现世的所有欲望和执着都消失不见,觉得自己就要死去了。

可见,在性快感的顶点出现死的幻觉是不分男女的。

不同在于,女子是在无穷尽的深广的快乐之中想到死,而男子则是在释放出一切后的虚无中想到死。两者相比,女人的性更加丰富多彩。久木怀着隐隐的嫉妒问道:

"刚才你说情愿就这么死去,此话当真?"

"当真。"

凛子毫不犹豫地断然答道。

"可是,那又死不了。"

"那就掐我的脖子。"

"让我掐吗?"

"让啊。"

凛子爽快地点着头。

"你不想死吗?"

"死也行啊……"

久木想起了刚才被凛子掐住喉咙的事来。

"可是,掐脖子的话,只能死一个人。"

"我还是愿意一块儿死。"

"那就只能同时互相掐脖子啰。"

凛子把脸贴到久木的胸前,久木亲吻着她那宽展的前额,渐渐睡意袭来,闭上了眼睛。

夜里,久木做了一个梦。

看不清楚是什么人的一双雪白的手掐住了自己的脖子,缓慢而用力地掐着,这么下去会窒息而死的。要赶紧弄开那双手,可他又希望这么气绝身亡算了。

睡觉之前,被凛子扼住脖子,后来又谈到了死,所以才做的这个梦吧?

他可以猜到为什么做这个梦,可是那双雪白的手又是谁的呢?

联想到昨晚的事,应该是凛子的手,可是,梦中的凛子待在宽敞的客厅里,笑吟吟地看着久木。由此可见,那是其他女人的手。总之,梦中只看见雪白的手,却没看见关键的手的主人。

更不可思议的是,自己怎么挣开那双手的呢?并没有使劲儿反抗就被放开了,难道是凛子的手勒住过他的脖子？

久木忽然害怕起来，扭头一看，凛子正安详地沉睡着。

久木继续回忆着梦境，怎么也弄不明白前因后果，看了看床头的电子表，显示着6：30。

突然，久木想起了凛子说过要早点回去，要不要叫醒她呢？看她睡得那么香甜，久木不忍心，就一个人下了床，穿上白色的睡衣，走到窗前。

打开窗帘，漆黑的夜空下面，隐约浮现出一缕微光，黎明即将来临。离天亮还有一段时间，久木又回到床上，拍着凛子的肩头小声说：

"六点半了。"

凛子像要逃避似的别过脸去，想继续睡，很快又回过头来，半醒半睡地闭着眼睛问道：

"你说什么？"

"已经六点半了。"

凛子这才睁开眼睛，问：

"真的？"

"你昨天不是说要早回去吗？"

"哦，是啊……"她自己又看了一眼电子表，"麻烦了，我忘了上闹钟了。"一边叫着，一边捋了一把头发。

昨晚的两度昂奋之后，凛子昏沉沉地睡去，难免会忘记的。

"外面很黑吧？"

凛子不安地看着窗户。

"开始放亮了。"

"我该回去了。"

"等一下。"

久木慌忙捉住了正要起床的凛子的手。

"这会儿回去，也会引起别人的怀疑。"

"我想趁天黑回去，天一亮的话，会遇见熟人的。"

一大早穿着和服回去的确太显眼了。

"可是，现在回去有点迟了。"

日出一般在六点四十分左右，紧赶慢赶也得天快亮才能到家。

"不如十点或十一点的时候再回去为好。"

"那哪行啊。"

久木从背后搂住了凛子的肩头,把她拉到身边。

"不要这样……"

不管凛子怎么反抗,久木还是掀开了她的衣襟。

"现在走和待会儿走是一样的。"

"可是……"

"不要紧的。"

久木继续爱抚她的胸部,凛子忍受不住,又一次沉入了床榻之中。

久木暂且放下心来,将窗帘向左右拉开。

刚才远处地平线上的那一缕白色微光,现在越来越亮,与此同时中央开始发红膨胀,太阳就要喷薄而出了。

"天快亮了。"

久木一边低声道,一边将一只手伸到凛子的秘处。

"我得回去……"凛子还在咕哝着,但很快就受不住久木手指的戏弄了,嘴上说"不要",身体却向久木缠过去。

天空渐渐发白,此时的光线最适于男女欢爱。

久木掀开床单,确认凛子已经充分湿润了以后,才一只手托住她的腰,从侧面缓慢进入。

凛子已不再反抗,甚至主动配合起来轻轻将腿左右分开。男人躺在女人右侧,伴随着每一次进攻和后退,女人的胸部就会微微挺起或下落。从窗户射入的光线,越来越清晰地照出了凛子那起伏不停地肉体。

燃烧中的凛子早已忘却了太阳正在升起,天色逐渐放亮,积极扭动起了身体。

不久,太阳出来了,窗外红彤彤一片时,凛子轻声道:"我不行了。"紧接着挺起上身,大声道,"快点啊!"

久木一时没有领悟,但他马上意识到她是想要和自己一起攀上顶峰。

"快来呀……"

随着这又一次呼喊,所有的黏膜都紧紧地纠缠住吸附住男人,与此同时,他终于将一直忍而不发的东西,倾泻而出。

凛子发出的叫唤声犹如临死前的惨叫,伴着轻微急促的痉挛达到了高潮。那是吸干男人所有能量的满足的叫唤,也是击垮了负隅顽抗的男人的胜利的呼喊。

两人终于在日出的同时共同结束了一切。

开始做爱时,才刚刚泛白的窗际,此刻映着火红耀眼的晨曦,更加明亮了。

与升起的太阳背道而驰,久木耗完了精力,木头人一样趴在床上。

外面已开始了忙碌的一天,但这个高层房间里却鸦雀无声,久木的腿和凛子的膝盖挨在一起,互相感受着对方的体温和血脉的流动。

两人就这样沉浸在瘫软的感觉之中。凛子悄悄靠过来说:

"谢谢你的赏赐……"

听到她爽朗的声音,久木睁开眼,凛子笑嘻嘻的。

"你也彻底了结吧?"

"……"

"这回没忍住吧?"

望着笑眯眯的凛子,久木再次品尝了失败的滋味。

从昨晚到今早,久木一直竭力控制住了自己,这次遭到了女人的反击,被彻底打败了。

"太好了。"凛子得意地说,"这么一来,你也不想动了吧。"

真的,现在就是叫他起来回去,也倦懒得不想动窝。

"我也不走了。"凛子说完,像只小猫钻进了久木的怀里。感受着凛子那温暖的身体,久木又发现了她的新变化。

虽然凛子没说出来,但久木知道她心里在想什么。

她似乎不允许男人只让女人前行,自己后退一步欣赏——这样冷静的自我陶醉。

凛子是在宣告,要由以前的被动的性变为主动的性了。

精疲力竭的两个人又双双沉入了梦乡。

久木再次睁开眼睛时窗户大亮了,床边的表是九点半,趁着黎明日出时和凛子做爱后,睡过去的时候是七点多,差不多睡了两个小时。

现在做什么好呢? 久木正发呆时,凛子也醒来了。

"现在几点了?"

久木告诉她已经九点半后,凛子望着窗户说道:"这可怎么办哪?"

本想在天没亮时回去,现在日头这么高了,更回不去了。

"你怎么打算?"

"我正琢磨呢。"

久木忽然想到了自己的家。

昨天晚上跟妻子说去董事长家拜年,晚点回来,却没说在外面过夜。这叫夜不归宿。久木心里有数,一晚上去向不明,妻子不至于兴师问罪。不过,一想到今天回去后,要跟妻子做出解释,多少有些惴惴不安。

"我还是得回去。"

凛子对自己说着,坐起身来。

"硬把你留下,是我不好。"

"没错,是你不好。"凛子说完,转过身来,"不过,很高兴能见到你……"

"你那边没事吧?"

"不知道。你也不好办吧?"

久木暧昧地点点头,凛子朗声说道:

"不光是我,你也一块儿为难,所以这回就饶了你吧。"

"一块儿为难?"

"是啊,你也不好交代吧? 这不就和我一样了,所以我也能忍受了。"

凛子说着下了床,朝浴室走去。

飨宴之后往往会留下空虚。

久木和凛子结束了一夜之宴,快乐愈深,其后袭来的空虚感愈甚。欢爱之后,除了感官的满足外,一无所得。留下的只有懊悔。

为什么要这么做呢? 应该适可而止的。久木反省着自己的所作所为,同时又庆幸有凛子和自己做伴。

仔细想来,这说明现在他们作为同谋者已被驱赶到了同一个苦海之中了。

只有女人或男人某一方苦恼、另一方悠然自得的日子早已过去了。

女人的苦恼也是男人的苦恼,反之亦然。

这时,凛子从浴室出来,开始穿和服,一边对久木说:

"热水放好了,你去洗吧。"

久木正要进浴室,凛子系着腰带说道:

"我下决心了,以后不管别人怎么说都不理睬。"

久木不解地问:

"你指家里人?"

"是我丈夫。"

凛子简洁地答道。

"不然,就不能和你见面了呀。你也把家里的事忘掉吧……"

女人的态度如此坚决,叫人无法反驳。

"从今往后,我就只想你一个人了。"

从年底到正月,男人一再强迫女人做这做那,他已满足于女人服从他了。可是不知从何时起,女人成长起来,态度之决然令人刮目相看。

"你说好不好啊?"

久木点头同意,深深感到,新的一年,他们的爱情将经受真正的考验。

# 冬瀑

女人的身体丰腴白皙,久木坐在她的脚边,自上而下俯瞰她的全身,随后慢慢埋下头去,先亲吻着她的乳房。假如有人正从拉门门缝偷看的话,一定认为男人在向全裸的女体膜拜呢。

进入新的一年,人事、世事都在变,久木和凛子的感情也比去年有了明显的变化。

变化之一是凛子开始主动和久木约会了。

当然不是说她以前消极,但一般都是久木发出邀请,凛子仅仅顺从而已。

但自从进入了新的一年,凛子要求久木必须每天给她打一个电话。有时她在电话里主动提出"我想见你"。

对于一向谨慎的凛子来说,由被动变为积极主动,是个不小的变化。

而这一变化,与元月三号见面时,她宣布"从今以后,我只想和你见面"的事不无关联。

此事的好坏姑且不论,进入新年之际,凛子决心在恋爱方面向前跨进一步。

配合着凛子的这种变化,两人约会的场所也跟着有所改变。

迄今为止,他们常去的是大饭店或东京郊外的旅馆。偶尔也光顾一下情人旅馆,但这种地方好像是专为做爱去的,感觉有点别扭。

结果只好经常利用大饭店了,可是,不住宿觉得可惜,半夜三更退房也不太体面,而且,房间不固定,让人心神不宁。再说,每次的费用累计起来的话,也是相当可观的。

不如索性租一间房,随时可以见面,又省钱。

久木跟凛子一商量,她也很赞成。

久木也想过应该拥有只属于两人的秘密房间,只是没说出来,因为他有些担心会因此陷得太深。

不过既然凛子也赞成,久木就下了决心。

找来找去,最后定在了涩谷。这里无论是离世田谷樱新町的久木家,还是离住在吉祥寺的凛子家都不太远。从车站徒步十分钟的距离,是个一室一厅的单元房,月租金十五万日元。

交通方便的地方,房租就相对贵一些,但比起去饭店来还是合算的。

一月中旬签了租约后,两人开始采买新房所需的日用品。在商场和超市买东西时,他们仿佛又回到了新婚时代,心情很愉快。家具、床单、窗帘以至餐具,所有用品都经过两人精心挑选,置办齐备了。

把买来的这些东西摆放在房间里之后,两人终于第一次在这舒适的安乐窝里约会了,那天是一月底的大寒之日。

日历上虽是最寒冷的一天,但白天气温有摄氏十度,不算太冷,屋里又有空调,温暖如春,加上初次在新家聚首,两人更是如痴如狂。

一番缠绵过后,凛子用事先买好的蟹肉、豆腐和青菜做了火锅,两人围着圆桌吃起来,宛如居家过日子的夫妻,两人不由对视一笑。

"我真想就这么住下去。"

凛子半开玩笑地说,久木点着头。

"明天还到这儿来吧。"

"你可不许到别处去啊。"

两人愉快地调笑着,目光突然碰到了一起,久木有些局促不安起来。

真有可能从此陷在这里拔不出来了。久木一直梦想着和凛子两人单独生活在一起,可是,一旦变成现实后,又产生了新的不安和困惑。

"我白天随时都能出来。"

"我考虑考虑。"

久木的优势就是白天时间较为自由。编辑部的工作不用按时来,按时走,这一点和搞营销的差不多,不必死坐着不动。

久木虽说是编辑,却不像杂志编辑那样需要去采访,在调查室工作一般用不着出去。当然,由于比较清闲,多少有点理由的话,出去也无妨。同僚都是降职的人,同病相怜,相互庇护,外出很方便。

并非久木有意利用这一点,但自从租了房子后,下午出去得越来越频繁了。只要在记录牌上写上为收集昭和史的资料去"国会图书馆",就万事大吉了。

周一至周五凛子容易出门,所以,两人先约好时间,然后去涩谷那儿见面。

每人一把钥匙,有时久木先到,有时凛子先到,每次一见面,两人就立刻拥抱在一起。以接吻代替问候之后,便倒在床上抱作一团。

虽说是大白天偷偷和情人幽会,可久木居然是堂而皇之地去赴约。他既有罪恶感,也有一种在别人工作时自己不断去约会的快感。

凛子的心情也同样复杂,嘴里说着"这样做没关系吧",心里却陶醉在这心神不宁之中。

租了房子后,见面是方便多了,不过,新的问题也出现了。

其一是,久木下午的外出增多了。

外出的理由虽然写上了"国会图书馆""采访"等等,可是他原来不太外出,所以有点显眼。其他人倒没说什么,只是秘书木下小姐一句"这一阵,您好像在忙什么吧",令久木吃了一惊。

"没忙什么……"久木否认道,但他那狼狈的表情似乎已引起秘书的怀疑。本来他不在时,都是木下小姐帮他接电话,替他找理由掩饰的。她手上已经握着他的把柄,要是再被她发现破绽,可就麻烦了。

后来他们就把约会压缩到每周一次,其他改在下班之后。几乎每次都是凛子先到,有时做饭吃,也有时到附近的饭馆去吃。

每次他们一起出门时,都要和管理人照面。管理人年纪和久木相仿,总是用狐疑的目光打量他。

租房时,他借用了衣川的名字,管理人不知道久木的真名实姓。可是看他不常住在这儿,还时常和一位女性一同进进出出,大概也猜测到了这个房间的用途。

任何解释都是多余的,每当听见管理人叫他"衣川先生"时,久木就有点不知所措。

即便如此,这里还是比饭店要轻松自在得多,不过,由此引起了另外一个问题。

每次和凛子两人关在房里时,他就觉得身心舒畅,不想回家。

他也想过干脆就两个人这么生活在一起吧。虽说只要打算这么做,就可以做到,但那样一来,只会把彼此逼入更为窘困的处境。

实际上每次一进房间,他们就有一种夫妻般的感觉,这也反映在日常的琐碎小事上。

比如,凛子洗洗涮涮时,总是顺手把久木的手帕或袜子给洗干净,甚至给他买好了内衣。久木并没有要她这么做,可是一到早上,凛子就会很自然地说一声"穿这件吧",久木便穿上了给他准备好的新内衣。

久木脑子里也闪了一下,被妻子发现了怎么办?好在是同一牌子的,不会露馅儿的。

自己也太放心大胆了,不过近来与妻子处于冷战状态,几乎没有亲热地交谈过。

当然,责任全在久木,自己心里也觉得对不住妻子,可是心思已扑在凛子身上了,实在无能为力。

妻子也很敏感,并不主动亲近他。

这种冷战状态,更确切地说是双方都没有争吵欲望的冷漠状态。所以,久木以为偶尔外宿不归,不会有什么麻烦。一次,外宿回家后,早上去上班时,刚走到门口,妻子从背后甩给他一句"你出去玩我无所谓,只是别闹出什么事来,让人看笑话"。

久木一怔,回过头来,妻子已一言不发地回屋去了。

她这话是什么意思呢？难道发现了什么吗？可他又不好直问。结果，就那么不了了之了。

新年过后，和妻子的关系更加恶化了。

久木和妻子的关系越来越紧张。同样，凛子和丈夫之间的裂痕也在日益加深。

尽管凛子从未说过和丈夫之间的不和，但从她平常的言行举止中也能猜个八九不离十。

比如，以前一起过夜时，凛子担心家里，曾偷偷给丈夫打过电话。久木没问过她给谁打，看她那慌张的样子，就明白了。

可是最近，临时决定住下，也不见她往家里挂电话。倒是久木直担心，想问问她"不给家里打电话行吗"，又觉得多此一举，就把话咽了回去。

到底是凛子豁出去了呢，还是事先讲好了可以不回家呢？虽说是别人家的事，久木仍然放心不下。

这一变化，租房以后，从凛子的话音里也听得出来。

比方说，两人围着餐桌吃晚饭时，凛子感慨道："还是两个人吃饭香啊。"

久木心想，凛子在自己家时难道不和丈夫一块儿吃饭吗？就问：

"你在家呢？"

"基本上一个人吃。他回家晚，我也不想一起吃。"

凛子说得淡淡的，久木反倒不安了。

"可是，节假日总在家吧？"

"我老借口书法协会那边有事，尽量不在一起吃。不得不一起吃的时候，我就没有食欲了……"

这么一说，凛子是消瘦了。

"我快弄不清哪头是自己家了。"

听她这么说，说明凛子和丈夫的关系已经到了相当紧张的地步。

既然双方的家庭都面临崩溃，两人又这么难舍难分，那么双方都离婚，正式生活在一起似乎更合理。久木偶尔这么想象着，设想两人美好的未来，可是，一回到现实当中，就踌躇不前了。

原因之一是，久木觉得即使凛子愿意，把她的丈夫逼到离婚的境地也太残酷了。虽说夺了人家的妻子，还莫名其妙地说什么同情人家的丈夫，有点猫哭耗子之嫌，但是，久木的确不忍心从老实宽厚的丈夫身边把他的妻子夺走。

再说，凛子本人又是怎么想的呢？不爱她的丈夫这点没有疑问，可是有没有勇气离婚呢？从社会地位和收入上来说，现在的丈夫都比久木胜一筹，到了关键时刻，这些问题就成为羁绊了。

具体涉及离婚,久木自己这边也有不少问题。

最棘手的问题是离婚的原因完全在久木。

和妻子的关系现在虽说冷若冰霜,然而,一年半之前是很正常的夫妻;再往前推,是十分恩爱的一对儿;若追溯到新婚时期,则是自由恋爱结合的情侣。

这对儿夫妇之所以变得这么疏远,唯一原因是久木面前出现了凛子这样充满魅力的女性,所以说完全是久木造成了婚姻破裂。

有了喜欢的女人,就甩掉了没什么过错的发妻,这合适吗?

再加上久木还担心女儿。正月里女儿曾对他说,"您对妈妈亲热一点。"久木不明白她为什么这么说。女儿是不是察觉什么了? 自己怎么能不顾女儿的想法决然离婚呢?

总之一句话,已结婚二十年的夫妻,哪能说离就离呢。当然,如果两人真有心在一起生活的话,也没有办不到的事。

关键是能不能正视这个问题,至少目前,久木的心情还没有完全调整好。

在涩谷租房一个月后,即二月十四日,是凛子的生日。

那天下午六点,久木在涩谷车站附近的花店买了白玫瑰搭配郁金香、西洋兰的花束,来到他们的住所。凛子已在等候他了。

"祝你生日欢乐。"久木献上了花束。

"好美的花啊。"凛子嗅着花香,"这是送给你的。"说着递给久木一个饰有彩带的礼盒。

一看便知是情人节巧克力,打开包装后,里面有一张卡片,上面写着:

"送给最爱的你。"

简短的话语,娟秀的字体里饱含着凛子的一片柔情。

"你今天收到好多巧克力吧……"

"你送的最让我高兴。"

今天,久木收到了木下小姐以及以前出版部的女性们送的巧克力,但没人能和凛子相媲美。

"怎么给你庆祝生日呀?"

"有你这束花就足够了。"

前些日子,久木也问起过她想要什么生日礼物,凛子总是说今年租了房子,已经够破费的了,什么也不肯要。

"总想要点什么吧?"

"我都三十八岁了。"

比起生日礼物来，凛子更在意自己的年龄。

"不管到多少岁，也得过生日呀。"

凛子想了想说：

"我有个请求，可以吗？"

"当然可以。"

"带我去旅行好吗？到一个看不到人影的地方去。"

说实在的，有时真想逃出这个封闭的密室，到一个杳无人迹的地方去。

"到哪儿去好呢？"

"北边寒冷的地方也行。就我们两个人一起看一整天雪景，怎么样啊？"

久木脑海里映出了他们双双伫立雪中的身影。

情人节后的一个星期六，久木和凛子一起去了日光。

为了满足凛子"两人一起看雪景"的愿望，久木思考了一下去处。东北和北陆太远，万一遇上大雪恐怕一时回不来。而且，听说从周末开始，北陆地区有大雪警报，于是，他决定去离东京不远的日光的中禅寺湖。

十年前，久木曾在大冬天去过那里一次，白雪皑皑的群山、幽静湛蓝的湖水使他至今记忆犹新。

和凛子两人一起去那静谧的地方，该有多么惬意啊。

"我只是在夏天去过日光一次。"

"什么时候？"

"很早以前了，还是高中生的时候。"

久木暗自想象着凛子那时的模样，一定是个清秀的美少女。

"那次是坐车去的，路上特别拥挤，人多得不得了。"

"现在这个季节，没什么游人。"

凛子点点头，忽然问道：

"明天几点能回东京？"

因为回东京的时间还没有定，久木反问道：

"你有事？"

"也没什么事……"

"十一点左右从那边出发，直接下山搭电车的话，大概两三点就能到。"

凛子愣愣地想了一下，没再问什么，轻轻点点头。

从浅草到日光，乘特快需要两个小时。

下午一点多从东京出发时，还天晴日朗，半路上开始阴沉下来，过了栃木以后，下起了雪。

久木穿着毛衣、西式夹克,外面还穿了件黑大衣,围一条深红色围巾。凛子是黑色高领毛衣,下配同色筒裤,外套红色短外衣,头上戴着银灰色的帽子。两人站在一起,怎么看也不像夫妻,更像是情人。大概是因为凛子气质不俗、打扮入时的缘故吧。

雪花随风斜着飘落下来,枯干的农田和农家的房顶,以及环绕房屋的树木枝头都落满了积雪,宛如一幅灰白相间的水墨画。

"感觉就像来到了一个遥远的地方。"

凛子望着窗外轻声说道。的确,置身在一派银白的世界里,使人产生了错觉。

电车三点多到达东武日光,从那里坐出租车去中禅寺湖。

车子开上了蜿蜒曲折的"伊吕波山路",高耸的山峰逼近眼前,大雪纷纷降落到山上。越往高处走越寒冷,雪花已变成了雪粒。

"湖周围也在下雪吗?"

久木问道。司机直视着窗刷不停扫动的前方答道:

"上面和下面可大不一样。"

他介绍说,中禅寺湖前面有白根山作屏障,挡住了从日本海方向来的降雪,所以南面的降雪量很小。

"这么说吧,即使下雪也没有多大。"

久木点了点头,悄悄握住了凛子的手,凛子也握紧了他的手。

右边又有一座山峰逼近了,就像在偷看他们俩,这就是男体山,山形雄伟壮观,真是名不虚传。

他们眺望着那陡峭的山岩时,山上的朔风卷走了雪云。来到山路尽头时,雪小多了,天空霎时阴转晴,温暖的阳光洒满大地。

还不到四点,离天黑还有一些时间。

"趁着天晴了,看完瀑布再去旅馆吧。"

久木请司机先开到华严瀑布去。

"瀑布可能结冰了。"

司机说道。不过结冰的瀑布也别有一种情趣。

为了看到九十六米高的瀑布全貌,他们要乘电梯下到一百米的地方,再从那里穿过隧道,瀑布便呈现在跟前了。

正如司机所说,瀑布最上面约十米宽的倾泻口,无数根冰柱连成一片,一部分覆盖着白雪,一部分形成一个清澈透明的巨大冰块儿。

不过仔细一瞧,只见冰块儿里面依旧生机益然,细细的水流汨汨地沿着岩石流向一百米之下的深潭中。

"冬天的瀑布有一种庄严神圣的感觉。"

凛子把双手插在大衣兜里,望着瀑布,过了一会儿,指着右边岩石上突出的支柱问:"那是什么?"

"是救命栅栏吧,万一有人从上面掉下来,可以把人接住。"

只见支柱之间铺有扇状铁丝网。

"因为这儿是有名的自杀场所啊。"

以前常有人攀着山岩到瀑布出口,从那里投身水潭,所以,现在装上了防护网,防止人靠近。

"过去,有一位十八岁的高中生,留下一句'无法理解',便跳下去自杀了。"

"他说的无法理解是指人生吗?"

"或是人生,或是人,或是自己,总之是指怎么也想不明白的事吧。"

凛子点了点头,仰望着冬天的瀑布,她的侧脸在阳光下熠熠生辉。

看过华严瀑布之后来到旅馆,已四点半了。他们被领到了一个和式套间,带有十个榻榻米大的起居室。宽大的凉台外就是中禅寺湖。

此时的湖面已被落日染红,两人被它吸引到了窗前,凝神注视着神秘而令人神往的湖面。

面对中禅寺湖的右面,紧挨着陡峭的男体山,杉树林和地面上覆盖的积雪,辉映着红灿灿的斜阳。男体山以及与之相连地伸向远方的白根山脉及左边的重重山峦都是白茫茫一片。冬天的中禅寺湖被环抱在群山之中,清寂而幽静。

湖面上不仅看不见船的影子,连一个人影也没有,仿佛早在远古时代就已是这样静寂的世界了。

"真神奇啊……"

凛子不由发出了赞叹。这赞叹不是"太美了",也不是"真好看",而是"真神奇啊",久木觉得实在太贴切了。

眼前这个景象确实只有"真神奇啊"才能表述得出来。于美景中蕴藏着静谧和庄严,令人望而生畏。

两人一动不动地凝视着日落时分变化万千的湖面。

刚刚还是红灿灿的山峰渐渐暗淡下去,不久化作了单调的黑白世界。除了夕阳映照下的山峦外,整个湖面也从冷冰冰的苍白逐渐转蓝,再变成暗灰色,最后只剩下湖畔四周白晃晃的雪地,一切都笼罩在了黑沉沉的夜幕下。

湖面就这样缓慢地、一步步地被暗夜吞噬进去了。

一边凝望着眼前景色的变幻，久木轻轻地把手搭在凛子的肩头，等凛子回过头来，两人静静地深吻起来。

在众神栖息的湖边接吻似乎是对神不敬，不过也可以看作是在众神面前的爱的盟誓。

然后他们并肩坐在凉台的椅子上。四周更黑了，冬天的湖面也沉入昏暗的夜色中，只有湖畔的一处灯光，映出了圆圆的一圈儿雪地。

"过去，这一带是不许女人靠近的。"

久木想起了以前读过的一本书。

"那时候，女人会在上山途中被赶下山来，男体山就更别想上去了。"

"是因为女性污秽吗？"

"也有这个原因，不过，很可能是惧怕女人所具有的魔力。"

"有那么大魔力吗？"

"大概有吧。"

"我也有吗？"

凛子问得十分突然，久木点了点头，凛子瞟了他一眼，说：

"那我就把你拽走吧。"

"去哪儿？"

"去那个湖底……"

久木把目光投向了窗户，雪花飘舞，打在黑漆漆的玻璃上。

"那座山上和那个湖面上都在下雪吧？"

久木点点头，脑子里还回味着凛子说的"要把你拽到湖底去"的话。当然凛子不可能真的这么做，但是，久木觉得这个女人心里潜藏着要把男人一步步拽入湖底的欲念。

"瀑布那边也在下雪吧？"凛子想起了不久前去过的华严瀑布。

"在那种地方死，还是太冷了点。"

"不过，听人家说在雪里死挺舒服的。"

久木给她讲了个故事，是从一位北海道的朋友那儿听来的。

"据说那人脸朝下趴在雪地上，被人发现时，脸一点没有变样。"

"同样是死的话，还是脸色好看点好啊。"

这样聊着聊着，久木感觉到某种鬼魅气息，就离开了窗边，回到小客厅。

预订的晚餐六点半送来，他们打算利用饭前的时间，换上浴衣去泡个温泉。

虽说房间里也可以泡，但是凛子觉得既然到了这温泉之乡，还是去泡大浴池更好。

于是两人来到一楼，沿着弯弯曲曲的回廊往前走。

给他们带路的女招待说，今晚人少，也可以泡鸳鸯浴，但他们还是分别去了男浴池和女浴池。

一般傍晚六点之前人最多，可是今天空无一人。久木伸展开四肢，泡在宽大的池子里，尽情享受了一番奢侈的感觉。

泡完澡，久木回到房间里，打开了电视，不大工夫，凛子也回来了。

"静悄悄的，真不错。"

看来女池也空着。凛子把头发盘在脑后，从脸颊到脖颈都红扑扑的。

"我还去泡了一下露天浴池。"

男池前面也有一个小门，从小门出去之后有个露天浴池，因为下雪，久木就没有去。

"我是光着脚踩雪走过去的。"

久木想象着赤裸裸的凛子在雪中走路的样子，觉得很狐媚。

"下到池里后，水特别热乎，舒服极了。周围下着雪，身子却泡在温泉里，实在太神奇了。"

"看来待会儿我也应该去泡一下。"

"我仰起脸看见从黑沉沉的天空飘下来无数的雪花，落到睫毛上就融化了。"

凛子正说着，女招待送来了晚餐。

"冬天是淡季，没什么可吃的……"

女招待抱歉地说。不过晚饭还算丰盛，有小菜、生鱼片和天妇罗，还有什锦烤鸭火锅。

"有什么事的话请按铃。"

女招待走后，凛子给久木斟上了烫酒。直到此时，久木才终于感受到了冬天旅宿的温馨。

两人交杯换盏地对酌起来，渐渐醉意上来，心情也舒展多了。

在涩谷租的房里，两人也一起吃过饭，现在竟在这冬天的旅馆里共进晚餐，他们不禁为这远游之趣感慨不已。

"到这儿来太好了……"

这次旅行是按凛子的希望计划的，算是送给她的生日礼物。

"谢谢你。"

凛子道了谢，她眼神迷蒙，温柔之中闪烁着火热的光芒。

听到凛子正儿八经地道谢，久木有点不好意思，站起来从冰箱里拿出了威士忌。

"到那儿去喝好不好？"

久木转移到凉台前的椅子上，往酒中加了冰水。凛子打电话告诉服务台已用过晚饭,然后走了过来。

"雪还下着呢。"

大概是入夜后风势有所加强,刮到窗户上的雪粒顺着玻璃滑到屋檐下,形成了一个小小的雪堆。

"下他一夜才好呢。"

凛子自言自语着,夹起冰块儿放进玻璃杯。她向前倾身的时候,久木正好从敞开的浴衣领口窥见了她那丰满的胸部。

久木忍不住刚要把手伸进去,这时门声一响,女招待进来了。

"对不起,打扰一下。"

两位女招待收拾完餐桌,又进来一位男服务员给他们铺床。

在男服务员铺床时,久木一边观赏雪花霏霏的窗外,一边喝着兑水威士忌。等服务员刚一离开,就迫不及待地对凛子说:

"终于就咱们俩了。"

他扭头朝卧室里一看,地席上铺了两个床铺,中间稍稍隔开了一些,枕边放着一个小小的纸灯笼。

旅店里的人怎么看我们呢?这念头只在久木心里一闪,便不再去想它,继续喝起威士忌来。晚餐时喝了啤酒和清酒,现在加上威士忌,已是醉意蒙眬,浑身飘飘然了。

这舒适感来自晚上不用赶回去的安心感,还因为远离东京来到雪乡,得以忘却工作和家庭而生的松弛感。

"再开一瓶吧。"

久木又从冰箱里取出一瓶威士忌,凛子担心地瞅着他。

"别喝多了。"

"这可说不准。"

久木一边往加了冰块儿的杯子里斟酒,一边说:

"没准儿不能和你那个了。"

凛子听出了久木的意思,就说:

"随你的便,我无所谓。"

她那愠怒的样子着实可爱,久木见她还要往杯子里倒酒,就急忙拦住了她。

凛子本来就不能喝,和久木交往以后,尝到了喝得微醉的甜头。

"到那边去吧。"

久木刚才就被凛子隐约可见的胸部所撩动,可这样对面坐着没法碰她,于是,久木拿着酒瓶和杯子,换到了已挪到角落的桌子那边,然后叫凛子到他身边来。

凛子似乎没有意识到久木的企图,老老实实地在他身边坐下。正要往杯子里加冰块儿时,久木的手倏地一下滑进了凛子的胸前。

凛子立刻躲闪,但久木的手已经紧紧握住她的乳房不肯松开。

"你干什么呀?"

这一突然之举使凛子慌了手脚,慌忙想合拢领口,但久木的手却继续入侵,两人就穿着浴衣搅成了一团。久木半抱半拖地把凛子拉到被褥上,随后紧紧地压到她身上,紧抱着她亲吻。

凛子被久木这突如其来的热吻弄得不知所措,虽被堵住了嘴唇,还抗拒似的左右摆着头,但那也只是短暂的一瞬,很快就精疲力竭了。

久木见她不再抗拒,便拉上和凉台之间的纸拉门,关上了灯,拧亮了枕边的灯笼。

凛子闭着眼睛软软地躺在床铺上,醉意蒙眬的样子。

久木掀开她略微敞着的浴衣胸襟,轻轻捧住了白皙的乳房。

此刻,只有床头的灯笼在见证这雪中湖畔旅馆里两人的缠绵。

久木放下心来,更大胆地掀开凛子的浴衣,端详了一会儿她的乳房,然后把脸埋进女人的乳沟。

也许有点醉了,他想就这么依偎在女人柔软的胸前。

他屏息静气一动不动地伏在凛子胸前,听见凛子轻声说道:

"刚才我把脸埋在雪里试了试。"

她说的是刚才去露天浴池时的事。

"你刚才不是说在雪里死去时,脸朝下比较好吗?"

"很冷吧?"

"也不怎么冷,把脸一埋进雪里,四周的雪就一点点融化,抬起脸时觉得很冷。"

"雪里暖和?"

"是啊,虽然喘不过气来,可是感觉脸周围的雪在融化,我想,就这么睡着的话,准会死去的。"

没想到凛子竟然在下着雪的露天浴池里做这事,久木不安地欠起身,看见凛子用一种虚幻缥缈的眼神注视着前方。

久木常常弄不清凛子在想些什么。

就像刚才吧,以为她高高兴兴地去享受露天温泉,没想到会把脸埋到雪里,模仿在雪里死的人。

久木也知道她是闹着玩儿,可是这种做法还是让人无法理解,甚至有点毛骨悚然。

"你为什么这么做呢?"

"想试试看呗。"

凛子微微侧过身去,背朝着久木。久木也跟着侧过身,从凛子的腋下把手伸过去,摸到了她丰硕的胸部。

"真静啊。"

凛子听任他抚摸,说道。

在雪天的湖畔,莫说是汽车声音,就连脚步声也听不见,侧耳细听,静得能听见下雪的沙沙声。

"几点了?"

"还不到十点呢。"

在都市里的话,夜生活才刚刚开始。

"真滑溜。"

久木的手从凛子的胸前滑向她的下腹部。

要是在平时,他会温柔地爱抚一番,以期结合,可今晚有点醉了,久木不想做什么,只想摸着这柔滑的肌体睡一觉。

"挺有弹性的。"

久木摸着她那圆圆的臀部。凛子小声说:

"我已经不年轻了。"

"你才三十八岁呀。"

"所以说是老太婆了。"

"还早着呢。"

"不,已经老了。"

凛子轻轻摇了摇头,声音低沉地说:

"我觉得也够了。"

"什么够了?"

"活到现在也够了,不用再活下去了。"

"你是说死也没关系?"

"对,我可不想活那么久。"

和凛子说着说着话,久木就睡着了。记不清说到哪儿了,反正是抵不过醉酒后的倦怠,迷迷糊糊地睡过去了。

不知睡了多长时间,久木被渴醒了。灯笼已关掉,只有过道里昏暗的灯光从门缝漏了进来。

昨晚,久木睡着的时候,灯笼是亮着的,可能是凛子起来关掉的。两人当时是紧挨着睡的，现在中间隔开了一些。

久木伸手开亮了灯笼，看了下表，才半夜三点钟。昨天晚上十点睡的，睡了五个小时了。

大概是醉醒的缘故，久木觉得嗓子发干，起身从冰箱里拿出一瓶矿泉水，倒了一杯，一边喝着，一边走到凉台上，打开窗帘向外张望。

外面还是骏黑骏黑的，雪还在下，连玻璃框上都落满了雪。

久木看着瑞雪，又想起了凛子昨天晚上把脸埋进雪里的事。

她为什么要做这种荒唐的事呢？久木回想着刚才她说的那些莫名其妙的话。

又喝了些白水，望着窗外的飞雪，久木的脑子渐渐清晰起来。

他记起快入睡时凛子说"我已经是老太婆了""活到现在也够了"等等的话。

想到这儿，久木突然回头朝卧室里看去。

凛子不至于真想要去死吧？

一种不祥的预感袭上久木心头。他回到卧室内，凛子还侧身睡着。

久木凑近凛子的脸，借着灯笼端详起来。长长的睫毛紧闭着，俊俏挺直的鼻梁在她的脸颊上投下淡淡的影子。

有这样安详的睡容是不会想去死的。

久木安慰着自己，拉上凉台的拉门，回到床铺上。

跟睡前一样，他的手又从凛子腋下伸过去，轻轻揉着凛子的乳房，用手指捏她的乳头。凛子哼哼唧唧的，像要躲开爱抚似的蜷起了身子。

看来她还没有睡够，久木缩回了手，搂着凛子闭上了眼睛。

实在没有比女人的肉体感觉再好的东西了。

互相是不是喜欢，当然也很重要，但是，男人和女人的肉体只要相互一接触，心都会平静下来，任何烦躁忧虑，任何怯懦不安都会淡漠下去的。

这个世上生存的所有生物，只要肉体一相交，就不再有争斗。唯独被工作、生活困扰的人类，已经做不到这一点了。首先为了去上班要分开，其次在别人面前也不能搂搂抱抱，再加上道德、常识、伦理等赘疣的搅扰，肌肤之亲的机会一下子减少了。

值得庆幸的是，久木现在正最大限度地接触着凛子身体的各个部位。

久木的胸部贴着凛子的后背，从腹部至胯部紧挨着凛子的腰和臀部，下肢和她的下肢重合在一起，而双手则放在她的胸前和小腹上。

这给予自己无比的温馨和安宁的肉体，是绝不可能变硬变凉的。

久木又安慰了自己一遍，便沉入了梦乡之中。

睡梦中久木恍惚听到了凛子的声音，他睡意蒙眬地睁开眼睛，看见凛子正坐在他的枕旁。

"好大的雪哦。"

久木听凛子一说,抬起头来,倾听着外面呼啸的风声。

"现在几点?"

"才六点。"

久木起身走到凉台上,窗帘已打开了一半,这里日出比较晚,再加上下大雪,所以外面还很暗。雪粒不断飘落到漆黑的玻璃上,像白色的箭头飞来飞去。

"这雪还真不小。"

说完,他记起临来时凛子曾问过回去的时间,就说:

"到中午估计会停的。"

既然这样,着急也没用。回到床上,久木叫凛子过来,凛子拢紧领口,静静地钻进了他的被子里。

久木感受着凛子的体温,解开了她的衣带,敞开她的前襟。

久木昨晚喝多了酒,什么也没干,搂着凛子睡着了。现在他把手伸到凛子的秘处,反复而轻缓地爱抚着,等待她渐渐升温。

值得庆幸的是男人休整了一夜,精力得到了恢复。

凛子的花园很快滋润起来,久木更紧地贴近她,就像和他的动作呼应一般,屋外一阵风声呜咽而过。

突然,久木感到一股强烈的冲动,粗暴地一把掀开被单。

"你怎么啦……"

久木不顾凛子的惊愕,一下子剥下了凛子的浴衣,让她全裸。

在这风雪包围中的隆冬旅宿里,无论是旅馆里的人,还是呼啸而过的寒风,都不会知道女人一丝不挂地袒露在被褥上。

又是一阵夹雪的疾风呼呼刮过。

外面虽然是风雪连天,有空调的房间里却暖融融的,低矮的灯笼映照出了凛子的裸体。

女人的身体丰腴白皙,久木坐在她的脚边,自上而下俯瞰她的全身,随后慢慢埋下头去,先亲吻着她的乳房。如果有人正从拉门门缝偷看的话,一定以为男人在向全裸的女体膜拜呢。

久木对创造出如此美妙的艺术品的造物主以及展示出这种美的大度的凛子,抱有由衷的感谢与敬意。

他把脸埋在凛子胸前好一会儿,这才慢慢向下移动,从柔软的腹部一路亲吻到下面淡淡的繁茂处。

一瞬间，凛子轻吐一口气，同时扭动起身体，男人这才意识到似的，抬起头来。

尽管亲吻她的秘处也很不错，但是，眼下自己最想要的还是嵌入的紧密感。

男人熟练地拽过自己的枕头，垫到女人的腰下面，女人对这种做法早已心有灵犀，略微欠起腰部，配合得相当默契。这样一来，她两腿自然微微叉开，黑色的繁茂处便向上突起了。

在女人的千般姿态中，没有比现在这样更淫荡和具有挑逗性的姿势了。

男人见状更加按捺不住，轻轻抬高女人双腿，向左右分开，自己腰部贴紧女人胯间后，慢慢地顶入。

与此同时，又一阵寒风呼啸而过，像是被风声引导着似的，男人前后移动起身体来。

男人一边与女人紧密结合，一边缓慢地前后移动着身体。此时最关键的就是男人要稍微沉下腰来，这样在反复动作的过程中，就能够不断摩擦女人的敏感部位，使女人的快感渐渐地被激发出来。

最初女人还有些羞于表现，反应不太明显，然而当男人自下而上不断冲击、揉搓花蕊的时候，她再也耐不住这强烈的刺激，微微张开双唇，越来越急促地呻吟起来。

做爱的起因多种多样，结局都是男人败在女人的石榴裙下。

这次也一样，起初男人睥睨全裸的女人身体，精神抖擞，威风凛凛的，在结合后，驱动自己的身体进攻对方的同时，自己也忍耐不住而释放出来。可是就在这个瞬间，雄伟的男人之山刹那间失去了张力，犹如一堆瓦砾坍塌于女人肉体之上。

从女人一方来看，君临自己之上的男人，会在突然之间变成了一具尸体压在自己身上。

总之，那一刹那，男人的身体变得一片褴褛，而女人的身体则变成了娇艳的丝绸。

这时候的女人是否还会爱恋这个变得褴褛的男人，就要看这之前男人的做法及女人的满足程度了。

在这冬天的旅宿中，心满意足的女人将整个身子依偎着男人，一只手轻轻地抚摸着男人的肩头。

不可思议的是，事前是久木为凛子服务，而现在则是凛子为久木服务了。

从两人现在的情形可知，性的飨宴已经结束，男女互换立场，女人漂浮在丰饶的大海上，男人却不断在萎缩、平静下去，变得像个死人了。

然而久木从这濒死之境振作起了精神。他知道，只要一闭上眼睛就能够舒舒服服地进入梦乡，但那样一来，就有可能把好不容易得到满足的女性置于孤独和寂寞之中。

纵使倦怠至极，他仍然挤出所剩无几的力量搂住女人，互相感受着对方的体温。

他这样做,当然不是为了从中寻求新的刺激与快乐。

而是想要在激情过后,通过身体的接触,一起进入安宁。

正是为了完成这一责任,久木再次把凛子揽入自己的臂弯,以胸当枕,让她和自己一起沉人大雪纷飞的清晨小睡里。清晨做爱后两人身心俱疲,随后小睡过去,不知睡了多久,久木醒来翻了个身,凛子也被他的动静弄醒了。

"几点了?"

久木看了看枕边的手表,告诉她九点多了。

两人都不想马上起床,懒洋洋地躺着,听到阳台外面又一阵风声呼啸而过。

"雪还在下吧?"

久木点了下头,又赖了一会儿才起来,打开了窗帘,白色的雪花纷纷落向窗户。

从昨晚到天亮雪一直没停,而且越下越大。黎明时漆黑一片的玻璃窗外,此刻虽已恢复光亮,但外面是漫天飞雪,白蒙蒙一片,只隐约看到凉台下突出的屋檐。

"这雪能停吗?"

凛子也起来了,担心地望着窗外。

早晨的时候,久木说过中午会停的,其实自己心里也没底。

"已经起床了呀。"

他们正看着雪花飘飘的窗外,昨晚的女招待走了进来。因为他们预定了十点的早餐,她是进来做准备的。

"这雪真不得了。"

久木揣着手跟女招待寒暄道。女招待一边拉窗帘,一边说:

"下这么大也不多见,今天早上的报纸因为下雪都没来。"

"路不通了吗?"

"大概山路太陡了,上不来吧。"

久木想起了那弯弯曲曲的"伊吕波山路"的陡坡。

"我们想十一点下山。"

"现在经理正和山下联系呢,请稍候片刻。"

女招待鞠了一躬,离去了。凛子不安地用手涂抹着雪花不断飘落的窗玻璃,久木这才意识到他们被困在这中禅寺湖的旅馆里了。

其实选择来日光是因为离东京不远,交通便利。虽然对冬天日光的寒冷也有思想准备,却万没想到会大雪封山。

久木担心地打开电视,天气预报说,有一强低气压从北陆一带到达关东北部,白天一整天将是大雪天气。

其间男服务员进来收起被褥,女招待端来了茶水,摆放早餐。房间里倒是暖融融的,门外便是让人睁不开眼的暴风雪。

"这么大的雪一年也赶不上一回。"

女招待怀着歉意解释道,可是大雪是不会给她面子的。

"给车轮缠上链条也不行吗?"

"路上到处都是雪堆,根本开不动的。"

也是,雪这么大,从九曲回肠般险峻的"伊吕波山路"开车下山简直不可想象。

久木万般无奈地吃起早饭来,而凛子还挂念回去的时间。

"你打算几点回去?"他向凛子问道。

"最好三点以前。"

要想三点以前到东京,一小时后就得出发。

"有什么事吗?"

见凛子支支吾吾的,久木也不好再追问,不过,三点之前恐怕回不去了。

吃完饭,刚打开电视,经理就来了,对他们说,现在中禅寺湖和山下日光的交通都已中断,请他们先在房间里休息一段时间。

"什么时候能通车?"

"那得看雪什么时候停了,弄不好得等到晚上了。"

久木回头瞧了瞧凛子,见她低着头,脸色煞白。

已经十一点了,雪一点也不见小。

细一看,雪粒很小,算不上大雪,但被风一刮,就成了风卷雪,遍地都是雪堆。

"看来够呛了。"

凛子三点回到东京的希望恐怕要落空了。

"你还是打个电话吧。"

怕自己在旁边碍事,久木说完就到楼下的大浴池去了。

路过服务台时,他看见有七八个客人想要离开,拿着行李看着外面的大雪,大家都因下雪回不去而焦急。

久木泡完空无一人的温泉回来,见凛子坐在小客厅的镜子前,正用小拇指搓揉着眼角四周。

"怎么样?"

久木担心凛子打电话的事,问道。凛子轻轻摇了摇头。

"我不去了。"

"不去哪儿?"

"侄女的婚礼。"

"你的侄女?"

"不,是他的。"

也就是丈夫的哥哥或姐姐的女儿了。不管怎么说,这么重要的活动哪能不参加呢?

"几点开始?"

"婚礼是五点。我本来只打算参加一下后面的宴会。"

已经快晌午了,就算现在通了车,回到东京也得四点了。再回家换衣服,绝对来不及了。

"他知道你来这儿吗?"

"说了一声……"

"没问题吗?"

久木说完自觉口误,马上改口道:

"我不是那个意思。"

丈夫侄女的婚礼时,妻子和别的男人一起被大雪封闭在旅馆回不去,这种情况怎么可能没有问题呢?

两人谁也不敢再提及这个问题,又等到了下午,雪还没有停的意思。

久木看着时钟从两点指向了三点。

现在即使雪停了,等到除掉积雪后通车,也得四五点了。然后下山乘电车到东京就八九点了。这还算运气好的,说不定,今晚都回不去了。

凛子此时满面愁容,如果真回不去的话,久木也是很麻烦的。

久木跟家里说的是今天回去,并没说要来日光。借口是要去京都一趟,查找有关昭和史的资料。所以,下雪回不来就不成为理由了。妻子那头好歹还能对付过去,可是,明天是星期一,十点钟有个会,必须一大早就出发才赶得上。

然而,比自己更难办的还是凛子。

没出席侄女的婚礼还不算,连着两个晚上不回家,也不说去哪儿了,本来和丈夫的关系就很紧张,这下恐怕更不好收场了。

正苦思冥想的时候,三点已过,女招待送来了咖啡,等她刚一离开,久木就试探着问凛子:

"今天回不去怎么办?"

凛子没说话,用勺子慢慢搅拌着咖啡。

"雪早晚会停的,不过,可能得再住一晚。"

"你呢?"

"当然最好是回去了,不行的话也没辙。"

"我也没关系。"

"可是,你……"

凛子镇静地仰起脸道:

"回不去,有什么办法呀。"

久木沉默了。凛子自言自语道:

"我什么也不在乎了。"

四点以后,雪似乎小了一些,可是天也黑下来了。中禅寺湖越来越模糊不清了。

久木站在凉台上眺望着外面。经理进来说,入夜后,路上结了冰,无法开通,今晚破例不收房费,请务必在这儿住下。

不论好赖,看现在的情况,除了留下没有别的法子。听说其他客人都住下了,久木也只好点头同意。

当然凛子在旁边都听见了,也死了心,和久木打了声招呼,就去浴池了。

剩下久木一个人看着白雪覆盖的湖畔那一处光亮,回想起去年秋天在箱根连住两晚上的事来。

那次和今天不一样,并不是回不去,而是他们自己不想回去。那是一次明知故犯的冒险,心情既紧张又感到快乐。

而这次是由于大自然的威力,不得已留下的,完全没有了愉快和乐趣,只剩下了沉重的压抑感。

很明显,这是几个月来两人所处的环境变化导致的结果。

在箱根时,双方的家庭还没有什么大问题,能放松地连续住两晚。即使连续两夜不归,也觉得早晚会与外遇做个了结,所以不怎么当回事。可是,现在情形不同,不管什么理由,今晚不回去,事态将会发生决定性的转变。

久木离开凉台回到桌旁抽着烟,琢磨起决定再过一夜时,凛子说的那句"我什么也不在乎了"的话来。

她是说今晚不回去呢,还是指和丈夫的关系呢?两者的可能性都有,后者可能性更大。

今晚凛子是否已下决心和丈夫分手了呢?若真是那样,自己也得做出相应的安排了。

望着黑下来的窗户,久木深深感到他们正在被逼入绝境之中。

不久,黑夜降临,两人都泡过了温泉,坐下来吃饭。顺序和昨天一样,心情可大不相同了。昨天第一次来到这种地方,什么都新鲜,中禅寺湖、大浴池以及露天浴池,所有的一切都使他们好奇。而现在已没有了兴奋的感觉,只有无可奈何的麻木和将错就错的心态。

老是这么闷闷不乐也无济于事。为忘掉这些不愉快的事,两人较着劲儿地喝起酒来,凛子还破天荒地要了杯清酒,一口气喝了下去。

此时,东京正在举行婚礼,凛子的丈夫压抑着对妻子缺席的满腔愤懑,亲戚们用怀疑的目光看着他。

一想到这幅景象,久木的头就胀大了,只能借酒浇愁。

晚饭从六点多一直吃到八点左右,凛子醺然薄醉,脸颊红红的。

突然,凛子摇摇晃晃地站了起来。

"咱们去雪地上趴一会儿吧。"凛子步履蹒跚,"你也和我一块儿去。"

凛子说着就朝走廊走去,久木慌忙拦住她。

"你醉了,太危险。"

"反正也是去死啊,还有什么可危险的。"

凛子甩开久木的手,执意要去。她头发散乱,眼光呆滞,神态异常的妖冶。

"快点,你起来呀。"

"等一等。"

久木双手摁着凛子的肩膀,让她坐下。

"你干吗拦我,我高兴。"

凛子不满地嘟哝着,久木不理她,叫来服务员撤掉了餐桌,铺好被褥。

凛子充其量只有一两的酒量,却在泡澡后喝了好几杯冷酒,不醉才怪呢。

"你说要去的,怎么变卦了?"

凛子还惦着趴雪地的事,女招待们在的时候,她老老实实待在一边,她们刚一走,又晃晃悠悠站了起来。

"别胡闹了。"

久木不让她出去,她非要出去,两人拽来搡去的,结果脚下一绊,都摔倒了,久木在下,凛子在上,正好骑在久木身上。

驾驭者是凛子,久木像马一样仰面朝天躺在地上。

凛子以胜利者的姿态低头瞧着他,突然间,像一头发现了猎物的母豹子,两眼放光,双手扼住了久木的脖子。

"你干什么……"

凛子喝醉了酒,手劲儿很大。

"咳,咳。"

久木想喊"松手",可出不来声,憋得直咳嗽。

凛子不但没有松手,反而更加用力了。久木突然意识到,很可能会这么气绝身亡的。他看见凛子的两眼红得像在喷火。

她到底想要干什么?久木忽然害了怕,使劲儿掰开了缠绕脖颈的那双手。

久木又咳嗽了半天,才大大喘了一口气,说出话来。

"你快把我掐死了。"

"我就是想要杀了你。"

凛子冷冷地说。然后,骑在久木的身上命令道:

"你就这么干吧。"

女人骑在男人身上,男人从下面撑着她。这种体位他们曾经采用过几次。

只不过,每次都是久木提出要求,凛子不大情愿地服从的。

因为这种姿势使女人完全展露在男人面前,令女人难堪,但是经过几次实际体验,久木感觉得到凛子或多或少尝到了这个姿势的乐趣。

和男人一样,女人似乎并不厌恶这样淫荡的姿态。

尽管如此,凛子如此大胆地主动要求,是从来不曾有过的。

是因为她喝醉了呢,还是偶然骑在久木身上所致呢?或是由于知道回不去了,才突然变得大胆起来了呢?

久木让凛子在自己身上坐好,从下面仰视着女人全身,握住自己的男根。

凛子虽然闭着眼睛,顺从地向后挺起上身,却将双手遮挡在胸前,护着乳房。久木拿开她的双手,使她全无一点遮拦的时候,才用手拨开那繁茂之处,缓缓将自己送入。

他刚一进去,凛子就轻轻"啊"了一声,扭了一下上身。久木不予理睬,继续向纵深挺进时,凛子发出了一声又深又长、发自肺腑的呻吟。

此刻,男人的所有已完全被女人吞噬,无法逃脱了。

在如此紧密的程度上,女人缓缓向后挺起上身,达到极限之后再缓缓地向前倾倒,这样反复几次之后,她好像找到了使自己兴奋的诀窍,突然加快了动作的频率。

久木双手从下面轻轻扶着凛子的腰肢,怀着无比的幸福感仰视着凛子渐渐泛红的面容,晃动着的乳房,以及腹部凹陷处的阴影。

剧烈的动作使凛子的头发越来越散乱,从凌乱的头发里露出的面部表情仿佛在抽搐,眼看就要哭出来了。

久木估计,凛子即将达到高潮了。就在这时,凛子张开黑色翅膀似的双臂,又一次掐住了久木的脖子。

迄今为止,久木从未经历过这种形式的最后冲刺。一般来说男人仰卧,女人跨坐在男人身上攀登高峰,并不算稀奇,可现在的情况是,在这样的体位时,女人还掐着男人的脖子。到了这个地步,就不能不说是超越常规的近于变态的行为了。

实际上,那一瞬间久木已经开始意识蒙眬,以为自己会就此呜呼哀哉了呢。

哪怕再迟一分钟或十几秒,他都可能断气。

一瞬间,他觉得仿佛窥见了死亡的世界。而后伴随着剧烈的咳嗽,他的意识恢复了,他这才真真切切感觉到自己还活着。

当他看到赤身裸体的凛子俯卧在自己身边,才想起自己刚才看到凛子疯狂地甩动着散乱的头发,一边叫唤着什么一边瘫软下去的情景。至于她当时叫喊的是什么,已经回忆不起来了,不过有一点是可以断定的,那就是他们两个人就像商量好了似的,在同一时刻到达了巅峰。

久木努力回忆着刚才的一幕,试着活动着四肢,手脚膝盖还有知觉。再看看灯笼,才记起自己身在可以眺望中禅寺湖的旅馆里。这时凛子翻个身靠了过来。

"真疯狂……"

这个说法以前是指做爱时凛子的癫狂状态,现在却是久木自身的体验。

"我差点没被你掐死。"

像是受到久木的引导,凛子点着头说:

"这回你明白我说的'可怕'的感觉了吧。"

凛子达到高潮时,确实说过"好可怕",难道就是这种感觉吗？久木再次追踪着刚才自身的那番体验,忽然联想到另一件事。

"吉藏也说过同样的话。"

"谁是吉藏?"

"就是被阿部定勒死的男人。"

久木的脑海里浮现出阅读昭和史时,了解到的这两个人物。

凛子兴趣来了,懒懒地问:

"阿部定,就是干那件怪事的女人……"

"其实,也不能说是怪事。"

"她不是切掉了男人的那个东西,然后把男人杀了吗?"

凛子只记得事件离奇的部分,而详细调查了昭和史这一事件的久木觉得,这是深深相爱的男女之间产生的非常有人情味儿的事件。

"她被人误解的地方不少。"

久木把座灯拿开了一些,在显得更昏暗的被褥上低声说:

"她的确割了男人的东西,不过是在勒死之后。"

"女人把男人勒死的吗?"

"据说,以前她也曾经一边交媾,一边勒他的脖子,就像你刚才那样。"

凛子连忙摇头,紧紧倚到久木胸前。

"我是喜欢你才勒的呀,因为太喜欢了,反而恨起来了……"

"她也是喜欢得过了头儿,不想被别人得到,情不自禁那么做的。"

"可是,弄不好会死人的。"

"可不,真死了。"

久木摸着刚才凛子勒过的脖子说。

"我也差一点。"

"那可不一样,我刚才不是跟你闹着玩儿勒过一次吗?这次只不过是想起了刚才那件事,又想试试看罢了。"

"她开始也是闹着玩儿,一边做爱,一边相互勒对方的脖子,觉得很刺激。"

"是用手掐死的吗?"

"是用绳子。据说使劲儿勒的话,男人的东西就会硬起来,感觉非常好。"

"你刚才什么感觉?被掐的时候刺激吧?"

凛子把腿搭到久木身上。

"也挺难受的,过去那个劲儿,也许会感觉不错的。"

"看来是那么回事。"

凛子向久木撒娇道:

"回头你也掐我一下。"

"现在掐你脖子?"

"是啊。我快上去的时候,是什么感觉,这回你知道了吧?那个时候……"

久木按照凛子的吩咐,把手轻轻按在她的脖子上,脖颈细细的,双手一把就掐住了,凛子静静地闭上了眼睛。

她那温顺的样子十分可爱,久木的手不由加了些力,触到了凛子喉咙的软骨,感觉到了静脉的鼓动,又继续掐下去,凛子的下颚渐渐抬起,紧接着,剧烈咳嗽起来,久木慌忙松开了手。

凛子又咳嗽了一气,待呼吸平稳下来后小声说道:

"真可怕,不过好像有点那种感觉了。"

她的眼神似梦似幻。

"她是用绳子勒的吧?用绳子一定更难受吧?"

"事件发生的头天晚上,两人互相勒脖子玩儿,力气大了点,男人差点死去。脖子勒出了一条印儿,脸也肿了,女人忙着给他冷敷,还买来镇定药给他吃,这才暂时稳定下来。但是夜里,男人因药力作用,迷迷糊糊地说,'你今天夜里要勒我脖子的话,可别松手,勒到头,中间停下来更难受。'"

"可是把他勒死了,不就都完了吗?"

"也许她就想要这样吧。"

"为什么呢,因为喜欢他?"

"是因为不想让别人得到这个男人。"

突然外面一阵风刮过凉台,座灯闪了一下。雪不下了,风还在刮。

凛子也在侧耳听那风声,停了一会儿,接着问道:

"那个叫阿部定的女人是干什么的?"

"被杀的男人叫石田吉藏,在东京中野开了一家叫作吉田屋的料理店,阿部定是在他店里干活的女招待。"

"是在店里认识的?"

"阿部定三十一岁,吉藏四十二岁,比她大十一岁,剃着平头,长脸形,属于美男子一类。阿部定十七八岁就当了艺妓,有些早熟。她皮肤白皙,是个很有魅力的女人。"

久木半年前看的这份资料,去年年底,又看到了事件发生时的报纸,对大致情况比较了解。

"多半是女的勾引的啰?"

"是男人先追的她,当然她也迷上他了。"

"男人有妻室吗?"

"当然有,他老婆很贤惠能干,可是吉藏一见到阿部定,就立刻魂不守舍了。"

"店里哪有机会啊?"

"所以,两人四处找旅店或招妓酒家去幽会。"

久木恍惚觉得是在讲他们自己。

"没有被他妻子发觉吗?"

"当然知道,所以他们不想回来,一连几天在外住宿。事件发生时,就是两人在荒川的一个酒店里待了一个星期后的事。"

"一个星期都不回家?"

"大概也想回去,可是失去了回去的时机,而回不去了吧。"

久木话音刚落,外面又是一阵疾风掠过。

久木和凛子完全能够体会阿部定和吉藏当时连续外宿而失去回家机会的心情。

"不是某一方强求的吧?"

"那自然,两个人都舍不得分离,就这么一天天住下去,对女人而言,回去就等于把心爱的男人还给他老婆了。"

"我也是这样想的。"

凛子猛然抓住久木的胳膊,久木不自觉地往回缩了一下。

"女人的心情都一样。"

凛子这一突如其来的表白使久木慌了神。

"我猜他自己也不想回去。"

久木借吉藏来为自己辩解,凛子似乎也认可了。

"这么说是情死啰?"

"杀死吉藏后,阿部定本打算要自杀的。"

"被人发现的时候,男人被细绳子勒死之后,又从根儿上被割掉了男人的命根儿。被单上方方正正地蘸血写着'定吉二人'四个大字,男人的左大腿上也有同样的字,左臂上用刀刻着一个'定'字,血糊糊的。"

"好可怕哦……"

凛子更紧地贴近了久木。

"杀人的时间是夜里两点左右。第二天早晨,阿部定一个人离开了旅馆,中午时女佣发现了尸体,众人乱作一团。可是,她写的'定吉二人'完全暴露了他们两人的关系,说明她一开始就没想要逃跑。"

"被割下的那个东西呢?"

"她用纸仔细地包起来,又把男人的兜裆布缠在腰上,然后把这个纸包塞进腰带里,带在身上。"

就连久木自己讲到这儿,后脖颈也直往上冒凉气,就向凛子贴近一些,这才意识到不知什么时候,凛子已轻轻握住了他的那个物件。

两个人面对面躺着,身体贴在一起,就算碰到了那儿也很自然,不过现在恰好讲着男人命根子被切下来的故事,使他感觉很瘆人。

久木轻轻向后缩着,可是凛子仍然紧抓不放,整个人也随之陷入被单里。

就在久木搞不清她打算干什么的时候,突然感到凛子的嘴唇触到自己的男根,随即热乎乎的气息包裹了顶端。

"喂,喂……"

以前凛子很害羞似的亲吻过几次,但像今天这样深深含住还是第一次。

穿透脑髓般的快感,使久木禁不住扭动起身体。凛子松开嘴,它已然坚挺起来,凛子仍然把它紧握在手里,提出了新的问题。

"她切掉的只是这个吗？"

久木一时无法回答她，只好摇了摇头。凛子紧接着又发问：

"不光是这个吗？"

"还有下边儿的……"

"是这儿吧？"

凛子又轻轻摸了一下他的阴囊。

"她带着这东西去哪儿了？"

"她在城里转来转去寻找可以死的地方，可是没死成。三天后在品川的旅馆里被抓到。当时的报纸上，将这作为没有先例的怪诞事件大肆渲染，什么《血腥的魔鬼的化身》啦，什么《变态的行为》啦，什么《怪异的谋杀》啦等等，标题五花八门的。"

"也太过分了吧。"

"起初新闻报道多出于猎奇心理，后来对阿部定的真实心态有所了解后，舆论多少变得善意一些了，比如《爱欲的极致》啦，《一起赴死的愿望》啦等等。事实上，被捕的时候，阿部定身上有三封遗书。其中一封是写给被自己杀死的吉藏的。写的是'我最爱的你死去了，你终于完全属于我了，我马上就去找你'。"

"她的心情我能理解。"

"她身上还有一张去大阪的夜行车票，在东京死不成，她准备到以前去过的生驹山那儿去自杀。"

凛子愈加被煽起了好奇心，追问道：

"阿部定被捕以后呢？"

"她很平静。检察官审问时，她立即坦白'我就是你们要找的阿部定'，对所做的事供认不讳。因此，半年后开庭时，原来量刑是十年，最后判决为六年。"

"算是轻判吗？"

"作为杀人犯来说当然是轻判了。服刑以后，又以成为模范囚犯为由减刑一年，满打满算服了五年刑就出狱了。"

凛子松了一口气，点点头。

"那年的二月，发生了由少壮派军官们谋划的'二·二六事件'，斋藤内政大臣等三名重臣被刺杀，社会上一片骚动。不久，日本又发动了'七·七事变'以及太平洋战争，日本更加军国主义化了。"

"这时候发生了这个事件？"

"对，人们倾听着日益临近的战争的脚步声时，心情很黯淡，所以，置身事外、一心扑在爱情上的阿部定的生活方式，引起了人们的共鸣，甚至出现了以《蕴藏于颓废中的纯爱》为题的文章,开始有人善意地把她誉为'改造人性的大明神'等等。总之,舆论对她越来越有利了。"

"这么说舆论帮了她的忙?"

"当然这也是原因之一,此外,为她辩护的律师的有力辩词也起了很大作用。"

"他是怎么辩护的?"

"阿部定和吉藏两人是真心相爱的,而且在性方面是几万人中也未必有一对儿的罕见之合。所以,这是在爱的极致发生了热烈过火的行为,不应以一般的杀人罪论处。这番辩词引起满场哗然。"

"几万人中只有一对儿的罕见之合?"

"就是说在性方面很合拍。"

凛子沉默了一会儿,然后下身紧贴着他说:

"那我们呢?"

"当然是几万人中的那一对儿啰。"

爱情当然不可缺少精神上的联结,但肉体方面是否合拍也很重要。甚至会有精神上的联结并不那么紧密,肉体上由于十分迷恋而无法分开的。

"这种事一开始没办法知道吧?"

"从外表很难判断。"

"和不合拍的人生活在一起真是一种不幸。"

凛子自语道,似乎在发泄对丈夫的不满。

"不合的话,一般人都怎么办呢?"

"有点不满的话,有的人忍耐,也有的人以为本来就是这样的。"

"看来还是不知道为好啊。"

"也不能那么说……"

"我真不幸啊,是你教给我不该知道的东西的。"

"喂,别瞎说噢。"

突然的风云变幻使久木感到惶惑,凛子接着说:

"这种事跟谁也没法说呀。"

因性方面的不满足而合不来的夫妇,对别人难于启齿,最多说些"不能控制自己"或"太多情"等等来掩饰。

"我真羡慕性方面合拍的夫妇,要是能那样我就别无所求了,可是我却跟别人合得来……"

久木也深有同感,所以完全了解凛子的苦衷。

"不过夫妻一般也很难合得来,咱们遇上了彼此这么合得来的人,多幸运啊。"

现在也只能这么说说相互安慰了。

看了下表,过了十一点了。

偶然谈起阿部定的事,没想到说了这么长时间。

外面的大风仍在猛烈地刮着,雪停了,明天可以回东京了。虽说还没定具体什么时候回去,但十点久木要去公司,明天必须早起。

久木翻了个身,打算睡觉,凛子却从他背后靠过来,把手伸向他的两腿之间。

久木轻轻按住她的手说:

"该睡了。"

"就摸摸,可以吧!"

在讲阿部定的故事之前就已经翻云覆雨了一番,久木已没有力气再回应。

久木任凭那柔软的手抚弄了一会儿,凛子有点不好意思地问:

"那个吉藏床上功夫不错吧?"

久木意识到凛子是在拿他和吉藏进行比较,便照书上说的答道:

"确实很有两手,他不仅精力过人,而且,能长时间控制自己使女人满足。阿部定说他是她所知道的男人里最棒的。"

"就为了这个把那东西割下来的?"

"当刑警问她为什么要把那东西切下来时,她交代说'它是我最喜爱的宝贝,不割去的话,给他清洁尸体的时候,他老婆就得碰它',阿部定不想让任何人触摸它。而且还说,他的身子虽然留在了旅馆,但是只要把它带在身上,就觉得是和吉藏在一起,不会感到孤单的。"

"她真够坦率的。"

"至于为什么用血写'定吉二人'那几个字,她说'把他杀了的话,就会觉得他完完全全属于自己了',她想把这个告诉大家,就写了各人名字中的一个字。"

"你是在哪儿看到这些的?"

"检察官的调查笔录里写得清清楚楚。"

"我想看看。"

"回去以后我拿给你看。"

久木说完,由着凛子继续抚弄,安静地闭上了眼睛。

夜里,久木梦见了阿部定。

好像是从日光返回的时候吧,久木坐电车回到浅草后,阿部定站在通向商店街的入口看着自己。她虽然上了年纪,却依然肤色白皙,风韵犹存。自己正看得入迷,她忽然消失在人群中了。

凛子也梦见了阿部定,听说有个像阿部定一样的女人,许多人在围观她,自己也挤过去看热闹,结果被警察赶开了。

两人同时梦见同一个人是很少见的,但久木梦见她在浅草这种热闹的地方,并不是偶然的。他曾听一位老编辑讲过,战后不久,阿部定在浅草附近开了一个小小的料理店,虽然上了点年纪,仍然很漂亮,风韵不减当年。可是后来,一传十十传百,她受不了人们好奇的目光,不久离开了浅草,音信皆无了。

“如果她还活着的话,多大年纪了?”

昭和十一年她三十一岁,应该九十岁左右吧。

“那么也许还活着呢。”

从编纂昭和史的角度上说,久木很想见上她一面问一问,可又觉得没有这个必要。

“本人不愿抛头露面,就不好强求。再说,她的心情都完全反映在警方调查记录上了。”

久木说完,像要摆脱阿部定的话题似的,站了起来,穿上睡衣,打开了凉台的窗帘。昨天下了一天的雪已经停了,中禅寺湖以及周围银装素裹的雪景,在阳光的辉映下,耀眼夺目。

“你来看。”

昨天在知道回不去后,一晚上自己和凛子都沉浸在阿部定的阴郁的故事里,现在面对这大自然的良辰美景,宛如进入另一个世界。

两人看得入了神,这时女招待进来了。

“早上好。车已经开通了。”

昨晚那么担心道路不通,一心想回去,现在听说车通了,反而懒得动了,甚至希望老不通车才好呢。

这种内心的摇摆不定,就是因为一想到该回去了,即将面对忧郁现实的沉重心情便压在了他们身上的缘故。

久木心想,回东京之后,是去参加会议呢,还是下午再去呢?还有,怎么对妻子解释呢?凛子的烦恼更多,没出席婚礼,又多在外面住了一晚,怎么跟丈夫交代呢?

尽管都知道彼此的心情,却不想触及,因为他们非常清楚面临着多么严峻的局面。

他们在忐忑不安中吃完早饭,九点出发,坐出租车下了山,乘上了电车,到东京时快中午了。

久木估计赶不上上午的会，就在上车前给公司打了个电话，说是有点感冒，不能参加会了，可是还没敢给妻子那边打电话。凛子也和他一样一直没跟家里联系。

上午十一点半到浅草后，两人都不想马上就分手，就去一家荞面馆吃了午饭，吃完饭有十二点多了。

现在去公司，还算上半天班，久木站在大街上犹豫不决起来。

"你马上回家吗？"

"你呢？"

凛子反问道，久木见她神色有些不安，就提议说：

"咱们去涩谷吧。"

现在去他们的住所，就会一直待到晚上不回家，那样情况会更加恶化的。

明知如此，久木还是这么提议，凛子立即表示同意。

坐上出租车，久木轻轻地握住了凛子的手说：

"咱们快赶上阿部定和吉藏了。"

两人心里都清楚，回到他们自己的家后，下一步会做什么。

从浅草到涩谷用了快一个钟头。他们一进屋便一起倒在了床上。

虽说不算出远门，然而旅行归来的安心感和疲倦使他们依偎着昏昏入睡。在熟悉的床上相互拥抱入睡，感觉特别的舒服。

等他们醒来时，已是下午三点，离天黑还有一段时间，窗帘把外头的亮光遮得严严实实的，屋里很黑，相互耳鬓厮磨间又勾起了欲望，只是没有昨夜那般激情燃烧。久木不经意地触到凛子的私处，便轻柔地爱抚起来，凛子在这种反复刺激下渐渐兴奋，也握住久木的东西爱玩着。就这样不断地反复着，直至双方都再不能忍受而结合在一起。

无论公司还是家庭都早已被他们忘得一干二净，不，应该说是为了忘掉这些，他们才耗尽所剩无几的力气沉溺于快乐的。事毕之后，他们再度昏昏睡去。

再次醒来时，已经六点多了，天色已黑。凛子用现成的东西做了顿简单的晚饭，两人还喝了点啤酒。

他们边看电视边聊天，谁也不提回家这一关键的事。吃完饭，又不自觉地搂在了一起。

并不是非要激烈地寻求什么，只是卿卿我我地相互抚爱对方，不分白天黑夜地享受着愉快的时光。此时此刻，久木脑子里仍不时地闪过该回去了的念头。

十点时，久木去了趟厕所回来，问凛子：

"怎么办？"

这简单一问，凛子立刻明白是该回去的时候了。

"你呢?"

两人又重复了一遍白天在浅草时的对话。

"我也想这么待下去,可是不回去不行啊。"

到了这个关头,久木也不愿意从自己嘴里说出这句话。

对于陷入情爱深渊的恋人来说,没有比分别更让他们难受和寂寞的了。

凛子坐在镜前梳妆,脸色苍白。沐浴打扮后仍消除不了和男人极尽欢爱后的余韵。久木也一样,穿戴得整整齐齐,却是一脸的倦容。

好容易一切准备停当,凛子穿上黑色高领毛衣、酒红色短大衣,正要戴上灰色帽子,久木突然双手把凛子搂到怀里。

现在已无须再说什么,久木只想一直用力抱紧她。

即便凛子的丈夫会恼羞成怒地责骂她,甚至打她,久木也希望她能平安无事地过了这一关,再继续见面。

凛子也察觉到久木的意愿。

"我走了……"

凛子费力地说出了这句话,突然怯懦地掉过脸去,眼里噙满了泪水。

她还是感到不安吧? 久木想着掏出手绢给她擦了擦眼泪。

"有什么事给我来电话,今晚我不睡觉。"

久木回家后也同样面临着难题。一直对他相当宽容的妻子,今天晚上也许会和他吵闹的,但是,无论如何久木都要遵守和凛子的约定。

"我不会让你一个人伤心……"

久木的话使凛子的心情好了一些,又补了补妆,戴好帽子,互相交换了一下目光,走出了房间。

十点以后,楼道里静悄悄的。两人乘电梯下了楼,来到大街上。

坐一辆车的话,又会难舍难分的,于是分别叫了车子,上车之前两人紧紧握了手。

"记着,有事给我打电话……"

凛子点点头,先上了车,目送汽车尾灯渐渐远去,久木自己也坐进车里闭上了眼睛。绵长而奢华的情爱之宴,终于曲终人散了。

# 下卷

## 春阴

久木一直想要吸干女人满眼的泪水,来安抚她的悲伤。大约用几分钟时间,慢慢吸干她眼中的泪水后,男人的嘴唇开始覆盖女人的鼻子与嘴唇,这时女人感觉到有些酥痒,开始扭动起身体来,当他蜷缩的舌尖触到她那优美的鼻孔时,女人完全平静了下来,眼泪也沿着鼻梁慢慢流了下来。

季节的转换也给世人带来了变化。尤其是从冬至春这段时间的推移,因大自然积蕴万物之精气于大地,也影响到了人们的身体和心灵。

从二月中旬到三月间,久木周围发生了一连串意想不到的事。

其一是,大自己一岁、同期入公司且颇有前途的水口因患肺癌住了院。

去年年底,水口突然被从总社调到马隆分社去,已受到了打击,现在又得了这个病,真是祸不单行。好在发现得早,马上做了手术,病情稳定一些了。

久木想去看他,但他的家人希望过一阵再说,所以一直没有去。

水口的发病,是否也是被生机勃勃的春天吸去了元气呢?他刚被划到线外就病倒,说明了人事方面的挫败感对他的影响也不小。

当然不能说这是得病的直接原因,不过,失去了原有的职位,工作没有了干头儿而一下子病倒的人并不少见,所以不能说一点关系也没有。

不管怎么说,同时参加工作的人病倒,使得久木也顾影自怜起来。

好在眼下久木的身体还过得去,只是和凛子两人的处境越来越不妙了。

奇妙的是,男女之间的感情与其说是日益加深的,不如说是因某些变故而分阶段进展的。比如他们一起去镰仓,接着到箱根,然后又在凛子父亲的守灵之夜,迫使她来饭店约会。每当这么色胆包天地幽会一次,两人的感情就增进一步,愈加难舍难分。而现在,让他们之间的纽带联结得更为紧密的,正是二月中旬同赴中禅寺湖滞留不归造成的。

然而,不但没出席丈夫侄女的婚礼,还连着外出两天不回家,这样的妻子是世理难容的。

也许她回家后被丈夫狠狠地责骂了一顿，两人吵得天翻地覆吧？

久木担心得彻夜未眠。没想到，两天之后在住所见面时，凛子的精神状态格外的好。

其实这不过是表面现象，问题已发展到了非常严重的地步。

据凛子说，那天晚上十一点多到家里时，丈夫还没睡，凛子说了声"我回来了"，也不见搭腔，还在埋头看他的书。

凛子立刻意识到丈夫的态度非比寻常，但还是对他解释说，因雪太大回不来，没能出席婚礼，很抱歉，等等。见丈夫还是不发一言，只好上楼去更衣，刚一转身，背后突然响起了丈夫的声音：

"等一下。你干的事，我都知道。"

他的话像刀子一样锋利，凛子不由吃惊地回过头来。

"我还知道你和谁睡觉，在什么地方。"丈夫的语气十分肯定。

听了凛子这番话，如同晴天霹雳，惊得久木呆若木鸡。

以前断断续续从凛子和衣川那儿听说了凛子丈夫的一些情况，所以，一直以为这类冷漠而清高的人对男女之事和人情世故是不大在行的。

久木不能想象这样的男人竟然会去调查妻子外遇的对象。凛子淡淡地说：

"连你的名字叫久木祥一郎都知道得一清二楚。"

"怎么会知道……"

"他的嫉妒心特别强……"

即使如此，要查出妻子外遇对象的名字也不那么容易的。

"他是不是跟踪过我们呀？还是雇了私人侦探了？"

"即使不那么做，他有心想知道，也能知道啊。你不是给我写过信吗？笔记本上也有你的名字和公司名称啊。"

"他看了你的本子了？"

"我当然是收起来了，可是以前没怎么留心过，最近总感觉不对劲儿。"

"可是，你在家的时间多呀？"

"从去年年底开始，常常不在家的……"

去年岁末，凛子的父亲去世后，凛子常常回横滨的娘家。可能是那段时间，她丈夫开始彻底调查妻子的吧。

"而且，我告诉过他住的是哪个旅馆，一晚上还没什么，两天没回去，他可能给旅馆服务台打电话了解情况了。"

那个风雪之夜客人不多，又是大雪封山的特殊情况，旅馆很可能简短地回答一些询问电话的。

"他真是那么说的吗?"

"这种事情没必要说谎吧?"

满以为他是个不通世事的书呆子,没想到现在露出了狰狞面目向他们反扑过来,使他们措手不及。

"他还说了些什么?"

"你尽可以随心所欲地去玩乐,你是个肮脏的淫妇。"

久木就像自己挨骂一样默然无语。凛子叹了一口气,接着说:

"他说,我恨你,可是不会跟你离婚的。"

久木一下子没明白她在说什么,其实是不明白她丈夫到底想怎么样。

如果憎恨妻子的话,应该唾骂一顿后,尽快离婚的呀,可为什么非要继续做夫妻呢?

"我搞不懂……"

久木嘀咕着。凛子也点着头说:

"我也弄不懂。我猜他是以此来报复。"

"报复你吗?"

"是啊,他对我简直恨之入骨,所以就不离婚,让我永远禁闭在婚姻的牢笼里……"

居然有这种复仇的方式,久木半是吃惊,半是理解,但还是不十分明白。

"可是一般男人都是骂一通或打一通吧?"

"他可不这样……"

"那么你出去玩儿,他也睁一只眼闭一只眼吗?"

"反正他闷在家里冷眼旁观,就算他不管,我老不在家待着,周围人也会说闲话,我母亲、哥哥,还有他爸妈和亲戚们……只要没离婚,终归是妻子。"

这么一说,久木多少理解了凛子丈夫说的报复的意思了。

"可是,到了这个地步还怎么在一个屋檐下生活呢?你不愿意为他做家务,他也不愿意回家吃饭的呀。"

"这好办,他父母家在中野,以前他也常回去吃他母亲做的饭,而且大学里有他自己的房间,在家里我们也早就分房睡了。"

"从什么时候开始分着睡的?"

"有一年多了吧。"

久木和凛子的关系正是一年前开始迅速进展的,这么说凛子夫妻不和也是从那时开始的。

"以后怎么办?就这么下去吗?"

"你那边怎么样?"

被凛子一问，久木不禁倒吸了一口凉气。

久木一时无法给凛子一个满意的回答，但两人的关系确实到了紧要关头，即将陷入无路可走的困境。

久木缄默着，回想起回家后的那一幕。

那天晚上，久木十一点多回到家时，妻子还没有睡。

可妻子没有像往常那样迎出来，久木便回到自己的书房兼卧室，一边脱掉外衣，换上宽松的睡衣，一边思考着怎么对妻子解释。

如果现在去客厅的话，昨晚不归的事会使气氛变得紧张，免不了一场争吵，不如借口太累了，睡觉为好。他现在确实是身心疲惫，没精神跟妻子说话。

可是，躲得过初一躲不过十五，早晚要和妻子见面，拖延下去只会更麻烦，不如干脆趁着今晚给她道个歉比较妥当，就说是因为工作太忙回不来。

久木想到这儿站起身，照了照镜子，定了下神，就到客厅去了。

妻子正坐在沙发上看电视，见了久木，小声说了句"你回来了"。久木点点头，见妻子表情平静，就放了心，坐在沙发旁边的椅子上，伸了个懒腰，说道：

"好累啊。原来打算昨天回来的，可是活儿实在干不完，就拖到今天了。"

他跟妻子说是要去京都的寺庙和博物馆收集资料。

不过，他屡次打着这个旗号和凛子出去旅行，不免有点心虚。

"昨天想给你打电话，结果喝醉了，就睡着了……"

久木说完又打了个呵欠，刚拿起桌上的烟，妻子关掉电视转过身来。

"不必这么难为自己了。"

"难为自己？"

妻子缓缓点了点头，双手捧着桌上的茶杯说：

"我看，咱们还是离婚得了，这样比较好吧？"

久木做梦也没有料到妻子会说出这种话。

"现在离婚的话，我轻松了，你不是也没有压力了吗？"

久木听妻子这么说，不知她在开玩笑，还是跟他闹着玩儿，心里正琢磨着，妻子又说：

"到了这个年龄，没有必要互相忍耐了。"

妻子从来不大声吼叫或发脾气，有什么不满，也只是三言两语说两句，不大往心里去。

久木一向认为妻子生性宽厚，今晚却使他大感意外。

她的态度比平日更加镇静和蔼，像是经过深思熟虑，才下决心说出来的。

"可是，为什么呢？"

久木连手上拿着的烟都忘了点，向她问道：

"你突然说出这种话，怎么回事？"

"这不是你希望的吗？怎么回事，你自己应该最清楚。"

妻子盯视着他，久木不禁避开了她的目光。

难道说妻子已经知道了他和凛子的事了吗？怎么一点迹象也没有啊。她总是淡淡地说"你是你，我是我，互不相干"，这正合久木的意，可谁知妻子早已对一切了如指掌了，这都怪自己太粗心了。

"何必这么急于……"

"不是急于，而是太晚了。不现在分手让你们在一起的话，她就太可怜啦。"

"她是谁？"

"你对她这么上心，想必特别喜欢啰。"

妻子慢条斯理地说道。

"我这方面你尽管放心，我好得很。"

久木也曾经考虑过和妻子离婚，在结婚七八年后的婚姻倦怠期。以及后来和其他女性发生外遇的时候，也设想过和妻子分手，过单身生活。尤其是和凛子认识以后，更具体地思考过先跟妻子离婚再和凛子结婚的事。

可是一旦提到议事日程上来，问题就接踵而来。首先是如何跟无辜的妻子开口，以及怎么向独生女知佳解释。此外有没有勇气彻底毁掉经营到现在的家庭，再从零开始构筑一个新的家，因为自己已经上了年纪，早已习惯于现在的生活了。最关键的是凛子能否顺利离婚，和自己走到一起呢？

一想到这些实际问题，久木就像被当头泼了一盆冷水。所以他觉得继续维持现有的家庭，和凛子想见面时见个面更为妥当，也不会伤害到其他的人。

其结果，这半年来，想离婚和凛子开辟新生活的冲动，与不要轻率从事的冷静交织在一起，总是处于矛盾之中。

然而，在这内心斗争中，他似乎忘记一个关键的问题，就是妻子的想法。不，不能说是忘记，他认定妻子是永远不会变的，所以压根儿没当回事。

从根儿上说，久木至今没有提出离婚也好，觉得离婚太难也好，都是因为对"妻子爱我，不愿意离婚"这一点深信不疑的缘故。

可是刚才从妻子嘴里说出了"咱们离婚吧"这句话，彻底推翻了久木的自信。

他万万没想到妻子会主动提出离婚。

"你同意不同意啊？"

妻子声音爽朗，没有丝毫的犹豫和苦恼。

妻子是经过充分考虑才提出的,可是对久木而言却太出乎意料了,马上答复不上来。

那天晚上就这么过去了。第二天久木早早起来,窥视了一下妻子的表情,看不出什么异常,她平静地在准备早餐。

久木心想,说不定昨晚她是为了规诫贪玩的丈夫开了个玩笑吧。久木这么寻思着吃完了早饭,站起来正要去上班时,妻子说道:

"昨天晚上说的事,可别忘了啊。"

久木一怔,回过头来,见妻子没事人一样将碗筷放进了水槽里。

"你真要这样?"久木想这么问,但妻子已打开水龙头,哗哗地洗起餐具来了,久木只得把话咽了下去,向门口走去。穿完鞋,回头瞅了瞅,妻子没有来送他的意思,只好自己打开门走了出去。

外面虽然是蓝蓝的天,但空气有些潮湿,刚发芽的树梢上已萌生了春的气息。

呼吸着早晨清新的空气,久木迈着沉重的步子朝地铁站方向走去,满脑子都是迫在眉睫的离婚问题。

说实话,过去一直以为离婚与自己无缘,现在才发现自己成了当事人了。久木为这立场的突变而深感迷茫,心中暗暗思忖:

"妻子到底是不是真心想离呢……"

久木在摇晃不停地电车里思来想去,越想越糊涂,下车后,在公用电话亭给女儿家挂了个电话。

女儿知佳结婚两年了,没有出去工作,这个时间应该在家。

久木走进电话亭,稳定了下情绪,拨了电话号码,女儿很快接了电话。

"怎么了,这么早来电话?"

"有点事想找你说说。"

久木含糊其词地说道,突然,冒出一句:

"是这么回事,你妈提出要和我离婚。"

"妈妈到底还是提出来了。"

原以为女儿会大吃一惊,没料到她格外的平静,看来女儿已经从妻子那儿听说什么了。

久木忽然有种被疏远的感觉,问道:

"你早就知道了?"

"是啊,妈妈跟我讲了好多。爸爸打算怎么办呢?"

"怎么办……"

"妈妈可是真心要离哟。"

世界传世藏书

世界孤本小说

失乐园

女儿淡淡地说道，久木更慌了。

"妈妈和爸爸离婚，你无所谓吗？"

"我当然希望你们能白头偕老啊。可是爸爸不爱妈妈了吧？另外有喜欢的人，想和那个人一起生活吧？"

久木又吃了一惊，看来妻子什么都跟她说了。

"不喜欢妈妈，还生活在一起可不太好。"

知佳说的是不错，可是现实中的夫妻并不都是相爱的。有的夫妻是已经互相厌倦，毫无感情了，却不见得会轻易离婚，这就叫夫妻啊。

"这么说，你也赞成了？"

"这样对你们双方都有好处啊。"

"可是一起生活这么多年了……"

"说这些有什么用呢？说到底是爸爸不对呀。"

话说到这份儿上，久木没有辩白的余地了。

"妈妈觉得太累了。"

"她打算今后一个人过吗？"

"那当然，妈妈只能一个人过了，请您在房子和钱的方面多关照一下吧。"

虽说理所当然，但是，都到这个程度了，女儿依然站在母亲一边，久木觉得自己受到了背叛似的。

"我还以为你会反对呢。"

"这是爸爸和妈妈之间的事啊。"

也是，嫁出去的女儿对父母的事自然不愿意过问了。

"您不必担心我的。"

久木终于发现在自己把家庭抛在脑后、在外逍遥游逛的这些日子，妻子和女儿都变得坚强勇敢起来了。

凛子和久木听完了对方讲述各自家庭的变故后，不禁对视着苦笑了一下。

事到如今，他们已不再哀叹和悲伤，更不会开怀大笑了，只剩下了一丝苦笑。

现在两人仿佛站在突然出现在面前的十字路口上，但各自的处境又完全相反，使他们啼笑皆非。

原来以为凛子回家后会遭到丈夫的痛骂，甚至会提出离婚。不仅是久木，凛子也做好了精神准备。

结果她丈夫既没发作也不说分手，甚至明确表示绝不离婚，想用婚姻的枷锁来束缚她。

别说久木，就连凛子也万没有料到会是这种局面，因此凛子颇为狼狈，而久木的处境也同样窘困。

很晚回家时，久木满以为妻子会大吵大闹，不依不饶，可是她不仅没有吵闹，反而心平气和地提出离婚，倒使久木猝不及防。可他还是怀疑妻子在开玩笑，和女儿通话后才发现已无法挽回了。

"真是滑稽……"

此刻。久木找不出别的形容词了。

"咱们正相反。"

以为丈夫会提出离婚的凛子却被套上了婚姻的枷锁，以为离不了婚的久木，反而被逼着离婚。

"莫名其妙……"

久木说道。凛子静静地问：

"你是不是后悔了？"

"怎么这么说……"

凛子问他"是不是后悔了"，可他怎么能回答"是"呢？

两人之间的爱一直不断在加深，现在更不能向对方示弱了。

然而，当后退一步面对自己的情感时，久木就感到有些气馁、怯懦了。

自己一直那么向往离婚，可是一旦成了自由之身时，又彷徨、犹豫起来，这究竟是为什么呢？

说来说去，还是突然之间被划到了婚姻这个社会公认模式之外的不安心理在作祟吧？或者是因为离婚是对方突然提出来的，不是自己提出的，所以缺乏心理准备呢？

凛子察觉到久木的忧虑，低声说道：

"你后悔的话，回去也可以。"

"回哪儿？"

"你自己家呀。"

"现在？"

"你不是觉得对不住夫人吗？"

"我对家已经没有感情了。"

"真的吗？"

被凛子一叮问，久木急忙点头。

"我不会回去了。"

"我也不回去。"

久木点点头,忽然又想到凛子还被囚禁在婚姻的枷锁之中呢。

"可是,你……"

"我该怎么着还怎么着,现在还回去干什么呢?"

"可是他不同意离婚呀?"

"那有什么关系,即便不能离婚,我的身体也是自由的。"

"周围的人会怎么看?"

"我不管,爱怎么看就怎么看。"

凛子的无畏精神感染了久木,他也学着她给自己鼓劲儿。

从二月底到三月初,久木过得很不踏实。

自从妻子提出离婚后,久木偶尔回趟家,双方没有正面冲突,表面上还像以前那样淡淡地过日子,以至有时久木竟忘了离婚这档子事。

久木偶尔猜想,妻子会不会后悔了。

不过。她只是表面上保持平静,心里却没有丝毫改变。三月初,久木回家时,发现桌子上放着一纸离婚协议书。

离婚协议书是妻子从区政府领来的,她在协议书右下角,写上了自己的名字"久木文枝",并盖了章。久木只要在旁边签上自己的名字,盖上章,就算离了婚。

原来离婚如此之简单,久木为之惊愕和困惑。

如果签个字就算分手的话,那么二十几年来苦心经营的又是什么呢?

和久木的优柔寡断、拖延不决相反,妻子则是干脆利落地公事公办。

"我把它放在桌上了,回头你签上字就行了。"

第二天早上,妻子临出门时,对他淡淡地说道,久木又受到了新的刺激。一

难道说妻子对过去就没有一丁点留恋和怀念吗? 真是个无情无义的冷冰冰的女人哪。

他忍不住给女儿打了电话。女儿说:

"其实在下决心以前,妈妈苦恼了很长时间呢。"女儿很同情母亲。

这么说在妻子苦恼时,久木外出逍遥,等到发觉时,妻子已做出了决定。至少在她痛苦的时候能稍微安抚她一下就好了,如今时机已过,想弥补已经来不及了。

思前想后,久木还是不想在上面签字,协议书就放在抽屉里,日子一天天地过去。

久木没有把妻子拿来离婚协议书这件事告诉凛子,可是一天拖一天的心情,就如同被判刑的罪犯,刑期被一天天拖延下去一样。这样的状态使他心烦意乱,工作也受到了影响,觉得还不如趁早签了字,也落个轻松。

大男人在离婚之际,拖泥带水最让人瞧不起,久木不断地对自己这么说。可是每当

拿起那张纸时，就是签不了这个字，总想拖到明天再说。

离婚虽然拖延不决，久木的实际生活，却因此而发生了根本的变化。以前两人总是想方设法找借口在涩谷的爱巢里幽会，外宿不归，觉得自己犯下了十恶不赦的罪孽，但现在全无这些顾虑了，反正是要离婚的人了，干什么都名正言顺了。

随着外宿的增多，久木的内衣、鞋袜、衬衫、领带等等随身用品一点点从家里转移到涩谷来了。

凛子的衣服也在不断增多，需要收纳的地方。为此他们添置了衣柜，以及洗衣机和微波炉等家电。

下班后，久木总是不由自主地往涩谷方向去，等意识到的时候，已经打开门进入了属于他们两人的房间里了。

虽然凛子还没来，但久木一坐在被家具充塞得更加狭小的房间里，心情便宁静下来，同时也感到了难以排遣的焦虑，他自言自语着：

"今后怎么办呢？"

久木怀着对未来模模糊糊的不安，得过且过，将错就错地一天天过了下去。

三月中旬过后，久木的心情仍然处在彷徨不安之中。

这种心绪既来自离婚问题上优柔寡断的矛盾心态，也由于春天特有的阴郁天气的影响，再加上去探望躺在病床上的水口时受到了不小的刺激。

久木去看望水口是在三月中旬，日历上的"桃始笑"那一天。

"桃花开始笑了"即桃花绽开的季节，水口所住医院的门口盛开着艳丽的红梅和白梅。

下午三点，久木在水口妻子指定的时间来到医院，她已在走廊等候了，他立刻被她领进了旁边的会客室。

前些日子，久木就想来看水口，她没同意，请他过一段时间再来，所以一直等到今天。

"总算做了手术，精神好多了。"

水口的妻子解释了推迟让他来探病的理由，但表情黯淡。

久木有种不祥的预感，就问了一下病情。据医生说，虽然切除了肺部的癌组织，但病灶已经转移，所以，最多只能活半年左右。

"他本人知道吗？"

"没敢告诉他，只告诉他做了切除手术，没事了。"

水口的妻子请久木到会客室来，就是为了在进去看水口之前，先向他说明一下这方面的情况，以防说漏吧。

"请多关照。"

久木点点头,走进了病房。水口的精神看起来比他想象的要好,一见久木马上点头寒暄:

"好久没见了,欢迎欢迎。"

水口微笑着,看上去变化不大,只是脸色略显苍白。

"本想早点来的,可听说你要做手术,一直没敢来。"

"唉,真是倒霉呀。不过,已经好多了,放心吧。"

水口让久木坐到他的身边。

"你的气色不错嘛。"

"光是手术倒不至于怎么样,只是一吃抗癌药就没有食欲了。我估计下个月就可以出院了。"

久木突然想起了水口妻子说的病灶已经转移的那句话,装作若无其事地说:

"早点出院吧,你不在的话,马隆那边没人管了。"

"没那么严重。公司这种地方,不会因为少一两个人影响正常运转的。"

水口的头脑还很清楚。

"不过,病可真是不可思议的东西,心情沮丧的时候它准来找你。"

"是去年年底得的吧?"

"我曾经跟你说过,那时我特别消沉,对自己一下子失去了自信,心情郁闷,觉得身上不舒服,到医院一查,结果得了癌症。"

水口是去年十二月从总社高管突然被调到分社去的。

过了年后,刚刚正式当上了分社的社长就得了病。

"也许是这次调动引起的病变。"

"不至于吧。"

"可是在那之前,我身体一点毛病也没有啊。"

如果真是那样,难道对工作的热情和紧张感能够抑制癌细胞吗?

"我真羡慕你,总是那么有活力。"

水口躺在床上,目不转睛地望着久木。

"我也应该像你那样,该玩儿就玩儿,该乐就乐。"

"出院以后也来得及呀。"

"晚啰,变成这样没戏啦!人总要衰老、死亡,真应该趁着想做的时候做啊。"

久木看见水口那布满细小皱纹的眼角上有些湿润了。

三十分钟的探视之后,久木走出病房,内心被紧迫感和莫名的激动占据了。

和自己同龄的人得了癌,正濒临死亡,怎么能使自己不产生紧迫感呢?尽管也经历过同龄人或比自己年轻的人谢世，然而多年来一直很亲密、一同并肩走过来的朋友病倒，不能不使久木感触更深。

久木一想到自己也上了年纪，不再年轻了，就有种紧迫的感觉。

而水口那句"人应该趁着想做的时候做"，则打动了久木的心，使他产生了莫名的激动。

刚才，水口在死神面前，发出了后悔没能充分享受生活的慨叹。在别人眼里，他总是那么劲头儿十足，活得那么充实的样子，可谁又知道他心里埋藏着多少无奈啊。

不论他指的是工作方面，还是感情方面，总之对于现在的水口而言是追悔莫及的。

人的一生无论看上去多么波澜壮阔，在到达终点回首往事时，却显得格外平庸。当然，哪种活法都会有遗憾，不过，至少不应该在临死的时候，才想到"糟糕""应该早点做"等等而悔不当初的。

久木又想起了水口诉说后悔时，浮现在他眼角的泪水。

久木可不愿意这么抱着遗恨结束自己的一生。刚想到这儿，凛子的身影又出现在久木的脑海里。

现在和凛子的恋爱，对久木而言，正是他生命中最最重要的，也是唯一的动力。人常说，要像对女人那样倾注全部热情。无论工作还是爱情，对于人的一生来说都是重要的，值得倾其所有精力的。现在自己为独享一个女性的爱情这个大事业正倾尽全力。想到这儿，久木心里涌起了一股热潮，他的心飞向了凛子等待着他的地方。

这是一个俗称"春阴"的、樱花季节即将到来前的阴郁的下午。

虽说离樱花绽放的时节还有些日子，但含苞待放的樱花已压满了枝条。

久木抓着电车吊环，穿过春阴气息浓浓的街道，赶往凛子正等待他的涩谷爱巢。

现在是下午四点半，但他跟同事说是下午去医院看水口，所以不必再回办公室去了。今天早上，他跟凛子打了个招呼，凛子说她要回趟横滨的娘家，五点左右来涩谷。虽然离天黑还早，但能这个时候约会，正是因为他们拥有这样不必在意任何人的只属于他们俩的房间。

久木下了电车朝公寓走去，连跑带颠地穿过走廊来到房门口，打开门一看，凛子还没来。

已经五点了，凛子可能要晚到一会儿了。

久木打开窗帘，开开空调，躺在沙发上。

这时候，公司里的人们都还在伏案工作呢。

只有自己一个人逃离了那紧张忙碌的地方，在这个无人知道的房间里等着他的女人。

久木满足于这种神秘的感觉，打开电视，正在重播一个电视剧。原来白天经常播放这种谈情说爱的电视剧啊，久木觉得很新鲜有趣。

久木漫不经心地看着电视，时间一点点过去，已经五点四十五分了。

凛子今天怎么这么晚呢？她很少迟到的呀。会不会在半路上买东西耽搁了？

久木一边想象着，一边思考等凛子进屋以后该怎么办。

照现在的情况，她至少要迟到三十分钟或一个小时，得好好惩罚她一下。

当她开门进来时自己躲在门后，冷不防地强吻她？或是不管三七二十一地把手伸进去握住她的乳房？或是直接把她推倒在沙发上做爱？

正一个人胡思乱想的时候，门铃响了，紧接着听到了转动门把手的声音。

凛子终于出现了，迟到了近一个小时。

刚才还在想着种种惩罚她的手段，可一见到凛子，久木就放下心来，只能过过嘴瘾了。

"怎么这么晚呢？"

"对不起，娘家事太多……"

今天凛子穿一身淡黄色春季套装，领口系着花丝巾，手上拿着件白色大衣和一个大纸袋。

"晚饭怎么办？出去吃点什么？"

凛子一边打开口袋一边说：

"我在站前超市买了一点吃的，就在这儿吃吧。"

久木当然没意见。出去吃哪有在这儿自在，还可以和凛子闹着玩儿。

"你晚了一个小时。"

久木正要从后面搂抱在厨房里忙活着的凛子，被她拦住了。

"刚才我把猫送去了。"

"你母亲那儿？"

凛子点点头。她一边从纸袋往外拿东西一边说：

"被妈妈骂了一顿。"

"为了猫的事？"

近来凛子经常不在家，把猫扔在家里也太可怜了，可又不想请丈夫帮忙，所以她曾经说过想放在娘家。

"妈妈喜欢猫，放在她那儿没问题，只是妈妈问我为什么这么做……"

"咱们这里地方窄，又不让养宠物。"

"不是这个意思，问我为什么老不在家，连猫都没工夫养。"

自己有家，却把猫送出去是有些不自然。

"妈妈知道我经常出门，前几天晚上给我打电话时，我不在家，所以她问我，那么晚，上哪儿去了……"

看来事态是越来越严重了，开始波及凛子的娘家了。

"我几次想跟妈妈说，可是怎么也不敢……"

父亲刚去世不久，凛子实在不忍心再提起夫妻不和的事。

"不过，妈妈好像知道了。"

"知道我们的事？"

"从去年秋天开始她就有点怀疑，正月和你见过面后，她也提醒过我。"

"她说什么了？"

"她说，你该不会是喜欢上别人了吧？"

"你怎么说？"

"当然说没有啦。可妈妈是个特别敏感的人……"

久木还没见过凛子的母亲，但从凛子的话里，能感觉到是一位典型的出身于横滨传统商家的有教养的女性。

"上次我没参加侄女的婚礼，就被妈妈数落了一通，后来还说过我几次。三天前，夜里给我家打电话，我也不在，所以……"

三天前那晚，两人也是留宿在了涩谷。

"她说是晴彦接的电话……"

"谁是晴彦？"

"他的名字啊。"

久木还是第一次知道凛子丈夫的名字。

"他对妈妈说，我今晚大概晚回来。"

"晚回来？"

"他没说我不回来，可是从他的话音里妈妈也猜得出来。"

凛子从架上拿出茶壶和茶叶。

"妈妈特别喜欢他，她说，要是我在外面做了什么不正经的事，她都没脸去见九泉之下的父亲……"

"可是……"

久木不知该说什么，又在沙发上坐下了。

"不能总是这么瞒下去啊，说出来，或许会得到她的理解的。"

"我说了。"

"都说了?"

凛子使劲儿点了点头。

"父亲刚去世时,怕妈妈太伤心,今天算彻底说清楚了。"

"后来呢?"

"妈妈开始的时候还静静地听,越听越生气,最后哭了起来……"

从凛子断断续续的诉说中,久木仿佛看到了凛子母亲那恐慌的样子。

"妈妈原来只是猜测,我承认了以后,她受到了很大的打击。她说,我怎么会养出你这么个不知羞耻的女儿……"

久木什么也没说,一味低着头听凛子往下讲。

"她说这件事太丢人了,对谁也不能说,包括你哥哥和亲戚们。你父亲肯定会在坟墓里伤心呢。妈妈说着哭了起来,然后问我,你为什么不喜欢他……"

凛子顿了顿说:

"我觉得说什么妈妈也不会明白,就没说话。她又问,那个人是哪儿的?"

"你怎么说?"

"我也说了你的名字,这事瞒是瞒不了的。"

凛子回过头来,眼里闪着泪花。

"现在,我一切都失去了。"

听到这句话,久木不由得抱紧了她。

凛子已失去了家庭和丈夫,现在又失去了最后的壁垒——娘家的母亲,可以依赖的只有自己了。久木心中顿时涌起了一个热切的念头,死也要保护这个女人。

凛子现在唯一可以信赖的只有这个男人了,她扑到了久木身上,紧紧抱住了他。

由紧密连带感而拥抱在一起的两个人,不约而同地依偎着往卧室走,就像从空中坠落一般,双双倒在床上。

弹簧床轻轻颤动着,男人亲吻着女人被眼泪润湿的眼睛,她颤动的睫毛慢慢平静了下来,男人品味着带点咸味儿的泪水。

久木想要吸干女人满眼的泪水,来安抚她的悲伤。

尽管这样也无力改变目前的困境,却足可以安抚心灵深处的哀伤和痛苦。

用几分钟时间,慢慢吸干她眼中的泪水后,男人的嘴唇开始覆盖女人的鼻子和嘴唇,这时女人感觉酥痒,扭动起身体来,当他蜷缩的舌尖触到她那优美的鼻孔时,女人完全平静了下来,眼泪也沿着鼻梁流了下来。

他在这三处反复地亲吻着,直到眼泪被吸的痕迹不留。凛子终于从失去丈夫和母亲的悲伤中恢复了过来,藏匿在体内的热烈情感渐渐复苏了。

她配合着久木的动作,急不可待地自己脱掉裙子和内衣,以刚出生时的赤裸姿态喃喃着:

"你就把我毁掉吧……"

即使这是逃避一时的手段,却是女人主动奉献的,这一点是无可置疑的。

面对女人的哀求,男人快速开动脑筋,琢磨该采用什么法子才好。

女人希望彻底毁掉她,即是渴望彻底破坏掉以往的爱情常识、既成概念以及道德观念等等。

男人想到这儿,便摇身一变,成了一头狂暴的野兽,他拽开盖在女人身上的被单,趁着一丝不挂的女人刚刚露出胆怯之机,猛然抬高她的双腿,并向左右使劲儿分开。

六点刚过,房间里虽然还没有开灯,但窗边映照着夕阳的余晖,在微明之中,凛子雪白的大腿悬在半空。

"你干什么呀?"

女人有些狼狈,男人根本不加理会,抱住她分开的双腿用力拖向窗边,女人这才发现自己的私处正对着窗户。

"会被人看到啦……"

女人担心被人看到,其实从外边根本无法窥见公寓里一再上演的痴缠。

不过,这违背常态的做爱方式,超乎寻常的刺激了女人的羞耻心,激发出了异常的亢奋。

嘴里叫着"不要"、拼命地抗拒的女人,与不顾一切强行压制住她的男人之间,展开了一场短兵相接的肉搏战,两人都累得气喘吁吁,大汗淋漓。其实这也是实现女人要男人毁掉她的愿望的重要步骤。

渐渐地女人精疲力尽,不得不就范于被男人多次强迫过的淫荡姿势,颤抖着微微分开双腿,停止了挣扎。

此刻,女人的道德心与羞耻心已被破坏殆尽,对于有可能被人窥见的这种姿态,反而感到某种被虐的快感。

男人确认了这一点以后,终于下定决心,要一举侵入女人的肉体,向最后的破坏目标大举进攻。

女人的肉体虽然柔弱,在性爱方面却是多姿多彩且强悍无比,而男人身体虽然强健,性的样式却单调而脆弱。

当然,久木不是没有这种预感,事实上正因为有此顾虑,他才从一开始就先让女人尝一尝无比羞耻的滋味,将她消耗得精疲力尽,折磨得痛不欲生之后,才踌躇满志地发起总攻的。

可是一旦结合，才发现刚才那种程度的折磨手段非但无效，反而更煽动起女人的情欲，和自己的企图背道而驰。

男人一边拼命地挑逗她，不断在她的脖子、耳边留下热吻、咬痕，一边卖力地动作着。女人与之积极地配合着，越来越亢奋起来，终于伴随着一声长长的声嘶力竭的叫唤，攀上了巅峰。可是，到此为止是否如她所愿，达到了被彻底毁掉的状态仍然值得怀疑。既然要求彻底毁掉她，那么至少应该让她身心疲惫、体无完肤，才算完成了任务。

可是看现在凛子的状态，不仅没有受到丝毫毁坏，反而变成了一团欲火，追逐着欢愉的蜜糖而一往无前。

只要看看她这无所顾忌、精力充沛的姿态，就可以清楚地了解男人和女人的地位已经发生了逆转。最初男人为了彻底摧毁女人，勇敢地向女人发起了攻击，在使女人受尽屈辱之后攻城拔寨，可是到最后才发现，男人已经沦落为奉献了自己所有一切的单纯的雄性。

在这一瞬间，男人不但没能征服女人，反而被女人的肉体所俘虏，沦为欲罢而不能、备受奴役的阶下囚。

尽管如此，一浪高过一浪、高潮起伏不停地凛子此刻的表情，是何等的凄美绝伦！

凛子面相柔和，五官小巧玲珑，搭配得十分和谐。此时，这张挑逗男人好奇心的甜甜的脸庞忽而似哭泣，忽而微微含笑，忽而又仿佛痛苦不堪，真是变化多端，魅力无穷。

正是为了欣赏这一娇柔妩媚、勾人魂魄的表情，男人才倾其全部精力，控制着节奏，奋力拼搏的。

不过凡事终有完结时，疯狂的男女之爱终于接近了尾声。

只是这个终结不是由于女人，而是由于男人有限的性。如果任凭女人之所欲的话，男人就会沉溺于其无限的性之中，被驱赶到万劫不复的深渊中去。

现在的静寂，是男人精疲力竭的结果，并不是女人从快乐的阶梯上自动下来的。

一切都终结后，男人折尽箭戟，瘫在那里；女人得到充分满足后，更添迷人的风韵，丰腴肉感的肢体漂浮在欲海之上。

如果有人看到他们现在的状态，恐怕要怀疑"你把我毁掉吧"这句话到底是谁说的了。至少不会有人想到是在女人祈求下，男人才趁机进行这番疯狂的折磨和攻击的。

无论如何，现在可以肯定的是，在欢爱的开始与结束时，双方的状态完全逆转了，在最后这个阶段被毁得面目全非的正是男人自己。

说老实话，久木已多次亲身体验过这样的结局，早已不再惊叹了。然而，这次却是完全将自己置于对方的操纵之下了，久木不由恐惧起来。

照这样下去，早晚会彻底顺从女人的意志，迷失在享乐的世界里，最终被拽入死亡陷阱中去的。

现在，得到了充分满足的凛子，对开始时威猛强悍、最后变得温顺安静、被新的不安所笼罩的久木低声道：

"棒极了。"

凛子说完，又说道：

"真想让你把我杀了……"

只有成熟的女性才会在快乐的顶点想到死，男人难以体会这种快乐。即便有个别人能体会到，也只限于某种变态的行为，正常的男人几乎不可能达到那种程度的性满足的。

久木过去一直这样看，现在仍然没有变。他有时觉得性之死与自己完全无缘，有时又觉得近在咫尺。

例如，与女性结合或者只靠自慰得到一瞬间的快感之后，往往会感到无法形容的倦怠，陷入所有精气都被吸干了似的虚脱感。

过去自己只是简单地断定，那是由于射精之故，其实，那正是与死亡相联结的序幕吧？

年轻时他曾模模糊糊地想过，为什么那么勇猛的东西，在射精的同时就会一下子打了蔫，温顺下来了呢？

有时候他会为此而焦躁不安，不断地自我激励，但那种肉体的萎缩和精神上的坠落感，与死亡的感觉太接近了。

或许，射精过后向男人袭来的虚脱感，是在昭示爱欲与死亡衔接的自然逻辑吧？认识到这一点，放眼自然界就会发现，雄性几乎都在射精的同时骤然间变得气息奄奄，或徘徊于生死之境，直至死去。这种从射精到死亡的时间虽因物种不同而有些差异，却摆脱不了其背后笼罩的死亡阴影。

女人是在晕眩般极度快乐中梦见死，相比之下，男人则是在坠落下去的虚脱感中被死的阴影所缚，两者真是天壤之别啊！

这就是无限的性和有限的性之间的差距吧？或者说，是肩负着养育新生命责任的女人和只要播下种子便完成使命的男人之间的差别吧？

久木沉思着的时候，凛子将灼热的身躯从他身后贴了过来。

"我真害怕。"

"你以前也说过可怕的。"

凛子点点头。

"不过这回又是另一种害怕，就好像会死似的……"

"自然的……"

"是的,就是那种什么都无所谓了的感觉。真希望就这么死去。我觉得死一点都不可怕了,我真为自己害怕……"

凛子的话似乎有点矛盾,不过,在性的顶点会感觉到死的诱惑,却是千真万确的。

"我可不希望你死。"

"可是,我觉得已经足够了。活到现在知足了。"

凛子的声音越来越亮,像唱歌似的。

"现在是我最幸福的时候,是我整个人生中最美好的时候。"

久木不解,凛子又说:

"难道不是吗?我爱你爱得刻骨铭心,能够这样,就是死也瞑目了。"

"你才三十八岁呀。"

"所以说活到现在已经够了。已经足够了。"

以前凛子一直很在意自己的年龄,还说过,自己都三十八岁了,已经老了,死也无所谓了等等。

然而,在已过五十岁的久木眼里,她还相当年轻,人生还有很长的路要走,但是她本人也许另有感慨。想到这儿,久木说道:

"上年纪也有上年纪的乐趣啊。"

凛子坚决地摇着头:"也有人这么对我说,可是我的极限就到这儿了,再活下去就走下坡了。"

"也不能光考虑外表啊。"

"话是那么说,可是,对女人来说上年纪是很苦恼的。不管费多大劲儿,也越来越遮掩不住衰老,现在已经到了临界点了。"

"干吗说得那么严重呢?"

"我也不愿意这么想,可是每天都得照镜子吧。每次都发觉眼角又多了一条皱纹,皮肤也松弛了,越来越不上妆了。这些自己心里最清楚,只是不愿意说出来,尤其不愿意对喜欢的人说。"

"那你怎么还跟我说?"

"我不想说,可又想让你知道现在是我的巅峰时期。"

久木扭过头来,凛子微微向他露出了自己的胸部。

"自己说有点可笑,可是现在的我是最美的,这多亏了你。我的头发和皮肤很有光泽,胸部也还丰满……"

这段时期,正如凛子所说,她的皮肤更白了,润滑而柔软,浑身充溢着二十多岁女性所没有的甜美和妖艳。

"在你的滋润下,我变了。"

久木情不自禁地去抚摸那丰满的胸部。凛子小声说:

"我是要你牢牢记住现在的我。"

凛子的话像是一语中的,又好像自相矛盾。

她一面说自己现在最美,是人生的顶点,一面又说死也不在乎;一面说皱纹增多,皮肤松弛,一面又说现在是最好的时候,要记住现在的我。

一边说现在是最好,随后又马上加以否定。

如果现在最美好的话,应该想法继续维持下去才对呀。

"你为什么这么拘泥于现在呢?"

久木一问,凛子用疲惫的语调说道:

"也没什么特别的想法,也许是喜欢刹那间的感觉吧。"

久木脑子里立刻浮现出了"刹那间的"这几个字。

"我也觉得你有那么点……"

"不过对我来说,现在最重要。不抓住现在的一瞬间,以后过得再好也没有意义。这就是人生啊。"

"也许你说得不错。我没想到你那么崇尚刹那间。"

"这都是由于你的缘故。"

"是吗?"

"当然了。认识了你以后,我的身体也变成现在这个样子以后,才变的。"

"你是说只需要把握现在?"

"对,性本身就是为了瞬间的快感而燃尽所有的能量,所以说现在最重要,现在就是一切。"

看起来凛子的刹那主义是性感觉深化所引起的结果。久木这么揣测着,凛子又说道:

"现在不做,明天再说,或者明年再说,这样下去什么也做不成,我不愿意为此而后悔。"

听了凛子的话,久木又想起了水口。

站在凛子那一套刹那主义的立场上的话,一门心思工作的水口的生活方式又算什么呢?

久木简短地说了一下水口的病情。

"我去医院看望他时,他为没能充分地享受人生而后悔不已。"

"他的心情我非常能理解。"

凛子悄悄地倚在久木胸前。

"你后悔吗?"

"不,不后悔。"

"太好了。"

凛子的前额紧抵着久木的前胸。

"我们都不后悔,对吧?"

"当然了。"

"还是现在最美好啊。"

久木点点头,想到了自己的年龄。久木已过五十岁,比凛子大得多,对男人来说,现在是最后的辉煌。

以后不会有太大的升迁和提薪了,再没有可以引以为荣的事了。

作为一个男人,应该从雄性的本能出发追求情爱,为了能够品尝到为爱而活的真实感受,现在是自己最后的机会了。

"我也变了。"

"什么变了?"

"很多很多方面……"

凛子在和自己谈恋爱以后确实改变了。

她原来对性缺乏兴趣,冷漠、纯洁得令人难以置信,哪有现在这么贪婪。是久木使她像花朵一样盛开,引导她进入了性的乐园。凛子半带羞涩、半带懊悔地责怪过他,久木自然是乐于承受的。

然而,反观自己的内心,久木发现自己也在不知不觉中受到了凛子的巨大影响。在性的方面,久木原本是引导凛子觉醒的,现在却忽然发觉自己也深深地沉溺其中不能自拔了。起初真的是在打算教授对方的,但在途中被其魅力所吸引,如今已到了无法回头的境地了。

不仅是性的世界,从工作到家庭,和妻子的感情的破裂,不能不说是凛子的作用。凛子越是把自己的全部赌注压在爱情上,久木越是不能无视这一切,以至自己也陷入同样的困境中去了。

在人生态度上，久木渐渐开始倾向于要全力以赴地把握现在的刹那主义，这也是凛子的影响。

本来以为自己比凛子年长，一切都在自己的掌控之下，现在才发觉他们的位置已经互换了，被支配的是男人自己了。

"原来如此啊……"

久木叹了口气。凛子诘问道：

"你怎么啦？"

久木也没有什么特别的想法，只是两人日渐被周围所疏远，所驱赶着。在这一体验中，本以为自己在操纵对方，现在才发现自己被对方牵引着，他是在惊讶之余不觉发出了叹息，并不是在唉声叹气。

事到如今也只能听其自然了，久木对如此自暴自弃、自甘堕落的自己又惊讶又叹息。

"我现在的心情好得很。"

夜正阑珊，从黄昏到现在两人一直没有下床，耳鬓厮磨着。这种放浪形骸、非生产性的状态，不知为什么令人觉得全身心都得到了放松。

久木继续玩弄着凛子的乳头，凛子用手轻轻触摸着久木的东西，两人正沉醉于这种嬉戏的感觉中，突然，电话铃响了。

凛子一下子抱紧了久木。

只有他们自己知道这个房间的电话，再说他们也没有告诉过任何人。

可是电话为什么响个不停呢？

难道有谁知道他们在屋里而打来的吗？

久木想起刚才在窗边观赏过凛子的裸体，可是从外面不可能看得见。

铃声响到第六声时，久木欠起身，凛子抓住他胳膊说：

"别去接……"

响了十声后，咔的一声不响了。

"会是谁打的呢？"

"不知道。"

久木心里嘀咕起来，妻子绝不会知道这个房间的。家里会不会出了什么事呢？

以前久木每次外宿不归时都记挂着家里。

他总担心自己不在家的时候会发生不吉利的事，或是家人得了病，或出了交通事故等等。以前自己的去向都不瞒着妻子，可是，自从和凛子一起出去以后，就常常隐瞒去了哪儿，或随便编个饭店的名字。

万一发生了事故,联系不上就麻烦了。

这种情况下,打手机最方便,可是和凛子约会时,久木一般都把它关掉。

他不想让公司和妻子打扰他们。

所以只要久木不打电话,就不知道家里的情况,因此这个电话使他有些担心。

凛子也同样的不安。

且不说关系冰冷的丈夫那边,万一娘家的母亲有什么事,凛子也无从知晓。

这种别人无法和自己联系,只能自己跟别人联系的单行道,是外宿的男女最担忧的了。

如果真有心抛弃家庭,这种事可以不必在乎的,这只能说明他们还没有把家彻底抛开。

久木问凛子:

"这个电话号码你告诉过别人吗?"

"谁也没告诉呀。"

可能是有人打错电话了。

久木这么跟自己解释着,好让自己放心。可是他们沉浸在做爱余韵里的好兴致已经被电话铃声给破坏了。

"咱们起来吧。"

久木说道,凛子撒娇地说:

"我还想出去玩玩儿。"

他们二月中旬去日光之后,一直是在涩谷约会。虽说这个房间很适于幽会,可是像刚才那样来个电话,就会觉得心神不定,仿佛被人监视着似的。

"好的,过几天樱花就开了,咱们去赏花,找一家可以赏花的旅馆。"

"太好了,我真高兴。"

凛子高兴得啪唧啪唧地拍打起久木的胸脯来,然后,倏地把手伸到他的喉咙处……"不守信用,我就掐死你。"

"被你掐死,死而无憾。"

"好吧,那就掐死你吧。"

凛子双手扼住了久木的脖颈,但马上又放开了他。

"噢,对了,那个阿部定的书,还没给我看呢。"

那本记录审问阿部定内容的书,大家都爱看,现在不知被谁拿回家去看了。

"这次去赏花时,我把它给带去。"

久木又道:

"不过我有一个条件。"

"什么条件?"

久木伏在凛子耳边悄声说道:

"我要你把那件红内衣带来。"

"要我穿吗?"

"对。火红的颜色……"

久木对犹豫着的凛子命令道:

"这是带你去的条件。"

"知道了……"

隔一会儿凛子才点头答应,声音懒懒的。她嘴唇微微张开着,犹如春阴时节散落的花瓣。

## 落花

这绯红色真是一个不可思议的颜色,它既是浓艳明亮的朱红色,也是鲜血的颜色,叫人产生异样的兴奋感。此时此刻,久木就压在身着绯红内衣的女人身上,双手紧紧搂着她,宛如一个野兽拥着一堆鲜血淋漓的美味。

想想看,或许没有比樱花更幸福的花了。

从古代的平安王朝开始樱花就是百花之王,在《千家流传集》里也记载有"樱为花之首"的誉词。

阳春四月,烂漫绽开的樱花不愧是众花之魁,其盛开时的奢华,谢落时的潇洒,都同样惹人心醉,令人怜惜。

俗话说"樱花七日",樱花的寿命只有短暂的一个多星期,但它作为花却具有极强的表现力。因此,享有"壁龛之中必置此花,众花之中此花上座"的特殊待遇。

正因为如此,有时也遭人忌嫌。如千利休①等曾说过"茶室之中不准摆放过艳之花",禁止樱花进入茶道之境。

诚然,对于以"清寂"为本的茶道而言,樱花当然是"太过奢华而不适宜"了,千利休之流的怪癖由此可见一斑。

不可否认的是,樱花培育了日本人的美意识,一直成为激发人们丰富想象力的源泉。

至于久木自己,他既喜爱樱花的千娇百媚,又觉得樱花有些令人忧郁和讨嫌。这也许缘于花开花落来去匆匆,自己忙碌得无暇追随之故吧。

每年,随着樱花季节的临近,新闻媒体便开始报道"樱花前线"的消息,哪里的樱花开到了什么程度,哪里已经盛开等等。电视里不厌其烦地播出樱花胜地那些美不胜收的景色。可是,自己却没有一次能够去饱览樱花的风姿。

久木总想去那些樱花盛开的地方,悠然地赏赏花,可总是因工作繁忙一直未能如愿,只好将就看看街道两旁的樱花了事。

正如所谓"心不静"一样,樱花给他留下了没有片刻宁静、忙碌不堪的印象,直到樱花开败后,反而舒了一口气。

这样年复一年,他就产生了对樱花的焦虑感。不过,今年与往年有所不同了。

托现在工作悠闲的福,这个春天终于能够尽情欣赏一下樱花的美景了,这也是命中注定吧。

提起樱花,人们首先会想到京都之樱。如平安神宫的垂枝樱,白川河沿岸的装有灯饰的夜樱,以及醍醐寺、仁和寺、城南宫等许多以樱花闻名的寺院神社。

以前久木利用去关西采访和洽谈的机会,也走马观花地去过其中几处。

每一处都各有千秋,各处樱花争奇斗艳,尽显风流。这倒使久木觉得京都之樱过于品种齐备,毫无缺憾了。

这是因为京都之樱与周围的古寺、神社和庭院相映成趣,加上郁郁葱葱的群山怀抱,本来就很美的花,在这些绝妙背景的衬托下,更显得风情万种,犹如以附加值来悦人眼目的商品。

这样的樱花自然让人赞叹、欣赏,然而那些凛然不群,仅仅凭借本真之美的樱花,也令人难以割舍。其实,赏花者所不大涉足的清雅幽静处的樱花,更是别有情趣。

考虑来考虑去,久木想到了伊豆的修善寺。离东京不太远,是一个为群山所怀抱的温泉之乡,那里的樱花和旅馆都有着远离尘世的静谧。

久木决定了之后,就于四月份的第二个星期日,和凛子一起前往修善寺。

这个时候去赏花,比起往年来是迟了一些。不过,今年的四月偏冷,所以,花开的时间较长,伊豆一带正是盛开的时节。那一天,应该就是这样一个常言所说的"春醋之时",或曰"春阑之时"更为恰当的烂熟的春日。

久木和凛子一起离开涩谷的住处出发了。久木穿一身便装,浅驼色的开领衫,外套一件深驼色的夹克。凛子是一身淡粉色套装,领口配了一条花丝巾,戴着灰色的帽子,手里提着一个较大的旅行包。

头天晚上,凛子回家里取春装时,一定见到了丈夫,不过,久木还没来得及问她。

凛子家里后来到底怎么样了呢?

从计划这次旅行开始,久木就在担忧这件事,却没敢贸然打听,凛子好像也不大愿意说。

只是四月初,凛子从娘家回来后不久,说过一句"我妈叫我做个了断"。

这当然是指凛子和她丈夫的婚姻关系了。

三月中旬,当凛子的母亲知道了她和丈夫不和的事实,并且知道了凛子一直有外遇时,非常气愤,严厉地叱责了她,说这简直太丢人了,更没脸见亲戚了。

从那以后,凛子的母亲不能继续坐视女儿的不端行为,要她尽快解决婚姻问题。

可是,据久木所知,不同意离婚的是凛子的丈夫,他想以此来对妻子复仇,那么凛子的母亲对此怎么看呢?

久木一问,凛子只是不得要领地回答说"跟她说不明白的"。

凛子的母亲是老一辈的人,怎么理解得了做丈夫的明知妻子与人私通,却不同意离婚的心理呢?

"妈妈说,三个人见个面,好好谈一谈。"

三个人是指凛子和丈夫,还有凛子的母亲。

"妈妈喜欢他,以为谈一谈问题就会解决,我可不行。"

凛子又说:

"况且在那种场合,也不能谈论夫妻之间性不合的问题吧。"

如果追究起凛子为什么对丈夫不满的话,会从性格不一致追究到性不合的问题上。而凛子觉得,反正要离婚,不想把事情说得那么露骨。

和凛子家的情况一样,久木家也处于僵持的局面。

久木的情况恰恰相反,是妻子要求离婚,而久木迟迟不表态。和凛子的情感这么深了,应该同意才对,可是一到关键时刻,心情就十分复杂。既有对自己随心所欲导致的后果的内疚,也有要面对同事和亲戚的忧郁,还有凛子尚未离婚,自己先离的不安。最最重要的还是对彻底摧毁近三十年的生活现状的惧怕与畏缩。

归根结底,离婚是最后的一步,何必太着急。这种想法使得他停留在迈出那决定性的一步之前,同时他也在猜测着妻子现在是怎么想的。

久木回家时几乎不和妻子说话,只说些不得不说的话,便匆匆忙忙地离开家,并没有什么争吵。两人之间虽然冷冰冰的,又保持着微妙的和睦。

当然,这并不等于妻子的态度有所软化。四月初,久木回家时,妻子又提醒道:

"你可别忘了那件事啊。"

久木知道妻子说的是在离婚书上签字的事,就"嗯,嗯"地点着头,不置可否。

他正要往外走的时候,妻子又说:

"我从明天起也不在家住了。"

"你要去哪儿?"

久木不由自主地问道。忽然发觉自己已没有资格去过问妻子的行踪了。

"我的事与你无关。"

妻子的态度十分冷淡,拒人于千里之外。

女人的态度一向是爽快明朗的,分手时尤其坚决果断。无论是凛子还是妻子文枝,她们一旦决定分手,便绝不动摇。

相比之下,男人总是那么暧昧,不光是久木,所有男人都一样,都是优柔寡断,缺乏决断力。

事到如今,也该和妻子之间做个干脆的了断了。

久木一路想着这些事,来到了东京站,和凛子并排坐在车厢里。

他们坐的是新干线"回音号"。在三岛下车后,换乘伊豆箱根线前往修善寺。虽说正值赏花时节,因是周日,车里很空。

以前他们都是星期六出发,星期日回来。这次为了错开周末的高峰时间,改为周日出发,周一回来。多亏了工作清闲,才能这么悠然地去旅行。现在的久木不再为闲暇而嗟叹了,他要充分地享受这种悠游。

从三岛出发的电车也很空,途经长冈、大仁、中伊豆,一直向山间驶去。住家越来越稀少,满山遍野的樱花呈现在眼前,大多是染井吉野樱,一簇簇盛开在葱绿的山坡上,犹如一个个粉红色的花斗笠。

"我早就想坐这样的电车了。"

正如凛子所说的那样,电车每站都停,偶尔还要等上一段时间,听到列车长示意发车的哨音响后才开动。这真是一条适合慵懒的春日午后之旅的地方线路。

电车与沿着山边的河流平行前进。天城山脉的水流汇成狩野川,然后注入了骏河湾。河岸上到处是垂钓的人。还不到捕获香鱼的季节,河水清澈见底。难怪这里是闻名的山崀菜产地。

他们入迷地眺望着城里难得一见的群山、樱花和清流,三十分钟后到达了终点站修善寺。

据说一千多年前,弘法大师发现了这个古老的温泉之乡。《修禅寺物语》上也记载有这里是与源氏一族有关联的地方。也许这里温泉多的缘故,樱花已开始凋谢,花瓣纷纷飘落在久木和凛子的肩头。

提起修善寺,人们会马上想到伊豆的温泉乡。其实,值得一提的还有由空海建立的修禅寺这样历史悠久的寺庙。

从修善寺车站坐车往西南方向去,过一座朱红色的虎溪桥和一条马路,几分钟就到了修禅寺。登上正面高高的台阶,穿过山门,便是竹林掩映的寺院,正殿位于寺院的最里面。

八百年前，源范赖被兄长赖朝幽禁在这个寺内，后来遭到梶原景时袭击，自杀身亡。那以后，赖朝之子赖家也被北条时政杀死在虎溪桥畔的箱汤。冈本绮堂的《修禅寺物语》就是根据这一悲剧写成的。后来，北条政子为了悼念儿子，在附近的山脚下修建了指月殿。

正殿宽展的屋顶，造型优美流畅，与后面郁郁葱葱的山树搭配得十分和谐，就像高贵的女性一样风姿绰约，看不到一点血腥的影子。

久木和凛子参拜了寺庙后，又过桥去参拜了山脚下的指月殿和源赖家的墓地，然后驱车返回。

五点已过，虽然太阳已经西斜，仍是春色明媚。

沿着温泉镇狭窄的街道往前走，道路渐渐宽了起来，远远看到了今天要下榻的旅店。

穿过入口处厚实的拱门，可望见里面有着山形屋脊的宽敞玄关。车子在店门外面停下，女招待立刻迎出来把他们领了进去。

宽敞的门厅里摆放着木纹清晰的木桌子和藤椅，从门厅可以看见院内的水池。

一看见浮在池上的表演能剧的舞台，凛子不禁赞叹着"好美"。上千平方米大的池塘向左右延伸，倒映出了双层房梁的能剧舞台的幽玄姿态，舞台后面的山崖被苍郁的树林所覆盖。

好比穿山越岭，逆流而上后见到了福地洞天，凛子目不转睛地看入了神。

女招待把他们领到了二楼最里面一个把角的房间。一进门是四个榻榻米大的更衣间，里面的和式房间有十个榻榻米大，靠窗子有一块地板隔间，从那里能够看见水池的一角。

"你来看，樱花都开了。"

久木跟着凛子走到窗边，紧挨窗子左边的那棵樱树，有二层楼高，近在咫尺，伸手都能够到。

"预约房间时说过要来赏花，可能是特意为咱们准备的这个房间。"

久木也是头一次来这个旅馆，以前出版社的朋友曾说起修善寺有个带能乐堂的幽静旅店，便请他介绍到这儿来的。

"快看哪，花瓣落了一地。"

到了傍晚微风乍起，花瓣飘落到凛子伸出窗外的手上，又飘落到下面的池里去了。

"真安静……"

到了这里，工作、家庭、离婚等等仿佛都成了极其遥远的事情了。

久木呼吸着山谷里的清新空气，悄悄地从背后抱住了正在凝视着樱花的凛子。

凛子躲闪着他,生怕被人看到,其实,窗外只有盛开的樱花和一池闲寂的清水。

久木轻轻地吻了她之后,附在她耳边低声说道:

"把那个带来了吧?"

"哪个呀?"

"红内衣呀。"

"你的命令谁敢不听。"

凛子说完,离开窗边进了浴室。

剩下久木一个人在屋里欣赏着窗外飘落的樱花,点燃了一支香烟。

窗户大敞着,却一点不觉得冷。空气中飘溢着赏花季节的浓郁气息。

舒适的感觉中伴随着倦怠,久木吟诵起了一首和歌。

"仰望二月月圆时,宁愿花下成新鬼。"

这是自动辞官后,浪迹天涯,漂泊一生的西行①的一首和歌。

女招待沏了一壶香茶。两人品茶小憩了片刻,便去泡温泉了。

男女浴池在一楼的走廊两侧,久木继续往前走,直奔露天浴池。

已经六点多了,天色逐渐变深,还没有完全黑下来,这个时候,露天浴池里空空荡荡。

大概是周日晚上,住宿的客人很少的缘故吧,池里静悄悄的,只有岩石上滴落下来的水声有节奏地响着。

"咱们就在这儿泡吧。"

久木提议,凛子犹豫着。

"没关系的。"

要是有人来泡的话,一见他们在这儿,多半也会回避的。

久木又说了一遍,凛子才下了决心,走到一边去,背过身脱起衣服来。

这是个三十多平方米大的椭圆形天然浴池,由岩石堆砌而成,顶棚覆盖着苇席,四周也用苇席围了起来。这种似有似无的遮拦,平添了自然天成的情趣,使人心旷神怡。

久木背靠着岩石,伸开四肢浮在水里,凛子拿着毛巾,小心翼翼地将脚尖一点点伸进浴池里。

久木等她全身浸入池中后,就叫她到池边来。

"你瞧。"

仰靠在露天温泉池边,朝上面一看,已经出了苇席顶棚的范围,可以直接看到夜空。正对着脑袋上方是刚才看到的那棵盛开着的樱花树,衬托在暗蓝的天空下。

"我从没见过这么蓝的天空。"

夜空里没有星星也没有月亮,樱花的花瓣从空中飘然而降。

凛子刚要伸出手去接那片花瓣,又有一片落了下来。

暮色中追逐花瓣的凛子的白如凝脂的肉体,就像一只蝴蝶在暗夜中飞舞,妖艳美丽。

泡过温泉后,开始吃晚餐。

他们感觉有些凉意,又套了件和服外褂,关上了窗户。屋里的光线照出了左边那株摇曳的樱花树。

两人一边观赏夜色中的樱花,一边吃了起来。小菜也是时令的清煮款冬和芝麻拌当归,增添了不少情趣。

久木先要了瓶啤酒,接着又换成了当地产的辣口烫清酒。

女招待斟了第一杯酒后就离开了,于是,凛子勤快地一杯接一杯地给久木斟酒。等带鱼芹菜火锅上来之后,她又忙着调控火的大小,看煮得差不多时,为他盛到小碗里。

久木看着凛子麻利的动作,忽然想起了在自己家里吃饭的情景。

以前还说得过去,但最近几年,即便和妻子一起吃饭,她也从没有这么勤快周到过。尽管多年在一起而感情倦怠,可是竟有这么大的差异吗?

久木现在才感受到有爱与没有爱的迥然不同。那么,凛子的家庭又是怎么样的呢?

她在家里和丈夫一起吃饭的时候,难道也是那么冷淡吗?甚至早已不和丈夫一起吃饭了?

久木这么漫无边际地想着,给凛子倒上了酒。

"两个人一块儿吃,觉得特别香。"

"我觉得也是。不管多么豪华的料理,在多么高级的地方吃,和不喜欢的人一起吃也索然无味了。"

久木点着头,又一次感到了爱的可怕。

以前也曾热烈地追求过妻子,可是现在两人的关系冰冷,婚姻面临崩溃;而凛子也曾信任过丈夫,愿意和他相伴终生,现在却是劳燕分飞。

从两人现在的婚姻状态来看,就像刚刚酒醒的男人和女人。清醒后的他们又相互敬起酒来,不久又要喝得醉过去了。

只喝了一瓶啤酒和几小壶清酒,久木就昏昏然起来。

也许和凛子两人一起喝,气氛融洽,就容易喝醉。

久木抬头看了眼窗外,左边那株樱花树还在摇曳着。

"到外面去走走吧。"

从一楼前厅应该可以看到水池那边的能剧舞台。

趁着女招待撤席的工夫,两人在旅馆的浴衣外边披上件和服外褂,出了房间。

从楼梯上下来,穿过刚才去过的露天浴池入口,再下一个台阶,沿着走廊走过去,便是旅馆前厅。

前厅右边的大门敞开着，有一个木板搭成的露台伸到水池上面。

久木和凛子坐在露台的椅子上，不觉叹了口气。

刚到达旅店时，他们一见到浮在池中的能乐堂就叹息了一声，但这次叹息和刚才有所不同。

入夜后，露台栏杆的四角都点着灯，另有灯光打到一池相隔的能剧舞台。面积约六平方米见方的能剧舞台，地面像镜子一样光亮，舞台背景是一株苍劲的老松。

能剧舞台左边有一个旧式建筑样式的更衣间，与舞台之间由一个吊桥连接起来。这一切都倒映在池水中，宛如一幅优美的画面。

据说这能剧舞台原来在加贺前田家的宅第内，明治末年迁到了福冈八幡宫，后来又迁到了这里。

从那以来，在这个熊熊篝火环绕的能剧舞台上，不断上演了能乐、传统舞蹈、琵琶演奏以及新内节等等。今晚没有演出，舞台上寂静无声，加上山中寒气，愈加感觉清冷，更添了幽玄情趣。

久木和凛子依偎着，凝视着舞台，恍惚觉得戴着可怕面具的女人和男人就要从那幽暗的舞台后面现身了。

他们是去年秋天看的薪能。

去镰仓时，他们观看了在大塔宫寺内上演的薪能，之后下榻七里浜附近的旅馆，住了一夜。

那时他们正处于如胶似漆的阶段，不过还没有像现在这样陷入困境，幽会之后便回各自的家，怕配偶知道自己的私情。

从那时到现在，不到半年，两人的家庭都濒临崩溃了。

"那次演员戴的是天狗面具。"

在镰仓看狂言时，两人还笑得出来。

"可是，这儿不大适于演狂言。"

在这个深山里的幽玄舞台上，似乎更适合上演能够沁入人心、挖掘心底欲念的剧目。

"好奇怪……"

久木望着池面摇曳的灯光喃喃自语道：

"从前的人一到了这里，就会觉得远离了人间了吧。"

"一定有私奔来这儿的。"

"男人和女人……"

久木说完，把目光投向能剧舞台后面那黑暗寂静的群山。

"咱们两人住在那里的话也是一样的。"

"你是说早晚有一天会厌倦吗？"

"男人和女人生活在一起就会产生怠惰的感觉。"

说实话，现在久木对于爱情是怀疑的.至少不像年轻时那么单纯，以为只要有爱，就能够生生世世永不变。

"或许热烈的爱情不会太持久。"

"我也这么想。"

凛子点点头，久木反倒有些狼狈。

"你也这么看？"

"所以想趁热烈的时候结束啊。"

可能是受了灯光映照下的能剧舞台的诱惑，凛子的话有点诡异，阴森森的。

久木觉得一阵发冷，把手揣进了怀里。

花季天寒，入夜以后凉意渐浓了。

"回去吧……"

在这儿待下去的话，仿佛会被舞台上的妖气迷惑，被拽往遥远的古代时空中去。

久木站起来，又回头望了一眼能剧舞台，才离开了露台。

房间里很暖和，靠窗边铺着被褥。

久木躺在铺好的被褥上面，闭目养神，忽然抬眼看见窗边的樱花似乎在窥视着自己。

今晚的一切，恐怕要被樱花偷看了。他叫了一声凛子，没有回音。

他又迷糊了一会儿，凛子从浴室出来了。她已脱去外褂，只穿着一件浴衣，头发披散在双肩上。

"你怎么不穿那件内衣？"

久木一问，凛子站住了。

"真要我穿？"

"你不是带来了吗？"

凛子没再说话，转身去了客厅。久木关了灯，只剩下枕边的座灯，再次将目光投向窗外。

在深山旅馆里看过能剧舞台后，他等待着女人换上红色内衣。

自己似乎是在追求幽玄和淫荡这样完全相悖的东西，实际上，两者之间却有着意想不到的共同点。比如能剧里分为"神、男、女、狂、鬼"五种角色，其中无不隐含着男女的情欲。

刚才久木倾倒于能剧舞台的庄严肃穆的同时，又被一种妖冶、艳丽的感觉占据了。

事物都有表里两面,庄重的背后是淫荡,静谧的内面是痴情,道德的反面是悖德,这些才是人生最高的逸乐。

久木正沉浸在遐想中,拉门开了,身裹绯红色内衣的凛子出现了。

久木猛然坐起来,瞪大了眼睛。

包裹在绯红色内衣里的凛子的表情像幼女一样天真无邪。

在地上昏暗座灯的映照下,凛子长长的身影直达房顶。久木一瞬间产生了错觉,以为是身着女装的能剧演员登上了舞台。

他觉得不可思议,定睛一看,凛子的脸渐渐变成了一张成熟女性的娇媚、忧郁和冶艳的脸,活像能剧中的女人面具"孙次郎"。

一身绯红、戴着面具的女人默默地慢慢走近目瞪口呆的久木,双手伸向他的脖颈。

久木不由蜷缩起身子,使劲晃了晃脑袋,好容易才清醒了过来,大大地喘了一口气。

"真吓了我一大跳……"

凛子听了嫣然一笑,渐渐又恢复了往日的柔媚表情。

"简直跟能剧里的女人一模一样。"

"刚才看了能剧舞台的关系吧?"

"可是也太像了。"

久木以前见过画在黑底色上的女人面具"孙次郎",那温婉柔美的表情中,蕴藏着炽热的情欲和淫荡,凛子现在表情就是这样的。

"越是文静矜持越显得淫荡。"

"你说谁哪?"

"能面呀……"说着久木突然搂住了凛子。

凛子毫无防备,倒卧在了被褥上,久木扑上去压在她的身上,在她耳边小声说:

"我要剥下你的面具。"

男人现在变成了魔鬼,要把隐藏在女人内衣里的淫欲揭露出来。

这绯红色真是不可思议的颜色,它既是浓艳明亮的朱红色,也是鲜血的颜色,令人产生异样的兴奋感。

尤其是用这种绯红色做成的内衣,穿在皮肤白皙而矜持的女性身上时,凡是具有雄性本能的男人,没有不心荡神移的。

此刻,久木就压在身着绯红内衣的女人身上,紧紧搂着她,宛如野兽拥着一堆鲜血淋漓的美味。

那是看到红色的激动,同时也是感谢女人的顺从,感谢她满足了男人好色的欲念,老老实实把内衣带来。

久木的肉体紧贴着红色绸衣，感受着滑溜溜的感觉。然后他慢慢放松了一些，一只手伸进了隐约看得见乳沟的衣襟不整的内衣中去。

"慢着……"

凛子知道早晚要被脱掉内衣，但怕久木太过性急，便按住入侵的手，喘了口气，说：

"这件衣服可来之不易呢。"

久木的手始终不离开凛子的胸部，问道：

"是不好做吗？"

"不是。和服店送来时，我恰好不在家，是他收的衣服……"

"他看见了？"

"他一看是红色的内衣，吃了一惊，凶巴巴地问我干什么用。"

"平时穿在和服里面也可以嘛。"

"不过他好像猜着了，我要穿着它和别的男人睡觉……"

凛子说她和丈夫之间已经好几年没有性关系了，可是，丈夫见到妻子的绯红色内衣，怎么还会气得暴跳如雷呢？

"后来呢？"

"他骂我是个婊子。"

久木觉得就像在挨骂一样，不由自主地从凛子胸部抽回了手。

诚然，这种大红内衣一般是妓女们穿的。卖笑的女人为了勾引和挑逗男人，常常穿这种鲜艳的红色内衣。

从这点上来说，这衣服的确不雅，但把妻子说成是"婊子"也未免太过分了。

可是，站在凛子丈夫的立场，他的心情也不难理解。长时间回避丈夫的妻子，却为了别的男人特意定做了红色内衣，当丈夫的自然会怒火万丈了。

"后来呢？"

久木又害怕又想听。

"你被他打了？"

"他不会打我，说要把衣服撕碎。"

"这件内衣？"

"我死活不让。于是，他突然把我的双手捆了起来……"

凛子摇着头，实在不愿再说下去了。

"我实在说不出口。"

"都告诉我。"

久木请求道。凛子轻轻咬了一下嘴唇，说：

"他把我一下子剥得精光……"

"要和你做爱？"

"他才不会呢。他怎么会和婊子做爱呢？他把我晾在那儿……"

久木屏住了呼吸，听凛子往下说。

"他说，对你这种淫荡的女人就得这样惩治。然后拿来了照相机……"

"他给你照了相？"

凛子点点头，久木眼前仿佛出现了一幅不堪入目的春画。这个情景实在太异样太凄惨了。因嫉妒而疯狂的男人以此来发泄自己的满腔憎恨和欲望。

"我受不了啦。"

凛子突然喊了起来。

"我死也不回家了。"

凛子坚决地说道。泪水从紧闭着的眼里涌了出来。

即便发现了妻子的不忠，丈夫也不至于捆起妻子的双手，剥光她的衣服啊。

更有甚者，他不直接鞭挞她的肉体，竟然用照相来羞辱她，不愧是冷酷的科学工作者特有的报复手段。

难怪凛子再也不愿意回家了。绝不能再让她回到那种男人的身边去了。

久木听着凛子的诉说，简直无法相信她的丈夫会这么残忍。他一想到凛子受到惩罚的样子，热血直往头上涌。

久木抚摸着包裹着凛子身体的丝绸内衣想，这件内衣同时使两个男人疯狂，一个因为憎恶，一个因为怜爱。

或许，这绯红的颜色，就是把男人们引入疯狂世界的凶器。

想着想着，久木像是受到了凛子丈夫的刺激，内心萌发了新的欲望。

既然凛子被她丈夫那样蹂躏，那么，自己就要比她丈夫更加倍地对凛子施虐。

久木对自己这么说着，慢慢抬起上身，盯着身穿绯红内衣的凛子瞧了一会儿，便打开了她的衣襟。

凛子倾诉了一切后，闭着眼睛一动不动地躺着。在丈夫面前死命反抗的她，对所爱的男人的摆布，一点没有不顺从的意思。

久木因此感到了安心和轻微的优越感，又解开了她的腰带，掀开了内衣下摆。

刹那间，久木眼前仿佛闪过了赤裸的凛子被丈夫拍照的那一幕。

此时此刻，从绯红内衣中露出了凛子那雪白而线条优美的两条大腿，会不会就连这两条大腿根部的神秘所在，都暴露在了她丈夫的照相机之下了呢？

一想到这里，久木顿时欲火升腾，一下子扑到凛子身上，把脸埋进她的双腿之间。

正如施虐与被虐比邻而居一样,怜爱与惩罚也是密不可分的吧。

久木把脸埋在凛子的双腿之间,嘴唇覆盖在栖息于那里的粉红色花蕾上面。不过,他只是用柔软的舌尖左右轻轻滑动,不即不离地轻触着最敏感的花蕾顶尖。

这种舌尖的轻轻接触犹如温柔杀手,虽然与暴力或强迫全然无关,却使凛子备受煎熬,她饮泣着扭动起身体来。

起初她还一直拼命忍着,只发出抽丝般的呜咽声,渐渐变成了阵阵喘息,伴随着身体轻轻地颤动,她挺起上身,被舌头包裹着的花蕾渐渐变热、膨胀起来,眼看就要爆炸了似的。

尽管男人已感知她距离最后的爆炸已相距不远,仍双手紧紧抓住她的双腿,嘴唇紧紧贴在她的花蕾上毫不懈怠,不管她怎么求告"不行了""不要了""饶了我吧",他也绝不肯松开嘴。

原本男人就是为了惩罚她,才采取这一酷刑的。

都怪她自己粗心,被她丈夫发现了红色内衣,才使自己宝贵的地方遭受蹂躏。因此,久木要对她施以这一酷刑来惩戒她,无论她怎么哭泣、哀求、挣扎,也不可能得到宽恕。

现在女人的所有感觉神经都集中在了胯间那个点上,欲火熊熊焚烧,就在即将抵达忍耐的极限之时,男人意识到之后,突然想起了什么似的停止了舌尖的爱抚。

如果就此让她登上峰顶的话,那就不成其为酷刑了。男人要对她施以更加残酷百倍的刑罚,不把她折磨得奄奄一息、痛哭流涕,就不能算完。

男人突然间停下舌头的爱抚,女人觉得奇怪,摇晃着刚刚燃烧起来的身体以示抗议。

女人由于刺激突然中断而不得不止步在即将登顶的一步之遥,可就在亢奋稍退之际,男人的舌头重新开始启动,使女人陷入慌乱。

由于早已达到了相当的热度,因此花蕾即刻被烈焰覆盖,可又是在快到达顶点的时候被推了回来。就这样,女人无数次往返于峰巅和谷底之间,就像在深不见底的无间地狱中受着无穷无尽、没有归期的磨难一般。

凛子在无数次地往返于欲上而不行、欲罢又不能的跌宕起伏之中。到底经受了多少遍的磨难,就连久木也数不清,更不要说凛子了。

当终于苦熬苦撑到了最后,从长久的地狱般折磨中获得解放,得以彻底解脱之时,凛子长长发出了一声犹如远方响起的雾笛般低沉而哀怨的叫唤,身体绷得像一根木棍一般僵直,魂魄似飞天而去。

一时间久木还以为凛子停止了呼吸,慌忙抬头窥视她的脸,只见她紧闭的眼睑颤动不停,红色内衣凌乱不堪,当他看到从敞开的胸襟露出的胸部在微微起伏,才舒了一口气。

看样子刚才对凛子实施的酷刑，收到了极其完美的效果。

这种酷刑最妙的一点就是，比起女人的痛苦挣扎来，男人的能量消耗得比较少。采用这种方式的话，男人就可以反复多次对女人进行折磨。

"这个罪，够受的吗？"

久木洋洋自得地问凛子。

"够不够啊？"

接着又问。

凛子突然举起拳头，对着久木，也不管是什么地方一顿乱打，然后扑到了他身上。

"快点呀……"

用强硬的口气逼着他的凛子，此时披头散发，简直就像个母夜叉。由于他长时间、不怀好意地热吻花蕾，所以只有那一个点异常兴奋，并获得了快感，而最关键的花蕊虽然早已炙热不堪，却未得到抚慰，她怎么能善罢甘休呢。

她把整个身体更紧地贴了上来，久木正要做出回应，突然想到，要是就这么轻易地顺从了她，前面实施的那些惩罚就前功尽弃了。

在最后结合之前，还应该再给她来点更要命的。

男人主意已定，便紧紧抱住火热的女人，不管是哪儿，一通狂吻，从喉咙吻到肩头，最后从胸部吻到乳房。

他一会儿使劲地吮吸，一会儿用牙齿噬咬，久木要在凛子身上留下他抚爱过的痕迹。

先是刺激女人柔软的花蕾，继而又从脖子到前胸狂风暴雨般狂吻了一番之后，久木才与凛子结合在一起，可是久木总是觉得他仍在追逐着前方凛子丈夫的背影。

当然久木没有见过他，只是凭借凛子的诉说来想象他的模样，可是他陷入了一种错觉，仿佛通过凛子的肉体这个媒介在和他搏斗。

话虽如此，其实这场争斗的胜败是明摆着的，再怎么说她丈夫也是失败者，自己是胜利者。尽管如此，久木还要彻底地从凛子身体里铲净丈夫的残渣。

明知对方软弱无力，不是自己的对手，却偏要争夺，没有比这种争夺更令人愉快和兴奋的了。尤其是性的方面，自己占有绝对的优势，这就更激发了男人的自信心和勇气，更加威风八面了。

久木的争夺心也传染给了凛子，她已经记不清多少次到达了峰顶，一直在哭求"我不行了""不要了"！可这时，男人真正成为高居女人之上的雄性，尽情翻弄了一通之后，终于耗尽了所有的精力，这场疯狂的盛宴终于结束了。

窗外盛开的樱花目睹了这一幕翻江倒海般的疯狂的全过程。

然而，久木也好，凛子也好，都早已忘记了樱花的存在，酥软地瘫在乱成一团的被子上。

还是久木最先从情爱之后的余韵中复苏了过来。

他缓缓抬起身,一眼看到身旁的凛子,就从她后背贴到她耳边轻轻问道:

"怎么样?"

凛子闭着眼睛点点头。

"真是受不了……"

先是从对花蕾长长的亲吻开始,之后经过连咬带啃的热吻之后才结合到一起的。久木询问经历了这一过程,感觉怎样时,凛子仍像刚才一样点了点头。

"我都说不行了,你还是不停……"

"这是对你的惩罚呀。"

"最近你老是自行其是的,我好像已经被你给训练出来了。"

凛子撒娇地说着。

久木觉得女人真是好奇怪,刚才还扭动身体呻吟个不停,一副气息奄奄的样子,可事过之后,不但不痛恨这件事,反而非常满足,甚至放话叫你最好是停都别停下来。

"真搞不懂。"

久木叹道。

"你还嚷嚷再不停下来,我就要死了呢。"

"真的那么感觉呀。"

"你愿意那样吧?"

"只要是你,我什么都愿意。"

久木听到女人的夸奖,心里很得意,不过他又觉得女人的身体真是深不见底,令人生畏。

如今的凛子,对性的包容就像大海那样广渺无垠,无论怎么折磨、怎么虐待她,都被她吸入体内,融进愉悦的海洋里去了。

久木抬起上身,额头靠在凛子胸前。

久木想给凛子整整衣襟,一只手伸进她的肩头,摸到内衣的袖子,轻轻一拉,谁知从腋下到袖口开了线。

"怎么破了?"

久木要把手伸进裂缝里,凛子推开他的手。

"被他撕的!"

"他?"

"他生气时撕开的,我大概缝了缝……"

久木再次摸了摸红色内衣的裂缝,仿佛那就是凛子夫妻间的红色伤口。

凛子好像很在意这件事,起来去了浴室。

几分钟后,她又急急忙忙地从浴室出来。

"麻烦了。"

久木以为出了什么大事,回头一看,见凛子两手掩着内衣领口,"这牙印是你咬的吧?"

那地方的确是久木刚才用力吸吮过的地方。

"你看呀!"

凛子坐在久木面前,打开前襟,露出了胸脯。

"你瞧,这儿,还有这儿。"

凛子的脖子左边和胸部、乳头四周都有红色的血印。

"让我怎么回家呀。"

"你刚才不是说绝不回家了吗?"

"家当然不回去了,可这样子也出不去门哪。"

"没关系的。"

久木抚摸着凛子脖子上的发红的印痕说道。

"很快就会下去的。"

"很快,是多长时间?"

"两三天或四五天吧。"

"是吗?这怎么办哪。我明天还要回娘家呢。"

"用粉底掩盖一下就看不见了。"

"哪盖得住呀。你干吗这么做?"

这还用问,就是为了不让凛子再回到丈夫身边而留下的吻痕,还因为嫉妒凛子那无穷无尽的贪欲。

一切都按久木所期望的那样顺利实现了,可凛子说出"回不去"这句话时,他才发觉事态越来越不好收拾了。

"我明天不去见妈妈了。"

"不是已经约好了吗?"

"我母亲要我再好好跟他谈一谈,我明天打算明确跟妈妈说我不愿意的。"

看来凛子对丈夫已没有一丝留恋了。

"你呢,下一步打算怎么办?"

凛子把矛头转向了久木。

"你也回不了家了吧?"

"那当然。"

"你不是时常回去吗?"

"我只是去拿换洗衣物和寄到家里的邮件……"

"那也不行,我不同意。"

凛子说着,突然把脸靠近久木胸口,在他的乳头周围咬了起来。

"好痛……"

久木慌忙往后躲闪,凛子仍然一点不松口。

"我也要让你回不去。"

"你不这么做,我也不会回去。"

"可是男人太善变了。"

凛子更加使劲地又吸又咬的。

久木忍着微微的疼痛,心里对自己说,现在只有一条道走到黑了。

好一会儿,凛子才慢慢松开了嘴,用手轻轻地摸着咬痕说:

"我使那么大劲儿咬还是不行……"

和凛子柔嫩的皮肤相比,久木胸前的齿痕很浅,凛子对此颇有些不满。不过细看的话,乳头上还是留下了红红的牙印。

"你躺着不许动。"

久木顺从地躺了下来,凛子拿起红色内衣的衣带,缠到了他的脖子上。

"不要乱动啊。"

说着凛子慢慢拽紧了带子。

"喂,喂,别胡闹,要出人命的。"

久木以为凛子在开玩笑,可是她更加使劲儿了。

"放心吧,我哪有什么劲儿啊。"

凛子突然骑到了久木身上,揪着带子的两头质问道:

"你说,是真的不回家吗?"

"刚才不是说了嘛!"

久木将手指头勉强伸进脖颈与带子之间,以防她继续勒紧。

"如果你背着我回去的话,我真的会杀了你!"

"我不回去,不回去……"

久木好容易挤出一句,憋得直咳嗽。

"快松手,别像阿部定那样啊。"

凛子的手劲儿放松了一些,可带子还在脖子上套着,打了个结。

"你说要给我看的那本书呢?"

"我带来了。"

"我现在要看。"

"就这个姿势?"

"对啦。"

久木没办法,脖子上系着红带子,爬到皮包那儿,从里面拿出那本书,又回到了床铺上。

"该把带子解下来了吧?"

"不行,就这么念!"

凛子手里揪着带子,以训斥的口吻说道:

"你躺下,给我念最让你兴奋的内容。"

这是一幅多么怪异的景象啊。

在夜深人静的修善寺一家客店里,一对儿男女躺在那里,中间隔着一本书。男人的脖子上缠着一条红衣带,女人揪着带子听男人念书。

这本书是一个沉溺于性爱的女人,最终杀死了心爱的男人,并割去了他要害之处后逃走,被捕后警方审问她时的笔录。

"很长,我从开始的地方念。"

这份记录报告有五万六千多字,通过阿部定坦率大胆的陈述,生动描绘出了这个女人赤裸裸的内心,以及她那份深厚而沉重的爱。

"好,开始念了。"

久木平躺着打开了书,凛子依偎在他胸脯上。

笔录一开始是检察官对这起事实确凿的杀人及尸体损伤案进行预审,询问被告对犯罪事实有何陈述;被告回答,正如你们所宣读的那样,没有出入。然后,以一问一答的形式开始了讯问。

问:你为什么要杀死吉藏?

答:我太喜欢他了,想自己独占他。可是我和他不是夫妻,只要他活着,就会接触别的女人,把他杀死的话,别的女人就一个手指头也碰不了他了,所以就把他杀死了。

问:吉藏也喜欢被告吗?

答:他当然喜欢我,但如果用天平来称的话,一头四分,一头六分,我是六分。石田(吉藏)总是说,家庭是家庭,你是你。我家里有两个小孩儿,我也不年轻了,不能和你私奔。不过,即使再寒酸,我也会给你找个住处,或者包个房间,咱们就能随时见面,永远快乐了。可是,我受不了他这样模棱两可的回答。

久木尽量平淡地念着,凛子也屏息静气地听得入神。久木见了,继续念阿部定迷上石田吉藏的过程。

问:被告为什么如此迷恋石田呢?

答:要说石田哪儿好,我也说不上来,不过他长得真是没得挑,我从来没见到过这么风流倜傥的男人。一点不像四十二岁的人,顶多二十七八岁的模样。而且心地特别单纯,为一点小事都要激动半天,脸上藏不住事,就像婴儿那么天真无邪。不管我干什么,他都喜欢,特别依恋我。还有,他床上功夫也相当了得,他懂得女人,干那事的时候,能长时间控制自己让我充分满足。他精力过人,能连着来好几次。我也曾试探过,看他是不是真心喜欢我才跟我做爱,还是仅仅靠技巧。这件事情说出来实在让人脸红。四月二十三号,也就是我从吉田家跑出来的那天,因为来了月经,我那儿有点脏,可是,石田照样不停地又是摸,又是舔,一点都不嫌脏。二十七八号左右,我们住在"田川"旅店的时候,我给他做了香菇汤,对他说:"听人家说如果两个人真心相爱的话,就会拿香菇、生鱼片蘸着那儿吃。"于是石田就说:"我也会为你这么做的。"然后,他就真的用筷子把汤里的香菇夹出来,塞进我前边那儿去,蘸上蜜汁后放到饭桌上。等我们嬉闹了一通后,石田吃了一半,我也吃了一半。我觉得石田真是可爱极了,我用力抱住他说:"我真想杀了你,让你和谁都干不成那事。"石田就对我说:"为了你,我死也愿意。"

问:那些天你们一直住旅馆吗?

答:五月四五日住在"满佐喜"。他说钱花光了,要回家去取。我赌气说要把他的那东西割下来。石田说:"回家我什么也不干,我只和你干。"他回家后,剩我一个人时,嫉妒和焦躁使我快要发疯了。十日晚上,我到他的店所在的中野去找他。石田带了二十元,我们先到车站附近的杂煮店喝了点酒,又和他一起回到"满佐喜"住了下来。

读着读着,久木觉得身体开始发热,凛子也一样。

起初两人是相对而卧,不知不觉中凛子已紧靠在久木胸前,喃喃地说:"实在太真实了。"

阿部定的供述非常率真,没有一丝卑怯,使整个事件真实地再现了出来。

"这个女人一定特别聪明。"

虽说已是事后,但她对自己的情欲以及床上行为,一点不避讳,十分冷静客观。

"她以前是干什么的?"

"她出生在神田,是个爱打扮、又早熟的姑娘。家里是开榻榻米店的,后来破产后,她当了艺妓,不断地换地方。到石田的小店去当女招待时,名字叫加代。"

久木翻到前面有阿部定照片的那一页给凛子看。照片好像是出事后照的,她盘着圆髻，鹅蛋脸，眉目清秀，文静的眼神里流露出寂寞。

"真是个美人。"

"像你一样。"

久木开玩笑地说。不过，阿部定那种能牢牢抓住男人心的柔媚确实和凛子很像。

"我可不是这样的美人。"

"当然了，你的气质比她好。"

久木赶紧补了一句，但他心里想，那个女人的魔力或许就潜藏在她那美貌之中。

"事件发生时，阿部定三十一岁。"

久木拿起书接着念下去。检察官的问题越来越迫近案件的核心。

问：你叙述一下五月十六日一边勒石田的脖子，一边发生性关系的经过。

答：在十二三日的时候，石田跟我说："听说掐脖子挺好玩儿的。"我就说："是吗？那你掐我吧。"他用手比画了一下，就松了手，说是看我的样子可怜，舍不得掐我。于是，我就骑在石田身上，扼住了他的咽喉。石田说怪痒的，别掐了。十六日晚，和石田做爱时，觉得他简直可爱死了，就咬起他来。这时我忽然想到，抱得紧紧的，不能呼吸地做爱试试。便说："我勒你脖子玩儿吧。"然后顺手从枕边拿起我的腰带绕在他脖子上，一边拽着带子一边做爱。开始时，石田觉得好玩儿，伸出舌头装死，再使劲儿勒了一下，他的小腹鼓起来，那东西变得硬邦邦的，感觉特别好。我跟他一说，石田就说："只要你舒服，难受我也能忍。"我看见他直翻白眼，就问："你难受吧？"他说："不难受，我的身子随你折腾。"就这么绳子一会儿松一会儿紧地又折腾了两个多小时，直到十七日凌晨两点。我只顾注意下边的动静了，不知不觉手里使劲儿一勒，只听他哼了一声，他那东西突然软了下来。我慌忙解开带子，石田叫道"加代"，哭着抱住了我，我赶紧给他按摩胸部。他的脖子上留有一道红红的勒痕，眼睛肿起来。他说"脖子很热"，我把他领到浴室，给他洗脖子。那时他脸也红肿得很厉害，石田照了照镜子说"你可真够厉害的"，并没有生气。

问：请医生看了吗？

答：想去请医生，可是石田说："弄不好，会被警察知道的，不要去。"所以我就给他又是冷敷，又是按摩身子的，还是不见好。傍晚，我去药店，说是"客人打架，把脖子掐肿了"。大夫给了些消炎药，让一次吃三片。

凛子听到这儿，赶紧把久木脖子上的带子解了下来。大概是听了阿部定的供词中，由于太用力勒男人的脖子，男人脸变得又红又肿，觉得害怕吧。

久木等她解开后，继续往下念。

问：事件前一天晚上，你们一直在旅店里吗？

答：石田脸肿得出不了门，早上只吃了点砂锅烩泥鳅。晚上我出去买药，顺便买了个西瓜给他吃。然后他喝了一碗素汤面,我吃了个紫菜寿司卷。又给他吃了三片消炎药,他说不管用,就又给他吃了六片。石田眼睛都睁不开了,还是睡不着。他又说:"没钱了,还得回去一下。"我说:"我不想回去。"他说:"我这副样子,被这家店里的女佣看到多不好意思啊。我必须回趟家,你先在下谷那儿住一阵。"我说:"反正我不想回去。"他又说:"你这也不愿意那也不愿意怎么行。你也知道我有孩子,不能总和你在旅馆待着呀。为了我们能长久好下去,多少要忍耐一下。"我越发觉得石田是存心想要跟我分开了,我就哭出声来,石田也眼泪汪汪第一个劲儿安慰我。可是他越这样低声下气,我就越生气,心不在焉地听着他的劝告,心里在琢磨怎么才能和他长久在一起。

问:那么,那天晚上你们还是在那儿住的?

答:这么磨来磨去的就到了晚饭时间,女佣端来了我们要的鸡汤,给石田喝了之后,十二点左右我们上了床。石田的脸还肿得老高,无精打采的。见我满脸不高兴,就卖力地爱抚我,讨好我,短短地做了个爱。但他很快就说:"我困了,先睡了,你在旁边看我睡觉。"我摩挲着他的脸说:"你睡吧,我看着你。"石田便迷迷糊糊睡着了。

久木突然想抚摸凛子,就伸出一只手握住了凛子的手,继续念下去。

问:你什么时候下决心要杀死他的?

答:五月七日到十一日之间,他回家时,剩下我一个人,满脑子都是他,越想越难过,曾想过干脆杀了他,但马上打消了这个念头。十七日晚上,石田对我说,为了我们的将来得暂时分开一段日子。我看着他的睡脸心里想,石田一回家,他的老婆就会像我那样爱抚他,而且,这一别一两个月见不到他了。上次他回去才几天我都受不了,这么长时间怎么熬啊,真不想放他走。以前我要他跟我一起死,或者逃到别处去,他从不当回事,光说包个地方就可以永远做情人。所以我下了决心,要使石田永远属于我自己。

问:被告叙述一下十七日晚用腰带勒死熟睡中的石田的经过。

答:石田迷迷糊糊睡觉时,我左手搂着他的头部,看着他睡觉。忽然他睁开眼,看到我在身旁,放了心,又闭上眼说:"加代,我睡着的话,你是不是还要勒我?"我"嗯"了一声,朝他微微一笑。他说:"要勒就别停下,不然特别难受。"我吓了一跳,难道他是希望被我杀死吗?但马上意识到他是在开玩笑。一会儿石田睡着了,我伸出右手拿起腰带把他的脖子绕上,拽紧两头勒了起来。石田突然睁开眼叫了一声"加代",欠起身来想要抱住我。我哭着说"对不起",更使劲儿地勒紧了带子。石田哼了一声,两只手颤抖着,不一会儿就不动了。我解开了带子,浑身抖个不停,就抄起桌上的酒壶,对着嘴喝了起来。我怕他没死,又勒了一下之后,把带子藏到枕头底下。然后,去楼下看了看,账房静悄悄的,挂钟时间是夜里两点多钟。

凛子长出了一口气。阿部定亲口叙述的杀死所爱的男人的经过,使她兴奋起来。久木停顿一阵,继续念着。

问:叙述一下在那之后,你切掉石田的阴茎阴囊,在他左胳膊上刻自己的名字,又在尸体和被单上用血写字后,逃离"满佐喜"的经过。

答:我杀了石田后非常平静,好像卸下了一个大包袱,心情很舒畅。我飞快地喝了一瓶啤酒后躺到他的身旁,见他嘴唇发干,就用舌头舔他的嘴唇,又给他擦干净脸。我一点没有躺在死人身边的感觉,反而觉得他比活着的时候更可爱。就这样一直躺到了天蒙蒙亮,我又是抚摸他的下身,又是把那东西拿到自己前面捣鼓。我一边这么干着,一边想,既然已经杀了石田,那我自己肯定得死;又一想,无论如何我必须先离开这里。这么抚弄着那东西的时候,我产生了要把它割下来带走的念头。原先吓唬石田,要割他的东西时,我给他看过的那把牛刀还藏在画轴后面。我从那里取出了牛刀,试着切了一下,很不好切,费了半天劲儿也不行,中间牛刀还滑了一下,把大腿都割破了。后来我又想连睾丸一起割掉,可是更难割了,结果阴囊到底也没有割干净。我把切下来的东西和睾丸放在手纸上,看到从刀口流出了大量的血,我便用手纸摁住切下来的东西,用左手食指沾上血,擦到我自己穿着的长衫袖口和衣襟上,还在他的左腿和床单上写下了"定吉二人",接着用刀子在他的左臂上刻下了自己的名字。然后在盆里洗了手,撕了张枕头边的杂志封皮,把那个宝贝包上,又将他脱在衣篓里的兜裆布裹在腰上,把那个纸包塞进腰里。然后把石田的衬衫和内裤穿上,外面套上自己的和服,系了腰带,收拾了房间,把带血的手纸都扔进了厕所。一切做完后,我只带了用报纸裹好的那把牛刀,最后吻了他一次,给他盖上毛毯,用手巾蒙上了他的脸。上午八点左右,我下楼对女佣说:"我去买东西,中午之前别叫醒他。"就离开了旅馆。

阿部定勒死了自己深爱的男人后还割下了他的男根,这个故事久木曾经给凛子讲过,就是在两人被大雪封在中禅寺湖的时候。虽然内容和当时讲的有些重叠,但久木还是按照审讯笔录重新念了一遍。

问:你为什么要把石田的男根割下来带走?

答:因为这是我最喜爱最看重的东西。如果不带走的话,给他清洁尸体的时候,他老婆一定会触摸它,我不想让任何人碰到它。石田的尸体只能扔在旅馆了,可是只要有他的这个东西,就觉得和石田在一起,不感到孤单了。至于为什么写"定吉二人",是想让别人知道,杀了石田的话,他就完全属于我了,所以从各人名字中各取一字。

问:为什么在左臂刻上"定"字呢?

答:为了让我附在石田的身体上,把我一起带走,才刻上我的名字的。

问:为什么穿上石田的兜裆布和内裤?

答:为了能闻到石田身上的味儿,也是为了留作纪念。

问：叙述一下犯罪后逃跑的经过。

答：五月十八日上午八点的时候，我离开了"满佐喜"，身上带着五十元钱。我先去上野的旧货店卖掉了身上穿的衣服，买了件单衣换上。又买了个包袱皮，把牛刀包在里面，还换了双新的桐木屐。然后给"满佐喜"打电话，对女佣说我中午回去，在我回去之前不要叫醒石田，女佣答应了。看来还没人发现石田被杀，我放下心。又给老相识大宫先生（前中京商业高校校长）打了电话，他正在神田的万代馆，我要他到日本桥来一趟。一见面我就痛哭流涕起来，我对他说："不管发生了什么事，都与先生无关。"分手后，由于在上野买的单和服太薄，又去新宿买了一件单和服和名古屋带换上，坐出租车来到滨町的公园。在那儿考虑了半天，心想反正是个死，就想到曾待过一阵子的大阪去，从生驹山往谷底一跳，一了百了。笔录进入了对阿部定被捕前状况的质询部分。

问：杀死石田那天晚上，你在哪儿过的夜？

答：我想去大阪自杀，可又没有勇气马上去死，还想再想想石田的事。所以十点左右我去了以前住过的浅草的上野屋旅店，在那儿洗澡时，还随身带着那包宝贝东西。然后上二楼去睡觉。我在被子里打开那个纸包，拿着那个东西，又是亲又是摸的，感觉就像还跟石田在一起似的，哭哭啼啼地一夜没睡好。第二天早上，从账房借来报纸一看，报纸上醒目地登出了我以前的照片和"满佐喜"杀人事件的报道。我害怕被旅店里的人认出，那就糟了，慌忙结了账，外面下着雨，我借了木屐和雨伞离开了上野屋。

问：你交代一下从十九日以后到被捕这段时间的活动。

答：因为下雨，我打算坐夜班车去大阪。所以先去浅草看了场《阿夏和清十郎》的影片，然后去品川车站买了去大阪的三等车票。可是离发车还有两个钟头，我就在车站商店里买了五份报纸，塞在行李中准备带到车上去看。我在车站的小店里喝醉了酒，不知不觉地睡着了。醒来后去品川馆旅店做了按摩，躺在那儿迷迷糊糊梦见了石田。我想听他说些什么，但他什么也没说，我就放心了。把按摩的打发走以后，我找了个地方吃晚饭。打开晚报一看，报上把我形容成"高桥阿传"，写得很耸人听闻。还写着每个车站都布置了警察。我一想大阪去不成了，就打算在这个旅馆里死。可是栏杆太低，吊不死人。我就坐等警察来抓我，一直等到夜里一点，警察也没来。第二天早上，我让女佣给我换了个偏房，这样可以把脚伸到院子里吊死。我借来钢笔和信纸分别给大宫先生、黑川先生和死去的石田写了三封遗书。我打算半夜去死，喝下两瓶啤酒，就睡着了。一直睡到第二天下午四点左右警察来抓我时，我说了句"我就是阿部定"，就这样被捕了。

久木一直是躺着念的，觉得有点累了，但下面是阿部定诉说被捕后的心情，是最后一个高潮了。

问：被告对这次事件是怎么想的？

答：刚来警察局的时候，我还乐意谈论石田。到了夜里一梦见他那可爱的样子，我就非常高兴。可是现在我的心情起了变化，后悔不该那么做。如今只有尽量忘掉石田的事，就是说，从今往后我不愿意再去想和谈论这件事了。所以，请求法庭，尽量不要开庭审判或当着众人的面讯问那些事。直接请示一下上面，判刑得了。也不用请律师，我服从裁判，甘愿服刑。

问：还有其他要补充的吗？

答：关于这件事，我最遗憾的是人们把我误解为色情狂，对此想说说我的想法。我到底是不是性变态，调查一下我的过去就知道了。我从没有和其他男人做过类似的事。我也喜欢过别的男人，没有跟他们要钱。但是，我一直都没有忘记自我，考虑时间和场合，从不深交。我这么理智，连男人都感到惊讶。唯独石田让我找不出不满意的地方，只是多少有点俗气。但他这单纯劲儿反倒使我更着迷，他简直使我神魂颠倒。我的事传开后，人们都把它当作稀奇古怪的事来议论。可是我觉得女人喜欢男人的东西有什么可奇怪的呢？说白了，有人本来讨厌生鱼片，但老公喜欢，自然也跟着喜欢；穿上老公的棉袍就高兴；喝喜欢的男人喝剩的茶水也觉得甘甜；把男人嚼过的东西放进自己嘴里更觉得幸福。男人替艺妓赎身，为的是自己能独自占有她。迷恋上一个男人，想要做我所做的事的女人大有人在，只不过没有做而已。当然，女人不都一样，有的人看重的是物质，而不是情感。就算像我那样由于喜欢过头儿而失去控制做出了那种事，也不见得就一定是色情狂啊。

久木念完了，回头看了看凛子，她的脸微微泛红，还沉浸在阿部定动人的诉说之中。

久木觉得口渴，起来从冰箱里拿出啤酒喝着。凛子站起来，坐在久木的对面。

"你觉得怎么样？"

久木一边往杯子里倒酒，一边问道。凛子赞叹着"真了不起"，然后又说：

"我原先误解了阿部定，觉得做出这种事的女人实在太下流，太荒唐了。其实她是个很直率、可爱的了不起的女人。"

看来这份报告对凛子的影响不小。

"真有你的，居然把这份材料弄到手了。"

"我特别想看到这份报告，就到法务省去借，结果被拒绝了。理由是这个事件涉及个人隐私，除必要的学术研究以外，概不外借。"

"你就是为了学术研究啊。"

"我是以人物为主线研究昭和史的，所以以为理由很充足，没想到怎么说都不借。"

"如果公之于天下，反而对阿部定有利吧？"

"是啊，那些衙门就是爱搞这一套神秘兮兮的东西。我又到别处去找，才知道这份调查记录早已流传到社会上了。"

"在哪儿找到的？"

"这属于秘本，即不能公开发行的秘密传阅本。"

"这么说有人看到过原始记录？"

"很可能是负责此案的检察官或者是书记员，他们手里有副本，于是就流传开来了。"

"那还有什么密可保呢？"

"那也要保密，这就是衙门作风。"

久木发起牢骚来。

凛子感觉嗓子发干，就喝了一口久木给她倒的啤酒，拿起那本记载阿部定供词的书。

翻开第一页，有一张事件刚刚发生后报上登出的阿部定和吉藏的照片，另外还有一张阿部定被捕时的照片。不可思议的是，被捕的阿部定、逮捕她的警察和所辖警署的警察们都笑嘻嘻的，就像在开庆祝会一样。

"被捕以后，阿部定反而松了口气了。"

"这么容易就抓到了犯人，又是个大美人，所以警察也乐颠颠的吧。"

"那个时候，不正是警察和军人横行霸道的恐怖时代吗？"

"那是一九三六年，在那之前发生过'二-二六事件'，是日本逐渐走向军国主义、社会动荡不安的黑暗时代。正因为这样，世人对阿部定那种对爱情追求到极致的行为产生共鸣，有种令人振奋的感觉。"

凛子点点头，继续翻书。

"看起来是件荒唐的事，可是不能因此说她这么做就是变态行为啊。正如她自己所说，这世上一定还有其他的女人想做我做的那种事，只是没做而已。"

"你理解她的心情？"

久木半开玩笑地反问道。凛子爽快地点点头。

"当然理解了，特别喜欢一个人的话，就会产生这种念头，没什么可奇怪的。"

"可是我觉得也不必非要把他杀了。"

"这关系到爱得有多深的问题，爱得死去活来，非要占为己有的话，就只有这条路了，你说呢？"

被凛子一反诘，久木犯起难来。

"不过，实行不实行是另外一回事。"

"你说得也对。可是，真喜欢上一个人的话就难说了。我觉得女人的心里都藏着这种念头的。"

凛子直勾勾地盯着久木的脸说道。久木不由自主地移开了视线。

久木忽然觉得燥热起来。

也许是读完阿部定的供词,有些亢奋的缘故,也许是屋子里的温度偏高的关系,久木站起来打开了窗户。

春夜凉风立刻涌了进来,久木顿觉舒畅起来。

"这儿凉快,你过来。"

久木招呼着凛子,两人并肩站到了窗前。

左边是盛开的樱树,树下是灯光辉映的池塘,池塘环绕着露天温泉池,与倒映着幽玄的能乐堂的池面相连。

"真安静……"

久木深深吸了一口气,想要忘掉刚才念过的阿部定那鲜血淋漓的故事。

在这万籁俱寂的旅店里,阿部定的事件恍如遥远的另一个世界发生的事。眺望着正前方起伏的群山和广袤的夜空,凛子忽然说道:

"你看樱花……"

久木扭头一看,从盛开的樱花树上,花瓣突然纷纷坠落,其中一片落在眼前的池面,一片被风刮到窗边来。

"原来樱花夜里也在掉啊。"

凛子的话把久木点醒了。

久木回想起两人去泡露天温泉时,在床上嬉戏时,以及念阿部定的笔录时,花瓣的确一直在飘落。

"照这个样子看,我们睡了以后,还会继续掉的。"

"那我就不睡了,看着它掉。"

久木了解凛子的心情,但他已经有些累了。

这是激情做爱所致,还是读了阿部定供词后的亢奋,抑或是两者混杂在一起的倦怠?总之,在这夜深人静的幽暗中,只有樱花悄然无声地飘落。

久木轻轻地扶着凛子的肩头,小声说:

"休息吧……"

久木先钻进被子,凛子站在窗前自言自语道:

"开着点窗子吧。"

这样的话,凉风习习的,感觉很舒服。

久木闭着眼睛点点头,凛子关了灯也躺了下来。

久木依恋凛子那柔软的肌肤，伸手去摸，凛子轻轻按住他的手，慨叹道：

"不过，那样的话，女人也怪可怜的。"

久木一时没明白凛子的意思，但马上就知道她在说阿部定。

"要是我的话，就不这么干。再怎么喜欢一个人，把他杀了还有什么意义呢？"

久木也同意这个看法。

"杀了他，可以使他完全属于自己，可是她以后的日子会幸福吗？"

据说刑满出狱后，阿部定又重新在浅草附近的料理店干活了。可是"阿部定所在的店"的广告一打出去，不管她喜不喜欢，她都不得不被人们好奇的目光所包围。

"再努力赎罪，杀人犯的事实是改变不了的。"

"还是活着的人可怜哪。"

凛子的话一点不假，可是久木又觉得男人被那么体无完肤地杀死也够可怜的。

"不管怎么说，两人都够惨的。"

"也许吧……"

凛子沉默了一会儿说：

"反正不该一个人活下来。"

"一个人活下来？"

"两个人一起死就好了。那样可以永远厮守在一起，不会感到孤单了。"

久木有点喘不上气来，轻轻翻了个身，背朝着凛子。

听刚才凛子说，有情人一起死最好，久木不觉有些困惑。也许是因为这个自己才喘不上气的，不过凛子并没有说要去死，只是说发生像阿部定那样的事件的话，还不如干脆一起死比较好。

久木想到这儿又翻过身来，把脸靠在平躺着的凛子胸前。

那个男人被勒死时也是这个姿势。久木以同样姿势触到那柔软的肌肤后，心境逐渐平和了。过了一会儿，他突然想要去吻她的乳房。

越过缓缓起伏的乳丘，久木将乳头整个含入口中，用舌头轻轻环绕着。久木现在什么都没想。就如同刚出生的婴儿与母亲之间的结合一样，男人和女人也用乳头和舌头联结起永恒不变的未来。

在夜的静寂中，半梦半醒之间，久木忽然觉得嘴唇触到了一个薄膜一样的东西，他觉得奇怪，继续轻吻，一会儿又触到了一个。

久木好奇起来，打开座灯一瞧，原来凛子的乳头旁边粘着两片粉红的花瓣。

"是樱花……"

久木嘀咕着，凛子奇怪地望着他。

"你的嘴唇上也有……"

久木这才发现有片花瓣粘在自己的嘴唇上,就把它拿下来,又在凛子的胸脯上加了一片。

久木抬头望望开了一点的窗户。

"是从那儿飘进来的。"

"要掉一晚上吧!"

照这个速度,再有一两天樱花就会完全凋谢的。

"你就这么躺着,别动……"

久木按住凛子的肩头,随风飘舞的花瓣,一片接一片不停地飘落在凛子身上,那雪白柔软的皮肤渐渐变成桃红色了。

## 小满

"打我!狠狠地打我!"凛子全身赤裸着匍匐在如暗穴般下沉的床上。她就像一只撞进了黑暗地窖里的白蝴蝶,叫久木意识恍惚,不知所措。而当久木真地挥起皮带抽打她的时候,也恍惚觉得从凛子身体里涌出了无数的淫乱之虫。

从古至今,人们无不为樱花的短暂无常而叹惜、惆怅,樱花谢落意味着夏天的到来,白天越来越长,百花也竞相开放了。

比如紫藤花、杜鹃花、郁金香、虞美人、牡丹、石楠花等等数不胜数,群芳争艳,再配上新绿装点的草木,大地一派生机盎然,光彩夺目。面对这美景,人们早已将娇贵而又纤弱的樱花忘得一干二净也是理所当然的。

从现在起,人们不必再像四月初,花的淡季时那样为樱花亦喜亦忧了。陆续绽放的各色花卉足可以让人们目不暇接了。

樱花谢落后的五月,春光明媚,遍野花香。

现在,久木也在全身心地迎接百花争艳的夏季的来临,同时,内心也像虞美人草一样随风摇曳着。

先从年初租借的涩谷的房间谈起吧。

在修善寺时,两人都决定不再回自己的家之后,就把这儿当作了根据地。虽然现在只有这里是可安居之处,但一房一厅的格局狭小了一些,家具又都是为了幽会而临时置办的简易用品,多半是小而廉价的东西,使用起来很不方便。

如果可能的话,想换一间宽敞一点的,但是花费要大一些,而且要彻底住在一起的话,还必须解决户籍的问题。

最近他们经常住在这里,管理人和邻居都认为他们是夫妇,当然也有人用怀疑的目光看他们。

久木当然也跟凛子谈到换房子的事。

和久木不同,凛子一天到晚几乎都待在屋子里,肯定更感觉拥挤,干家务时也伸展不开,衣柜小得装不下,一部分衣物只好塞进塑胶整理柜里。看着她每天在小矮桌上铺开纸张写毛笔字的寒酸样子,久木不觉心疼了。

一想到凛子受的这些罪,都是由于背离了家庭和自己生活在一起的缘故,久木心里就特别难受,即便花钱,也要为她租间大点的房子。可是跟凛子一商量,她总是反对说:"算了,就住这间吧。"

久木认为是凛子不想让他这个工薪族太破费,可是,跟她说了好几次,她都没点头,也说不定对现在的房子还算满意吧。

"换不换大房子,我无所谓,只要你每天都回到这儿来就行。"

每当听到凛子这么坚定地回答,久木就激动得把她抱在怀里。

讨论房子的问题最终还是为了两人能待在一起,所以每次总是以互相抚慰来结束这个话题。

就像阿部定的供词里说的,他们在旅馆里,一有空就搂到一起,贪婪地互相爱抚一样,久木和凛子也差不多。

当然并不一定每次都要发生关系,即便久木摸摸凛子的胸部,凛子摸摸久木的下身,也只是互相温柔对视,嬉戏抚弄而已。有时候也会发展到结合,但也有的时候醒过来才发现两人已不知不觉睡着了。

假日的午后,大白天两人就一直在床上缠绵。他们有时会恍惚觉得自己是被囚禁在这狭窄洞穴里的情爱囚徒。

也许这个地窖一样狭小的空间中飘散着的淫亵之气浸染了凛子的身心,才使她不愿离开这里的吧?

这个时期凛子对性的好奇心又增进了一步。

五月初一个周日的晚上,两个人买东西回来时,路过一个小家具店。久木想要给凛子买个大点的书桌练习书法用,就进了家具店。在店里转悠的时候,发现这里也有镜子出售,有带脚架很稳当的穿衣镜,也有镜框做工比较粗糙的梳妆镜。久木看着看着忽然冒出一个怪念头,就对凛子说:

"把它放在床边怎么样?"

久木想起了今年年初在横滨饭店幽会时,在镜前脱掉凛子浴衣的事,半开玩笑地说道。凛子立刻来了兴趣,问道:"床边放得下吗?"

床靠墙放着,把这镜子贴墙摆放或挂在墙上就行了。

"放这么大的镜子,把我们俩全给照进去了。"

久木吓唬她说,谁知凛子却当即拍了板,小声说:"买了吧。"

他们请家具店当天就送货,结果晚上镜子就送来了,马上安放到了床边,两个人迫不及待地躺下来试了试。又把台灯挪过来,直射镜面,还调整了一下镜子的倾斜角度,便可以清楚地看见他们的下半身了。

尤其是镜子里的凛子那雪白的肉体和大腿间的荫翳都被映照出来,使久木兴奋起来。

凛子也受到了刺激,和久木交媾时还不断地挺起上身窥视镜子,嘴里不住叫着"太棒了……"

久木觉得凛子既可爱又可怕。

每天都这样下去的话,凛子会发展到什么地步呢?虽然觉得自己也有责任,但是一旦发动起来就无法控制的凛子这种女人,给他的感觉是和过去的凛子截然不同的另一种生物。而且床边有了这面镜子,屋里更像是一间充满妖艳淫荡气氛的密室了。

此外,久木和凛子第一次去买了一种商品。

他们从涩谷的商店街转进一个胡同时,偶然看见里面有个专卖成人用品的商店。

久木问凛子:"要不要进去看看?"凛子不知道这个商店里卖的是什么,跟在久木后面进去一看,店内到处挂着花里胡哨的内衣裤和皮带、皮鞭等等,才发现这不是寻常商店。又看见各种奇形怪状的按摩棒和环具等玩意儿,才发觉这不是女人来的地方。

她拽着久木的袖子,不敢看,低着头说"真恶心",却没有要走的意思,还指着一个按摩棒问:"这是干什么用的?"

久木拿在手里给她讲解:"这就像男人的那个,这是前头……"

"哦?"她害怕地伸手摸了一下那个黑乎乎的挺立着的东西。

久木半恶作剧地把那东西对着凛子下身,凛子慌忙把它推开,摇头说:"别闹……"

"没准儿你会满意的哟!"

"不知道!"

久木故意要为难凛子,花了不少钱买了一个。但回到房间后,却独自对着那东西苦笑。

"男人都喜欢买这种玩意儿?"

"其实那里卖的东西差不离都是取悦女性的。"

"可是这种人造的东西哪比得了你的呀。"

听她这么说,久木略感宽慰。不过,连这些千奇百怪的东西都具备了,小房间愈发像是两人的秘会之馆了。

说实话，现在的久木完全被凛子所左右着。

无论是镜子还是成人玩具，虽然都是久木半开玩笑，经她同意之后买回来的，但真正浸淫其中、享受这些的却是凛子。

两人交欢时凛子从没有满足的时候，直到久木精疲力竭，再也支撑不下去时，那绵延不绝的痴缠才会勉强告终。

性方面女人原本占据着压倒的优势。女性一旦知道了快乐，就会变得像沼泽一样深不可测。相比之下，男人的勇猛就好像沼泽地上跃挣的鱼，浮在表面，是瞬间即逝的。

在这有限与无限的较量中，无论对快乐的感受度，还是寻求快感的持久力，男人都远远逊色于女人。

近来，久木每日每时都在不断重新体会、感受、惊叹着这一切。

如今，早已谈不上指导女人了。不错，久木确实温柔而细心地引导过凛子，但曾几何时，作为徒弟的凛子早已长成一头连调教者也望而生畏的巨象了。

丈夫不愿教会妻子这些东西，就是惧怕她变成这样的巨象。

一旦把妻子引导到那个程度的话，那么做丈夫的就必须半永久性地为满足妻子而不懈奋斗了。

希望心爱的女人变成荡妇，却又不敢贸然这么做的原因，就是怕这样会成为每天的负担重压在身上。

然而，对于外面的女人，就可以冲破这个局限。因为不必每天都要去应付，有时还能够躲开。

可是久木现在却被可以躲开的女人紧紧抓住了，就像被粘到蜘蛛网上的小虫子似的，怎么也挣不脱了。

和凛子交往了一年多了，为什么自己对她还是迷恋如初呢？

有的恋人一年左右就互相厌倦而分手，而他们不但没分手，感情还越来越深。应该说是双双落入了一个找不到出口的恋爱地狱中去了。

最大的理由是，两个人共同走入了深不见底的性爱世界之中了。

不言而喻，这是认识凛子之后才能到达的世界，他得到凛子这个爱情伴侣后，终于能够到达其他的女人包括妻子都没能到达的深渊。

凛子也是同样，认识了久木这个男人才第一次进入了眼花缭乱的性的世界。

凛子的魅力之一就在于，她的外表给人以假象。

以前见过凛子的男人，都以为她是位高雅矜持、对性不关心的古板的女性，实际上完全相反。表面一本正经、端庄文雅的凛子，一旦进入了情爱的世界，就立刻变得难以置信的淫荡,这样的女人最能煽动男人的好奇心。

不过,最近那潜藏在她躯体里的放荡劲儿逐渐显现于外了。他们在街上走着的时候,男人们常常色眯眯地打量她。凛子还说她在公园等地方散步时,常有人跟她搭话。前两天竟然连续有两个年轻男人要和她交朋友。

"我是不是有点魅力啊?"

久木见她佯装不知的样子,就故意说:

"男人是用感觉判断淫乱女人的。"

凛子推卸责任道:

"我可是你的杰作呀。"

"以后出门的时候,我得把你锁起来。"

久木嘴上开着玩笑,心里想,现实中被锁住的正是他自己。

久木已经被凛子的蜘蛛丝彻底缠住了。当初久木张开的蜘蛛网,现在反过来缚住了他自己,一动都不能动。

有时久木觉得自己很可悲,既然好容易找到一个可爱的女人,就应该多少掌握一些主动权,现在却完全被对方所支配,任由她为所欲为。

不可思议的是,堕落到这种地步,他倒发觉别有一种乐趣。

到了这种地步烦恼也没有用,今后只有顺其自然,更深地陷进去了。这既是一种无奈,也是一种放弃,同时又是对自己的淫荡和堕落本能的放任。

久木的思绪微妙地传导给了凛子,有时久木轻轻一叹气,她就说:"你也别想太多了。"并进一步引诱他进入两人独有的秘密世界里去。

冷静下来一想,两人今后的生活,不能总像现在这样懒懒散散的,应该暂时告一段落,彻底解决一下各自的婚姻问题。

可是久木没有心情面对令人沮丧的现实。

按说和妻子离婚的事以及有关的种种问题,亟待久木去解决,可是,现在久木却懒得折腾,得过且过。如果妻子来催的话,办手续也可以;不催的话,就这么过一天算一天。

凛子也一样,和丈夫断绝了来往,却不想主动去找丈夫谈判离婚。

总之,两人现在一味地沉迷在属于他们自己的爱巢之中。他们十分清楚这是在逃避,是不负责任,然而要他们幡然悔悟、回归家庭已是绝不可能的事了。

他们不停地堕落下去,就如同陷入了暗无天日的漫漫长夜,不知何时才是尽头。

旁观者看来,简直是颓废透顶的行为,而他们本人却不以为然。听任自己在黑暗的欲海上漂浮,不时陶醉在神驰目眩的快感中,只从这一点着眼的话,可以说成是在无比快乐的幸福花园里游玩。

他们两人是在向肉体的极限、愉悦的极限挑战。

然而，不仅整天闷在屋子里的凛子，就连每天去上班的久木，也意识到在现实和梦幻之间产生了裂缝。

白天，他去公司和同事们打交道，坐在办公桌前是现实，回到两人的住处，沉浸于情爱的生活就像是梦幻。

使这迥然不同的两个世界并行不悖、融为一体几乎是不可能的。

久木在涩谷住处的糜烂生活迹象也带到了办公室。女秘书试探地说过："近来你的脸色不大好。"见他打盹儿，又挖苦道："别太劳累了。"

男同事们还没有说得那么露骨，只有比较亲近的村松看见他那副疲惫、懒散的样子，关切地问："你身体没问题吧？"

久木每次都回答得含糊其词。到了五月中旬，大家终于知道了他外宿的事。

起因是，有一次松村有急事找他，往他家里打电话时，他妻子告诉松村：

"他已经很长时间不在家里住了，我不知道他在哪儿。"

语气非常冷淡，一听就明白了。

"不过是夫妻吵架，没什么大事。"

虽说当时这么应付过去了，但是，久木外面有女人，而且同居在一起，已成了公开的秘密。

工薪阶层是干活儿挣工资，从这个角度讲，私生活不大检点，但只要好好工作，问题就不大。

可是，如果在私生活方面引起争端，也不可避免地对公司的工作产生微妙的影响。例如，陷入三角关系的话，第三者或妻子来找上司诉苦等等，就会对自己非常不利。和银行等职业相比，出版社稍微宽松一些，但对男女间的纠纷也很反感。

好在久木的工作清闲，问题也没有表面化，只是偶然从他和妻子的电话中，让人听得出来，他好像和别的女人住在一起。

可是，几天后，屋里只剩下久木和室长铃木两人时，铃木跟他闲聊起来。

"可真难为你了。"

久木听了，知道他是暗指自己和凛子的事，支支吾吾地不知道说什么好。铃木又揶揄道：

"我真羡慕你的精力啊。"

铃木并没有特别提醒他要检点些等等，只是想让久木知道，自己也听到了传闻，那么，其他人就更甭说了。

事已至此，被大家知道也没什么可紧张的。早晚是要离开家的，被人知道反而觉得轻松了。久木一边安慰自己，一边还是放心不下公司里同事们会怎么看他。

被降了职，家庭不和又曝了光，更别指望再受到重用了。

在公司心情郁闷的话，人往往会躲进家里去。久木在公司倒没有不如意之处，只是和别的女人同居这件事已经传开，每当别人说悄悄话时，他就感到不安，以为是在说自己，见到其他部门的人也疑心别人都在议论自己。

正所谓疑心生暗鬼，使自己更加陷入孤独的境地。这时，能够安抚他的只有凛子了。

回到涩谷的小安乐窝里，和凛子两人在一块儿时，可以不用顾忌任何社会规范、伦理道德，尽情沉浸在两人的世界里。只要在这间屋子里，就不会被人批评、议论，没有人指责他纵情声色，而且还有温柔接纳他的女性。他自然愿意待在这儿了。

虽然久木在这间只属于他们两个人的屋子可以消除疲劳，平静情绪，但也会突然被某种不安所攫住。

他担心当自己沉浸在和凛子两人这样浑浑噩噩的生活中时，会渐渐脱离公司的同事和社会交往圈子，到头来只剩下他们形影相吊了。虽说可以拿追求特立独行的生活为借口，但这样蜗居下去，只能越来越疏远了社会，更难恢复到原来的状态了。

使久木深切体会到这一点的，是和好久没见的衣川的小聚。

照例是衣川打来电话，约在老地方，就是银座那个小饭馆。自去年秋天参加凛子的书法颁奖酒会以来，他们有半年没见了。

很长一段时间没有联络，是因为这段时间久木一心用在了凛子身上，同时也觉得不好意思见衣川，就没有主动联系。衣川也很体谅，没打扰他。

衣川比以前发福了，显得特别富态。说话声音洪亮，一见面就像质问晚辈似的问他："现在怎么样啦？"

"还是那样。"

久木暧昧地答道。衣川一气喝干了一杯啤酒，又问：

"和她越来越好了吧？"

久木不喜欢他那种好奇的眼神，没搭理。衣川又道：

"那么好的女人哪儿找啊，好好把握吧。"

听起来像是在鼓励，其实明显地含着揶揄和讥讽。

"我真没想到她有勇气抛弃家庭，和你一起生活。"

"你听谁说的？"

"这有什么难的，我的情报网蛮厉害的。"

衣川自吹自擂地说。久木猜他是从在文化中心任教的凛子的书法老师那儿听来的。

"她还写毛笔字吗？"

"倒也没扔……"

"真可惜,今年春天她不准备参展了吧?"

凛子说她现在精神状况不佳,不打算给春季书法展览会投稿了。

"她以前就说过要离开家独立……"

久木点点头,想起了凛子曾经为专职讲师的事去找过衣川。

"和你住在一起的话,就不必工作了吧。"

久木听得出来,衣川无意再为凛子的工作而斡旋了。

"她那么有才能,被埋没了太可惜。"

衣川故意使劲儿叹了口气。

"真要是那样的话,就得怪你了。"

和衣川才聊了三十分钟,久木就感到心里憋闷,坐立不安的。

去年和衣川见面时还没有这种感觉,这是怎么回事呢?

难道就因为这半年来,自己一味耽溺于和凛子的爱情,所以和健全的循规蹈矩的衣川格格不入了吗?

衣川欠起身子对沉思着的久木说:

"工作那边怎么样?"

"还过得去。"

衣川对他这个不得要领的答复不太满意,说:

"你总是含含糊糊的。"

去年年底衣川问过他有没有去出版局的打算,当时,久木下不了决心,回答得不干脆,后来衣川也没有再催问他。

"你也许最适合现在的工作了。"

衣川似乎拐弯抹角地在回避涉及那个话茬儿。

久木也无意挪动工作岗位,沉默不语。衣川换了个话题:

"来中心讲讲什么好不好?"

"不了,不了。"

久木觉得以自己现在的情况,为那点课酬去中心上课没多大意义。

"你也别瞧不起我们那儿,最近新开了讲座,学员也增多了,在都内是数得着的。"

"那可太好了……"

"托你的福,我最近得了总经理奖。从七月初开始,我可能要升任都内文化中心的总部长。"

衣川来见久木似乎是为了要告诉他这件事。

"恭喜你了。"

久木给衣川斟上了酒，忽然意识到刚才他产生的和衣川之间的不融洽感，就来自于上升者和下降者的生活方式的不同。

和衣川见面后，久木情绪有些消沉。不过并非因为衣川荣升为文化中心的总部长，他再发展也是别的公司的人，与久木没有关系。

久木想的是，衣川在努力工作，而自己却没有好好工作，光想着凛子了。自己竟然那么任性，说得过分一点，做出那样见不得人的事，连自己都觉得无地自容。

自己这样做到底对不对呢？

自从两人同居以后，久木就一直在思考这个问题，见过衣川后，更促使他去深思了。

半个月后，仿佛等不及即将来临的梅雨季节似的，传来了一个更加令人郁闷的消息。

一直在医院治疗的水口，刚进入梅雨季节的第二天，在医院病故了。

水口和久木同期入公司，晋升速度也差不多，两人关系一直很亲密。只是久木调到调查室后，两人疏远起来。水口继续升到了常务理事，可是，去年年底，他突然被调到分社去了。

水口不久被提升为分社社长，刚要大显身手就患了肺癌。三月份做了手术，久木去医院看望他时，听他家属说，已经治不好了。

久木担忧他的情况，犹豫着要不要再去探视的这段时间，他的病情更加恶化了。

公司简报上写着"本公司理事、马隆分社社长水口吾郎氏，今晨五点二十分逝世，享年五十四岁"。久木想起了三个月前，去医院看望他时，水口所说的话：

"人都有生老病死，应该在能做的时候，做自己想做的事。"

难道直到临死之前，水口都在想着这个问题吗？

水口的守灵仪式是次日下午六点，地点在他家所在的调布附近的一所寺庙。

公司的年轻人负责丧仪的准备工作。久木提前了一点到那里时，已聚集了很多前来吊唁的人。不一会儿，开始念经了。

祭坛中央的鲜花丛中摆放着水口的遗像。好像是两三年前照的，面露微笑，目光炯炯，精神饱满，眉宇间含有一股霸气。

尽管他调到了分社，但毕竟是个社长，从祭坛直到灵堂的两边，都摆满了各个出版社社长以及编辑、营销、客户等有关方面人士敬送的花圈。

久木看着这些花圈，不由想起了"夭折"这个词。

用夭折来形容五十四岁去世的人似乎不大贴切，但是，作为同辈的久木看来，走得还是太早了。

像水口这样热爱工作、一心为社的人早早死去，而自己这样多余的人却活得好好的，真是世事难料,让人啼笑皆非。

开始上香了。久木排着队往前走,有很多人他都认识,挨着他的是同期入社的营销部长中泽,两人用目光打了招呼。

一步步走到了祭坛前,久木才真切感到了水口确实已不在人世了。面对水口的遗像,久木合掌为他祈祷。

“你怎么会死呢⋯⋯”

久木想要说的只有这句话了。

在悼念或祈祷之前,久木耿耿于怀的是水口为什么如此匆匆而去呢?这只能解释为突然有一天不小心踩上了癌这个地雷。水口和自己分别站在了生死之界的两边,原因就在于是否踏着了这个地雷。

上香时久木还是一直沉思着。向家属致意后,久木走出灵堂,中泽招呼他说“去露个面再走吧”。

出门往右有个客厅,很多死者的生前好友聚集在那里。

因为是水口的守灵夜,久木自然也想进去和大家聊聊,可是,那样就会遇见许多老相识。

想到自己的工作现状,他觉得有点不自在,也可能自己想得太多了。

“就待一会儿,没问题吧?”

中泽又劝道。进屋一看已有二三十人在喝着啤酒。久木跟在座的熟人简单打了招呼就入了席。中泽一落座就对他说道:

“水口说他特别羡慕你。”

“羡慕我?”

久木反问道。中泽擦了擦嘴边的啤酒沫,说:

“他一天到晚就知道工作,没有闲着的时候。”

“他喜欢那么忙啊。”

“也可以这么说。不过自从去了分社后,他渐渐对自己的人生产生了疑问,刚想要重新安排今后的生活时,就得了癌。”

久木去看望水口时,也听他说过类似的话。

“他说要是能像你那样就好了。”

“像我那样?”

“你也别瞒了。和喜欢的女人在一起住着吧?”

连中泽都知道了,久木的心情黯淡了下来。

“工作也重要,可是也想象你似的恋爱一番。尤其到了这个年纪,更有这种欲望了。”

"但是水口很爱他妻子的……"

"他是来不及了。看到他走得这么匆忙,我突然有一种紧迫感,总觉得这么下去似乎缺点什么,心里空荡荡的。"

久木也有同感,然而认真地爱一个女性,不是那么简单的事,要负起沉重的责任的。中泽对这些又了解多少呢?

在这个问题上,久木的看法和中泽有所不同。

中泽想的是在不失去家庭的基础上,和外面的女人谈情说爱,同时享有家庭的安宁和恋爱的激情。这或许是憧憬爱情的中老年男人们的共同愿望。

说实话,久木和凛子相识之初,也只是想和她时常见个面,吃吃饭,感受一下浪漫的情调。后来关系进了一步后,也不曾想到会打破家庭的平静。

可是现在,久木的家庭何止不平静,已经陷入了灭顶之灾。究竟是怎么发展到这一步的,久木也莫名其妙,等他意识到时局面已不可收拾了。

在这种状况下,听到中泽说"真羡慕你",久木心里很不是滋味。他所羡慕的是表面的自由,然而里面充满着只有坠入情网的当事人才知道的甜酸苦辣。

中泽似乎还不了解久木的家庭已经崩溃,以及和凛子两人已身陷爱情地狱不能自拔的现状。

像肥皂剧里编的故事那样,双方发生争吵,然后再和好,在这样的反反复复中,相信最终能够凭借诚实和善良找到幸福。如果梦想着恋爱是这样肤浅的、一帆风顺的话,那就成问题了。

说心里话,久木现在没有心情沉醉在这种甜蜜的情调中,并非他不想,而是他们现在已经回不去了。发展到这么深的程度,理性和良知都无法控制了。芸芸众生从降生这个世界时起,就被原罪一样深藏在体内的本能操纵着,煎熬着。

由此往后的爱,是与诚实和善良无缘的刻骨铭心的爱,这条路的尽头只能是毁灭。正在自己为此而痛苦恐惧的时候,听到别人说羡慕自己,感觉就不仅仅是烦躁,而是愤怒了。

客厅里的人越来越多,足有四五十人。

"到底是现职,葬礼也隆重。"

正如中泽所说,水口虽然去了分社,总归是总社的高管,所以,从出版界直到广播、广告业界的人士都来吊唁。

"这么年轻就死了的确很遗憾,可是如果退了休的话,没准儿连一半人都来不了。"

"他的交际比较广。"

久木看着祭坛四周摆放的花束说道。

"光是交际广,来不了这么多人的。"

"不见得吧。"

"没有利用价值的人是很受冷遇的。"

"死了以后还能来的是真的朋友吧。"

"不过,你没问题。"

久木不解其意,中泽调侃地说:

"要是你的葬礼的话,她肯定会来的吧。可是这样的女人,我就没有。"

"说哪儿去了……"

久木从来没有想象过那种场面。

"有什么事的话,尽早交代给我。她好不容易来了,让她待在角落里也太委屈了。"

"怎么会呢……"

中泽想象的是久木的妻子是丧主,凛子来吊唁的情景,久木觉得根本不可能。

"要不然就是现在的那个她当丧主?"

中泽蛮有兴致地猜想着。久木从没考虑过这类问题。

"总之,葬礼是人生的缩影,还是好自为之吧。"

"我该走了。"

又有新来的客人进来,久木站起身来。

"去她那儿?"

久木没说话,他知道即使否认,中泽也不会信。

"你该不会真和她结婚吧?"

"你问我吗?"

"横山他们都挺担心的。"

看来中泽是从调查室的人那儿听说的。

"还没考虑这个问题。"

"那就好,谁也摸不准你会做出什么来。"

"摸不准我?"

"不,不,那是以前的事了。"

见中泽苦笑,久木想起了三年前的一场风波。

那时久木是出版部长,坚决反对出版一本宗教方面的书。理由是虽然出版的话销路会很好,可是有关方面的大肆宣传与公司的形象不符。他一直反对销售第一主义的经营方式,与赞成派高管之间发生了争执,结果是暂停出版。

当时,中泽在营业部为此做过协调工作,所以才说起来的。

"这是两码事。"

久木现在对于工作早已没有了那个时候的热情。

"我走了,回头见。"

久木向中泽挥了下手,就离开了。

他直奔地铁站,上了电车回涩谷去。

也没做什么工作,只是去参加了个葬礼,上了香,喝了点啤酒,怎么觉得这么疲倦呢?

因水口的死心情不佳,加上见到中泽及其他同事,感到与他们距离很远,仿佛自己独自游荡在另一个世界中,这种不和谐和孤独感更使他心情郁闷。

已是晚上八点多了,开往市中心的电车空荡荡的,久木坐在角落里想着刚才中泽说的话。

"你不会真和她结婚吧?"

中泽像是随意问的,不过这的确是个棘手的问题。

正如大家所传的那样,他们两人现在都离开了家住到了一起,无视舆论和父母、子女的意志,埋头于只属于两个人的天地里。既然能到这个程度,下一步要考虑的就是结婚了。不管能否得到别人的祝福,都应该建立新的家庭,开始新的生活。

不可思议的是,久木从没有考虑过和凛子结婚、建立新家庭的事。他也想要换个大点的屋子,好有个放书的地方等等,却没想过重新过一种新的婚姻生活。

奇妙的是,凛子也和他一样,她从没有说过"我想结婚"这句话,久木自己也没说过。

两人如此的互相爱慕,为什么没有考虑过结婚呢?

首先凛子的丈夫暂时不会同意离婚,如果强行结婚的话,就犯了重婚罪。而久木这方面,妻子虽然同意离婚,可是一牵扯到财产分割和房子的问题,就相当麻烦,这些问题不解决,就离不了婚。

再加上他们一直把全部精力都放在了脱离家庭、生活在一起上了,没有余力思考下一步结婚的问题。

那么,这是不是唯一的原因呢?

两个人在一起的时间多的是,无论谁说出"想要结婚"的话,准会得到回应的,可是双方都闭口不谈是什么原因呢?

这时一个声音在陷入沉思的久木耳边响起:

"也许两个人都惧怕结婚吧?"

坐在夜晚的电车里,久木扪心自问。

"到底惧怕什么,不敢结婚呢?"

和妻子现在虽然分居了,可过去他们也曾经相爱过,虽然不及和凛子这么热烈,但是都很爱对方,觉得彼此可以托付终身才结婚的。

可是,这个婚姻过了二十五年后,变得百孔千疮,难以治愈了。当然婚姻失败的直接原因,是由于久木爱上了凛子,其实即使没有凛子,也早已出现裂纹了。

得到了人们的祝福,自己也觉得很可靠的爱情,竟然这么不堪一击,这是为什么呢?

于是久木自然联想起了"日常""惰性"这些词语。

无论什么样的爱,一结婚,陷入了日常生活,便马上会流于惰性,逐渐消磨下去。即便和凛子的惊心动魄的爱也在所难免。

或许久木和凛子都闭口不谈结婚的事,是由于双方都经历过一次婚姻,切身体验到了在安宁这个保障的背后,恶魔筑起了怠惰的巢穴。

这时,久木忽然想到了,阿部定杀死石田吉藏,是在他们深深相爱后不到三个月的时候。

在那般疯狂的做爱之后,由于爱得不能自制,女人把男人杀死了。他们才认识三个月,正像盛开的鲜花那样,是最热情奔放的时候,难道正是在这种时候才会发生杀死恋人的事吗?

如果他们半年或一年后结婚的话,就不会再有那么强烈的爱情和占有欲了。弄不好,爱得愈深,恨也愈深,会很快就分手的。

这就叫作爱情的"昙花一现"。

久木一路上东想西想,到涩谷时正好九点。

车站附近到处是赶着回家的上班族,和结帮搭伙到娱乐场所去的年轻人。穿过这个热闹的地区,走上一个平缓的坡道,再拐进一条小路,周围马上静了下来。久木住的公寓,就在第一区的最边上,是个五层小楼,只能住三十户。据说才盖了十五年,可是显得很旧,入口处的墙砖都脱落掉一些了。

不知什么原因,回世田谷的家时,有种"回来了"的感觉,可是,回这里时,就好像来到一个秘密的藏匿之所。进楼之前,总要看看周围,然后才走进去。久木乘电梯上到四楼,来到走廊尽头倒数第二个房门前按门铃。

凛子在屋里时,总是等不及地飞奔出来迎接他,今天却没动静。

又按了一下门铃后,刚要自己用钥匙开门,终于凛子把门打开了。

"你怎么了?"

凛子没吭声。

"有什么事吗?"

久木脱了丧服,凛子把它挂在衣架上。

"刚才妈妈来了电话……"

凛子最近把这间屋子的地点和电话号码只告诉了母亲。看她那不快的表情,久木觉察到不是好事。

"说什么了?"

"又说了好多,最后说要和我断绝母女关系……"

凛子刚说到这儿,就说不下去了,用手摁按着眼角的泪珠。

久木换上睡衣坐在沙发上,使劲儿叹了口气。

凛子被娘家的母亲骂过好几回了,久木都知道。结了婚还随便扔下家不管,跑到外边和别的男人同居,对这样的女儿母亲严加叱责也是情有可原的。

可是说出要断绝母女关系,这还是第一次。

"她突然来的电话?"

"我一直住在这儿,连娘家都没有联络过,所以妈妈觉得不能对我这么放任下去了。"

"真的说了断绝关系?"

"真的。她说今后咱们母女谁也不认识谁,不许再跨进家门半步。"

以前也听说过凛子的母亲很厉害,却没想到说出这么绝情的话来。

"那么,你母亲还是不同意你们离婚吗?"

"不,她好像对这件事已经无所谓了。只是说,什么也不说就离家不归,和别的男人一起住,这是不能容许的。我怎么会养出这么淫乱的女儿。"

"淫乱的……"久木不禁重复道。

日日夜夜在这间屋子里反复发生的事,或者可以说是淫乱的,然而不应该忘了那里面有着压倒一切的爱。

"你跟她解释了吗?"

"解释她也不会懂的。她还说,你太善了才会被人欺骗,男人不过是喜欢你的肉体。你被这种事弄得神魂颠倒,真是个可怜的女人。"

久木一句话也接不上来,凛子轻轻叹息了一声。

"我说不是你想的那样,可是妈妈不懂。也是,这种事不亲身体验的话,当然理解不了了。"

虽说是母女,这也是个非常困难的谈话。母亲对陷入情网的女儿说,你只不过是受到肉体的诱惑;女儿反驳母亲说,根本不是那样,妈妈没有体验过,怎么理解得了。

奇怪的是后来母亲一说出"谁也不认识谁"时,之前那么反抗的凛子,受到了打击,哭了起来,到底是母女连心哪。

不管怎么说,把情感那么好的母女拆散的罪魁祸首是自己,久木感到肩头很沉重,越来越坐立不安起来。

"我这回是真的没处可去了。"

久木把手轻轻搭在垂头丧气的凛子的肩上。

"没关系,你母亲早晚会理解的。"

"她不会的,她没有那么深地爱过。"

"没像你爱得那么深?"

"妈妈觉得无论做什么,都以平凡稳妥为好。"

现在,凛子觉得自己作为女人超越了母亲的世界。

"妈妈不理解我也无所谓,只要你理解我就行了……"

"我当然理解你了。"

凛子忽然紧紧搂住了久木,央求道:

"抱着我,使劲点儿。"

久木用力抱紧她,凛子又嚷道:

"打我,使劲打……"

"打你?"

"对,随便打,我是个不听话的孩子,快点打……"

说完凛子突然站起来,撕扯般的解开衬衣钮扣,自己脱起来。

久木不知如何是好,他从自己把衣服脱得一丝不挂的凛子身上,看到了和自己同样孤独的影子。

现在久木不但和家庭,而且和公司的同事们也疏远起来,一个人飘浮在半空中,忍受着孤独感的折磨。凛子也同样被此生唯一的深重的爱所缚,越陷越深,最后众叛亲离,只剩下自己孤单一人。

被世人拒绝、疏远的男女,最后可以依赖的,就只有同样孤独的对方了。除了寂寞的男人和寂寞的女人互相接近,疯狂地任性胡为之外,再没有其他方法能够治愈这种孤独感了。

现在,凛子正是为了寻求这一拯救而袒露身体的。

"打我!尽情地打我!"

凛子全身赤裸着匍匐在如暗穴般下沉的床上。

她就像一只撞进了黑暗地窖里的白蝴蝶,使久木意识恍惚,不知所措。

他该用什么东西来鞭挞这只蝴蝶呢?该用那挂在成人商店墙上的、皮带头裂成好几条的那种皮鞭吗?可是他手头怎么可能有那种东西呢?

他四下里看了看,立刻想到了扎在自己腰上的皮带,就把皮带抽出来,提在右手里。

"真的,打你?"

"对呀！打我吧……"

再踌躇下去，只能是对这只匍匐在自己面前的蝴蝶的羞辱了。

久木又看了一眼雪白的肉体，像是乞求凛子原谅似的咽了口唾沫，高高举起了皮带，抽了下去。

随着一声嵌入皮肤的闷响，女人发出了呻吟和惨叫相混杂的声音。

"别打了……"

虽然是她自己要求的，可能是生平头一次遭鞭打，凛子立刻害怕地想要逃避。

可是，久木毫不理会，又继续鞭打了两下。凛子在床上滚来滚去地哀号：

"疼死了，别打了……"

看来凛子没想到会这么疼。她渴求的是自己被鞭打时的悲惨姿态和那瞬间的被虐待感，而不是被打的痛楚。

可是真遭鞭打以后才发现，疼得简直难以忍受。

"别打了。"

听到她再喊一声，久木这才放下了皮带。

"疼吗？"

"疼死了，你真狠心。"

挨了好几下鞭打，凛子真的害怕了。

"我看看伤着没有？"

久木打开床头的台灯一瞧，从背上到臀部，交错着好几条红红的鞭痕。

"有点发红。"

"你抽得那么使劲儿。"

"你让我使劲儿抽的呀。"

"谁想到你真打呀。"

凛子的说法既任性又矛盾。

"一会儿就不疼了。"

久木轻轻抚摸着白嫩皮肤上的血痕说道。

凛子嘀咕着："那地方都麻木了，没感觉。"

说完，她又想到什么似的，说：

"对了，该轮到我打你了！"

"算了吧，打男人有什么意思啊。"

久木说的是挨打时的样子，凛子说的却是抽打后的效果。

"我想看你被打得满处跑的样子。"

这话听起来感觉怪怪的，久木离开床，俯看着凛子的后背。

"可是很美哩！"

红色鞭痕蛇行在近乎透明的白嫩肌肤上，宛如一幅超现实画。久木指尖摸着从后背到臀部的红印，凛子呻吟着：

"啊，好烫……"凛子扭动着腰，"感觉像烫伤一样。"

是鞭痕发烫吗？久木不知如何是好，呆愣着，凛子抓住久木的手往自己身边拽。

"抱住我，抱紧点儿。"

久木再回到床上，凛子主动靠过来紧紧拥抱着他，一边疯了似的喊着：

"我真是变态，我是变态吧。"

一边决绝地说：

"快呀，我要你。"

在凛子的一再要求下，久木尽量不触痛她背上的伤痕，紧抱住她。

"用力，再用力……"

刚才那顿鞭打，似乎成了充分的前戏。

已充分浸润的秘处牢牢捉住男人，没等久木加以引导，凛子就自顾自地狂奔起来。她不停地说着"快着火了…火烧火燎的"……久木听着听着，实在控制不住，将自己释放了出来，而凛子也紧追其后，叫出了声。

"我要死了……"

奇妙的是，语尾像吹过虚空的风一般没了踪影，紧接着便是死一般的静寂。

这么静静地躺着，久木回想刚才席卷他和凛子的那场风暴。

一切是那么的不可思议。

凛子自己要求打她，是想要让身体疼痛。

被母亲责骂成淫荡，以至断绝母女关系，使凛子深深为流淌在自己体内的淫荡血液感到不安，她想把那淫荡血液驱逐出去，才突然想到挨鞭打这一招的。

而久木真的挥起皮带抽打她的时候，也恍惚觉得从凛子身体里涌出了无数的淫乱之虫。

然而，鞭打完了以后，完全不是那么回事。

凛子挨打时确实疼得直叫唤，但与此同时，不安与羞耻也跑得无影无踪，反而体味到比以往更强烈的快感了。

她全身的欲念之虫不但没有除去，反而钻入更强烈、更深邃的快乐世界里去了。

照此看来，这样鞭打不仅起不到惩戒她的效果，反而使她浑身发烫，变成煽起新的情欲的兴奋剂了。

纵情疯狂过后的凛子的肌肤显得更美了。

凛子现在就像刚才准备挨鞭打时一样,伸开四肢趴在床上,背上横七竖八的鞭痕,雪白的皮肤闪耀着玫瑰色的光辉。

"可烫呢……"

凛子趴着喃喃道。这也难怪,被鞭子抽打后,毛细血管扩张,血流加速,再加上热烈的拥抱,凛子全身火一样灼热。

久木抚摸着女人火烫的皮肤,再次思考起来。

女人到达高潮时的快感,究竟是什么感觉呢?

男人毕竟只能凭空猜想,不过可以肯定,那是远比男人更强烈深邃得多的快感。

当然,男人在射精的瞬间也有相当强烈的快感,但时间极短,仅一瞬之间。相比之下,女人的快感时间是男人的几倍还是几十倍?有人说是和男人射精的瞬间同样的感觉,只是时间抻得很长,那可真是快乐无比了。

比这种解释更易于理解的方法也不是没有,那就是去体验肛交,即找个所谓的同志,那样的话或许有可能体会到与女性相近的性感觉了。

据说一旦习惯了这种肛交的性爱方式,大多数的男人便会陶醉于那种极强烈的快感中,深陷下去。正是由于从插入式的性转换为接受式的性,所以男人们一旦受到其魔力的诱惑,就再也无法恢复正常的性生活了。

由此可知,接纳一方的快乐是多么深了。但女人不必像男人那样,必须使用异常部位才能感受,女人有正当的渠道——花蕊,自然比男人的快感更加强烈,可谓幸运之至。再加上女人还具有相当于男性特征的花蕾,也能获得近似的快感。所以说,女人的情欲是贪婪而奢侈的。

当然,不是说所有的女性都能确实感受到性的快乐,其中有的女人未得到充分开发,有的女人性冷淡,也有的女人对性只感觉嫌恶和屈辱。除去这类女性,能够真正到达性高潮的女性究竟有多少?虽然不知道确切的数据,但能感受到高潮的人可以说是性的精英吧。

此刻,凛子就像那些"精英"中的一个,正躺在床上沉浸在快乐余韵里。她那飘飘欲仙的姿态里充溢着精通性快乐的女人的丰饶、自信和满足。

"真不可思议。"

久木说完,凛子依偎过来,问:

"什么不可思议?"

"吊唁水口的晚上,咱们俩却在做这些事。"

"不对吗?"

"我不是那个意思，我觉得死和生只是隔着一层薄薄的纸……"

久木眼前浮现出祭坛上的水口生前身体健硕时照的遗像。

"去吊唁的人，都有同样的感觉。"

"什么感觉呢？"

"现在活生生的人早晚都得死，只是时间的问题。"

趴在床上的凛子点点头，突然抓住久木的手放到自己的胸前说：

"咱们一块儿死吧。"

"一块儿死……"

"是啊，反正是死，一块儿死多好啊。活到现在已经够了。"

凛子心里早就埋下了对死的憧憬。

当然凛子憧憬的是在满足的顶点去死，久木则是由于参加了朋友的葬礼，产生了虚无感所致，同样是死，两人之间有着微妙的区别。久木意识到这一点，担忧地问道：

"你刚才说，现在已经够了？"

"对，什么时候死都无所谓。"

"不想再活下去吗？"

"活下去也可以，只是觉得现在最幸福。每天能得到你这么深厚的爱。"

"不过活着也许会更幸福的。"

"同样的道理，也可能更不幸福呢。今后，等待我们的只有一天天衰老下去。起码这是再清楚不过的了。"

"你还年轻呢。"

"哪里，我跟你说过，皮肤越来越松弛，皱纹也增加了，一天不如一天了。"

凛子的想法是有些悲观，不过久木也觉得自己开始不行了，在公司越来越不受重用，成了多余的人了。与其那样下去，还不如消失在凛子这朵盛开的花朵怀抱中更幸福呢。

"现在是我们最幸福的时候。"

"没错，还没有人像我们这么相爱呢。"

久木点点头，很同意凛子的话。凛子慢慢转向他说：

"我想出去玩玩儿。老在这儿待着，闷得慌……"

久木也有同感。

"咱们去轻井泽吧。父亲在那儿有个别墅，就咱们俩在那儿待两天好不好？"

"不会有人来吗？"

"没人来，一直空着的。再说，在那里做什么，谁也干涉不着。"

凛子的心似乎已经飞向草木繁茂的静寂的轻井泽去了。

# 半夏

女人肉体如此光滑而柔软,只要沉浸在这种丰润温暖的感觉中,失去意识或者死亡,就不那么令人万分恐怖了。在女人的怀抱中,男人变得无比的温柔与顺从,好象变成了被妈妈抱在怀里的少年,变成了一个胎儿,又变成了一滴精液而消失不见了。

七月的第二个星期,久木为了和凛子去轻井泽请了两天的假。

梅雨季节尚未结束,但已近尾声,正是多雷雨时节。

好容易去一趟轻井泽,本想等梅雨期过了再说,可是,七月中旬开始会议很多,而且连日来天气阴沉沉的,闷在地窖一样的房间里,心情更加阴郁,所以想早点去。

再加上,听凛子说"雨中的轻井泽也不错"。

梅雨时的轻井泽,树木吸饱了水分,绿意更浓,还没到放暑假的时候,游客也很少。

选择这个时候去,算上周末的两天休息,就能连着住三个晚上,这样一来身心都可以得到洗涤。

其实,近来久木和凛子都有些萎靡不振的。

久木耳边老是响着女儿知佳对他说的话,"别老是拖拖拉拉的,要离就痛快一点"。

就是女儿不说,久木也不想回到妻子身边去了,可是又不想主动在离婚书上签字。而妻子也没有再来催他,这是在一起生活多年的夫妻共同的矛盾心理。可在女儿看来,父母也太不干脆了,让人起急。

连女儿也催着他和妻子离婚,使久木觉得和家人更加疏远了。

凛子近来也有点异常,那是在回了趟自己的家之后。

为了拿轻井泽的钥匙,凛子趁丈夫不在时回了趟家,发现家里有点异样。说是异样,其实想想也很正常,就是说有陌生女人出入的迹象。

她发现这事是在七月初的一个下午。

凛子的先生每天最晚也在早上八点出门,下午她回去时当然不在家。

那天凛子来到二楼自己那间六个榻榻米大的卧室,从衣柜的抽屉里取出别墅的钥匙,正要离开,忽然发现家里与以往不大一样。

丈夫很爱干净,近乎洁癖。尽管如此,书斋和客厅也收拾得太整洁了。早上,丈夫一定要喝完咖啡再走,不仅杯子洗了,厨房的抹布都叠得整整齐齐,用过的小盆扣着控水。书桌上的花瓶里还插着一朵从院子采来的紫阳花。

凛子起初以为是女佣或婆婆来给收拾的,可是去浴室一看,有一条没见过的花毛巾和红柄的牙刷。

一定是其他女人来过。凛子想到这儿，一刻也待不下去了，赶紧逃离了家。

"真讨厌呐。"

凛子的声音不像抱怨也不像叹息，她并没有生气。既然自己不要家了，他让别的女人来，自己也没什么可说的。

"这样我也算解脱了。"

凛子嘴上这么说，其实心里还是不舒坦。

"有了别的女人，应该同意和我离婚呀。"

如果凛子的判断不错的话，难道凛子的丈夫有了别的女人，也不同意和凛子解除夫妻关系吗？

"我再也没什么可留恋的了。"

凛子微笑着，笑得很凄然。

本以为会赶上晴天，可是去轻井泽那天还是下雨。

据天气预报说，太平洋南岸的梅雨前线停滞不前，加上台风北上至小笠原诸岛附近，受其影响，东海、关东一带将会有大雨。

考虑到这些因素，他们吃完晚饭，早早就出发去轻井泽了。

驶出拥挤的首都高速公路，上了关越高速公路后就通畅无阻了。

雨下得不大不小，久木望着窗刷扫动的前方，忽然觉得他们像是在逃离东京。

"好像在哪个电影里见过这种镜头。"

"不会是那种警匪片吧。"

"不是杀人犯，是相爱的两个人从都市逃到别的地方去。"

久木说完，过了一会儿凛子说道：

"咱们和杀人犯也差不多。"

"杀了谁？"

"没杀人，但是使很多人痛苦啊。比如你的夫人、女儿以及周围的人……"

凛子第一次谈起久木的家人。

"你的家庭也一样啊……"

"对，我周围的人也都受到了伤害。"

听凛子说出这么有见地的话，久木感到很欣慰。

"爱是自私的，尤其是我们这个年龄，不伤害别人，很难获得幸福。"

"可是想要得到幸福该怎么办呢？"

"所以有没有伤害别人的勇气就很关键了。"

"你有勇气吗？"

久木轻轻点了点头。望着雨水如注的车窗,凛子喃喃道:

"爱上一个人,真是件可怕的事啊。"

大概是心情突然阴郁下来了,凛子没有再说话。

夜行车里谈话一中断,马上觉得寂寞起来。久木按下键,埃里克·萨蒂的慵懒曲调流淌出来。

凛子听了片刻,又想起什么似的说道:

"可是,爱上喜欢的人是很自然的吧?"

"当然,谁会去爱一个讨厌的人呢?"

"可是,一旦结了婚就不容许再去爱别人了。爱上丈夫以外的人,马上会被说成是偷情啦,无耻啦等等。"

凛子发泄着积存了一肚子的不满。

"当然,因为相爱而结婚,后来又不爱对方了是不对,可是,人的情感不会一成不变的呀。"

"就像是二十岁时喜欢的音乐或小说,到了三四十岁时就觉得无聊了,不喜欢了一样。何况二十岁喜欢的人,随着年龄的增长渐渐不喜欢了,也是完全可能的。"

"音乐或小说后来不喜欢了,别人不会说什么,甚至还说你进步了,可是不喜欢一个人了,为什么就不行呢?"

"因为既然结婚的时候海誓山盟,那就要履行自己的责任呀。可是实在过不下去时,只好老老实实表示歉意,或者支付一些赔偿费,和对方分开了。"

"为什么这么做的时候,会受到别人的叱责和侮辱呢?"

凛子的问题一个接一个,久木都难于应付了。

"因为男女之间,或夫妇之间不是仅仅由好恶来决定的。"

"其实和不喜欢的人在一起生活,反而是欺骗背叛对方啊。理应和自己喜欢的人生活才对,可是又被人说成是折磨别人。"

听着萨克斯管的低徊旋律,凛子的心绪更加黯淡了。

车子从花园途经本庄儿玉,直奔埼玉县北部而去,雨还没有停的意思。

久木为了打破沉闷的空气,一手握着方向盘,一手抓住了凛子的手,凛子靠近了他。

"嗨,我问你,你喜欢我什么?"

刚才严酷的现实的话题太严肃了,她大概想轻松一下。

"全都喜欢呀。"

"可是,总有最喜欢的地方吧?"

"一句话说不清楚。"

"我要听……"

对这个不好回答的问题，久木也想逗逗她。

"你那么端庄，一副若有所思的样子，我担心得不得了，才接近你的，谁知……"

"怎么样呢？"

"原来这么好色。"

凛子用拳头捶起久木的膝头来。

"这都得怪你呀。"

"越是端庄越显得淫荡。"

"你光喜欢这一点？"

"那好，我就都说了吧。你干什么都很执着，非常要强，有时胆子很大，有时又很软弱，又爱哭，人又很漂亮，总给人不太平衡的感觉……"

"我第一次被人说不平衡。"

"咱们做的这些事能说平衡吗？"

凛子用手指在车窗玻璃上画着，说道：

"告诉你我喜欢你什么吧。"

"有让你喜欢的吗？"

"也是不太平衡啰。"

"是吗……"

"第一次见到你时，就觉得你与众不同。听说是大出版社的部长，以为是相当谨慎的人，可是，看起来没什么架子，谈起自己编过的书来，像个年轻人似的。后来突然打来电话说想见我，原以为你很笨拙，却突然来了个主动出击。"

"那你……"

"别打断我，好好听着。"

凛子往久木嘴里塞了一块薄荷糖。

"我对你真是看走眼了。"

"看走眼？"

"开始见你那么稳重，那么有绅士风度，我就放松了警惕，没想到突然把我带到饭店里去了。"

和凛子首次发生关系，是交往三个月后，在青山饭店吃完饭以后的事。

"那次，吃饭的时候，你不时拿起盐瓶，打开盖子，一气洒了好多盐，弄得满盘子都是，我就有点担心了。后来跟着你去了房间，又突然袭击了我。"

"喂，喂，我成了无赖了。"

"对了,你是有点无赖。一瞬间就把我给霸占了,成了你的俘虏,再也逃不脱了。"

"不知情的人听了,还以为是真的呢。"

"流氓一般用毒品控制女人的,而你不是,用性爱来捆绑我,太可恨了。"

久木不知该高兴还是悲哀,苦笑着说:

"那些流氓都是哄骗女性,利用她们来赚钱的。我这个流氓不一样,我喜欢你才离不开的,我不是靠毒品,是靠爱俘虏了你的。"

"这才麻烦呢,毒品还有救,爱不但没有救,还会越来越严重啊。"

真是胡搅蛮缠,久木听了哑口无言,凛子轻轻凑过来说:

"不过你是个温柔的无赖。"

车子沿上信越公路前行,快到锥冰岭了。

雨势小了一些,可又下起了雾,车前灯照出的路面蒙蒙胧胧的。

穿过几条隧道就到了轻井泽,雾已迅速散去了。一看表十点整,离开东京时七点半,一共走了两个半小时。

距离暑假还有一段时间,又是平常日子,路上没什么人,只有随处可见的自动售货机孤寂地淋着雨。

凛子小时候常来这里,路很熟。在车站前换了凛子开车,从新道开上了万平路后,又走了五六百米,再向右一拐就到了。这一带属于轻井泽老别墅区,坐落在一片寂静的落叶松林中。

"终于到了。"

把车停在停车场,下了车,只见茂密的树木前面有一座三角形屋顶的西洋式房子,大门亮着灯。

管理别墅的人叫笠原,知道他们今晚要来,事先做好了准备。

"小巧玲珑的房子吧。"

正像凛子说的那样,建筑面积虽然不大,可是占地不少,周围都是苍郁的大树。

"盖了有二十年了,已经旧了。"

"不过很别致。"

天黑看不大清，外墙面好像是驼色砖砌成的，一进大门有一个彩色玻璃装饰窗。

"父亲说轻井泽还是以西洋式的房子为好，就盖成这样的了。"

凛子的父亲是横滨的进口商，想来是按照他的喜好建造的。

进入大门，有一个宽敞的客厅，狭长的房间左边有个壁炉，围着壁炉摆放着沙发和椅子。再往里是厨房，旁边摆着一套橡木餐桌椅，靠右边有个小吧台。

凛子领着他参观了一下别的屋子。门厅右边是一个和式房间和一个有两张床的西式房间，二层有一间书房兼客房，里面摆着一张大书桌，还有一间放着西式衣橱、双人床的主卧室。

"最近没人来，潮气很重。"

凛子说着敞开了窗户，放空气。

"你母亲不来吗？"

"妈妈有点关节炎，梅雨的时候不愿意来。"

凛子拿掉了床罩说：

"在这儿的话，谁也打扰不了咱们吧。"

凛子说得没错，只要待在这个地方，谁都不会知道的。

参观完了之后，他们回到客厅，凛子给壁炉生起了火。虽说快到七月中旬了，梅雨季节的寒气还是很大的。

壁炉的周围堆放了好多劈柴，好像是管理人给准备好的。劈柴燃烧起来后，火苗给房间带来了暖和气，真是体会到了避暑胜地的感觉。

"你没带睡衣吧？"

凛子拿来了一件父亲以前穿的睡衣。

"看来下次也得给你准备好睡衣。"

久木穿上凛子父亲的睡衣试了试，凛子笑着说，稍微大了点。

"我也去换一下衣服。"

久木坐在沙发上凝视着炉火，这时凛子穿着白色绸缎睡衣走过来。

"喝点香槟吧。"

凛子从吧台里的酒柜上拿下一个酒瓶，往细长的高脚杯里斟了酒。

"总算和你一起来了。"

凛子说着伸出杯子说：

"为轻井泽的我们干杯！"

"今天晚上在哪儿睡呀？"

"在二层的卧室睡吧。"

二层的卧室里有个很大的双人床。

"父亲以前常常睡在那间屋子里。不过已经有三年没人来了,床单和床罩都换新的了,你不在乎吧?"

"那倒不是,我是怕咱们两人睡的话,会被你父亲怪罪。"

"没关系的。父亲和母亲不一样,很通情达理。我结婚的时候,曾对我说,'不高兴的话,随时都可以回家来。'"

去年年底,凛子的父亲突然病逝,使她一度非常难过消沉。他们父女之间的关系一定亲密得外人难以想象。

"父亲的死对我打击很大。我过去一直很任性的……"

久木突然想起守灵之夜他强行求欢的事,凛子好像也想起来了。

"那次被你叫到饭店去了,我觉得对不起父亲。可是也因为有你和我在一起,我才恢复过来的。"

"你父亲要是知道了我们两人到这儿来了,会怎么想?"

"父亲会理解的。他常说,能和自己喜欢的人在一起是最幸福的。我要是对他说,和你两个人从东京逃到这儿来了的话,他会说,好啊,就在这儿住下吧。"

回忆起父亲,凛子又难过起来,声音哽咽着。

两人凝视着蹿动的火苗,凛子轻轻说道:

"火苗也有好多种形状哪。"

真的,同一块劈柴的火苗,有的又红又亮,有的又黄又小。

"我就是那个大火苗。"

凛子手指着火苗说,她的额头被跳跃的火苗映得红红的。

夜里,久木梦见了凛子的父亲。

他坐在卧室旁边那间书房里的椅子上,只能看见他那宽阔厚实的背影,看不见脸。

凛子小声告诉他,那是父亲,久木想走近问候一声,背影突然消失了。久木正在奇怪的时候,凛子说已经火葬了。看着黑黑的洞穴中燃烧的火焰,凛子告诉他那是在火化父亲。久木一听,合起掌来,火焰越来越小,听到凛子说木柴太湿了后,渐渐熄灭了。

这时久木醒来了,身上觉得冷,怪不得会梦见火灭了。借着床头灯微弱的光亮,久木看见了睡在旁边的凛子,久木这才明白过来,这里是轻井泽,于是努力回忆起刚才做的梦来。

每个情节都连不上,这个梦和睡觉之前同凛子谈到她父亲、穿她父亲的睡衣、一块儿看火苗等有微妙的关系。只有梦见火化凛子父亲的火焰,实在可怕。久木看了看周围,也没有会梦见死的迹象啊。

手表放在楼下了，不知道时间，大概有三点左右吧。雨一直在下，雨点打在床头上边的窗框上，噼里啪啦地响着。

久木觉得身上有点冷，就靠近俯卧着的凛子，轻轻地搂住了她。

昨晚入睡时两人也是紧紧搂着的，但没有做爱。久木上完一天班，再开车到轻井泽，有些累了。凛子也因为忙着整理多日无人的别墅，很疲惫。最主要的还是要在这里住上三天的安心感，使他们并不急于去卿卿我我。

小睡一会儿后，久木有点想做，但把熟睡的凛子弄醒，又有些不忍。

久木想，反正时间多的是，抚摸着凛子那柔软身体，满足地继续沉入了梦乡。

久木再次醒来时，凛子好像也刚刚醒来，还是趴着的睡姿。

久木凑近了她，想要缩小睡眠中拉开的距离，凛子上身也贴了过来。

两人互相搂抱着，感觉着彼此肌肤的温润。久木问："几点了？"凛子说："床头柜上不是有表吗？"

久木搂着凛子的肩，扭头看了下表，已经早上八点了。

没想到睡了这么长时间。久木抬头看看雨点噼啪作响的窗户，凛子问：

"你想起床？"

"不……"

轻井泽有几个地方想去看看，不过时间有的是，不着急。

"还下着吧。"

窗户被厚厚的窗帘遮挡着，所以屋子里光线昏暗，不过外面的微风和雨点打在树叶上、流过玻璃窗的声音还是很清晰的。

"就这么躺会儿吧。"

雨已经下了三天了，从东京来到轻井泽，还是没有放晴的迹象。以往会受天气的影响而忧郁，现在一点也没有这种感觉，非但没有，在雨天的清晨，搂着皮肤柔软的女人嬉戏，真是一种奢侈的享受。

"不冷吗？"

久木问道，把凛子的身体搂得更紧了，然后撩开她的真丝睡袍的前襟。

天气不冷不热，听着淅沥沥的雨声，久木一边吻着凛子白皙的酥胸，右手抚摸着她胯间的密林。

久木温柔地爱抚时，凛子低声问：

"想要？"

"昨晚什么也没做就睡着了。"

凛子沉默了一会儿，轻轻扭转上身说：

"我提个要求可以吗？"

"什么要求？"

凛子又沉默了一会儿，说：

"要干就别停下来。"

"别停……"

"对，别停。"

久木停下手指的蠕动，偷窥着凛子，她在淡淡的晨曦中紧闭双眼，微微张着嘴唇。

看着她那像牵牛花一样粉红的嘴唇，久木咀嚼着凛子刚才说的这句话。

"要干就别停下来。"

对寻求无尽快乐的女性来说，这是正常的要求；然而从男人角度看，却是个很过分的要求。

不，岂止是过分，那等于是命令在性方面有限的雄性交出性命。

但是，久木顺从地开始执行这苛刻的命令。他不知道自己能够坚持到什么程度，只能走一步算一步，竭尽全力。一旦坠入情网，成为俘虏后，那么俯首帖耳，臣服听命于女王、鞠躬尽瘁、死而后已便是雄性的宿命。

想到这儿，男人将女人那早已挺立起来的乳头含进嘴里，一边呼出热乎乎的气息，一边用舌尖裹住乳头画圆圈，同时将另一只手伸向她的私密处边沿，轻轻拨开花蕾，若即若离地缓慢振动花蕾的顶点。

就这样保持一定的频率反复时，女人的乳头和私密处就像银铃般发出了共振，女人愉悦的呻吟声越来越大，然后双手抱住了吸吮自己乳头的男人的头。

看上去，就好像男人黑色的脑袋被涂着淡粉色指甲油的手指紧紧按住了一样，但男人却不以为然地继续着舌头和手指的移动。反复不断地进行着这种说不上是折磨还是服务的爱抚，女人渐渐挺起下身，终于说出"不行了……"。接着又哀求着"求你了……"，很快伴随着一阵轻微的痉挛达到了高潮，于是男人得到片刻的休养生息。

但是对于不断追求着永远的愉悦的女性而言，这不过是刚刚开了个头儿。女人为了寻求更强的快感轻轻侧过上身，与她配合着，男人也大幅度移动自己的位置，将自己的脸埋入刚刚达到过高潮的女人的私密处。

男人以这种匍匐的姿势，继续运用自己的双唇和舌头为女人奉献着，直到女人再次无法忍受，不断哀求之后，男人才踌躇满志地将自己送了进去。

这虽然是男人期待已久的挺进，但是，男人操纵、控制女人的优势也到此为止了。

结合之后，男人的献身将面临更高的要求。

久木此刻完全将自己深深埋入了凛子体内，可是一旦被她那柔软的皱褶捕获，那么无论前进还是后退，都必须得到她的许诺和同意才行。

男人已预见到了前面等待他的遥远的旅程。他首先采用侧卧位将下体贴紧，然后再用腿紧紧勾住对方，固定好位置后，再用左手扶住女人的腰，右手则伸到女人的前胸揉捏着她的乳房。这种姿势虽然需要四肢并用，但从持久性这一点来说，这种姿势最易采取主动，而且能够准确刺激女人的敏感部位。

男人一进一退，一退一进，看起来动作千篇一律，实际上，即使同样的动作，如果时而抬高女人的腰部，就可以令男人热辣的武器扫过那敏感的皱褶表面，女人会因这种微微刺痛的酥痒感觉而呼吸急促起来。当男人稍稍松开那紧贴的秘处，将腰后撤，只用顶端轻轻点触人口处时，那种渐行渐远的焦躁感会使女人更加方寸大乱。

不用说，男人的目的就在于最大限度使女人得到满足和快感。

到底能撑到什么时候，他自己也不知道。就在他奋力拼搏中，伴随着一声深沉悠长的呻吟，女人到达了高潮，那一瞬间，男人屏住呼吸，横眉立目地忍着不发。

如果这时候一起到达高潮，就违背了女王"不要停下来"的命令。忘记了这命令的一刹那，男人将丧失作为雄性的身份与骄傲，化成一片褴褛被葬送。

感觉到女王已达到高潮后，男人像条忠实的狗一般喘息着静等女王放他自由的赦免令，但是，无情的女王不会因为他奉献到这种程度，就给予他自由。

为获取更多的愉悦，她马上又命令男人开始行动。不得做任何抵抗的男人像奴隶般驯服，再度奋起，叱咤激励自己的雄性。

静谧的雨天清晨，男人从幸福的绝顶，转瞬间沦为被罚做苦役的囚犯，为女人的快乐而献身。

尽管被命令"一直作别停下来"，但男人的性能力毕竟有限，不可能无止无休。

在雨天的早晨，在这个与世隔绝般的静寂的密室中，虽然更煽动情欲，但经过一个小时的奋力拼搏后，男人终于折戟沉沙般瘫在余热犹存的女人身上，垂头丧气地撤退了。

女人仍旧发出恋恋不舍的呻吟，但男人至此已到达极限。虽然没有遵守当初的约定，但女人已经多次得到了飞翔于云端般的满足，应该给予适当赏赐才对。

男人满怀期待地躺着，女人渐渐恢复平静后，靠了过来，一边抚摸着他的下体，一边问：

"你还没有吧？"

男人吓了一跳，但是关键部位被抓着，想逃也没处逃。

"每次都那个，怎么行……"

如果每次都按照女人的要求，释放出来的话，男人的身体可就完蛋了。直到最近久木才掌握了一些既能保护身体又可以持久的技巧。

"我可说了的,我想要。"

"不过,还是细水长流吧……"

就算没有释放出来,但每次都使女人攀上快乐的巅峰,男人的精气也会逐渐丧失掉的。

"今天晚上不是还得干吗?"

凛子这才没话可说了。突然,又认真地说:

"你觉得我是色情狂吧?"

"没有啊……"

"我都觉得自己讨厌,可是没办法,那是我真正的感觉。"

凛子说到这里,突然想起什么似的摸了摸久木那东西,问他:

"你怎么能那么冷静啊?"

突然被这么一问,久木稍稍躲开了一点说:

"这可不是冷静的问题。"

"可是你能忍得住呀!"

"那也是拼命控制的,为了让你高兴……"

"为了我……"

"为了让你真正满足呀!"

"我也是,我也想让你快乐得要死。"

尽管男人和女人感觉上有差异,只要和相爱的人交合,就会使双方都感到快乐无比。

"你想要我为你做什么,尽管说。"

"这就足够了,没有女人能超过你了。"

"真这么想?"

凛子叮问道,其实这是不言自明的。久木不讨厌和女人做爱,却从没有像现在这样感觉这么充实、深刻。

以前他所感觉到的只是一般男人的普通的快感,自从和凛子认识以后,愉悦的感觉一下子增强了,加深了,也更持久了。

在这个意义上,久木也受到了凛子的刺激、引导和大大的启发。

"我决不让你离开我。"

"我也是,没有你我活不下去。"

凛子柔和的声音消失在清晨的细雨中,久木听着轻轻闭上了眼睛。

两人半睡半醒地又躺了好长时间,十点多才起了床。

"到这儿来就是不一样,感觉特别好……"

凛子在镜子前面挽着头发,说道。

不错,涩谷的屋子他们太熟悉了,不免渐渐流于惰性。而今早的欢爱,使久木感到新鲜而有活力。

"看来总是千篇一律的,就是不行。"

这不仅仅指变更场所,也适用于男女之间的关系。

"我们要永远保持新鲜的状态。"

凛子道。可是究竟能保持到什么时候呢? 惰性这个怪物或许已经悄悄潜入他们之间了吧?

"我先去冲澡了。"

凛子说完,下楼去洗澡间了。久木打开了卧室的窗户。

雨还在淅淅沥沥地下着,好像比昨天夜里小了一些。已经快十一点了,四周很安静,从树叶上滴落的雨点不断地渗入布满青苔的地面。

在这静寂的雨天里,久木想起今天是自己五十五岁的生日。

到了这个岁数过不过生日都无所谓了。说是喜事亦是喜事,说是悲哀便是悲哀。最惊讶的是,自己居然一转眼活到了这把年纪。

久木忽然想起了家人。

如果没有和凛子陷得这么深而离开家的话,妻子一定会对自己说一句"祝你生日快乐",女儿也会打来电话表示问候的。

久木漫无边际地想着的时候,楼下传来了凛子的声音:

"早饭吃面包行吗?"

久木下了楼,冲了个澡,坐到了餐桌旁。

早饭是凛子做的,很简单,有香肠、煎鸡蛋和生菜,还有面包和咖啡。吃完饭已经十二点了。

凛子很快收拾完,穿了一身天蓝色的套裙,准备出发。

以前久木在出版社的时候,经常到轻井泽来搞采访,最近几年没有机会来了。久木一到这里便触景生情,轻井泽也是使他回忆起过去工作在第一线的怀旧之地。

所以当凛子问他"咱们到哪儿去"的时候,久木很自然地想到了和文学相关的地方。

"据说这附近有个有岛武郎绝命之处。"久木说道。

凛子查了一下地图。

"墓碑在三笠饭店附近,他的别墅应该在盐泽湖岸边。"

别墅好找,他们先去那儿看了看,湖畔有一座古香古色的和式别墅。导游图上说,别墅名叫"净月斋",由于长年无人居住,已破烂不堪。当地的人士重新翻盖后,迁移到此处来的。

现在的位置在湖边显眼的地方，不过既然到了这儿，应该去看看原来的所在地。

他们又开车循着地图折回轻井泽老街来，沿三笠大街的林荫路往北去，街两旁都是落叶松。从前田乡向右一拐，出现了一片树木繁茂的坡地。顺着泥泞的羊肠小道穿过去，就看到了杂草丛中竖着一块长方形墓碑，依稀可以辨认出上面刻着"有岛武郎绝命之地"的字迹。

一九二三年，当时的文坛宠儿有岛武郎和《妇人公论》的漂亮女记者波多野秋子，曾在这个地方的别墅里一起殉情。

当时有岛武郎四十五岁，妻子已经去世，留下三个幼子。秋子三十岁，没有孩子，是个有夫之妇。

两人并排上吊而死。从六月上旬到七月上旬，梅雨季节的一个月之久的时间里，一直没有被人发现。被发现时，两人的尸体已经高度腐烂了。

发现尸体的人说："他们全身都生了蛆，就好像从顶棚上流下来的两条蛆虫瀑布。"

有岛武郎和波多野秋子的情死事件，成为震撼当时文坛乃至整个社会的华丽丑闻。然而，当时他们的样子是相当凄惨的。

凛子听久木说，他们被发现时已全身腐烂生了蛆。她害怕地望了望四周，然后向石碑合十为他们祈祷。

在这大白天都觉得阴暗的灌木丛中淋着雨，真好像随时会被带到死亡的世界中去似的。

"这回我带你去一个我喜欢的地方。"

凛子开着车沿三笠大街往南去，一进入鹿岛森林边上的小路，就看到一个池塘。这就是云场池，池塘不太大，呈狭长形状。

"这个地方下雨也很有情趣的。"

正如凛子所说，茂密的树林环绕的水池，笼罩在雾蒙蒙的水汽里，就像暗沼一样飘散着妖气。

"你看，那儿有一只白天鹅。"

顺着凛子手指的方向望去，只见水面上漂浮着几只鸭子，其中有一只白天鹅。

"它老是单独待在这儿，不知道是为什么。"

凛子担心它没有伴儿，太孤单了，而白天鹅若无其事地浮在水面上，像雕塑一样。

"也许它不像你想象得那么孤独。"

久木给凛子打上伞，沿着池边继续往里走。

雨势虽小，却没有停的意思。除了他们，这静寂的池塘边一个人影也见不到。

路越来越泥泞难走，两人只好半路返回，到湖边一个餐厅去喝咖啡。

"死了一个多月才被人发现，也太可怜了。"

凛子还在想着武郎和秋子情死的事。

"那么长时间，就那么吊在空无一人的别墅里。"

"大概谁也没想到他们会去别墅吧。"

"就算两人一起死也不该选择上吊啊。"

凛子望着烟雨蒙蒙的沼泽说道。

晚上久木和凛子在离别墅不远的饭店吃了晚饭。这是轻井泽一家历史悠久的饭店，白色的二层楼建筑，正面有一排木栅栏，与周围的绿树十分和谐，有着避暑地饭店所特有的娴静气氛。

天刚刚擦黑，两人面对面坐在看得见庭院的窗边。凛子穿着薄薄的真丝上衣，下着一条白色休闲裤，这身轻松的打扮，一看就是来避暑的。

凛子先提议要瓶香槟酒。服务生给他们的杯子里注入了琥珀色的液体后，凛子先拿起酒杯，和久木碰了一下杯。

"祝你生日快乐。"

久木一怔，赶紧笑着点点头，说道：

"你没忘？"

"当然啦，你以为我给忘了？"

今天早上，久木想起了自己的生日，见凛子什么也没说，以为她没想起来。

"谢谢，没想到在这儿，有你为我庆祝生日。"

"从东京出发的时候，我就想到了。"

这回久木又一次举杯，向凛子表示谢意。

"我也不知道你喜欢什么……"凛子说着从坤包里拿出一个小纸包，"给你，生日礼物。"

久木撕开包装纸，里面是个小黑盒，打开一看，是个白金戒指。

"不知道合不合你的意，我想让你戴上。"

久木往左手的无名指上一戴，不大不小正合适。

"我知道你手指的粗细，定做了一对儿。"

凛子说着伸出左手给他看，无名指上也戴着个一模一样的戒指。

"和我在一起的时候，你必须老戴着它。"

久木第一次戴戒指，有点不好意思，可又不敢不戴这么宝贵的礼物。

晚餐都是单点的。凛子点了沙拉和清炖肉汤，主菜是法式油煎虹鳟。久木点了金枪鱼和西餐汤,主菜是香草烤小羊排。

喝了几杯香槟后,又要了瓶红葡萄酒,凛子的脸上起了红晕。

"本想给你订个生日蛋糕,可是觉得这种场合不大合适。"

当着其他客人的面,是有点太张扬了。

"我这岁数,吹灭五十五根蜡烛,要我的老命呢。"

"你挺年轻的,一点都不显老。"

"你是说,那方面?"

久木压低声音说。凛子缩了一下脖子说:

"别瞎说。"凛子接着又说:

"那是当然,你的头脑也比那些男人们灵活得多。"

"多亏了你呀。"

"从一开始我就对你这点印象很深。比那个衣川有活力得多,又有幽默感……"

虽说受到了夸赞,但说显得年轻,久木觉得也没什么可高兴的。

"以前我采访过一位八十八岁的实业家。当时他对我感叹过,光长岁数,心情总也不见老,真是头痛。我现在好像能体会到了。"

"总是显得年轻不好吗?"

"不是不好,他的意思是光心理年轻,身体跟不上去这种难受的感觉。倒不如心情也和年龄一样的衰老好受一点。"

"那不就成了没用的人了吗?"

"其实我现在在公司里也是没用的人。"

久木用一种自嘲的语气说道。

"那只是公司不用你,不是你的问题呀。这和在公司的地位没什么关系呀。"

凛子鼓励道,可是在公司里的地位会对男人的精神面貌产生微妙的影响。久木尽量不把这些放在心上,不过谁能保证以后会不会产生失落感呢?

久木品着葡萄酒,心情开朗起来,也感到肚子有点饿了。

久木觉得凛子点的虹鳟看着很好吃,分了一点来尝,又给凛子的盘子里放了一块自己的烤小羊排。

"两个人能多吃几种,真不错。"

"并不是谁都可以的吧?"

"那当然,只有和你才行。"

男人和女人分着吃东西,是有肉体关系的证据。在这个餐厅里,也许就有人这么看他们,但现在的久木无心去遮遮掩掩了。

以前就连和凛子坐车去镰仓，都担心周围人的视线，现在完全没有了那种不安，被人看不看到全无所谓了。

事到如今还在乎别人的看法毫无意义。应该珍惜所剩无多的人生，做自己想做的事，实在不行的话就是死也无所谓。

久木心里渐渐萌生了一种满不在乎的想法，更确切地说，是某种决心或坚忍的意志。

人一旦改变了价值观，对生活的态度就会随之改变。以前觉得重要的东西不再那么重要了，觉得无聊的东西反而宝贵起来了。

"我也该考虑退休了吧。"

久木不由自主地说出了平时常常思考的事情。

凛子不明白他在说什么，久木解释道：

"把工作彻底辞掉的话，就完全成了自由之身了。那时候想法还会改变的。"

"怎么改变呢？"

"我觉得只要在公司里的话，就没有真正的自由。"

凛子一时还是理解不了久木想退休的心情，这也难怪，她没当过上班族，体会不到那种感觉。

久木自己虽然嘴上说什么想要退休，其实也没有明确的理由。

如果一定要个理由的话，可以说是"某种模模糊糊的疲惫感"吧。

无论是谁，只要当了三十年上班族的话，都会感到某种疲惫，尤其是最近与同事之间的疏远，更加重了久木的这种感觉。

"你要是不想干的话，就别干了。"

凛子表示很理解。

"只是不要从此消沉下去，我希望你总是生气勃勃的。"

"这个我知道。"

"你是个有自信的人，如果你觉得退休后也能生活得很好……"

"谈不上自信，只是觉得也该做点自己喜欢做的事，为自己而活了……"

久木所从事的编辑工作一直是在幕后，整理别人写的稿子或各种报道，自己并不出头露面，即所谓"黑衣"的角色。

"我能理解你的心情。"

凛子过去的人生也是一直在丈夫的阴影下，也是一种幕后的角色。

"也许我是有点不知足，我也不愿意永远当这种角色。"

"不能说是不知足。"

透明玻璃杯里的红葡萄酒，血红血红的，久木看着看着心里涌起了一股勇气。

"咱们俩干一件轰轰烈烈的事怎么样?"

"什么轰轰烈烈……"

"就是让大家大吃一惊、赞叹不已的那种事。就是怎么怎么不得了的那种事情。"

久木这才发现凛子也正凝视着玻璃杯里的红葡萄酒,眼里放着光。

两个人来了劲儿,你一杯我一杯地喝干了那瓶葡萄酒,一直喝到了九点多。

吃完最后一道甜点,他们起身来到了前厅,外面的小雨已经停了。

"走着回去吧。"

从饭店到别墅,要走十分钟左右。久木点点头,撑起雨伞,和凛子并肩走出了饭店。

雨后清新的空气吹在他们发热的脸上,特别的舒服。

路灯映照下的柏油马路,湿漉漉的,夜空还积着厚厚的云层,遮住了星星和月亮。

穿过饭店前的广场,来到一条落叶松林荫道上,凛子悄悄地挽住了久木的胳膊。

现在是晚上十点。还不到盛夏时节,所以四周寂静无声,但透过树丛,能看见一些别墅闪烁着的光亮。

大概是为了享受暑期前的幽静,人们早早就到别墅来了吧。

久木看着那些影影绰绰的灯光,也紧紧地挽住了凛子。

这个时间谁也不会碰到的,即使碰上也不再往心里去了。

他们走在下过雨的马路上,咯吱咯吱的脚步声,回响在暗夜中。

走了不久,落叶松林荫道中断,一条小路通向左边,小路前面好像也有别墅,但远远地只看到一盏路灯亮着。

穿过这个三岔路口,他们又走进了林荫道。凛子低声说:

"那两个人就是死在这么荒凉的别墅里吧?"

久木一听就知道她说的是有岛武郎和波多野秋子。

"在那么靠里面的别墅里……"

凛子想起了白天看到的雨中那片落叶松林坡地。

"他们一定很冷吧。"

走在寂静的夜路上,使得凛子又回想起了武郎和秋子的情死事件。

在林荫深处又看到有盏灯光,凛子问道:

"那个别墅,原来就是他的吗?"

久木在查阅昭和史时,曾经看过有关有岛武郎殉情的报道,多少记得一些。

"原来是他父亲的别墅,后来由他继承了。"

"他们去的时候,那里没有人住吧?"

"他的妻子已经病故了,孩子们还小,他不去的时候是空着的。"

迎面开来一辆汽车,等车开过去后,凛子又问:

"他们死的时候是七月初吗?"

"发现遗体时是七月六日,大概是在一个月前的六月九日死的。"

"怎么知道是那天呢?"

"秋子八日以前一直去上班的,九日,有人看见他们从轻井泽车站往别墅方向走去。"

"是走着去的?"

"应该也有车,只是有人看见他们走着去的。"

"到别墅有四五公里远吧?"

那段距离不短,差不多得走一个多小时。

"他们在别墅待了两三天吗?"

"这些不太清楚。他们死的时候,将绳子拴到门框上,脚下踩着椅子,把绳子套在脖子上之后,就踢倒了椅子。"

"太可怕了……"

凛子紧紧拽着久木,好半天才松开,小声说:

"不过,他们够有精力的。"

"有精力?"

"是啊,走了一个小时到别墅后,又拴上绳子,摆上椅子,把绳环套在自己的脖子上。这些不都是为了去死才做的吗?"

久木同意凛子的看法,自己去死确实需要有旺盛的精力。有病的人就不说了,即使是健康的人,自己弄死自己,没有相当的精力和强烈的求死愿望是做不到的。

"他们为什么会死呢?"

凛子朝着夜空问道。

"为什么非要去死呢?"

凛子的声音消失在落叶松林中。

"也没有特别的理由必须去死吧?"

的确,当时有岛武郎在文坛正走红;波多野秋子三十岁,是一位美貌超群的女记者,可以和女演员媲美。两人真是一对儿令世人羡慕的才子佳人,而且都处在各自人生的鼎盛时期。可是,他们两人为什么会在这个时候选择一起赴死呢?

"要说他们与众不同之处只有一点。"

"哪一点?"

"那时候他们都处于幸福的巅峰。"

久木想起武郎遗书中的一段。

"他在遗书中清楚地写着'在这欢喜的顶峰迎接死亡'。"

凛子突然停住了脚步,眼睛直直地望着黑乎乎的前方。

"就是说,因为特别幸福才死的吗?"

"从遗书来看是这样。"

起风了,路旁的落叶松摇曳着。

"原来是这样,是因为太幸福了才死的啊。"

凛子又迈开了步子。

"也许是害怕太幸福了。"

"我理解他们的心情,太幸福的话,就会担心失去这幸福。"

"他们大概是想永远永远持续下去吧。"

"怎样才能达到这个目的呢?"

凛子对着夜空自问自答:

"只有死,对吗?"

回到别墅后两人又喝了点白兰地,心里都在想着刚才一路上的谈话。

凛子向前欠着身子,盯着燃烧的炉火,嘴里喃喃自语着"原来是这样""只有死了"。

久木无意跟她唱反调。人越是感到幸福,就越希望永远拥有它,因而选择了死。他觉得这种想法既可怕又真实。

"咱们该睡了。"

再继续想下去,只能越来越被死的念头攫住。于是,久木先去洗了澡,凛子接着走进浴室后,他上了二楼。

今天早上还在这个房间里一边听雨,一边做着漫长的情爱游戏,而此时没有雨声,周围一片死寂。

久木黑着灯躺在床上,这时凛子洗完澡,穿着丝绸睡衣,打开门进来了。她站在门口犹豫了一下,然后轻轻上了床。久木抱住她,她紧贴在久木的胸口,嘴里还在嘟哝着:

"只能死了吧?"

听起来像是在确认刚才谈的事,又像是对自己说的。

"为了保持幸福,只能那样做吧?"

"幸福也不仅仅是这些……"

"我希望像他们那样永远深深相爱,绝不变心……"

凛子的心情久木能够理解,但是他觉得发誓永不变心就有点虚伪了。

"双方永远永远不变心,难道不可能吗?"

"不是不可能,活着的话,总会有种种的事情发生,不能说得太绝对了。"

"你的意思是,不可能吧？只要活着就不可能吧？"

凛子的声音在夜空中回响着。

忽然远处传来了一声声鸟叫。在这深更半夜,会是鸟叫吗？还是别的什么动物叫的？久木侧耳倾听着。这时凛子说道:

"我明白她的心情。"

"谁呀？"

凛子慢慢放平了身子,说:

"就是把男人杀了的那个阿部定呀。"

这是前不久去修善寺住宿时,久木给凛子讲的那个事件。

"当时,阿部定说因为不想让任何人得到她所爱的人,所以杀了他,不然的话,他会回到妻子身边去的。就是说,如果不想放弃现在的幸福,就只有杀死他才行,对吧？"

"是啊,杀死了他,他就再也不会背叛了。"

"爱上一个人,爱到了极点就会杀人吧？"

久木对凛子此刻的心情再明白不过了。

一个男人喜欢上一个女人,要是喜欢得发疯,就只有把她杀了。让她活着的话,说不定她什么时候会爱上别的男人。不能容忍女人出去放浪,要使她永远待在自己身边,只有杀了她才是最好的选择。同样,女人要想把一个男人据为己有的话,也只有把那个男人从世界上抹掉了。

"爱情真是件可怕的事。"

凛子似乎刚刚意识到这一点。

"喜欢上某个人,就想完全占有对方,可是无论同居还是结婚,都不大容易达到这个目的吧？"

"是的,活着的话随时都可能背叛的。为了使这一切不会发生,把人杀死是最保险的。"

"这么说爱来爱去,最后的结局就是毁灭了？"

凛子现在才发觉爱情这个很好听的字眼,其实是极端自私的,隐含着破坏、毁灭这些剧毒的东西。

从爱谈到死,久木脑子越来越清醒,凛子也和他一样。凛子又转过身来,和他面对面地躺着,用手戳着他的胸口问道:

"你永远不变心？"

"当然了。"

"你真的永远爱我,永远只喜欢我一个人,绝对不喜欢别的女人？"

久木刚要再说一遍"当然了",凛子用两只细细的手指卡住了他的喉咙。

久木憋得出不来气了,黑暗中凛子的双眼死死地盯着他。

"骗我的吧?说什么永远永远地爱我,全是骗我的吧?"

"不是,不是骗你。"

久木抚摸着被掐疼的喉咙说道,凛子马上摇起头来。

"刚才你不是说永不变心很难做到吗?"

的确,要说到永生永世,久木就没有自信了。

"那么,你怎么样?"

这回,久木用手指戳着凛子左边的锁骨问道。脖颈纤细的女性,锁骨上会有一个小坑,有食指大小,裸体时那个凹陷看起来特别性感。

"你保证永远不变?"

久木用食指摸到那个凹陷。

"当然不变了。"

"不管发生什么情况都绝不变心?"

"绝对只喜欢你一个人。"

久木摁了一下她的锁骨,凛子疼得叫了起来。

"疼死我了。"

"最好别说得那么绝对,你也可能变心的。"

"太过分了,就没有一点信任感吗?"

"只要活着,就不能断言永远不变。"

"那我们只能死了,只能在最幸福的时候去死了吧。"

凛子急急地说了这句话后,便沉默了。

周围静得出奇,这就是坐落在浓荫深处的别墅之夜。

然而就像黑暗中仍可见明亮一样,寂静之中似乎也潜藏着声音。像夜空中飘浮的云朵,庭院里树叶的坠落,房屋建材的腐蚀,这种种声音重合起来,会发出极其微小的声响的。

久木专心倾听着黑暗中的声响,凛子轻轻地扭过身子问他:

"想什么呢?"

"也没想什么……"

沉默了一会儿,凛子轻轻说:

"我可不愿意。"

久木转头看她,她又低语:

"我不愿意那样去死。"

凛子又想起了武郎和秋子的尸体被人发现时的悲惨情景。

"即便要在幸福的顶峰时去死,那种死法也太可悲了。死得那么难看,太令人痛心了……"

"遗书上写着,请不要寻找我们。"

"可是,早晚会被人发现的呀,既然如此,还是死得像点样好啊。"

这当然最理想,不过这仅仅是活着的人的愿望而已。

"自杀的人可能想不到那么多。"

"我可不愿意,绝对不愿意。"

凛子激动起来,从被单里稍稍欠起上身说:

"我不怕死,随时都可以和你一起死,只是我不喜欢那种死法。"

"可是,发现晚了的话,一样都得腐烂哪。"

"腐烂也不一定长蛆啊,至少应该在腐烂之前让别人发现两人在一起。你说对吧?"

说实话,久木到今天为止,别说死后什么样子,就连死都没想过。

人降生到这个世上,早晚要死的,但久木还不曾认真琢磨这个问题,甚至连想都不敢去想。

可是不知为什么,和凛子谈着谈着,对生命的执着渐渐淡薄了,觉得死并不那么可怕了,甚至和自己亲近起来了。

这种安宁从哪儿来的呢?为什么和凛子在一起时,会不觉得死那么可怕了呢?

久木慢慢地脱下了凛子的睡衣和内裤,脱到一丝不挂时,紧紧地搂住了她。

现在,他们紧紧搂抱着对方,下肢互相缠绕着,两人的皮肤贴得一点空隙也没有,仿佛每一个毛孔都紧密重合在一起了。

"好舒服啊……"

这是从久木全身的皮肤中发出的叹息和喜悦。

沉浸在这沸腾般奔涌的快感里,久木发现肌肤的接触给人以安宁,同时也使人达观。

女人肉体这么光滑而柔软,只要沉浸在这种丰润温暖的感觉中,失去意识甚或死亡,就不那么令人恐怖了。

"原来是这样……"

久木冲着凛子的肉体喃喃道。

"要是这样拥抱着的话,我就敢去死了。"

"这样拥抱着?"

"就像这样紧紧地抱着……"

在女人的怀中，男人变得无比的温柔顺从，仿佛变成了被妈妈抱在怀里的少年，变成了胎儿，又变成了一滴精液而消失不见了。

"像现在这样的话，我不害怕。"

"只要和你在一起，我也不害怕。"

久木听了，忽然感到不安起来，仿佛自己就要被拽往甜蜜舒适的死的世界中去了。

为了避免总是去想死的问题，久木更紧地抱着凛子。凛子憋得挣脱了他的搂抱，大口地喘着气。

然后，就以似抱非抱的状态，只有胸、腹和大腿部分相接触着。久木闭上眼睛说道：

"好安静啊……"

对话停顿了下来，再次置身于寂静的暗夜，觉得黑得更加深沉，更加浓重了。

"到轻井泽来真是太好了，心灵得到了彻底的净化。"

很多人对梅雨季节的轻井泽敬而远之，久木反倒很喜欢这个季节的轻井泽。因为暑假前夕，游客寥寥，被雨后的葱绿所包围的静谧，滋润了因都市生活而疲惫的心灵。阴郁的绵绵细雨，浇灌了曾经遮挡暑热、给游人以阴凉的浓密绿树，哺育了覆盖地面的青苔。

当然，连绵不断的降雨有时也会使人萎靡不振，思想更容易走极端。

凛子从武郎和秋子的绝命之地回来后，一直不能摆脱死的纠缠，一再地谈论死的问题，不能说和厚厚的云层和阴雨连绵毫无关系。

"就在这儿待下去好不好？"

听凛子一说，东京的街道和公司里的情景又慢慢浮现在久木的脑海里。

"那怎么行啊……"

和凛子两个人在这雨中的轻井泽再待上两天的话，久木真的不想去上班了。

"夏天人多，我喜欢秋天到这儿来。"

凛子说完又挨了过来。久木触摸着她那丰满的胸部，又兴奋了起来。

想了太多的死之后，他们迫切地想得到生的验证。在获得性的快乐的同时，疯狂地耗尽所有精力的话，对死的不安就会消失，活着的感觉就会更加真切。

在这万籁俱寂的夜晚，在这树丛环绕的房子里，两个人为寻求这样的麻醉，如野兽般痴狂着。

## 空蝉

如今凛子仿佛为了消除对永恒的不安和恐怖，而手求性爱。委身于陶醉于震撼全身、直达高潮的性的快乐之中，比起有些人那些牵强附会的甜言蜜语来，更能帮助她摆脱盘桓心中的一种恐惧。仿佛没有比肉体更诚实更忘我的东西了。

俗话说，"梅雨过后热十天"。

梅雨季节刚过之后，天气会霎时变得酷热难耐，持续多天高温不下。日历上把七月下旬从桐始结花（梧桐开花）到土润溽暑（土地湿润天气闷热）这段时间，叫作大暑。

柏油路纵横的东京从一大早就艳阳高照，白天的气温超过了三十度，夜里也不下二十五度。

一直在叹息梅雨季节阴郁不堪的人们，一下子适应不了突然造访的盛夏阳光，被高温晒得心慌气短，不停擦拭着汗珠，就像打蔫的花一样，抬不起头来。

同样是夏天，梅雨和大暑的转换之大，就像两个季节一样，实在不可思议。因此，人们的心情随之急剧变化也在情理之中。

当然梅雨时的阴雨连绵容易使人心情郁闷，但梅雨一过，阳光普照大地时，阴郁的情绪便随之一扫而光，变得活跃了起来。

这样明显的变化只会出现在小孩儿和年轻人身上，成人们是不会因为盛夏的太阳高照，而有太大变化的。

许多上班族换上了短袖衬衫，外衣拿在手里，不停地擦着脸上的汗水，搭乘拥挤的电车去上班。

上午温度就突破了三十度，通往车站地下街的台阶角落里，从大楼顶上垂挂下来的条幅广告上，以及匆匆赶路的穿着无袖衫女士裸露的肩头，都能看到暑热的迹象。

在这样一个酷热的下午，快下班时，久木被请到公司董事的办公室，常务董事小烟将一封信扔到桌子上，对他说：

"请你来，是因为突然收到这么封信。"

久木从桌上拿起了那封信，信是用打字机打的，在最上面一页，赫然印着黑体字"久木祥一郎身世简介"。

这是怎么回事？

身世即是一个人的所有背景情况，那么"久木祥一郎身世简介"是什么意思呢？

再说了，为什么现在要写这么一份有关自己的调查报告呢？久木莫名其妙地打开一看，首先看见了"近两年的罪状"这样的标题。

久木的心忽地一沉，然后飞快地看了下去。

"贵社原出版部长久木祥一郎，于前年年底，利用去东日文化中心讲课的机会，强行接近当时在该中心任书法讲师的松原凛子，明知对方是有夫之妇，却三番两次给她家里打电话，用花言巧语勾引她。"

看着看着，久木的心剧烈跳动起来，手也出汗了。

到底是谁写来的呢？这封信很明显是为了某种目的写的恶意中伤的匿名信。

久木慌忙看了一眼小熘董事，见他坐在椅子上，若无其事地抽着烟。

好奇心促使久木硬着头皮往下看。

"去年正月以后，他一而再、再而三叫她出去幽会，终于在同年四月，将其骗入都内的饭店，强迫发生关系，施以淫威。"

看到这儿，久木不由攥紧了拳头。

这种寡廉鲜耻的文章简直让人无法卒读，可能的话，久木真想把它当场撕碎，烧掉，可是在董事面前只好忍住气，接着看下去。

"其后，他利用家庭妇女的单纯，威胁说如果不和他见面，就告诉她丈夫，强迫对方满足他的种种性要求。特别是今年四月，令其穿上红内衣，施以变态的性行为，并拍摄了许多照片，甚至将其软禁起来不让回家。"

看到这儿，久木觉得这已经不仅仅是中伤，简直就是恫吓了。这显然是对自己怀有满腔仇恨的人写得极其卑鄙无耻的挑战书。

久木气得浑身发抖，内心充满了愤怒和厌恶，一边继续往下看。

信里还说，久木诓骗别人的妻子与他同居，现在租下都内某公寓的一间屋子，像夫妇一样住在那里。现已导致女方家庭的崩溃，忠厚老实的丈夫身心受到了巨大伤害，云云。

最后以"这样的无耻之徒，贵公司竟然委以要职，信任有加，不能不让人对贵公司的经营理念产生疑问，务请查明当事人应负的责任"，结束了全文。

看完信，久木刚抬起头，董事就离开了座椅，坐到久木对面的沙发上。

久木等董事一落座，便低下头说了一句：

"非常抱歉。"

这种内容的信，寄到公司的上司手里，不管怎么说，只能怪久木自己不谨慎。且不说内容如何，因为这种无聊的事打扰董事的工作，实在太不应该了。

"这是突然寄到我这儿来的。"

董事似乎在解释为什么自己先拆开了信，其实信封上本来就写着"调查室负责董事亲启"。

"当然，我并没有听信其一面之词。"

董事又点了一支烟。

"我想一定是跟你有仇的人干的……"

不寄给久木本人，而是直接寄给公司的董事，很说明问题。

"你能猜到是什么人吗？"

久木听董事这么问，便挨着个儿猜测起来。

最清楚知道他和凛子关系的只有衣川,但他不会干出这种事的。其他同事多少知道一些,但不可能知道得那么详细,再说对已经降了职的人,落井下石也没多大意思。

"大致能猜到一点……"

对他和凛子的关系知道得很详细,有可能写这种恶毒信的只有两个人,即自己的妻子或者凛子的丈夫。

见久木沉思不语,董事说道:

"我个人觉得这是无聊之举,可是既然寄到公司来了,也不能完全不予理睬。"

这话是什么意思呢,久木抬起头来,董事避开他的目光说:

"当然这牵扯到你的私生活,公司不便过多干涉,可是,如果对方死缠烂打,非要公司表明态度的话……"

"那会怎么样?"

"我想先听听你对这封信里写的内容怎么看。"

"当然可以……"

这封信的内容十分卑鄙,满篇胡言乱语,充满了恶意。对这些中伤他可以和凛子一起坚决否认。

可是,要说究竟有没有这回事,就不好解释了。像信上说的那样强迫对方发生关系纯属胡言,然而和有夫之妇的凛子关系亲密却是事实。

"我觉得完全是对我的人身攻击,故意夸大其词,恶意诬蔑。"

"这种做法一般都是为了要攻击、陷害对方,所以很可能像你说的那样。"

"我绝对没有逼迫或软禁过对方。"

"这我知道,你也不像那么胆大包天的人。"

董事露出了讥讽的微笑。

"可是你和这个女人关系亲密,确有其事吧?"

见久木不置可否,董事掐灭了刚抽了两口的烟。

"其实收到这封信后,我暗中在公司里了解了一下情况。"

"关于我吗?"

"当然信的详细内容是保密的,据说你的确离开了家。和她同居了……"

难道是调查室的铃木或其他同事跟董事说的?

"没错吧?"

久木还是缄口不言。

对同一件事的看法会因人而异。

久木一直认为他和凛子的爱是至死不渝的,是神灵也阻止不了的纯情之爱。

然而换个角度看的话，就会简单判定为不正当的、越出常规的极不道德的行为，再加上勾引、淫乱、变态等等卑劣而夸大的词语，更给人以下流污秽的印象。

或许他和凛子总是站在自己的立场上看问题，而忽略了一般人的看法。

久木反省自己的时候，董事苦笑道：

"你还真有桃花运哪。"

"不，不是……"

"真让人羡慕啊，我什么时候也能摊上这么一封信哪。"

董事的笑声里含着嫉妒和揶揄。

"好了，这封信就交给你吧。"

董事说着把信封递给了久木，等久木把它塞进了口袋后，口气马上严肃起来：

"还有件事跟你商量，和这事没什么关系，公司想调你到共荣社去。"

久木没听明白，反问道：

"共荣社？"

"从九月份起去那儿也行啊。"

共荣社是负责商品管理或流通部门的分社。

"让我去那儿吗？"

久木叮问道，董事缓缓点了点头。

"对你来说可能有些突然，这是因为你负责的昭和史的发行预测不大乐观。"

"这是——真的吗？"

"那项企划取消的话，想必你也空闲下来了。"

董事的话真是晴天霹雳，出乎久木的意料之外。

久木看了一眼窗外的浮云，稳定了一下自己的情绪，又把脸转向了董事。

"昭和史的计划不顺利是什么原因呢？"

"当然，公司方面没有意见，还对你的出版计划进行了研究。不过，你也知道目前的形势，文文社为了销路的问题，费了好大的力气，现在多数意见认为应该暂停。"

在当前这个远离铅字的时代，出版二十多卷的全集的确要冒很大的风险。可是，久木的计划是以人物为中心来回顾昭和史，这一点与其他出版社同类书籍完全不同。

"企划取消的事已经定了吗？"

"很遗憾，在前几天的董事会上决定的。我个人觉得应该尽量保留一下，可是……"

董事的口气似乎很遗憾，实际上他又为此作了多少努力呢？久木越听越怒不可遏。

"这次调动是因为昭和史的计划被取缔的缘故吗？"

"不光是因为这个，我觉得你也有必要了解一下流通方面的情况。"

"这我明白,可是我一直搞的是编辑工作,其他方面根本没干过。"

"不过今后还是都涉足一下比较好。"

董事煞有介事地说道。可是,久木还是不明白为什么单单自己被调到毫不相干的部门去。

"说到底还是因为那封信吧?"

"不是。我们公司是不会受这种个人私事左右的。"

董事否认道,但是不能让人信服。

"让我先考虑一下吧。"

久木说完离开了董事的屋子,回到了调查室。

不可思议的是,房间里静静的,室长铃木以及全室的人似乎都在等着久木。

为了打破冷场,久木故意提高了嗓门说:

"我要和大家告别了。"

村松和横山立刻回过头来,铃木低着头,仿佛没有听见。

久木朝铃木走过去,点了一下头说:

"刚才董事跟我说,要我从九月份开始去共荣社。"

铃木慢慢抬起头,眼睛看着别处。

"理由是因为董事会上决定中止昭和史的计划……"

久木感觉到大家的视线都投向了自己,平静地问道:

"想必铃木先生早已知道了吧?"

"不知道……"

铃木摇了摇头,接着抱歉地说:

"听说有可能中止昭和史的计划,没想到这么快。既然董事会决定了的事……"

久木从口袋里拿出了那封信,放到铃木面前。

"有这么一封奇怪的信寄到公司里来了。"

铃木扫了一眼,便挪开了目光。

"不好意思,我的私事给你添了不少麻烦。"

"这个我不清楚。"

铃木也许是没有看到信的内容,但作为调查室的负责人,对上司的询问发表了自己的看法是毫无疑问的。

"也许就是这封信导致了这次调动的。"

久木明知不必说穿,可是心里憋得慌,不由一吐为快。

当天,久木一下班就直奔涩谷。

247

一般突然被告知调动工作之后,都想和好朋友喝喝酒,发发牢骚,聊一聊今后怎么办。

可是现在的久木没有一个可以推心置腹的朋友。调查室的同事们最亲近了,然而铃木和董事关系接近,近来村松、横山和他也疏远了。这方面的心事最适于和同期入社的朋友聊,他们又都在营销部和总务部,都不在编辑部。这样一来,水口之死更显得意义重大,他如果还在,事情也许会有一些转机。但现在懊悔也毫无意义。

再说牵扯到和女性交往的问题,男人之间不太好说。所以,真正可以交心的就只有凛子一个人了。

久木回到住处时,凛子刚要做晚饭,见他这么早回来很吃惊,就说:

"我马上做饭。"

久木拦住她,把信递给了她。

"这是今天董事交给我的。"

凛子不解地接过信看了一眼,惊讶地问:

"这是什么?"

"你看看就知道了。"

凛子看着信,脸色越来越僵硬了。

看完后,凛子的脸白得像纸一样,气愤地嚷道:

"太过分了。"

又转向久木问道:

"这是谁写的?"

"你觉得呢?"

"是对你怀恨在心的人吧。"

凛子怔怔地想了一会儿又说:

"难道会是他……"

凛子和久木所想的似乎是同一个人。

"是我的……"

虽然没说出"丈夫"这两个字,久木也都明白。

"不过,应该还有一个人。"

"你那位?"

凛子也没有说出"妻子",她凝视着远处,说道:

"她不会的……"

确实,久木的妻子对他与其说是怨恨,不如说是彻底失望,才主动要求离婚的。既然如此,她又何必把丈夫的外遇密告给公司呢？她能捞到什么好处呢？

但是凛子的丈夫一直执着于凛子,不愿离婚,他很可能对久木怀有强烈的夺妻之恨。

"他对咱们在文化中心相识的经过非常了解,红内衣的事也只有他才知道。"

"他胡说什么你拍了照片,其实都是他自己干的呀。"

"从口气和内容来分析,都像是他写的。"

凛子攥着信骂道:

"这也太卑鄙,太恶毒了!"

"至少该直接寄给我呀。"

"他就是为了让你难堪哪。真是狡猾死了,我饶不了他。"

不知为什么,凛子越是怒气冲天,久木越是冷静下来了。

到刚才为止一直是久木一个人在生气,现在凛子和他一起生气,久木得到了一些安慰,反倒有闲心想起凛子的丈夫来了。

"我得问问他怎么回事。"

凛子说着就要去打电话,久木制止了她。

"等一下……"

事到如今,凛子就是骂她丈夫也无法补救了。

久木让情绪激动的凛子坐在沙发上,对她说:

"今天上司跟我谈了,要我到分社去。"

"是吗?"

"是公司下属的负责商品管理和流通的共荣社。"

"为什么调到那儿去,你手头不是有工作吗?"

"由于中止了我所从事的昭和史的计划,他们说我没事可干了,正好去那边。"

"真没想到,去那儿以后会怎么样啊?"

"我对那方面很生疏,不知道会怎么样,可能不会太轻松。"

"那就没必要去。"凛子端详着久木的脸,"你不想去吧？你也不愿意去吧?"

"当然了……"

"那就明确拒绝好了。"

凛子说得简单,上面决定了的人事调动,下属是不可能拒绝的。

"不行吗?"

凛子的目光又落到了那封信上。

"会不会和这封信有关系呢?"

"董事说没有关系……"

"其实有关系,跟这封信有关系,对吧?"

"说不好,我觉得有点影响。"

"可恨,简直太可恨了。"凛子抓住久木的手摇着,"这不正合了他的意吗?他的目的达到了,你吃了大亏,你就甘心吗?"

可是不甘心又有什么办法呢?久木眉头紧锁,凛子果决地说:

"你坚决拒绝调动,不行的话就辞职算了。"

久木直勾勾地望着凛子反问道:

"真的辞职吗?"

今天,当董事提出要他去分社时,他就隐隐约约有了辞职的念头。

应该说从被降格到调查室时起,他就考虑过辞职。后来和凛子陷得越深,这种想法就越强烈。

"辞职算了……"

凛子的一句话,点燃了一直萦绕在久木心头的思绪。

"那我可真的辞职啰。"

久木向凛子叮问道。

"可以辞职吗?"

"我当然赞成了。"

久木点点头,内心却在期待凛子说出"别辞职"的话来,这样久木一逗能就会说出"就辞职",打消余下的百分之十的犹豫了。

"反正以后也不会有什么发展了。"

"为自己辩解也没有用吧?"

"怎么辩解?"

"我去见见董事,跟他说明情况……"

"不行,没用的。"

这不等于公开了自己和凛子的关系不一般了吗?

"公司这种地方,只要有这么一次,就再别想翻身了。"

"真对不起……"

凛子突然向久木深深地低下了头。

"都是因为我才会这样的。"

"不是的……"

现在说怪谁已经没有意义了,要说怪罪的话,就只能怪他们太相爱了。

决定了辞职以后,久木的心情还在摇摆不定。

这次的事件虽然使久木对公司完全失望,不想再去上班了,然而辞去干了近三十年的工作,还是有不少的感慨。按时退休还好说,可现在他才五十多岁,还能干几年呢,这个时候辞职,让他多少有些惋惜和惆怅。

整个七月份,久木就是在犹豫不决之间度过的,没有明确表示辞职还是不辞职,当然这背后也有着想辞职随时可以辞的考虑。

可是一进入八月,随着去分社的期限日益迫近,又听管人事的告诉他,调过去后的具体待遇以后,久木的心境更加恶劣了。

久木原以为自己是以总社人员的身份外派去的,没想到人事关系也完全调过去,工资降到了现在的70%了。

受到如此的冷遇,还非要赖在公司不走吗?

在情感上他已经倒向了辞职一边,唯一使他下不了决心的,还是对今后生活的担心。

到目前为止,久木的月薪近一百万,其中一半交给妻子。一辞职就没有收入了,虽然有点退休金,只是一次性的,维持不了多久。

这种情况下,自己和凛子往后的生活怎么办呢?

左思右想,久木越来越没有辞职的勇气了。凛子看出了他的苦恼,问道:

"你担心钱的问题?"

被一语道破了心事,久木欲言又止。凛子爽快地说道:

"这不用担心,我还有些积蓄。"

久木猜想,也许是凛子的父亲故去时她分得了一些遗产。

"辞就辞了,总会有办法的。"

凛子办事一向比久木要大胆果断得多。

虽然谈不上是被凛子牵着走,但凛子的态度对他是个极大的支持。

八月初,在大家即将开始夏季休假之前,久木终于下决心走进董事的办公室,提出了辞职的要求。

"你为什么要辞职?"

看见董事那副惊愕不已的表情,久木感到总算出了一口恶气。

"因为再给公司添麻烦的话,我就实在太过意不去了。"

久木故意郑重其事地说道,董事一听忙说:

"没有的事,我是希望你这样能干的人到那边去,在商品管理和流通方面给出些新点子的。"

"多谢您的信任。可是,除了编辑以外我别无所能,去了那边也只是添乱而已。"

"你不该这么小看自己啊。"

"哪里,我才是被小看了呢。"

董事听了瞠目结舌,久木也不理会。

"非常感谢您多年来对我的关照。"

"你不要这么快做决定,再慎重考虑一下怎么样?"

"我已经再三考虑过了,请务必准许我辞职。"

久木知道自己的情绪很激动,事已至此,再也没有什么退路了。

久木站起身来,施了一礼,丢下呆若木鸡的董事,走了出去。

来到走廊上后,久木深深吸了一口气。

在久木漫长的职业生涯中,这是第一次也是最后一次对董事要威风。

此时的久木陶醉在无比畅快之中,同时也不无某种失落。

"无所谓……"

久木安慰着自己,又回头看了一眼董事办公室,然后朝电梯走去。

久木向公司提交辞呈的时候,凛子的周围也发生了巨大的变化。

首先凛子就那封信的事质问了自己的丈夫,结果是一无所获。凛子打电话的语气很严厉,她的丈夫从头至尾都是一句"不知道"。

"明摆着是他干的,硬是装糊涂。"

凛子怒气难平。

仔细想一想,的确没有证据证明是他写的。尽管无论从动机还是内容来看,都可以肯定是他写的,但是字是用打字机打出来的,无法鉴别。当然也可以从信纸和信封上来追查,可是久木觉得又不是刑事案件,不必那么张扬。

久木不想追究的另一个主要原因就是,即便查出来,也无法改变他辞职的既成事实了。

"我看算了吧。"

现在轮到久木来安慰凛子了,凛子的火气一时半会儿还消不下去。

"我真没想到他那么卑鄙。"

凛子越是贬低丈夫,久木就越清醒,也越能体会她丈夫的心情。

写这种信确实不光彩,可是做丈夫的对这个占有了妻子、甚至同居在一起的男人恨之入骨,想方设法要把他从公司里赶出去,也是情有可原。

"这回我绝不犹豫了。"

凛子果断地说。

"我要和他离婚。"

"他不会同意吧。"

"不同意也没关系,我把我那份交到区政府去。"

"那还是解决不了问题。"

"区里不批准也无所谓,反正我表明我的态度了。"

凛子从来都是怎么想就怎么做,一点也不含糊。

既然凛子提出了离婚,久木也得做出决断了。

妻子早就提出要离婚,久木一直犹豫不决,现在该彻底解决一下了。

"那我也离婚。"

久木坚决地说道。凛子吃惊地瞧着他说:

"你就不必了吧。"

"不,离了就轻松了。"

"你真的离?"

刚才还表示他不必离婚,可现在凛子脸上露出了笑容。

"这样我们两个都成了单身了。"

"别人不会再说我们偷情或乱搞了。"

"我明天就去领一份离婚协议书,在上面签字盖章就行了。"

一旦决定下来,凛子的行动非常神速。

第二天,她去了区政府领来两份离婚协议书。

他们在上面签了自己的名字,盖上章,然后分别寄到各自的家里去了。

久木还附上了一封短信。

他告诉妻子干到八月底就辞职了,还对自己拖延了离婚表示了道歉,最后写了一句:

"虽然给你带来了很多烦恼,但我不会亏待你的。请多保重。"

写到这儿,久木回想起和妻子共同度过的漫长岁月,不觉眼眶一热。

"总算一切都结束了。"

久木这么告诉自己,把离婚协议书投入邮筒的一刹那,就像卸下了一个大包袱,感到无比的轻松。

不管怎么说,他从此摆脱了家庭的桎梏,从丈夫的角色变回了一个独身男人。

以前久木也没有觉得家庭的负担有多重,做丈夫有多辛苦,只是多多少少感到有点累赘罢了。但这点小问题谁都会遇到的,还不构成困扰。

可是当离婚成了现实,家庭、妻子……一切都无须他再去考虑的时候,忽然觉得自己轻飘飘起来,像长了翅膀一样。

这种解放感很大程度上还来自辞去多年从事的工作的关系。

从明天起他就不用再急急忙忙往公司赶了,自然也就看不到讨厌的上司,或敷衍那些无聊的谈话了。今后和凛子挽着胳膊，到任何地方去都不必再顾虑别人了。

久木忽然觉得自己仿佛飘浮在了云端，他为自由来得如此容易而嗟叹，而困惑。

自己所做的只是向上司说了一句"我要辞职"，给妻子寄了一份离婚申请书，没想到就摆脱了这世上的一切束缚，得以享受自由和奔放。

这么简单的事，为什么自己一直没有想到呢？

直到今天，久木才意识到自己的愚蠢，但与此同时，一个无限孤独的世界也展现在他的眼前。

从今往后，自己可以想什么时候起床就什么时候起，想穿什么就穿什么，想去哪儿就去哪儿了。

但是，可以自由放任、随心所欲生活的代价，就是失去了公司的同事和朋友，甚至与妻子和子女别离。

"剩我一个人了……"

久木不禁对自己说道。他第一次得到了自由，也第一次感到自己不断地被社会所疏远所抛弃。

凛子和久木一样正陷入了孤独的境遇。

凛子毅然决然地给丈夫寄去了离婚协议书，并通知了母亲，可是其负面影响也很快出现了。

今年八月初，是凛子父亲过世后的第一个中元节，凛子原定要回娘家，去给父亲扫墓的。

凛子想知道大家去扫墓的时间，就给娘家打了个电话，谁知母亲说："你还打算来吗？"

"你不觉得她这么问，太过分了吗？"

母亲的语气里明显地带有"不许来"的意思，凛子很受刺激。

"妈妈对我提出离婚非常恼火。可是这事和给父亲扫墓有什么关系呢？"

就因为凛子跟丈夫提出了离婚，就不准她去扫墓，也未免太可怜了。

"大家都在排斥我……"

据凛子说，自从她离开了丈夫和久木一起生活以后，母亲、兄嫂以及亲戚们都像防贼似的防着她。

"我到底犯了什么十恶不赦的罪呀？"

久木不知怎样才能安慰难过的凛子。

抛弃丈夫投身其他男人的怀抱，作为妻子是不能容许的。然而在凛子看来，舍弃虚伪的婚姻，投入真实的爱情中去，才是忠实于自己感情的行为。

站在纯爱的角度上看,凛子是正确的,但是从社会道德、伦理方面讲,她就是个与人私通的、寡廉鲜耻的女人。

"从此以后我和娘家就没有关系了,成了孤零零一个人了。"

凛子叹息道。久木握紧她的手,安慰说:

"你不是一个人……"两颗孤独的心只有互相寻求安慰了。

从盂兰盆节到八月末,久木是在咀嚼自由和孤独中度过的。

离职的事已经定了,就干到八月底。不过,盂兰盆节加上积攒的休假,久木几乎没怎么去上班。

久木难得在酷热当头的时候过得这么悠闲自在,但这种心境中也伴随着和公司、家庭完全诀别的孤独。

从早到晚和凛子两人待在屋里,久木这才发现长期的紧张工作已使自己身心疲惫。

不分白天黑夜,久木想什么时候睡就什么时候睡,有时贪睡得连饭都忘了吃。不过,早上醒来,他经常下意识地要去上班,立刻又想起"已经不用去了"。

每当这时,久木都深切体味到了自由的喜悦,但转瞬间内心又涌起了只有自己一个人被社会所抛弃的孤独感。每天早晨,他看着窗外那些赶往地铁站去上班的人流,心里便翻腾起来。

再怎么说,只有加入了那个洪流,才能保证一天的生计和家人衣食无忧。

这时,久木才知道了自己失去的东西的分量。

就在既安宁又不安的矛盾心理的交错、缠绕中,日子一天天过去了。

几乎把自己封闭起来的这段时间里,久木只出门了一次,就是去见衣川。

以前都是衣川给他来电话,这次久木破天荒地约他出来见面。

久木还没有把有关辞职的事和给妻子寄离婚协议书的事告诉衣川。尽管自己没有这份心情解释这些,可早晚要告诉他。

不可思议的是,一旦辞了职,久木就不好意思到以前常常光顾的餐厅和酒吧去了。

按说花钱吃饭，没什么可顾虑的，可是心里总觉得人家会不欢迎，所以他很少再到那些地方露面了。

这次久木也是犹豫了半天，最后决定还是到他们俩常去的银座数寄屋街那家小饭馆，并排坐在柜台前。

八月下旬，炎热的夏天已接近尾声，店里客人很多。两人先干了杯啤酒，聊了会儿都认识的朋友之后，久木突然开口说：

"我辞去了公司的工作。"

衣川闻听，一下子放下了正要喝的酒杯，久木没有理会他，说了一下大致经过。

衣川一直默默地倾听，等久木话音刚落，就迫不及待地问：

"你真愿意这样？"

"愿意什么？"

"不后悔？"

要说不后悔是假话，可是事到如今又有什么办法。久木微笑着点点头，衣川忽然压低声音说：

"怎么着，有别的去处？"

"哪有啊……"

"那你以后怎么生活？"

"放心，饿不死的。"

"正式离婚的话，还要支付赔偿金吧？"

"有世田谷的房子。"

"全部给夫人吗？"

久木点着头，发觉自己这一个月来，对金钱和物质的执着，已大大淡漠了。

"你这么大岁数，怎么还这么糊涂。"

"也许吧。"

"到了咱们这样的年纪，多少该有些分寸啊。谁都想谈恋爱，见了不错的女人也想勾引，可是因为迷上一个女人，连公司的地位和工作都赔上，不是得不偿失吗？和那些发情的猫狗有什么两样？"

衣川的话是不错，就是太不讲情面了。听他的意思，有妻室的男人爱恋一个女人，陷入情网是非常愚蠢的，就和发情的猫狗一样。

见久木沉默不语，衣川也觉得自己说得过分了些。

"不过呢，喜欢一个人也没关系，见好就收，别走极端。"

说完，衣川又要了壶冷酒，说道：

"我可真没想到你这么纯情。"

"纯情?"

"是啊。你迷上一个女人,连地位、收入和家庭都不要了。"

这并不是纯情,是从身心深处互相爱慕互相吸引的结果。久木想对他这么说,又觉得用语言很难表达清楚,就没说话。衣川嘟哝了一句:

"也可能我在嫉妒你。"

"嫉妒我?为什么?"

"她的确是个好女人哟。你不出手的话,我可能会上的,后悔莫及呀……"

衣川这么坦白自己的情感,还是第一次。

"可是被你抢先了一步,我也死心了。"

沉默了一会儿,衣川忽然说道:

"前几天,她到我这儿来了。"

"去中心了?"

"大概四五天前吧,她是突然来找我的。说想担任点书法方面的工作。所以你给我来电话,我还以为是为了这事呢。"

久木不知道凛子一个人去找衣川的事。

"她也真了不起,因为你辞职了,才想出来工作的吧。"

衣川停顿了一下,又告诉久木一件意想不到的事。

"当时,她还问我你夫人在哪儿工作。"

久木以前跟凛子讲过妻子在陶器厂当顾问,没多说什么。

"她问了两遍,所以我只告诉她在银座的美装堂,没关系吧?"

"不,没什么……"

自寄出离婚申请书后,妻子再没说过什么,久木也没觉得有过什么争执,可是凛子为什么要问这个呢?久木正在琢磨着,衣川欠身凑近他说:

"这话不该跟你说,不过她比以前更漂亮了。"

一说到凛子,久木不好表示什么,凝视着白色柜台。

"反正她变样了,不,是你改变了她。原来她给人拒人千里之外的感觉,可是现在风韵十足,很有女人味儿……"

几盅冷酒下肚,衣川有些醉了,眼神飘忽。

"你每天都见她不觉得什么,她的胸脯真是又白又嫩,不怕挨你骂,那皮肉白得好像能把人吸住似的。"

不知道凛子穿着什么服装去的,她爱穿素色的连衣裙,大夏天的,也许衣服穿得比较露吧。

"连接待室的女孩儿都说,她给人感觉不仅是漂亮,而是妖艳,连女人见了也会心跳加快的。"

久木还是头一次听到衣川这么夸赞凛子,倒不好意思起来。

"不过她好像比以前瘦了,脖子细细的,显得更迷人了。"

天气太热,凛子近来食欲确实不大好。

"这就叫红颜薄命吧。"

"薄命?"

"她轻轻点了下头,转身往回走的时候,我看着她那凄然无助的背影,真有点为她担心……"

衣川一气喝干了冷酒,略常埋怨地说道:

"你可得尽量对她好一些啊。"

在小饭馆吃喝之后,两人又去了一个酒吧继续喝酒。衣川滔滔不绝地说着自己的工作,不知不觉久木成了听客。男人一旦没有了工作,连话茬儿都接不上了。久木怀着寂寞的心情,走出了店门。分别的时候,衣川嘱咐了一句:

"多保重……"

衣川的声音异常亲切,完全不像他平时说话的语气。久木慢慢点了点头,轻轻握住了衣川伸给他的手道了别。之后久木才发现,还是第一次和衣川握手,心里觉得很异样。

这握手意味着什么呢? 衣川极其自然地伸出手来,语气那么柔和,使久木为之一动。

坐在电车上,久木还在思考着这件事,一直没琢磨明白。到涩谷时已经十一点了。

久木先泡了个凛子为他准备好的热水澡,然后换上睡衣,躺在沙发上。电视里正播着新闻,他调低了音量,喝了一口啤酒后,对站在厨房的凛子背影低声说道:

"刚才我和衣川在一块儿。"

凛子猛地一回头,马上又若无其事地沏起茶来。

"他说你变得特别漂亮。"

"他就喜欢这么说。"

"你去他那儿是为了找工作?"

"上次托过他,没有回音,就去了一趟。其实不行也无所谓……"

凛子把自己的茶杯也端过来,坐在久木旁边。

"我跟他一说辞职的事,就被他骂了一通。"

"他也太凶了。"

"他是刀子嘴豆腐心。"

久木眼睛望着电视说：

"你跟他打听那个银座的陶器店了？"

久木终于问道。凛子早有思想准备，马上答道：

"我去见了一下你的夫人。"

"有什么事吗？"

"没什么事，早就想要见见她……"

凛子出于什么心理去见自己所爱的男人的妻子呢？受好奇心驱使可以理解，不过，直接去见面也够大胆的。久木对凛子的丈夫虽然也有兴趣，却没有勇气自己去见他。

"我只是站在远处看了一眼。"

妻子现在在银座的陶器店工作，知道名字就能找到她。

"是个相当不错的女人。"

凛子这么一说，久木不知怎么说好了。

"难怪你会喜欢她，这个岁数了，身材还那么好，还特别精干……"

妻子是因为出去工作才显得年轻一些，其实已经五十多岁了。她比凛子要大上一轮，再看着年轻，也是上岁数的女人了。

"和这么好的人都离婚了。"

凛子自言自语道。

"当然都是因为我才会这样的，可是我越看她越觉得害怕……"

"害怕？"

"岁月太可怕了。再过十年或二十年之后，人的情感都会改变吧？你结婚的时候也爱妻子，想要建立一个美满的家庭，可是现在变了。"

久木不明白凛子为什么说出这种话来。她望着窗帘遮住的窗户说：

"你早晚也会厌倦我的。"

"不会的，绝对不会的。"

"会的。即使你不厌倦我，我也可能会厌倦你的……"

霎时，久木就像被人在喉咙上扎了一刀。

男人会变心，女人也可能心猿意马。即便是情投意合、海誓山盟的爱情，也可能在岁月的侵蚀下土崩瓦解。

"你当初认识你太太的时候，也很爱她吧？"

"也不算特别……"

虽说比不了对凛子的感情，却也是在神前立下了爱的盟誓的。

"我也是一样，结婚的时候怎么也想不到会像现在这样。"

凛子似乎想起了当年决定跟丈夫结婚时的情景。

久木抱着胳膊沉默不语。凛子摸着久木左手无名指上的戒指说道：

"你早晚会厌倦我的吧？"

"不会的，这么喜欢你，怎么可能厌倦呢？"

"你不厌倦，我也要上岁数的，一天天变成个老太婆。"

凛子虽然夸赞久木的妻子年轻，但还是从她身上看到了衰老的影子。

"我问你，真的有永远不变吗？没有绝对不变这一说吧。"

久木想起凛子在轻井泽时也问过他同样的话。

"抱着我，紧紧地抱着我。"

凛子一下子扑到了久木怀里。久木没坐稳，倒在沙发上，凛子前额顶在他胸前，梦呓般的嚷道：

"我害怕，我害怕……"

久木紧紧抱着凛子，听见她在怀里说：

"我们现在是最高点，今后不论在一起多久都只能走下坡了。"

"不会的……"

久木嘴上否认，心里也觉得现在或许是两人的最高点了。

"只有现在最可信。"

凛子见过久木的妻子，明白了爱情的游移不定。也预感到他们两人的爱迟早也会从顶峰衰落下去的。不知是这种种不安所煽动起来的欲望，抑或是他们内心原本积存的欲望受到了新的刺激，突然猛烈地燃烧了起来，不知什么时候，两人已经赤裸地拥抱在床上了。

"我要你说永远爱我，绝不变心……"

现在凛子仿佛为了消除对永恒的不安和恐怖，而寻求性爱。比起那些牵强附会的甜言蜜语来，委身于陶醉于震撼全身、直达高潮的性的快乐，更能帮助她摆脱盘桓心中的恐惧。

没有比肉体更诚实更忘我的东西了。凛子的热情也感染了久木，一再压抑的欲望，就像火山一样喷发出来。两人一同坠入了放浪形骸的、欢悦无比的欲海中去了。

开始时两人只是紧紧拥抱，贪婪地狂吻对方的嘴唇，自然而然的身体也交合在一起，早已酝酿得十二分充分的女人便率先抵达了顶点。

可是，刚想稍事休整，精神恶魔又飞扬跋扈起来，两人得不到丝毫喘息之机，又缠绕在了一起。一阵风暴过后，霍然发现两人头脚位置相反，相互爱吻着对方的私密处。

片刻之后，又突然像遭到电击了一样，两人不约而同地转回到原位。凛子迅速地骑到久木身上,前后移动起身子来。不停地向前倒下去,再向后仰起来,当她向前倒下去的时候,披散下来的头发衔在她的嘴角。就这样随着一声肝肠寸断般的叫喊,终于到达了高潮。

盛夏之夜,两个人的肉体都汗津津、油光光的。男人又跨到女人身上,女人从底下紧紧吸住他,男人早已忍耐不住了,发出了请求,"我不行了。…'来吧。"女人刚一答复,男人的精气便决堤而出,与此同时,凛子披头散发地疯狂叫喊起来:

"杀了我吧,现在就杀了我吧……"

正享受决堤快感的久木,霎时屏住了呼吸。

凛子以前也这样喊过,希求在愉悦顶点去死,在这一愿望中潜藏着就此死去,便可以永远享受愉悦的贪婪。

久木虽然也想象过这种可能性,但凛子此刻的追求方式实在太激烈了。

她似乎早已超越了性的快感与陶醉,这喊声不是从她嘴里,而是从她那浑身热血倒流、处于沸腾极限时的肉体里发出来的。

"求你了,快点、快点杀了我吧……"

凛子不停地疯狂叫喊着,久木拼命抱紧她,终于感受到了凛子发出的波浪般涌来的震颤。

这一对男女像死尸一样重合在一起,感受着对方的余韵。不久,仿佛从冥界飘然而归似的,凛子有气无力地说道:

"喂,你为什么不杀了我……"

久木无话可答,他轻轻抬起上身,正要松开紧抱她的手臂,凛子双手抓住他说:

"不要离开我……"

久木不敢再动,照她说的保持俯抱她的姿势。凛子慢慢睁开眼睛。

"你说,咱们就这样死不好吗?"

凛子的眼里闪着泪光,这是愉悦至极时流出的泪水吗?

"我要和你全身贴在一起这么死,连那儿都连在一起……"

久木点着头,这才意识到自己的一部分还在凛子的身体里。

"像现在这样死,我就一点也不害怕了,你呢?"

凛子叮问道。久木体味着这样连接的感觉,点点头。

"咱们俩就这个姿势去死吧。"

听凛子说要两人一起去死,久木并没有惊慌失措,反而平静地接受。久木对这样的自己感到有些狼狈,但很快地又觉得这样也好。

或许是做爱后的倦懒导致的情绪消沉,或许是自己现在身体还和凛子紧贴在一起,无法思考,总之,久木没有气力加以拒绝。

"你当真能和我一起死?"

"嗯……"

对久木暧昧的回答,凛子追问道:

"真的愿意吗?"

"当然是真的。"

久木答道,不由自主地想起被阿部定杀死的吉藏来。

当时,吉藏被阿部定问道"勒脖子行吗",也一定是在这样事后的倦怠中,回答"行啊"的。

"太好了。"

突然凛子抱紧了他,随着身体的摇动,久木身体的一部分从凛子体内滑了出来。

"不行……"

凛子不觉叫出声来,但久木没有理会,从她身上翻下来,仰躺在床上。

久木这样回味着刚才激情澎湃的余韵时,凛子又像小猫似的依偎过来。

"你说,你是真心想和我一起死吗?"

"真心呀。"

久木答道,他觉得自己从来没有像现在这样温柔、顺从。

"我们就是死了也要在一起。"

久木觉得凛子就像是一只诱惑男人的恶魔鸟,但他宁愿被她的翅膀载着带往死亡的世界去。

"那就在这儿咬一下,留下约定的印记吧。"

凛子让久木在她的乳房上留下了一个渗血的牙印。然后,她又在久木胸前留下了同样的印记。

久木忍着轻微的疼痛,对自己说,再也别想从凛子身边逃脱了。

"永远也不许把它去掉。"

这就是爱的印证,只有接受它了。久木闭着眼睛感受着隐隐的疼痛,万般无奈地想着。这时凛子说道:

"现在是我们最好的时候了。"

现在久木经济上还有余力,身体也有一定的精力,还有自信获得像凛子这样出类拔萃的女人的强烈爱情。

今后的生命中,绝不会有超过现在的幸福和辉煌了。无论将来自己以什么方式去死,都不可能比和凛子一起死更加绚丽耀眼的了。

"我从年轻的时候,就梦想着能在人生最幸福的时候死去。"

听着凛子悦耳的声音,久木想起了把有岛武郎引向死亡的波多野秋子。虽然和他们情况有所不同,但是在人生最高点时,男人被女人拽向死亡这一点却是共同的。

"我们一起死了以后会怎么样啊?"

"会怎么样……"

"人们会说什么,大家会有多吃惊……"

久木不由想起了妻子和女儿。

"光是想象一下就兴奋极了。"

现在凛子的自杀愿望中,更多的成分是对自杀行为本身的向往。

"我们要紧紧地抱在一起,绝对不能分开。"

"可是,怎么才能那样呢?"

"咱们琢磨琢磨呀。"

凛子的口气,就像要去挖掘宝藏一样神秘。

"大家肯定会大吃一惊。"

听着凛子那亢奋的声音,久木也想象着人们吃惊的样子,隐隐的快感油然而生。

"现在还没有人知道我们的计划呢。"

久木点点头,觉得自己是那么可爱,竟然和凛子一起沉浸在飘溢着死亡的气氛中乐不知返。

## 至福

久木伸出双手,从女人细细的脖颈开始一直抚摸到丰腴的肩头、坚挺的乳房直至乳头。再从此顺着窈窕的腰部滑向滚圆的臀部,再到丰满的腹部,最后到达了胯间那处颤动着的黑色的小密林。此时此刻,久木忽然瘫软了似的跪了下来,祈祷般地请求。"请让我看看这里吧。"

街上已经先季节一步令人感受到了秋天的气息。

久木此刻正走在银座街头,他注意到女性服饰店的橱窗里,酒红色系和咖啡色系秋装开始登场了,路上行人衣着的颜色也越来越呈现出了秋意。

季节也在向秋天转换着,刺眼的阳光渐渐失去了威力。一过五点,微风徐徐刮来,太阳也开始西沉了。

傍晚时分,久木进了一家咖啡店,要了杯热咖啡。

久木坐在二层楼上,透过玻璃窗俯视下面渐渐暗下去的银座街景。正值下班的高峰,人们结束了一天工作,穿着单调西装的职员们中,夹杂着年轻的公司小姐妍丽的身姿。

"让您久等了。"

这时身后响起了女招待的声音,久木赶忙回过头来。

穿着白上衣、粉红色裙子的女招待,轻轻点了一下头,放下咖啡就离开了。久木低着头,好像做了什么见不得人的事似的。等她走了之后,才松了口气。

久木坐在靠窗的双人座上,另外还有四人一组和两人一组两桌客人。刚过五点,约在此见面的客人还不多,店里很安静。久木之所以这么在意女招待和周围的客人,是因为他的内衣口袋里藏着一个重要的东西。

今天下午,久木就是为了这个东西才到饭田桥的研究所来的。

久木想到去研究所,是因为和凛子约好一起死这件事。

要想抱在一起死,采用什么办法才行呢?

这半个月来,久木和凛子一直在考虑这个问题。

翻阅了许多推理小说和医学书籍,他才终于想到了这个唯一的办法。

这是他们两天前刚刚得出的结论。

决定了和凛子一起踏上死亡之旅的时候,久木觉得如同冲破了一面巨大的屏障。

死虽然可怕,但这也就像是一次出门旅行。既然这个世上的芸芸众生早晚都要走上死的旅途,那么自己想要和最心爱的人,以最美的形式去旅行。

凛子说两人抱在一起死就不害怕了,而且还是在达到快乐顶峰的一瞬间结束生命。两人没有体验过死,然而一想到在全身充分满足的时候互相搂抱着停止呼吸,就不觉得可怕了。

和凛子定下了死亡之约后,久木心里对死亡的不安感迅速消退,而对死的渴望渐渐增强了。

这是华丽耀眼而又心满意足的死。是只有他们这两个因相爱而死的人才能获得的至福之举。

像他们这样追求并付诸实施这种幸福之举的人,在这个世界上实在是绝无仅有的。是从几十万,甚至几百万人中的男女组合的佼佼者里被特别筛选出来的"爱的精英"。

过去一提到殉情,人们就认定是为了心爱的女人而窃取他人钱财,或是因不正当爱情而不为世人所容等等,被逼到无路可走的结果。

然而,现在和近松、西鹤生活的江户时代不同了,因贫富悬殊,苦于贫穷和欠债,或受到身份差异、世俗人情的羁绊,无路可走而选择死的时代已经一去不复返了。

现在久木终于明白了,当年怀里揣着心爱男人的那个东西的阿部定被警察逮捕时,为什么会面露微笑了;也明白了秋子为什么在决心和武郎情死的前一天,还像往常一样去工作,给周围的人留下和蔼的笑容了。

人们通常只看到他们死后的样子,认为那是疯狂的或者悲惨的结局。这是因为人们看到的只是外在的形体,而死去的人却是在无比幸福的彼岸世界。

无论活着的人如何评判,他们自己皈依了爱的圣殿,在幸福的极致走上了通向永恒的安息之旅。

久木这样一想,对死的恐惧渐渐淡漠了,甚至渴望去死了。然而,一旦具体到如何去死的时候,遇到了几个难题。

首先,身体健康的两个人要自己舍弃与生俱来的求生意志,结束生命,背离世俗的常理还不算太难,但违背生命的法则就不是轻而易举的事了。

尤其是凛子和久木所追求的死是相当任性而奢侈的死。

两人一起死的先例倒是不少,像武郎和秋子一起上吊而死,或一起跳崖,一起躺在充满煤气的屋子里情死等等。

同时去死不难做到,但凛子追求的是两人紧紧抱在一起不分开的死法。

应该说凡是情死的男女都希望能抱在一起死,可是,尸体被发现时都是谁也不挨着谁。例如,用腰带把彼此捆绑起来,拉着手从高处跳下去,但是,被发现的时候绳子已断开,两人离得老远。即便死在充满煤气的屋子里,最后也是各自分开的。搞不好还会引起火灾,给邻里造成困扰,而且自己也会被烧成一团焦黑。

虽说是活着的人自己选择的死,但是,连死后的样子也要选择的话,就是一种僭越或奢望。

而凛子所追求的死,可以说是最最奢侈而任性的。

她想要互相紧紧拥抱着,甚至连男人和女人的性器官都接合在一起时死去。

这种死法是否可能呢?

如果可能的话,久木也希望能如此,以满足凛子的心愿,可是现实中到底有没有可行的方法呢?

绞尽脑汁的久木,决定到一个老朋友那儿去一趟。

没有比思索怎么去死更奇妙更不可思议的事了。

以前久木也思考过人生,但都是考虑怎样活得更好,都是向前看的。

现在一百八十度大转弯,思考的是怎么死这种向后看的事了。而且这种思考并不是针对接近死亡的衰老或疾病而采取对策,而是寻求亲手将鲜活的生命断送掉的方法。

关于人的生活方式的书多得数不胜数,而有关自杀的意义和方法的书却几乎没有。

在这样的现状下,从某种意义上说,敢于赴死就需要具有比向前看的求生愿望更多出几倍的能量和精力。

久木又一次痛感求死的艰难，开始理解了自杀者为何选择缢死或跳崖等在人们看来很不雅的死法了。

选择死的人，往往直到临死之前还不知怎样死为好，他们首先想到的是怎么死得痛快，死得不痛苦。

由于从来没有考虑过怎么死，所以事到临头，自杀者能想到的就只有从断崖或高楼、站台上往下跳这种方式了。

与此相比，缢死比较麻烦一些，需要冷静的意志和准备工作。此外，用煤气自杀也需要做些准备。而服毒的话，既不好弄毒药，也不能确保万无一失。

久木对于和凛子一起死已没有异议了，只是死的方法总也定不下来。

从九月中旬到月底，久木一直专注于这个问题。有一天，他突然记起了一个叫川端的朋友无意中说的一句话：

"我那儿净是氰化钾……"

川端是久木高中时的同窗，大学时学的是理工科，现在饭田桥的环境分析中心的研究所工作。

去年秋天的同学会时见过他，他是久木高中时最好的朋友，现在也是无话不谈的挚友。

久木给川端打了电话，正巧他下午有空。于是，久木说下午去找他有点事，借口是关于一部小说里描写用毒药杀人的内容。自己不懂得这方面的知识，想就这个问题向他请教一下。

川端的专业是分析化学，现为主任研究员。久木到了研究所后，被人领到了他位于三楼的办公室。

"好久没见啦。"

身穿白大褂的川端高兴地把久木迎了进去，聊了一会儿熟人的见闻，久木说出了自己的来意。

久木的问题是，用氰化钾毒死人的时候，是放进红茶里的，那么被害者难道喝不出怪味儿吗？如果喝得出来的话，放到什么饮料里比较好？

川端以为久木还在出版社工作，毫不怀疑地做了解答。

他说，毒药有一种苦涩味儿，用红茶的话，容易察觉，所以下到浓咖啡或甜果汁里就喝不出来了。

久木提出想看看氰化钾什么样，川端马上从放在角落的药柜里拿出了一个十厘米高的瓶子来。

可能是为了遮光,瓶子是褐色的,瓶子的标签上写着"实验用药"的字样,以及英文的毒品名称"Potassium Cyanide"和"特级·氰化钾"。

"倒出点来给你看看吧。"

川端在桌子上铺了一张纸,上面又铺了一层包药纸,然后戴上胶皮手套,打开瓶盖。他把瓶子稍稍倾斜了一下,往纸上倒出了两个红小豆大小的白色颗粒和一些白粉。

"这些能毒死多少人……"

"这种毒药纯度高,一小勺就足以杀死四五个人。"

久木吃惊地看着这些白色的粉粒。

看表面没有什么特别,跟白砂糖或食盐一模一样,可是据说只要用指尖蘸上点舔一下,就能置人于死地。

这么美丽的白色粉末竟然有这么大的魔力,久木恐惧地看着它。这时电话铃响了,川端去里面接电话。

中间隔着一道屏风,久木在一进门处的沙发上坐着,而川端在里面接着电话。

久木忽然想要偷一点白粉。

一小勺就足够了,把它包进纸巾里带走就行了。

要偷的话现在正是机会,可是他害怕得不敢出手。

川端打完电话回来对他说:

"我到隔壁的研究室去一下,你在这儿先等一会儿。"

大概是有什么急事吧。等到川端的脚步声远去后,久木下了决心,学着川端的样子,戴上手套,又看了看屋子里确实没有人,就拿了一张包药纸,拨了一点白粉包起来,然后又包了好几层纸巾,迅速把它塞进内衣口袋里。

然后,他若无其事地抽着烟,等川端回来。

"让你久等了,不好意思。"川端回来了,又问了一声:"这个可以了吧!"就把白粉倒回了瓶子。

久木尽力平静地问道:

"这种东西能随便买到吗?"

"一般的人不行,这是我们实验用的药,有需要的话,就给我们送来。"

标签上印着"二十五克"和制药厂的名字。

"有没有不小心喝错的时候?"

"没有。不过,以前也有人做实验时沾在手上,忘记洗手,舔了以后毒死的。"

"这么容易致死吗?"

"这是最厉害的一种毒药了,它能阻断呼吸中枢,几乎是猝死,最多一两分钟就能死。"

久木越听越坐不住了。

坐在咖啡店的角落里，久木用手轻轻摸了一下内衣的口袋。

这个西服的内衣口袋里，装着刚才从川端那儿偷来的纸包。据川端介绍，一小勺能毒死四五个人，那么这一小包就能杀死十个人。

自己身上装着这么大剂量的毒药，使久木害怕起来。于是，想找个店休息一下，不知不觉来到了银座这个热闹的地方。也许潜意识里希望到欢声笑语的人群中来平静自己的情绪吧。

久木喝着咖啡以使自己镇定下来，脑子里却一再想起刚才去研究所的事。

把纸包放进口袋后，久木没待多久就离开了研究所，川端会不会起疑心呢？他把药倒回瓶里的时候什么也没有说，应该没有发现什么，只是自己走得过于匆忙，有些不大自然。

可是干了这么大的坏事，哪还有心情和他聊天呢。

久木自己也很意外，居然能把这么危险的东西弄到手。

川端因为自己是好友而不加设防，要是自己有胆量的话，还能多拿一些。

当然，没有人会想要这种剧毒的药物，弄不好会使自己受到危害。再说哪有那么多想要找死的人呢？也难怪川端放松了警惕。

可是自己和凛子死了以后，川端会不会受牵连呢？

不会的。他根本不知道久木偷药的事。即使查明了死因，由于毒药来路不明也会不了了之的。

想着想着久木再也沉不住气了，付了钱走出了店门。

街上已亮起了五颜六色的霓虹灯，更增添了繁华的气氛。

久木朝地铁站走去，走了一半又改了主意，叫了辆出租。

带着这么危险的东西上电车，万一撞到别人身上，弄破纸包就麻烦了。既然已经准备去死了，节约车费也没有什么意义。

半路上他去了趟超市，买了胶皮手套和一个带盖的小瓶，然后回到了涩谷的家。

"我弄到了一个宝物。"

久木故作轻松地说道。他一边告诉凛子去研究所的经过，一边在桌子上打开了那个纸包。

凛子从几天前开始抄写佛经，她停下手里的毛笔盯着这些白粉。

"把它掺到果汁里，喝下去就行了。"

凛子没搭腔，只顾盯着看。过了一会儿，声音嘶哑地问道：

"这种白粉能致死吗?"

"喝下去用不了一两分钟就会停止呼吸的。"

久木戴上手套,把纸包里的白粉倒入小瓶中。

听川端说,放在光照下或接触空气,纯度都会下降,所以要把它放在阴暗处。

"有这些就足够了。"

"有没有痛苦啊?"

"可能有点难受,抱紧点就行了。"

凛子还在看着瓶子里的粉末,忽然想起了什么,问:

"放进葡萄酒里行吗?"

"什么葡萄酒?"

"当然是最好的那种红葡萄酒啊。"

"我想可以的。"

"我要和你拥抱着喝下去,你先含一口鲜红的葡萄酒,再吐进我的嘴里……"

凛子最爱喝葡萄酒,她要选择红色的葡萄酒作为结束此生的最后的饮料。

"好吧,就这么办。"

这是凛子最后的心愿,久木要充分满足她。

解决了怎么死的难题以后,久木的心情更加平静下来了。

他觉得自己的身体仿佛被净化了,变成除了等待死亡以外,毫无现世欲望的透明体了。

此外,两人还必须选定死的场所,他们一致倾向于到轻井泽去。

当然,从他们激情澎湃、留宿不归的镰仓,到多次幽会的横滨饭店,从雪中寂静的中禅寺湖畔的旅馆,到樱花谢落时的有着能剧舞台的修善寺,这每一处都使他们刻骨铭心,永生难忘。

可是,在这些公共场所死的话,会给旅馆以及其他人带来麻烦的。

为了不给任何人添麻烦,以自己希望的形式去死的话,只有去轻井泽了。

不过,两人如果死在轻井泽别墅那儿,将会使凛子的母亲和哥哥为难,不愿意再去别墅了,可再怎么说也是一家人哪。凛子觉得很对不住母亲和哥哥,只能请他们原谅她最后的任性了。

自杀场所定在了轻井泽后,久木又一次想起了有岛武郎和秋子的事。

他们两人死的时候是初夏的梅雨季节,而自己和凛子要去的是初秋的轻井泽。高原的秋天来得早,现在可能早已秋意阑珊了。

有岛和秋子的尸体,因梅雨时的暑热和湿气而迅速腐烂,选择秋天就能避免这一悲剧。

"再往后天气就越来越冷了。"

"现在就已经冷飕飕的了，到了十月份，除了住在轻井泽的人家以外，不会有游客了。"

久木想象着被苍松翠柏环绕的幽静的别墅。

"走在变成黄色的落叶松林荫道上，恍然觉得是在走向一个遥远而陌生的地方。"

他们相信沿着这条路走下去，就会通往寂静的死亡的世界。

一切都在缓慢地一步步走向死亡。当心灵和肉体都倒向死的一边时，对生的执着也就不复存在了。

尽管如此，他们的生活并不是压抑、消极的，相反，对于睚的渴求更加强烈，更加浓厚了。

他们还有几天时间，可以清理一下身边琐事，了断对尘世的留恋和执着，踏上最后的死亡之旅。

越是这么想，久木就越想和凛子交欢，凛子同样越发渴求他的爱。

比如每天早上，久木一睁眼发现凛子在身旁，就会自然而然地靠近她，反复爱抚她的乳房乃至全身，直到她多次达到了满足后，接着又睡。中午醒来又开始亲热；晚上天刚一黑，就迫不及待地搂到了一起。

如此不分昼夜地男欢女爱，在外人看来，简直是不知羞耻的色情狂。

当他们舍弃了工作事业、赚钱享受等等世俗的欲求时，在这个世上，就几乎没有可干的事了。

如果说还有什么的话，就是食欲和性欲了。前者因为多在家里生活，不会觉得不满足；那么最后剩下的就只有一对儿男女所不可或缺的性欲了。

这么一说，好像他们是精力超群的性爱的崇拜者，实际上，他们并非在向性挑战，而是一味埋头于沉溺于性爱中，来消解日益临近的死的阴影，减弱生命的活力。

尤其是不信教的人，在正常身体状态下迎接死亡来临时，只能削弱自身潜藏的生命力，以接近死的状态，消耗、燃尽所有的精力，生的欲望就会自行淡薄，渐渐从忘我之境步入死亡之界。

没日没夜地沉溺于永不厌倦的性之中，正是为了能够沉静安详地去死所进行的调整身心的作业。

在这期间，久木心里还惦念着另一件事。

他想最后见妻子和女儿一面。

这是超越了单纯的留恋和眷顾的、对共同拥有过漫长人生的伴侣的礼貌和爱情。

对已经离家数月不归的丈夫和父亲,她们肯定早已失望了。但和她们再见上一面,是给她们带来伤害的久木所能表示的最后的诚意了。

想好之后,出发去轻井泽的前一天,久木去看望了妻子。

久木事先给她打了电话,让她把女儿叫来。一家人不是在起居室,而是在客厅里见面,显得十分陌生。

久木仿佛到别人家做客一样,有些紧张,问了句:

"近来好吗?"

妻子没有回答,只是问他:

"那件事已拜托了一位认识的律师,你看可以吗?"

久木立刻明白她是说离婚的事,但他对此已不关心了。就算协商好财产分割的条件,久木本人已不在这个世界上了,留在这世上的一切都给了妻子、女儿,他就满足了。

久木点点头。喝着女儿端来的茶,不知说什么好。

女儿说:"您好像瘦了。"久木只说了句:"你精神不错嘛。"就又没话说了。妻子拿来两个大纸袋。

"已经到秋天了……"

妻子对他说。久木看了一下,里面装的是自己秋天穿的西服和毛衣。

"你给我准备好了……"

一直以为在憎恨自己的妻子,意想不到地给他收拾出来秋天的衣服,使久木不知所措。

为将要回到别的女人那儿去的男人做到这一步,到底是出于爱呢,还是长期以来身为妻子的女人的习惯呢?

"谢谢。"

对于妻子最后的温柔,久木由衷地道了谢。

还未正式离婚,丈夫就离开家和别的女人同居了。妻子憎恨丈夫,却又为他准备好秋天的衣服。女儿为自私的父亲感到生气,却又竭力在两人之间周旋。无奈久木已决意去死,妻子和女儿都没有察觉到这一点。

三个人都觉得很别扭,可又不想破坏现有的气氛,想在一起多待一会儿。

又喝了一杯茶以后,久木说:"我上去一下。"就到二楼自己的书斋去了。

屋子里和今年初夏他离家时没有任何变化,纱帘遮挡着窗户,笔筒的位置和一直没有使用的公文包都没有变动,桌子上蒙了薄薄一层灰尘。

久木点燃一支烟,眷恋地望着房间里的陈设,默默坐了一会儿。然后下了楼,跟妻子和女儿告别。

妻子脸上露出惊讶的神色,并没有挽留;女儿担心地交替看着他们两人。

"我把这个拿走了。"

久木说着提起那两个口袋,走到门口,又回头看了看妻子和女儿。

"再见了……"

他本想说"给你们添了很多烦恼,很对不起",话到嘴边忽然觉得这些话有点假惺惺的,就说道:

"多保重……"

他想说得尽量自然些,可是心里一阵发酸,赶紧低下头打开了门,身后知佳喊道:

"爸爸别走……"

他听到喊声回头看了一眼,妻子扭过脸去,女儿悲伤地望着他。

久木最后瞧了一眼她们的脸,再次在心里对她们说了句"再见",转身走出门去。

走上了街道后,久木又一次回头望去,妻子和女儿都没有追来,家门已经关上了,像无人居住般寂然无声。

回世田谷家后的第二天,久木和凛子从东京出发了。

一想到这是他们的死亡之旅,将最后与世间的一切告别时,短暂居住过的涩谷的小屋,人来人往的喧嚣的东京,都使他们恋恋不舍起来,但是,不能总是沉浸在伤感之中。

"走吧。"

在凛子开朗的声音呼唤下,久木走出了房间。

已是秋季,凛子穿着驼绒套装,戴着同色的帽子,久木穿着浅驼色夹克和褐色长裤,提着一个旅行包。

看上去他们就像是年龄悬殊的一对恩爱夫妻,出门去度周末一样。

久木开车穿过市中心,上了关越高速公路。

从这里过去,他们便永远告别了东京。久木接过高速路收费单,凛子把它拿过来说道:

"这就是咱们的单程票啊。"

走向死亡的旅行,单程票就足够了。

"咱们去乐园啦!"

凛子故意开着玩笑,眼睛凝视着前方。

久木握着方向盘,嘴里重复着"乐园"。

凛子坚信来世就是两人永恒之爱的乐园。

曾经在天界的亚当和夏娃因偷吃了禁果被赶出了伊甸园,他们现在想要返回乐园。尽管是由于蛇的迷惑,可是他们两人一度偷吃了禁果,违背了神的意志,是否还能返回伊甸园呢？久木没有自信，即使回不去也没有什么不满的。现在两人沉沦在充满污秽的现世，是因为偷吃了性这个禁果，才从天上堕落到了人世间。既然如此，就干脆贪婪地享受性的快乐后死去好了。

他们已经充分地享受了这一人生最大的快乐了。

总之，现在凛子唯一企盼的是在爱的极致中死去，她心里充满着瑰丽的梦幻。久木虽然没有这样的梦幻，却清楚地知道，活得再长久，今后也不会有比现在更美好的人生了。

马上就会在深爱他的凛子的陪伴下，在欢喜的顶点死去了。只要能拥有这一实实在在的真实，久木就不再感到不安，就能和凛子一起开始爱的单程旅行了。

来到了秋天的轻井泽，久木不禁想起了堀辰雄的小说《起风了》的序曲。

"在某一天的下午……突然刮起了风。"

模模糊糊记得这篇文章的最前面，写着下面这首保尔·瓦雷里的诗句：

"起风了，好好活下去。"

起风了，并不一定表现的是秋天，可是这种表现却有着秋天的意境。

"好好活下去"或许不适合即将走向死亡的他们两人，但是，在这咏叹般的诗句中，蕴含着和诗的含义相辅相成的恬静的达观，不仅仅是颂扬生命的活力。换言之，其中还含有凝视着生与死的成熟的秋天的气息。

他们去轻井泽时正是这样一个秋天，阵阵秋风吹过寂静的树林。

下午到达后，天还很亮，他们直接去游览了由中轻井泽经过千丝瀑布到鬼押出一带的高原秋色。

和七月的梅雨天来这里的时候完全不同，秋高气爽，晴空万里。远处喷着烟雾的浅间山隐约可见。半山腰里已是红叶点染，山脚下遍野的芒草闪着金色的光。

久木和凛子都沉默寡言，并不是心情不好，他们想要把金秋时节的自然美景都烙印在眼睛里。

随着太阳西斜，浅间山的轮廓愈加鲜明，由山脚下开始渐渐变暗，一瞬间的工夫，便只剩下了山峰顶端涌动着白云的亮色。

他们匆匆下了山。不可思议的是，在向往生的时候，容易陶醉于寂寥的秋色；而在准备去死的现在，却急于逃离这样的风景。

用了快一个小时的时间才到达了别墅。天已经完全黑了下来，管理人预先打开了大门外的灯，更令人感到夜的深沉。

"我回来了……"

"我回来了……"

久木也随着凛子,一边说着进了大门。

他们准备在这里度过最后一夜,明天晚上,两人就会饮下血红的葡萄酒结束此生。

晚上,他们在附近的饭店餐厅里吃了饭,明天一天哪儿也不打算去,因此对他们来说,这是在外面吃的最后的晚餐。

七月初,他们也在这里吃过饭,那次为久木祝贺生日用香槟干了杯。谁能想到,仅仅过了三个月,会在同一个地方吃最后一顿晚饭。不过回想起来,那时就已经有一些预兆了。

比如说吧,那时久木还没有被派往分社去,就已经有了辞职的打算,甚至产生了活着很无聊的虚无感。而凛子也对爱情易变、年华渐衰感到蒙眬的不安,梦想在绝对的爱的顶点去死。

水口死后紧接着是那封诬告匿名信,然后又是被降职,这都是造成久木辞职的直接导火线。但在那之前和凛子的深情至爱以及某种程度上已经不枉此生的想法,则使久木加速了对死的向往。

换句话说,经过从春到夏的充分瞄准,在一个晴朗的秋日,这发子弹射向了晴朗的天空,随着这一声枪响,两人便永远从这个世上消失了。

这一切简单得使久木难以置信。这时,侍者过来给他们斟上了法国红葡萄酒。

这是红色的玛歌堡葡萄酒,倒在大口高脚杯里,血一样红的葡萄酒发散出一股醇香。

"还是这种酒好吧。"

他们最后喝的这种鲜红而昂贵的饮料是凛子选定的。

果然,这酒喝到嘴里,口感甘甜醇郁,使人品味到了历经几百年历史酿造出来的欧洲的丰饶和传统,以及沉淀其中的逸乐的魅力。

"咱们再买一瓶带回去吧。"

明天只要和今天一样,香甜地喝上一口,两人就会携手走向玫瑰色的死亡的世界。当天晚上久木和凛子一直沉睡不醒。

他们为准备这次旅行弄得精疲力竭,一生中积攒起来的身心劳顿,像铅一样覆盖住他们全身,将他们驱入了深深的睡眠。

清晨,久木在窗帘边泄漏进来的微明中醒来,确认了凛子在他身边后,重又陷入睡梦中。凛子也一样,偶尔惊醒后,看见久木就在身边,又放心地偎着他入睡。

两人就这样沉睡,一直睡过了中午,两人才完全醒了过来。

凛子像往常那样洗了澡,化了淡妆,穿上了羊绒衫和栗色长筒裙,收拾起屋子来。久木到凉台上去抽烟。

一些树叶已经早早开始发红了,这几天掉下来的枯叶,层层堆叠在黑油油的土地上。

久木望着树梢上方的天空出神,凛子走近他问道:

"看什么呢?"

"你瞧那边的天空。"

凛子顺着久木的手指望去,透过树梢窥见了湛蓝湛蓝的天空。

"我们该写遗书了……"

这也是久木望着空中想的事。

"你的愿望是?"

"我只有一个愿望,就是希望把咱们两人葬在一起。"

"这些就够了吧。"

"这些就够了。"

不管能不能实现,临死时,两个人最后的愿望只有这一个。

下午,久木和凛子一起写下了遗书。

凛子先用毛笔书写了:"请原谅我们最后的任性。请把我们两人葬在一起,这是我们最后的要求。"并按顺序签上了久木和凛子的名字。

然后,久木分别给妻子和女儿写了遗书。凛子也给母亲写了一份。

久木在信里同样只写了"请你们原谅我的任性",但附上了一句最后离家时没有说出口的"非常感谢你们多年来对我的关照"。

久木耳边又响起了女儿知佳的"爸爸别走"的叫声。

这叫声意味着什么呢?仅仅是不要我离开吗?还是察觉了我将要踏上不归之途呢?不管怎么说,到了明天,她们会明白一切的。

写完了遗书,突然觉得这世上再没有什么可干的了,两人都沉入了冥想之中。

凛子倚靠在唯一一把安乐椅里,久木闭着眼睛斜躺在旁边的沙发上,脑子里一片空白,享受着这份宁静。这时太阳西斜,天色渐黑了。

凛子无声无息地站起来,去厨房准备最后一顿饭。

材料都是事先准备好的,把香蕈培根沙拉、一小锅加热了的水芹炖鸭肉摆到餐桌上后,凛子说道:

"随便吃点吧。"

凛子把沙拉盛到各人的小盘里,久木感到无比的幸福,因为他在这个世上吃的最后一顿饭是凛子亲手做的。

"把那瓶葡萄酒打开吧。"

久木拿出昨天晚上从饭店买来的葡萄酒,起了瓶塞,慢慢倒进了两个玻璃杯里。

两个人拿起杯子碰了一下,久木说:

"为了我们的……"

突然哽咽了,凛子接着说:

"美好的旅行……"

两人将杯里的酒一饮而尽,然后互相对视了一眼,凛子意味深长地说道:

"活着,太好了……"

马上就要去死了,却说活着太好了,这是为什么呢?

久木觉得很奇怪。凛子拿着高脚杯对他说:

"因为活着才认识的你,才知道了很多快乐的事,才会有许多美好的回忆……"

久木也同样深有感触,他感激地点着头,凛子的眼里放射出光彩。

"爱情使我变得美丽,每日每时都在了解生活的意义。当然,也有许多烦恼,然而却有几十倍的欢欣。死去活来的爱,使我全身变得敏感起来,看到什么都会激动不已,懂得了任何东西都是有生命的……"

"可是我们马上要死……"

"对,有这么多丰富多彩的美好回忆已经足够了,再没有什么可遗憾的了,是吧?"

正像凛子所说的那样,久木全身心地爱恋过了,现在没有丝毫的遗憾了。

"活着太好了。"

久木不禁说出了和凛子一样的话来。这一年半过得非常充实,所以感到死并不可怕。

"谢谢。"

凛子又伸出了玻璃杯,久木跟她碰了一下杯。

"谢谢。"

互相会意地喝了下去。

今晚,只要再次重复一下这个动作,两人就能完成极为幸福的死亡之旅。两个人一杯接一杯地喝下去。

吃完最后的一顿饭,已是下午六点了。

外面已然黑透了,凉台外的一盏灯照出了庭院的轮廓。一到十月,几乎没有人来别墅居住,只有他们这里亮着灯光。

然而,这间房子里却在做着去死的准备。

久木拿了一个干净的高脚杯,把晚餐喝剩下的葡萄酒倒进杯里四分之一,然后倒入装在白色小瓶里的氰化钾粉末。

虽然只有两小勺,可是一小勺就能夺去四五个人的生命,所以绝对够用了。

久木目不转睛地盯着掺了毒药的葡萄酒,这时凛子悄悄地坐到了他旁边。

"喝了它,就行了?"

凛子轻轻伸手拿起杯脚,凑近鼻子闻了闻。

"真好闻。"

"葡萄酒会冲淡药味儿,不过喝的时候还是会有点酸味儿。"

"谁这么说的?"

是川端告诉他的。不过,如果有人竟然亲口尝过这种一喝就死的毒药的话,就太不可思议了。

"也可能有人误喝了极少量的毒药,后来被救活了。"

"我们不会这样的吧?"

"绝对没问题。"

久木满怀自信地坚决地说道。他看了一眼电话,说:

"要不要打个电话给笠原先生,让他明天中午到这儿来。"

关于死亡的时间,久木做过大致的计算。

他们希望尸体被发现时,能像凛子期待的那样紧紧抱在一起不分离。为了以这种姿势死,必须在尸体最僵硬的时候,即在死后十几个小时至二十个小时之间被人发现最理想。

"就说壁炉需要添加劈柴,他一定会来的。"

虽然有些对不住管理人,但当他来的时候,他们两人应该是紧紧拥抱着的僵尸了。

"咱们该去了吧。"

这轻松的一句话,即是走向死亡的信号。

久木这么一说,凛子点点头,两人手牵着手上了楼梯。

二楼的卧室里,面向庭院的窗户白天敞开过,但现在紧闭着,空调吹出暖风。

久木拧开床头的台灯,把酒杯放在床头柜上,和凛子手牵着手并肩坐在床沿上。

夜还不深,四周静得出奇,隐约可以听见啾啾的虫鸣。

在这静寂中,仍然有生物存在,使久木心情安静下来。

倾听着这些动静,凛子道:

"你不后悔吗?"

听到这轻柔的问话,久木慢慢点点头。

"不后悔。"

"你的一生……"

"虽然有着种种不如意,但终于遇见你这样的女性,实在太荣幸了。"

"我也没有什么可遗憾的了。认识你太幸福了。"

一瞬间,对凛子的爱在久木的全身奔涌翻腾,他不禁拥抱着凛子亲吻起来。他吻遍了凛子脸上的每一处,在这暴风雨般的接吻中,久木产生了一个欲望。

"你把衣服都脱了。"

临死前他要再一次仔仔细细地看遍凛子的全身,把它刻印在眼睛里。

"全都脱光……"

他像个纯情少年似的再一次哀求着。凛子的眼神像慈母一样,背着身,脱下毛衣、裙子、胸罩和内裤后,便转过身来。

"这样行了吧?"

一丝不挂的凛子站在久木的眼前。

她仍不免有点害羞,用双手掩着胸前。这面临着死亡的裸体显得有些苍白,就像白色陶瓷般晶莹剔透。

被这全裸的女体所吸引,久木站在凛子的面前,抓住她挡在胸前的双手,缓慢地拉了下来。

"真美……"

他还是第一次在这么明亮的地方,这么用心仔细地欣赏凛子的身体。

从头看到脚趾尖,再从脚趾尖看到头,来回看了好几遍。久木恍然觉得面前的女人,就像盘坐在须弥坛上的阿弥陀佛或菩萨一样。

久木第一次发觉自己孜孜以求的,原来是这种美丽妖艳的女体佛像,是对这女体的信仰。

如同虔诚的信徒摸遍佛像的每一处,体味无上的幸福感一样,久木伸出双手,从女人细细的脖颈开始一直抚摸到丰腴的肩头、坚挺的乳房直至乳头。再由此顺着窈窕的腰部滑向滚圆的臀部,再到丰满的腹部,最后到达了胯间那处颤动着的黑色小密林。这时,久木忽然瘫软了似的跪了下来,祈祷般的请求。

"请让我看看这里吧。"

凛子一下子有些惶惑,然后慢慢在床上躺了下来,微微分开了双腿。

看到了希望的男人眼睛发出了光亮,他把女人的腿弯曲后,再最大限度地分开,然后小心翼翼地把脸凑了上去。

双腿分开到这个程度后,黑色的密林显得稀疏了一些,花蕾从淡淡的鬈毛中露出头来。久木忍着想要亲吻的冲动,双手慢慢拨开花蕾下面稍厚的暗黑褶皱,于是他看到了从外表完全想象不到的桃红色花蕊,浓厚的爱液正从那里吐露光华。

这个既优美又淫靡的裂缝,是男人生命的诞生之地,同时也是男人的绝命之地。只要从这个闪耀着粉红色光辉的柔软的前庭向里踏进一步,便是深不见底的无间地狱,就会被那重重褶皱捕捉、缠绕住，令男人再也无法生还。

现在久木提早一步走上死亡之旅，正是为了偿还闯进这丰饶肥沃的花园、贪享愉悦至极的淫荡这一奢华的孽债。

作为对这个世界最后的留恋，久木尽情欣赏了女人的秘处后，再也无法忍耐了，跟着凛子脱光了自己的衣服，将嘴唇紧紧贴到花蕊上，使出浑身解数，驱动舌头舔舐起来。受到他率真的鼓舞，凛子也紧紧抓住他的男根，无比惋惜地抚弄着，然后深深含进口里。

恐怕凛子此刻也感觉到，这个温暖可爱的东西是一个改变自己一生，以致使自己绝命的宿命般的东西。

两人就这样，对使自己深陷其中不得自拔地女阴与男根，怀着无限的热爱与眷恋爱抚了好一会儿，才恋恋不舍地恢复了正面相对的姿势。

现在要开始共同踏上死亡之旅的最后的美餐了。女人仰面朝上躺下，腰部下面塞了个枕头以使胯部突出，男人从上面压下来，与心爱的女人身体重合在一起，以这样紧密相接的体位来企求生生世世永不分离。

到了现在，再也没有可惧怕的了，一直朝着极乐世界飞奔就可以了。

久木的意志传递给了凛子，他使出浑身的力气作了最后一搏，她那早已沸腾的花蕊波浪般起伏、凝缩、收敛，终于全身震颤起来，发出了"不行了……'要死了……"的叫喊。

突然间，久木的命根子被女人的肉体和褶皱吸附、缠绕，最后的精气如火球般散落。

"我真高兴……"

与凛子发自心底的欢喜喊叫同时，久木也被吸干了所有的精气，燃尽了全部生命。

他们沉浸在这满足的感受中。这时久木慢慢将右手伸向了床头柜。

他要在这快乐的极点给凛子的全身注入毒液，使她死去，同时自己也在刚刚射精后的高潮时喝下毒药。

这正是两人所期待、盼望和梦寐以求的通往幸福彼岸的旅途。

久木不再犹豫了，他伸开五个手指紧紧攥住了玻璃杯，把它拿到自己的嘴边，一仰头喝了一大口火焰般通红的液体。

奇怪的是他感觉不到一丝苦涩味儿或者酸味儿，不，也许感觉到了味道，但他一心只想着要把它喝下去。

久木咽下了一部分，感觉酒汁进入喉咙后，迅速把嘴里剩余的毒酒注入了神情安详而满足的凛子的红唇里。

躺在久木怀抱里的凛子，十分顺从地，就像婴儿喝奶一样，拼命地吮吸着。

嘴对嘴注入的鲜红的酒汁，不一会儿从凛子的嘴角溢了出来，顺着雪白的脸颊淌落。

久木凝望着凛子,感到无比的幸福。这时突然袭来的窒息使他拼命挣扎着,用尽最后的力气叫了声:

"凛子……"

"亲爱的……"

这雾笛般飘然远去的短促声音,是两人留在这个世上的最后的呼唤和绝唱。

# 尾声

"请原谅我们最后的任性。请允许把我们两人一起下葬,仅此一点要求。"

尸体检验报告之一。

检验日期:平成八年十月六日下午三点三十分。

检验场所:长野县北佐久郡轻井泽町大字轻井泽上梨

木二-450。

验尸官姓名:轻井泽警察署巡查部长齐藤武。

死者住所、职业、姓名、年龄:

东京都世田谷区樱新町 3-2-15,久木祥一郎,原在现代书房出版社就职,男,五十五岁。

死亡时间:平成八年十月五日下午七点三十分左右。身长一七三厘米,身材较高大,营养中等,死亡认定时间,约二十小时前。

检验情况:

发现时死者全裸,与女子(另纸记载)紧紧搂抱,性器官结合在一起。由于正值死后最僵直的时间带,极难分离,两名警官费力将两人分开。

肤色苍白,头发粗黑,两鬓有些白发,外阴部阴毛黑而密。

死者趴在女子身上,上肢为搂抱姿势,肘关节向内弯曲,双手达到女子背部,指甲嵌入皮肤。下肢股关节及膝关节高度弯曲,紧紧夹住女性下腹部至整个胯部,呈僵硬状态。

由于面部朝下,脸部呈红褐色,严重淤血,眼结膜血管扩张,结膜下面有数处蚤刺大的溢血点。

整个背部呈苍白色,从肩头至背部两侧有几处女子指甲的划痕,其中一处从后背长达腰部。

口唇与女子口唇紧密接合,即接吻状态,有少量污血由口腔溢出。口唇黏膜为红褐色,呈严重糜烂状态,从口唇两端有液体流出。

氰化钾测试反应为阳性。

没有其他明显外伤。

死亡原因:毒药(氰化钾)导致急性呼吸停止。

死亡种类:自杀。

检验情况如上。

法医 平田良介

尸体检验报告之二。

检验日期:平成八年十月六日下午三点三十分。

检验场所:长野县北佐久郡轻井泽町大字轻井泽上梨—木二-450。

验尸官姓名:轻井泽警察署巡查部长齐藤武。

死者住所、职业、姓名、年龄:

东京都杉并区久我山 6-3-10,松原凛子,无职业,三十八岁。

死亡时间:平成八年十月五日下午七点三十分左右。身长一五八厘米,体格中等,营养中等,死亡认定时间,约二十小时前。

检验情况:

发现时死者全裸,与男子紧紧拥抱,局部结合。由于正值死后最僵硬的时间带,极难分开,两名警官好容易将两人分开。

肤色苍白,黑发,体毛黑色。

死者面朝上,在男子的拥抱下,背部出现大面积尸斑,呈暗红褐色。关节高度僵硬,上肢为搂抱姿势,两臂抱住男人后背,在其后背留下指甲划痕。下肢弯曲,两腿被夹在男性大腿中间。

因受到男子压迫,胸部、背部及臀部苍白,身体其他部分有红褐色尸斑。此外,从两肩至背部有男人手指的挤压痕。

面部有轻度淤血,部分皮肤呈红褐色,眼睑结膜轻度充血,有几处溢血点。

口唇被男子覆盖,即保持接吻状态,有少量污血从口腔溢出。口腔黏膜高度糜烂,从口唇两端至脸颊有污液流出。

氰化钾测试反应为阳性。

无明显外伤。

死亡原因:毒药(氰化钾)导致急性呼吸停止。

死亡种类:自杀。

检验情况如上。

法医平田良介

久木祥一郎(五十五岁),松原凛子(三十八岁),对此两人死亡前后状况及检验情况的考察。

根据床边酒杯里的液体中含有的氰化钾推测，两人的死因为氰化钾导致急性呼吸停止。此外，目前尚不明其毒药入手的途径，估计杯中掺入了超过致死量的大剂量毒药。

发现时，两人紧紧拥抱，很难分离开来。第一发现者按指定时间来到别墅，遭遇殉情自杀现场。

别墅管理人于前一天接到电话，被告知暖炉的劈柴没有了，要他明天下午一点送来。次日，当管理人于下午一点半去别墅时，无人应答，便进了房间，发现了死亡现场，报了案。管理人说，记得凛子一再叮嘱他这个时间来，说明他们事先计算好了僵硬得最难分开的时间，叫管理人来的。

临死前，两人有过性交，死后，两人仍紧紧拥抱，局部也紧紧结合。一般很难达到如此状态，大多因松弛而脱离，但两人依然紧密结合着，说明男子在射精后最兴奋时喝下毒药，忍着痛苦，紧紧搂抱对方所致。此外，女性脸上微微含笑。

遗物只有男女左手无名指上戴着的相同式样的白金戒指。

枕边有三封遗书，一封是男人写给妻子久木文枝和女儿知佳的；一封为女子写给母亲江藤邦子的；还有一封遗书是"大家收"，内容如下：

"请原谅我们最后的任性。请允许把我们两人一起下葬，仅此一点要求。"

字体为女性的笔迹，最下面有久木祥一郎、松原凛子的签名。

综合以上情况分析，此案可以断定为双方自愿的殉情，不具有事件性，不需医学解剖。

法医平田良介

世界孤本小说

全译插图本

# 罗生门

[日本] 芥川龙之介 ◎ 著　　张斌 ◎ 译

# 导　读

芥川龙之介(1892~1927)被称为日本的"秀才作家",他是日本生于大正时期的最有名的短篇小说作家,他一生中创作了148篇短篇小说,在日本文学史上乃至世界文学史上,都占有重要的一席。为纪念他,1935年日本文世春秋社的创始人菊池宽(1888~1948)设立了日本最重要、最有影响的文学奖——"芥川奖"。芥川龙之介的文笔诙谐,作品意味深长,在创作上强调题材的多样化,十分讲究写作技巧,注意艺术形式的完美。

在芥川龙之介所创作的短篇小说中,《罗生门》《鼻子》《芋粥》《地狱图》《戏作三味》《竹林中》《蜘蛛丝》等最为杰出。然而,芥川龙之介所创作的短篇小说中总带有一种伤感的情调,它们大多采取历史上奇异的、超自然的事件,描写生活在社会底层的民众,面对地狱般的现实,不断复苏野蛮的生命,顽强地挣扎着继续生存所展现的"野性的美"。可以说,他以昔日的事写小说,并非憧憬昔日的事,而是借助历史的舞台,展现现代的事,对现实和人生进行理性的思考。

从这些作品里,不难发现作者取材遍及古代至近代的各个历史时期,但作者却巧妙地用近代人的利己主义来解剖历史上的人物,对人间赋予新的解释。作为人生的观察者,他有"两个自己","一个是有活动能力的热情的自己,一个是有观察能力的冷酷的自己。"他正是以热情与冷酷的双眼,审视不同历史人物的人生轨迹,冷静地解释现实和人生。尤其是其代表之一的《罗生门》,将现代社会的"现实场"放置在日本的历史之中,通过细致地描写主人公的心理历程,来揭示人在善与恶、美与丑的对立和相克中所流露的不安定心绪,同时在对人的自私心既不肯定,也不否定的情况下,将矛盾的并存绝对化,来展现自己的观念世界,达到以冷眼的旁观者观察社会上的利己主义的目的。

# 罗生门

傍晚。雨下得越来越大。有一家将,正在罗生门下避雨。

冷风呼呼地刮着,肆意敲打着朱漆斑驳的大圆柱,柱下的石缝中,蹲着一只发抖的蟋蟀。这家将看了看四周,毫无人迹。他穿着洗旧了的宝蓝袄,一屁股坐在共有七级楼梯的最高一层上,手不安地放在头上的大肿包上,茫然地看了看地,又看了看天。

雨,越下越大。

这本该是一个繁华的地方。罗生门临近朱雀大道,原来有很多戴古笠和乌软帽的男女行人经过,但是,现在,却只有一个活人!几年来,地震,台风,大火饥馑肆虐,京城便也荒凉。人们打碎了佛像、供具,把带有朱漆和飞金的木头堆在路边当柴烧,谁还有心来搭理罗生门!狐狸出没,强盗横行,尸体丢弃,乌鸦成群。白天乌鸦成群,盘踞在罗生门上,争抢尸肉;夕阳西下,阴气大盛,黑黝黝的乌鸦便像一个个幽灵,更别说到了晚上,偶尔几声鸟叫,恐怖无极。

雨,没有停下来的意思,家将的心情,便同那昏暗的天空,连绵的雨丝,越来越暗,越来越沉。他望了望前边,细雨连绵不断,远方的路模糊昏暗。我该何去何从?他禁不住长叹一声。回主人那里吗?四五天前自己已被辞退;京城经济萧条,被多年老主人辞退,也没什么可说的。明天的日子该怎么过啊!家将一边盘算着,一边瞪着雨出神。

雨,裹着罗生门从远处飒飒地打过来,奔腾在平安大道上。黄昏渐渐压到头顶,门楼顶上斜出的飞檐上正挑起一朵沉重的暗云。

做强盗!他跳了起来,被自己这可怕的念头吓坏了。做自己的老对头,那是一件多么可爱而又可笑的事啊。活人总不能饿死,总该想办法。家将头上的肿包抽动了一下。要择手段只有冻饿死在街头,然后被人像狗一样埋掉;不择手段呢,……他的眼中显现一丝凶光,随即又很快消失。"我究竟是当强盗好呢,还是不当强盗好?既然决定了不择手段,可是我怎么又能面对这个事实。天啊,我该怎么办?"他喃喃自语。

一股冷风袭来,他忍不住打了个大喷嚏,随后大模大样地站起来。他四下一望,黑乎乎的。夜间的京城几乎凝固,风毫不客气地钻进门柱间。那只小蟋蟀早已不见了。

家将终于受不住了,他决定走了。如果有个地方,既可遮风挡雨又可以不给人看到,那该多好。他缩着脖子,耸着里面衬黄小衫的宝蓝被子的肩头,四处张望,竭力寻找着。忽然,他眼睛一亮,他发现了通门楼的楼梯,宽大并且漆着油漆。他心中暗喜,总算天无绝人之路。楼上有什么可怕，不过有些死人罢了。他一手扶着腰间的刀，一手撩起衣服下摆，三步并作两步，跨上楼梯最下面的一级。

过了一会儿，在罗生门门楼宽广的楼梯中段，出现了一个人。身体蜷缩着，像猫一样，屏住呼吸窥探着上面的光景。楼上的火光，从缝中漏了下来。隐约照见这个人的右脸，只见他短胡子上长着一个红肿化脓的包。毫无疑问，他就是家将。

当初，他估量这上头即使有人也是死人，可是上了几级楼梯，竟然发现还有人点火。偏偏火光又在不停地摆动，黄色的火光模糊不清，在屋顶挂满蛛网的天花板下摇晃。他一阵心惊，夜晚敢到这里来的，定不会是等闲之辈。

他像壁虎一样慢慢移动着身体，好不容易才爬到这险陡的楼梯上最高的一级。身体尽量低伏，脖子尽量伸长，小心翼翼地向楼里张望。

正如传闻所说，几具尸体胡乱地扔在楼间，空气中有一股尸味。家将一阵作呕。到底有多少尸体，家将也不大清楚。所能见到的，有男有女，有的光着腔，有的穿着衣服。这些尸体全不像曾经活过，而像是泥塑的，伸胳膊张腿，龇牙咧嘴，模样甚是恐怖。昏暗的火光只能照在肩膀胸口略高的部分，以下的部分，黑漆漆地看不分明，只哑巴似的沉默着。

一股很浓的尸臭，家将匆忙掩住了鼻子。忽然，他愣住了，眼睛直勾勾地盯着前方。仿佛一刹那间，一种神秘的力量，夺去了他的嗅觉。

原来是一个老婆子，正蹲在尸体堆中。一个穿棕色衣服，又矮又瘦像只猴子似的老婆子，右手擎着一片点燃的松明。她正窥探着一具尸体的脸，尸体头发很长，无疑是一个女人。

家将心中涌起一种难言的恐怖，而又有几分好奇，一阵激动，差点儿忍不住大叫起来，只觉得身上的汗毛直直地竖着。

老婆子把松明插在楼板上，两手按在那尸体的脑袋上，跟母猴给小猴捉虱子一样，仔细地一根一根地拔着头发，那专注的神情，仿佛是在绣花。

家将感到一阵阵毛骨悚然。但是，看着头发一点儿一点儿地被拔下来，他的恐惧一点一点儿地消失，随之而生的，是对老婆子的怒气——或者是说，一种对罪恶天生的反感，而且越来越强烈。如果现在有人问家将是想饿死街头还是想当强盗，他会毫不犹豫地选择饿死。他的厌恶之心，便如老婆子插在楼板上的松明，蓬勃燃烧起来。

虽然,他不明白老婆子为什么要拔死人头发;虽然,他不明白死人生前与老婆子有什么深仇大恨;虽然,他不能公平地判断谁对谁错,但是,他觉得在雨夜罗生门上拔死人的头发,单单这一点儿,已是不可饶恕的弥天大罪。此时的他,仿佛忘了刚才自己还打算当强盗呢。

路见不平,拔刀相助。家将两腿一蹬,一个箭步跳上了楼板,一手抓住刀柄,威风凛凛地大步走到老婆子跟前。不用说,老婆子大吃一惊,像弹弓似的弹了起来。

"呔,哪里走!"平地一声惊雷。

家将挡住了趺趺撞撞、惊慌失措的老婆子,大声吆喝。老婆子竭力挣扎着,双手乱舞,不顾一切地往前冲——终究无济于事。两人在尸体堆中扭打着。胜败当然早已注定,家将终于揪住了老婆子的胳膊,把她按倒在地。那胳膊上没有丝毫的肉,如同鸡脚骨。

"干什么?老实说,不说宰了你!"家将摔开了老婆子,随手拔刀出鞘,举起来晃了一晃,做出了一个砍的样式。

老婆子没有说话,两手抖个不停,气喘吁吁地耸动着双肩。无神的眼珠几乎从眼眶中蹦出来,里面满是恐惧。她沉默着,仿佛是吓傻了。

手中举着腰刀,家将意识到,自己完全取得了胜利,老婆子的生死完全操纵在自己手中。他的嘴角浮现出一丝胜利者惯有的微笑。但是,他仍搞不清究竟是怎么一回事,便努力降缓语调,说:

"别怕,我不是巡捕厅的差人,我也是个过路人,不会对你怎么样。我只想知道,三更半夜你到这儿干什么?你到底是谁?"

老婆子惊魂未定,眼睛睁得大大的,用眼眶红烂的肉食鸟一般矍铄的眼光盯着家将的脸,她努力把身子和嘴分开,然后像一只衰老的乌鸦,那尖细的嗓音更是刺耳:

"拔了……这头发,拔了这头发,做假发。"

家将听得出那声音如同秋风中的落叶,瑟瑟发抖。

他很失望,竟是这样的平凡,他原想一夜之间成名的梦想随之破灭,那种惨痛的心情,痛入骨髓。失望之余,刚才那股怒气连同冷酷的轻蔑一起塞满了心头。那怒气越来越盛,火山眼看就要爆发。

老婆子预感到一种不妙,但仍不打算放弃,手中仍紧紧捏着刚刚拔下的死人的头发。然后又像蛤蟆似的动了动嘴巴,做了如下的补充:

"拔死人头发,我知道,是犯法的。官老爷,饶了我吧,下次我不敢了。但是这儿的这些死人,活着时也是干这类营生的。就说这位女人,活着时把蛇肉切成一段一段,晒干了当干鱼到兵营里卖。味道很鲜,那里的人还缺少不得。她那样干,当然也不好,但要是不干就得饿死,没法子啊。我干这,也是没法子,总不能饿死啊!……"

287

老婆子絮絮叨叨地讲了一大堆，家将早已不耐烦了。他猛地插刀如鞘，左手按刀柄，冷酷地听着，右手按着肿包，一股无名之火腾腾升起。那火炙烤着他的勇气，使他的勇气极速膨胀起来。现在他不但不会为当强盗还是饿死的问题烦恼，而且他的决心更是坚定。

"是真的吗?"一种仿佛从寒窖中发出的声音。

老婆子惊惧地瞪大了眼睛，下意识地想往后缩。

但是迟了。家将冷哼了一下，便下定了决心，立刻跨前一步，右手离开了脓包，一下抓住老婆子的大襟。恶狠狠地说:

"果真如此，我剥你衣服，你也不要怪我。我不这样，我也得饿死。"

语音一落，他便开始动手剥老婆子的衣服。老婆子嚎着，叫着，翻滚着，但羊哪是狼的对手，三下五去二就被剥光了衣服。家将一脚踢开缠住他大腿的老婆子，腋下夹着剥下的棕色衣服，五步便跨到楼梯口，一溜烟走下楼梯，消失在暗夜中。

没有多久，老婆子从尸堆中爬起光赤的身子，嘴里哼哼哈哈，爬到楼梯口，然后向门下张望。风揉着她短短的白发，狠命地刺着她的眼——但没有泪，她的泪腺早已干涸。

外面，是一片暗暗的世界。

里面，燃烧着松明微弱的光。

罗生门，横亘中间。

# 竹 丛 中

### 受巡捕官审讯的砍柴人的证言

不错，尸体确实是我发现的，我每天都去后山砍杉树，当然今天也不例外，没等我砍了几棵，一转身忽然看见山后的荒草地上躺着一个人，等我走近一看，那人已经死了，那地方很偏僻，离开科山大路有一里左右，有很多乱七八糟的树，我想如果是往事是不会有人到那里去的。

尸体头上戴的是城里人戴的花帽，嗅，是老式的那一种，穿的是件蓝色的绸子外罩，斜躺在地上，大概是胸口挨了刀子，满地都是血，尸体旁的树叶都被染红了，除了几只蝇外，我没有发现其他的什么东西，对了，旁边的杉树下还有一条长绳，我保证我确实没有发现凶刀，不过尸体旁的这块地面上的树叶、草叶很凌乱，我想他们一定在这里打过架，马? 没有马，绝对没有马，那地方我很熟悉，马是进不去的。

### 受巡捕官审讯的行脚僧的证言

让我想想，我好像是见过这个人……对了，我确实见过这个人，就是他！时间吗？大概是昨天中午，从关山到科山的那条大路上，不过还有一个骑着马的女人跟他在一起，我没有看到那女人的样子，因为她一直把头低得很低。穿的吗？好像是那种带胡枝花纹的外衣。马？那匹马大概有五尺多高，我不是内行，说不太清，差不多吧！颜色是棕色的，还有两绺长长的鬃。那男人腰里戴着刀，背上还有一把弓箭，一个漆成黑色的箭筒，里面能有二十几支箭，这个没错，我记得清着呢！哎，真是世事难料呀，昨天还是活生生的一个人，今天却……我知道的就这些了，再没什么可说的了。

### 受巡捕官审讯的时候捕手的证言

他叫多襄丸，是这里有名的大盗，我费了好大劲才捉住他，当时他从马上跌下来，摔在粟田口石桥上，摔得不轻，时间？我想想，应该是昨天晚上初更左右，他穿的就是现在这件蓝黑的绸子衫，还有一把没销的刀，一把牛皮包着的弓，黑漆的箭筒，十来只鹰毛箭，对！对对！就是您现在看到的这些，我敢肯定那人一定是多襄丸杀的。噢，对了，还有那匹马，棕色的，有两绺长长的鬃，真是报应，让他从马身上摔下来，那马被拴在石桥前面了。

多襄丸这个家伙，是京师有名的大盗，他的好色也是出了名的，去年秋天乌部封宾头卢大佛后山死的那个城里的女香客和一个小女孩，都是他干的，这个人坏透了，至于那个骑马的女人现在在哪，我可不知道。

### 受巡捕官审讯的一个老婆子的证言

死的这个人，就是我的女婿，是的，就是我的女婿。

他是若狭国国府的武士，不是京里人，他叫金泽之武弘，二十六岁，平时脾气很好，怎么会死得这么惨？我女儿叫真砂，十九岁，一向都很好强，她是个自重的好姑娘，除了武弘之外，我肯定她绝没有其他男人，她的长相？脸有点黑，瓜子脸，左眼眼角上有颗小黑痣。

我女儿是昨天同她丈夫到若狭去的，怎么会料到发生了这样的事，真是前世造孽呀！武弘死了。我的女儿也不知道在哪里，我求你们看在我老太婆的分上，帮我找找我的女儿呀！就算砍光了整个山的树，也要把她找出来。这个该死的强盗，他杀了我女婿，毁了我女儿，你们一定要杀了他，杀了他！还我女儿……

## 多襄丸的口供

我承认，那男人是我杀的，可我绝没杀那女人，至于她现在在哪儿，我也不知道，反正我已经被你们捉住了，也没有出头之日了。你觉得我还有必要隐瞒吗？但有一点，我知道的我说，我不知道的，就算你们对我动刑罚，也没有用。

昨天，从关山到科山的大路上，我遇了一对夫妇，当时风很大，那骑马女人的遮脸绸绦被风吹起来了，我看见了她的脸，但是没有看清楚，也许正因为如此，我便觉得那女人很美，美得如同一尊佛。当时我心里立即有了一个念头，一定要把这女人弄到手，就算宰了那男的也在所不惜。

我真不明白，这在你们眼里是这么严重的一件事！杀一个人，对我而言，是家常便饭，不过我杀人是明刀明枪，光明正大地杀，你们则是用手中的权力、金钱，随便找个什么莫须有的理由，同样是杀人，在这一点上，我甘拜下风，至于谁有罪，没罪？哪个罪大、罪小？我可就说不清了！

当时我并没有想杀那男的，最好是既不杀人，又能如愿以偿，可是科山那条大路上来来往往的人很多，我当然不能贸然动手，可我是多襄丸，这对我来说并不难。后来，我和他们一同赶路，又骗他们说，我曾经在那面上头的一座古墓里挖出了很多铜镜和刀剑，而且我已经又偷偷藏了起来，如果他们有意思要我可以贱卖。那男的听了似乎有些心动，于是我又告诉他一倒手准能卖个好价钱。听了我的话，那男的不再犹豫了，便叫那女人在这儿等着他，因为那片树林很密，马是进不去的，这样正合我的心意，否则我还要想办法让那女人留下呢！这倒省事了。说完这些，那男的便要我带他去。我们便钻进了那片小树林。怎么样！如果他不贪心，也许就不会落得如此下场了！

我们穿过那些密密麻麻的小竹林，走了百十来米，前面出现了一些杉树，"这应该是动手的好地方。"我心里这样想，于是我又对那男人说，宝贝就藏在前面的杉树下。我刚说完，那男人便急不可待地向杉树林跑去，我悄悄地跟过去，趁其不备，将他摔倒在地，他带着腰刀，应该有些武艺，可他遇到的对手是我多襄丸，况且我又是突然袭击，要怪就怪他时运太差，不消几下，我就将他捆在了树上，怕他坏了我的好事，我又拾起一把树叶塞进了他的嘴里。你们问绳子是哪儿来的？干我们这一行的，爬墙头、上屋顶……哪一样不得用绳子，所以绳子是我们随身必备的东西。

等我干完这些，就跑到那儿对那女人说她丈夫突然发了急病，让她赶紧去看，那女人听信了我的话，扔了头上的笠帽。便跑进小树林里，当她一眼看见那男人被捆在树上，就立刻从怀里抽出一把小匕首，我从没看见过如此刚烈的女人，她当时一定抱着宁死不从的决心，我敢说我如果稍不留神，就得被她的刀伤着，可她碰到的是我多襄丸，再抵抗也是徒劳的，没几下我就把她的匕首打落在地，在这种情况下，她想宁死不从都是办不到的了，最后，终于合我的意，把那女人弄到了手，又没杀死那男的。我的目的已达到，当我扔下伏在地上痛哭的女人，正打算溜走的时候，那女人"嗖"的一下站起来，发疯地抓住我的胳膊，哭喊着说："要么你死，要么我丈夫死，反正你们两个一定有一个要死，我绝不能在两个男人面前，受如此的耻辱，我只能跟一个男人，谁活下来，我就跟谁走！"我保证，直到这个时候，我才对那男人起了杀机。

大概你们一定认为我很凶残吧！那是因为你不是我，你没看见那女人喷火的眼光，我一下子就被那眼光迷住了，我想那一瞬间我就喜欢上她了，那时候我心里想"就算是明天我被五雷轰顶而死，今天我也要娶她为妻，能让她成为我的妻子，是我当时唯一的愿望"。

我并不是你们所想的那么下流无耻，如果真是那样，我早就把那女人踢开，溜之大吉了，也就不会坐在这里被你们审问了，可是，我没有，我决定杀了那男的，对，杀了他。

我多襄丸要杀人，便要光明正大，所以我替他解开绑在身上的绳子。我真后悔当时忘了把绳子拿起。那男的满脸怒气地向我冲过来，举刀便刺，我前面已经说过了，他有相当的武艺，我们斗了二十几个回合，当然我赢了，说真话，我还有些佩服他呢，能跟我交手二十几个回合的，到现在恐怕也只有他一个！等我杀了那男的，才想起那女人，我找了半天，也不见她的踪影，谁知道她逃到哪里去了，现在我猜想可能是我和那男的开始打架时，她悄悄溜走的，于是我把那男人的刀和弓箭都拿走了，等我跑到那条大路，看见那匹马还在，为了快点离开，我骑上了那匹马。事情就是这样的，你们想知道的，我都说了，反正我的脑袋也是保不住了，那就随你们的便吧！

## 清水寺一个女人的忏悔

那个强盗将我骗进树林，又把我侮辱之后，便嘲弄我那正被捆在树上的丈夫，可想而知，我丈夫当时很尴尬难堪，甚至愤怒，他拼命地想挣脱绑在身上的绳子，可那根本是徒劳的，我站起身来，想去帮他解开绳子，可还没走到他跟前，就被他一脚踢倒，我看见他眼中迸射出一种让人难以理解的目光，那目光我至今想起来还感到心寒，虽然我丈夫没有说话，可我那时已经知道他想说什么了，对于我——他的妻子来说，这是多么残忍而冷酷的目光呀，这种轻蔑比杀了我还让我难以忍受，天知道这并不是我的错呀，他就这样冷冷地看着我，我不知道当时我哭喊着说了些什么，也不知道什么时候我就昏死过去了。当我慢慢醒过来的时候，那个毁我清白的强盗已经不知道逃到哪里去了，我费了好大劲才从地上站起来，当我看见丈夫的脸，顿时，我的心就凉了，他还是那样的看着，一点也没有变，羞愧、绝望、气愤——我不知道该怎样形容我当时的心情，那冰一样冷的目光，已让我万念俱灰了。

我踉踉跄跄走到了丈夫身边，"我的夫君呀，事情已经这样了，我让你为我蒙辱，今后我再也不配与你一同生活了，我已决定以死来捍卫我的尊严，洗刷我的耻辱，但是，你也要死，我不能让看见我受辱的人留在世间。"等我说完这些话，才感到心头有一些轻松，丈夫还是那样冰冷地看着我，"真的没有希望了。"我到处也找不到丈夫的腰刀和弓箭，幸好我的那把护身匕首还在。"你先走一步，一会我就同你共赴黄泉。"丈夫动了动嘴，因为他的口中被塞满了树叶，但我还是明白了他的意思，到现在他也没有原谅我，我不知道我是怎样用刀插进他的胸膛……当我再次苏醒过来的时候，丈夫已经死了，我慢慢地走过去，解开绑着他的绳子。我伏在他身上失声痛哭。"我该怎么办呢？"我用匕首刺自己的喉咙，我用力撞大树，我用了各种各样的办法，可是我太懦弱了，我只能苟且活在世间，像我这样罪孽深重的人，一定是连菩萨都不会可怜我了。

## 借巫师的口，死者幽灵的话

那个厚颜无耻的强盗在侮辱了我的妻子之后，竟然还去假惺惺地安慰她，我当时被捆在树上，嘴里又塞满了树叶，开不得口，我只得用眼睛向妻子示意，让他不要轻信强盗的鬼话和谎言，可我的妻子好像根本没有注意到我的眼神，甚至她也许都忘了我还在旁边，她坐在满是树叶的地上，一言不发地在听强盗说话，"你已经失身于我了，你的丈夫是不会原谅你的，你跟他回去是不会有好日子的，还不如跟着我，我发誓我一定好好待你！"胆大妄为的强盗，竟说出这样的话，妻子听完抬起头来，天啊，我从没有看见妻子像现在这般美丽，可就是这漂亮美丽的妻子竟说出一句让我一辈子都难以忘记的话，她说她愿意跟那个强盗——那个侮辱她的强盗走，我一想起从她口中吐出的这句话，就如同烈火焚身一样难受，如果她就这样走了，我也许只是怨恨她受了强盗的蒙骗，可是就在她做梦似的被那强盗扶着要离开的时候，突然转过身，变了脸色指着我说："把他杀了，如果他不死，我绝不同你一起。"即使现在我在这漆黑的地狱中，当时的情景仍历历在目，妻子的话如同利剑一般刺在我的心上，我无法想象一个人的嘴，会说出如此狠毒的话，况且这个人是与我共同生活的妻子。

也许是太突然，就连那强盗也面露惊色，妻子拖住强盗的胳膊叫喊着让他把我杀了。强盗只是茫然地望着我的妻子，未置可否，突然强盗转向我，睁大了眼睛问我，"她这是怎么了？只要你点个头，是杀还是不杀？"在我还没有想好怎样回答强盗时，只听见妻子大喊一声，向小树林外跑去，紧接着那强盗也跟了上去，我只能呆呆地看着这一切，后来强盗回来了，大概他没有追上我妻子，他把我身上的绳子割断，又拿起我的腰刀和弓箭就走了。

四周寂静无声,但隐隐约约又传来一阵哭声,我一边解开绳子,一边侧耳细听,我竟没有发觉原来是自己在哭。我慢慢地支撑起疲乏的身体,我一眼看见妻子丢在这里的一把小匕首,我想都没想,就刺进了自己的胸膛。热血飞溅出来,可我一点都没感觉到痛,只觉得心头越来越凉。

空荡荡的天空,连只小鸟都没有,四周悄然无声,就连那斑驳的树影也渐渐暗淡下去了,我分明听见了轻轻的脚步声,是死神吗?越来越暗,越来越黑,我感到胸口的匕首被拔了出来,我的鲜血汩汩地往外冒。我就这样死去了。

# 开明的杀人犯

　　下面的故事是讲近来我从后来的本多子爵(假名)及夫人那儿讨来的一封遗书,讲出来也许现在也没有几个人清楚,所以我不妨出于对故去者的敬意之情,使用假名——北<sub>??</sub>臼田义一郎。这位在当时颇有名气的内科医生不仅医术被人们普遍认可,而且在戏剧方面也很有研究,并且自己动手将伏尔泰的 Candide 部分内容写成戏剧剧本,是以德川时代为背景的一部二幕喜剧。他可谓多才多艺,并且思想激进,很是时髦,样样走在大众的前面。至于他的品行为人如何,可以从他的遗书中窥见一斑,我也仅仅是在本多子爵讲述明治初期的趣闻轶事时听到的,并不比读者们知道得更多。

　　依我看北<sub>??</sub>臼田医生外表像个英国的绅士,留着英式的串腮胡,体态孔武有力,从北庭筑波拍的照片看,也只有这么点儿线索,其间,本多子爵也向我描述了这位英年早逝的医师,据说,北<sub>??</sub>臼田医生的个头儿还不是一般的高,不少西洋人都得仰头看他。而且从青少年时期,就在各方面表现出非凡的才华,就连遗书的字体也是那么潇洒流畅,见物如见其人。

　　读者在下文见到爵位字样是我本人改动的,那时还未实行爵位制,这样的改动很少,基本上保持了文章的原貌。

　　尊敬的本多子爵阁下偕夫人:

　　现在,我的生命即将走到尽头了,为了使我自己能够安心地睡在冰冷的地下,我写了这封信,我要将自己这三年来无时无刻不在影响着自己的秘密写出来,让你们知道。让你们知道曾经有一个人,附着魔鬼的思想,存在于你们身边。如果你们读了这用生命最后的心血写成的遗书,能够对我——你们的一个结交多年的人,也许能够称为朋友,那我真是喜出望外,或者让我奢望地要求得到来自你们的一点怜惜;可如果,你们不能原谅我的所作所为,甚至仇恨我,诅咒我的灵魂居于地下不得安生,那么我也心甘情愿了。只要你们不将这封信认为是一个精神错乱、垂死挣扎的病人写的,那就可以了。在近来的日子,我几乎每夜都失眠,而意识和感觉却异常敏锐,大概是对我即将离世的一个不祥预兆。

　　请不要认为与你们交往了二十年的我,忽然脑子出了什么问题,请相信我,我这短暂的一生中没有比现在更清醒的了。人之将死,其言也善;鸟之将亡,其鸣也哀。请你们相信，我是一个万恶不赦的杀人犯，是的，别怀疑这一点，如果我仍活着，那么另一条鲜活的生命也会在不久之后被我扼杀，我不得不因此而死去，只要我活着，我就忍不住去幻想杀人，那是我饱受折磨的潜意识在诱惑我。

我是罪犯，一个逍遥法外的罪犯，我对你们亲近的人痛下死手，我相信你们不会相信。可是我却真实地做了，而且心中有个魔鬼，在我第一次下手的时候，它就住进了我的心里，它不断地变换手法诱惑我，我没疯，很正常，我说的是已无法改写的事实。

我甚至需要借助于我主耶稣的力量，才有勇气将那过眼云烟一般的过去重复一遍，虽然我已抛弃了我主，几年来弃之如敝屣，可我现在发现我多么脆弱，生命是脆弱的，需要主的庇护。我有充分的理由作为杀人动机，那种酝酿已久的计划方法使我在一年之中尝够了痛苦的滋味，在这么短的时间中我还将写出我怎样得逞的，往事历历在目，重演一遍，还有那种杀人之后的感觉，天衣无缝的谋杀。虽然我有勇气提起笔，可是我的内心却不似以往那般镇定，也许在别人面前解剖自己丑恶卑鄙的一面真的不容易吧？

请原谅我，我无意冒犯本多子爵夫人，但是那是事实，也是事情的根本原因。我在年少时就非常喜欢甘露寺明子——我的表妹。如果让我慢慢回忆，一件一件，至今回想起来心中仍充满了幸福感，也许明子会记得那时的趣事吧，我想你们不会愿读那些已无意义的往事。我只是要提一件，那情景经常让我魂思梦系。那年我十六岁，明子十岁，一个涉世太浅，一个年幼无知。在春光明媚的五月的一天，我们在明子家玩。在那草坪上，紫藤架下留下了我们年轻的足迹，她好奇地问我可以单脚独立吗？我笑笑，说不能，她也调皮地一笑，然后垂下左手抓住左脚趾，接着抬起右臂让自己站稳，就这么站了几分钟。

谁知就是那几分钟，我就不可救药地爱上了她。她头上的紫藤轻轻地在风中摇荡，柔和的阳光散放出春天的气息，这气息洋溢在明子的身上，使她像春天的精灵，甚至她的影子都似乎是美丽的雕像，我至今不能忘记那天的明子。就从那天起，我发现我已经爱上了明子，而且始终如一地爱着她，可是却默默地没胆量表白。那种单相思的折磨让我食不知味，每日过得如同在油锅中一样受着煎熬，甚至学业一度弃置，即便是这样，我也没能在爱人面前倾吐过一个字。那年我二十一岁，奉父命远赴英国伦敦，学医以继承祖业，在这种离别在即的时刻，我想过是否该表明自己的一番心意，可是我生活在一个道德伦理观念十分沉重的家庭，一直受到儒家思想的教育，担心事情被他人知道，在人面前抬不起头，也怕别人在背后指点说我年轻无知，沉湎于女色。所以只得满心悲伤，背上行装远赴大英帝国。

即使在异乡，我那种刻骨铭心的单恋仍缠绕在心，我不止一次站在海德公园的草坪上想念跟明子在一起时幸福的时刻。怀念着故乡，怀念紫藤树，怀念我日渐长大的明子，甚至在保罗林荫大道上漫步也止不住对自己孑然一身的样子叹息，那种感情似乎无法再等下去，那时，我就自我安慰，想象我回到了日本，想象我与明子在众人的祝福声中结婚，期待着幸福生活的来临。当我好不容易从异国他乡赶回来时，得知我的明子已经嫁给了第 N 银行行长满村恭平，我几乎一时之间三魂六魄都消失了。之后，我沉浸在失恋的悲伤难过之中，我甚至快忘记了我信仰的上帝，疯狂得想以自杀了却残生，可生性怯弱，无论如何也对自己下不了手，你们可以想象得出我当时的难过情绪，不惜激怒父亲，在家待了几日就又返回英国。没有了明子，日本不再是我的故乡，我当时信心坚定，决定不留在日本。

当时的我已决定去国外，几十年后客死他乡，揣着一本哈罗尔德游记，四处漂泊流浪，也许会使自己受伤的心灵在长时间的休养中恢复，那是一种怎样的心情呀！后来，身边出现很多我不能意料的事儿，以至我没有赴英反而留了下来，并且成为一名终日忙碌于治病救人的医生，可是我内心多年的梦想和渴望却那样强烈，以至我仍得不到平静。

那时，住在筑地的亨利·汤赞德，这位英籍牧师不断来看望我，我也想借助上帝的力量忘却失恋的苦楚。在他的讲解和圣经的帮助下，我那可望而不可即的爱情在几番心灵交战之后，也淡化为热烈纯洁的一份亲情。那时候，我们讨论上帝的宠儿，上帝的万能，辩论人间的情爱，然后，我一个人走在空无一人的筑地的路上，孤单地疲惫地拖着自己的身影回到家。我甚至痴情地对着那阴晴不定的月亮默默祈祷，祈求上帝把恩德施予我可爱的明子，希望她生活幸福美满，希望她能记得我。

依靠我内心不断暗示的这种亲情，我失恋后心灵上的创伤得以医治，可我却不敢正视这种医治，我不知这种疗效是暂时的还是长久的。我担心这种压抑最终敌不过时间的考验，所以我收起耳朵，不让自己听到有关任何明子家的消息，而心里另一半却诱惑自己打着兄妹之情的牌子去接近明子夫妇，我想知道善良温柔的明子有没有得到幸福，也许得知她快乐，我那内心的苦闷就会灰飞烟灭，我的心也会由此得到补偿。

明治十一年八月三日，我的这个想法得以满足，那是借两国桥畔的焰火节，在朋友的介绍下，与明子托付了一生的丈夫——满村恭平度了一个比黄连还苦的夜晚。那晚，他带了十几名艺妓，在柳桥万八水楼鬼混，我为明子愤愤不平，甚至为她感到痛苦。我还在日记中写道：

"我不能再去想那个猪狗不如的满村恭平，他是一个淫鬼，是一个好色的蠢货，明子嫁给这样一个地道的禽兽，我心中的愤怒不知向谁倾诉！上帝劝诫我，让我不再痴心妄想，让我安于把明子视为珍宝，可我却把花一样的妹妹送到个淫棍手中供他使唤，我痛恨安排这一切的神明，我不能忍受！我不能再让这禽兽不如的家伙继续凌辱我的好妹妹，我抛弃了上帝，抛弃了自己的信仰，我要用自己的力量解救我的妹妹。"

即使在现在，我也仍旧忘不了那天我诅咒发誓的情景。在江边，一眼望不见尽头的游舫，挂起千万盏灯笼，照得江上通明，与此相映的是暮霭沉沉的夜空，烟花四散，……而此刻，满村恭平的令人作呕的表现也让我永远不能忘记。他一手揽着妖艳的艺妓，一手调弄着不谙世事的雏妓，一身肥肉裸露着，喝得醉醺醺地躺在凉床上，还呀呀地嚎着下三滥的调子，还有那绣着薄荷图的黑色外衣，他醉生梦死，纸醉金迷的生活让我唾弃，就是在这时，我产生了有生以来第一次杀生的念头，他不是人，是畜牲不如的东西，我的动机是出于道义上的惩恶扬善，我是对的，无可指责的，当时我就是这样认为的。

并且为了验证那一次满村恭平是偶尔还是经常为之，我很认真地观察他的举动。是不是我的妒忌心在作祟，使我误以为他是个无耻之徒。可是我几位新闻方面的朋友和前辈成岛柳北先生都证实了他是个不知廉耻为何物的人，他那荒淫可憎的行径，没一样漏过，全部落入我的耳中，甚至他在西京祇园妓院将一名年幼无知的雏妓玩弄致死的细节，我也知之甚详。这个卑鄙流氓，对外无恶不作，在家对待贤淑良德的妻子如同奴役。如果他不死，将有多少人要受他的奴役，他死了，就会有人得到解救，没人会同情这个恶棍淫贼，是的，我下定了决心要除掉这个人。

如果没有认识本多子爵，也许过了一阵子，我见计划完成不了会打退堂鼓，可谁知，就是这样机缘巧合，我与少年时代就有交往的本多子爵竟不期而遇，进而在墨提泊屋酒馆见面，结果这一面竟让我们有种同病相怜的感觉，并且我听到了我留学那几年明子和本多子爵的爱情故事。本来明子与本多子爵订婚了，可以有情人终成眷属的，可惜红颜薄命，满村恭平财大气粗并且用了卑鄙的手段迫使美丽温顺的明子嫁给了他。闻听此言，我心里更是痛恨那个衣冠禽兽，于是我和本多子爵就在竹帘楼台的一角大骂满村恭平，那种久逢知己千杯少的感觉久久不能忘怀。即便这样，把明子当成妹妹，知道明子原就有倾心的对象时，我还是忍不住有失落之感，就在从泊屋回家的人力车上，我就意识到了有的事骗不了自己太久。那天，我在日记里记下：

"我没想到过会遇到本多子爵，更没想到我的妹妹与本多子爵曾有婚约，甚至我十分怀疑本多子爵一直独身未娶是因为他仍深爱明子，所以我决定在旬日之内为民除害，把满村恭平这个人间恶魔除掉。一旦他死了，明子必然因至今未育一男半女而返回娘家，那时她与本多子爵将共偕白首，百年好合，这将是我亲手送给明子今生最好的礼物——她盼望已久的幸福，我会为他们二人的终生幸福而感到幸福，为此对天大笑几声，想想这光明的前景，我真是心花怒放。"

现在我等待机会，等待那一激动人心时刻的到来。我已选好了地点和方法，想了一整套的杀人方案，那么周密，啊，万事俱备只欠东风了，我兴奋得几夜没睡，放心不下又审视了一下这个我筹备已久的阴谋，然后在明治十三年六月十二日，如果你们还记得德国皇孙殿下在新富座剧场的那天，当晚，日本戏剧结束之后，满村恭平就在归途中因急病一命呜呼。这与我有何相关吗？他的死是意外中的意外吗？有关！不是意外！当晚有个中年医生刚好在新富座，他看到满村恭平时，很为他的健康状况担忧，并说他当时面色不好，推荐他饮用该医生的特效药。那个医生，在灯光之下，满怀喜悦的心情登上马车，在牛毛细雨中让车子一路狂奔,他是那么快乐,不能抑制的快乐从内心扩散到全身每个细孔。他百感交集,想大哭一场,想仰天长笑,疯狂得几乎无人之地,终于他下了车,在泥泞中像醉鬼一样,摸索着归途,他的口里不断说着什么,可是每一句都有明子这个名字。他在日记中写道:

"对于我来说,这又是一个不眠之夜,是因为太兴奋吗? 使得我不断在书房走来走去。我的感觉是那么不同寻常,可却无法用言语描述出来,书桌上的娇艳欲滴的玫瑰花、三鞭酒,还有装着阴谋的盒子,我的左面有天使的善良,右边也有在使用伎俩的魔王,我到底是怎么了,不是一场梦吧?"

当得知满村恭平的死因被警方定为脑出血时,我心里安稳多了,没错,我的估计很准确,之后的几个月,我过得惬意极了,仿佛到处是鸟语花香的景致。因为我把社会的毒瘤铲除了,那肥得流油的躯体该庆幸有人帮它解脱。我也安全了,没有人会怀疑一名品德高尚的医生是杀人凶手。而明子也随丈夫的消失,脸上复现出平和的气色,一反忧郁悲愁。我的生活也是在改变,能更专心地为病人看病,这份枯燥无味的工作似乎也没有以前那么讨厌了。偶尔也高高兴兴拉上本多子爵去新富座,欣赏戏剧。我以我当时做了一件正确的事儿欢呼雀跃,但只敢在心里想着,我去新富座看那儿的彩灯和墙上的挂毯,也是像演员们成功演出后,谢幕的心情。

可是不久,这种短暂的快乐就销声匿迹了。几个月之后,我预感到我人生感情上的另一种考验开始了。这种考验就是抵制诱惑,甚至现在,我也无法鼓起勇气向你们加以详述,这种残忍的考验最终逼我走上死路。即使是现在,写这封信的同时,我还没有接近死亡线就非得同这诱惑抗争,通过下面连续摘抄的日记就可以看出。

十月×日,果然,明子一直没有生养子女而要离开她一直生活着的人间地狱,我和本多子爵订好日期结伴去探望明子。一想到六年来一直没见过明子,而几天以后又可以看到她那美丽的眼眸,心潮澎湃。是啊,六年没有明子的日子,先是怕我无法承受不敢登门,后怕我为她疯狂,日子就在这种前怕狼后怕虎的心情中蹉跎。

十月×日,本想趁今天到本多子爵府上,与他一同去明子家,进行我的第一次造访,可却听他说他已去过二三次了,我顿时有种被蒙骗的感觉,他竟是与我同醉同饮昔时的好友! 我当下心中不悦,就推说有患者等待便告辞了,一路上我都在想他会不会又去看明子了,就这么疑虑着回了家。

十一月×日,今天,我在子爵陪伴下第一次见了久别重逢的明子,虽然六年不幸的生活使她失去了往日的几分光彩,但是仍与我记忆中紫藤下的少女重叠了。可就在这盼望已久的日子里,我的心有种说不清道不明的悲伤,我甚至不知为何该高兴的时候会……

十二月×日,虽然我谋杀了明子的丈夫,使她自由了,可我却面临再次失去明子的痛苦,因为子爵暗示他将会向明子求婚。

三月×日，我向天祈祷，祷告岁末快点来临，祷告时间要治愈我这无边无境的痛苦，岁末，子爵会如愿以偿地与明子举行结婚典礼。

六月十二日，今天，去年的今天有一个流氓无赖倒在了新富座，今年的今天我独自去了新富座看戏。戏演完后，我还在笑，是呀，去年的今天真是个令人难忘的日子。可在我转身要离开时，忽然一种怀疑从心底浮现，我为什么要杀满村恭平？是为了明子，为了子爵，还是为了现在这个开始慌乱的我自己？

七月×日，今天我们三人乘马车去看放灯会，顺便观看隅田川的美景，看到对面的明子一双美目更加令人目眩，竟然会让我一时之间忘乎所以，连子爵在身侧也忘了，还好他们俩谁也没注意。我并不想说我们三人一起多么愉快，重要的是听到子爵说胃痛，我竟一不小心摸到那种特殊药丸，当即就被自己吓了一跳，是一时的不小心吗？我在心里希望自己真的是一不小心，可是这次我面对现实，我知道我并不是不小心。

八月×日，又是一顿三人晚餐，子爵、明子、我。我弄不清我自己心里有什么古怪，只知道口袋中有一种药丸。

十一月×日，我发了疯，子爵和明子结婚了。我恨自己一直以来为什么胆小，为什么成了感情上的懦夫！为什么要做君子，为什么不去向爱了这么多年的明子表白？现在我将永远失去她！

十二月×日，明子十分慌张地请我过府，说子爵高烧了一夜，我亲自在床前探视。明子就守在旁边，我安慰她说感冒不是很要紧，并火速赶回家为子爵配药。在这期间，那可怕的药丸不断地引诱我，有时，抵抗是一种内心痛苦的交战。

十二月×日，太可怕了，我梦见自己害死了子爵，这个噩梦缠绕着我，让我不得安生。

十二月×日，明子，你知道吗，为了不伤害你的爱人，我将选择怎样的一条路，我必须杀死自己。

以上就是我那段可怕经历的全部记录。子爵偕夫人，遗书只能写进有限的东西，可是我却多么希望你们能理解我那段日子，整日整夜的挣扎与痛苦，甚至为了子爵而杀死我自己，必须杀死自己才能使自己成为当初杀死满村恭平的正义理由，而不是为了自己私心，我必须对自己一再申明。如果我不抵抗诱惑，那么我将失掉良心和原则，而生存下去不能保证我不会一时糊涂。所以我决心体面地死去。

当你们收到这封遗书，我已远离人世，成为一具尸体，而在我真的选择死亡之前，我鼓起勇气告诉了你们，我这可怕的过往和死亡的最终原因，我作为一个死者，希望保留一种做人时的清白。

（开明的杀人犯结尾）

如果你们认为像我这样一个人该受到诅咒，那么，不必客气，我时刻在等着；如果你们认为这是个可怜人，应该仁慈地施以谅解，那就怜悯我好了；我会在我应该存在的地方,安心地等着那些无谓的诅咒和怜悯,谁又知道我心中的想法,我在为自己悲哀难过,为了自己所干的一切诅咒、怜悯自己。

就这样吧,我不再用这最后的一点儿时间为自己说些什么,一切到了这个时候还有什么意义可言?我乘车动身赶往新富座,看了一大堆不知所云的戏之后,我就含着一些"那种特殊药丸",像个傻子,走进自己的马车,会是什么样的感觉。那窗外牛毛细雨,差一点儿让我以为又到了黄梅时节,可我还知道,还没完全丧失理智,我知道明明不是,明明不是的。快,就快了,很难把自己与那个满村恭平联系到一块儿,可事实如此,和那个像肥猪一样,看着灯光消失在移动的车子之后,听着雨丝轻抚着车篷的声音,就这样我神志清醒地走向我生命的最后时刻。

而你们会在明天翻阅报纸时看到这样的新闻:医师北??<sup>臼</sup>田义一郎在看戏返家途中突发脑出血猝死于马车内。而此时你们才会收到这份遗书,这时我却只能在天上或地下默默地衷心祝福你们幸福健康。你们忠实的北??<sup>臼</sup>田义一郎顿首。

# 老　年

桥场。玉川轩茶馆式料理店。一中节的轮讲。

一阵朔风刚刮过，天空逐渐暗淡下来。整整一个上午，天空中彤云密布，一直到了中午，终于飘起了雪花。桥场雪花大如席，等到天放晴，积雪已经压弯了绑在院子里松树上的防雪绳。房间的火炉边，依然暖乎乎的——玻璃窗和拉门双重紧闭。笑骂声不断地从里边传出来。六金老人身穿纯青色大褂，披着茶色丝绸套装，一副挺严肃的样子。中洲头领等人，依然爱开玩笑，抓住他取笑说："怎么样，老伙计？脱掉一件，千万别冒油汗啊！"众人又一阵大笑。房间里人很杂，小川老爷、中洲头领等人的太太们、六位退休的老人和四位四十开外的老板娘——三位来自柳桥，一位来自代地艺妓院。男客中有一位弯了腰的一中节师父宇治紫晓，还有七八位票友，其中三位技高一筹，懂得观赏三大戏院和山王神祭。他们谈起了川鸟羽屋馆中的义大夫和山城河岸津滕主办的千社扎会——一时间，房间闹腾开来。

客厅是偏房中最宽敞的房子，一共有十五个铺席。电灯外面罩着纸，一个一个的影子便映在了神代杉木天花板上，圆的。昏暗的壁龛中摆着寒梅和水仙，影子柔和地投在古铜龟上。芭蕉布做的熏黄了的纸，分为上下两联，上面写着："冬山茶上落小鸟，疑是红果结枝头。"字很小，几不可认，据说是俳人太癯亲笔书写。小青瓷香炉，静静地放在紫檀桌上，发出幽幽绿光，仿佛略带寒意。壁龛前铺的不是地毯，而是毛毡，鲜艳的红色，暖融融地包围着三弦琴的包皮、弹琴人的手和摆着景泰蓝、雕着精致菱形花纹的桐木书架。

人们在壁龛两侧，面对面席地而坐。上座是师父紫晓，其次是中洲头领，然后是小川老爷，接下去右边是男客，左边是女宾。房老坐在右边一排末位上，他是一个相当引人注目的退休老人。黄色秩父绢和服，茶色博多丝制腰带，一副侧耳聆听的样子。毕竟，在他身上，已找不到一丝放荡不羁和沉迷游艺的影子！

十五岁领略过艺妓院的酒味，二十五岁与金瓶大黑的年轻歌女一起殉情——但其后不久，他就交了厄运，失去了父传的糙米批发商的那份家产。以后的日子，房老更是雪上加霜，又沾染上酗酒的毛病，于是，他只好既当歌泽节的师父，又当俳句的评点人。尽管如此，有时一日三餐竟无着落。幸好与这家料理店沾亲带故，他被老板收留下来——也许出于同情。但从此以后，生活总算安定。

就是这位老人，一个不再辉煌的老人。但是，那眼神，会让你领略昔日的辉煌。中洲头领说，他童年时代最忘不了的，是房老富足的那个时候。在神田祭歌舞之夜，房老贴身穿着野路两样花纹的浴衣,放大嗓门,尽情歌唱。可是近年来,他很少唱歌泽节之歌;一时热衷喂养的黄鹏也放弃了;在成田屋和第五代去世后,每逢更换剧目也很少瞧了——不错,他明显衰老了,眼睛不再清活,身板不再挺拔,仿佛一生已过去,留下的只是回忆。

"房老!好久没听您谈板新道了——叫什么来着?对了,就是八重次阿菊那一段,怎么样?"中洲头领和小川老爷热情不减。

"老了,老了,"房老摸着光秃的脑袋,矮小的身躯又缩小了几寸,"如今不比当年了,不行了。"一脸的沮丧和无奈。

三弦琴的曲调,由高转低,慢慢拨动老人的心。那低沉的语调泻出优美艳丽的词句:"你的黑发凌乱,往日的温情我依旧","用金线绣出'今晚请光临',与清十郎共寝衣襟",深深地感染了老人,使他沉睡的心,慢慢苏醒过来。弯着的腰板,不知何时直了起来,身体也舒展开来。当六金老人讲到《浅间元上》时,从"怨恨与依恋均在残眠,怀疑心会变"起,他闭上了眼睛,肩膀微微晃动,一副如痴如醉的样子。他仿佛重温昔日的旧梦,是否又想起了那长发的歌女?抑或是年轻时自己的嗓音?他有着一副善听的耳朵,在那阴郁的古音当中有着长歌和清元所表达不出的韵味。一中节的这种歌调和弦音,不管身在何时何地,都会在能分辨精华和甘美的心灵深处,荡起感情的涟漪。

《浅间元上》落幕、《花子》的对口词渐缓,房老起身,满脸歉意:"多坐一会儿。"便转身离去,脚步蹒跚,明显老态。恰好轮讲会席上端上了膳食,那里便热闹开了。

中洲头领看到房老离去的身影,很是惊讶:"啊!那是房老?怎么像是一个看门的老爷子?"

"您好像谈起过,"六金老人问,"就是他?"

"师父既然知道,就是他了。他很有天赋,曾经风云一时,作歌泽节。会一中节,参加过新内流。甚至早先也曾在守治宗家排练过呢。"

"驹形有位一中节师父,叫什么来着……噢,紫蝶,是叫紫蝶,是他的老相好,也是在那个时候!"小川老爷也不甘寂寞。

一时间,传闻四起:无疑,房老成了这时的明星。柳桥老艺妓开始《道成寺》之后,座席上才像翻腾的海面又恢复了平静。紧跟着《道成寺》的,是小川老爷的《景清》。他借口上厕所溜了出来,其实呢,是整吃生鸡蛋。谁知刚到走廊,发现中洲头领跟在身后,原来他也溜了出来。

"小川君,别吱声,喝一杯,怎么样?您的剧目完了之后,就是我的《钵之本》。不加点儿,总觉得不舒服,丹田气不足!"

"我正有此意——一杯凉酒或者是一个生鸡蛋。跟你一样,没酒打不起精神,岁月不饶人啊!"中洲头领无奈地摸了摸日渐稀疏的头发。

于是,小便之后,他们沿着走廊,绕出了正厅,在那里说开了话,声音很低,几不可闻。

长廊的一边是玻璃窗,院子里竹柏和松树上落满了雪,一个个雪峰挺立着。昏暗的大川河静静地淌着,淡黑的暮色,映着对岸星星点点的黄色灯光。一大群鸟掠过河沿上空,使寂寞的夜色有了一丝鲜活。随后,又是难言的静,使人感觉到空气发抖的声音。雪不断加厚,压弯了紫金牛的果实,从八角金盘叶子上滑落下来。两人窃窃私语,如同缝纫机发出的声响。

"什么声音?"小川老爷轻声问。

"都什么时候了,"中洲头领也警觉了,"该是小猫吧。"

"不,不是小猫喝水的声音。"小川老爷肯定地说。他侧耳倾听,感觉那声音是从右边拉门传出来的。

"闹什么别扭吗?光哭有什么用。什么,纪国屋中的老太婆……"那声音顿了一下,然后又飘了起来,

"别开什么玩笑,那样的老太婆……什么?凉了让我喝,够狠的……知道这些有什么用,别问了……有了你,我哪能再到外边乱搞呢……记得我们相识,是在温习歌泽节时,我轮讲《我的宝贝》,那时你……"

声音时断时续,若有若无。

"是房老在说话,"中洲头领诡秘一笑,"越老越风流。"

"尽管老了,威风不减当年。宝刀未老啊。"小川老爷一番慨叹,然后弯腰探身,睁大眼睛朝门缝中瞧。两个人感觉到,浓重的脂粉味塞满了鼻孔。

屋里光线很暗,没点着灯,三尺壁龛上,大德寺的挂轴孤孤零零地悬着。下方的白色交趾磁水盘,种着水仙花,依稀露出了青芽。昏暗中,一切都是那么肃穆。房老面向壁龛前的木架炉,仅露着披着带黑天鹅绒衣领的丝绸小棉被的背影。

房中根本没有女人!两人惊讶地对视了一下,然后竭力搜寻着,企图发现点儿与女人有关的影子。在绘着深蓝色和浅茶色格子的架被炉上,摊开着两三本端歌本子,一只戴着铃铛的小白猫躬着背在本子旁睡觉。此外,便没有别的。

两人的笑容凝固了。

房老的头几乎挨着小猫,甚至吻着它柔软的毛,他喃喃低语,语调是那么年轻:

一种来自冥冥中的声音,完全沉浸在无限柔情中。

中洲头领和小川老爷面面相觑,都没有说话,彼此摇了摇头。顿了一会儿,转身蹑着脚回到了座席上。

那里仍是一片喧闹。

雪,越下越大,使劲敲打着房屋……

# 烟草与魔鬼

日本原本是没有烟草的。它究竟是从什么时候移进来的,各种说法与记录根本就不一致。有人说到庆长十年左右时,好像各个地方都已在种植了。也有的说文禄时期,吸烟已十分普遍,还曾出现了一句打油诗:

莫要说是禁烟令,

一纸空文禁钱令,

天皇御旨无人听,

郎中诊病也不灵。

有些历史学家都说是葡萄牙人或是西班牙人把烟草带进来的。但是好象并非如此,因为还有另一种说法,据说是天主教神父把魔鬼千里迢迢带到日本来的,而魔鬼又不知从什么地方把烟草带过来的。

我觉得,事实就是这样。因为,魔鬼和南蛮的天主同时来的时候——既输进了西洋的善,也输进了西洋的恶,这是非常正常的事。也许我这么说,天主教徒会责备我亵渎了他们的神父。

但是,我不敢保证烟草是不是真的被魔鬼带过来了。从阿那托尔·法郎士的作品上看,魔鬼是想用木樨草花来诱惑一位修士,由此可见,魔鬼把烟草带到日本来的说法就好像不是捏造的。如果是捏造的,也许在一定意义和程度上会难以预料的和事实相接近。因为我有上面的看法,所以我现在在下面记载一个关于烟草输入的传说。

当魔鬼变成一名方济各手下的传教士时,已是天文十八年。他历尽艰难险阻,经过一个漫长的航程,最终平安无事地到达了日本。由于不知在阿妈港上还是在其他什么港口上上岸时,那个传教士本人和他们一行人所乘的船就起航了,只撂下了他一个人在岸上,他因无所作为,就摇身一变,成了一名传教士。魔鬼一直把尾巴倒挂在帆桁上,以便暗中偷看船里的动静。他变成了传教士后,整天在方济各司铎旁侍候着他。如果他当时去拜访浮士德先生,也许他还能变成穿红大氅的、光荣而体面的骑士呢。对他来说这点小把戏算不了什么。

当他到日本时,他发觉事实和他在西洋读过的《马可·波罗游记》所记载的完全不一样。首先,这个国家在游记中被描述的好像遍地都是黄金珠宝,但是这样的迹象根本就无法找到。照它那上面说,好像用指甲搓搓十字架,就能把此地的人们诱惑住,因为搓过后能把它变成金的。马可·波罗也有一种说法恐怕是在扯谎,他说日本人靠那些珍珠玛瑙之类的东西获得了起死回生之术。既然是谎言,为了让疫病流行,只要看到井便向里面吐唾沫,那么肯定有大多数人会因此而痛苦,把死后能升天堂的事忘得一干二净。——魔鬼跟随方济各司铎到处传教参观,心里想着并装出一副前所未有的虔诚的样子,独自踌躇满志地偷笑起来。

但是有一件连魔鬼也感到尴尬的事,因为他对那件十分糟糕的事也无能为力。方济各到日本可是初来乍到,开始时他的教根本就没传开,并且连一个信男信女也没有,魔鬼由于找不到可以去诱惑的角色,便也无话可说,只有无所事事地去想办法该怎样消磨时光,打发他那充足的时间。

魔鬼从西洋来时,他装了好多各式各样的花草在它的耳朵眼儿内。他苦思冥想,总算想出了去种点儿花草来解解闷,对此举动连方济各司铎也双手赞成,他只以为是自己的传教士想在日本种植些西洋草药的东西。至于土地,只要在附近借一块田地就可以了。

魔鬼不知从何处马上就把犁和镐头借来了,他全心全意地在那路旁的园子里耕种起来。

当时正处在初春时节,咣——隔着那弥漫的霞雾传来远处寺庙里的懒懒的钟声,不同于西洋教堂那当当震耳的、奇异嘹亮的钟声,而是那样的清脆悠扬。——但是,魔鬼既没有感觉到自己处在那种太平盛世当中,也没有感觉到自己心里很轻松。他毕竟是魔鬼,根本就不会有这种感觉。

他一旦听到这梵钟的声音,感觉比听圣保罗教堂的钟声还要恶心、难受。他总是先皱起眉头,然后就没命地去翻地。为什么他会如此卖力地抡起镐头干活呢?他这么干的唯一的目的是为了赶走那种瞌睡,那种使他一不小心就被缠住,把他变得有道德的瞌睡。不然的话他怎会这么拼命呢?魔鬼最讨厌的就是劳动,曾因手上没有茧子而挨过伊凡的妹妹的责骂。而人一听到那悠扬的钟声,沐浴在明媚的阳光底下的人们,心情就会自然而奇妙地松弛下来,既不想行善,也不想作恶。这个魔鬼渡海过来就是为了诱惑日本人,如这样它不是白跑了一趟吗?

魔鬼花了几天工夫,累死累活地把地翻好了,他把藏在耳朵里的种子不怀好意地播种在垄里。

魔鬼撒下的种子,经过几个月后,已开始萌芽,长茎。到了当年夏天末的时候,园子里的土已被宽阔的绿叶子整个覆盖住了。可是没有人知道这是什么植物,当方济各司铎亲自问他时,他默不作声,只是咧着嘴充满自信与得意地笑。

后来这植物茎部顶端开了一簇簇漏斗形的淡紫色的花儿,那个魔鬼感到特别开心,因为他辛勤劳动的花儿终于开了。他满怀希望的早祷和晚祷后,就又到田里辛辛苦苦地干开了。

有一天(这正好是方济各出去传教的时候),那罕见的、用篱笆围着的、满园盛开的紫花,正好被一个牛贩子看到,他正好牵了一头牛,从旁边经过,他不由自主地停了下来,摘下斗笠,恭恭敬敬地向那个身穿黑袍,头戴宽边帽的南蛮传教士打招呼道:"嗨,神甫大人,这是什么花儿呀?"

那个红毛头,矮鼻子,小眼睛,一看就知是个具有好脾气的传教士转过头来:

"这个吗?"

"是啊。"

红毛头靠着篱笆,得意地摇了摇头,用他那半吊子日本话说道:"很抱歉,我可不能告诉你。"

"难道是方济各大人不让你向外说吗?不过你能不能告诉我呢?我最近已信了教,已受到了方济各神父大人的教化,你看!"

牛贩子得意地把胸前那个小小的黄铜十字架指给他看,它在阳光的照耀下正闪闪发光呢。魔鬼传教士被那闪闪发出的光刺痛了眼睛,他皱了皱眉,稍微低下头去,随后用比刚才不知要温和多少的语调半真半假地大声说:"那也不行,这可是我们国家的规矩,千万不能告诉别人的。不过你们日本人比较聪明,不如你自己猜猜看,肯定会猜中的。你如果能猜中,这地里长的东西我将一股脑儿全送给你,怎么样呢?"

牛贩子他那黑亮的脸上含着笑,并有意地使劲歪了歪脑袋,他以为传教士在和他开玩笑呢,又大声说:"究竟是什么我可一时半会儿猜不出来。"

"没什么,并不要你今天就猜出来,三天之内怎么样?你好好想想,三天后再来吧。你问别人也行,只要对了,就全送给你,并且还给你红葡萄酒。好了,再给你一张地上乐园图,怎么样?……咱们现在是打赌,要是你猜不中,我可得向你要些东西,猜中猜不中,我们反正就押这一注了,要是猜中了,可就全给你了!"红毛传教士边说边把帽子往后压压,并甩了甩手,用他那笑得像乌鸦那样尖的声音说着,最后那声调竟又变得十二分的温和。

"好吧,我也豁出去了,只要是我有的,你想要什么我就给你什么。要是你不嫌弃,把牛现在给你都行。"那个可爱的牛贩子一直都以为这个表面笑得那么灿烂,看起来那么和蔼可亲的传教士在开玩笑。"如果我赢了,那个开花的草就是我的了。"他边说边抚摸着那黄牛的额头。

"好的,好的,咱们一言为定。"

"行,我答应你,我以主耶稣基督之名发誓。"

传教士左手叉腰,微挺起胸脯,那双小眼睛眨巴了几下,鼻子又吭哧了两三下,并且右手摸摸紫花说道:"要是猜不中,你就要把你的灵魂和肉体给我。"

随着红毛儿传教士摘下帽子,那个牛贩子的脸刷地变得苍白,斗笠也失手掉在地下。那头牛都不知为何也被吓住,犄角低垂,发出了大地轰鸣般的叫声。原来帽子下来后,蓬乱的头发里面有着两只大犄角,有山羊般那么大。

"你已经用我忌讳的名字发过誓了,不要忘了,你答应过我的话可要算数。三天期限,好吧,再见!"

魔鬼故意向那个牛贩子毕恭毕敬地鞠了个躬,并且以那种假殷勤的、瞧不起人的腔调重重地说着。

牛贩子知道上了魔鬼的当,后悔自己不该粗心大意,被他所蒙蔽。如此一来,那个魔鬼一定会抓住,那他的肉体和灵魂将会在那"永不止息的烈火"中被焚烧。那他这样一来,过去的信仰不是白白被放弃而被领洗了吗?

但是无论如何也不能收回诺言。哎,谁让他以主耶稣基督的名义发过誓呢? 如果方济各司铎在的话,他好歹也能想出来个办法;可是就这么不凑巧,司铎外出去了。为了不使魔鬼的阴谋诡计得逞,我该怎么才能将计就计呢? 为了了解到那个植物的名称,他连觉也没睡,足足想了三天。可是方济各司铎都不知道,还有谁会知道呢? ……

牛贩子牵着黄牛,在那期限要满的晚上,悄悄地来到了魔鬼传教士的屋旁边,窗户里连灯光都没有,大概传教士此时已经睡着了。园子和房屋紧挨着,房前还有一条大道,此时地里寂静无声。虽有月亮,却是个相当阴沉的夜晚。牛贩子原来想到了一个没有把握的主意,才轻手轻脚、心惊胆战地来到这儿,在微暗中还能依稀分辨出那紫花孤寂的影姿。可是这片死气沉沉的景物使他望而却步,他真想立马就跑回去。想想在那扇门后面的、做地狱的好梦的、那位头上长着山羊般的犄角的恶魔,他那鼓起来的一点儿勇气也逐渐消失了。绝不可以这样就泄气了,我怎么能把肉体和灵魂交给这个魔鬼呢?

牛贩子把牵着黄牛的缰绳放了下来,他断然实行自己想好的计划了。一边祈祷纯洁童贞的玛利亚的庇护,一边朝牛的屁股狠狠地打了一拳,它被猛地赶进了园子里。

他把牛屁股打得火燎般地痛,它猛地向上一蹿,把篱笆给撞垮了,同时也把那个园子给撞得七零八落。牛哞哞叫的洪亮声音和叭叭叭的蹄子声音向四周散去。此时,虽然是黑咕隆咚地看不大清楚,但是可以肯定那是魔鬼的脸,从那个打开的窗户中露了出来。依稀还可辨认出它头上的那个高高大大的犄角。

"这混蛋,畜生,竟敢踩我的烟草园子!"

他可能是刚睡着,因被吵醒了而气得两手乱甩,同时还用那有些睡意的嗓音大声叫嚷。

"我的烟草园子竟然被践踏了,这畜牲!"

牛贩子躲在园子后面,正窥探这个发疯的魔鬼。他听魔鬼的那话,感觉像是听耶稣基督的福音一样……

这个故事很圆满地结束了，和其他所有类似的故事一样。他赢了那个魔鬼，园子里的东西也被他全都占为自己的了。因为这个牛贩子毫不困难地就猜出了那个烟草的名字。

牛贩子的肉体和灵魂没有被魔鬼弄到手，但是烟草却在日本传播起来，这使我好久以前就觉得这个传奇般的故事具有更深的意义。也就是说，魔鬼虽失败却也有伴随成功的一面，牛贩子虽获得自身的自由却也伴随着堕落的一面。魔鬼摔跤时，绝不会白白地就站起来的。当有些人沾沾自喜自以为赢得了某些诱惑时，也许他已经钻进了另一个圈套中。

我顺便再给大家提一下那个恶魔的最终下场吧。当方济各司铎回来后，他拿着手里的那个牧杖，凭它散发出的威力把那个恶魔从当地逐了出去。但是他，可能也没有其他作为，只是像以前似的装作传教士四处流浪。开始时还能见到他，到最后他也就消失得无影无踪，大概是已经离开了日本吧？因为日本的丰臣、德川两氏下令禁止外国传教士传教。还有关于这个魔鬼的说法，那就是被果心居士愚弄的松永弹正，至于小泉八云先生曾经写过的，我就不再多加叙述。……到了明治年代以后，听说他又到日本来了，只可惜我对他的情况一无所知，我在这向大家表示抱歉。好了，对于魔鬼的记载，我就写到这儿。

# 烟　　管

## 一

有一特别讲究的烟管，在上面的纯金上雕刻着剑梅家徽。它是由当时最享有盛名的烟管商住吉屋七兵卫制作的。它的拥有者是加州石川郡金泽城诸侯前田齐广次，他每次前往晋谒江户城堡的将军时，总是随身携带着那个宝贝。

前田家自五世加贺守纲纪以来，根据当时的幕府制，位置为仅次于尾纪水三家的大廊下。它的主人齐广把那个纯金烟管带在身边，可以说是一件与其身份完全相符的装饰物。因为他在当时的大小诸侯中，可以说是无与伦比的富裕者。

齐广非常自豪，因为他能随身带那么考究的烟管。但是他的自豪并不是出于对烟管自身的其他意义上的玩觉。只是感觉自己平常可以衔势力优于其他诸侯的烟管而感到有一种心理满足的喜悦与自豪。同时他还感觉把纯金烟管携在身边前往任何地方能以显示自己的加州百万石。那烟管几乎从没离开过他，无论是上京期间，还是在与别人交谈时，就是他自己独处时，他也依旧把烟管从怀里掏出，悠然自得地、绅士派头十足地吸着那不知是长崎还是其他什么地方味道的烟。也许他这样心里非常舒畅。

其实，齐广有那种自豪得意之情，并不是因为烟管是百万石的代表，也并不是因为他性情自负。即使他自己不炫耀，他的烟管也是将军府中所有目光共同积聚的对象，如果在一块儿的诸侯夸他的烟管好看，齐广就觉得经常抽的烟要比平时更能刺激他的神经，更别说别人要欣赏他的烟管了。

## 二

侍者阶层是最好讨论齐广所带的纯金烟管的。他们一凑在一起就特别兴奋地评论那"加贺烟管"，并对它惊叹不已。

"真不愧是诸侯的烟管！"

"就是变成废物卖也特别值钱，真不知若典当了能换成多少大钱。"

"谁会跟你似的把它当了。"

他们几个眼红地在那儿瞎议论。

有一天，河内山宗俊碰巧从那几个人旁边经过，——他曾经在"天保六花仙"中扮演过主要角色。他看到那几个人凑在一块儿，边抽烟边像往常似的讨论那烟管。他用那一贯的掌管茶道的小眼趾高气扬地斜睨着那些在场的侍者。

侍者了哲兴高采烈地辩解道："我们连银烟管都没有。你看人家那烟管，无论是那材料的质地还是那美妙绝伦的雕刻，一看就知道是上等货，我们是无法和他相比的……"

他高兴地说着，却突然发觉宗俊把他的烟盒拿走了，并且拿出烟塞进自己的烟管，还忘乎所以、悠然自得地吐着烟圈。

"喂，你拿我烟盒干吗？"

宗俊理都不理了哲，边吸边往自己烟管里塞烟。当他吸完最后一口后，将烟盒往那儿随手一扔，打着那并非哈欠的哈欠摇摇晃晃满足地看着他们。

了哲急忙收起了烟盒。

"好用烟管的人闻了我们这种烟，肯定会吃惊的。"

"那倒不一定，要是用纯金烟管，这烟抽起来肯定也特别好。"

"哼，烟管，烟管，你有本事去要那个纯金的去？"

"我要烟管？我就是有个银的我也心满意足了。我才不会那么自不量力呢？……可是无论怎么说，那确是纯金的啊！"

"谁不知道，如果是黄铜的就是给我，我也不会要的。正因为那个是纯金的，所以才去要啊！你别后悔，你不去要我去要，要是要来了，你可不许眼红啊。"

河内山看着了哲敲着自己的光头，并露出一副很害怕的样子，他边磕打烟管，边摇着肩膀冷笑着。

## 三

没过多久，一个绘有西王母的金色隔扇无声无息地被打开了，这可是齐广将军府中的一间他用来吸烟的屋子。此时一个侍者毕恭毕敬地爬到了他的跟前，他身上穿着一个黑黄格纹的外褂。——齐广以为有什么事呢，他边磕打着烟管，边问："有什么事？"

"宗俊有一事相求，不过也并不是什么大事。"

河内山稍微做了一下停顿，并且慢慢地抬起了头，用那种只有这样的小人才有的一种殷勤的神情，直勾勾地盯着齐广的面孔。但是那目光却像饥饿的蛇要捕捉食物似的，咄咄逼人。

"小人只是想要大人您的烟管。"

齐广不禁皱起眉头看了他一眼，随即那目光又落到自己的烟管上，河内山趁机又补充道：

"不知大人可否赏给小人？"

在当时那种特别崇尚繁文缛节的将军府中，听从侍者的指导可是诸侯们的礼节问题。齐广不想让人说自己吝啬，但是内心也存在着上面的不利因素，并且那纯金烟管可是他最心爱的宝贝。但是宗俊的话语中不仅有恳求之意，同时也具有侍者阶层对诸侯所特有的那种威胁之意，这两种矛盾的心理绞合在一起，那烟管就不由自主地被送到了河内山的面前。

"那……那就给你吧。"

宗俊立刻毕恭毕敬地接过那纯金的烟管，大声地说了一句：

"多谢大人！"

说完便匆匆地退到西王母隔扇的一侧。那个浅皮麻子脸上带着笑容的人，看到宗俊刚退下，便使劲儿地拽了他一下，宗俊转过脸一看，原来是了哲。他瞬间已把那贪婪的目光凝聚在宗俊手上的纯金烟管。

"你瞧！"

河内山小心地、轻声对了哲说，并把那烟斗递到了哲的鼻尖下。

"你真厉害，真能把他弄到手，下次我一定也去要。"

"怎么，眼红了？谁让你不开口呢，后悔也来不及了。哼，随你的便吧。"

他隔着那扇隔扇朝齐广那儿瞟了一眼，又把那烟管放在手上掂了两下，便收了回去，同时又晃了晃肩膀，得意地冷笑着走了。

## 四

　　齐广此时好像比平时更春风得意，就连他的侍从都迷惑不解。他的烟管没有了，叫别人给索取了，可是他为什么没有感到不快呢？

　　其实，齐广并不是欣赏那个烟管，他只是借那烟管来表现自己的百万石。他的烟管送给宗俊，虽然是很不情愿的，但是他却感觉到一种从未有过的满足。持有烟管时的那种满足感根本就无法和这种相比较。从一定的意义上说，以前那种满足只是赏玩烟管本身所得到的虚荣心理的满足，而现在他获得的最大满足是因为他大方地、毫不在乎地把烟管赏给别人。虽然他心里有点儿心痛，可是那种满足感根本就不会减弱丝毫。

　　当他回到家乡官邸时他还特别兴奋地对他的近侍说：

　　"我把那个纯金烟管赏给侍者宗俊了。"

## 五

　　齐广的家人因他的宽宏大量都非常惊奇，不过皱眉头的却只有总管上木九郎右卫门，政务吏山崎勘左卫门以及衣服用具保管吏岩田内藏之助三人。

　　三个忠心的大臣对此感到焦急万分。虽然对加州藩的经济来说那一个纯金烟管算不了什么，但是，齐广每次节庆、朔望、月初月末都要进京晋谒将军，如果每去一次都要被那侍者索取一根的话，那支出就不会这么简单了，有可能要增加杂税。如果真是这样，以后的情景将会让人心惊胆战——三个忠臣能不怕吗？

　　他们几个赶紧讨论对付那些侍者的办法。只有把烟管的材料进行包金的改变，使侍者们对此不感兴趣，这才是一个完美无缺的善后对策，并且只有这一个。可是究竟用什么材料呢？

　　岩田认为，为了保全主人的面子，最起码得用银的，可是上木则认为最好用黄铜，那样能把侍者们的贪心遏制住。事情发展到这种地步，两人是各陈其辞，互不相让。

　　老练的山崎想出了一个极为巧妙的办法。因为他觉得岩田和上木的说法都不无道理，可以先用银的试试看，如果仍被那些侍者要走的话，可以再用黄铜制造。两个人听了都也很赞同这个说法。于是住吉屋七兵卫开始给齐广做银烟管。

## 六

　　烟管上仍雕着剑梅家徽，并且做的也和以前那个一样精致。齐广从那以后仍携带银烟管前往将军府。

但是,他已不再和以往似的洋洋得意,因为他带的是新做的银质的。由于纯金烟管抽起长崎烟来味道极好,所以改胚后他很少在与别人说话时把它拿在手上。有时即使拿在手上,它也被他很快地收起来。烟管的改换不仅给齐广造成了影响,同时给那些侍者也产生了非凡的影响,这可以说是那三个忠臣所料想到的。可是影响的结果却完全让三位忠臣吃惊,也许他们做梦也没想到,那些侍者开始还因那烟管是纯金的而不敢开口,现在他们看到变成银的了,便一窝蜂似的前来索取。他的金烟管都那么大方地送出去了,更何况这银烟管? 他是来者不拒。

山崎、岩田、上木三人又开会商议,因为他们对这件事已无计可施了。他们最终决定就依上木的计策,做铜烟管。还没来得及叫住吉屋七兵卫开始制作。齐广的旨意就被一个近侍卫传达了下来。

三个人听后都说不出话来,不知所措。

因为齐广说以后还要和以前似的用纯金烟管。自从他带了银烟管后,那些侍者就无法无天,都前来乞要。

## 七

在阴历八月初一,齐广进京时,了哲因要了一根银质烟管而忘乎所以了。河内山宗俊觉得这些侍者特别可笑,因为他们都前去向齐广索取银烟管。当了哲激动万分时,他操着那天生的公鸭嗓向了哲劈头盖脸大骂了一阵"蠢猪"。其实他也想要银烟管,只是觉得自己要和其他侍者似的去要,那显着银烟管太受抬举了。他内心深处被自己的高傲与欲望的相残所痛苦,他暗下决心:等着瞧吧,老子我一定会有机会的。他整天装作没事似的,其实他心里比谁盯齐广的烟管都盯得紧,可以说一直在努力找机会。

有一天,了哲正好从他旁边经过他叫住了了哲。他微抬起头,用下巴颏儿向齐广所在方向轻声道:

"他又用纯金烟管了。"

原来齐广又拿着和从前一模一样的纯金烟管开始神情自得地抽,但是没有一个人前去向他要。河内山自觉特别聪明,就拽住了了哲。

"你可真贪心,他的银烟管大家都没放过,怎么会再带来金烟管呢?"了哲瞪大眼睛像看个傻瓜似的望着宗俊道。"你说那是什么的?""黄铜的。"

宗俊看到有其他人在旁边,没有发出他那一贯的冷笑声。他晃动了几下肩膀。

"好了,你说是黄铜的,那可是你的事,我这次是要的了。"

了哲有点动摇了,茫然着问:

"那你凭什么说它是金的?"

312

"你想想,百万石大人怎么能带黄铜烟管呢？根本就不符合他身份嘛。你们的那点儿小心思早就被看透了,这次的肯定是纯金的。他是让你们产生错觉,误以为那是黄铜的。"

宗俊很快说完后,便独自向齐广那儿走去,把那个呆头呆脑的了哲丢在了西王母金色隔扇旁。

"哎呀,宗俊,那件事做得如何？"

可能过了有半小时吧,了哲又在榻榻米走廊上碰到了河内山。

"什么那件事？"

"你少装糊涂,当然是烟管呗。"了哲死死地盯着宗俊的脸。

"噢,你说的烟管啊！你既然问就送给你好了。"

河内山从怀里掏出那个没有金光的烟管,使劲儿扔给了了哲,然后停也不停,就连头也没回一下就走了。

了哲莫名其妙地摸着自已被打的地方,还一面牢骚地捡起那个烟管。他比河内山更甚地将烟管往地上一扔,用脚在上面猛踩……原来是黄铜烟管——非常讲究的雕着剑梅家徽的。

## 八

齐广的烟管是黄铜的,这已是宗俊和了哲通过实践证明的。因此,从那以后,再也没有侍者向齐广索要烟管了。

三忠臣经过研究决定,让住吉屋七兵卫再做一根纯金烟管,因为上次他们曾经用黄铜烟管冒充纯金烟管,欺骗了齐广。又做得烟管和被河内山要去的完全一致,烟管上也雕着剑梅家徽。齐广得意扬扬地进京了,因为有这根烟管,他认为侍者们还会来索取的,他有一种心理上的满足感。

可是和他同座的诸侯,没有一人说话。就连曾向他索要过两根同样纯金烟管的河内山也没吭一声,他也只是瞥了一眼就躬身而去了。更别说其他的侍者了。根本就没有一个人想索要他的烟管。齐广对此感到非常迷惑。

齐广刚开始还只是迷惑不解,可是到后来却可以说是惴惴不安了。河内山过来时,他主动与他搭话。

"我再送给你一个烟管,怎么样,宗俊？"

宗俊感觉到齐广在愚弄他,他以严厉的语气和不容置疑的态度回答道:

"我已经拜受过了,不会再要了,谢谢！"

他觉得嘴里长崎烟味已变得那么令人讨厌,同时以往百万石的势力,就如纯金烟嘴里冒出的烟一样,说没有就没有了。齐广深感不悦,脸也拉得好长。……

听老人们说,可能齐广从中吸取了一定的教训,自他之后,齐泰和庆宁都是用的黄铜烟管。也有可能是他给子孙们留下的遗训吧!

# 南京的基督

## 一

一个深秋的夜晚,微风习习,月凉如冰。

南京奇望街一户人家的屋子里,一位美丽的中国少女,独坐在破旧的桌旁,苍白的脸上一双无神的眼睛机械似的眨着,一只手轻托香腮,一只手拿起盘里的西瓜子,无聊地嗑着,一颗、一颗……那昏黄惨淡的灯光,与其说驱走了黑暗,倒不如说使整个屋子显得更加低沉、阴郁。

房间角落的壁纸早已脱落,一张露着毛毯的藤床被孤零零地摆在屋子中间,只有一把破旧的椅子与它为伴,一张满是灰尘的帐子歪歪斜斜地支在床边,除此之外,环顾四周,你再也很难找出一件可以称得上家什的东西了。

唯一醒目的就是少女正对着的那面墙壁,上面恭恭敬敬地挂着一枚小小的十字架,即使在这样阴暗的屋子里,那黄铜的十字架都让人感到炫目,善良纯朴的耶稣基督,高高地张开双臂正在蒙难。十字架上那凸凹有致的轮廓,投映在同样凸凹不平的墙壁上。

每当少女看到基督,哪怕是不经意的一瞥,她那孤寂凄凉的眼神就会遁无踪影,取而代之的是纯真而充满希冀的目光,如一弯清澈的泉水,不用多时,随着一声长长的叹气,那目光便轻轻地、慢慢地移开了,接着那裹着黑绸子的肩膀也无力地垂下去了,再次拾起盘子里的西瓜子,无精打采地嗑着,一颗、一颗……

这位名叫宋金花的少女,十五岁时就已经是一个烟花女子了,靠每晚在这间破屋子里接客,来养活爹爹,维持生计。不消多问,就知道,在秦淮一带,像金花这般漂亮的烟花女子不计其数,但是像金花这样柔弱温顺的少女却很难见到，与其他同行姐妹不大一样，金花既不说谎吹牛，也不像其他人那样虚荣势力，更没有什么坏心眼。每晚她都带着快乐欢愉的微笑，与来此的各种客人一起寻欢作乐，偶尔那些嫖客多给她几个钱的时候，她便会高高兴兴地买上一小瓶爹爹平时爱喝的酒，这似乎就是她唯一的愿望和快乐了。这大概就是一种生而就有的品行，也许还有一点就是受了她母亲的影响，金花母亲生前是一位虔诚的罗马天主教教徒，母亲的教诲，她从未敢忘记，大概也就因为如此，她才能在这样污秽的环境下，还保存着一颗纯洁的心。

今年春天，曾有位年纪轻轻的日本旅行家，欣然前往中国，他先到了上海，在观看完赛马之后，又来到这里，准备欣赏一下中国南部的旖旎风光。

就是在金花这间破旧的屋子里，他度过了奇妙的一夜。他嘴里叼着雪茄烟坐在桌旁漫不经心地吐着烟圈，金花端坐在他腿上，被他紧紧地裹在宽大的西服里，突然间他的目光停留在对面墙壁的十字架上，显出了令人费解的神情，"你也是基督教徒？"他用很不熟练的中国话问道。"啊，我五岁时就已经洗礼了。""那你现在怎么干这个？"话语之间充满了讥笑和讽刺的意味，不知道金花是没有听懂他的口气，还是对此毫不在乎，反正她还同先前一样面带微笑。"有什么办法，如果不干这个，还有什么别的出路吗？那我和爹爹就只有饿死的份了，况且我爹已经这么大年岁了。""但是，这样，你想过你可能进不了天堂吗？""不！我相信天堂里的耶稣基督一定会明白我的心情，体谅我的苦衷，他是那样的仁慈和善良，他一定会庇佑我的，将我的灵魂带进天堂，否则他跟那些胡作非为的警察还有什么分别？"听完金花的话，这位日本旅行家不禁一笑，接着从上衣兜里摸出一幅漂亮的翡翠耳环，又亲手给她带上，一边用手拨弄着刚刚带好的那对耳环，一边说："这是我从日本带来的特产，就送给你做个纪念吧。"

从第一次夜里接客，金花就怀着这样一种信念，大概也正是如此，她才一直能够心安理得，然而不幸的是，金花不知从哪里传染上了恶性梅疮，不管是她的好姐妹给她喝止痛的鸦片酒，还是让她服祛病的汞制剂，金花的病仍然没有一丝一毫的起色。

有一天，那位曾给她喝鸦片酒的姐妹，到她屋里，神秘兮兮煞有其事地对她说起一个治疗的好办法，就是让她把从客人那里传染来的病再传给其他的客人，这样她就能好了。金花对这位姐妹的话多多少少显出有点动心。"真的？"金花反问道。"我还能骗你吗！当然是真的了，我姐姐跟你一样，得的也是这个病，药都吃遍了，也不见好，后来也是用了这法子，传给了别人，你看现在不是好好的！""那位客人后来怎么样？""哎！那客人倒是挺惨的，眼睛都瞎了，说来也活该，男人没有一个好东西！"

那位姐妹说完一通便走了，只留下金花独自一人在屋里，金花慢慢地走到墙边，望着墙壁上那高高在上的耶稣基督，虔诚地跪了下去，"我善良仁慈的主啊，为了养活我年迈多病的爹爹，不得已才做了这种遭人唾骂的买卖，可我从来没有给任何人添过麻烦，所以我一直坚信，在我死后，我的灵魂是可以上天堂的，可是现在我恶病缠身，如果我想维持生活，重操旧业恐怕就要连累别人，可我不愿意那样做，我不想为了自己去做坏事，坑害与此无辜的人，我宽大慈爱的主啊，我恳请你保佑我，不受引诱，只有如此，我这污秽之身才能得以重生，对于我这孤苦伶仃的女人，您是我唯一的依靠。"

金花痛下决心，为了不把病传染给别人，从此不再接客，就算是其他要好的姐妹来劝她，都没有用，偶尔有几个曾经熟识的客人到她这里寻乐，她也只是陪他们一起抽抽烟，喝喝茶，对于客人们的要求，金花总是婉言拒绝，"如果你再胡来，就会传染上病的。"每当客人们对她的话不在意，甚至毫不理睬的时候，金花便会毫无顾忌地把有病的证据露出来。这样一来客人们来她屋里的次数就越来越少了，金花的生活也一天比一天清苦……

又是一天夜里，她仍然独坐在破旧的桌旁，已经很久很久没有客人的叩门声了，夜深了，她只是呆呆地坐在那里，只有几只蟋蟀叫着，除此之外，四周一片寂静，静得几乎听得到自己的心跳声。冰冷的房间，没有一丝暖意，寒气如雾霭一般从地面渗出，裹住了她的鞋和鞋里娇嫩的脚。

不知已过了多长时间，金花就一直这样望着那盏满是油污的灯，眼睛都不曾眨一眨，也许是太累了，金花不禁打了个哈欠，头一歪，耳朵上那副翡翠耳环发出清脆好听的声音。突然间门被重重地推开了，一个外国人跌跌撞撞地闯了进来，大概是用力太猛吧，桌上的那盏小油灯，借着风势亮堂了许多，整个房间也不似刚才那般阴暗了，连空气中都有了一丝暖意，这位金花从未见过的外国人，站稳了脚，关上了那扇油漆大门，疲惫地斜靠在门前。一股浓烈的酒味从他的口中呼出……

金花不禁用惊奇的目光打量着这位推门而入的不速之客，这位不知名的外国人头戴着有暗色条纹的便帽，身上穿着茶色的西服，黑黝黝的脸上，一双大而明亮的眼睛，满脸络腮胡子，黑而蜷曲的头发从帽檐下露出来，嘴里还叼着早已熄了火的烟斗，虽说是外国人，却难以分辨出是东方人还是西方人，"你想干什么？"金花不禁害怕地问道。可是那位外国人摇了摇头，看来他听不懂中国话，过了一会儿只见他叽里咕噜地不知说了一句什么话，金花当然也听不懂他的话，只能木然地摇着头，那副翡翠耳环又发出好听的声音。客人见金花双眉紧锁，不知为什么大笑起来，抓起头上的便帽扔在了旁边，跟跄着走过来，重重地坐在椅子上，不知是什么原因，金花突然对这位陌生的外国客人有了一种似曾相识的感觉，那位客人眼睛直盯盯地看着金花，边打手势边说话，金花虽然看不懂也听不明白，但她隐隐约约猜出了这个外国客人的意图。

金花不再感到恐惧了，反而在心里对他有了种亲切感，与一个语言不通的外国人共度长夜，这在金花并不是第一次，于是她端坐下来，一副惹人怜爱的微笑又跃然脸上，跟着说了几句玩笑话，说也奇怪，这外国客明明听不懂金花的话，却也跟着笑了起来，接着又打出了一连串的手势，这时金花心中突然升腾出莫名的欢愉。

外国客人那张因醉酒而涨红的脸，顿时使周围的气氛变得明快起来，嘴里浓烈刺鼻的酒味使他看起来充满了男人般野性的活力，金花觉得他比那些同乡和以往曾见过的任何一个外国人都要顺眼，金花越发觉得这张脸一定在哪里见过，不然怎会面熟到如此。

金花出神地望着客人那油黑蜷曲的头发，企图唤起对这张脸最初的记忆，"难道他是用照相机拍夫子庙的那个人？不，那个要比他老许多；要么就是那天一起乘坐画舫的人，不过，那个人的头发不是黑的，我当时还同胖太太说了呢；噢，对了，那他一定就是那天在利涉桥边用手杖抽打人力车夫的那个人，哎呀，不过，那人的眼睛看起来和他的不大一样，眼前这位客人的眼睛似乎更漂亮一些。难道是……"就在金花努力地唤起从前的记忆的同时，那位外国客人高兴地看着金花，显然他已醉心于她，烟斗不知在什么时候被他点着了，缭绕的烟雾闻起来竟然有了淡淡的一丝香味，突然客人放下了吸着烟斗的胳膊，微笑着望着金花，伸出了两个指头，其中的意思显然不言而喻，金花当然也明白客人是在给她两美元的价钱，可是金花早已在耶稣基督面前发了誓，从此不再接客，况且金花根本不想害这陌生人，金花对他摇了摇头，表示不行。客人仍然盯着金花，那醉酒的脸似乎更红了，既而，他又伸出了一个指头，金花嗑着西瓜子，眼里有些茫然，不知道该怎样回答这位外国客人，怎样才能让他明白她的意思……金花真后悔自己刚才的轻率，也许不应该和他搭讪。就在金花还在迟疑的时候，对面那位外国客人似乎下了一番决心之后伸出了四个指头，无计可施的金花只好再次摇头，表示她的拒绝，仍然没有办法让那外国客人明白他的苦衷和好意。金花铁了心，就一直摇头，不管他出多少钱，相信用不了多久他就会死心的，……就这样之后长长的一段时间里，他们就这样相互地打着这样那样的手势。最后客人终于伸出了十个手指头，十美元，对于金花来说真是一笔不小的数目，然而这也丝毫未动摇金花的决心，她轻轻地站了起来，坚定地不容改变地冲着那位外国客人摇了摇头，就在这时，屋子里发出了一声清脆的金属声，金花循声望去，原来那枚黄铜的十字架不知为何落在了地上。

金花顾不得多想跑过去拾起她珍爱的十字架，捧在手中，她看着那熟悉的耶稣基督的脸，天啊，这张脸竟与桌旁客人的脸毫无二致，难怪这么面熟，原来如此！金花把十字架紧紧地贴在脸前，下意识地看了看依然坐在桌旁的外国客人，客人那张满是醉意的脸上，显出安详的笑容，他悠闲地吸着烟斗，目不转睛地打量着金花，从油光整齐的发髻到粉嫩雪白的脖颈——从那副翠绿的耳环，到金花身上黑色的绸衫。

不多时，客人放下了烟斗，又对金花叽里咕噜地说了几句，金花立刻感到这话轻轻柔柔地飘进耳际，从未有过的舒服，她似乎完全忘记了她在耶稣基督面前所发的誓言，也忘记了她刚才的决心，竟然也双目含情地望着这位外国客人，一边摆弄着手中的十字架，一边向客人靠去，那位外国客人一直呆呆地看着金花美丽的身姿，好半天才回过神，似乎领会了金花的意思，欣喜地站了起来，眼里闪着炽热的光，一下便把金花紧紧地搂在怀中，浓重的呼吸直逼金花的脸庞，此时的金花早已失去了理智，原本苍白的脸上显出血色，头无力地向后仰着，两张脸几乎都要碰到一起了，面对这位酷似基督的外国客人，金花已经不知道是应该拒绝他，还是任他随心所欲。

一切都不容细想，当金花的嘴唇接触到外国客那满是胡须的嘴时，顿时金花如同被燃着一样，一种恋爱的欢愉从内心升腾出来……

## 二

屋子里一片漆黑，除了两人均匀的鼾声，便是那几只蟋蟀，不知疲倦地叫着。

金花突然感到自己飘了起来，从那布满灰尘的帐子，一直向着遥远的夜空飞去，——金花坐在华丽的檀木椅子上，面前摆着精美的餐具，各种美味佳肴应有尽有，海参、烤鱼、燕窝、鱼翅……都散发着阵阵诱人的香味。明丽华美的帷幕在她身后，窗外一条清澈的小河缓缓流淌，微微的风声，轻轻地水声……各种美妙的声音飘入耳际，再没有什么能让人如此陶醉了。此时此刻金花确信她已身处天堂。金花放下手中的饭，这里除了热气腾腾的佳肴，芬芳吐艳的菊花，雕龙刻凤的柱子以外，什么都没有，但这也足以令金花心醉。不知何时，盘里的烧鸡张开了翅膀，甘醇的美酒溢满杯子……这时金花感觉有人轻手轻脚地走过，她不由自主地转过头，真奇怪，先前明亮的窗子神奇地消失了，取而代之的是一位有着油黑蜷曲头发的外国人，金花不消多看，就认出了，他和昨夜到她屋里的那个男人一模一样，唯一不同的是眼前的这个外国人没有帽子，一轮如月的光环悬在他头上方，明亮耀眼……天啊，我一定是在耶稣基督的家里了……

桌上的佳肴还冒着热气，金花便客气地问那外国人，"难道你不想来点吧？""你一个人吃吧！吃完后你的病就会好的。"他依然叼着烟斗，那双饱含着无限情爱的眼睛望着她，嘴角挂着慈爱的微笑，金花似乎还想劝他吃点，因为在她眼里再没有什么美味可以胜过这些了。"难道你不知道耶稣基督从来不吃中国菜吗？"说完后，南京的基督充满慈爱地在金花脸上做了亲切的一吻，这一吻使金花感到有些飘飘然，那感觉就如同昨天在她房里的那个男人……

深秋的清晨没有一丝温暖，那间简陋的屋子里仍旧阴暗，金花似乎还沉醉在天堂的美梦中，半仰着脸略显苍白，眼睛微微地闭着，长长的睫毛向上翻卷，张开的嘴带着笑意，细密洁白的牙齿清晰可见。

日上三竿，金花慢慢地醒过来，梦中的情景历历在目，那明亮的窗儿，那喷香的佳肴，还有那慈爱的微笑……一切的一切是多么令人留恋呀！当金花意识到这不过是一场梦——一场美梦时，她不免感到深深的遗憾。

猛然间，金花想起了昨晚的那个外国客人，心情一下便沉重了，"会不会把病传染给他?"是啊,从刚才醒来她就一直没再看到那张脸,她睁大了眼睛仔细看了看床,除了那脏得已分不出颜色的毯子和她自己之外,再别无他物,金花不觉一阵心惊,她不知道昨晚的那一切是否和美酒、烧鸡一样,只是一场梦。

金花揉了揉还有些惺忪的睡眼,掀开那满是污垢的毛毯。房间早已被照亮,破旧的椅子,歪斜地摆在同样破旧的桌子旁边,壁纸脱落的屋角,熄灭了的油灯……当金花一眼看到桌子当中散落的西瓜子旁,那枚黄铜的十字架,小小的十字架依然泛着光,"看来这不是梦。"金花茫然地坐在藤床上,眨了眨凄凉的眼睛。

金花怎么也想不明白,那位外国人怎么会不见了,对此她做了种种猜测,思来想去,就只有这一条是最合理的,那就是那位外国客人趁她熟睡之时,悄悄地走了,金花不愿相信这是真的,昨晚他那充满情爱的眼睛,怎么可能?怎么会连句招呼都不打,就这样一声不响地走了?

金花慢慢地穿上那悠扬的黑绸上衣,苍白的脸庞渐渐红起来,她似乎还在回想着昨晚的一切,被上枕上还依稀可以闻到一股酒气。突然,奇迹出现了,金花不经意地发现身上的病全好了,一直折磨她肉体和精神的恶性杨梅疮,竟消失在一夜之间。一阵狂喜涌上金花心头,她飞快地从床上爬下来,捧起放在桌上的那枚小小的十字架,跪在地上,眼睛里充满着无限的感激……

三

又是一年春暖花开,那位曾经来中国观光的日本旅行家,又一次造访了金花。

房间里的光线还和从前一样阴暗,年轻的日本旅行家环顾四周,最后目光又停留在对面墙壁那枚小小的黄铜十字架上,"你现在还挂着它?"金花这一回可听出了他的言外之意,她表情严肃地说了一天夜里,南京的基督降临,为她治好了恶病的事。

"就是那个无赖,我知道,他叫'George Murry',是个混血儿,怪不得他曾得意扬扬地跟那个通讯员说,在南京嫖过一个信奉基督教的女子,后来,又趁那女子熟睡之时,溜之大吉,上次我来南京时还见过他呢,算起来也是个报社通讯员,竟如此无赖,算不上个男人。真是报应,让他得上了杨梅疮,"日本旅行家在心里暗自想道,"看来他的病是从金花那传来的。"望着眼前这位把无赖当作耶稣基督的女子,日本旅行家心里有些犯难了,是该告诉她事情的真相呢!还是就让她沉浸在那美好的传说呢?……

年轻的日本旅行家若有所思,他慢慢地擦着火柴,又慢慢地点燃一颗很香的雪茄。……"真是难以置信,太奇妙了!但是,但是你的病真的完全好了,再没犯过?"日本旅行家似乎有点为难地问道。"没有!"金花摇摇头,眼睛里流露出前所未有的轻松和快乐,耳上的翡翠坠子叮当作响……

世界传世藏书

世界孤本小说

罗生门

# 火 男 面 具

吾妻桥上,排得人山人海。人们凭栏而立,彼此谈论上两句。警察偶尔来询问几句,便又迅速消失在人群中。人们都低着头,拼命往前挤,生怕错过了从桥下经过的赏花船。

赏花船大都是在中间拉起帆布篷,周围挂着红白相间的帷幕。船头竖着旗子或者是古色古香的幡。它们从下游沿着退潮的河逆流而上,有的孤身奋进,有的成双成对。透过帷幕的缝隙,可以看到一些人正"吆"啊"二"地划拳,他们戴着一样的毛巾,不过有的是吉原式,有的是米店式。他们摇晃着脑袋。吃力地唱着什么——大抵是喝醉了。在桥上的人看来,他们正欣赏着一出小丑的闹剧。

从桥上望去,河面闪动着一片片银鳞,发出万点金光。时而驶过一条小汽船,给河面镀上了一层耀眼的横波,撕开了河的面纱。快活的大鼓,笛子和三弦声跳动在平滑的水面上,你侧耳倾听,那乐声仿佛来自水面。从札棋啤酒厂的砖墙尽处一直到远远的堤岸那一头儿,一片朦朦胧胧,云山云海,连绵不断,那是怒放的樱花。言河码头好像有不少日本木船和小划子靠岸。由于刚好被大学的小船库遮住了,从这里只看见一团乱糟糟的黑东西在蠕动。每逢载着伴奏队或乐队的船从桥下经过,就引起桥上的一阵哄笑。

又有一艘船从桥下钻了出来,也是一条赏花的驳船,到现在为止,这已是好几艘了。红白相间的帷幕竖起同样红白相间的幡,两三个船夫头上扎着一样的毛巾,轮流摇橹撑篙。风微微吹起毛巾,那上面的红樱花仿佛也动了起来。船慢慢地爬行着,好让两把三弦合奏的《迎春梅》清晰地传入人们的耳朵。透过帷幕,隐隐可以看到后面的五十来人。此曲刚完,突然加进了锣声,开始了热热闹闹的伴奏。桥上的观众又指指点点,继而哄笑起来。孩子的哭声,夹和着女人的尖嗓门儿:"瞧呀,有人跳舞!"

船上,一个身材矮小的男人戴着火男面具,正在幡幛下胡乱跳着。他褪下了秩父铭仙和服上身,露出了里面那件漂亮的友禅内衣,内衣的袖子是白地蓝花,黑八领子邋里邋遢地敞开着,深蓝色腰带也松了,在后面耷拉着。显然,他已经酩酊大醉。

他跳得很起劲儿,像一个陀螺似的不断旋转着,但是也只是来回重复神乐堂里的丑角那样的手势和动作而已。可能酒精在发烧,行动也不那么灵便了,有时候差点儿摔倒从船舷掉入水中。他张牙舞爪地抖了一番,那就更可笑了。桥上立刻喝起了倒彩。

"快看快看他扭腰的那股劲儿,仿佛中风了似的。"

"还挺得意呢。瞧,还在傻笑呢。不知是哪儿来的一块料。"

"奇怪，怎么好像没见过。哎呀，差点儿摔了一跤。"

"戴面具干吗？还怕出丑啊。"

那人仿佛根本没听到，自个正舞得起劲。过了一会儿，也许是酒劲上来了，他逐渐地站立不稳，脚步蹒跚起来，扎着赏花头巾的头，恰似一只不规则的节拍器那样晃动着，好几回差点栽到船外去。船夫大概也放心不下，从身后招呼了两次，但都没起多大作用。

一艘小汽艇从水面划过。它激起的横波，沿着河面斜着划过来，驳船在水中晃动了几下，仿佛河面刮起了一阵风。火男面具那瘦小的身躯，仿佛一下子失去了平衡，"蹬、蹬、蹬"朝前跨了三步，方才立定。却又犹如正在旋转的陀螺猛地被刹住一般，滴溜溜转了一个大圈。不幸的是，这次好像没吃住劲儿，两脚朝天，一个倒栽葱，滚落到驳船的篷子里。

桥上又爆发出一阵哄笑。

篷子里的三弦仿佛给砸断了，再也发不出声响；一直伴奏的乐队也顿时像喘不过气似的，哑了。帷幕里的人们，本来正红着脸，闹得正欢，现在却都慌了神，有站着的，有坐着的，皆面面相觑，相顾失色。谁也没想到会出现变奏，谁也没料到会出现混乱。人群乱糟糟的，久久不能静下来。过了好一会儿，有个满脸通红的男人从帷幕里伸出脑袋，惊慌失措地摆着手。他快步走到船夫跟前，匆匆说了几句话。于是，驳船突然向左掉转船头，朝着与樱花方向相反的山宿河岸驶去。

桥上的人们一脸惊愕，低头议论着什么。

十分钟后，传来了戴火男面具的人暴亡的消息。人们的怀疑得到了证实。

第二天消息更加明朗。报纸的"琐闻集锦"栏刊载得更是活灵活现，据说死者名叫山村平吉，死于脑溢血。更有甚者，说平吉今年四十五岁，撇下一个满脸雀斑的妻子和一个当兵的儿子。

山村平吉从父亲手中接过桥若松町的画具店，虽说不上富裕，大抵也雇佣了两三个人，倒也不愁吃愁穿，听说在日清战争时期，他把秋田一带用孔雀石制的绿颜料都垄断了下来，发了不小的横财。在此之前，他那个店仅是个老字号，主顾寥寥。在他手中，店不知比他父亲时扩大了几倍！

乍一看，你无法将平吉与精明的商人联系在一起。的确，你看他圆圆的脸盘，略秃的头发，细碎的皱纹也悄悄爬上了眼角。朝那儿一站，自有一股滑稽的劲头，但他待人一向谦恭和蔼。唯一的不足，此人嗜酒，酒后也不怎么闹，但有个毛病，喝醉了准跳滑稽舞，据他本人说，这是从前滨町丰田的女老板学巫女舞的时候，他也跟着练的——这也难怪，不论是新桥还是芳町，神乐都颇为流行。只是他的舞当然没有自己吹嘘的那么好，不客气地说，那简直是张牙舞爪，乱跳一气。但为了顾全面子，倒也没有谁指出。好在他本人尚有自知之明，不喝酒的时候，关于神乐，他只字没有提过；无论你怎么劝，如何给他戴高帽,他也会打个哈哈敷衍过去。不幸的是,只要几杯猫尿下肚,他就好像脱胎换骨,马上把手巾扎在头上,嘴里哼哼不成文的曲调伴奏,又着腿,晃着肩,跳起了所谓的火男舞来。可怕的是,他一旦跳起来就没完没了,不到筋疲力尽是不会罢手的。旁边不论弹三弦还是唱谣曲,他都全然不顾。

老辈人都说,酗酒伤身,后患无穷。偏偏这话应验,有两次平吉由于饮酒过度,中风般地倒下去就昏迷不醒了。那景象,也真是怕人。一次是在镇上的澡堂里,浴后用清水冲身的时候,就倒在了水泥地上。所幸没什么大碍,只是扭伤了腰,于是很快就清醒了。第二次倒在自己家里就没那么幸运了。请了大夫,差不多用了半个钟头,好容易才恢复了神志。大夫每一次都劝他不要喝酒,可是那发病的痛苦劲一过,便又口痒——馋呀。于是,"哥俩好"啊,"六魁手"啊,不喝到把两人看成四人是不会放口的。他本人却振振有词:"酒是人胆,不喝反而肾虚哩……"完全不当一回事儿。

看,这就是平吉,一个真正的平吉。

平吉喝酒,也是有名堂的,他一再宣传是出于生理需要。而据了解他的人说,从心理上来说,他也是非喝不可。因为一喝酒,人的气就足,胆也就壮,说话对谁也不必客气,想跳就跳,想睡就睡,谁也不会责怪他。平吉也不清楚,自己为什么会这样,反正他觉得这样做,感觉挺好。为此他也苦恼过,但每次过后,依然是我行我素。

平吉只知道,一旦喝醉,就完全换了个人。跳过舞过之后,酒劲也去了大半儿,人家对他说"昨天晚上你搞得挺热闹的"——也没说别的,但平吉的脸早已成了猪肝色,狼狈呗。害羞之余,通常都会自嘲:"我一喝醉就认不得自己,但究竟怎么了,我只觉得仿佛做了一个梦似的。一过什么都忘了。"其实呢,自从喝酒以后发生的事,他都记得清清楚楚。但有一点儿他搞不懂,当时的自己,怎么就这么不像自己呢?清醒时还有个人样子,醉了就怎么胡天胡地呢?那么到底哪个是真正的平吉呢?如果说清醒的时候,那老是觉得不怎么快乐;如果说是喝醉吧,那情景也不敢恭维。嫖赌自不在话下,不知怎么一来还会做出一些难以在这里描述的勾当。事后他也觉得自己干出了那样的事简直疯了。

传说中的耶努斯神有两个脑袋,但谁也不知道哪个是真脑袋。平吉也大抵如此。

一个人喝醉,狂跳一番也无可厚非,只要没其他劣迹就可。但平吉就不同了,扯谎是他必修的功课。这个世界上,仿佛没有比平吉更爱扯谎的了。平吉有时也以此自诩,但他从来也不是为了捞什么好处,他也根本没想过。当他扯谎时,他几乎没有意识到自己是在扯谎,扯谎在于他,仿佛只是家常便饭。但事过之后,他也往往会后悔上一阵子,但不会太长久。

仿佛活着就是为了扯谎,平吉也不知道为什么自己会热衷于此。说实在的,平吉还算是个正直的人,扯谎也是为了生活。只要一开口跟人说话,那谎话就会脱口而出。反正也没什么大碍,别人即使知道你在说谎,谁又会当面点破?由它去吧,平吉一天到晚倒是乐呵呵的。

据平吉说，他十一岁时，曾到南传马町的纸店去学徒。老板是法华宗的狂热信徒，每每吃饭前，都要念一通"南天妙法莲花经"才肯动筷子。平吉刚刚试工两个月，就发生了一件意想不到的事，老板娘竟跟店里的一个年轻伙计私奔了。这位老板皈依法华宗本来是为了祈求阖家欢乐，这一下子便也觉得法华宗是鬼画符，便改信门徒宗，然后性情大变。忽然把挂着的帝释画扔入河中，忽而把七面投入火炉，一时间闹得鸡犬不宁。

平吉在店里一直干到二十岁。这期间，他也不太老实，经常报花账，去寻花问柳，这倒惹了一身麻烦。有个相好的妓女要求跟他情死，他感到为难，便找了个借口偷偷溜走了。事后一打听，三天之后那个女的跟首饰店的工匠一道寻死了，据传言说，由于跟她相好的男人抛弃了她，另觅新欢，她一赌气，便走了绝路，临死不忘抓个替死鬼。

屋漏偏遭连阴雨，行舟又撞打头风。二十岁上平吉死了父亲，他只好从纸店辞工回家。大约半个月后的一天，他父亲雇佣的那个掌柜，说什么"请少东家写一封信"。那掌柜五十开外，为人表面上倒很憨厚，一副弥勒佛像，他谎称右手指受了伤，不能拿笔，他说给姐姐写信，并且要求写"万事顺利，即将前往。"平吉当然一一照写了，并且开玩笑："有两手！威风不减当年啊！"这年头，姐姐满天飞，谁知是真是假！过了三天，掌柜说要到主顾家转一转，就出去了。平吉左等右等也不回来，心中方知不妙。果然，一查账，拉下了好大一笔亏空。那封信果然是给相好的女人写的，掌柜的携款逃掉了。平吉只有打落门牙咽下肚，自认倒霉……

当然，这一切都是瞎编的，没多少真实的成分。要是从人们所知道的平吉的一生中抽掉这些谎话，肯定是什么也剩不下了。

平吉在镇上的赏花船里照例吃了几盅酒高兴起来，心中一激动，就向伴奏的人们借了火男面具，到船舷上跳起舞来。

这一舞可就天翻地覆了。他跳着跳着，他就滚到驳船的篷子里死了。船上的人大惊失色，最受惊的莫过于清元师父，平吉恰好栽倒在他头上，并顺着他的脑袋滚到篷子里那块摆着紫菜饭卷和煮鸡蛋的红毯子上。你也可能猜得出下面将发生什么事。镇上的头头生气地说："开什么玩笑？都一大把年纪了，碰伤了怎么办？"奇怪的是，平吉却纹丝不动。

站在头头旁边的梳头师父觉得有些奇怪，就用手按着平吉的肩膀，喊道："老爷，老爷……喂……老爷，醒醒……"任你千叫万叫，平吉仍是不应。梳头师父慌了，摸摸手指尖，已经冰冷，头头和师父一起抚平吉坐了起来，面面相觑。"老爷……老爷……喂……老爷……老爷……"梳头师父的声音有点发颤。

正在这时，火男面具底下发出了细若游丝的声音，断断续续传到师父耳朵里："把面……面具摘了……摘了……面具。"头头和师父，用发颤的手替平吉摘下了面具。

此时的平吉,谁也认不出来了,因为那张脸,已完全不是平时的平吉的脸了。鼻梁塌了,嘴唇紫了,眼睛灰白,苍白的脸上淌着黏汗。就这副样子,谁能联想到平时和蔼可亲,幽默风趣、说话娓娓动听的平吉!

唯一不变的,只有那个火男面具,它被摺在船舱里的红毯子上。它正噘着嘴,安详地仰望平吉的脸,你一看,保准会发现,那表情十分滑稽。

# 手　绢

　　大家清楚,长谷川谨造先生是东京著名的帝国法科大学教授,他此时此刻正坐在走廊下的藤条椅子上,仔细地阅读着斯特林堡的《编剧法》。

　　读者对先生读《编剧法》可能会感到有些不理解,因为先生所研究的专业是殖民主义政策,与《编剧法》是没有任何联系的,但是先生可不这么认为,作为一名教育家、一名学者,他对书籍涉猎的范围是广泛的,即使不是自己研究专业所必需的书籍,他也会抽出时间来翻阅的。先生目前在一所高等专科学校兼任校长,该校的学生掀起了对奥斯卡·王尔德所著的《惨痛的呼声》和《意向》等书的抢读狂潮,先生居然也津津有味地读了这些作品。对于这样一位先生,不要说是《编剧法》,哪怕是读关于近代欧洲戏剧和演员的东西也不奇怪。我想这一切大概是因为先生的学生中有的人写了关于易性、斯特林堡和梅特林克的评论,还出一些要把一生都无私地奉献给戏剧创作的人物的原因吧。

　　读完了一个小结之后,先生把黄色布面包装的精装本轻轻地平铺在膝盖上,然后像是要缓解一下眼部疲劳,便漫不经心地朝走廊下吊挂着的岐阜灯笼望去,看到灯笼,先生的思绪就离开了刚刚读过的内容,想起了自己的太太,廊下所挂的灯笼便是和太太一起去买的。先生的太太是美国人,他们是在先生留学美国时结的婚,但先生却没有改变热爱日本和日本人的初衷,而太太对日本的工艺品也十分感兴趣,太太对廊下的岐阜灯笼的喜爱丝毫不亚于先生。

　　先生每次放下书本,都会情不自禁地想起和太太一起去买岐阜灯笼的事,又会由岐阜灯笼联想到日本文明。作为一个教育家和学者,先生认为在最近五十年里日本的物质生活条件有了很大的改善,然而在精神文明方面却不敢恭维,不但谈不上什么进步,反而有一些倒退。作为现代思想家,先生认为只有依靠日本长期以来的武士道才能拯救精神上倒退的日本。有人把武士道看成是狭隘的岛国国民落后的封建道德,可先生觉得这种看法是不对的,武士道和欧洲国家的基督都有很多相似之处,如果可以通过武士道了解日本思潮的发展趋势,这一切所带动的不仅是日本的精神文明,还可以有助于西方国民和日本国民之间的沟通和了解,从而促进国际间的友谊与和平。先生一直在想,自己充当东、西方之间的纽带,来促进它们之间的交往和渗透,而这样的思想意识对先生来说绝不是什么坏事。

　　先生就这样反复地思索着,思绪也越飘越远,他眼睛虽然盯着书本,可思想早已远离

了斯特林堡。他只是略显不满地摇了摇头,又把精神集中到了手中的书本上,刚巧一段话引起了他的注意:

演员的表演过程中,如果发现了一种表演方法可以恰到好处地表现出一段普通的感情,并获得成功时,就会经常使用这种方法,不管时机合不合适,原因大概有两个:一方面这使他很快乐,另一方面这样可以取得成功。而以上所说的就是个人独特的表演方法。……

先生并不了解艺术,特别是戏剧,就连日本戏他也只看过几次,少得连他自己都记得很清楚。有一次,他在一个学生的小说里多次读到"梅幸"这个名字,先生无论如何也想不起来"梅幸"是一个什么样的人物,尽管先生有着很好的记忆力,于是他就把那个学生叫来,问道:

"你小说中的'梅幸'是什么呢?"

穿着小仓裤裙的学生认真而且殷勤地回答道:

"'梅幸'是丸之内帝国剧场的一个演员,现在正在扮演《太阁记》第十本里的节操。"

所以,斯特林堡对各种表演方法所做的精湛的评论,只能使先生想到曾在美国留学时所看过的一些戏剧中的场景,仅此而已,除此之外,先生再也谈不出自己的独特见解。但先生还是很感兴趣的,尽管这些兴趣有些牵强,就像中学里的英语老师读萧伯纳的剧本一样,只为了寻找一些简单的习惯用语。

长谷川谨造先生坐在藤椅上读着斯特林堡的《编剧法》,仅仅由这一点读者朋友就会了解到初夏的午后是如何的漫长,但是我的意思并不是说先生如何的无聊,如果有人这样去理解我的创作目的那可是大错特错了。就在这个时候女用人过来说有客人来访,打扰了先生的兴致,先生不得不放下手中的斯特林堡。每天总会有一些琐琐碎碎的小事把先生忙得不可开交。

先生看了一眼女用人手中的名片,上面写着西山笃子的名字,笔画很纤细,先生在记忆中搜索着,并不记得他所认识的人中有这么一号人物。先生交友很广泛,为了慎重起见他又仔细回想了一遍,记忆中仍然没有这个名字。先生把名片随手夹到书中,一起放到椅子上,很仔细地整了整衣服的前襟,显得略微有些焦躁不安,大概在这个时候主人的心情激动程度不亚于造访的客人,何况来访者是一位素不相识的女客人,先生比平时更加严谨了一些。

先生看了一下腕上的手表,同时推开了客厅的门,与此同时那位来访的客人也站了起来,她是一位四十岁左右的妇人,身穿质地很好的铁青色单衣,黑罗纱的外礼服,胸前的衣缝那儿还有一颗菱形的翡翠扣,妇人有一副日本人所特有的圆脸,琥珀色的皮肤,头上还挽了一个圆髻,俨然一副贤妻良母的样子。先生看了看眼前的妇人,觉得似曾相识。

"您好,我是长谷川,请问您是……"

"我是西山宪一郎的母亲。"

妇人恭敬地还了礼,并做了自我介绍。

西山宪一郎是先生的一个学生,这一点先生还记得,他也曾写过关于易卜生和斯特林堡的评论,当时他读的是德国法律专业,经常拜访先生并提出一些问题来请教,他在今年春天因为得了腹膜炎住了院,先生还曾去探过病,也难怪眼前这位妇人会有一些眼熟。那青年和他的母亲相貌酷似,可以说是一个模子里印出来的。

"啊,原来是西山君的母亲,失敬,失敬,请这边坐。"先生指了指桌子对面的椅子。

妇人对自己的突然造访再一次表示了歉意,并就了座,只见她从衣袖里拿出一条白色的手绢,先生赶快把桌子上的朝鲜团扇递了过去。

妇人的表情似乎有些不自然,用略显做作的声音说道:

"先生的宅邸很好呀,环境也不错。"

先生平时听惯了这样恭维的客套话,倒也能应付自如,他说:

"让您见笑了,除了大一点儿以外,别的一无是处。"

这时女用人送上了解暑的冷茶,先生把它放到了客人的面前,问道:

"西山君不知最近身体如何,应该没有什么变化吧?"

"嗯。"妇人停顿了一下,两只手叠放在双膝上,样子很恭敬,接着又用庄重而平滑的语调说道:"其实我这次冒昧造访也是为了儿子的事,他已经去世了,生前先生曾对他有过很大的帮助……"

妇人一直没有动过茶碗,先生觉得勉强相劝也不太好,主动端起自己的茶碗放到嘴边,正要饮茶,妇人的话让先生呆住了,无法决定如何处置手里的茶碗,是饮下还是放回去,于是先生思索了半天终于一口饮下,眉头也皱了起来,对于青年的死说了一句"哦!"

"我知道先生很忙,但我还是认为应该告诉先生,顺便向先生表示衷心的感谢,感谢你对我儿子的照顾,他在住院的时候,还念念不忘先生的关怀……"

"别这么说,那是应该的,"先生放下茶碗,面色凝重而又惋惜地说道,"西山君还那么年轻,正是充满朝气的年纪,竟然去世了……我总以为他会慢慢好起来的,没想到……那么事情是在什么时候发生的呢?"

"到昨天为止已经刚好七天了。"

"是在医院里去世的吗?"

"嗯。"

"唉!真是世事难料啊,有谁会想到呢?"

"已经尽力了,能想的办法都想了,只有听天由命了,天不饶人啊,细想起来也不能有什么抱怨的了。"

先生就这样和眼前的夫人谈着话,却发现有一件事非常奇怪。从妇人的脸上看不出母亲失去儿子应有的悲伤,好像他们在谈的不是她的儿子而是一个毫不相干的人,妇人的眼睛里也没有泪光,说话时嘴角好像还带着微笑。抛开谈话的内容不说,如果单看那妇人的表情,谁都不会怀疑这不是朋友之间的一次普通谈话,也不会联想到谈话的内容是关于一个死去的年轻人。——这一点先生感到很纳闷儿。

——记得先生当年留学柏林的时候,威廉一世——当今德国皇帝的父亲驾崩,先生在咖啡厅里听说了这个讣告,也受到了触动,但仍然和往常一样精神抖擞,当他回到公寓,刚打开门的时候,两个孩子就扑过来抱住先生的脖子开始"哇哇"哭起来,先生很喜欢这两个孩子,他们一个是穿着茶色上衣的女孩子,另一个则是穿藏青色短裤的男孩儿。先生看他们哭得那么伤心,就抚摸着他们柔软的头发,问道:"孩子,你们这是怎么了?"两个孩子哽咽着,断断续续地说:"陛下老爷爷他……他去世了。"接着又开始痛哭起来。

这件事对先生的触动是很大的,小孩子为了国家元首的逝世哭得那么悲伤,实在是很少见的,这也绝不是因为皇室家族和臣民之间的关系问题。先生是日本人,是一个武士道的信奉者,他对欧洲人冲动的感情表露感到很吃惊,因此久久不能忘怀。——先生对眼前的情况更加不解了,一个失去儿子的母亲丝毫没有悲伤的表情,怎能不让人感到诧异呢?

之后不久,先生又有了新的发现。

两人一直都在谈论着关于青年的一些事,从对往事的回忆到日常琐事,总是逗留在对往事的回忆上,恰巧在这个时候先生手中的团扇不知怎的就滑到了地上,于是谈话中止了片刻,先生慢慢地弯腰去拣,扇子正好落在妇人的脚边,先生注意到妇人脚上穿了双白袜子,然后目光又偶然地落到了妇人的膝盖上,上面放着一双握着白色手绢的手,当然,仅仅这些是没有特别的,先生突然发现妇人的手在不停地抖动着,那条白色手绢被夹在手指中间也在不停地颤抖着,可以看出手绢被妇人的手握得满是褶皱,那妇人像是在压制着某种强烈的感情,好像稍一松懈就会一发而不可收,先生明白了,妇人眼睛里虽然没有泪水,可是妇人的心在淌着泪,妇人的全身都在哭泣,唯独那张看似微笑的脸。

先生拾起团扇,直起身,一种方才没有的表情浮现在脸上,是同情,也或许是尊敬。先生由于刚才那一发现不由自主地对妇人产生了钦佩之情,这种感情很复杂,是多少带着戏剧味道的、夸张的,像是一种奇特的满足感。

"虽然我没有孩子,但是你的心情我能理解。"先生用低沉的,充满同情的语调宽慰妇人的心。

"谢谢! 不过无论如何,人也是回不来的了。"妇人那明朗的脸上始终挂着微笑,虽然她说这话的同时低下了头。

妇人走后两个小时,先生洗了澡,吃了晚餐,并吃了一些甜点,又重新坐在了廊下的藤椅上。

夏日的黄昏总是那么漫长，落日的余晖透过玻璃窗照在廊下，泛着淡淡的红光，暗淡的光线下先生叠着双腿躺在藤椅上，头轻轻地靠在椅背上，不久又交换了一下双腿的位置。先生的手里还拿着那本斯特林堡的书，但书是合着的，一页也没有再读。——在先生脑海中挥之不去的是西山笃子那令人钦佩的举止。

先生在吃饭的时候把那件事的原委告诉了太太，并赞扬了日本女性的武士道。太太和先生一样热爱日本和日本文化，对青年的死也是无比地同情，也为那位妇人深深地感动，先生见太太是个忠实的听众，他感到满意和欣慰。在先生的脑海里浮现出——太太、妇人和高挂着的岐阜灯笼。

先生在那种幸福的回忆中沉浸了好久，忽然想起了某杂志约稿的事，那家杂志以《致现代青年的一封信》为题，向各界人士征集道德上的意见。先生挠了挠脑袋，决定把今天发生的事情作为材料，写出自己的亲身感受然后寄出去。

先生注意到了刚才被放在一边的那本书，他打开书，并翻到了夹名片的那一页，这时女用人点亮了挂在廊下的岐阜灯笼，书本上细细的铅字变得清晰起来，先生就那样往下读着，斯特林堡写道：

我在年轻的时候听别人讲过海贝尔克夫人的故事，那是一件发生在巴黎的关于手绢的故事。故事中体现了面带微笑，两手却把手绢撕裂的双重演技。这就是我们所说的派头。

先生把书摊开着又放回到腿上，露出了西山笃子的名片。然而先生脑子里现在所想的已不是那位叫西山笃子的妇人，也不是太太和廊下挂着的岐阜灯笼，而是另外一种奇特的事物，一种破坏那些均衡的调和的东西。实际道德上的问题当然不同于斯特林堡所指责的那种表演方法，但是总有一种莫可名状的东西困扰着刚刚沐浴过的、怡然自得的先生的心情，这种东西就来源于刚刚所读过的那段文字，那是一种暗示，它扰乱着那个叫派头的独特的表演方法，也扰乱着先生所信奉的武士道……

先生像是想挥去某种烦恼，他不快地晃了几下脑袋，然后抬头向上望去，眼光又停留在闪着亮光的画着秋天花草的岐阜灯笼上……

# 鼻　子

一个和香肠十分相似,上下一般粗的,一根细长的东西,它足有五六寸长,并且是从脸正中央垂下来,而且是从嘴上边一直奔拉到颚下,大家知道那是什么吗？它就是池尾城人无人不知,无人不晓的长鼻子——神禅内供的鼻子。

平常和别人说话,也最忌讳的就是说到"鼻子"这个词。平时他也装作对它自己的鼻子丝毫都不在意,不只是他觉得一个专心往生净土的和尚不该挂心鼻子这件事,更重要的是他不想让别人认为他经常把自己鼻子长这件事挂在心上。其实,自从他开始当沙弥子,并且一直升到现在做内道场供奉为止,大概有半个世纪那么长,他在心坎上始终为自己的鼻子而感到痛苦。

内供对他自己的长鼻子感到腻烦:因为鼻子长给他带来许多不便。最起码的是,连饭自己都不能吃,如果那样那个鼻尖就会伸到饭里去,他每次吃饭时,就让一个徒弟用宽一寸,长两尺的木条替自己把鼻子掀起来,这样那个徒弟就得坐在他对面。因此,这样吃饭时,被掀的内供和掀鼻子的徒弟,都感到特别困难与不适。听说有一次,是个中童子替换的那位徒弟,由于那个中童子打了个喷嚏,手一抖动,鼻子竟垂到粥里面去了。当时这件事连京都都传得沸沸扬扬。说真的,内供绝不是因为这个原因才感到苦恼的,主要是因为他感觉这个鼻子给他造成了心理上的伤害。

当时池尾的老百姓都议论纷纷,认为他出家可能就是因为他的长鼻子。因为对他们来说,那么长的一个鼻子,是不会有一个女人愿嫁给他的。他们甚至为内供庆幸:多亏他出家而没有留在尘世间。但是内供却绝不会因娶到娶不到妻子而感到伤心,他是不会被这个事实所左右的,尽管他的自尊心是那么容易受到伤害。其实他也不认为当了和尚就减少了那个长鼻子所带来的烦恼。他只是想恢复自己的自信心与自尊心,无论是从积极的一面还是从消极的一面。

刚开始时,他挖空心思地想办法让鼻子看上去比实际要短一点。他就找了个镜子,每天在没有人的时候,从不同的角度去观察,去揣摩。他为了达到预期的效果,不只改变他的脸,还一会儿用手指扶着下巴,一会儿用手托着脸,摆一些他自认为比较好的造型,可是无论他怎样摆弄,那个鼻子都不显得有所减短,反而越来越显长了。他非常失望,只有把镜子收起来,去毫不在意地念他的《观音经》了。

内供为了寻求一点心理上的安慰,他每天都细心地观察别人的鼻子,以求能找到一个与自己共患难的人,当时他常常在池尾寺讲道,在寺院里,禅房鳞次栉比,有好多僧徒每天都在浴室里烧澡,可以说进进出出的僧侣是络绎不绝啊。他每天根本就不看深蓝色绸衣和白单衫,更别说那些他平时经常看到的橙黄色帽子和暗褐色僧袍了。他每天注意的,并且永不改变的就是端详别人的脸,他只希望找到一个鼻子和自己一样长的人。但是映入他的眼中的,要么是平常人的鼻子,要么是有一点别具一格的。当时他竟然连鹰钩鼻子都看到了。但是和他鼻子一个号儿的,却连半只也没找到。他越想找越找不到,因此内供就慢慢地沮丧起来。当他和别人说话时,他也不由自主地摸着那下垂的鼻尖,由于他心里不是很自在,他的脸也不合岁数地绯红了起来。

为了能排解一下心头的愁绪,他想在内典和外典中寻找出一个跟自己有一模一样鼻子的人。但是无论他是多么费神地去找,始终也没能在经典上找到。就连龙树和马鸣这两个菩萨,鼻子也和常人没什么区别。内供曾听别人讲过中国蜀汉时刘玄德的耳朵是很长的,他就想,要是刘玄德的鼻子是长的话,自己该是多么平衡啊!

内供不仅消极地寻求心理上的满足,而且也积极地想尽一切办法使自己鼻子变短一些。他可以说是把一切办法都想到了。他曾经在鼻头上擦过老鼠尿,也曾喝过老鸹爪子汤,可是无论如何,他那五六寸长的鼻子却依然没有变短的趋势,并且还是一直耷拉到颚下。

有一年秋天,内供徒弟进京办事,他从一个从中国漂洋过海的医生那里学到了把长鼻子变短的绝招。那个医生当时是长乐寺做佛常里的供奉僧。

内供心里特别想让徒弟在他自己鼻子上试一把。可是为了维护他那仅有的一点可怜的自尊心,他在平日却装作毫不在乎的样子,他从不说让徒弟马上试一下这个方法。但是他每次吃饭时,却一个劲地轻声念叨着太麻烦徒弟了,自己于心不忍。可是内供这一套却不能使他徒弟有所表示,唯一好的是好像他徒弟十分同情他,并且热心地劝说起内供来。内供无计可施,只有听从了这番十分热情的劝告。其实他徒弟也明白他那番用意,最终也说要帮他的忙。

方法特别简单,必须先用热水烫那个长鼻子,再让别人用脚在上面用劲踩。按惯例,寺院里的浴室每天都有热水,他徒弟立刻就从那儿提来了热水,可是热的连指头都不能伸进去。更别说直接就把鼻子伸进桶内了,如果这样也会把脸给蒸坏。内供想出了一个好办法,他把木纸托盘盖在提桶上面,然后又在上面钻了个窟窿,这样就把鼻子从窟窿里伸进热水里面。但是内供这只浸在热水里的鼻子却一点也没感觉到烫,只是感觉有点像跳蚤咬了似的,有点发痒。等过一会儿徒弟就会问:"烫好了吗?"内供心里暗自苦笑,因为他认为,只听这句话,是没有人会想到他徒弟说的是他的鼻子。内供把那只热气直冒的鼻子从木纸托盘的窟窿里抽了出来,徒弟就让他斜躺在地上,并且把鼻子伸在地板上。徒弟就用脚在上面踩来踩去。其实徒弟也于心不忍,他脸上一直都表现出深深的歉意,并且俯下身子对着内供那个秃脑袋问:"疼吗?可是,医生说一定得使劲踩,肯定很疼吧?"内供由于鼻子被踩着，想摇头表示不疼也摇不成，他就打量着徒弟的双脚，用翻着的眼睛怒视着，并用他那有些生气的口气说道："不怎么疼。"

其实内供并没感觉到怎么疼，反而倒觉得挺舒服的。他徒弟越踩越兴奋，突然发现那鼻子上开始冒出小米粒似的东西，他停下来，看着那些圆滚滚的像一个拔光毛的小鸟似的东西，轻声说道："医生告诉我得用镊子把这东西拔掉。"内供心里虽不太满意，但是还是任他徒弟去做。因为他知道徒弟是出于一番好心。徒弟把那些鼻子的毛孔里的脂肪夹了出来。那东西就像鸟羽的根似的，拔出来大约有四分多长。内供的表情是很不自然，好像是自己非常不信任的医生要给自己开刀似的。他心里也不怎么愉快，毕竟被别人摆来弄去的东西是自己的鼻子。内供依然面呈愠色，任凭徒弟怎么摆弄。

夹了一大阵以后，"还得再烫一回。"他徒弟舒了一大口气说。

当把又烫过的鼻子拿出后，内供不好意思地用徒弟递给他的镜子照了一下：哎呀，比以前短多了，现在好像和一般的鹰钩鼻子差不多。他边看边抚摸着短了许多的鼻子。心里美滋滋的。

内供想：以后肯定不会再有人讥笑我了。他看着镜中那个上面满是红斑的鼻子（也许是被踩后留下的痕迹吧），此时已经让人难以相信地变短了。那个垂到颚下的长鼻子，只是非常规矩地残贴在上唇上边。内供一整天都为那个变短了的鼻子担惊受怕。他一有空就伸手摸摸那变短了的鼻子的鼻尖，唯恐它又会长起来。那个鼻子似乎很守规矩，一直都呆在嘴唇上边，丝毫没有下垂的迹象。第二天时，他一醒，第一件事就是先摸摸那个让他担心的鼻子，值得庆幸的是，鼻子依然是短的，内供也许是积了抄写《法华经》的功德，他感觉心情畅快极了，他可已多年没有这种感觉了。

可是过了两天，内供却发现了一些极为不妙的事情，当时有个到池尾寺来办事的武士，他死死地盯着内供的鼻子，脸上摆了一副从没摆过的，让人觉得特别好笑的神情，并且他连半句话都不正经说。不仅这些，那些他派给活的杂役僧徒们，当守着他时，都是规规矩矩地一本正经地听着，可是，只要他们一转过头，就偷偷地笑起来。更可恶的是，那个曾经使内供鼻子扎到粥里的中童子，起先在讲堂外面和内供迎面而过的时候，还只是低着头憋着笑，可是后来竟放肆地笑出声来，也许他是憋不住了。这样的事已发生多次了。

内供本以为可能是自己的外貌发生了变化，可是后来他发觉这么解释并不能把问题说明透彻。当然，中童子和杂役僧侣是因此而笑。可是仔细比较，当他鼻子长的时候他们发出的笑和现在的笑是很不一样的。好像里面还有其他的原因。假如是因没有见惯短鼻子比见惯了长鼻子更为可笑的话，倒也无所谓了。

此时，内供那温和可亲的双眼正恍如隔世地瞅着挂在一边的圣贤像。想想四五天前鼻子没有短时，心情极为难受，颇有"叹今朝落魄，忆往昔荣华"的感慨。只可惜不够明智的内供，根本就不能回答这个问题。

他有时诵经的时候，心情就极为矛盾地停下来，歪着那光秃秃的脑袋喃喃着："为什么他们比以前笑得更厉害呢？"

每个人心里都有两种极为矛盾的感情。如果有一个人遇到了不幸，周围的人肯定都会对他表示出同情之心，可是当那个人想方设法脱离了不幸之后，那种同情就会不知不觉地消失了。说得不好听一点，甚至想让那个人再遇到不幸的事。内供根本就不知道其中的缘由，只是他从池尾的僧俗的态度中感受到了那种旁观者的利己主义。因为若是消极的态度，往往使人在不知不觉中就对那个人树立起敌意来。

内供的脾气越来越暴烈了。无论和谁说话，说不上几句肯定会狠狠地责骂人家。就连给他治病的那个徒弟，也暗地说："内供会因犯了暴戾罪而受到惩罚的。"更让内供生气的是那个中童子。有一天，内供毫不在意地走出屋门，他听到有只狗在狂叫不停。当他抬起头时，发觉那个中童子正奋力地追赶一只特别瘦骨伶仃的长毛狮子狗。他不仅是追着玩，还边追边高喊："不能打它鼻子，喂，千万别打它鼻子。"并且手里还拿着一根长大约有两尺的木条。那可是原先用来给内供挑鼻子的木条。内供看到这种情形，内火中烧，狠命地从中童子手里夺过那个木条，并且劈头盖脸地往中童子脸上痛打了一番。

内供对自己鼻子短了越来越感觉到后悔。

一天晚上，天气一下子冷了下来。可能是天黑后就起风的原因吧，塔上的风铃也传来了令人讨厌的声音，上了年纪的内供怎么也睡不着。他在被窝里翻来倒去，突然觉得鼻子痒乎乎的，摸起来好像肿了，并且还似乎往外发热。内供以他惯有的那种在佛前供花般虔诚的姿势摸着鼻子："不会是硬把它给弄短了，出了什么毛病吧？"

第二天早上，内供和以往一样，一大早就醒了。他睁眼四望，发觉寺院的银杏和七叶树的叶子一夜间竟全掉了，院子里就像铺满了黄金。可能是因为塔顶降了霜的原因吧，太阳在晨雾中发出闪亮的光。内供打开护屏，并站在廊子里深呼吸了一口气。

内供好像恢复了那种快要忘记了的感觉。他快速地伸手去摸鼻子。却摸到了那只足有五六寸长，并且从上唇一直垂到颌下的，和从前一模一样的长鼻子，而不是那个让他遭到更多讥笑的短鼻子了。同时他觉得，心情又好像和鼻子缩短时那样又高兴又爽朗起来。

内供摸着那只随秋风而晃荡的长鼻子，心情特别高兴地轻声自语道："看谁还敢来笑我！"

# 酒　虫

## 一

七月流火,酷暑难耐。用泥土加固的房顶上的瓦片,早已裂开了一道道小缝,无力地卷曲着,反射着昏沉的月光,像铅样沉重。那片农田里,亚麻也好,玉米也罢,全都耷拉着脑袋,一副病恹恹的样子。一丝风都没有,树叶都卷着卷儿,没有一丝的绿色。农田上空,也许迎来的热气顶住了接近地面的大气,一片阴沉沉的,象层峦叠嶂的山峰,像用炒锅炒出的菜丁一样,一团一团地浮在空中——人们不禁担心,屋檐下的燕子窝里的雏鸟和燕蛋,会不会被焖杀!

打谷场上,有特意而来的三个男人。

其中的一位,赤身裸体,仰面朝天躺在地上。仔细一看,他的手脚竟被人用细麻绳一圈一圈地捆绑着——但在他脸上,你看不到丝毫的痛苦。一只大小适中的陶瓷缸,摆放在枕边。矮小的身材、猪一样地壮,衬上红润的脸色,你多少会觉得上帝造化弄人。

另一位是出家人。皮肤异常黝黑,头发胡子蜷曲,耳垂小青铜环,偏偏穿着黄色清衣。明眼人一看就知不是本土人氏,多半来自葱岭以西。他一直很耐心地挥动红柄麋鹿毛扇,为那个赤身裸体者驱赶叮人的虻蝇。最后,他也感到疲怠了,便停了下来,走到那只陶瓷缸旁,摆出了火鸡一般的架势,郑重地蹲了下来。

剩下的一位,跟这二位保持一定的距离,远远地站在一边,站在打谷场角上的草檐下,下巴尖上留着老鼠尾巴一样的胡子,长长的黑布大褂拖得足以蔽住脚后跟,褐色腰带的结头凌乱地耷拉在腰间。瞧那副打扮,那不时小心翼翼地挥动几下白羽扇的样子,准是学究之类的人。

谁都不说话,三人都缄口不语,一动不动,像中了定身法一样。

该发生什么事呢?

时近正午。太阳正把积攒了一天的热情,毫不吝啬地倾泻而下。狗也许睡熟了,四周不闻一声犬吠,亚麻和玉米,努力抗衡着炎热,苦苦挣扎着,叶子反射出绿绿的光。一眼望去,整个天宇澄澈如靛,热气扑面而来。人们不禁要怀疑,如此炎热,诸神是否也在喘息?

顺气的只有这三位,他们像安放在关帝庙里的泥塑一般,一直沉默不语。

诸位,这当然不是日本的故事。它发生在某年夏天,中国一处叫长山的地方,一个姓刘的人的打谷场上。

# 二

赤身裸体躺在大热天里的,是这个打谷场的主人,姓刘名大成,是长山屈指可数的大户。此人嗜酒如命,一日不可无酒;其酒量非同小可,人称"每饮必尽一瓮",——尽管如此,肯为千金买一醉,因家有"负郭之田三百亩,种黍大半",所以万无豪饮而忧家财之虞。

家有万贯家产,而为何又赤身裸体躺在这大热天的稻谷场上?

原来,当天刘某与酒友孙先生(持白扇的学究)一起,在一间通风屋中,倚着竹墙,正在对弈。这时,使唤丫头进来禀报,"外面有一位和尚,说一定要见主人,他说来自宝幢寺,该如何是好?"

"什么?宝幢寺?"刘大成眨巴着绿豆小眼睛,撑起那胖得发烫的身躯,连着说:"那就请进来,那就请进来!"然后看了一眼孙先生,低声说:"大概就是那个和尚。"

这位宝幢寺的和尚,是大有来头的。他来自西域,既通医道,又懂房中术,在这一带颇负盛名。关于他的医术,传得神乎其神。比如说,经他一治,张三的黑朦很快好转,李四的痼疾当天痊愈。诸如此类,二人有所耳闻。奇就奇在,他为何会不邀自来呢?

刘大成记得很清楚,他并没有邀请过这个蛮僧——他一贯不是很好客。不过,如果有一位客人来访,此时又有新客到,一般说来他会马上接见。不难理解,谁没有虚荣心?谁不希望被人夸耀?何况这蛮僧近来很是有名,见一见也并不是什么害臊的事。于是,他当然不会推辞了。

"有事吗?"

"化缘呗——除了化缘,还能有什么事?"随即故作爽朗一笑。

两个人正在议论,不一会儿,丫头领着蛮僧走了进来。只见他身材高大,目如水晶,体态怪异。就那么慢吞吞地一站,既不打招呼,也不开口说话。

刘某面色很不好看,但总觉得有些蹊跷,于是问:"师父到此,有何贵干?"言语中甚是不满。

蛮僧这才微微抬起了头:"你,是那个嗜酒的人?"

"有事吗?"刘某语气明显缓和,自己酒名远播,无端招来些酒鬼。他求援似的望了望孙先生,哪知那位老兄故作姿态,一声不吭,只顾埋头向棋盘上投子。

"阁下可知自己得了一种怪病吗?"蛮僧仍是不紧不慢。

刘某吓了一跳,随即涌上一股怒火,手指着蛮僧:"你……你……"难怪,一大早被别人说有病,是谁都要生气,除非他是圣人或者傻子。

"什么病?你说我有病?"一副冷眼嘲天的样子。

"不错。"

"你知不知道,我从小就……"

蛮僧不耐烦了,打断了他的话:"听说你嗜酒如命,喝多少都不会醉?"

"这……"刘某语塞了,死盯着对方的脸。他不明白,喝酒不醉跟病扯得上什么关系,但还是点了点头。

"这就是证据哟,"蛮僧微微一笑,接着说,"你肚子中有酒虫。不除掉它,此病好不了。"

"酒虫……"刘某惊叫起来,突然觉得肚中有一种蠕动的感觉,直想作呕。

"我就是专程来为你治病的。"

一阵沉默。

"用什么药?"一直默默听着两人对话的孙先生插口说,那口气不屑一顾。

"不,药,不用。"蛮僧不紧不慢地说。

狂妄无极!孙先生心中暗自臧否。说实在的,对于佛道二教,他一向敬而远之,即使与僧侣和道士在一起,他也多半不说话。今天之所以发问,完全是对"酒虫"感兴趣。他也嗜酒,正担心自己肚中是否也有,但听了蛮僧不冷不热的答话,仿佛有一种被愚弄的感觉,夹起一枚棋子,"啪"的一声投在棋盘上。

至于刘某,当然没把此事放在心上。

"这么说,是用针灸了。"

"不用,还要简单!"

"用符咒?"

"不,不,那会弄出人命的。"

…………

刘某一时语塞。他实在想不出,该用什么法子;但终究关于自己,也只有耐着性子。蛮僧的法子也不过如此,晒晒太阳——这便出现了开头的一幕。多少,这也是受好奇心驱使吧。

疗法开始时,蛮僧说不能乱动,所以用细绳将刘某的身子一圈圈捆住,然后让一名侍童,将一只装满酒的陶瓷缸放到枕边。孙先生既然在场,那就做这奇异疗法的见证人吧。

酒虫为何物?它是如何到肚子里的?怎么消失?那酒缸是干什么的呢?

除了蛮僧,每个人都怀着这样的疑问。

## 三

热！汗水不断涌出额头，慢慢在脸上流动——不久就被蒸发，留下的是一些蒸不走的东西，刘某只觉得脸上罩了一层东西，更有甚者，汗珠"嘶"一下带着一股热气淌进眼里，他多想伸手擦一下——那是万万不能够的，他想晃动一下脑袋，改变汗水的流向，可是当即感到一阵眩晕，也只好作罢。

汗如泉涌。他只好采取最后一招——闭上眼睛，老老实实地躺着。但是眼前全是飘来飘去，不断地变换着颜色的东西。而此时脸也好，身体也好，反正裸露的部分，都忍受着太阳的煎烤，他只觉得皮肤绷得很紧，像四分五裂似的要绽裂开来，仿佛完全失去了弹性似的。生命之洲在逐渐干涸，身体里的水分逐渐被榨干——简直生不如死。刘某心中有点后悔不该接受蛮僧这无理的玩笑。

以前，他听过曹孟德，谎称前面有梅林，以解士兵之渴，以致留下了"望梅止渴"的故事。而现在，无论他如何想象梅子的酸甜，他的口中仍然流不出津液。最痛苦的阶段终于到了。

他的喉咙开始发干，继而觉得烟熏火燎般。他试着动了动下巴，嚼了嚼舌头，但下巴和舌头仿佛僵固。偏偏枕边放着酒缸，那酒香直扑入鼻中，而且越来越醇，大有铺天盖地之势。他多想尝一尝酒味，哪怕是看一看酒缸也好。他便费力地睁开了眼睛，翻起了眼珠，拼命地往上看，但看到的只是缸口和鼓起的缸身上半部。他想，那里面一定盛着黄澄澄的美酒，闻酒味，多半是藏了二十年的老窖，五十年也说不定。他使劲，用干燥的舌头舔了舔干裂的嘴唇，那种渴望越来越浓。

就刚刚那一系列动作，已使他眩晕两三次。头像戴了个紧箍，也开始发疼。这个蛮僧，称什么法力无边，治什么病——这不是让人找罪受吗？看我待会儿怎么收拾你！刘某暗暗盘计，怪谁呢？怪自己！谁让自己听信那家伙信口雌黄。心中那个悔啊，别提了。胸口仿佛塞了一团棉花，莫名其妙地感到想呕吐，再也忍受不住了，刘某终于绝望，不想再干下去，便开口准备请求……

说时迟，那时快。刘某感到难以言状的一团东西，正缓缓地从胸口向喉咙爬上来。喉咙中一阵痒痒的感觉，怪舒服的，这东西既像蚯蚓在蠕动，又像是壁虎在爬行。反正说不清楚是一种什么东西。总之是一种柔软的物体，以一种柔和的动作，正一点一点地往上拱。

刘某一种莫名地担心，千万别是什么怪胎就好。这也难怪，一个红布盖着的锦盒，你知道装的是美玉还是蝎子？

那东西继续往上移动。

最后的时刻终于到来。

喉结一胀，刘某觉得那东西硬是挤了出来，猛地穿过口腔，乘势蹿出嘴外。"啪嗒"一声，显然什么东西落入了陶瓷缸盛着的酒中。

"恭喜恭喜，酒虫终于出来了，放心吧。"一直静坐的蛮僧立即抬起了稳坐的屁股，一边解开捆在刘某身上的细绳。那腔调，多少有点不伦不类。

"出来了？"刘某哼哼着，全身虚脱了一般。好一会儿，他才抬起晕头转向的脑袋，忘却了干涸的喉咙，裸着身子，向缸边挪去。孙先生也赶紧跑了过来，跑动时还不忘用白羽扇遮住阳光。三人一起向缸中看。

三人均是一惊。

一个小鲵鱼似的东西在酒中游动。那东西长约三寸，有鼻有眼，相貌奇丑，好像边游动边饮酒。这怪胎，偏偏是肉色像红土一般！

刘某一阵恶心，"哇"的一声吐了起来……

## 四

蛮僧的疗法，立竿见影。从那天开始，刘大成滴酒不沾；到了后来，据说他连酒味都不愿闻了。往日那千杯不醉的豪举再也看不到了，甚至那醇香的陈年佳酿也仿佛成了穿肠毒药。刘大成欣慰了，这倒好，可以省下一大笔钱。可事情偏偏没有结束！从那以后，刘大成的身体一天天衰弱下去。今年是他吐出酒虫的第三年，那大腹便便的风采，已经看不到了，皮肤也失去了往日的弹性，满是油污，紧包着那消瘦的脸骨。双眼深陷，颧骨高耸。稀疏的白发，残留在头顶。乍一看，仿佛到了风烛残年，当然少不了，一年有半年时间卧床。

厄运还没终结，他的家产也江河日下。昔日以三百亩计的负郭之田，已大半落入他人之手。到了后来，虽说不至于举家食粥，刘大成也不得不操起了他做梦也没想过的锄头。田间地头，林荫小路，对面走来，你怎么会想到那农夫竟是以前的刘员外？

而结果偏偏如此！且不说造化弄人，且不说天时地命，光是这一惨相，已使人们不由得发问：这是怎么了？不就是吐出了酒虫吗？

时至今日，长山各行各业的人依旧在议论这样一个疑问。但究其实质，结果纷纭，人们根据自己的理解，加上臆度，猜测，便形成了各种各样的答案。

酒虫，该是一种什么样的神秘的事物？

最具代表性的答案不外以下三种：

答案之一。酒虫非刘某之病，实乃其福。若赖酒虫，他大可颐养天年。可是偏偏碰上了蛮僧！横加破坏，刘某失去了这一天赐之福。

答案之二。酒虫非刘某之福,实乃其病。之所以这么说,是因为每饮必尽一瓮的酒量,终究非常人所想。这么大的酒量,即使酒虫不除,也会因酒精中毒而死。或者是说,有了酒池,便会奢望肉林,刘某也会丧尽家产而死。由此说来,有没有酒虫都无所谓。与其贫病交加,不如说是刘某的福分。

答案之三。酒虫既非刘某之病,也非刘某之福。刘某只嗜饮酒,倘若无酒,则他也不复存在。从这点来说,刘某即酒虫,酒虫即刘某。一旦刘某除去了酒虫,无异于自杀。也就是说从忌酒之日起,刘某已不复从前的刘某,只是一副空骨架。刘某自身不存,何谈健康与家产!

究竟是怎么一回事?究竟哪一个更正确?笔者不得而知。笔者只是效仿中国小说家的 Dida cticism,将这一道德性的分析,列举在这一故事的结尾而已。个中缘由,还待诸君探求。

# 舞　会

## 一

明治十九年十一月三日的晚上,年仅十七岁的贵族小姐明子和她的父亲一同走上了鹿鸣馆的阶梯,这个晚上要在这里举办一个舞会。在宽敞的阶梯两侧摆放着近似于手工制作的大朵菊花,好似一层层的篱笆,在强烈的瓦斯灯光的照射下更加显得色彩艳丽。摆在最外边的是白色花瓣儿,像缨子一样散乱着,中间一层是深红色的,而摆在最外边的呈浅红色。欢快的管弦乐器发出的声音像难以抑制的欢乐的叹息声,从菊花篱笆尽头的阶梯上边的舞厅那边传了过来,很动听。

明子是第一次参加正式的舞会,虽然她在很早以前就受过法式教育,而且也学过跳舞。所以此时此刻这位贵小姐的心里有说不出的激动,既愉快又有些不安,马车里她的父亲唠唠叨叨地说个不停,但她却显得有些心不在焉,有一答没一答地和父亲谈着话。在马车到达目的地之前,她时不时地抬起焦躁不安的眼睛,浏览着窗外一闪即逝的暗淡灯光下的东京夜景。

过了不久,他们抵达了鹿鸣馆,并在上楼梯的时候赶上了走在他们前面的留着长发辫的中国高官。发福的高官出神地盯着漂亮的明子,并挪动了一下他那肥胖的身体,给他们让了路。明子今天晚上身穿一件蔷薇色的晚会礼服,头上扎着质地极好的浅蓝色发带,自然地垂向雪白的脖颈,她那乌黑的秀发上还戴着一朵香气扑鼻的玫瑰花。今天晚上的明子十足是一个开化的日本美少女,难怪那位拖着长辫的中国官员那么惊讶。一个穿着燕尾服的日本年轻人这时恰好匆匆忙忙地走下楼梯,当他看到迎面走来的父女二人时,不自觉地回过头来,远远地注视着明子远去的背影,同时还若有所失地摆弄了一下白色的领带,然后急匆匆地穿过菊花丛向大门走去。

两人在二楼舞厅的门口碰见了留着花白胡子的伯爵,也就是今晚的主人。伯爵穿着路易十五式样的衣服,胸前还佩戴着几枚勋章,他连同已过中年的伯爵夫人正在殷勤地招待着客人。当伯爵看到明子时,在他那深谙世故的脸上显现出一丝无限惊叹的神色。明子的父亲很注意礼节,他面带微笑地把自己的女儿介绍给了伯爵和夫人,明子顿时感到一丝害羞和得意。与此同时,从高贵的伯爵夫人脸上,她却觉察到一点儿庸俗的气质。

舞厅各处站满了高贵的等待舞伴的妇女们,她们的鲜花、飘带和象牙扇子在清新的香水味中晃动着,像极了无声的波浪,使吐芳吐艳的菊花也相形见绌。明子也离开了父亲,来到妇女们中间,她们都是些年龄相似的少女,穿着天蓝色或玫瑰色的晚礼服。这群少女簇拥着明子,对她今晚美丽的姿色赞叹不已。

但是,过了不久,一位陌生的法国海军军官不知道从什么地方冒了出来,并朝她缓步走来。他自然地垂着双臂,恭恭敬敬地行了一个日本式的礼节,明子觉得双颊微热,脸色微微泛着红色,她很清楚这个礼节代表了什么样的含意。于是她转过身,把手里的象牙扇交给身边一位穿浅蓝色礼服的小姐保管。这时那位面带微笑的法国海军军官用生硬的日语恭敬地对她说:"请赏脸跳一支舞好吗?"

于是,这位海军军官就和明子跳起了华尔兹舞《蓝色多瑙河》。这位法国军官双颊呈现古铜色,五官端正,并留有浓密的胡须。明子显得有些矮小,她很困难地把戴着手套的纤纤玉手搭在军官的肩膀上,但是海军军官舞技很棒,他巧妙而娴熟地带着明子在人群中翩翩起舞,还时不时地在明子耳边说一些恭维人的好听话。

明子不时地环顾着舞厅的四周,并对军官温存的话语报以害羞的微笑。花瓶中的菊花在拥挤的人群中间,在印有象征皇室纹徽的紫丝绸的帷幕和弯曲着身子张牙舞爪的中国国旗下熠熠生辉,有的浮现出浓重的金黄色,有的闪烁着明亮的银白色。在富丽堂皇的德国管弦乐的伴奏下,拥挤的人群像喷涌的香槟酒一样眼花缭乱地晃动着,一会儿也不肯停止。与此同时,另外一名舞者像发狂的飞蛾一样突然出现在面前。

明子发现她的舞伴——那个海军军官,正在目不转睛地盯着她看。海军军官是个对日本毫不了解的法国人,他很直接地告诉明子他对她美丽的舞姿十分感兴趣,他很纳闷眼前这位漂亮小姐是不是也像木偶一样住在纸和竹子做的房子里?是不是也拿着细细的筷子从描花青瓷小饭碗里夹着米粒吃?他的脸上泛出温柔的微笑,眼神中也写满了种种疑问。明子觉得他的话有些滑稽,但也感到十分得意,因此她跳得更加用心了,舞步也更加轻盈,红色的舞鞋在场中间飞快地旋转着。

过了没多久,细心的法国军官发现美丽的小姐有些招架不住了,毕竟已经跳了很长时间,他因此低下头关切地问:"小姐,您是否要休息一会儿?"

明子虽然已觉得有点儿累了,但嘴上却说:"不用啦,谢谢!"海军军官见明子精神挺好,便又自如地带她朝舞场中间滑去,他们欢快地跳着华尔兹,在满是飘带和鲜花的人流中穿梭,最后他们又在菊花旁边不停地旋转。一曲完毕,法国军官殷勤地让明子坐在旁边的椅子上,而自己又像刚开始一样毕恭毕敬地站在一旁,行了一个标准的日本礼。

接着他们又跳了玛兹尤卡舞和波尔加舞,之后,明子就挽着海军军官的胳膊,从鲜艳的三色菊花组成的花墙中穿过,朝着楼下宽广的房间走去。

房间里摆满了银的和玻璃制的餐具,桌子上摆满了肉食和松蕈,冰淇淋和夹心面包堆得好高,像小山丘一样。除此以外,桌子上还堆满了像金字塔一样的石榴和无花果。大厅中间人头攒动,燕尾服和白嫩的香肩川流不息。整个屋子只露出了一角,其余全被菊花丛掩盖着,屋角的墙壁上的窗棂呈现出美丽的金色,巧夺天工的绿油油的葡萄蔓杂乱地缠绕着,金紫色的葡萄像宝石一样闪着光,一串串紧密地排列着,垂挂在绿叶掩映的葡萄藤上。在金黄色的窗棂旁边,明子碰到了秃头的父亲,他正叼着一支雪茄烟和一群老绅士热切地攀谈着,他也看到了明子,但并没有停止谈话,只是朝明子微微地点了一下头,嘴里仍然叼着那支雪茄烟。

明子和法国海军军官一起走到餐桌旁,拿起小匙去盛那看似味道不错的冰淇淋,她注意到军官的眼睛一直盯着自己看,从手到头发,又到那垂在脖颈上的发带,明子对军官的行为感到不太满意,一般女子都不喜欢被别人死死地盯着看。她为了转移军官的注意力,想找别的话题说,正好有几个身着华丽的天鹅绒礼服、胸前佩戴着红茶花的女人经过,她们看起来好像是德国人,明子就感慨地说:"欧洲女人真是太漂亮了,她们看起来总是那么高贵。"

法国军官边摇头边轻轻地说:"我可不这么认为,我觉得日本女人也很漂亮,比如说您……"

明子微笑着说:"是吗?"

"那是当然,您可千万别以为我是在奉承您,如果这是在法国巴黎的舞会上,您也一样会特别引人注目的,因为您的美丽和高贵的气质就像瓦当绘画中的小姐。"

海军军官这番话让明子不禁浮想联翩,虽然她不知道谁是瓦当。她幻想着黑暗的森林中美丽的喷泉和盛开的玫瑰花,一切都那么恬静,突然一切都消失了,消失在森林的尽头。明子用小匙慢慢地搅动着杯子里的冰淇淋,她又接着刚才的话头。

"我要是什么时候能去参加巴黎的舞会就好了。"

"其实巴黎的舞会也没什么特别的,和这里的是一样的。"

海军军官不经意地环视着餐桌周围的菊花和拥挤的人群,忽然一丝带有鄙夷的微笑浮上了他的脸,他停止了搅动冰淇淋的小匙,自言自语地说:

"其实，哪里的舞会都是一样的。"

舞厅外的凉台上站满了身份高贵的日本人和外国人，他们在满天星斗的夜色下亲热地攀谈着，海军军官和明子也挽着胳膊朝凉台走去。

透过一片栏杆向凉台对面望去，密密麻麻的针叶林在寂静的黑夜下交织着枝杈，在枝头还挂着几个圆圆的灯笼，泛出微微的红光。院子的地面上长满了苔藓，时不时地散发出潮湿的气息，其中还夹杂着落叶的气味，在黑夜的衬托下，越发让人感觉到秋天的萧条和凄冷。然而舞厅内的气氛却和外面形成了鲜明的对比，穿着华贵礼服的男男女女伴着管弦乐悠扬的节奏仍然无休止地旋转着，他们在印着十六瓣菊花的紫色帷幕下忘情地陶醉在时高时低的管弦乐中。

外面的空气也并非像死水一般静止不动，它在人们的谈笑声中也变得热闹起来。突然，美丽的彩色焰火从浓密的针叶林上腾空而起，在天空中散了开来，像极了绽放的菊花，人们异口同声地叫喊起来。明子此时此刻正在和一群漂亮的小姐闲谈着，她不经意地向挽着自己手臂的法国军官看去，见他正出神地望着灿烂星空，那眼神忧郁中带着沧桑，明子想：他一定是在怀念自己的故乡吧。于是明子慢慢地抬起头，正视着军官，用半笑半嗔的口气问道："先生，我想您一定是想起自己的故乡了吧。"

海军军官赶快收起自己凝重的眼神，微笑着回答："不。"还一边像孩子一样摇晃着脑袋。

"那，先生你那么出神，是在想什么呢？"

"你以为呢？"军官反问。

一阵旋风般嘈杂的喧闹声打断了军官和明子的谈话，他们抬头向星空望去，看到了红色的、蓝色的焰火互相交织着，逐渐消失在夜空中。火焰看起来美好而且耀眼，但明子却不这么认为，她反而觉得有一点儿莫名的悲伤。

海军军官低下头，用温柔且富有磁性的声音说道："我刚才就是在想焰火的事情，明亮但是却容易消失，就像我们的生命。"

## 二

时值大正七年的秋天，当年那位舞会上的美丽小姐——明子，已经成了一位老夫人，她在赶往镰仓墅的火车上碰到了曾经有过一面之缘的青年作家。那青年拿了一大束菊花，要送给镰仓的朋友，老夫人看到漂亮的菊花不禁勾起了对往事的回忆，她给青年作家讲述了那天鹿鸣馆舞会的事情，青年作家对老夫人的这段亲身经历很感兴趣。

就在他们的谈话快要结束的时候，青年作家无意地问道："夫人，那您可记得当晚那个法国海军军官的名字？"

"他叫儒理安·维奥。"夫人出乎意料地脱口而出。

"那就是曾写过《菊子夫人》的皮埃尔·洛蒂,没错,是他,一定是他!"

青年说话的语气中透着愉快和兴奋,然而我们的明子——H老夫人,她可不像青年作家那样得意,只是纳闷地看着那青年作家,喃喃自语道:"我说的是儒理安·维奥,不是皮埃尔·洛蒂呀。"

# 地 狱 变

## 一

堀川大公这种人不仅以前没有,后世恐怕也不会有,是绝对的举世无双。听说在他还没有出生以前,他的母亲曾在梦里见过大威德神灵出现在她床头。由此可想而知他出世以后,一定会不同于凡人。在他的一生中所做的事没有一件不让人感到意外的。就说堀川府的气派吧,可不是咱们一般人能够伦比与想象的。特雄伟,简直是金碧辉煌,豪华无比。外面有不少人把大公的气情脾性与秦始皇、隋炀帝相比拟,这只不过是俗话所说的"盲人摸象"把局部当整体。有如此的荣华富贵,在他本人看来,只不过是九牛一毛,是不会挂在心上的。他有一种被称为"与民同甘苦"的度量,无论什么不起眼的小事都会过问关心一下。

因此,就算遇到二条大宫的百鬼在夜间行动,他也从未感到过恐惧。甚至于每天夜里在东三河原院出现的因画陆奥盐灶风景而大名鼎鼎的融左大臣的幽灵,大公也不会害怕,大公只要一声大喝,那幽灵便立刻消失得无影无踪了。就因为他有如此大的威力,所以那时的京师不管男女老幼,只要一提到大公,便会立刻产生一种敬佩之心,就如同见到了大神显灵一般。有一次,大公被邀请去大内参加那里的梅花宴,当他回府,拉车的牛在路上使性子,不幸把一位由此经过的老人撞倒了。那老人不但没有责怪,反而双手合十跪在地上,喃喃自语地说,"被大公的牛撞伤,真是我这辈子感到最荣幸的事了。"

因此,在大公的一生中,给后人留下了相当多的轶闻逸事。例如在一次宫廷宴会上,一高兴,就把三十匹白马赏人了;让自己最喜爱的童子,站在长良桥的桥柱顶上;让一位有高明医术的震旦僧在他的腿疮上开刀——类似这样的轶事真是不胜枚举。在这些逸事中,至今为止,最吓人的一件就是,关于他一直在府里当珍宝一样被传下来的《地狱变》屏风的故事了。就连平时什么都不当回事的大公在这件事上也着实大吃了一惊,更不必说我们这类人了。显然一个个都被吓得魂飞魄散,不知天南地北了。我就是其中一个。二十年来一直为大公办事,像这种悲惨凄厉的场面也从未见过。

但是,在讲这个故事之前,还是先说一个名叫良秀,画《地狱变》屏风的画师吧。

## 二

也许直到今天还会有人记得那个叫良秀的。当时的人们都说，只要是画画的人，没有一个能超过良秀的，他是最好的，也是当时显赫一时的画师。发生那事的时候，他已年过五旬，上了年纪了。他是一个骨瘦如柴，脾气又很暴躁的矮小老头儿。他总是穿着一件丁香色的猎衣去大公府，而且每次都戴同一顶软乌帽，形容卑贫。他那张嘴的颜色是老人不该有的血红色，好似某种野兽，格外难看。有人解释道，那可能是经常舔画笔的缘故，是不是这么回事就不知道了。尤其是那些特别多嘴的人，给他起了个别名叫猿秀，究其原因是由于他们认为良秀长得很像猴子。

这个绰号也有一段故事。据说那时大公府里有一个小侍女，年方十五，是良秀的独生女。她与她的父亲一点都不像，是个长得娇巧玲珑的姑娘。也许是由于她母亲在她很小的时候就去世了，所以她年纪虽小，却特别懂事、乖巧、伶俐。因此大公夫人和所有侍女都特别喜欢她。

一次，丹波国敬献一只养熟了的猴子。因那小猴子的模样令人发笑，所以调皮的小公子给它取了良秀这个名字，府里没有一个人见了不笑的。为了逗乐子，大家看见它在大院松树上趴着或在宫殿席地躺着的时候，便故意戏耍它，叫它良秀，挺有意思的。

一天，良秀的女儿给主人送一封系有梅枝的书信，当走过长廊时，看见廊外那只叫良秀的小猴子逃了过来。腿可能是被打伤了，廊柱也爬不上去，只好一瘸一拐地跑着。后面紧跟着的小公子扬起一条棍子赶了上来，嘴里喊着，"看你往哪里逃，你这偷橘子的贼猴。"良秀的女儿见了这情景，稍微犹豫了一下，就在这时小猴子抓住她的裙边，低声哀叫。她动了怜悯之心，一手拿着梅枝书信，一手把紫丁香色的大袖轻轻一甩，把那小猴儿抱入怀中，向小公子弯了弯腰，温柔地说："它只不过是一个畜生，您就饶了它吧。"

小公子追得正起劲，立即就把脸一沉，跺起脚来：

"它偷吃了我的橘子，我是不会放过它的。"

"小动物，不明白事理嘛……"

女儿替小猴求着情，微笑着说："它叫我父亲的名字，父亲遇到麻烦，做女儿的怎能见死不救。"由于她都这样说了，逼得小公子没法子，只好就此收手了。

"哈哈，小的给老子讲情，那就放过它了。"

小公子很不情愿地说了一声，扔掉手中棍子，沿着门廊走回去了。

## 三

自打那事以后，良秀的女儿便和小猴好了起来。女儿把那精致的小金铃——公主给的，串上一条红绸条系在小猴脖子上。猴儿与她总是形影相随，不论发生什么事小猴都不会离开。一次，良秀女儿生病躺在床上，小猴就在她枕边守候着，时不时咬着自己的爪子，显露出一脸愁容。

有趣的是，打那以后，小猴再没被人欺侮了，就连顽皮的小公子对它也和善了，经常喂栗子给它吃。甚至如果有哪个武士踢它一脚，小公子就会大发雷霆。后来，大公可能是听到了小公子追打小猴的事，让良秀女儿抱着猴一同到他跟前，对良秀女儿与那小猴产生了兴趣。

"没想到你还是个孝顺女儿哩，很值得表扬呀！"良秀的女儿当场便得到大公的赏赐，赐给她一块红帕。小姑娘捧着红帕谢恩，小猴在旁边看见了也装模作样地向大公恭恭敬敬地鞠了一躬，大公因此笑逐颜开。大公欣赏良秀女儿爱护小猴儿的一片孝心，所以对她宠爱有加。大公的那种宠爱并不是出于好色。显然这就会产生些闲言碎语，这些到后来再慢慢讲。在这里我们只强调一点，大公对良秀女儿并无歪心。

但说良秀女儿从大公面前退下后，得了好大的面子。这并没有令其他的侍女妒忌，因为她天生就是个乖巧、可爱的姑娘。而且这事之后，公主的身边总会有良秀女儿和猴儿，每次公主乘车外出游玩也少不了她在身旁陪从。

现在我们来说说良秀吧，他女儿的事先放在一边。虽然那只叫做良秀的猴打那以后就更加招人喜欢，但良秀始终都令人讨厌，人们仍然叫他猿秀。在府里不但如此，就连横川的方丈，一谈到良秀就脸色剧变，如同见了鬼魂。（传说良秀画过方丈的漫画，也许这是不真实的谣言。）反正，他的声誉不论在哪里都不好。只有少数画师或只见其画未见其人的人不予贬之。

其实，良秀有如此不好的名声，是和他自身的素质有关，他本人不仅容貌丑陋，而且脾性更是让人生恶，所以招致如此地步也怪不得他人。

## 四

小气、贪婪、特霸道、孤傲、不要颜面、懒惰成性、见利忘义就是他的脾性——最可恶的就是他总把本朝第一大画师的招牌贴在脸上。如果只说他画画的水平，那还是可以接受的。可他那种对世上一切事物定律常规全然不放在眼里才叫人难以忍受。听一个常年跟着他的弟子说，有一次，一位闻名四海的桧恒女巫被邀请到他府上。那女巫口中宣着神意，降起神来，可他连听都不听，立刻抓起画笔，把女巫那张狰狞可怕的鬼脸画了出来。也许什么鬼神附体类的事情，在他的眼里如同骗小孩子玩的游戏。

正因为他是这种人，所以他把吉祥天神的脸画成了一张小丑脸，把不动明王画成一副地痞无赖样，特意搞出种种让人无法理解的行径。当有人在他面前指责他时，他便怒发冲冠地大喊："经我的手画的神灵佛祖，要是给我降灾，那才不可能呢！"所以有不少的弟子学到半途就与他辞别的原因就是怕将来会受到牵连。正如俗话说："一人升天，仙及鸡犬。"总之，一句话，就是放浪形骸，自认老子天下第一，世上无双。

虽然良秀的画法十分高明，但也只能到此为止了。尤其是他那别出心裁的画画手法，用笔，着色，自然也和别的画师迥然不同，有一些对他有成见的画师称他是歪门邪道。听人说，对古代名画师的画，如川成、金冈等都有一些奇特的说法。比方说板上画着的梅花，每到夜晚挂月时都会散发出一缕缕的幽香，而画在屏风上的宫女，会发出悦耳的笛声。但良秀的画却有着一种可怕的评说。比如说，他在龙盖寺大门上画的《五趣生死图》，每当深夜有人经过时，就能听到天神无奈地叹气和哭泣的声音。不仅如此，更可怕的是有人还能在图中嗅到一股因尸体腐烂而散发的臭气。还有，大公让他画女侍的肖像，凡是被画的人都活不过三年，都得疯病死了。如果按那些恶意点评的说法，那就是良秀是邪门歪派人士的证据。

尽管他蛮横无理，然而他却因此而洋洋得意。记得有一回大公与他闲谈时说："你这家伙偏偏喜欢那些丑陋、令人厌恶的东西。"于是他张开那独特的红嘴，骄傲地说："就是这么回事，现在的这些画师可欣赏不了这种丑中之美！"就算他是本朝独一无二的大画师吧，但在大公面前理直气壮也太嚣张了。怪不得他的弟子在暗地里给他起了个绰号叫"智罗永寿"，讥讽他的狂傲自大。"智罗永寿"这个词大家也许知道，那是古代从震旦那里传来的天狗的名字。

但是，这个良秀——如此不可一世的良秀，却唯独只对一个人怀着极其深厚的情爱。

## 五

原来良秀疯狂地爱着自己那个当女侍的独生女儿。前面讲过，良秀女儿是个性情温柔，和善而又乖巧的大孝女，她父亲对女儿的爱并不比女儿对他的爱少上分毫。寺庙里来人向他化缘，他会像铁公鸡一样一毛不拔，可是对他心爱的女儿，他会毫不吝啬，慷慨解囊。女儿身上的衣衫，头上的饰物，他都会一一办得周到，让女儿称心如意，这种大方都让人不敢相信。

良秀对女儿只是一种单纯的爱，他是不会想到女儿嫁到好人家为人妇的。假如有人敢说他女儿一个"不"字，他就会不惜重金雇几个街头的地痞流氓，狠狠地在暗地里把他揍一顿。因此当大公让他女儿当女侍时，老头子极为不满，在大公面前一个劲地诉苦。然后外面就有这样的流言蜚语：大公硬要收良秀的女儿为妃子，不管她老头子乐不乐意。

流言是不真实的，但是特别溺爱女儿的良秀却一直在大公面前请求大公放过他的女儿。一次大公命令良秀画一张年幼的文殊像，还特意找了大公特喜欢的儿童做模特儿。

不负所望,良秀画得十分真切,大公很满意,于是,好意地对他说:"你可以随心所欲地要自己的赏赐,说吧!"

他倒是挺实在的,张口就说:"大公请您放了我的女儿吧!"别的暂且不说,在堀川大公府里当侍女的,不管父母多么不舍得、心疼,请求放还,这是不可能的。任何一个国家都没有这个规矩。听了这个请求后,平时待人仁慈的大公,脸立刻就变成白色了。室内保持了片刻的沉寂后,大公低头瞟了良秀一眼,愤怒地大喝了一声:"这是不可能的!"站起来转身就进去了。像这种事后来又发生了四五次。回想一下,每次过后,大公对良秀的感觉就会冷淡一些。与此同时,良秀的女儿每次从殿上退下后,几乎都紧咬着袖口,眼含泪水。也许是因为父亲在大公面前备受冷落,她替他担心的缘故吧。大公喜欢上良秀女儿的流言蜚语也越来越多。有人说,就因为女儿不顺从大公,才有了《地狱变》屏风之事,当然这不可能是真的。

我们这些人认为,大公不肯放了良秀的女儿,并不是对他女儿有什么非分之想,恰恰是为了爱护她,让她幸福。怕她与那脾气极坏的臭老头生活在一起,会过得不舒服,那倒不如在府里了。本来是对良秀女儿的好意,却被世人误解为好色,而且还硬说了些不着边际的谣言。

反正,为了良秀女儿的事,大公开始讨厌良秀了。与此同时,大公突然下令让良秀画《地狱变》这座屏风。

# 六

讲到《地狱变》屏风,那画面上令人毛骨悚然的景象,立即浮现在我的面前。

虽然是同样的《地狱变》,良秀画的与别的画师画的迥然不同。整个画面都像大红莲小红莲似的,一片火海,那气势好像连钢刀、铁剑、山峰、树木都会烧焦似的。只有在屏风的一个小角里,画着小型的十殿王和他们的属下。抓捕人的冥司服装上着的是黄色与蓝色,其余到处都是烈焰弥漫的色彩。卍形墨点的黑烟,金色的火花在头顶上飞舞着。

这笔法就已经够吓人的了,再加上中间的烈火烧身,痛苦挣扎的罪恶灵魂在一般的地狱图里是不会看到的。良秀画笔下的灵魂中,下至行讨乞丐,上至公卿大夫,各种身份的人物均有。既有凤冠霞帔的宫殿人,也有妩媚动人的仕女,挂着佛珠的和尚,曳高齿屐的文官、武士,端着祭祀用品的阴阳师,身穿细长宫袍的女童——简直是屈指难数。正是这些人物,受着牛头马面的小鬼们的折磨,卷在火烟中,如同受了惊的兽群,四处奔逃。一个女人,钢叉上卷着她的头发,手脚像乌龟似的缩成一团,她可能是个女巫。一个男子,被长矛刺穿胸膛,倒挂的身体如同蝙蝠,估计是刚上任不久的地方行政长官。还有按照各自所受的罪行的不同,而忍受各种各样痛苦的折磨。例如,有被钢鞭痛打的,有遭重

世界孤本小说

罗生门

石压顶的,有在怪鸟尖喙上吊着的,有被毒龙大嘴叼着的……真是形象各异,千奇百态。

其中在半空中下落的一辆牛车是最让人心生寒意,触目惊心的了。这辆牛车已有一半跌落到如野兽利齿似的尖刀山上。(此时尖刀山上已刺穿了五个活人的躯体)。被地狱的寒风吹起的车帘里,有一个满身绫罗绸缎的,打扮得像个嫔妃的女子在火焰中,她披散着秀发,雪白的脖子扭曲着,双眼紧闭,一副难以忍受的痛苦表情。凡是看到这幅画,仔细看过正在燃烧的牛车上这女子的人都能体会到火焰地狱的可怕。宫女这个人物在这幅画中可以说是画得最经典的,她使整个画面恐怖气氛升华。画得是那样的出神入化,让你仿佛身临其境,耳里回荡着痛苦的惨叫。

唉!就是为了画这幅画的这个场面,发生了惊人的悲剧。倘若没有这场惨剧,良秀又怎会有灵感画出这栩栩如生的地狱苦难呢?他为此画,不仅遭受了悲惨的命运,就连自己的性命也送掉了。这画中的地狱,也许正是良秀——本朝第一大画师有朝一日也会落进去的地狱。

我把讲的次序都颠倒了,只顾讲这珍贵的《地狱变》屏风了。下面还是讲良秀奉命绘画的事吧。

# 七

自从良秀奉命画《地狱变》屏风后,就一门心思地画那座屏风,连平时最疼爱惦记的女儿也有五六个月都没上府里去看她了。也许他一拿起画笔,就再也不想见面了。奇怪的是据刚才那位弟子说,他只要一动笔作画,就像被狐狸迷心窍似的。不仅是这样的,当时有人称,良秀之所以在画道上鼎鼎有名,是因为他向福德大神许过愿。证据便是。每当作画时,人们只要偷看一下四周,就能看见好几只阴森的狐狸围绕在他身边。因此,在他拿起画笔画画时精神绝对地专注,一心只在画好画上,别的什么都不会想,包括他的女儿。无论是白天或黑夜他都躲在那射不进阳光的黑屋子里——尤其是这次奉命画《地狱变》,那种狂热的劲头,更是显得厉害。

听说他那四壁都挂满了蒲席的屋子里,点了许多的灯台,配制着需要的颜料。他让弟子们穿上礼服,猎装等各式的衣服进入他的暗房,然后摆出各种姿势,一一进行写生、就算不画《地狱变》屏风,这种写生也是常有的。例如,那回给龙盖寺画的《五趣生死图》,他不用眼前的活人当模特,却跑到大街上静坐在一具死尸前,仔细地观察半腐的手和脸,然后细致地写生下来。而这回,他想出了一些怪点子,常人难以想象。没有时间细说,我们只讲些主要的,那大部分也就可以了解了。

良秀的一个徒弟(上面已提过这人),一天当他正在配颜料时,忽然师傅走过来对他说:

"我很想午睡，可是最近总梦见可怕的东西。"这话说得很平常，所以弟子没有在意，仍旧调配着颜料，并且慢慢应了一声：

"是么？"

可良秀却显出一种平时没有的神色，很严肃地托付他：

"在我睡午觉的时候，你坐在我头边，好吗？"弟子没有想到师傅这回这么怕做梦，但也没把它当一回事，便顺口答道：

"好吧。"

师傅仍旧很担心地说：

"你马上就到我屋子里来，如果见了别的弟子，让他们别进我的卧室。"他略显迟疑地叮嘱。里面的屋也是他的画室，不论白天与黑夜都点着朦胧的灯火。关着门，周围竖立着那座仅用木炭构好了底图的屏风。他一进到屋里，便躺了下来，用手臂当枕头，枕到脑后。他好像已经很乏困，一躺下便呼呼地睡着了。不到几分钟的时间，坐在他头边的弟子，忽然听到师傅含糊不清的叫唤，声音很难听，听起来不像是在说话。

# 八

刚开始只是有声音，逐渐地变成了间断的言语，好像嘴被什么捂住，咿咿呀呀地说着：

"什么，叫我去……去哪里……到哪里去？到地狱来，到火焰地狱来……谁？你是谁……谁在说……你是谁？……我以为是谁呢？"

弟子那调颜料的手不由自主地停了下来，望了望师傅那张受了惊吓的脸。大颗大颗的汗珠爬满了他长满皱纹的脸，如此的苍白，他那干巴巴的红嘴，缺了牙的口张得老大。有个东西在他口中像被线牵着似的骨碌骨碌地动，那是不是舌头。时断时续的声音就是从这条舌头上发出来的。

"我以为是谁呢……哼，是么？我想应该是你。啊，你来接我是吗？来啊……到地狱来啊。地狱里……什么……我的女儿在地狱里等我。"

就在这时，弟子好像感觉到一个朦朦胧胧的怪影，在屏风的画面上蠕动，慢慢地走了下来。一种异样的恐怖袭到他的心里。当然，弟子并没有被这种场面吓得不知所措，而是用力去摇师傅的身体，企图让他停止这种可怕的梦魇。但良秀仍旧在说梦话，并没有立刻醒来。没法子，弟子只好用洗画笔的水泼到他脸上。

"她等着呢，到这个车子上来坐啊……坐上这个车子到地狱来啊……"说到这时，声音好像被掐住脖子而发出来的，眼睛好不容易才睁开，像是被人打了一样神情不安地一下子跳了起来。梦里的可怕的景象好像还留在他脑子里，眼睛瞪得圆圆的，口也张得大大的(连里面的小舌头都能看得一清二楚),惊魂未定地向空中看着,过了一会儿才清醒过来。

"好了,你出去吧!"好像已经没事了,他便把弟子叫出去了。平时弟子被他召唤惯了,所以不敢违抗,立刻走出了师傅的屋子。外面阳光已普照大地,弟子不禁向空中倒吸了一口气,像是自己也做了一场噩梦似的。

这回也就算了。过了一个月的时间后,他又把另一个弟子叫到屋里,而他自己仍在幽暗的油灯下咬着画笔,忽然回过头来命令弟子:

"麻烦你一下,请把你的衣服全都脱下来。"师傅的命令下完之后,弟子立刻脱去身上的衣服,一丝不挂。他一点怜悯的感觉都没有,眉头紧锁,冷冰冰地说:"拜托一下,我想看看被铁缠身的人,所以你得照我说的装出那种模样来。"这个弟子是个结实的汉子,他拿画笔还不如拿大刀来得容易。当他听到师傅的命令后,也不由地大吃了一惊。后来这弟子对人说起这事时说:"我以为师傅那时得了精神病要把我杀了呢!"当时良秀弟子已经很生气了,正犹豫不决时,看见良秀手里摇晃着不知从哪里拿的一条铁索,迅速地扑到弟子的背上,一只手扭转着弟子的胳膊,另一只手拿着铁索费力地捆绑着他,最后弟子的肌肉里已掺入冰冷的铁索,他拉紧了铁索的头把它固定住了。然后只听咣啷一声,弟子的整个身体已被良秀毫不留情地推倒在地。

## 九

当时弟子的手脚都被捆成一团,在地上如同从高处坠落的酒桶来回地滚着。身体上唯一能活动自如的就是脑袋了。体内的血液循环都被铁索抑制住了,浑身都被憋得通红。若是旁人看了一定会心不忍,可良秀却毫无感觉。从这边看看,那边瞧瞧,打量着正忍受痛苦的弟子的身体,仔细地画了几张不同角度的速写。那弟子当时受的苦更无法用言语来表达了。

如果不是在这途中发生了变故,弟子不知要受罪到几时呢!值得庆幸的是(也可说成不幸),过了一会儿,有一道黑油似的东西,七拐八扭的从角落处的坛子流了出来。刚开始动作极其缓慢,到后来就越来越快了,发出一道闪亮的光,直到流到接近弟子的鼻尖时,他才看清、立刻惊叫了起来:"蛇!啊……蛇!……救命!"弟子浑身的血液好像已经停止流动了,吓傻了。此时那条蛇的舌头已到他的脖子处。尽管良秀很固执,但发生这可怕的事时,也使他立刻紧张起来。扔了画笔,弯下腰去,一把揪住蛇尾巴,把它倒提了起来。被倒提的蛇向上伸着蛇头,盘缩着自己的躯体,企图狠咬抓着它的人的手,但这只是徒劳。

"这该死的畜生,害得我没有画好,出了败笔。"

良秀狠狠地嘟哝着，把蛇放进角落里的坛子里后，才不情愿地松开捆在弟子身上的铁索。弟子并没有受到他的慰劳，而且连一句好听的话都没听到。在他的眼里，与其让他在画上出现一处败笔，还不如让他弟子被蛇咬更加让他气愤不已。后来才知道，这蛇也是为了写生才特别饲养的。

听了这故事以后，也许你可以了解良秀这种像发神经似的做怪梦的现象了吧。为了画好《地狱变》屏风，还有一个十三、四岁的小弟子也遇了一场险，差点失去自己的性命。这个小弟子的外貌特别像小姑娘，因为他天生肤色白净。

一天晚上，他被师傅叫到屋里。此时的良秀手里拿着一块带血的生肉，坐在灯台旁，喂一只他从未见过的怪鸟。这鸟头上有两撮毛，像耳朵，两只眼睛如同琥珀似的溜圆，大小与外貌都酷似猫。

十

良秀这人，从不让别人来干扰他自己所做的事。例如上文提到的他屋里的一些东西，蛇……从未告诉过弟子。因此在他的桌子上，有时会放银碗，漆器的高脚杯，可怕的骷髅，他会用这些意想不到的东西来绘画。平时，没人会知道他的这些东西放在哪里。人家说福德大神会保佑他，这也不足为奇，其缘由，也许是由这类事引起来的。

弟子看到桌上的怪鸟，心里想，大概是画《地狱变》用的。他走到师傅的面前，毕恭毕敬地问道："师傅，您找徒儿有什么吩咐吗？"良秀伸出舌头在红嘴唇上舔了舔，似乎没有听到弟子所说的话，下意识地瞟了这怪鸟一眼："看看，这只鸟看上去是不是很老实。"

"我怎么从未见过这种鸟，它叫什么呀？"

弟子仔细地打量着这只似猫又不像猫的怪鸟。良秀带着讥讽的口吻说：

"从未见过？在城里长大的孩子一般都没见过，不足为怪了。这鸟是前几天鞍的猎人送给我的，它叫猫头鹰，也叫枭，奇怪的是这么老实的还不多见。"

说着，他用手在猫头鹰的背上抚摸了一下。那鹰刚吃完一大块生肉。这时鸟一拍翅膀同时伴着刺耳的尖叫从桌子上飞起来，伸开弯曲的爪子，向弟子迎面扑来。如果弟子当时不是反应迅速，用衣袖掩住了脸，恐怕脸皮早已被抓破了。弟子一声嚎叫用手将大鸟赶跑，猫头鹰又一次具有威吓性地扑过来，口里仍旧尖叫着——弟子此时被吓得已忘了师傅在跟前。在狭窄的屋子里，一会儿站着抵抗大鸟的攻击，一会儿又坐下赶它，吓得满头是汗，想逃都逃不出去。那猫头鹰忽低忽高地飞着，死盯着弟子不放，一次一次向他袭击，企图啄去他那双眼睛。大翅膀拍打出的声音如同秋天狂风扫下的落叶、呼呼作响。好像有一种难以形容的吸引力在诱惑着这疯狂的怪鸟去捕捉，这时的弟子如同猴子藏在树洞的烂果，由于其发出的腐味而在吸引着怪鸟，形势十分危急。在油灯光中，弟子仿佛只身在一个朦胧的月夜,师傅的屋子此时也变成弥漫着妖雾的深山幽谷,弟子早已吓得魂飞魄散了。

使他害怕的并不只是猫头鹰强烈的攻击,更使他心惊胆寒的是,他的师傅居然在一旁毫无帮他摆脱困境的意思,沉稳地观看着这情景,并慢慢地摊开画纸拿起笔,画起这位魂都吓飞了的姑娘似的少年被怪鸟胁迫的恐怖模样。弟子看到师傅那副神气,更吓得要命。事后他对别人说,那时他心里想这回一定会被师傅整死。

## 十一

被师傅搞得失去性命并不是完全不可能的。这天晚上,良秀又把弟子叫进那屋里去,观察猫头鹰袭击弟子时的场面,以便自己写生。因此当弟子看见师傅那种样子的时候,发出一声惨叫,双手抱住自己的脑袋,逃到屋子的角落,蹲下身体,低着头。可就在这时良秀一声惊呼,慌忙地跳起身来。猫头鹰的翅膀猛烈地拍动着,地下同时响起了咔嚓一声,是什么东西被打破的声响。已被吓得六神无主的弟子,偷着抬起双手护着的脑袋,屋内一片阴森恐怖,良秀在心焦似火地呼唤着外边的弟子,请求帮助。

不一会儿,屋外便应声而来一个徒弟,手里提着一盏灯。在这盏油灯的照射下,才看清屋里刚才发生的事情。屋内的灯台已经跌翻,流了满地的灯油。再看那只猫头鹰,只剩下一只翅膀痛苦地扇动着,身子已经倒在地上,桌子那边伸出良秀半个身体,愣在那里,嘴里不知在唠叨着什么。——原来是这么一回事,一条黑蛇把猫头鹰缠住了,它的脖子和另一只翅膀被黑蛇麻绳似的身体给紧紧缠住了。可能是那弟子蹲到墙角时,碰倒了放在那里的坛子,蛇从坛子里游了出来,猫头鹰去捉蛇时,没有捉住反而被蛇给缠住了。两个弟子相视而望,茫然地目睹着这一切,然后便向师傅默默地行了一个注目礼,跑出屋外了。至于那猫头鹰和那蛇是如何处置的,就没人知道了。

类似这样的事以后还发生过几次。有一点上面忘说了,良秀奉命画《地狱变》是从秋天开始的,直到冬天,良秀的弟子们一直受师傅怪癖行径的折磨。但冬尽的时候,良秀绘画的进度慢了下来,神情郁郁寡欢,好像遇到了困难,就连说话也变得火气极大。屏风上的画,大约画好了将近八成,却不知何故画不下去了。也许,看他那样子,可能会把已画好的画全部抹去,重新开始。

有什么困难发生了呢?没人能够了解,就算是可以了解也不会有人去了解。弟子们都被前几次的遭遇吓怕了,能离师傅远点就离他远点。

## 十二

在这期间没什么可讲的事情。值得一提的是,良秀那偻老头子,不晓得是哪根筋不对,感情突然变得脆弱起来,总能瞧见他独自一人掉眼泪。特别是有一天,一个弟子有事路过院子,看见师傅独自一人站在廊下,眼望着春天即将到来的天空,两行泪水从他眼角处流下,这景色很凄凉。弟子见此情景急忙悄悄地退去,怕不大方便。他心里想,奇怪,平时师傅高傲得不得了,什么都不怕,画《五趣生死图》时连路边的死尸都敢去写生,怎么会因这次屏风画得失去灵感而悲伤呢? 这多奇怪呀!

良秀发疯似的扑在画屏风上,而他的女儿,却不知怎的,成天见不着笑容,逐渐地变得沉闷忧郁起来。就像我这样的人也觉察出她那忍泪含悲不快乐的样子。本来就满面愁容肤色白皙的姑娘现在变得睫毛低垂,眼圈黝黑,神色暗淡,越发显出憔悴忧伤的神情了。最开始,大家都认为她可能是好久没有见到父亲,或受了感情的困扰而烦恼。也有一种说法,大公要收她上房,她不同意。打这以后再也没有人讲她的闲话了,她好像已被大家遗忘了。

就是在这时的一天晚上,天已经黑了许久了。我独自一人在廊下走过,不知从哪个地方跳出一个东西,仔细一看是那个名叫良秀的小猴儿,它用力拉扯着我的裤角。这个月夜很温暖,初开的梅花散发出迷人的清香。月光下的小猴向上扬着头,鼻尖已达到最高峰,露着雪白的牙齿,发疯似的号叫着。我感到有些诧异,但更主要的是生气,因为他扯着我的新裤子,我怕被它弄坏了。我本想把它一脚踢开,但由于后来想到小公子追赶它并折磨它这件事,又觉得它可能有什么事要我做。我便顺着它拉的方向走去,约莫走了三四丈的路。

当我看见夜色中的池水发出微弱的光芒时,我已走到长廊的一个拐角。这时,邻近的屋子里好像有人在挣扎,一种慌乱而又奇特的声音随风飘入我的耳内。周围一片沉静,绛蓝色的天空中没有半片云,唯独挂着一轮皎洁的银白色月亮,偶尔听到水塘中鱼游跃水的声音,并无其他的声响。我听到屋里的声音,停下脚步,心想如果是个小偷,这回可得显一显身手,抓他个措手不及。于是我屏住呼吸,蹑手蹑脚地走到屋外。

## 十三

那猴看我走得很缓慢,便很着急似的,在我的两脚边转来转去地直蹦。突然,那猴一下子跳到我的肩头上,攒足了力气大声啼叫,我被这刺耳的声音惊得立刻转过头来,我实在不想让那猴儿的爪子抓住我的身子。可那猴儿不肯松手,紧紧地揪着我蓝绸衫的袖管——就在这时我两条腿摇晃了一下,向门边迈去。没有站稳,一个趔趄,后背猛劲地撞到门上。即使想躲也已经没办法了,只好硬着头皮壮着胆子推门进去了,闯进那漆黑的屋内,霎时跳入我眼里的画面——不,在我的一只脚才迈入屋子时,从屋内立刻有一个姑娘快速地冲出来,吓了我一大跳。她一个箭步冲到门外,险! 差点撞到我身上。使我莫名其妙的是,她到门外突然跪倒在地上,嘴里喘着粗气,胆怯地抬起头来,用一种恐惧的眼神望着我,身体依旧在簌簌发抖。

这姑娘,我一看就知道,她就是良秀的闺女。那姑娘在今晚好像换了个人似的,脸色绯红,两眼发光,衣衫不整,与她平时有着很大的差别。特别是在现在看上去美艳动人。这闺女难道就是平日忍悲含泪,娇弱怜人的良秀的女儿吗?——我斜倚在门上,看着月光下这位美丽的女子,同时又感到另一个人慌张急切地向远处跑去的脚步声,虽然那声音并不大。我心里在想,那个人到底是谁呢?

良秀的女儿默然垂头,双齿紧咬唇瓣,一言不发,显得非常懊丧。

我弯下身去,脑袋转向她,嘴巴靠在她耳边轻声问道:"刚才那个人是谁?"良秀女儿只是一味地摇头,并没做任何回答。这时我看见她美丽的睫毛上,已挂满了泪水,嘴闭得更紧了。

我真笨,这种事并不是非常明显的,是我不能了解的。听着她心头怦怦直跳的声音,我不晓得应该怎样对她说,站在那发了一会儿呆,这事最好还是不要过问的好。

不知过了多久,我关上了门,看了看脸色变得苍白的闺女,小声地对她说:"赶快回自己房间去吧。"

我的心里忐忑不安,因为自己看了不该看的事,怀着一种不想为人知的心情,走向刚才见到小猴的地方。没等我走几步,我发现我的裤角又被向后轻轻地拉动着,我吃了一惊,转身一看,你猜,拉我的是谁?

原来是那只叫良秀的猴儿,跪倒在我面前,像人一样,双手合十向我叩头作揖,脖子上的小金铃随着它的动作在叮当作响,真可爱。

## 十四

这事过了约有半个月。一天,良秀突然到府,请求拜见大公。虽然他的地位卑微,但在大公府里却享受着特殊的待遇。其他任何人都不能轻易拜见大公,而他很快就被召见了。他仍旧穿着那一套服装,丁香色的猎衣,戴顶皱瘪的软乌帽,一副比平时更加阴沉的脸。他毕恭毕敬地跪伏在大公座前,接着,嗓音嘶哑地说:

"自从奉大公的命令画《地狱变》屏风,便不分昼夜地作画,画的已经差不多了,大体可以完工了。"

"不错,我很高兴。"

听大公说话的口气,不晓得何故,有一种有气无力漠不关心的成分。

"但是,还不行。"良秀不高兴地垂下了眼睑,"虽然已经基本上画完,但有一个地名还没有画出来。"

"什么地方没有画出来?"

"我在画画时,一般都找一个实物写生。若没有亲眼见过就不会画出来,就算凭空想象画出来了,也不尽人意,与不画一样。"

大公面带嘲笑地说:

"难道你画《地狱变》,也非得到地狱里走一趟才画得出来不成?"

"是的,记得以前发生火灾那回,我便见到那火焰地狱中火花飞溅的景象。正因为我有幸看见了这场大火所以我才能画出不动天尊的火焰的,我想这幅画您是见过的。"

"那么,那幅画里,地狱里的罪魂小鬼你也见过吗?"大公打断良秀的话,继续问。

"我亲眼见过被铁索捆着的人,也写生过被怪鸟袭击吓得惊慌失措的人,这就可以说我是见过罪魂的了,还有那些鬼卒们……"良秀一脸苦笑地说:"那些可怕的鬼卒,在我梦里经常被看到。长着牛头马面,青面獠牙。三头六臂的鬼王,拍手时无声,张开血盆大口时也无声,来无影去无踪,这些每天都在我的梦里折磨我——我想画而没法画出来的,却并不是这些。"

大公听了惊奇起来,用一种咄咄逼人的眼光睨视了良秀好一会儿,然后蹙紧眉头叱问道:

"你究竟想要画些什么?"

## 十五

"我想一辆槟榔牛车,在屏风的正中间,画它从半空中掉下的那一瞬。"

良秀说着,便抬起他那令人讨厌的头注视着大公的表情。平时每次说到作画,他便像发疯了似的,而这回他的眼光更加让人感到恐怖了。

"在车里坐着一位雍容华贵的嫔妃,身处烈火的包围之中,头发蓬乱地披散着,脸上露着撕心裂肺的痛苦表情,熊熊烈火散发出滚滚浓烟熏着她美丽迷人的脸庞,她紧蹙眉头,无助地望着头顶的车篷,一手抓住帘子,指望着那帘子能帮她阻挡一下如暴雨般簌簌落下的火星。十二只猛禽围在车边站着,尖喙疯狂地张着——车里的嫔妃我画不出来。"

"那……你想怎样?"

大公好像觉得很有意思,便饶有兴趣催问良秀。良秀好像也很着急似的,颤抖着红红的嘴唇,如同说梦话似的重复了一遍。

"这个场面我画不出来。"然后,又咬了咬牙,"我请求在我眼前烧一辆槟榔牛车,如果方便的话……"

大公变了脸色,突然又哈哈大笑了起来。然后强忍住笑容,说:

"就按你的意思去办,没有什么方便不方便,行不行的。"

那时我正在大公身边伺候着他,我感觉大公的话里有一股杀气。他口沫飞溅,连太阳穴都在跳动，如同受了良秀的传染，变得很疯狂，让人难以揣摩。这种样子平时从来没有过。他话音刚落，又像爆炸了似的，发出格格的笑声。

"一辆在火中燃烧着的槟榔车，一位美丽娴雅，雍容华贵的女人坐在车里，穿着嫔妃的服装，四周被火焰和带火星的黑烟包围着，眼看这车里的女人就要烧死了……你的想象力可真丰富，居然能想出这样一个惊心动魄的场面，无愧于本朝第一大画师的称号，不错，真了不起呀！"

听完大公所说的话后，良秀的脸突然变得面无血色，颤抖着红红的嘴唇，身体一软，忙用两只手撑在地上。

"谢大公鸿恩。"他用别人刚好能听见的微弱声音说着，深深地鞠了一躬。可能是经大公这么一说，他自己幻想出来的场面好像就在他面前似的。这时站在一旁的我，这辈子第一次觉得良秀是个值得可怜的人。

## 十六

这事过了没几天，大公便把良秀召了进来，依良秀的想法让他观看槟榔牛车被烧的场面。地点可不是在堀川府，是大公的妹妹曾经住过的一个位于京师郊外的山庄，名叫化雪庄。火烧现场就布置在山庄里。

这化雪山庄已经好久没有住人了，庭院深深，一派荒凉的景色，也许是因为此地无人居住，又位于郊外，所以才被选中当火烧的场景。关于已经去世的大公妹子，在民间上也有一些流言蜚语。据说一到月亮没有出来的黑夜，这里就会有鬼魂出现，身穿艳红色的长裙，毫无声息地在廊上移动(脚都没有碰地)——即使在白天，这山庄也是一片寂静，就连水流的声音都令人感到阴沉可怕，时不时也会有一些鹭鸶鸟飞过这庭院的上空，同那怪鸟一般，让人不寒而栗，怪不得会有这样的流言。

碰巧烧槟榔车的那天晚上也是一个没有月亮的夜晚。天空一片漆黑，没有一丝光亮。在大殿的油灯光中，只见大公威严地坐在檐下台阶上的椅子上，身穿一件镶白缎边绣紫色花的淡黄色大袍。周围有五、六个强悍的侍从守卫着，一副万分恭敬的样子。据说在这几个侍从中，有一个曾在几年前的陆奥战役中，吃过人肉，鹿角都被他徒手扳下来过。他身挂一把大刀，腰间围一个大肚兜，气势威猛地站在檐下。凄凉的夜风中灯火在不停地摇曳，忽明忽暗闪动，如同在梦中一般，充斥着阴冷恐怖的气氛。

一辆槟榔牛车放在荒凉的院子里，车篷被漆黑幽暗的天空笼罩着。车上没有拴牛，车辕在一边倒着，如同星星一般的铜铰链被远处的油灯光照得闪闪发光。虽然现在还是春天，但天还是冷得令人直打颤。车门被镶有流苏边的蓝色帘子遮得严严实实，密不漏风，里面不知是什么东西。车子周围围了一圈手执火把的侍者，很小心地高举着，怕手中燃烧的松烟吹到檐上。

良秀此时坐在台阶的对面,跪在稍微远一点的地上。衣着仍旧是那一套,还是丁香色的外衣,令人讨厌的那顶皱瘪的乌软帽,在漆黑的夜空中他显得格外的瘦弱与矮小。他的后面,蹲着一个人,戴乌帽、穿猎衣,好像是他的一个徒弟。从我所站的地方望去,他们两人匍匐在黑暗中,竟连服装的颜色也分不清了。

## 十七

万籁俱寂的午夜时分,黑暗阴森的林泉四周,大家默不作声地注视着将要发生的骇人场面。唯独能入耳的就是寒夜里凉风吹的沙沙声,因此也送来了一股油烟味。大公默默地坐了一会儿,看着黑暗笼罩下院子里的奇异景色。他向前移动了一下膝头,突然喊了一声:

"良秀!"

不知良秀在低声叨咕着什么,在我的耳里只听到喃喃的声音。

"良秀,你现在可以尽情地欣赏依你的想法布置的放火烧车的场面了。"

说完,大公环视了一下周围的人,他们彼此像心有灵犀似的相视一笑。这一幕,也许只是我一个人的感觉。这时良秀心惊胆战地将头抬起,看向台阶,像是有话要说,但却欲言又止。

"你仔细看一下,这就是平时出门时常乘的车子,你不会不认得吧?……现在这车将要被烧毁,让你亲眼看看这火焰地狱的景色!"

说到这里,大公与旁边的人交换了一个眼色,然后以一种低沉而又阴冷的口气说:"一个罪孽深重的女子被捆在车子里,只要车子一烧,她就会遭遇最后的煎熬,被火烧焦,化成灰烬魂归天国。这场面是你画屏风最好的实物写生了。你可得仔仔细细地看啊。看清她,雪白的肌肤,花容月貌将在火中化为乌有,一头的青丝,化作一团火焰,在漆黑的夜空中虚无缥缈地飞舞。"

大公又一次地停下,不知心里在琢磨什么,只是左右地微摇着肩头,默无声息地笑着:

"这种场面可是前所未有,将来也不一定会出现的呀!好,现在把帘子掀开,让良秀看看车中的女子。"

于是一个高举火把的下人,走到车旁,将车帘缓缓地撩开。火红的火把照亮黑暗的牛车。在窄小的车子里,一个女子被残忍地用铁索紧锁着……啊,人们简直都不敢相信他们自己的眼睛。竞相争艳的樱花绣在高贵华丽的宫袍上,乌黑亮泽的秀发上斜插着金钗,发出炫目的光芒。虽然服装改变了,但那弱不禁风的玲珑身材,雪白的颈项,闭月羞花似的沉静面容⋯⋯还会有谁，这不就是良秀的女儿吗?

与此同时，在我对面站着的武士，立即跳起身子，眼睛死盯着良秀所在的地方，观察他的举动，一手按住刀把、准备随时抽出。良秀见车子里是自己的爱女差点没昏过去，他蹲着的身体像弹簧似的突然跳起来，伸出双臂直直地向车子方向跑去。因为我与良秀相离得较远，所以看不清他的面部表情。瞬间，良秀那陡然失色的脸，好像有一种无名的力量驱使他猛然跃起，在黑暗中出现在我面前。这时，大公一声号令:

"点火!"人们陆续抛去种的火把，那辆锁着良秀女儿的槟榔牛车，已缓缓地燃烧起来。

## 十八

车篷被燃烧的火焰逐渐地包围起来，篷门上紫色的流苏帘子被火风吹起，篷下冒起的浓烟即使在黑暗的夜色中也显现出浓白色。蓝色的车帘子、扶手和顶篷上的铜铰链都炸裂起来，火星四射⋯⋯这种凄惨的景象让人目瞪口呆。我刚才差一点喊出声来，而现在只能呆呆地张开大口，注视着车子的扶手，喷出万千道红舌，熊熊升腾的火焰，像落在地上初升的红太阳，像突然迸爆的天火，好恐怖，好可怕，同时也会让人感到疚心。可是，作为父亲的良秀，此时此刻的心境会是如何⋯⋯

我现在仍不能忘记良秀当时的脸色。当他焦急无助地向车子奔去时，火焰忽然升起，而他立刻停下脚步，两臂依然麻木地向前伸着，眼睛直勾勾地注视着一切，像是要把此时发生的景象深刻在心里，将它吞噬，目不转睛地盯着将被烟火包围的车子，身子被红红的火光照着，连胡子楂也看得一清二楚。因为惊恐而扭曲的面容，脸部的肌肉不断地抽动，这些都深刻地体现出了他内心的恐慌，悲伤，凄惨。即使将要在刑场被砍掉头颅的死刑罪人，将要被拉上阎王殿的十恶不赦的罪魂，也不会有像他这样的骇人脸色。甚至那个强悍的曾吃过人肉的武士，在这个时候也大惊失色，骇然地望着大公。

可是大公却紧咬着嘴唇，时不时地狠毒地冷笑着，眼睛死盯着这场景，连眨都不眨一下。可车子里——哎呀，良秀的女儿此时在车中的情形更加惨不忍睹，直到今天，也委实没有那个勇气讲下去。她披散着已被火焰点燃的乌黑秀发，抬起被浓烟遮住的苍白而无血色的脸，绣着樱花的美丽宫袍也在跳跃着凄美的火花——此时此景是多么的悲惨啊!尤其是当寒冷的夜风吹散燃烧的浓烟时，在火花飞溅的烈焰中，显示了在铁索中使劲挣扎的身躯。口咬青丝，活活地勾勒出了火焰地狱的苦难。从我到那位大力武士到在场的每个人，都感到心惊胆寒，毫毛一根根都竖立起来了。

一阵寒风再次从庭院的树梢吹过，没人会料想到:在黑暗的夜空中突然发出一声巨响，从半空中落下一个黑乎乎的东西，形状如同一个大皮球，从房顶到车内呈一条直线划过。那东西在闺女的后面抱住她的肩头,这一过程伴着车扶手的迸裂声。一声裂肺的惨叫从烟雾中穿透出来,接着是第二声,第三声——所有在场的人,全都异口同声地尖叫了一声。在熊熊燃烧的烈焰中抱住良秀女儿的肩头的,正是那绰号叫良秀的,被拴在堀川府里的小猴儿。谁也不晓得它是如何偷偷地找到这里的。它不顾性命地扑进大火里,为的是和这位既温柔又和善平时与它最亲密的姑娘永远在一起。

## 十九

这只小猴儿的出现也不过是一瞬间的工夫。当空中再一次飞溅出一阵如同黄金果似的火星时,小猴儿和良秀女儿的身影早已被浓浓的黑烟包围住了,消失了。剩下的只有一辆燃烧着的车子,发出哄哄的可怕声。不,那是已经看不出车形的烧着的车子了,它变成了一支火红明亮的大火柱,直冲九霄星空。这骇人的火烧场面,也只能这样说了。

令人不可思议的是在火柱前呆傻地站着的良秀,刚才那如同在地狱里受酷刑的良秀,现在,在他那满是皱纹又干瘦的脸上,却发出异样的光芒,似乎是一种从这骇人的场面中得到某种宝物而感到内心喜悦的光。他的两臂在胸前紧紧环抱着,昂然地站着,好像已忘记他身处大公的座前,似乎他那凄惨的女儿此时已不在他的眼中,消失了,有的只是熊熊的烈火,以及在烈火中被残忍地烧死的美丽少女。他得饶着兴趣观看当前的这一切。

令人费解的是良秀看到自己的爱女在死神即将降临时的悲惨面孔，不但没有表现出悲伤，反而似乎非常的高兴，此时的他已不是一个凡人了，样子十分威猛，如同只有在梦中才能见到的发怒的狮子。就连被火焰所惊起的在周围飞掠过的鸟也吓得不敢在他的头上飞过。也许是他的头上有一圈圆光，像某种神震慑着无数无知的鸟儿。

鸟都如此，又何况我们这些下人呢！每个人都心惊胆战，屏住呼吸，目不转睛地，如同在看着万般敬仰的佛祖一般地看着内心充满愉悦的良秀。夜空中，熊熊烈火在怒吼，而那屹然不动的良秀却体现出一种兴奋、庄重的欢悦。坐在檐下台阶上的大公，像失了魂似的，口角流着白沫，脸色青一阵白一阵的，两只手紧紧抓着膝盖上盖着的紫花绣袍，嘴里发出呼呼地喘气声，唇色暗紫，如同一匹饥渴的野兽。

## 二十

后来不知是谁把大公在化雪庄烧槟榔牛车的这件事给传出去了，外面便有不少的流言蜚语。热点就是，为什么良秀的女儿会被大火无情地烧死？广泛流传的一种说法是，大公对那女子的报复，因为这女子不顺从大公，不愿意成为大公的姜室。但就我从大公的口气中了解到，他这么做是为了惩罚良秀那古怪，惹人厌的坏脾气。

此外，良秀也遭到世人的唾弃。他为画这《地狱变》屏风，眼睁睁地看见自己最心爱的女儿被大火活活地烧死，受尽痛苦的折磨，他这为人父的真是铁石心肠。流传说他不顾父女之间的情感，一心只知绘画，还不如一只禽兽。横川的那位方丈便是发表这种见解的人，他说："人首先要懂得人情、亲情，不论他在某方面的道艺有多高明，可是他连人伦五常都违反，那他就该下地狱。"

后来，大约有一个月左右的时间，《地狱变》的屏风终于画成了，良秀立即将此屏风送到大公面前，请大公评价、欣赏。恰巧，此时那位横川的方丈也在殿内。他一看那屏风上的画面，顿时大吃一惊，画上火焰熊熊，火星四射，弥漫着恐怖气息。然后他表现出一脸的苦相，一只手忽地往膝盖上一拍，睨视着一旁的良秀说："大事不好了！"大公听后，脸上出现一副无可奈何的苦相，我至今仍难以忘怀。

打这以后，堀川府里再也没有人取笑他了。即便以前最厌恶良秀的人见过他画的这座屏风后，也都受到他那种一丝不苟的精神的影响，深感火焰地狱的苦难悲惨了。

这些，良秀永远都不会知道了。独生爱女的惨死已使他无心在这世上活下去。在屏风画好后的第二天，他就在自己的那所阴暗的屋子里悬梁自尽，与世长辞了。他的尸体被埋在他那所屋子的遗址上，经过多年的风吹雨打，他坟上的小小墓碑上爬满了苔藓，已看不清坟主是谁，真是凄凉。

（一九一八年四月）

# 单相思

（我和一位与我一起从大学毕业的挚友偶遇在某个夏日午后的京浜电车上，下面的这个故事就是他给我讲述的）

前段时间因公司派我去 Y 办事，我才听到这事：对方为了招待我而特别举行了宴会。Y 那里有一幅乃木大将的画像，是用石版印刷的，并且还挂在壁龛里，含苞欲放的牡丹插花供在画像前。我的感觉要比预想的好得多，那天傍晚参加宴会的人并不多，而且外面又下起了雨。楼上有一伙人好像也在开宴会，值得高兴的是，他们并没有按当地的风俗玩，所以并不很吵闹。但是在那些陪酒的艺妓中，您猜如何——

您还记得那个额头窄、鼻梁低的阿德吗？在我们以前经常去饮酒的 U 店的女用人中，那家伙是最鬼灵精怪的了。当我第一眼看到她的时候，还以为我认错人了。她身穿着艺妓常穿的那种衣服，手里拎着酒瓶，摆出一副正正经经的样子走了进来，与其他的艺妓别无两样。当她走到离我很近的地方我才看出来，她就是阿德。而且她那一说话就翘一下下巴的习惯也和以前一样——人的一生真是变化无常，就这样的一个女人却曾经是志村单相思的情人。

那时候的志村对她可是真心实意的，而且每次都带上一小瓶薄荷酒去青木堂，并温柔地对她说："你尝尝吧，很好喝，很甜的。"酒确实不错，可当时的志村真是够天真的了。

如果在芝加哥的志村知道阿德现在竟然在这种地方干着这种出卖自己的活，心里不定是什么滋味呢。一想到这，我便很想主动与她说话，但最后我还是客气了一下——我们毕竟是老相识，我也并没有讲过曾经在日本桥呆过这类话。

然后，阿德便主动对我说："很长时间不见了，我在 U 做时与您见过面后，我们好像就再没见过了，您好像一点都没有变。"——唉！进来时这家伙就已经喝醉了。

尽管她已喝醉了，但我们还是说了许多话，因为毕竟是久别重逢，而且这之间还有志村那一层关系。如此一来，你猜怎着，和我一同吃饭的人都喋喋不休地瞎起哄，而且还特意摆出一种狐疑而又理应的神情。设宴招待我的主人也领头说，如果我不如实招来就不让我离席。搞得我没法子下台。没办法了，我只好告诉他们志村买甜薄荷酒的事，然后又说："当年使我的好友朝思暮想的女人就是她——阿德"——虽然这事很离谱，但我还是那样说了。一开始我就很被动，因为酒宴的主人大我好多岁，总感觉像被叔父领着上饭馆一样。

如此一来，众人听了我讲的志村这件事后便哄堂大笑，甚至连其他的艺妓也跟着一起取笑阿德。

但是，福龙也就是阿德这家伙并不承认——称呼她福龙再好不过了，因为在《八犬传》中有这样一种关于龙的解释，它是这么说的："福龙乃取优乐从容者。"可她这个福龙十分优乐却并不从容，所以非常可笑。当然这都是些无关痛痒的话。

——不认为这种表示是极其符合逻辑的。阿德说："虽然志村先生很喜欢我，可那并不代表我也得非常喜欢他不可呀。"

而且，她还继续说："就算是这样吧，我自己在那时候也有过很美好的时光呀。"

据说那就是人们称之为单相思的悲哀。讲到这里，我们还是举个例子吧。

我打算给你讲的那非同凡响的爱情故事就是发生在阿德身上的。这个故事虽然很奇异，但不一定引人入胜。

那故事让人听起来简直难以想象。如果你把它当作爱情故事或是梦中的故事的话，你就会觉得它并不无聊。

于是，我说："是不是除了当事人以外就不会觉得有意思。""那么即便是在小说里爱情与梦也是很难的吧。""不过，梦只是感觉方面的事。可是梦如果出现在小说中，那真正像梦的就几乎没有了。""然而，像这种爱情小说的力作不是也数不胜数吗？""也许正因为这样，它才被人们认为是五花八门的，不被人们所记忆的无价值的作品。"

如果能领悟到这种程度，就会感到心里有仵恃。怎么说它也是许多无价值作品中的无价值之作。你最好做好思想准备来听一听，习惯一下阿德那种："哦，就好像我单相思似的。"那种口气。

阿德喜欢的男人是个演员。他们是在公园里一见倾心的，当时阿德那家伙在浅草田原町老家。我如此一说，你认为那个男人一定是常盘剧团或宫户剧团的跑龙套的客串演员吧。但事实未必如此。你也一定会想他是个日本人，那你就更错了。他是个外国人，具体说是个老外演员。因为他演的都是反角，小丑之类的，所以总引人发笑。

虽然如此，但阿德却单相思他，甚至于连他的姓名，家住何方，是哪国的人，是否有妻室都不知道。可见她恋着他的程度。你是否觉得很好笑。再怎么单相思，这未免也太蠢笨了吧。我们去若竹看戏时，就算不知戏名，不知唱的内容，最起码也知道演唱者是日本人，名字叫升菊。因为我这样嘲笑她，所以阿德那家伙顿时认真严肃起来："我确实也很想搞清楚他的一些情况，但没有办法，也就只好随他而去吧，反正只不过是在银幕上相见。"

这也太奇怪了吧，在银幕上相见。如果是在幕后相见还是可以理解的。于是经过仔细询问后才明白，原来她的恋人是在西洋喜剧团拍电影的演员。怪不得要说在银幕上相见，这真令我惊讶。

而其他的人都觉得这结局真令人见笑。并且还有人说:"嗨,是不是拿我们当消遣呀!"但是,看阿德的样子好像并没有在说谎。虽然此时她早已睡眼蒙眬。

"我倒是想每天都去看,可我并没那么多的零用钱,所以只好攒足了钱每周去看一次。"——这些话听起还挺正常,可再往下讲就让人费解了。"唉,好不容易从母亲那要点钱上一周去看一次,可到了场内就只能在最边的角落里看,因为人特多,终于等到那人在幕上出现了,却觉得他怎么一点没立体感,形象扁平。我感到无比的失望与伤心。"——她用围裙遮住满是泪水的脸抽泣地着说。她恋人的脸在银幕里看是如此的扭曲,扁平,这使她感到悲伤,这一点我也是很同情的。

"他在银幕上大约扮演了十二三回不同的角色。穿的基本上都是黑色,就像您身上这种礼服,而且他很消瘦,脸长,长胡须。"——我穿的是晚礼服。因为刚才有过教训,所以我便先下手为强地说:"我和他很相像!"她一脸严肃地说:"是比你还要好的男人。""比我还要好的男人"?说这种话也太过分严厉了吧。

"如果那男人是个大活人,你还可以与他说说话或是眉目传情、暗送秋波之类的,可是你只有在银幕上才能见到他,即便您想他,也只有对着图影啦。而且还是电影图影。就算你的心里每时每刻都有他的影子,但那也是虚幻的,无法触及的,唉,可望而不可即呀。""人家都说我想念你,你思念我。可就是那些不被人想念的人到过来也成了人家想念的人,对吧。就拿志村来说吧,他给我带薄荷酒来喝,但是却无法让他设法思念我。这岂不是很不幸吗?"说的是很有道理,虽然她显得很可笑,却也是情意绵绵。

"后来我当上艺妓后,也经常领着客人去看电影,但不知为什么,那个人突然在电影里消失了,没了踪迹。每次去都是些我连看都不想看的人在演,什么'名金'、'艺高玛'之类的。到最后,我心灰意冷了,彻底死了这条心,缘分已尽,又何必如此。但您猜怎么着……"

酒宴上的其他人都已听得厌烦了,不想再听她唠叨,于是阿德就抓住我一个人不放,没完没了地说个不停。而且还一边哭泣一边倾诉,甚是让人可怜。

"您说怎么着,就是在这以后,过了好几年。我第一次去看电影的那天晚上,那个人不仅在银幕上露面了?——画面上表现的好像是西方的一个城镇。可能是片子太老的缘故,整个片子朦朦胧胧的,而且画面上的树木与房屋也莫名其妙地来回抖动——多么凄凉的景象。正在这时,那人依旧穿着黑礼服,挂着手杖,手里牵着一条小狗,嘴角叼着烟出现在银幕上。和我年轻时见过的相比没有丝毫的变化……"

相隔十年后再次与情人相遇。我们的阿德已成了福龙,而那人因为是在电影图像里所以没有变化。想到这又不禁使我感到她好可怜。

"接着,他靠在那棵树旁,脸面向我这边并摘下帽子笑了笑。这不是在向我打招呼吗?当时如果我知道他的名字,我一定会欢呼雀跃着呼喊他……"

"你呼唤吧。别人会把你当成疯子。即使是Y,也没有居然迷恋上电影里人物的艺妓吧。"

"这时,从对面孤单地走来一位矮小的外国女人纠缠他。她是他的情妇,这是从解说员那里听来的。多大岁数了,帽子上还插了不知什么大鸟的羽毛,真是恶心死我了。"

那只不过是电影罢了,可阿德却吃醋了。

(我要在新桥下车,可说到这时,电车已驶到品川了。友人知道我快要下车了,他担心说不完,不时向车窗外边看,用略显焦急的语调继续往下说。)

听说电影上演后出了好多事情,直到阿德爱慕的那个男人被警察抓到那个地方后电影才结束。阿德详细地对我诉说了那男人为什么被警察抓走的,但现在我已经记得不大清楚了。

"好多的警察围拢过来把他捆了起来。不,那情景已经换了,不再是刚才的马路上,好像是西方的一个小酒馆。摆了一大堆的酒瓶子,角落处还挂着一个鸟笼,里面有一只大鹦鹉。四周一片深蓝色,给人感觉好似夜间。在那一片蓝色中——我在那蓝色中依稀看到他那哭丧的脸。心里别提有多伤心啦,就是您看了那场景也一定会感到伤心。半张着嘴巴,眼中饱含泪水……"

就是这时,哨声响起了,电影画面消失了。剩下的只有白色的银幕。阿德说得不错——"所有的都消失了,难道销声匿迹就会变得朦胧吗? 反正世界上的一切都是如此。"

听她讲到这里我才猛然醒悟,而阿德这时却用挖苦人的口吻似哭似笑地对我说:"那家伙说得真够难听的了,简直就是歇斯底里。"

然而,就算是歇斯底里,其中也有真实的地方。也许她是对我们这些人之中的某个人单相思而迷恋,电影演员是她编造的呢!

(讲到这时,电车已到达夜幕降临的新桥车站)

(一九一七年九月十七日)

# 邪 教

## 一

上回我讲了《地狱篇》里屏风的来历,这次讲讲小王爷一生中的一件异事。这事不妨从头说起。

老王爷一生英明神武,却谁也没料到他老人家因突发的急症故去,事情是发生在小王爷十九岁时。这令我们每个经历过的人都终生难忘。先是头半年，流星飞过宅第的上空，这在我们是件不祥的预兆；接着宅子里的红梅出人意料，在不该开放的时候全都开了；那马厩里好好的白马过了一夜竟变成了黑马，没亲眼见过的人是如何也不相信的；还有池子里的水眼，我们眼巴巴地看着干涸，若干尾鲤鱼和鲫鱼在泥浆里做最后的垂死挣扎。还有一件让人听了大白天也会竖毫毛的怪事。有个侍女在梦里，见到一个长着血红嘴唇的人面兽，那怪物拉着一辆烧着的车子，从黑黑的天空缓缓下落，就像当初的良秀的姑娘坐过的车子一样，里面传出温柔的招呼声："请老王爷登车吧！"这时，那怪物忽然仰头大吼，仿佛不耐烦地催促着，那个侍女就这样吓醒了，冒出一身冷汗，心怦怦直跳。她做了这样一个梦，任谁都免不了胆寒心惊，所以上至上房的太太，下到我们这样的用人都心急起来。宅第里不时请来灵验的法师，做祈福的祈祷，还在各个门上贴好风水先生的符，可谁想到老王爷仍是没逃过，天数如此呀！

那是个冬天的午后，老王爷从今出川大纳言的官邸回来，天阴得快近于墨色了，异常地冷，眼见着要下雪，老王爷就在车上发起烧来，而且越来越厉害，到了宅子里，老王爷已经浑身发紫了，他止不住"烫死了，好热呀"地嚷着，仿佛身下垫着的白缎已被烤着似的。那时刻，能请到的高明些的法师、风水先生、医师都陪侍在左右，各尽所能，汗水不时从他们脸上滴到地上，看来都尽了最大努力挽救垂危的王爷。可是老王爷显然没有任何好转，相反，他身上的温度越来越高了，人也从榻上滚到地板上，用那种撕心裂肺的声音绝望地狂吼着："我身上着火了，啊，起烟了！"就这样，老王爷在痛苦中挣扎了三个小时，还是辞世了。

老王爷弥留时刻的情景，惨不忍睹，简直无法用言语来描述。至今，我一想到那天就止不住泪水涟涟，实在是太骇人了，好像事情就在昨天发生的一样清晰。屋子里香烟袅袅，护符在炉里打个卷儿成了烟灰，一丝微风把它吹成灰末，侍女们在屋子里手足无措，来往穿梭：拖地的也有，跟着跪地祈祷的也有，连法师和风水先生也被那场景弄得心慌意乱，全屋子只有一个人冷静，那就是始终跪在老王爷枕边的——小王爷。那种可怕的令人无法承受的场面没使小王爷有一丝失态，虽然他此刻也十分关心躺在榻上却不停翻滚的父亲。他苍白的没有一丝血色的脸，阴沉地就像外边的天空，一动不动地凝视着父亲的脸，每次想起他当时的神态，我就止不住心里一阵佩服，连连觉得这个宅第不会因老王爷的故去而衰落，因为我相信小王爷会大有作为。

二

这父子两个是两种类型的人，你若想从相貌、体格上辨认父子关系是行不通的。老王爷身材高大，威武有力，让人一看就知道是顶天立地的汉子，是老百姓眼中的天神；可

世界孤本小说

罗生门

小王爷却像上房太太一样眉清目秀,还透着一股温和、柔顺的感觉,让你怎么也无法将两位相差如此之远的王爷联想为父子。尤其是小王爷穿上礼服,让人眼睛一亮,不仅不会小看年轻的王爷,而且还要被那股庄重的威严慑住!

总而言之,两位王爷在为人处事上所表现的做派大相径庭。举个例子,如果把老王爷的行事作风比作堀川府,那小王爷的心思就像府里构思精巧的园林。老王爷讲究的有豪放气派,有压倒众人的气势,而且这正是他需要的,可小王爷截然相反。他在造龙田庭院时就表现了出来,那个去处规模小,可小王爷构思典雅,满园红叶飘动,穿院小溪哗哗流淌,溪边的几只白鹭振动翅膀,使得这一方风景有独特之处。

所以,人们说老王爷爱好做显气魄的大事;小王爷则尽量忘却身份的高贵,在诗词管弦方面与优雅之士毫无芥蒂地往来、切磋。虽然他从不吹笙,但大家都知道他潜心钻研其中之奥秘已有多年,据说家里集中保存了小王爷不少的诗词名句。其中最令人引以为荣的是在一次佛事上,地点就在那座有良秀的五趣生死图的龙盖寺。那时有两个唐人在做问答,一个先说"舍身惜花思",另一个回"打不立有鸟",在场人纷纷议论却无一个人真正懂得话中之话的,而小王爷听了立刻在自己的扇后写了首"舍身护花兮,棒打而不飞"的和歌,人们马上就开始传诵,可见写得多漂亮!

## 三

这父子俩就是这样,从脾气秉性没有相像的,所以两人虽说是父子但却不是凡事都能容忍谦让的。不过绝不是像社会上那些无聊的人编说的那样:说是两人为争抢公主的一个侍女而父子不和。这种传闻是不足信的,但老王爷与小王爷之间的隔阂却真实地存在。

那是在小王爷十六岁时发生的事儿,这与小王爷不吹笙有关,大概在我记忆中,这要算是他们父子开始不和的引子了。当时,小王爷痴迷于吹笙,并且拜在一个三等太政官的门下,那是一个相当于远房表兄的中卫门。就这样经过长时间的学习研究,小王爷的技术受益颇多,可他一心想学大食调入食调,那师傅就避而不谈,要知道,这位三等官是"伽陵"名笙和大食调人食调笙谱的世家传人,是众所周知的稀世高手。虽然小王爷也曾想尽办法甚至态度强硬地表示要学,无奈这位师傅铁石心肠就是不松口,当时年轻的小王爷很有受屈感,并引以为憾。有一天老王爷与他玩双六时,他无意中流露出了心中的渴望,老王爷慈祥地微笑着,像往常一样沉稳地安抚他说:"不用记在心上,那个谱子早晚会是你的。"

那件事过后不到半日,中卫门三等太政官到堀川府赴宴回家途中,不幸吐血身亡。倘若事情真到此了结也就算了,可在那人一命呜呼之后第二天,那把伽陵名笙和大食调人食调的笙调就被恭恭敬敬摆在堀川府内客厅的漆桌上，小王爷无意中竟看见了，只觉得那漆桌似乎格外地刺眼，当时也没说什么。

不久之后，老王爷在玩双六时询问小王爷笙是不是大有长进，而小王爷则冷冰冰地回道："我已决定了一生不再吹笙。""为什么好端端地放弃了？""为了吊唁三等太政官的冥福。"说完，小王爷的目光就从棋盘上移开，抬眼盯着父亲的脸，似乎憋足了劲儿要从那脸上看出些什么，可老王爷似乎没注意到小王爷的话，只集中精神摇着筒子，悠闲地说道："我这回可真要赢你了。"虽然比赛进行着，可是父子的对话却没再进行下去。

大概就在这次的谈话中，父子之间有了隔阂。

## 四

就是从那时起，老王爷与小王爷开始了较量，就像两个各自为政的飞鹰，不时地有挑衅的行为，可谁也不真得去啄对方，只是一味紧张地防守。可是小王爷从不和老王爷针尖对麦芒地争辩什么，至多是稍带几句尖刻辛辣的讽刺，他很讨厌没有风度的顶撞，所以他那种不屑从嘴角就可以看出，他的嘴角有那种善于表达心情的细小皱纹。

至今我还记得，老王爷遇到二条皇宫的百鬼夜行，出人意料地什么事儿也没有发生，人们为此惊讶，也使得这件事成了京城内外的一段佳话。小王爷对此却觉得不以为然，他冷笑着说："老爷子没出事儿值得那么大惊小怪吗，不过是鬼怪见怪而矣，好笑。"

后来，在东三条河后院，老王爷断喝一声，吓走了夜里显灵的左大臣融的亡魂，小王爷用有点尖酸刻薄的语气批评道："想来左大臣融有风月之雅，算得上是个文人雅士，死后亡魂也感寂寞难忍，奈何老爷子一伙话不投机半句多，所以才走掉，哪里就那样厉害。"说完，我们这位长得像女人般美丽的王爷又现出浅浅的深沉的笑。

有时，老王爷听到这种刺耳的话，总免不了脸上用冷笑对待，心里强忍着一触即发的怒火，可是以老王爷的脾气，任谁都可从那张苦笑的脸上找到蛛丝马迹来。有一次老王爷去皇宫赏梅，回来时，驾车的牛把一个路旁的老者碰伤，那老者反而十分虔诚地双手合十，一副感激的样子说："真是老汉我有福，被这样有名的王爷家的牛碰着。"小王爷当时在老王爷面前，指着牛僮就说："那老头不是用心叵测的险恶之徒就是个傻子！牛撞了他，受了小伤还这么开心，那不如做件好事，把他辗到车轮下边，要是他被压死了，他会认为比菩萨们夹道相迎还要风光，这样咱们府更名扬天下了。"

老王爷听了这些话，当时就脸上显出不悦，我们这些下人提心吊胆，害怕老王爷把持不住自己，就这么冲上去拿他那把又大又重的扇子或夺下护卫的棍棒赏小王爷一顿，那情形紧张极了，可小王爷仍是满不在乎地说着自己的那一套："父亲大人，您有什么要生气的呢？小牛僮下次会小心注意，不用害怕得发抖，下次只管放心去撞，撞得好看些，说不定父亲大人的名声会因此传到大唐,对不对?"

小王爷心情极佳,大方地露出两排好看的牙齿,好像对老王爷动怒的事儿毫不知情,而老王爷拼命压住火气,才保持住仪态,一副无可奈何的苦笑,装成什么也没发生地走开了。

爷俩的关系就这么好不好,僵不僵地持续到老王爷过世,甚至老王爷弥留之际,小王爷直直地盯着他看,让我们感到很是吃惊,即便是现在也有种微妙的感觉——让人时不时感到怦然心动的那种感觉,小王爷的此生绝非泛泛之辈。就好像我们替换了小王爷的位子似的,一下子难以接受这飞快地变化。

## 五

之后,小王爷取代了老王爷,大家明显感到了宅子里到处充满温暖和祥和的空气。在小王爷继承家业后的第一天,我们就感觉到了,感到了暖洋洋的春风吹遍了宅第的每寸土地。宅第里时不时开展些诗歌、纸牌、写情书、写情歌的比赛活动。宅子里侍女和侍卫的衣着打扮也开始明显的变化起来,就像古画上剪下来似的,说不尽的高雅、倜傥。而前来府中做客的老爷们也与前大不相同,那些正官运亨通的贵族、大臣、将军都是些没有一技之长的人,在小王爷面前哪里提得起精神呢,即便有的可以显露一下才气的,可座上客大多是多才多艺的风流人物,因此比较之下,又算得上什么,真是献丑了,所以,这类人也就越来越少,到最后也就不往来了。

可是那些通晓诗歌管弦的人物,即便是与俸禄无缘的侍卫、白丁,也会得到你以前不曾想到过的褒扬。我可以举个很近的例子,有个新来的侍卫在小王爷书房外值班,当时正值秋日的夜晚,一片明亮的月光轻轻泻在屋内,不知谁家的织布机此时还在忙碌,小王爷一时兴起就把侍卫叫了进来,说:"你就以这织机声为题,为本王吟首诗吧。"那侍卫也不推却,略一思虑,便有了:"青青柳……"谁知屋内的侍女这时不知为什么笑了起来,仿佛笑这诗不合时令,侍卫也不退缩,接道:"……丝绿,从夏到秋,织机声不休。"其实这侍卫就是我姐姐的独子,年龄与王爷不分上下,由于这次出色的表现,他得到了一件有胡枝子图案的武士礼服,那之后也常受小王爷的恩赐。所以,我说小王爷是位与众不同的王爷。

我们的小王爷年年都这样,从不因在仕途上时间久了而改变过。迎娶太太,年年加官晋爵,人人都那么关心。小王爷的一生之中除了天下第一好色的绰号之外,不像老王爷那样总是有脍炙人口的轶事发生,所以难得有一件不可思议的事,可是万里也有一,下面就是这唯一的一件。

## 六

在老王爷故去五六年时，小王爷陷入了爱河之中，那时他很疯狂地给一位郡主写着情书。那郡主的美闻名于天下，却偏巧是那位三等太政官的独生女儿，小王爷一反常态，陷入了姑娘的情网，现在小王爷谈到那时的情形，还心情十分愉悦，很潇洒地说："说真的，那时的我每天着魔似的写诗歌，天大地阔眼里心里却只有她，这就是令人痴迷的恋爱，活像遇了迷人的狐狸精，不能自拔。"

凡是有资格上殿的青年人，没有不对那位郡主一见倾心的。即便是小王爷，也不可自制地爱上了那位郡主。那位郡主的家从父亲辈就开始住在二条西洞院，有好些个好色的公子哥乘车、步行，没间断地往那儿跑。据说有一夜，两个戴尖帽子的公子在她府邸的梨花树下，对月吹笛以示仰慕之心。当时的年轻人都跟疯了似的。

还有一位叫吉原雅平的秀才，借着一点儿名气就向郡主表明爱意，可郡主拒绝了他，他出于一时激愤，留书出走，至今下落不明，有人说他在筑紫附近无所依靠地生活，有人说他远渡重洋去大唐了。总之，因为受了美人的冷待，就将大有前途的一生付诸东海，让自己几十年的才华断送在不知名的乡野，真让人为之扼腕呀。据说这个高傲的秀才与王爷常有诗歌互递赏评，自比东坡，将小王爷比作乐天。可惜只得了如此下场。

只是有时想想，这位郡主也确是人间尤物，我有幸见过她一二面。那时她身着锦袍缎衣，细柳般的腰身，樱桃小口，美艳动人。加之正殿灯光的照映，那双撼人心魄的美目，仿佛看你看到心里去了。这郡主的性情自然也免不了心高气傲，使得殿里人难有得逞的，仿佛那些人是极简单的玩偶，摆弄一番便丢在墙角去了，哪里肯再光顾呢？

## 七

恋爱就是这样，盲目、让人失去正确的判断能力，使得《竹取物语》里那种愚蠢的笑话成为现实，比如说那个已经成为京都第一大笑料的左大弁君。

左大弁君如同他的外号一样，肤色黝黑，好像长久在田地里劳动的农民，为人倒也聪明，只是肚量太小，有些贪慕虚荣。偏巧他也是个钟情于郡主的有心人，既不敢对同伴透露心思，也不敢登上郡主的门槛倾诉爱慕，只能做些偷摸的举动。可惜这位仁兄在一次偷窥时被同伴碰到，便捉住不放，穷追不舍地逼问他心里想的是什么。这位乌鸦兄弟只得一顿乱说八道，最后竟为了面子说："总之，不仅是我动了这样的心思，郡主也在交往中透露出这样的愿望，为了这，我才只得多走了几趟。"语毕，又东扯西拉地举出一些信件和诗歌的例子，说成是郡主留下的作品，仿佛为了显示郡主对他多么倾心，担心他无情无义似的,这种掩饰也真让人觉得肉麻。那些爱捉弄人的同伴们对此也不置一词,就合谋来探个究竟,是不是天仙一般的郡主对他青睐有加。于是他们编了一封郡主的来信,还把挂了藤枝的信,送到乌鸦先生手里。

乌鸦先生莫名其妙地收了假信,心里大吃一惊。他心慌意乱地打开,见是梦中情人的来信,信上说郡主对左大弁君多么多么的想念,而他对自己却若即若离,所以自己放弃了希望,认为这是不可能有结果的恋爱,所以想长伴青灯古佛。信写得相当令人感动。乌鸦先生认为这一切真是喜从天降,郡主对自己竟如此钟情,她只觉得一时百感交集,好一会儿不知所措,呆呆地看着眼前的信。

后来,左大弁君终于决定亲自正式登门拜访,以便把内心隐藏已久的爱慕说个明白,也好使自己理清心绪。在一个黄梅天的黄昏,乌鸦先生撑着伞,带着一个童子,前往西洞院郡主的宅第。可到了那,大门紧锁,怎么也叫不开门。这时的雨像烧开了的水一样,浇在地上冒着水泡,天也越来越黑,在来往的路上,也没什么人,只有几只青蛙悠闲地叫着。乌鸦先生衣服也湿透了,连东西也看得不十分明了了,可是他却是个痴情种,信心坚定地守在门外不肯离开。

谁知道后来过了多久,一个名叫平太夫的老侍卫,把门打开了,也没让进去避个雨,只把一封挂了藤枝的信交了出来就又关上了门。

乌鸦先生十分悲惨地回了家,涕泪横流,这信上表明了郡主已从爱捉弄人的年轻人那儿知道了一切,并了解到左大弁君这人脖子上少根筋。

那信上也仅仅是首短得不能再短的古诗:我想他,他却说不想我,不,我再也不想他了,想也没有用呀。

<h1 style="text-align:center">八</h1>

也许有人以为我在编造故事,可是我并无必要编排故事。我只能将那些人的想法归结为他们不了解这位郡主,以为她同社会上其他一般的女孩子一样。

其实,当时的郡主还真有几位不同凡响的,除了这个貌若天仙的郡主之外,还有一位令人称道的郡主她喜好饲养昆虫,连长虫也要留下几条。不过,话归主题。这位娇艳如花的郡主在父母辞世后,因为祖上积下的家产颇丰,生活过得殷实,家里大小事务都交给那个平太夫来办理,加上家中男女仆人还算规矩,所以她也就心安理得地依赖天生丽质和开朗的性情,过起无拘无束的自在生活。

在这种以无事生非的人居多的社会里,总有人唯恐天下不乱地说长道短,所以各种闲言碎语围着这位郡主,甚至有人猜度这位美丽、傲慢的公主就是三等太政官夫人与老王爷的私生女,而太政官的死是老王爷出于妒忌给害死的。这种类似的流言蜚语真是满天飞,可事实绝对不是那样,那些只是茶余饭后,无所事事的人的一种打发时间的方法,推测是谬论,不然,小王爷怎么会对郡主一往情深呢!

据说刚开始,不管小王爷如何向郡主示好,人家都是爱答不理,而且对掘川府派的人也不尊重,可能还不仅如此。有一次,我外甥去替王爷送信,受到了和乌鸦先生一样的"礼遇",在门口苦苦叫门也没人应声,后来,又是那个平太夫,从围墙上探出头,那表情好像是和掘川府的所有人都有仇似的,真让人摸不着头脑。看他两鬓霜白,火气却不小,冲着我那外甥使劲喊道:"你是光天化日下就要行窃的盗贼吗? 小心点儿你的狗命吧,我平太夫虽然没你年轻,可若你硬闯进来,我一样能抢起长刀,将你一刀两断,丢出去喂狗!"

我那外甥只当门里仆人住得远没听见,所以挽着袖管正拼命推门,哪承想冷不丁就被人骂了,亏他也是好脾气,只将道上的牛粪蛋当石头丢过去了事,二话没说就回来了,换了我也许要和那死鬼大战几个回合。

所以,我们府里送去的诗文、信件即使顺利地落在对方手中,也都成了泥牛入海没了下文。可是小王爷一点儿不灰心丧气,又把新的诗文、信件,上好的画卷送去,就这样三个月过去了,也没有任何消息。那阵子真像是遇了什么精怪在作祟,使得小王爷每天如坐针毡。

## 九

那时京城来了一个与众不同的僧侣,而且说起来很古怪的人,在传一种闻所未闻的摩利教,也许至今还有人记忆犹新,那在当时可是件了不得的大事情。有些话本上记录有红脸大鼻子天狗从中国远渡东海而来的事儿,还有染殿皇后被鬼怪缠身等等的怪事儿,就是说的他。

第一次见着这位僧人也是那个时候,季节是樱花怒放时,时间么,是一个阴着天的中午,我办事归府时路过神泉苑外,看见土墙边有二十来个人围成一圈在看什么,于是忍不住也去看两眼,当时围观的有达官显贵,上层社会的夫人,有平头百姓,还有跨竹竿玩大马的童子,一片吵闹声。我只是简单地以为是哪个商人不小心被拐了货物在那儿诉苦,要么就是崇拜幸运神的头脑有病的人在撒泼。可后来,那声音越发大了,所以我踮着脚使劲向人群里看。

有一个打扮得十分寒酸的僧人正口若悬河地讲什么不为人知的东西,手里拿着一把旗杆,竖着的旗杆上挂着一位陌生的女菩萨像。细看那僧侣年龄也不太大,将近三十岁,肤色不白,眼角向下,一副很凶的相貌,那身黑袈裟好像许久不曾洗过似的。他头发很长,一直垂到肩,自然的卷发,脖子上挂着金黄色闪着光亮的十字架。神泉苑中的樱花瓣随风轻舞,那情景好像在预示他不是个普通的僧侣,而是说他是与众不同的智慧之神一般,让人觉得有种说不出的感受。

有一个身材高大的男子,这时突然抢走一个小孩子正玩耍的竹竿,向那个僧人劈头盖脸地打了下去,口里愤愤地叫道:"你这不守本分的僧人,怎敢侮辱地藏菩萨,说是天狗!"而那僧侣挨了几下也不还手,就让那体格像铁匠的人打着,只厌恶似的露出邪恶的一笑,他高高举起挂着画像的旗杆,让女菩萨的画像在风中飘摆,这时他大声喝道:"不管你今世怎样官运亨通,锦衣玉食,可若违背上帝的旨意,死去之后就会立刻被打入十八层地狱,受地狱的火刑,永世不得超生。如果你对上帝派来的摩利信乃法师不敬,就会明天甚至现在就遭到上帝的惩罚,等不到善终之后了,马上就会病魔附身!"

那庄重而严厉的语气使得身材魁伟的铁匠也呆住了,只拿着竹竿傻乎乎地看着由于激动而手舞足蹈的法师。

## 十

但铁匠很倔强地恢复了情绪,拿了竹竿气急败坏地叫着:"我打烂你的嘴巴,看你还敢不敢乱说一遍!"铁匠说罢就扑向法师。

在场的每个人都以为马上就会听到竹竿子结实地打在皮肉上的声音,然后看见那黑色的粗糙的脸上将会出现一条像蚯蚓般的血口子。我们那时真正看到的是竹竿扫过飘下来的花瓣,只听见"嘣"的一声,一个健壮的躯体倒在尘埃之中,令人诧异的是,倒下的不是法师,而是刚刚还叫器着的铁匠。

当时,我们这些围观的人不由自主地闪到一边,无论是先前的达官显贵还是平头百姓,都毫不迟疑地向后躲去,可又不忍闪得太远错过了好戏,只是自以为安全地与僧侣拉大些距离,低头看那铁匠,只见他口吐白沫,呈大字形地摔在地上,又好像是癫痫病人发了病一样四肢抖动。那法师冷静地看着冒犯他的人在地上,有一下没一下地喘着,尔后又将目光收回迅速扫视了我们一圈,洋洋得意地说:"这回你们该相信我了吧!当他口不择言侮辱我时,天上行路至此的神仙就恼怒了,用你们这些俗人看不见的利器打伤了他,没有把他肮脏的血溅在各位的身上,让他落个全尸,已是上天宽容了。"

就在这个时候,一声尖厉的童声划破了宁静,我们这些目瞪口呆的大人们忙给那个哭声让路,是刚刚还在快乐地玩着骑大马游戏的童子。

小孩子披头散发,发了疯似的连滚带爬扑向已毫无知觉的铁匠,口里发出凄惨的呼唤声:"爸爸,你怎么了,你说话呀!爸爸……"可那铁匠像大醉之后要久睡似的,没一点儿反应,那些吐在唇边的泡沫有的被风吹干,有的飘到前襟上。

"快起来,爸爸,您快起来呀!"

那孩子努力地摇晃着他父亲的身体,口里悲悲切切地哭诉着,可父亲仍自顾自地躺在那儿。孩子停顿了一下，立刻弹了起来，十分勇敢地握住了父亲手里的那根竹竿，想也不想就将竹竿扫向法师，而那法师也不躲闪，只用自己一直高举的旗杆将小竹竿拨到一边，又露出那有点邪恶的微笑，做出那种假意的和蔼可亲，说道：

"你这孩子真是不讲理，你爸爸是由于不信我摩利信乃法师，并口出不逊，他昏死了不是我做的手脚，你痛打我一顿也于事无补呀！"

也许那孩子明白了法师的话吧，也许是他想到自己年纪小，打不过法师吧，总之，他挥着他的小竹竿没再去冒犯法师，只是哭，孤零零的小身板直立在路上哭着。

## 十一

那个不修边幅的摩利信乃法师，看到孩子傻乎乎地呆立着，又再次笑着，安抚道：

"你真是个稳重的孩子呀，有着那种不符合年纪的稳重。孩子，上天会将恩赐给你的，只要你不惹是生非，你父亲会因为他有个这样乖巧的孩子而很快醒来的。来吧，我们一起为他的过错乞求神仙的宽恕，你学我的样子一块儿祈祷吧，上帝会赐福给你。"

话音一落，法师就抱了旗杆跪在了路中央，并且十分虔诚地低下头，闭上眼，高声念起与众不同的陀罗尼经。不知这样持续了多长时间，总之，周围的人没人离去，也没人再敢轻易地评论些什么，渐渐形成了一个人圈，都看着他那种古怪的祈祷。也许过了一个时辰，那僧侣睁开眼，伸出手放在铁匠的脸上，那铁匠的脸马上就不再苍白了，而且那满是沫子的嘴竟发出一声呻吟。

"父亲醒了，父亲醒了！"

小童子丢开手中一直紧握的竹竿，跪爬着来到几乎以为要失去的父亲跟前，想伸手去搀扶父亲起来，而那铁匠发着痛苦的声音，像个醉酒的酒鬼深夜归家似的，腿脚不十分利落地站了起来，那法师看了这情景，似乎为自己做的这件事相当得意，也慢慢地站起，用旗杆上的画像罩在这对面临过生离死别的父子头上，很威风地说：

"你们这回还有什么话说，上帝的威德就像我们头上的天空无边无际！"

重新相聚的父子俩跪在地上，紧紧相拥在一处，好像那表情中有种畏惧的成分，总之，当时被法师的法力震撼住的不止这对父子，只是他们跪在地上，神色紧张得好像立刻会没命似的双手合十，虔诚而激动地向旗杆上的女菩萨拜了起来，而人群中也有脱掉草帽，端着帽子跟着这父子拜了起来。

我那时也不知为何，总感到那父子和虔诚的人群中了邪似的，匆忙地离开他们奔回府中，一路上脑子里总出现那个邪邪的僧侣和旗帜上的菩萨像，似乎还有一种不祥的预感。

过了一段时间，才又知道些那僧侣的来历，据说是从中国长大成人的，传的也是从中国带来的叫摩利教，更确切的事儿也没人能说得明白了；还有一种传闻说他既不是从中国来也不是日本本土人，而是从遥远的印度那边来的法师。白天，他这样到处云游，一路走一路传教；夜晚，他的黑袈裟就变成翅膀，使他能飞上八阪寺，在那修行，等着天亮。总之是街头巷尾的小道传闻，不足信，可是，传的人若多了，许多事也就变得含糊不清，不敢那么肯定了，尤其是这位来无踪去无影的法师，偏爱做出些引人猜疑的怪事，所以很多传闻才被人相信。

# 十二

是的，他做出的那些玄妙的事儿，还真让人解释不通，尤其他念的那古怪的经文，可以在一瞬间医治好一些疑难杂症，所以一时间，摩利信乃法师成了京都里最有争议的人物。比方说，有人瞎了，听了经文竟看得东西；有人走路跛，见了法师后，可以很自然地走路了。甚至连一声也没出过的哑巴，也手到病除了！这样的故事，简直每天都有新鲜的，其中最著名的——是前摄政太守的事儿。

太守有条腿生了疮。传闻说，太守霸占了外甥钟爱的女子，受了上天的惩罚，他的左腿膝盖上长了一个骇人的疮，样子仿佛是张人脸，而且像极了那抱恨终生的外甥。他每天痛得死去活来，日夜无眠，迫不得已四处寻方问药，那病却日甚一日，后来就请了摩利信乃法师为他用陀罗尼经文祈祷，谁知真的有了效果，先是看那人面渐渐变了样，不那么恐怖了，后来从那人面嘴的地方吐出一句"南无"，之后不久人面疮就消失了，太守的腿也因此而保住了。由于他是真的非常有本领，所以人们有了杂症，如被鬼魅、精怪缠身的，被冲撞到的不干净的东西报复的，都纷纷去求法师的护符——那十字架的保佑，一旦法师出马，各种疑难杂症像秋天街道上的枯叶被寒风一刮，立刻一干二净了。

可法师也并非都会祈来好的福气。打个比方吧，有人因为诽谤他宣扬的教义，自家饮用的井水成了血腥的无法使用的臭井；有人因为冷嘲热讽信教的教徒，赖以生存的稻田被虫子一夜间吃得精光。还有白朱社的女巫，因为不服气受到交口称赞的法师，想诅咒他死亡，结果成了人人唾弃的白癜风患者，所以一时，人心不定，总怕什么时候，一个不小心被法师惩罚，到时生不如死。

所以就有人说那僧人是天狗变化而成的，而且这个说法被越来越多的人接受。有个不知天高地厚的猎手，居然专程从鞍马山来找法师，夸下海口说"我这辈子就没猎过天狗，这回也教你们众人见识一下厉害"，结果，他没射到别人，反而突然失明，自此成了法师身边最虔诚的教徒。所以说那时是没人敢乱发表意见的。

就这样，日子一天天地过去了，信徒的数量也越来越多，男女老幼范围越来越大。而且要入教，还要经过一定的仪式，否则不能证明你已皈依了。摩利信乃法师一直住在四条河滩上,那有个棚户区,幸好天气不十分寒冷,所以法师也就住那个草棚子,而且没人看见他与什么人来往过,自始至终都是一个人孤单地在那儿。我的外甥曾经亲眼见识了法师在四条河给人举行仪式的全过程。那天,有一个像关东人的武士进行入教仪式,当时四条河附近有好多人来观看这种人们还很陌生的仪式,法师要用水像醍醐灌顶一样去冲洗受洗人的头。你想象得出吗,加茂川的水还有些温的时候,河流上漂着美丽的樱花瓣,河滩上一个身佩大刀的武士,一个手捧十字架法力高强的法师,真是怪异的感觉。

## 十三

而发生这一切的时候,我们的小王爷也进展着他那姗姗来迟的恋情,至少他终于可以一睹三等太政官家郡主的风采了。这要感谢一件突发事件。

那是个有花橘香味和杜鹃叫声的夜晚,虽然那天晚上乌云不少,可是月亮也偶尔露出一角,离得近的话还可以辨认出人的相貌。小王爷当时刚去过宫中某个女官的住处,为不太招摇,小王爷没带卫队,只有一两个贴身侍卫,在返回府邸的路上,要经过美福门外。车子虽然在皎洁的月光中行进,可是由于四处无人有种阴森的寂静,只有青蛙间或发出鸣叫声,要么就是自家车轮吱吱的声音,这里常有吓人的鬼火出现,所以分外地使人惊恐,甚至敏感地觉得拉车的老牛也在卖力地快拉着,大概它也担心主人出什么意外。

突然,在一个土墙的阴影里传出了古怪的类似于干咳的声音,声音未落,就见六七个蒙面的黑衣男子跳了出来,那打扮和月光下泛着寒光的大刀使小牛倌和没出息的随从掉头就向原路跑去了,而强盗们将牛车围成了一圈,有人抓过缰绳,把车子停在明亮处。一个像头目的人用刀挑开车帘,向后面同样蒙面的人问道:"是这人吗,他就是王爷?"

那种慢悠悠不着慌的动作和这句直奔主题的问话,表明了遇到的不是抢劫的匪徒。那是干什么的? ——小王爷也不由得心慌了,看到车子就这样被刀丛拦住,周围又没半个人做见证,不过,小王爷不愧是令人佩服的王爷,他在这时表面不动声色,只将扇子侧在一边,认真打量对方。

这时,被询问的人也回应道:"就是他——王爷!"

听了这声音,小王爷仿佛预先就知道了是谁一样,脑海浮现出一个名字,就是在三等太政官家效力多年的平太夫。认出来的那一瞬间,小王爷自个也在心里片刻间失去了主张,因为他早有听闻,说郡主的管家相当仇视堀川家的人。

那傲慢的头目一听这嘶哑声,越发得意了,用刀尖抵住小王爷的胸膛,喝道:"那就受死吧!"

# 十四

越是这种关键时刻,我们的小王爷越是胆大,他将扇子握在手中,用开玩笑似的口吻打听道:

"死不就是那回事儿吗,说个清楚明白,本王会乐意奉上的。现在告诉我为什么要我的命呢?"

"不要装相了,中卫门的三等太政官是死于谁之手呢?"那头目将钢刀逼近了王爷的脖子。

"有证据说不是我干的,我也不知道是谁干的。"

"不知道?不是你就是你父亲,你们蛇鼠一窝,有什么稀奇?"

那头目好像很仗义地说,其他的手下也纷纷附和着。

尤其是那个平太夫,竟咬牙切齿地用刀子指着小王爷那平滑的脸,恶狠狠地说道:"别在这儿耍嘴皮子了,耽误时间是没用的,你不如多念几遍我佛慈悲!"那神态似乎赌定小王爷定会乖乖送死。

小王爷还是一副事不关己的样子,好像胸口不是钢刀而是吃得发腻的糕点,他看也不看地问了一句:"你们——都是中卫门郡主府上的仆人吗?"

那些强盗怎么也没料到会遇到像小王爷这样处惊不变的人,也没想到在这生死攸关的时候会被这么一句,他们之间互相看了看仍默不作声,平太夫见势不好,立刻抬高了声音:

"是又怎么样,事到如今,小王爷又有什么遗愿了?"

"没什么,我的命现在在你们手上,我又能怎样?只是我在为这些不是中卫门府上的人感叹不值罢了,那些受人雇用的人还真是愚不可及呀!"

小王爷说完,还快活地露出珍珠般的牙齿,笑得肩膀也跟着抖动。那些本来就心虚的盗贼虽然平时亡命天涯,干尽坏事,可此时却被笑声恐吓得毛骨悚然,甚至那明晃晃的钢刀也退缩了。

"还是让我做个和事佬吧,"小王爷很认真地解释道,"杀我很容易,尤其是在这种情形下,我死后,你们被捉到检察官面前,判的都是极刑。如果是中卫门府上的侍卫,说出道理自是精忠卫主,死得其所,可若是毫不相干的人,为了那一点儿养活一家人的赏钱就杀王爷,牺牲自己一生一次的宝贵生命,值得吗?你说我是不是有必要先说一声。"

平太夫听了,更是急火攻心,那些强盗好像忽然醒悟了似的,又以眼神互相征询着意见。

"你在说谁愚蠢?你马上会死在这些愚蠢的人手上,你才是个愚蠢的傻子!"

"啊,你说他们愚蠢,那么他们是你平太夫花钱雇来的杀手了!我只不过对人家说几句至关重要的话,你也急成这个样子,你出得起钱,我也给得起大价钱呀!所以……"小王爷又对其他人说,"这样吧,你们不如跟我合作,你们出个想要的更好的价钱,我们做个交换,反正你们也不用冒险去受刑,又一样受益!"

小王爷得意地看看平太夫,用扇子敲了一下他那智慧的脑袋,同杀人不眨眼的恶魔谈判着。

## 十五

"我看完全可以照您的话去做,似乎对谁都好!"

那头目在谈判之后,恭恭敬敬地说出这句令小王爷相当满意的话,小王爷轻摇着扇子,像往常那样满意地说:

"既然这样,那最好不过了。你们的指使者——那个老头子平太夫,平时就很仇恨我,早晚都想要我的命,你们这次误听误信,必定是他的意思……"

"是的,您讲得很对。"

这次竟是三四个强盗诚惶诚恐地回答小王爷的话。

"其实,我也没有什么特别的要求,也不打算要你们做什么天地不容的事儿,只是把这个罪魁祸首、险些把各位送到死神身边的人,绑起来。"

小王爷花了大价钱留了这么条命令,强盗又是一阵面面相觑,可能是有点出人意料,所以围着车子的人群竟引起了小小的骚动,突然一声歇斯底里的吼叫声:

"居然会出现这种场面,真是我平太夫一辈子也不曾料到的,竟然这一群人为了更高的赏金,背信弃义,甘心听从这个只会拿扇子作诗、唱歌的小子的指挥,早知事情会有这么大的转变,不如我一刀取了他的狗命,也免得难为你们各位。"

说完,平太夫就真的高举了大刀,向小王爷冲了过来。说时迟那时快,那强盗中的头目也忙举了大刀上前,尽力隔开平太夫与车驾,两个人就这么二话没说地战在一处。其他的强盗看见头目已经出手表态,也都鼓起勇气冲了上来,把平太夫围了个结结实实。虽然平太夫很勇猛,可毕竟岁月不饶人,加上对方人手多,没一刻的工夫就被劈飞了大刀,大家一拥而上将老头捆了起来。可怜的平太夫一定没料到被自己搬的石头砸了自己的脚,他那已被牛缰绳牢牢捆住的身子,在大路上翻来覆去地挣扎,好像还不死心,想挣扎出来再拼命似的,又像猎人陷阱中的野兽一样,做困兽之斗。

王爷看到事情已像自己设计的那样进展,很放心地笑道:

"各位今晚辛苦了,也让我放了心,只是,还要请各位护着我的车驾,到堀川府去才好,顺便押着这不知天高地厚的老家伙。"

强盗们这次一点骚动也没有，就顺从地各行其是了，有的替了牛倌的位子驾车，有的将老东西推到中间。这世界如此之大，连强盗都可驱使得的，只有小王爷一个人吧，那么年轻却持重，临乱不慌，令我至今想起心中还不免一阵佩服。这些人还没到宅院，正好就遇上了宅内闻讯赶来的侍卫们，所以当时就打了赏。好歹悬了一夜的心才放了下来，也没大肆宣扬就了事了。

## 十六

第二天早上，小王爷就让人把平太夫叫了来。老头子被领回来就一直捆在马厩里，有好几个人看守，跑也跑不掉，他只得认命地站在堂中间。

小王爷很轻松地说道：

"你想报仇雪恨不是错，可你偏偏认为本王是杀人凶手这就大错特错了，难道是你老糊涂了吗？你做的这一切也真是苦心经营，选那种时机又纠集一群蒙面盗贼，真是有勇有谋，还真想不到是你，中卫门三等太政官的手下能干得出来的。

"只是……选美福门那种地方，未免让本王有点遗憾，若换我选，恐怕下鸭神社树林能让我倾心一些。夏天夜晚，明亮的月光照得四周美得像仙境，还有小溪流水，那种沁人心脾的清香味，偶尔看见叶子上若隐若现的水滴泛着晶莹的亮点……你这种人是不会体会那种美的，我也不该苛刻地要求你也风情万种，总之，你干得让人敬佩。这次，我原谅你。"

小王爷说到这儿，微微一笑，好似向人要糖吃的小孩儿般赖皮地说：

"我有个主意，因为你还从未登过我的府门，来这儿一趟也实在不容易，我们就这么说好了，把我的信带回去，呈给你们郡主。"

平太夫当时的脸孔是我见过的最好笑的脸孔。他那张脸孔因为内心的不服气，又不得不忍气吞声而变得扭曲，有些哭笑不得，两只眼睛虽然空洞却还是机灵地转来转去。一时间，让人可怜又让人好笑，就像猎人正磨刀霍霍地看向已知死期的猎物一样。

小王爷不笑了，吩咐下人道："平太夫在这儿不宜久留，把绳子解了吧。"

过了一会儿，就见平太夫扛着小王爷的那封绑在花橘枝上的信，失魂落魄地从后门一路跌撞出去，当然还有一个人悄悄跟了出去，是我那当侍卫的外甥，因为不放心平太夫会不会对王爷的信有什么举动，所以也没禀报一声就跟了去。

由于是秘密地监视，所以没敢明目张胆地在后面盯着，始终保持大概五十米远吧。平太夫好像经过一夜的时间，身心也放松了下来，头上的天空万里无云，空气中弥漫着柿树嫩叶的清香味，他有气无力地拖着步子往前走，慢慢地路过一个院墙又一片院墙，连见多识广的卖菜人都禁不住回头看上他一眼，似乎那表情在说好奇怪的信差。

看到平太夫像没了脑子不能思考了似的，我那机灵的外甥真想拔腿跑回府，可又一转念，怕平太夫想不开什么的，于是仍旧跟在后面。就在要拐进油小路时，我外甥一眼瞥见摩利信乃法师也正要拐过来。我那外甥虽说一直没见过法师，可听说过他的大名，尤其是挂着女菩萨像的旗子，黑色的令人看了不太顺眼的袈裟，十字型的护身符，除了他也没第二个人有如此行头。当时就在路神祠，两人竟差点儿撞在一处，我那外甥自然而然一路跟到底。

## 十七

大概摩利信乃法师也没料到走路走得好好的，会半路里飘过一个行尸走肉一样的人，而且几乎要和他这位上帝的使者撞上，所以他快速地让开路，用狐疑的眼神尾随着平太夫，身子也一动不动。平太夫仍然我行我素地走着，丝毫没有回头看一眼的意思。那位现在已得到众多人尊敬的摩利信乃法师大概就是对这种异样表情感到了有趣。

我的外甥也对法师的这种反应感到认同吧，所以他也不知不觉走近了法师。法师还沉浸在他自己的想法中，没发现有人在接近他这位上帝的使者。他背后有个树枝直伸向祠堂的屋顶，他就站在树影里，对着路神祠久立不语，那情形好像在表明他远非天狗的化身，远远没那么容易解释，那眼里的温柔令我外甥生平第一次对他产生亲切的感觉，他的目光也不再仅有令人厌恶的成分，似乎还含着怜悯的泪水似的。

法师的女菩萨像旗杆斜靠在肩头，深情地凝视着平太夫远去的身影，那种形象似乎亲人送行时的哀怜一般。突然，法师意识到了有人在身旁，大概是我那外甥的脚步声不够轻吧，他仿佛从睡梦中惊醒一样，赶紧转过身，并高举一只手，做着念诀的姿势，嘴里嘟嘟哝哝地念着一堆咒语似的，然后就走开了。

当时我外甥仿佛听到了中卫门几个字，可那也许是错觉或是太敏感了，总之，他又悄悄跟着平太夫直到西洞院的宅子。这期间，平太夫的行为也没变样，就那么直挺挺毫无精神。我那外甥为了法师种种莫名其妙的表情，差点儿连小王爷至关重要的信都忘了。

不过，那些所有平安到了郡主手里的信，只有这一封很快有了下文，大概是郡主听了平太夫对月夜报仇反遭背弃的事，对小王爷的人品有了进一步了解，总之是印象不错，之后又成功地通了二三次信，那以后的事儿就更加顺利了。在一个下着牛毛细雨的夜晚，小王爷在我外甥的陪伴下第一次拜访了郡主。听说当时，平太夫的架势似乎气得要冲上来咬人，可他终究连句骂人的话也没讲出来，我们这些下人听了真为小王爷的恋情有所进展而高兴。

## 十八

后来，由于接触之久，郡主也看出小王爷对她的一片真心了，小王爷也几乎每个晚上都去郡主西洞院的宅子。因为有时也带上我这种稳重一点的年长者，所以我幸运地看到郡主那国色天香的仙姿。

有一回他们把我叫到面前，让我这个长者讲讲京都的今昔变化。那天夜晚很美，有一勾弯月倒映在帘外的池子中，闪烁的星光凉爽的夜风，空气中回荡着还未完全凋谢的丁香花的味道，两个人，一两个女官，悠然自得地饮着酒，那场面就像古图一样，很是赏心悦目，而郡主此刻身着白色单衣，浅色裙子，那种清纯美丽，可以和童话里的赫夜公主相媲美。

小王爷听完我的话，像开玩笑似的和公主说：

"现在这个世界真像这老头说的一样，这小小的京都也往往一日千变，世上万物都在日夜变化，不肯稍做停留。就如无常经里告诫人的一样'未曾有一事不被无常吞'，我担心我们的相爱也不能避免这个规律，又有谁知道什么时候开始，什么时候结束呀。"

郡主对小王爷的这番议论没什么太大触动，只是避开大厅里刺眼的灯光，温柔地注视着小王爷，有些抱怨道：

"这么说，你是从一开始就打算离弃我的？好好的，专说些伤人心的话！"

小王爷被郡主这么一说，反而一口喝干了杯中酒，笑着答道：

"倒不如说我从见面的那一天就有被你离弃的准备，这样说，才不会吃亏！"

"你又在胡说！"

郡主非常美地笑了笑，然后又若有所思地望了望帘外的夜景，小声地说道：

"难道这世上就没有永生不变的恋情，没有忠贞不变的感情吗？"

小王爷也回报了一个微笑，劝解道：

"大概也有一部分不会转移吧，我们这些人也只有沉浸在美好专心的恋情中时，才会忘记世界万物都在变化，才会真正处在极乐世界之中。甚至连爱情会随时空变化而变化的道理也忘得一干二净了。想那专一恋爱的伊氏物语主人公业平，每天都给我们树立了一个好的榜样，相信我们若想远离尘世的困扰也只有像他那样恋爱，对不对？"

说完，还意犹未尽地看了看郡主。

# 十九

"所以说真正功德无量的就只有爱情！"

小王爷将微醉的面庞，从低头含羞的郡主转向我，说：

"老家伙，你也这么认为吗？但是，我就不同你说爱情这些东西了，你还是再喝点你喜欢的酒吧！"

"王爷，我喝了不少了，您放了我吧，我可怕来世呀！"

我抓抓头发，没头没尾地回答了一句，希望王爷别再把我拉进他们的话题。可小王爷却没这打算：

"老家伙回答得很好，你希望来生，看来你是渴望极乐世界的，也想帮人们脱离苦海，你和我的想法归根结底是一致的，不用管那宗教和爱情有什么不同。"

"您这么说真是折杀我，爱情和宗教当然是不同的，就像郡主是天生丽质的女神，和我爱喝的酒，根本是两回事嘛。"

"那是你没有想清楚事情的关联性，神佛也好，女人也罢，都是我们这些凡夫俗子忘记痛苦悲伤的一种，同一性质的东西罢了。"

小王爷非常有信心地说着，以至郡主很快地扫视了他一下，轻轻说道：

"这样讲来，女人只是你不太讨厌的一种东西，是吗？"

"既然说东西不太有敬意，不如说成佛祖神仙好了，反正对我都一样。"

小王爷不容置疑地说，目光幽远地望着大厅里左右摇闪的灯影，似乎回忆起了什么，用一种沉重的语气说道：

"以前和吉原雅平交往时，我们经常为了这些而辩论，那时我们非常友好，他又是个很容易相信他人，性格率直的人，这一点上，雅平跟我相差很多。当我说信奉佛祖和专心恋爱一样时，他就很激动地批评我，胡说八道，自找苦吃。那种理直气壮的言论至今还在耳边不时响起，可昔日的好友却不知所踪。"

我和郡主都被王爷那种神态吸引，默不作声了，屋子里霎时只有寂静，丁香的花味更加放肆地钻进每个人的心里。

有个侍女为了打破这种冷场，有点畏缩地说道：

"那么，现在京城流行的摩利教也是一种手段了？"

另一个侍女好像有点发抖，小声地补充说：

"是呀，还有好多关于那个僧侣的传闻，各式各样叫人听了害怕。"

说完，像是真的害怕了似的，把灯捻大了一些。

# 二十

"摩利教!又是个没听说过的教。"

小王爷一口喝干杯里的酒,突然放下杯子,问:

"那么他们是不是敬阳炎女神的教呀,摩利教?"

"要是那样就好了,可惜不是,据说是位大家都不太熟悉的女菩萨。"

"是波斯匿王妃茉莉夫人吗?"

看到小王爷也有些迷惑不解,于是我就将这几日来的所见所闻禀告了一番。

"根本没一点儿像波斯匿王妃莱莉夫人的,而且也不像以往见过的任何一位佛像。尤其是怀抱裸体婴儿的样子与其说是位大慈大悲的菩萨,不如说是吃人的母夜叉!反正,我瞧那样子像邪教的教主。这也算本朝一件怪事。"

听了我这番解释,郡主也不禁疑惑地问:

"人们传说那个摩利信乃法师,实际是天狗化身,至少看上去很像,对吗?"

"可不是嘛!而且说来也够新鲜,青天白日就有这样的人穿街走巷,身上的打扮真像刚从火焰山飞出来似的。"

小王爷也没再多想,只是爽朗地笑了笑,深情地望着郡主,说:

"那可不一定白天没现身过。史书上就说:延喜年间,在附近的柿树间,天狗就敢变成菩萨模样,眉宇间的白毛发出整整七天的亮光。还记录说每天去佛眼寺参拜仁照阿阇梨的人之中,看起来像女人,实际也是天狗。"

"就知道讲些吓人的鬼怪故事。"郡主嗔怪着。

而那个侍女也骇住了,手足无措,抓着衣襟不放。可小王爷却更有兴致地说:

"这世界上的事儿不是人能做主的,说有就有,说无就无,须知天外有天呀。比如那天狗之所以幻化成僧人,就说不准是为了这儿的女主人,谁知哪天晚上,会从屋顶上伸出一只爪子,就这样,爪子一直伸到……会不会发生这样恐怖的事儿呢?"

看到郡主花容失色,慢慢将身子靠近了小王爷,小王爷非常温柔地抚着郡主的肩膀,怜惜地说道:

"不要害怕,那个颇神通的摩利信乃法师没见到过郡主的仙人之姿,不会陷入单恋,可如果不幸被他偷见芳容,那后果可能不堪设想!"

那种神态仿佛是母亲在温和地哄着小孩子明天会有糖吃似的。

# 二十一

大概过了一个月风平浪静的日子吧,我外甥从五条河下垂钓回来,给我带来了一个骇人听闻的消息。那是夏天的某一天,中午的太阳十分毒辣,加茂川的河水就像镜子一样反射着刺眼的光,只有那河滩边上的艾蒿之间才会偶尔穿过一阵沁人心脾的凉风,所以我外甥才独独选这么块宝地,趁着水位不高,钓着他十分钟爱的鲹鱼。正在起兴的时候,头顶上传来耳熟的对话声,我外甥惊讶地看到原来是平太夫一手拿着扇子,一手拿着笛子,斜靠在桥的栏杆上,同那个神神秘秘的摩利信乃法师诡秘地谈着什么。

我那外甥想起在路神祠附近看见的一幕,不由得对两个人的关系产生了怀疑,加上谈教说法用不着找这么个上不着天,下不挨地的僻静地方,往来的路上连一个人影都没有。那两个人胆也真够大的,大概怎么也不会料到这时候还要防着隔墙有耳,所以放心地讲述一个胆大包天的计划。

平太夫温和地说:

"虽然您来京都传摩利教已经算得上家喻户晓,但是却没一个人能认出您来。我见您第一面时,心里也盘算着怎么还有点眼熟,可是想了很久也弄不清究竟是哪一位。时间真是不等人呀,当年在春天月夜里吟唱樱花曲的年轻人,如今成了布教的法师,外表看上去也变了很多,冒犯点儿说,看上去真像人们谣传中的天狗,威猛吓人。您也真是像那么一回事儿,竟可以在烈日当头的路上打赤脚走路,人们畏惧您,连那些神职人员也不清楚您的情况。"

法师看着平太夫轻摇着扇子,目光变得傲慢起来,就像自己是什么了不起的人物一样,说道:

"那天我也很意外能在油小路路口见到您,可是看您有气无力地向宅子走去,心里似乎想着沉重的心事,眼睛发了呆似的只知道看着前方。"

"我竟做出这种丢丑失礼的事儿来,真是愧对了这把岁数。"

平太夫似乎也想出自己那天的行事,心里不知不觉地气愤起来,但是他只是使劲地扇了扇扇子,然后换了话题说:

"我今天能够幸运地见到摩利信乃法师,真是三生有幸,心里真是感激清水寺观音菩萨的神灵保佑呀。"

"不要在我面前提神佛的名字,怎么说我也是个僧侣,虔诚地遵循上神的旨意来日本布教的。请用尊敬的口吻对待神的恩赐。"

## 二十二

平太夫虽然听出来摩利信乃法师的语气中掺杂了一些不满,但是出人意料地,他却只是语气平淡地继续说:

"是呀,您说得是。我最近办事儿越发地不明白了,做什么事都犯糊涂。我甚至怀疑自己是不是年龄太大了,您放心好了,我是不会在您跟前指名道姓地说哪位菩萨了,真是罪过。这是因为平时我这个人也没什么信仰,所以说话才这么口无遮拦,加上很意外地见到您,心里太高兴了。不仅是我,就是郡主,知道您现在一切都安好,也会高兴得手舞足蹈呢! 毕竟是童年一起的玩伴嘛。"

这位平时从不给我们好脸色看的平太夫,此时兴奋得口若悬河,简直和平时冷冷淡淡、一副吃人不吐骨头的样子判若两人,他那张海口里吐出这么一句话,让摩利信乃法师一时间说不出话来。法师好像是沉思了一会儿,然后小心翼翼地询问道:

"听您说起郡主,我有个不情之请,还希望您私底下给予方便。"

说完这话,他把声音压得更低些。

"可不可以这样呢,平太夫? 安排我见郡主一次,哪怕夜里……"

这句话激起了平太夫很强烈的反应,他一定呆若木鸡了,我外甥这么想着,因为桥上的对话停了,扇子也不再哗啦哗啦地扇了,而我外甥也惊讶地差一点儿叫出声来。他甚至有种冲动想从桥下冲出来,可那就暴露了,所以我外甥就像要捕捉河里的鱼一样,连口大气也不敢出,竖着耳朵更加卖力地听着。大概平太夫已经恢复了原有的神气,可他似乎还在犹豫不决,所以桥上桥下都很安静,也不知过了多久。

"你放心,我知道堀川殿下近来经常去看郡主,我虽然住在这种地方,可我还是……"

过了一会儿,法师用那种很平静的声音,如带了回忆意味似的接着说:

"我摩利信乃法师不是还怀着当初的感情要你帮忙的,我的那种感情在我远渡重洋去大唐时,在毛发各异的各种胡僧那儿知道了上帝的存在,我聆听上帝的教诲,使欲求之心早死。只是,我念在故人之交上,不希望郡主误入歧途。她那颗纯净质朴的心还不知道上帝的存在,上帝,万能的主,创造人类和身边的一切,只知道信仰神啊、佛啊的异教,甚至对些木头、石头施着人类最高的礼仪。人类是这样混沌无知,当人生走到了尽头,除了受到地狱之火的惩罚,没有一点儿自救的办法。我经常担心我自己布教这么久,信徒也日益增多,解救的人也多,可是里面却没有昔日的故交,这是多么大的遗憾呀,我的眼前就浮现出郡主的模样,她那年轻的灵魂、纤细的身影在地狱受尽折磨,我却不能伸出救援的手……"

摩利信乃法师收住话,停住那势不可挡的引诱。

## 二十三

"法师,难道您梦见了什么或有什么不祥之兆?"

平太夫似乎也被说动了心,急切地追问,法师好像从幻觉的痛苦中醒悟过来,用那低沉的语调继续说道:

"放心吧，还没那么糟糕，只是昨晚，我在草棚里似睡非睡的当儿，梦见郡主来到我身边，她那光亮的头发像隐在朦胧模糊的雾霭中似的，身着五条柳枝图案的衣服，唯一闪亮的是那根左右摇曳的金钗。我自然对这位久别不见的老友的光临很高兴，就殷勤地打招呼：'是您！好久不见，请坐！'可她跪坐在我跟前，满眼含泪，似乎悲伤得难以自制，也不肯答话。我正奇怪时，突然发现她的红色裙摆上、裙摆下、肩上、胸前有好多小东西在蠕动，天啊，我只感觉到有什么东西在不怀好意地侵犯她。"

"我还是不太清楚这算是发生了什么事儿，您可不可以说得再详细些？"

听了摩利信乃法师那很怪异的梦，平太夫被梦中的情形吸引了，问话的语气中充满了对郡主的担忧，而法师也用关心的语气接着说：

"我也不清楚这梦到底想告诉我什么，只隐约感到那蠕动的东西，每个都像刚出生的婴孩般，几个几个地抱成一团，渐渐开始在郡主身上爬动，我看到郡主那悲伤痛苦的神态便情不自禁地难过，放声痛哭，郡主这时才注视起我来，也跟着掉眼泪。这样，一直相对而泣，过了好久，后来鸡叫了，我就从梦里醒来，那种痛心的感觉至今仍没离开我。"

法师讲完，那天一直滔滔不绝的平太夫也默不作声了，一会儿又听见摇扇子的声音。我那外甥一句不落地听着桥上的谈话，听到法师怪异的梦时，他也不禁感到桥下的冷风会在烈日炎炎的夏天让人感到骨髓里都是冷的，甚至好像他也瞧见了郡主受苦的样子。

正在发愣，我那外甥又听到桥上响起声音，是摩利信乃法师：

"我就是为了这个才向您请求的，我认为那是上帝暗示我，让我去开导郡主，让她及早回头，发觉上帝的恩德，免于堕入地狱。那古怪的东西一定是妖怪，让我去制服它，这是我的职责，所以无论如何请您给一次机会。"

平太夫仍是拿不定主意，看来这老头子对郡主还是很忠心的，可最后他合了扇子，说：

"想一想您的话，我觉得您对我是有恩德的，在清水坡那儿受人的侮辱，如果没有您和菩萨的保佑，恐怕不丢性命，也很难逃脱厄运，所以您有求于我，我是该感谢您给我机会偿还往日的恩德；而郡主又很久不见您，如果她知道您的存在，也会乐于见上一面。虽然目前有些困难，但我一定尽我所能，达成您的愿望。"

## 二十四

平太夫与法师密谈了三四天之后，那天早晨，当众多的侍从都去忙着做事后，我外甥偷偷给我讲了那密谈的事儿。朝阳的光辉从梅叶间倾泻下来，凉凉的晨风断断续续地从树间吹过来，那份凉意似乎表明秋日不远了。

听外甥详细讲完之后，他放低了声音补充道：

"我根本就不知道高贵庄重的郡主和那个摩利信乃法师之间有什么关系,他们又是什么时候认识的? 我只是有种直觉,如果他从郡主那儿得到什么如意的答复,那对我们小王爷一定有什么不可告人的企图,他是不会给小王爷带来什么好事儿的,甚至会对王爷不利! 可是我们这些下人又能怎么说呢,况且依着王爷的秉性,对他说了也是白说,他会不会相信呢? 舅舅,您对此事有什么看法? 我认为如果我们可以阻止那法师,破坏见面,让他永远也见不到郡主,我只是这么一个主意。"

"我当然也不想让那个法师接近郡主,谁知他有什么见不得人的阴谋呢! 可是我们随时都要听小王爷的差事吩咐,所以也就不可能一天天什么也不干就守在西洞院宅子的门口啊,所以想依靠我们的微薄力量去阻止法师的下一步行动,是有相当——"

"舅舅言之有理,我们的确不能在那儿监视,而且郡主的想法又不是我们能了解的,再有那个平大夫也不会等闲视之,他一方面仍仇视我们,一方面又会随时联络那个法师,所以想阻止摩利信乃法师去西洞院宅子太难。可如果我们不从郡主那方面着手,而是想方设法在法师经常出没的地方——四条河滩那儿的老巢,让他从那地方消失,从此不能踏入京城半步,我看还是可行的。"

"我这就弄不清楚了,你到底怎么让他消失,难道不在郡主院门口监视了,而在法师的家门口监视吗? 你别怪我这上了岁数的人唠叨个没完,实在是你说得不够明白,到底怎么行动?"

外甥此刻极为小心,他偷偷环顾了四周一下,确定没人之后,才在我耳边低声说道:

"除了趁夜半无人时潜到四条河,要了那摩利信乃法师的性命,还能有什么好办法呢?"

我真是没想到平素老实的外甥会语出惊人地说了这一句,甚至让我这个见过场面的老家伙一时忘了发表意见,外甥接着又用年轻人果断的语气说服我:

"不用怕,我估计了一下那个乞丐似的法师,即使忽然窜出两三个帮手,我们对付他们也没什么太大麻烦。"

"但是,那摩利信乃法师虽然散布邪教,可罪不至死,我们哪能滥杀无辜呢? 这不是有点草菅人命嘛!"

"舅舅,您太善良了,想杀一个人,总会有适当的理由,何况他那种怪异的乞丐僧侣,只是将此先放在一边。重点是如果他得寸进尺,做了什么对郡主和小王爷不利的事儿来,那要我们这些吃俸禄的侍卫做什么? 这个时候不拼一把,以后怎么能高枕无忧呢?"

我已经失去听下去的耐心,尤其外甥一再强调有的事非做不可,就在相持不下时,屋子里又进来了两三个侍卫,所以我们也就没再说,可彼此心照不宣。

## 二十五

就在谈话之后的三四天，我终于被年轻人一不做二不休的气势收服了。在一个月夜，我和外甥等到夜深人静的时候出发，趁着黑幕的掩护，赶往四条河滩。即使是这样，我也不认同外甥那斩草除根的计划，也不认为事情会这么简单的就让我们两个小人物解决了，我相信我们选择的不是最好的方法。可外甥无论如何也不打算放弃计划，我只好跟了去，害怕他年纪轻轻的会有什么三长两短，我这一把年纪吃了这么多年的饭，算是白活、白吃了。

我踩着河滩边上的草丛，草上的露水打湿我的鞋子，可我哪有工夫弯腰去看呢，只是心情紧张地朝法师住的地方，小心翼翼地走过去。那河滩住着许多贫苦人搭的草棚，十分肮脏和简陋。在这样的时间，他们都蜷在窝棚里做着与现实刚好相反的美梦。我们就这么蹑手蹑脚走过一个又一个草棚，听着棚子里传出的均匀鼾声，除了一两句梦中呓语，四处都死一般地安静。那唯一的一堆篝火也烧得差不多光了，冒着的白烟无聊地朝天空滚滚而去，好像是人间的精灵，要从烟里走上天去，到银河中去嬉戏一番似的。四周一点风也没有，仰头望时，看到星空灿烂，我似乎能听到星星在天空中说话的嘈杂声，又好像它们马上会落到我手中似的。

正在我出神的时候，我那精明的外甥已辨认出法师的窝棚。他站在河滩的一堆堆的长篙中，冲我小声说道：

"看到那条小溪了吗？它后面的那间就是。"

我仔细观察了一下地势和那间今晚会有血灾的草棚。那棚子与其他贫民的窝棚无甚区别，只是在篝火的余光中看时感觉它似乎更矮小，竹柱子和旧席搭成的草舍，竟不忘在屋顶也搭上木棍组成的十字架，当时看起来，居然别有一种庄严、肃穆的感觉。

"真的是它了。"

我心不在焉地答了一句，可是心里怎么也下不了杀心，毕竟事情没发展到非杀不可的地步，怎么也是一条命呀。可我那外甥，居然看也不看我一眼，只是目不转睛地盯着目标，口里回着：

"就是，不会错的！"

我那久不上阵的大刀总算要派上用场了，一到殊死决斗，我禁不住浑身颤抖了，可是我外甥却不慌不忙，似乎已成竹在胸了，他擦拭了大刀的刀柄，我们之间再没话说。外甥到这时也没有回过头，只一直往前地踏过河滩的蒿草，就像一只硕大无比的捕食的蜘蛛，悄悄向小屋靠近。我看到篝火映照下我外甥的身影，就像一只凶残的蜘蛛，我一时也不禁害怕起来。

## 二十六

我知道事情已发展到这步田地，只能既来之，则安之了。我不能打着洁身自爱的牌子，白白让外甥去牺牲，所以我把衣襟在后面打了个结结实实的结，悄悄跟了上去。在小屋外，我外甥紧贴席壁向里窥视，打量下手的角度。

小屋里最显眼的就是在旗杆上挂着的女菩萨像，虽然天黑看得不太真切，但是借助月亮的微光和外面的火光，还是看到了那散发着微光的金色光环，这时看起来竟有点美丽。那画像下躺着的是白天走街串巷的摩利信乃法师，似乎疲劳得很，睡得不省人事似的。他身上盖着件像衣服似的什么东西，因为光线不十分明亮，所以分辨不出是传说中天狗的翅膀，还是什么裘皮。看到这些，我和外甥都放松了一下紧张的心情，要动手了。

我和外甥从小屋的两个方向站好，悄悄抽出大刀，可是我由于心情紧张，而且此时莫名其妙地产生一种恐惧，所以不小心碰响了护手。就在我还没反应过来自己的失态时，就听见小屋里传出洪亮的质问声：

"谁站在那儿？"

听了这一声问，那就表示今夜必须结果了这个法师，再没有后退的选择，所以这话音刚出口，我和外甥就同时冲进小窝棚，一言不发地挥舞起大刀，只听一阵竹劈席裂的声音，甚至可以说小屋那破破烂烂的东西竟发出了震耳欲聋的可怕声响。

这时，我外甥向后跳了二三步，边挥舞着大刀，边恼怒地叫道：

"那个古怪的人，他逃了吗？"

我闻言大吃一惊，也飞快向旁边闪开，借着篝火的余光仔细一瞧，心中暗叫一声不妙，那个刚才还酣然入睡的法师，此刻竟站在已成了一堆废墟的小屋前，他肩上披着一件浅色的衣服，虔诚地将十字架举至额头，谦卑地弓着身子仿佛施礼一般。

看这情形，我举起大刀想冲过去一刀了结了他，可他仍是一动不动，而我分明感到他那弓着的身体周围正在变黑，越来越黑，甚至黑色快包围了他，使我和外甥没法准确地辨认他的身体在哪儿。这时那黑暗中似乎有种看不见却可以明显感觉的漩涡，使举在头顶的大刀，在头顶上划起圆圈来，而且速度越来越快，让我们的手把持不住大刀可却不能松手，我那外甥甚至开始发疯一样地吼叫了。

## 二十七

过了一会儿，法师直起身板儿，慢慢地拿着十字架左右摆动，并且用洪钟般的声音斥责道：

"我是上帝派来的使者——摩利信乃法师。你们胆敢轻视上帝的威严！你们这些凡夫俗子以为我身上只有一件袈裟遮体,可你们却不知道天上的神仙和天兵天将在我身后！你们只管抢起大刀打将过来,与他们比试,如果不让你们吃到苦头,你们是不会对上帝顶礼膜拜的！"

他竟然用这种蔑视的态度,这更激起我和外甥的勇气,作为王府的侍卫,怎么可能稍一恐吓就放弃呢？所以,我和外甥听了这话,立刻举了大刀,真像上了战场似的要找那法师拼个你死我活,可是就在刀举上头的一瞬间,我们就仿佛打开了幻觉的大门,这时法师仅仅是把十字架举起,虔诚地在头顶不断地画圈,就和一般法师挑剑念咒一样。我和外甥大概产生的幻觉是一样的,可我却无法用语言描述出来,只隐约能讲出那十字架的光芒在黑暗中越来越强,像雨天的闪电一样飞上天空。

我当时产生的可怕幻觉是,似乎法师身后的黑暗是一扇大门,这时忽然打开了,门里是光明,刺眼的光明,千百万的金车、金马奔驰过来,车上、马身上是熊熊火焰,不知摆的是什么龙门阵,阵里喷着火花,渐渐地,火花越来越多,甚至包围了无穷的天地,那种真实的感觉仿佛火花马上就落在刀刃上,而且那阵中还有旗子在摇摆,有刀剑在晃动,马上就要冲到身边来了。先前是车马声,尔后是飞沙走石的声音,再接着是东海咆哮的声音,似乎这个河滩都要裂成沟谷了。

这时,我却又清晰地看到摩利信乃法师,他在这千军万马前庄严地站着,仍旧是浅色衣服,十字架护身符,让人以为是天狗领了地狱的凶神恶煞直冲了上来似的。我和外甥都惊吓过度了,丢下大刀,从两个方向抱头求饶、匍匐在地上,而此时摩利信乃法师又用那震撼天地的声音说道:

"如果你们还要你们的命,就虔诚地祈求上帝的宽恕,否则,护法的神兵天将会将你们碎尸万段,到时我想原谅你们也不行了。"

那声音超乎寻常的大,真是令人心惊胆寒。

所以我和外甥也就连忙开始作揖,并闭上眼念着"上帝保佑",丝毫不敢逞一时之快稍有反抗。

## 二十八

就在诵念之后,幻觉便消失了,这场面真让人汗颜,丢人现眼都不足以说明我当时的羞愧劲儿,简直当时就被河滩上平时我不放在眼中的贫民当成了过街老鼠。可能法师也听到了我们告饶的诵念,他阻止了正从四面八方拥来的人群,那就是被刀剑和竹劈声惊醒的人们。他们中可能有很多皈依了摩利教,因而见我们也分外眼红,甚至大刀丢到好远之后,他们还想冲上来教训一下,如果不是摩利信乃法师劝解那些处于暴怒中的人们,他们会毫不迟疑地把我们生吞活剥了。他们用下流的粗话嚣张跋扈地骂我们这些不知深浅的冒犯者。

这时摩利信乃法师却披着那件漂亮的高贵的浅色衣服，微笑着徐徐走来，这时在我和外甥看来，这种微笑似乎非常虚伪做作。他谆谆教导我们，说着上帝的种种好处，而我却心不在焉地观察那浅色的衣服。虽然这世界上不知有多少件浅色衣服，但在那一瞬，我想到的是西洞院郡主，会不会是郡主已经见过了法师？这个念头让我一阵心惊肉跳，也许她也信仰了上帝，她那么纯洁无瑕。

我当然不能让自己的慌乱被识破，不然的话，怎么能平安地返回王府呢。所以我尽量使自己看上去很虔诚，那个可怕的摩利信乃法师似乎很满意我们的表现，他大概只以为我们是不服神佛为了信仰才来夜袭的，所以没往堀川府上联想，还好，不会连累王爷。我尽可能不去注意那浅色的披衣，而是跪坐在河滩尖锐的碎石上一副聆听教诲的模样。

果然，法师显出宽宏大量的样子，在一些劝善的教导之后，他和颜悦色地用十字架在我们头顶上画了几个圈，和蔼地说道：

"上帝已经原谅了你们由于愚昧无知而犯下的错误，我也因而不想过多地责难你们，这次的夜袭成为你们认识上帝的面缘，你们以后也会皈依我教，因为你们可以先平安地离开这里，安心等待那个神圣的时刻。"

那些两旁的乞丐仿佛是地狱的恶狼，只要法师一句话，就上来结果我们的性命，但他们还是在法师的劝告下，自觉给我们让了一条路，表情却是那么不情愿。

我和外甥被这一夜吓坏了，甚至连大刀也来不及收回鞘，就拼命往城里逃，当时的心情十分复杂，只听得耳畔响起那些乞丐正围着篝火唱着的歌声。我们逃离了危险的地方，开始默不作声地往回走，一路上无精打采的。

## 二十九

从那夜之后，我和外甥有空就猜测那个神秘而危险的摩利信乃法师到底和中卫门家有什么牵扯不清的关联，并且深入地探讨怎样使讨厌的天狗从郡主身边滚开。可是想到那天令人毛骨悚然的幻觉，就默默闭着嘴巴说不出个所以然来，然而，我那血气方刚的外甥仍然固执地认为当初的方法是最可行的。对这种和平太夫如出一辙的失败的方法，我是很反对的，地痞恶棍随时可以收买但成不了气候，在那种骇人的幻觉之下，一定会溃不成军的。这件事在我心中平息不久，又发生了一件与摩利信乃法师有关的事儿，让我们这些孤陋寡闻的人长了见识。

那是初秋的一个特殊日子，说特殊是因为长尾的受戒大法师，在嵯峨修建了一座庄严、豪华的阿弥陀佛堂，现在这座佛堂还在，当时是使用了各地最上等的优质材料，又请了各种工匠，连工匠都是各地最有名气的，受戒大法师就是为其落成做佛事。是呀，这耗费巨额黄金建造的佛堂，规模又不大，所以可以想象得出那气派！

做佛事那天，公卿和女眷们去了许多，就看东西两廊停着各种车辆，廊上楼阁周边彩色的帘子，还有女眷们雍容华贵的衣裙，绣成各种花样，染成各种颜色，在这么一个花园里，看上去更是美不胜收，就如西方极乐世界一样美丽。

院子里的水池中也不甘寂寞，各种手工做的红白莲花点缀其中；池中还有一叶龙舟，上面张灯结彩，看起来十分喜庆；还有一群天真烂漫的孩童穿着百兽衣和花草图案的衣服，一边划着画桨，一面吹奏着，这场景谁见了不为之动心？连我也深为向往。正殿防犬栅栏，上面闪闪发亮的螺钿，正殿后面，烟雾缭绕。

参与佛事仪式的有数十人，有的穿着法衣，有的穿赤黑色或红色的袈裟；诵经声，摇铃声不绝于耳。主佛如来高高在上，旁立观音等佛像，还可以看到装饰着各种说不出名堂的玉佩，看上去那么庄严神圣。其间人们争相燃香，在殿外恭恭敬敬地等着。正在佛事进展到高潮时，意想不到的事发生了。

不知为了什么，四门外观看盛况的人开始你推我搡起来，这种骚动就像风吹过水面，一波又一波传了过来。

# 三十

这时候，看督长高高挥舞着弓箭，一路奔了过去，想看看发生了什么情况，并企图把趁乱挤进来的人群平静下来，可谁知看督长一见来者，竟不去理会自己的责任了，忙不迭地放下弓箭，像跪接出巡的帝王一样虔诚地跪了下去，并行三叩九拜之礼，而来的人却是一个打扮与众不同的僧侣。他的到来使原先杂乱的场面立刻消失，取而代之的是一片安静，这时忽然有人认出了来者，人群立刻就充满了"摩利信乃法师"称呼的窃窃私语。

果然，来的就是法师本人，仍然是老样子，一身黑色皱巴巴的袈裟，许久没梳理的长发披在肩上，胸前闪闪发光的护身符——十字架，打着赤脚，在这种时令看到这一身打扮，让没见识过世面的女眷们不寒而栗。与平时不同的是那悬挂女神像的旗杆由他同来的信徒高高举着，看来是来者不善呀！

"我就是奉上帝的旨意，来到日本传播摩利教的使者——摩利信乃法师。"

法师心安理得地接受了看督长的大礼参拜之后，威风凛凛地迈着大步走进铺了细砂的院子。门内有人听到了法师的讲话，又是一阵议论。这突如其来的一切把身负使命的检非违使也弄得丈二和尚似的了，可是他身负保安、监察和审判，怎能袖手旁观呢？！有两三个好像是火长的人，粗里粗气地吼叫着，手里拿着武器，想也没想就要包围上去，大概是生擒捣乱者，但是摩利信乃法师只是轻蔑和颇有警告意味地瞪了他们一眼，说：

"我已经来到这里,生死割剐悉听尊便,只是无论你在做什么,上帝都在注视你们,你们会为你们的过错付出沉重的代价。"

说罢,他就让他的护身十字架,在日光的照射下,放出万道金光。那几个不知轻重的打手就糊里糊涂地丢了武器,像磕头虫一样倒在法师脚下便拜。

"你们看吧,上帝的威德无处不在,你休想瞒过他!"

法师自颈上解下十字架,很骄傲地举过头顶,让东、西两廊上的人们分别看个清楚。然后他又说道:

"上帝为我们造就了我们生存的这一方天地,他才是我们该景仰的唯一的神,这点灵验在万能的上帝面前不算什么。你们大惊小怪,是因为你们没见识过真正的神,所以才对阿弥陀佛如来这样的妖魔顶礼膜拜,那么虔诚。"

刚才诵经、上香的一群僧侣,大概是因为事情来得太突然,所以愣住了,可现在摩利信乃法师竟口出狂言,所以心里都很愤愤不平,只听见一阵阵的骚乱,并发出一句句吼叫声"捉住他""杀了他""教训他"。可是没有一个僧人真的离开席位去捍卫自己的信仰。

# 三十一

看到这些无名鼠辈胆小怕事的面目之后,摩利信乃法师更是得意非常地说:

"有位大唐圣人,说过一句名言'过则勿惮改'。那么既然在座的各位已经认识到你们原本信仰的佛呀菩萨呀,竟是横行于世的妖魔,那么就该早点醒悟,皈依我摩利教,从此虔诚地信奉上帝。如果有哪位不相信我摩利信乃法师的话,就来和我比试法力,看看究竟谁是正义的神!"

殿内殿外静得连针落在地上都可以听见,那些护法的僧侣看到检非违使们至今还人事不知地躺在地上,哪有人敢上去同法师比试法力。当时当地的都是有名气的僧侣,长尾的僧都,峄座主,仁和寺的僧正,都纷纷被天狗样的摩利信乃法师表现的法力震撼住了。刹那间,佛事也停了下来,龙舟上鼓乐齐奏的场面也消失了,一切归为寂静,又好像是暴风雨来之前的安静,连池中的莲花花瓣在风中轻摆的声音都可以清楚地听到了。

那场面真是难得一见,法师很满意自己的所作所为,他举着他的护身符,用一种似有似无的嘲弄口吻说道:

"今天,几乎可以来到这儿的当代圣僧都来了,要南北东西的人口口声声称你们的佛为神佛,可却没一个人有能力走出来与我比试一番,那我是不是可以将这些理解为,你们认输了,你们畏惧我身后的上帝和各路天神,这儿的男女老幼,尊贵的官吏和下贱的贫奴都愿意皈依我教,从此虔诚侍奉上帝了!那本法师就辛苦一些,给你们每个人都举行灌顶仪式,就从峄座主一个一个来!"

那狂妄的话语真让在座的人食不下咽。

就在这当口儿，有位看起来神色威严庄重又高贵的僧人，缓缓从西廊走出来，来到院中。人们循声望去，竟是天下无人不知，无人不晓的模川僧都，他今天身着金线织花锦缎袈裟，颈上是一串水晶念珠，平时慈眉善目的脸上两道雪白的眉毛微皱着，虽然他年事已高，体态也略肥胖，但他有条不紊地很有精神。

"这里是聚集了远近闻名的高僧，不错，以你一个无名小卒敢在各位僧友面前班门弄斧，众人不与你一决高下是因为赢了你也不见得有多荣耀，而且现在院内正在举行佛事，只怕降服你而污了宝地，你却自视道行高于我们，老纳劝你趁早速速在佛前离去，免得在众人面前出丑，以你所修金刚邪教之法焉能胜过我们！老纳今天就在佛前献丑与你较量一番，显示三宝的灵验，拯救你们那些误人邪教的众生。老纳相信你的法术也不过是驱使一些鬼神而已，老纳有佛祖保佑，恐怕你摸不到我袈裟的影子。就让你输得心服口服吧！"

# 三十二

模川僧都做着掐诀的手势，只见一道白气从他手中升起，渐升渐浓，在僧都头顶形成伞盖一样的云雾。那白气形成的云雾也真怪，若一般的云雾定会遮住对方正殿，让人看不分明；可是偏这白气形成的云雾遮住了什么，却仍旧让你看得清原来的东西。

人们都被这似有似无，虚虚实实的白气震住了，继而一片呼声。在这片声浪中，僧都收了手势，开始念诵不为人知的咒语，在那奇怪的一团雾霭中，立刻就有两尊威猛的金甲战神现身，而且手中各拿着金刚杵，那气势如排山倒海般威猛，在摩利信乃法师头上狠狠打了一杵，人们见了这天神，原先的嘈杂声也霎时安静。

再看那不可一世的摩利信乃法师丝毫不为所动，仍是一副傲慢的表情，理都不想理，他有些轻蔑地看了看金甲战神，似乎还隐藏着某种嘲笑的意味。横川僧都被他那连眉头也不皱一下的表情激怒了，他收了手势，挥动他的水晶念珠，只听得僧都"叱啊"的一声，那金甲战神就要和雾霭一道从天而降了！

面对大敌来临，摩利信乃法师非常自信，稳稳当当地将十字架举在额头，用他那洪亮的嗓子大吼了几声，就在此时，一道彩虹瞬间升上天空，勇猛的金甲战神消失得干干净净，僧都的水晶念珠也与此同时一分为二，像鹅卵石般撒落一地。此时又是一阵骚动。

"我已经看了贵和尚的表演，原来所谓金刚邪教不过如此。"

摩利信乃法师又用他特有的声音和惯有的那种讨厌的笑容，大声斥责着战败的模川僧都，这时的僧都沮丧得不能再动一步，由着他忠心的弟子们搀扶着，穿过那些只知呆呆看着事态发展的僧人，目光呆板地回到原先站立的地方，而得胜的一方用洪亮的声音压

住门徒的狂热叫喊声浪,高傲地向众人宣布着:

"在我眼中,你们这位闻名天下,功德无量的横川大和尚,只是欺骗众人,散布邪教的花和尚,使用妖法役使鬼神,并且他们这些人——自称正派的僧侣也是妖魔的帮凶。现在你们亲眼目睹了一切,想想看那高高在上的佛菩萨,不就是把人们推向地狱的鬼怪吗?我不许任何人再蒙混上帝,愚弄百姓,现在你们之中,不分男女老幼,有不想皈依者,都可以现身出来,我会让你们在上帝的威德下心服口服!"

这时就听东廊上一声回音:

"那么,我不客气了。"

就见一位翩翩公子慢步踱进院内,抬眼一看却是堀川小王爷。

## 海　滨

### 一

这几天的雨还在不停地下着……

我们在吃过了午饭后,一边悠闲地吐着香烟圈,一边在谈论着东京朋友们的事。我们在一间厢房里,这间厢房朝着一个什么也没有的院子处挂着一张芦苇遮阳帘子。不能说院子里什么也没有,因为有一片弘法麦,这种麦在这一带十分多见,仅有的这片弘法麦稀稀疏疏地低垂着头,似乎想与土地拥抱。在我们刚刚来到这里的时候,我记得它们还没有完全长出来,而且颜色也是青青的,现有却猛地所有的穗头都变成了同种的颜色——红褐色,而且更可爱的是:每一个头上都顶着一大颗晶莹透亮的水珠。

"我们还是再干点活吧!"

M边伸展他那长长的身体边说,并用长衫袖子擦了擦他的近视眼镜,袖子又硬又脏,所谓的话,就是给杂志每个月写点作品。

M回到了他的那个房间,我开始读昨天那本《里见八犬传》。记得昨天读到了信乃、观八、小文、吾等人前去搭救庄助的那个地方。于是接着往下读,一边读,一边想起了前天收到的稿费,每四百字只有四角钱的那份。我和M两个人都是在今年七月毕的业,在大学里专业还算不错,但毕业后衣食住行等生计问题成了最重要也必须解决的了,所以渐渐把八犬传也淡忘了。可是,现在好像睡着了,而且做了这样一个梦。

——那是一个漆黑的夜晚,我,总之一个人躺在一间雨窗关闭着的客厅里,于是,有一个人拍打窗子并向我招呼:"喂!喂!"对面有一个大水塘,怎么会有人向我打招呼呢?而那个人还在不停地拍着窗,说:"喂!我想求求你……"

忽然,我想起了K,哈,原来是这家伙呀!他比我们低一年级,是念哲学的,为人很固执,而现在怎么会发出这种哀求呢?我大声回答说:"怎么会发出那样悲哀的声音呢!这样可不好!你,不就是为了钱的事吗?"

"不,不是钱的事,我只是想要见一见我朋友的女孩……"

但是,听着又觉得这声音不怎么像K啊!好像在我心里似的。我心神不安地跑去要打开雨窗,实际上,这个院子,从檐廊的下边起整个是一片宽阔的池塘,当然那里不会有K,也不会有其他的任何人。我站在池塘边,眺望了一会儿塘中美丽的月色,在池塘里,那海草随着水在摆动,原来已经到了涨潮的时候了,眼前的涟漪闪着光亮,随着细浪向我的脚下滚来,然后又悄悄地变成了一条鲫鱼,鲫鱼在澄清的水中悠悠地摆动着尾巴游弋着。

"啊!原来是鲫鱼在向我说话呀!"

这下子,我放下心来。

我做了这样一个怪怪的梦,当从梦中睁开眼睛,残余的阳光透过挂在房檐上的芦苇遮阳席照射进来。我打算起来洗一下脸,于是拿着脸盆走进了院子,去水井旁洗脸。即便是洗过脸后,先前做的那个怪梦仍然牢固地留在我的脑海中。总有一种感觉,总觉得梦中出现的鲫鱼就是我自己。

# 二

打算去游泳,于是大约一小时后,我们这一大群人,头上缠着手巾,要么戴着游泳帽,脚下拖着租来的拖鞋去游泳,游泳的海滨大约有五十多公尺远吧。顺着这条路,走出院子后就可以径直到海滨。

"能游吗?"

"可能今天有点冷吧!"

大家你一句,我一句地说着、走着。我们用手扒开弘法麦丛向前走,因为弘法麦会把腿肚子弄得很痒,难以忍受,而且依旧谈论着能否游泳的事,因为这个时候下海肯定会有些凉的。人们毕竟还是十分留恋这里暮色的夏天。要是以前我们到海边时大海中已有人在游泳了,即使在昨天那种气温下,也有七八个男女在这儿一显身手,成了大海的弄潮儿。

但是今天,不仅见不到一个人影,而且连指定海水游泳区域的红旗也没插上,只见那滚滚的海浪不断地拍打过来,很是壮观。一只茶褐色的小狮子狗在芦苇围起来的换衣场上追逐着一群细小的飞虫,当这只狗看见了我们这一大群人时,立刻向远方逃去。

不管怎样M已经在不知何时脱下了长衫,摘掉眼镜,把游泳帽随便往头上一扣,便向水里走去了,而我却只脱下拖鞋,我不是十分想游泳,只想在水边坐一坐。这时,M在水中喊着：

"喂，快点下来吧！"

"你还真下海了，水太深了，一定是吧！肯定很冷。"我答他。

"可是，我们不是特意来到这里的吗？"M在水中，腰也弯了下去，只留出他那被太阳晒黑的脸在外，而且在招呼我下水，可我不太喜欢这种冷天下水。他却说：

"如果'嫣然'在的话，你就会下海了吧？"

"别胡说了。"

那个他提到的"嫣然"，并不是一个特别英俊的美少年，只是在这里的时候，我们见面会相互打招呼的。他只有十五六岁，一个像幼嫩的小树一样水灵灵的孩子。那是十天前的下午，我们从大海中走上来，躺在热乎乎的沙滩上，刚巧，他趿着拖鞋，全身湿淋淋地从海中走出来，看见我们便冲我们笑了一笑。M说："那个小子，嫣然一笑啊！"

从此，我们便把他叫"嫣然"——一个美丽的绰号。

这时，M还在冲我叫："你说什么也不下海吗？"我冲他点了点头。

M把全身都弄得湿淋淋的，也许是冷的原因吧，他开始飞快地向浅海边游去。我想抽支烟，却由于风大怎么也划不着火柴。

"喂！"M不知什么时候已经返回来了，站在浅海中冲我叫，也许由于风大，不断地传来的涛声太大使我无法听清。

"怎么了？"

我问他。他把长衫穿上，坐到我身边。

"是不是又出现了水母，被蜇了吗？"不知什么原因，这一段好像水母突然剧增了，我的左肩到上臂留下了很多的刺痕。

他好像真是被蜇了，而且蜇了脖子。他说："当被蜇的时候，我向四下一看，正有几只水母在水中浮动呢！因此，你才没有下水，对吧？"也许他说得对。

海滨一望无际，一片白茫茫的日光，还有一些浮动的海草，在远方天际边，只有浮云在不断地移动。我与M叼着烟，一边抽着，一边眺望着拍击岸边的海浪。M开门见山地问我：

"你的那份教师工作已经定下来了吧？"

"还没有呢！"

…………

我们就这样交谈着，突然被快乐、清脆的笑声和轻愉的脚步声吓了一跳，原来是两个与我们俩差不多大的少女，她们穿着游泳衣，戴着游泳帽在嬉闹。她们可以说根本没有发现我们，旁若无人地向海那边跑去。我和M目送她们快乐、轻松的背影，一个穿着鲜红的游泳衣，另一个穿着像虎皮一样的黑黄相间的泳衣，我和M相视一笑。

"她们也没有回去呀!"

"怎么样,再下一次海吧!"

"如果是她一个人的话,我会再下一次的!可'胖乎乎'也和她在一起……"

我们像给"嫣然"起绰号一样,给那个穿着黑黄相间的泳衣少女起了个绰号——"胖乎乎",因为她看上去比较有肉感,而我却对这两位少女很难产生好感,但 M 好像较喜欢穿鲜红游泳衣的少女。

"你要为她下海吗!"

"嗯,要发扬牺牲精神嘛!"

她们俩手牵着手,已经走进了浅海中,波浪不断地向她们脚下打来,她们也特别兴奋,好像怕被海水打湿似的,每当海浪打过来的时候都会跳得高高的,使她们看上去非常美丽可爱,使人们觉得与残暑中的寂寞的海边很不协调。我们听着她们的笑声,循声去眺望她们的身影。

"真令人感动啊!"

"她们还站在那儿!"

我和 M 你一句我一言地说着她们俩。

她们分开手,各自向深海走去。穿红色游泳衣的少女站在那里向后边的那个少女招着手,她游得又好看又快。她那张脸,在大游泳帽下边仍然动情地微笑着。

"是水母吧?"

"也许是水母。"

她们一前一后地向海里走去。

我们一直看着这两位少女,到最后只能看到游泳帽了,于是站起来继续观看她们,然后什么话也没说,不约而同地向住处走去。

三

虽是夏天,但日暮时分天气像秋天一样的凉。

我们吃过晚饭后,又一次来到了海滨。这一次是和叫 H 的朋友,以及 N 旅馆的年轻的主人。H 是回这个镇探亲,去拜访 S 村的叔叔,N 则是为了去筐子店定做关鸡用的笼子,大家都有不同目的。

大海由于被小沙山阻挡了,使得我们听不到海浪的声音,至少是不能清楚地听到,而且,海边还生长着成片的草,长出了黑黑的穗头,在海风中飞舞着。

"这一带生长的草,是不是弘法麦?"

"不是吧!N,这叫什么?"我拔了一根脚下的草,递给了 N。

"这叫什么呢？大概是蓼吧！"

接下来，N给我们讲了许多关于鱼的知识。

"哎，N就是那样一个学者，我原以为他只懂剑术呢！"

N依旧不以为然地淡淡一笑。

"M，你也会点什么吧？"

"我，我只知道游泳，很快乐！"

我们想起了海蛇。

"所谓海蛇这种东西，真有吗?"N产生了怀疑。

而这个问题可能只有M知道，他是游泳专家。

"海蛇？在这片海也真有啊！"

"现在也有吗?"

"很少啦！"

这个时候对面走来了两个腰上挂着鱼篓，肌肉特别强壮的抓沙丁鱼的人，但我觉得他们很可怜，他们的身体被海潮浸泡着。

"这个行当，我可干不了啊！"

有的时候，我觉得自己也能成为一个抓鱼的人。

"但是，这个行当很危险，一旦被大海卷走，十之八九没有救的啊！"

"喂，H，那个抓沙丁鱼的人，灵魂出现是什么时候的事?"

"去年？不，前年秋天。"

H在回答M之前笑出了声音。

N给我们讲了一个十分符合这样的海滨的喜剧，但是，却不曾有人笑，而且，大家都不知为什么一声不响地向前走去。

向H和N告辞之后，我们不急不忙地从寒气袭人的海边返回来了。

除了能听到拍打着海岸的浪涛声之外，我们还能听到蝉鸣，特别清脆、嘹亮，而那蝉声至少是在离这里约三百多公尺的松林中发出的。

"喂，M!"

不知怎么我竟落在M后有五六步之远的地方。

"什么事?"

"我们还是返回东京吧！"

"好，返回东京也不错呀！"

然后，M吹起了口哨，好像心情特别愉快。

# 杜 子 春

## 一

一年春天的黄昏时节。

在唐朝都城洛阳的西门下,一个年轻人仰起头直呆呆地望着天空。

这位名叫杜子春的青年,本是富贵大家之后,可如今家境惨败,落得不名一钱,甚至无法维持当天的生活。

有一点是毋庸置疑的,当时的洛阳之繁华,天下无双,大街上行人不断,车马不绝,夕阳的余晖把整个城门映得油光可鉴。抬眼望去,有戴金耳环的土耳其女人,有头着纱帽的老人……就连白马身上的彩色缰绳,都令人流连忘返,如此一派熙熙攘攘的景象,宛若画卷。

但,似乎这一切都与杜子春毫无关系,他依然孤零零地靠在城墙边,呆呆地望着天空。日暮下,天上新月如爪痕一般,浮现在惨淡晴朗的晚霞之中。

"天又黑了,肚子饿得厉害,不知道今晚又会睡在哪里,这样活着,真不如跳进河里一死了之",从刚才起杜子春就这样反复思量。就在这时,不知从哪里走来一位老人,一位眯着一只眼睛的老人,直到杜子春的面前,他才停住脚步,老人被夕阳的光辉环绕着,斜斜长长的影子落在城门上。"年轻人,你在想什么呢?"老人近乎傲慢地对杜子春说。"在问我吗? 我今晚无处可去。不知如何是好。"

大概是老人问得正中下怀,杜子春不知不觉中说了实话。

"哎呀,这可真是不幸!"老人若有所思,过了大半天,才伸手指着照在街上的夕阳光辉说:"如果是这样,我告诉你一件幸运的事,一直朝前走,站到夕阳中去,当你的影子映在地面上,年轻人,记住你影子头部的地方,到夜深人静的时候,你去那里挖,里面有满满的一车黄金。""真的?"杜子春惊奇地抬起了向下看的眼睛,张大了嘴,说来也奇怪,抬起头的杜子春什么也没有看到,老人早已渺无踪影,不知去向何方了。

此时,天空中的月亮在夜幕的衬托下,越发显得皎洁了,人群依然川流不息,几只性急的蝙蝠,早已在空中上下翻飞游荡了。

## 二

一日之内,杜子春成为洛阳城中最大的富翁。

老人的话果然不假,他照老人的话,在夕阳光中映出影子的相当于头的地方,夜里独自一人悄悄地挖,那里真的有一大堆的黄金,足足有一车还要多。

一夜暴富的杜子春,立即买了一座豪华的大宅院,香车宝马,开始过起了不逊于玄宗皇帝的那种荒淫奢侈的生活。有人给他买来兰陵酒,有人为他购进龙眼肉,院子中种上了稀世的牡丹,还放养了数只名贵的白孔雀,收买宝玉珍品,丝绸玉帛,制造檀香木车,定做象牙椅子……杜子春奢侈之程度,如果要一件一件细细说来,就没有了结的时候了。

就在这件事流传开之后,那些过去在路上视而不见的朋友,也纷纷而来,从太阳升起,到夜半时分,寻欢作乐不绝,由于来人与日俱增,大概不到半年光景,凡是洛阳城里有名的才子佳人,几乎没有一个不造访杜子春家的。杜子春的豪宅里每天都摆设盛大的酒席,以款待这些贵宾,酒宴连着酒宴,歌舞接着歌舞,盛况空前,几乎无法用言辞来形容。

就说其中的一次吧!当杜子春用金杯盛满从西洋买来的葡萄酒,欣赏着天竺国魔术师口吞利剑的表演的时候,就有二十位女子,这些女子个个衣着华丽,貌美如花,其中十个头戴翡翠莲花,十个头插玛瑙牡丹,陪伴在周围吹笛弄琴、优美的曲调三日绕梁,不绝于耳。

但是,再宽阔的海洋也有边界,不管杜子春是多么大的富翁,钱财也总有用尽的时候,被人称为豪爽之士的杜子春,由于挥霍无度,经过一两年之后,渐渐地又变穷了。

世间人情淡薄,这样一来,昨天还是每日必来的热情的朋友,今天却即使从门前经过连招呼都不打就走,更有甚者,到了第三年春天,当杜子春又穷困潦倒如同过去一样的时候,在偌大的洛阳城中,竟没有一个人肯收留他,不但不收留,连施舍一点白水,一点残羹的人都没有。

又是一天傍晚,他又来到洛阳城下那个西门边,孤零零地望着天空,站在那里茫然不知所措。突然间,就如同上次一样,那位眯着一只眼睛的老人,又降临在他面前。"年轻人,你在想什么呢?"老人又问了同样的问题,当杜子春看到了老人,满面惭愧,无地自容地低下了头一时语塞,竟无话可说,老人那天依旧亲切,问的也是同样的话,因此杜子春也就与上次一样。战战兢兢地做了回答:"我今晚无处可去,不知如何是好。""哎呀,这可真是不幸,如果是这样我告诉你一个好办法，现在你站到夕阳中去，当影子倒映在地上的时候，记住相当于你胸部的地方，夜里你就挖白天记住的那个地方，那里有满满一车的黄金。"

说完这些话之后，老人又一次神奇般地消失了。

从那之后的第二天起，穷困潦倒的杜子春又恢复成为天下首富，与此同时杜子春也又开始过起了那种纸醉金迷的奢侈生活，院子里牡丹飘香，睡着的白孔雀如同神鸟，还有那位来自天竺国的魔术师……一切如昨。

由于如此挥金无度，在经过了三年之后，富翁杜子春又一次变成了穷光蛋。

三

"年轻人，你在想什么呢？"

那位眯着一只眼的老人第三次飘然而至，出现在杜子春的面前，又问了同样的话，可想而知，当时的杜子春又是百无聊赖地站在洛阳城的西门下，呆望着在晚霞中若隐若现镰刀似的月亮。"是在问我吗？我今晚无处可去，不知如何是好！""哎呀，那真是太不幸了，如果是这样，我告诉你一个好点子，现在你站到夕阳中去，当你的影子倒映在地上，记住相当于你肚子的地方。夜里你就去那里挖，准有满满一车的……"

"不要说了，我现在什么都不想要。"老人的话还没有说完，杜子春就打断了他。

"就连满车的黄金你也不想要了？这样看起来你终于过腻了奢侈的生活！"

老人直盯着杜子春的脸，眼中闪着令人费解的目光。

"不是过腻了奢侈的生活，而是对人感到了厌烦，憎恨！"杜子春近似粗暴地说，脸上露出不平。

"这个说法倒是很有意思，年轻人，你为什么要讨厌人呢？"

"人都是没有良心的，薄情的。当我大富大贵，声势显赫的时候，又是巴结，又是奉承，当我变得身无分文的时候，居然连个好脸色都看不到。想想这些，我哪里只是不想再成为大富翁，而是万念俱灰了！"

听完杜子春刚才的话，老人突然独自笑了起来。

"原来如此。这样想就对了，看来你与其他的年轻人不一样，你是一个通晓事理的人，听你这样说，你是想从现在开始，不管今后的日子有多穷、多苦，你也心甘情愿平平静静地生活下去啦？"

杜子春在一阵迟疑之后，立刻摇起头来，带着坚定的目光望着老人的脸说："目前的我恐怕还无法这样生活。我想，我想做您的弟子：修炼仙道。老人家，不瞒您说，我知道您一定是位德高望重的得道高人，如果您不是神仙，我怎么会在一夜之间成为天下最富有的人？我恳请您做我的师父吧，教给我神奇的仙术吧！"

世界传世藏书　世界孤本小说　罗生门

大概是在想什么，老人双眉紧锁，闭口不语，过了一会儿，老人面带亲切的笑容说："你说的不错，我本是住在峨眉山上的仙人，叫铁冠子，当初看见你的时候，就知道你是明事理、辨是非的好人，所以才两次把你变得荣华富贵，借此点化你，现在你既然看破红尘，那我就收你这个弟子了。"老人愉快地答应了杜子春的请求。

还没等老人说完，杜子春就高兴得倒头向铁冠子叩拜。

"不用如此拘礼，虽说做了我的弟子，可能否成为有道的仙人，还要靠你自己……不过，你不妨先与我一同到峨眉山深处去看看。看，这里有一根竹竿，那我们就赶紧骑上去吧。"

铁冠子拾起不远处的一根竹竿，念念有词，然后就像骑马一样跨上竹竿。说来也真怪，那竹竿刹那间像条神龙一样，腾空而上，穿过层层云雾，向着仙山峨眉飞去。

杜子春的心都悬了起来，他偷偷地向下看，真是太美了：地上群山辉映，河水川流不息，如梦境一般。但是杜子春就是再也找不到洛阳城的那座西门了。铁冠子那银白的鬓发随风飘舞，时而又引吭高歌：

朝游北海，暮临苍梧；
袖藏青蟒，胆壮气粗。
三进岳阳兮不为人知；
纵情高歌兮，飞过洞庭。

骑在青竹上的杜子春和铁冠子，不久便向着峨眉山的方向落下去。

两人落到了一座宽大的石头上方，岩石紧临深谷，其地势之险峻，让人叹服，北斗七星挂在天空中，有一个饭碗那么大，闪闪发光，四周一片静寂，人迹罕至，只有生长在绝壁上的一棵松树在风中瑟瑟作响。

铁冠子让杜子春坐到岩石上，然后郑重地对他说："现在我要去天庭朝拜西天王母。在我走的这段时间里，你一定要坐在这里等我回来。不管有什么样的妖魔鬼怪来引诱你，哄骗你，也不管发生什么样的事情，你都不能出声，不能说一句话，如果你没有照我说的去做，那你就根本无法成仙，你一定要切记这一点，就算是地裂天崩，也不能出声！"

"放心吧，我绝不出声，就算是粉身碎骨，性命全无，我也不出声。"杜子春答道。

"听你这样说，我就不用担心了，那么我去去就来。"

铁冠子辞别了杜子春，又骑上那根竹竿，一跃而起，在群山中如履平地，眨眼间，便不知去向。

## 四

此时，只有杜子春一人独坐在岩石上，出神地望着夜空中的群星，一直这样大约过了半个时辰之后，当深山中的寒气透过杜子春薄薄的衣物，感觉到冰冷的时候，突然间从空中传来了一阵谩骂的声音：

"那儿坐的是什么东西！"

杜子春依然静静地坐在那儿，遵照仙人的告诫，不做回答。

过了一会儿，又响起了同样的声音。

"你最好识相些，如果再不回答，我马上就要你的狗命！"那声音在凶恶地威胁着杜子春。

杜子春仍不作声。

突然间不知从何处蹿上来一只猛虎，它跳上岩石，眼中闪烁着凶狠的目光，盯着杜子春。与此同时，一条巨大的白蟒从杜子春身边的悬崖上爬下来，渐渐逼近，就连绝壁上的松树都剧烈地颤抖起来，杜子春依然泰然处之，不为所动，甚至连眉毛都不曾抖一下。老虎和巨蟒一时间我盯着你，你盯着我，在寻找适当的机会。突然间，几乎是在同时扑向了杜子春。要么惨死在老虎的利齿之下，要么葬身蛇蝮。正在想着的时候，老虎和巨蟒，如云雾般消失了，一切都恢复了刚才的平静，只剩下悬崖上的松树微微作响，杜子春终于松了一口气，不知道往下还会有什么事情发生，杜子春心里想着。

一阵狂风刮起，乌云密布四周，淡紫色的闪电划破长空，炸雷响起，倾盆大雨由天而降，雷声闪电环绕在杜子春身边。杜子春仍然静静地坐在岩石上，面无惧色，高高耸立的仙山峨眉就要崩塌下来。就在这时，随着一声振聋发聩的巨响，一根血红的火柱从空中直落到杜子春的头上，杜子春不由得用手捂住了耳朵，闭上了眼睛，身体伏在岩石上。当他再次睁开眼睛，天空依然跟从前一样晴朗，对面的群山依旧傲然挺立，斗大的北斗七星依旧闪闪发光。看来刚才那天崩地裂般的狂风暴雨跟先前的老虎巨蟒一样，是恶魔借以破坏杜子春成仙的假象。这样想着，杜子春不再感到害怕了。他擦了擦额头上的冷汗，继续端坐在岩石上。

一波未平，一波又起。这回一个身披铠甲，身高三丈的神将，出现在杜子春的面前。神将怒目而视，手执三叉戟，猛地向杜子春的胸膛刺来，厉声问道："你究竟是什么人？这仙山峨眉自古以来都是我的地盘，你竟然插足进来。说，你究竟是什么人？如果你想保命，那就快快答来！"

杜子春遵照铁冠子的嘱咐，依然缄口不语。

"嘴巴还挺硬，不说？好！一会儿我的手下就会把你剁成肉酱！"神将将三叉戟指向上空一挥。顷刻间，只见无数的神兵布满天空，全都手握刀枪，杜子春看到如此情景，禁不住想要叫出声来，但他马上又想到了老人的话，拼命保持沉默，神将看见他没有害怕，气得骂道："死顽固，如此说来，拿你命来。"神将说罢，挥起三叉戟，用力刺向杜子春。一阵狂笑过后，山峰都随之颤抖，神兵神将都消失了。

悬崖上的松树依旧沙沙作响，北斗七星也依旧泛着亮光，只是这一回，杜子春死了。

# 五

杜子春的尸体静静地躺在岩石上面,可他的灵魂却离开了,一直向着地狱深处走去。黄泉路上一片漆黑,寒风凛冽,杜子春被冰冷的寒风吹得飘来荡去,直到挂着阎罗殿的版匾出现在他眼前。不多时,一群恶鬼便把他包围起来,拉到台阶之上。

台阶上方,一个身着黑袍,头戴金冠,大王模样的人,表情威严地注视着他。杜子春无须多想,就知道这位一定是曾经听说过的阎王老爷了。阎王老爷声如洪钟,从台阶上传下来。他正在问杜子春为何要坐在峨眉山上,就在杜子春正要回答的时候,突然想起老人的嘱咐"无论发生什么样的事情,你都绝不能出声!"想罢,杜子春低下头,闭口不语,像哑巴一样。

这样一来,阎王老爷发怒了,厉声大骂:"你这厮把这里当成什么了?再不说,就将你打下十八层地狱,永不得翻身!"杜子春依然没有说话,阎王老爷气急败坏地朝着一群恶鬼说了些什么,恶鬼们立即拉起杜子春,腾空而去。

地狱之中,除了刀山火海,还有被称作焦热地狱的火焰谷和极寒地狱的冰海,恶鬼们把杜子春轮番抛进那些地狱之中,杜子春遭受着非人的苦难,炽热的火焰烧焦了他的脸,铁棍打得他皮开肉绽,皮肤被狠狠地撕裂,脑浆被毒蛇吸去,眼睛被雄鹰啄去……杜子春所受的折磨,多得无法计算。然而,他仍然咬着牙,毅然坚定,只字未吐!恶鬼们被惊呆了,他们不相信有人能经受得住如此的折磨而一声未喊、一声未叫。

恶鬼们又重新飞回到大殿之上,对阎王爷说一切办法都用过了,此人仍不开口。阎王老爷一时没了办法,显然他也不相信还有如此坚强的人。过了一会儿,他突然想起了什么,对其中的一个恶鬼说"此人的父母现在一定沦为牲畜,快将他们牵来!"

不多时,恶鬼流星般地赶来两口牲畜,落在大殿上。当杜子春看见那两口牲畜的时候,一时惊得目瞪口呆,那两匹瘦的十分难看的老马,却长着他日思夜想的父母的脸。杜子春不觉一阵心惊不知所措。就在这时,阎王老爷继续问道并告诉杜子春,如果再不回答,就让他的父母受苦。

杜子春似乎铁了心,依然默不作声。

"不孝的东西,竟然让父母受罪也不说!"

"给我打,狠狠地打,打死这两只畜牲!"

恶鬼们听了命令,挥起铁鞭,向两匹老马身上一阵猛抽,鞭子掠过的地方,皮肉都翻开了,两匹瘦弱的老马——杜子春的父母疼得满地打滚,血肉模糊,凄惨地嘶叫着,那情景惨不忍睹。

"难道你还不肯招供吗?"阎王老爷冷笑着问道。此时的两匹老马已经皮开肉绽,奄奄一息地倒在了地上。杜子春心疼地看着他的父母,咬着牙,想着铁冠子曾告诫他的话,紧闭双目,手足无措。这时,他耳边传来了一阵微弱的声音"孩子,不要担心,只要你能获得幸福,不管我们将会如何,我们都心甘情愿,别听阎王老爷的话,你不愿说就不要说。"

"这是母亲的声音",杜子春猛然睁开了自己的双眼,眼前一匹老马瘫倒在地,凄凉而又慈爱地望着他的脸。母亲在遭受如此的痛苦还惦记着儿子,尽管被恶鬼们打得鲜血直流,也丝毫没有怨恨之意,与那些看见富人就曲意奉承,好话说尽,看见穷人就不理不睬的世人相比,是多么可贵呀!这是多么难得的感情呀!又是多么坚强的决心!这时的杜子春忘记了老人的告诫,忘记了一切,在他心中只有他那慈爱的母亲,他猛地奔向那匹老马,双手抱住那匹已被打得半死的马的脖子。眼泪止不住地往外流,"妈妈!"杜子春忘情地叫了一声……

## 六

一声叫喊之后,一切都变回了从前,杜子春仍然孤零零地斜倚在洛阳西门的城墙边。

晴朗的夜空,晚霞萦绕;日华如练,一泻千里。人流、车马的喧闹声,不绝于耳……这一切的一切都与过去一样。

"做了我的弟子,还是很难成仙吧?"那位眯着一只眼的老人善意地微笑着说道。

杜子春眼泪汪汪地望着老人,缓慢但是铿锵有力地说道:"很难,很难,虽然我未能成为仙人,但我反而由衷地感到高兴。""即使是仙人,在阎罗大殿上亲眼看见为自己受苦的父母,也无法不吭一声的,这并不是你的错,年轻人。"

"但是如果你还能保持沉默……"老人突然换上了一副严肃的表情,盯着杜子春一字一句地说:"如果你仍是保持沉默,大概你就活不到现在了……看来你的尘缘未了,不可能成仙了,那么今后你如何打算呢?"

"无论做什么,只要能像个堂堂正正的人,真真正正地活过一回。"杜子春的话语间洋溢着从未有过的豪迈的激情。

"好吧,不过年轻人你要记住自己说过的话,从现在开始,你再也不会碰上我了。"老人说完,刚要起身离去,突然间又停住脚步,转过身来,"对了,差点忘了,我有一间房子在泰山南面,周围还有方圆几里的土地,如今就交管给你了。我想现在正是桃花盛开,蜂闹蝶忙的时候。"老人兴冲冲地又说了几句。

## 春 天

### 一

一个樱花烂漫,雾气沉沉的早上。

为了参加外祖父的金婚典礼,也为了看望两年未见的母亲,广子登上了从京都开往东京的特快列车,这是广子结婚后第一次出远门。

坐在车上的广子不禁想起了很多很多在家里的事,然而她想得最多也最让她牵挂和不放心的,则是妹妹晨子。

晨子恋爱了。广子是几天前从妹妹晨子给她的信中知道这件事的,不过对此广子并没有感到很意外,晨子已经不小,也该恋爱了,然而让她百思不解的却是妹妹晨子的男友居然是笃介,广子把信翻来覆去看了几遍,直到确认自己没有误解晨子的意思,她也想不明白究竟笃介有什么可以吸引晨子的地方,妹妹会把他作为自己的恋爱对象。

提到笃介,广子立即感到此刻与妹妹晨子之间出现了一条鸿沟。作为姐姐,广子非常想逾越它。"无论如何,一定要与晨子好好谈一谈。"广子心里默默地想道。大概是太凝神,广子竟丝毫没有注意到此时的列车正在剧烈地颠簸。

事实上,在广子、晨子两姐妹还是少年的时候,就已经和笃介很熟了,那时她们还取笑似的叫他"花猴子",因为笃介当时在一所西洋画研究所里就读,每天他身上都涂满了花花绿绿的各种颜料,不仅如此,笃介那双奇特的眼睛和他那终年发红的脸,确实像足了猴子,那时他的穿着寒酸古怪,让人难以接受。在那套洗得都掉了颜色的制服外,不知为什么总是罩着一件破雨衣,即使在冬天也不例外。

广子对他没有丝毫的好感。而且在广子的记忆中,妹妹晨子也是如此呀,甚至还有些憎恶,而且她还清楚地记得晨子曾经说笃介是个粗鲁庸俗的人。那是一次晨子坐电车回家,碰巧笃介也在,如果不是电车上人很多,晨子一定会站得离他远一些。就在电车上,笃介旁若无人地取出被报纸包着的面包肆无忌惮地吃了起来。他嘴里发出"咕噜咕噜"的声音使得整个车厢的人不约而同地向他投来鄙夷的目光。站在他旁边的晨子感到人们那些不屑的目光也正在无情地注视着自己,不免感到既尴尬又难为情,不由得将脸转向了另一面,然而笃介竟然对这些都熟视无睹,依旧大口地嚼着面包。

就是这样一个笃介,怎么会赢得妹妹的爱情呢?广子对此感到不能理解。

妹妹晨子的性格完完全全继承了已死去的父亲,做什么事情都一条道跑到黑。简直到了顽固不化的地步,所以虽然没有见到,广子也大概可以想象出妹妹会热恋笃介到何种程度,想到此,不禁使广子为怎样才能说服妹妹而感到为难。

记得那时晨子想要学油画的时候,家里人都以为她不过是三分钟热情,一时兴起而已。然而到了最后,她学画的痴迷程度超出了任何人的想象。几乎是每天,晨子都夹着画画的颜料风风火火地往返于笃介的研究所和家之间,而且差不多一天就有一幅新的作品问世。连在饭桌上她都热情地谈论着毕加索,梵·高……对于这些,广子却一点都不感兴趣。

广子和晨子虽然是姐妹,却也常常因为意见不合而争吵,且不必说她们的兴趣截然不同,就连对待生活上的琐事也不尽相同。不过一般争论到最后,总是晨子先生气,在这一点上,广子认为自己要比妹妹有涵养。在广子眼中,妹妹晨子对事情的看法未免太小孩子气,总是感情用事,而自己则理性多些,更能看透人生。大概有一次看完武者小路的戏剧,两个人又争论起来。故事是讲妹妹为了照顾失明的哥哥甘愿牺牲结婚的事。晨子对戏中的哥哥、妹妹都充满了同情,而广子则恰恰相反。她认为哥哥是个自私鬼,居然同意妹妹牺牲婚事而来照顾他。从开始上演,广子就不喜欢这位自以为有艺术家气质的哥哥。

广子想到此,又不由得担心起妹妹了。晨子的那封信除了说她和笃介的事外,几乎就没再谈些别的东西,其实是很普通的一封信,却让广子这样感到不安。她总是担心妹妹。连广子都感觉自己简直是在杞人忧天,毫无根据地乱操心。广子努力回想关于笃介的一切,试图在他身上找出一点被自己忽视的可爱之处,哪怕只是一点也好。但广子所想起的笃介还是那副颓废的样子,甚至都能闻到他身上所散发出来的烂草味。在广子的经验里,这样的男人多半是下流的家伙。广子本是想找些安慰,可现在越发的为妹妹晨子担心了。她难以想象头脑简单的妹妹与这样的人在一起,会……

广子坐在车窗旁就这样想着,竟一发不可收拾,似乎瞬间所有的事情都一起涌进脑海,不过这也不失为一个打发时间的好办法。

此时火车穿行在峡谷中,窗外那一排排竹林杉林迅速地从眼前掠过,还有那正怒放着的樱花,竟不觉让人心头泛起一丝清冷……

……火车依旧在前行,隐隐约约中,广子似乎看见了东京那繁华暧昧的夜景。

<h2 style="text-align:center">二</h2>

和母亲久别重逢,这让广子分外感到高兴,但是还有一件事一直让广子放不下,那就是没有找到恰当的时机与妹妹好好谈一次。由于广子刚刚回来,所以各种应酬排得很满。

直到这天,参加完外祖父的金婚典礼回来,广子才找到说话的机会。尽管已是深夜,但这并不妨碍什么。广子轻轻地来到妹妹的房间。

晨子的卧室与先前一样,四壁挂满了她自己画的油画,看起来晨子的风格依旧未变,画人还是只画脸,风景画也仍是以西洋式的建筑为主,就连画布都和先前用的一模一样。小圆桌上的台灯,放射着昏黄的光,把整个房间映得暖洋洋的。广子换了件睡衣,轻轻地坐在了小圆桌旁边的安乐椅上。这情景使她不禁想起了两年多前,也就是自己即将出嫁时的一天深夜。也是这样,到妹妹的房间里聊天。唯一不同的是那天和晨子话不投机,最后只好不欢而散。"希望这次不会。"广子在心里暗暗想着。"姐姐,我给您倒杯茶吧。"晨子望着她，认真地问。"不用了，我什么都不要。""真的不要吗？姐姐，红茶也不要？""我刚刚已经喝了很多，现在我倒更愿意听你谈一谈你信中说的那件事。"广子故作轻松地说着，眼睛却一直都在看着妹妹。她实在不想让晨子看透自己那又是好奇，又是担心的复杂心理，而且她并不想为难妹妹，她不希望妹妹是被迫说给她听的。不过晨子并没有显出为难的情绪，如果说她有一点点细微的变化，那就是在听到姐姐的话时稍微愣了一下，其实对于姐姐的问题，晨子几乎是在意料之中，大概是没有想到姐姐会问得这样快罢了。

广子很高兴事情进行得很顺利。她期待着一切都向着她心中所想的方向发展，然而晨子在说完这些之后，便不再开口了。广子不知道是不是该提醒妹妹一下。因为在她心里，晨子的沉默多半是由于少女的羞涩和矜持。广子不想这样死板地让妹妹接过话题，这多多少少有些残忍。

广子很希望和妹妹的谈话能在自然融洽的气氛下进行，而不是眼前这种一问一答审犯人似的方式，这样一想广子便不再着急了。"顺其自然好了"，广子心中暗想，顺势把头枕在安乐椅上。"这种感觉，真像是从前。"说话间便环顾四周，小圆桌、椅子、墙上的油画、昏黄的灯光，这一切对广子来说既熟悉又亲切。

但不知为什么，广子总感觉眼前的一切和过去不大一样了，似乎发生了什么变化，可一时她又实在找不出究竟哪里不同。

……终于，广子的目光凝聚在周围的这些油画上了，那缠着绷带的少女的脸，歪歪斜斜的几颗洋葱，红薯地对面的监牢……都不见了，取而代之的是明快、柔和的色彩，特别是斜对面的那幅风景画，就连广子这种对于艺术没有丝毫兴趣的人都被画中的风景所吸引。那树梢上盛开的紫藤花，那覆满地面的苔藓，还有那点缀在树边的小池塘……让广子的心情随之一震，虽然对于艺术广子是外行，但她有种感觉，这画并非妹妹晨子所作。"那边的画是你画的？""那幅呀，大村画的。"晨子连头都没有回就脱口而出。

广子分明都能感到妹妹的回答里言不由衷地流露着一丝喜悦。看着晨子近似微笑的脸，广子说不清自己为什么有了一种羡慕的感觉。"听大村说画的是家农院……听说大村好像出身名门……"晨子依旧用低低沉沉的声音说道。"那他在家是排行第几呢？""他好像是独子。""工作呢？""什么县议员吧？还有几家银行和公司。"

话题的内容正在不知不觉中向着广子心中期待的方向发展。广子很高兴就这样一直同妹妹谈下去，其实并非一定要问这些庸俗的问题，可广子一想起笃介那身寒酸古怪的打扮，心中就滋生出一种莫名的担心，不过现在好了，显然这个问题已经解决了，说真话，在知道了笃介的身世时，广子心里真吃惊不小，她实在难以想象笃介竟是位有钱又有门第人家的儿子，但对此广子并无世俗的偏见。

"真不错，笃介他原来是个阔少爷呀！"广子微笑着开起了玩笑。"不仅是个少爷还是個古怪不羈的艺术家,放着家里好好的房子不住,却租住在布店的仓库。"晨子神色狡黠地同姐姐搭着话。

看着妹妹的神情,广子突然间感到自己已经是个成年女子了,已经远远地从妹妹的时代脱离开来。其实这一点广子在妹妹到东京车站去接她的时候,就已经觉察出来了,可现在这种感觉填满了她的脑海,这不禁使广子想起结婚前的一个晚上,母亲一边洗澡,一边和广子聊着关于婚期的事宜,说着说着,母亲似乎是半开玩笑似的问她关于身体的情况,那时的广子也是含糊其词地一句带过,现在想起来自己当时的神情应该与妹妹相差无几吧? 想到这些,广子感到此时的她与妹妹的关系再也不能像从前那样了,能够与妹妹彻底分享各种秘密的时代也已一去不返。现在的广子倒更像是一位长辈。

"你去过大村那儿?""是啊,常去。"晨子一边摆弄着衣服上的带子,一边漫不经心地回答。

过了一会儿,广子轻轻地问:"难道连做那种事也无所谓?""大村吗?""不,是你,我不想你被误解,如果那样,不是很麻烦么!""哎,我总是被误解,不是吗? 就是和所里的朋友一起,你也总是多嘴多舌!"

对于妹妹的质问,广子感到了不安,同时对于晨子的态度也产生了怀疑,晨子似乎并没有认真回答。正在广子思度下一步该怎样问妹妹或是怎样继续先前话题的时候,晨子扔下手中的和服带子,一本正经地问道:"母亲能答应这件事吗?""可能吧!"广子随口说出,然而心里却更加不安,她明显地感到自己此时处于被动地位,现在她真的不知道还该说些什么了。"能否请姐姐说说你的看法?"晨子撒娇似的说着。"可对于你和大村之间的事,我一点也不了解。""所以我请姐姐认真听呀! 姐姐您根本就是心不在焉!"

现在广子终于明白了,自己根本就是想错了,妹妹先前的缄默,哪里是因为害羞,分明是在等待时机开口,或者说在等待广子的劝说。现在广子不得不对妹妹刮目相看了。当然广子也没有忘记给晨子一句有力的回击,"怎么是我不给你建议,你不是什么都不说吗? 好吧,现在你就说给我听吧!"

"是吗? 那好,我讲给姐姐听,不过我可不喜欢嘲讽和挖苦之类的。"晨子边说边注视着姐姐的眼睛。

说完,晨子一本正经地讲起了她的恋爱史,而广子则认真地看着妹妹严肃的表情还时而轻轻点头,表示回答,但是在广子心里,一直都想知道两个问题,一个是妹妹与笃介是何以产生爱情的,对于这个问题,广子自始至终都想搞清楚,另外一个是妹妹与笃介的爱情已发展到什么程度了。可是,晨子只是讲了她在学油画的过程中,不知不觉地对笃介有了感情,又不由自主地爱上了他,这在广子的眼里根本算不上答案,至少这不是广子想要的。然后,晨子又就着话题说了下去。讲了他们一起去听德国钢琴家的演奏会,一起去公园写生、看展览……不知在什么时候,晨子的表情已由严肃变为轻快,嘴角边还带

世界传世藏书

世界孤本小说

罗生门

着一抹微微的笑意。

接着，晨子好像想起一件十分好笑的事情，兴奋地向广子谈起了关于笃介向她求婚的事。"你知道吗？大村他是用电话向我求婚的。他说画画失败后，躺在榻榻米上突然产生了这个想法。你也知道的，他这人很古怪，所以产生这样的想法也不足为奇。但他打电话给我要我马上答复他，甚至明天就可以结婚，可这对于我是太突然了，我实在不知道该怎么回答他，况且家里还都不知道这件事。恰好这时，妈妈从里间屋里出来，大概是要找什么东西吧？我没办法，就冲着电话支吾了几句后挂断了。"晨子说完便望着姐姐笑。"是吗，真够荒唐的。"广子发了句感慨，算是对妹妹微笑地回答。

与其说广子在听妹妹说话，倒不如说广子一直在注视着晨子的表情。她奇怪晨子说话的神情好像在讲述着与她毫无关系的人和事，竟没有丝毫羞涩，即使是在讲到笃介向她求婚时也没有。确切地说，广子无法对妹妹所讲的一切感到满意。晨子所讲的根本连她最迫切知道的两个问题都没有解决。

广子一边看着妹妹的表情，一边又引起话题，希望晨子能说得更清楚些。然而晨子望着姐姐广子，说道："就是这些了，我已经都说了，后来我就给姐姐您写信，大村也知道的。"广子知道，无论妹妹讲的是真话还是假话，她都不会再说下去了，就算晨子讲的是事实，那么她和笃介的关系就还没有超出朋友的界限。如此看来，广子似乎没有办法深究第二个问题了，因此她不得不再次盯着第一个问题，"如果我没有记错的话，你不是很讨厌他吗？"晨子此时依然面带笑容，也许她根本未注意到广子那充满挑战的口气。"是啊，我是说过我厌恶笃介，就像喝了杜松子鸡尾酒似的。""怎么？还有人喝那酒？""当然。"……晨子认真的态度出乎广子的意料。

"好吧，现在我们言归正传，请姐姐您给我些建议吧！"广子正要开口，却被晨子打断了，"姐姐，您大概不了解笃介吧？那您可以最近抽空去见见他，笃介他现在也一定很想见您。"听到妹妹的请求时，广子心中不禁浮出笃介那张"花猴子"似的脸。不知为何，那幅画着紫藤花、苔藓、池塘的画在广子眼中模糊起来。广子心有所思，不自觉地说了句："好啊！""那就去他住的地方吧。""可是，那儿不是不能去吗？""没关系，那就让他来这儿吧。""他来过这儿？""不，没有，不过……噢，对了。他说过他后天要去表庆馆看画。姐姐，您可以后天去那儿见他吗？""后天？如果那样。我正好再去扫墓……"还不等广子讲完，晨子就高兴得要给笃介打电话。看着兴奋的晨子，广子不禁后悔自己的鲁莽和草率，因为在她心里，她实在没有做好与笃介见面的准备，这多少有些突然。

广子仍然没有忘记她所关心的两个问题。趁着晨子这会高兴，她不禁又追问下去，可就在这时，晨子突然站起身来。亲了一下广子的脸，广子对于这突如其来的一吻既感到吃惊，又有些不自在。因为在她的记忆中，她实在不记得妹妹曾经还这样做过。此时广子忘记了刚刚要说的话，"晨子，你干什么？""姐姐，我实在是太高兴了。没有吓着您吧?"晨子的脸被昏黄的台灯映得发光,心中的兴奋与激动不自觉地流露出来,"我知道姐姐,您一定会帮我的,其实我跟笃介谈论了您一整天呢。一开始,我就知道您一定会帮忙的,而且……""而且什么?""而且……而且……而且该到此结束了吧!"晨子的眼里闪烁着顽皮淘气的目光。

看着妹妹孩子似的目光,广子发现妹妹已在不知不觉中取得了胜利,就连广子自己都搞不清楚,自己原本是要尽些家长的义务,怎么会……广子此时感到妹妹似乎早就设好了陷阱,而自己呢? 就这样稀里糊涂地掉了进去。

广子没有想到自己的心情竟会如此平静,这的确超出了她的预想,不过这平静背后多少有些戏谑的感觉,要是从前,或许还会有种心疼,不过现在甚至有些得意,广子拖着渐渐臃肿起来的身体,在陌生的表庆馆走廊里来来回回地走着,手腕上装着化妆品的银丝小提包倒是格外显眼,这时广子注意到走廊尽头的螺旋式台阶。

广子沿着台阶走上顶端的第一陈列室。房间的光线很暗,广子环顾四周,发现这里都是古代的艺术品,各种屏风和乐器之类的东西,这时广子对着橱窗整理了一下自己的发型,由于并没有看到笃介,广子没看几眼便走了,本来她对此也没有什么兴趣。

来到第二陈列室。这是一个狭长的房间,房间的两侧挂的是镰仓时代和藤原时代的绘画,都是些很乏味的佛像。这时广子看见了一身制服外仍披着一件雨衣的笃介,正在房间里专注地看着画。广子虽然看到的只是笃介的背影,但她感觉他的脸一定和从前没什么分别。广子的嘴角边不觉露出一丝轻蔑。这时,笃介发现了广子,然而他没有马上走过来,显然笃介他正在犹豫是否该向广子——他恋人的姐姐施礼。看到这些,广子心中不禁诧异,这样一个人怎么会与恋爱挂上钩? 出于礼貌,广子向笃介微笑着点了一下头,"你是大村君吧,我想你也应该知道我是谁吧?"笃介似乎很不好意思地答应了一下。这时广子看清了笃介的正脸,原来在听说他出身名门后,还期望着他能有些不俗之处,可当广子看到笃介嘴里的金牙,鬓角上的伤疤,还有那皱巴巴的裤子和脏得分辨不出颜色的鞋子……广子就后悔,自己根本就不应该抱什么期望。

"真是有些失礼请您到这,给您添麻烦了,可是这是由我妹妹引起……"广子客气地说着,虽然她心里早已充满对笃介的厌恶。这时,广子又向四周看了看,房间里除了几个观看佛像画的人,就剩下几把椅子了。广子想象着坐在那里同笃介谈话的尴尬和不自在,便对笃介说:"很想请教您一些事情,我们出去谈谈好吗?""行啊,怎么都行。"说完,两个便朝外走,谁都没有说话,这沉默对于广子来说,倒可以借此理清一下头绪,可对于笃介却不同了,这简直就是一种精神上的折磨。他似乎在等待广子发问,这种等待对于笃介来说如同煎熬一般。突然笃介清了一下喉咙,大概是想打破这沉寂说点什么,由于陈列厅内回音很大,笃介好像感到了不好意思,依然默不作声,原本想说的也没有说。其实广子早就看出笃介内心的不安,广子说不清现在的感觉,既有同情,又有快慰。广子心里始终都是瞧不起笃介的,就在两人走到陈列厅门口的时候,广子注意到守卫看了他们一眼,这令广子很不高兴。她实在不想别人误解他们之间有什么关系,其实这种担心是完全没有必要的,两人无论从年龄上或是穿着上都不会让人产生误会。

广子扭头看了一眼笃介,"其实我也没有什么大不了的事情,我只是……"广子终于打破了这种令人窒息的沉默。"我们家里就只有母亲一人。你的父母们还在吗?""我只有父亲。""那你没有其他兄弟姐妹吗?""没有,就我一个。"……两个人就这样聊着,广子很高兴她把不便问的话题巧妙地问到了。现在她觉得笃介有些像个孩子,不管她心里怎样讨厌他,不接受他,但说实话,妹妹与笃介还真有几分相似之处。

不知不觉之中,两人来到一间有阳台的房子,这个屋子的设计很特别,也很美观,整间房子的结构都是圆形的,就连天棚也是向上拱起,呈圆弧状,房间周围扩展成为环状,上面的白色大理石栏杆,足足有走廊那么宽,站在那里,楼下的一切都看得清清楚楚。

广子和笃介两人走在栏杆上,一直闲谈着,话题不外乎是围绕着笃介的家人朋友,偶尔也有些别的,不过在这期间广子一直闭口不谈自己家的情况,显然,对于笃介,广子仍未平等地看待他,否则是不会如此的。

## 素盏呜尊

### 一

高天原国,也已经到了春天。

大地上到处弥漫着春天的气息。墓地已呈现出一片淡淡的绿色,上面牛马成群四处游荡。天安河静静淌过草地边,流水泛起银光,一直绵延到天边,微微使人觉得有了暖意。归燕盘旋在下游的村庄上空。举目四望,远远的山峰已看不到一丝雪的残迹。河边已热闹起来,妇女们头顶着水罐去打水,水井边山茶树的白花也已经一朵一朵地坠落在被水溅湿的石头上,微风一过,便四处滚落。

一阵喧闹,打破了这恬静的春天的午后。天安河畔,已经聚集了许多青年,正在专心致志地进行竞技比赛。

他们正在比箭。开始时,他们个个手执弓箭,向头上的空中射去。弓弦发出的雄壮的鸣响声,像风声一样时起时伏。每当弓弦响过,箭就像无数的蝗虫一样,一边在空中闪耀着翅膀,一边又向悬空的霞光中飞去。

但是,每一次射箭,总有一枝尾部插有白隼羽毛的箭风声更响,声势更急,自然也飞得更高,几乎都射到连影子都看不见的高空中。那是一位身着黑白相间的方格花纹的倭服的相貌丑陋的青年。他正手持粗实的白色旃檀木制的弓,时不时地射出尖头尾羽的箭。

每当白色羽箭腾空而起时,众人都仰头望天空,那眼神,半是羡慕,半是嫉妒。他们交口称赞青年的技艺高超,但当看到每次都是如此时,他们渐渐地对那副打仗用的弓装出一副冷淡的样子。当然,也有几个人,虽然觉得技不如人,但也没什么微词,只是一味地大加赞扬。

虽然遭到冷遇,那位相貌丑陋的青年仍旧在很快活地射箭。而此时,其他的年轻人,不论是谁,都不再拉弓了。因此,刚刚还纷纷乱飞的飞蝗般的箭头,现在就变成了一枝。白色羽毛的箭,一枝接着一枝,笔直地插向天空。那势头,也好像比刚才更猛了。

他终于停止了拉弓,因为袋子已经空了。也好,省点劲儿吧。他一边欣赏自己的杰作,一边回头向旁边看,一脸炫耀的神色。出乎他意料的是,他的周围,已不见一个人,更提不上有人和他分享快乐了。原来,那些青年都聚集在河滩的水边,兴致正浓地横跃美丽的天安河。

比赛相当激烈。即使在同一条河流上,大家也都想跨过最宽的河面。他们飞快地跑着,灵活地纵身一跃,像跃过山谷的鹿一样,跳到河的对岸。但也有少数运气不佳的主儿,就像锋利的刀似的,刷的一下子掉进倒映着月光的河水中,溅起令人目眩的水花和飞沫。最后,他们总算都到了对岸;而此时,他们又回过头,望着对岸刚才站过的河边,七嘴八舌地说笑着。

那位相貌丑陋的青年,一看到这个新的游戏,马上来了劲儿,把弓箭扔到沙地上,身子轻捷地纵身跳过了河。虽然他跳过的地方是最宽的,但是,其他年轻人并没把他当成一回事儿。没有赞扬,也没有微词。他们在他后边跳过去,跳得比他窄得多,也就更轻松。此时,众人又爆发出了一阵大笑。一个身材修长的貌美的年轻人格外惹人喜欢。这位青年虽然也穿着和他一样的方格花纹的倭服,而脖子上戴着弯月形的勾玉和手上戴的手锡等,比谁的都精致。他抱着肩膀流露出有些羡慕的神情,看着那位年轻人。

始终没有人搭理他。他终于离开了那群青年,独自一人在春天的气息中向河流下游走去。

## 二

他向河流下游走去,在一处足有三丈宽的地方停下了。这么宽,当然无人能跳过去了。滚滚流泻的河水,一到这里便温顺多了,静静地流着。但是,在两岸的石头和沙子之间沉淀的泥土上都是绿油油的。大概是长满了青苔的缘故吧。他饶有兴趣地审视了一下河面的宽度,然后低头想了想,突然后退了两三步,然后像玩投石头游戏时被抛出的石头一样，划出一道优美的弧线。但是，这回终于未能跳过去，他倒栽葱似的掉到河里，水面溅起巨大的浪花。

不幸的是，这难堪的一幕，恰好落入那群青年的眼中。这下倒有好戏看了，他们当中有的人捧腹大笑，嘴里骂道"活该！自作自受！"有的人故作冷漠，斜眼向天。也有人继续为他捧场，并且说些比以前更富有同情心的话语，鼓励他重新开始。在这些怀有好心的伙伴当中，那位炫耀自己有精美的勾玉和手锡的年轻人也混在其中。对于失败者，他们像对待世上一般的弱者一样，怜悯心油然而生，渐渐地对他也抱了几分热情。但这种热情，也是转瞬即逝，他们又恢复了以前的沉默，这是一种隐藏着敌意的沉默。

之所以如此，是因为他落入河中之后变得像落汤鸡似的，谁知刚一爬到对岸，马上又执拗地想再一次从那很宽的河面上跳过来。不，他不只是要跳过河。正当大家看着他一边蜷着腿，一边向这边跳时，他已毫不费力地从那边跳过来了。岸边扬起了像云雾一样的沙尘。他扑通一声摔倒在地，这当然是出洋相，引起了又一轮的哄笑。当然，笑声中既没有喝彩也没有欢呼。

他毫不介意，掸掉手和脚上的沙土，好大一会儿才站起那湿透了的身子，然后向那群人望去。这次他又傻了眼，他们仿佛对这种游戏厌倦了，正要换一种花样。只见他们一边饶有兴趣地说笑着，一边急匆匆地向河的上游走去。看来，那位相貌丑陋的青年大概是被快乐冲昏了头脑，竟然昏头昏脑地跟了过去。显然他尚不知道他们的不快；实际上不论他到什么地方，看上去他都傻里傻气的。这也难怪，所有的强者都大抵如此。他不会失去这种快活的心情，当然他也没考虑过失去。尽管他的身上还滴着水，他仍把手放在眼睛前边，遮着那暖暖的阳光，也慢慢地跟了过去。

这时，其他的年轻人又搬起散落在河滩上的岩石，又开始了一种新的游戏。春天的土地上摆着各种各样的岩石，大的像头牛，小的像只羊。他们袖子卷得老高，想尽量搬起大的岩石，但是除了大小适当能搬得起来的岩石外，有的大岩石就很难搬动。因此，这种比试力量的竞赛，自然而然地就成了他们五六个人单独的游戏。他们都很轻松地把大的岩石举起来，扔出去。在这个时候，一切投机取巧都失去了意义。只见一位身穿红白相间的三角形花纹倭服的青年，轻而易举地搬起了谁也搬不动的岩石。那非凡的臂力，自然博得了大家的赞赏。士为知己者死，既然有这么多人捧场，他又想试着再抱起一块更大的岩石。

那位相貌丑陋的年轻人，恰好赶了过来，看到了这一幕。

## 三

开始的时候，他暂且抱着双臂，作壁上观状。可是，心中那团火熊熊燃烧起来，争强好胜的心又起来了。他再也忍不住了，便卷起满是水的袖子，耸着宽阔的肩膀，慢腾腾地来到这伙人中间。那神情，是那样地镇定，仿佛大力士的名号已是囊中之物。他搬起一块谁也举不起的岩石，毫不费力地举到了肩上，并炫耀似的转了一圈。

谁也没开口说话，一阵难言的沉默。只有他们当中刚才那位备受推崇的年轻人，怀有一种敌意似的看着他。这位贸然闯入者也觉得有点儿难堪，便细细打量起自己的对手。个子矮矮的，脖子粗粗的，满脸胡须，真是貌不惊人。

岩石在肩上停留了很长时间，他把它摇晃了一下，猛然地顺势咕咚一声，把它摔在没有人的沙地上。说时迟，那时快，那个矮个粗脖子的青年就像猛虎捕食一样，猛然纵身跳了过去，伸手抱住那块岩石，轻松自如地举过了肩，比起他来也毫不逊色。

众人喝起彩来。这样一来，强弱高下立判，这两个人的臂力比其他自称有力气的年轻人高出好几截，还比什么呢？再比也没多大意思了。刚才还摩拳擦掌跃跃欲试的年轻人，现在虽然不情愿但也不得不挤到站在周围看热闹的人群当中。空空的场地上，就剩下了两个人。

他们对视着，虽然他们本来没什么深仇大恨，可是现在已成骑虎难下之势。在不知道谁是真正的强者之前，他们不得不决一雌雄。这一仗，尤其显得重要。看到这种形势，在那位矮粗脖子的青年把抱起的岩石再度扔出去时，许多人都投以比以前更热烈的掌声，并且一齐向浑身上下湿透了的他看去。他们对比赛的胜负倒不怎么在意，但无一例外，他们都站在矮粗脖子青年的一方，对他仍是不怀好意。

尽管很是孤立，他依然慢吞吞地往手上吐了一口唾沫，走到一块比以前更大的岩石前面，双手抱紧，气喘匀了，猛地一用力，一口气把岩石抱到了腹部，最后倒了一下手以后，一下子举过了肩头。但是，这次他倒没有扔出去，而是瞅了瞅矮粗脖子的青年，脸上浮现出善意的笑示，意说："喂，接着！"

矮粗脖子的青年愉快地答应了一声，"蹭蹭蹭"几步跨了过去，力贯双臂，一下子把那块岩石抱到像小山似的肩上。然后他面带笑容，走了两三步，猛然将岩石举到眼球上边，然后使足劲儿把它抛向前方。他的脸上带着胜利者的嘲笑，愉快地咬着胡须。

岩石重重地砸在地上，发出巨响，掀起像银粉似的灰尘。围观的年轻人又像从前一样，一齐为之欢呼。这边欢呼声还没落，那边那位矮粗脖子青年又从岸边的沙地上抱起一块比前者更大的岩石。

不难想象，那又该是怎样的一阵欢呼。

四

两人反复地进行这些比赛较量，到了最后，谁都有点受不了啦。石头毕竟不是棉花，谁不累啊！喘气声逐渐加重，脸涨得通红，脸上和胳膊上都滚动着豆大的汗珠。倭服已分不清红黑，全都沾满了沙子。尽管如此，他们都没有罢手的意思，仍是一边气喘吁吁，一边拼命地搬石头。

于是就出现了这样一副场景：场中两个人在不停地搬石头，而四周围了一圈人，就像在观看斗狗斗鸡似的，不时发出的哄笑声，既残忍又冷酷。他们只是围着、围着，好像场中的人仅仅供自己观赏。他们对那位矮粗脖子的青年，并没有报以特殊的好感，反倒有点儿嫉妒，那神情，就好像穷汉看着别人的万贯家资一样。他们的心情越来越兴奋，他们的兴致也越来越浓。他们不断地鼓掌，不断地叫好。而这些叫好声，仿佛紧锣密鼓，场中的两个人更是急红了眼，斗得更起劲。这也难怪，自古以来，死于场上的鸡犬，又何止千万！人类，总为一些不必要的喝彩而疯狂，而流血。这血的代价，换来的是旁观者更声嘶力竭的声援。

有时也怪，一些看似无用的东西，偏偏能发生效用。在他们的声援下，两个青年仿佛喝醉了酒似的，只是机械地重复着一个简单的动作。充血的眼睛中，互相都感到可怖的仇恨。特别是那个矮个子粗矮脖子的青年，毫不顾忌地表露出这种憎恶，他抛出的每一块石头，都准确无误地落在那位相貌丑陋的青年的脚边。你说碰巧吧也不大可能，偏偏每次都那么巧，于是你在怀疑天的同时，也不得不怀疑人为的因素。

相貌丑陋的青年，对这种危险毫不在乎，或者说看上去全没反应，因为他的脚步根本没有后退，或者哪怕是后退一步！他已沉醉于其中，全身心地投入其中。在他的眼中，只有那仇视的光芒，只有对胜利的渴望。于是，他一边尽量躲避对方扔过来的石头，一边又鼓足勇气，去搬那块横卧在水边像牛一样的岩石。那岩石可真够大，淙淙流淌的春天的河水被它分成两半，河水冲刷着那上面覆盖千年的青苔。据说搬起这块石头，就是人称高天原第一大力士的手力雄尊，也不是轻而易举的事。

四周的人停止了鼓噪，吃惊地看着这一切。

只见他用双手将石头抱住，一个膝盖跪在沙地上，使尽浑身解数，然后猛喝一声，仿佛平地起了一声春雷，双膀一较劲儿，终于把岩石连根拔起。只是这份臂力，就足以惊世骇俗。以至于围观的人们忘记了喝彩，只是屏住呼吸，目瞪口呆地看着，看着一个奇迹的诞生。

他单膝跪在沙地上，鼓紧腮帮儿，横抱着那块大石。岩石离地后，便定格在空中。他想把它再举高一点儿，可是当他拼命使尽力气的时候，汗珠从他手上和脚上滚滚而下。他的手上青筋暴现，双腿微微打战。他一声不吭，仍然坚持着。

人群中突然爆发出一声惊叫，凄厉而又恐惧。只是这声音，不像以前那很有气势的鼓劲的喊声，只仅仅是一种吃惊而不由自主发出的一种声音。仔细一看，原来是他将肩垫在石头下面，将刚才跪着的一个膝盖稍稍抬了起来，然后他的身体像虾米一样一节一节地直立,而肩上的石头,也一步一步一点一点地离开了沙地。这样,当人群当中再度出现一阵喊声之后,他已将这块耸立的大岩石扛在肩上了。散乱的头发披覆在前额,在风中飘动,就好像撕裂大地而钻出的土雷神一样,他威风凛凛地站立在乱石堆积的河滩上。

<h2 style="text-align:center">五</h2>

他扛起了这块上千人才能搬动的大石头,跟跟跄跄地迈出了二三步,走向那位矮粗脖子的青年。他拼命地咬紧牙关,从牙缝中挤出几乎是呻吟般的声音,招呼他说:"来吧,我递给你,接着吧。"

那位矮粗脖子的青年开始畏缩了,至少在一瞬间,他的眼中掠过一丝恐惧,好像承受了一种威压。那种神情转瞬即逝,取而代之的是一种近乎绝望的勇气。他咬紧了牙关,叫了一声"好",便奋然张开双手,要一下子抱起那块大石头。

不一会儿,岩石就从他的肩膀上挪到了那位矮粗脖子的青年的肩上。这个过程,就像大块的云峰移动那样缓慢,但又像云峰一样势不可挡。一接触石头,那位粗矮脖子的青年暗暗叫了叫苦,这哪是石头,分明是一座小山!他脸涨得通红,一边像狼一样咬着牙,一边要用健壮的肩膀扛起这近乎神话的大石。

岩石一点点地挪过来,他的肩上的压力也一点点地加大。当岩石从对方的肩上全部挪过来时,他才感觉到大事不妙。刹那间,看上去就像他的身子在大风中摇晃一样。除了长满胡子的脸,他整个的面部都变了颜色,都成了猪肝色。就这样,汗珠从他那发青的额部向下,顺着腿,再到被照得闪光发亮的沙子上,不断地掉下来。肩上的石头,仿佛也越来越沉,一步一步地,一点一点地,越来越紧迫地往下压着他。

但是,他并没有打算放弃,他仍拼命挣扎着。他一边用双手撑着石头,一边想要拼搏到底。不可避免的事终于发生了,岩石还是如同命运一样压了下来。他的身子也弯曲下来,脑袋也垂了下来,无力地耷拉着。此时,无论你怎么看,他都与压在石头下挣扎的螃蟹没什么两样,一样的命运,一样的悲惨。

四周的年轻人没有惊叫,没有慌乱。他们都只是注视这意外发生的事,漠然地看着这一切。古罗马的角斗场上,付了钱的看客,只是从血腥中寻找快感,只有鲜血才能使他们膨胀。

他们毕竟不是看客。也怪不得他们。仅仅靠他们,终归难以从被称为千把人才能搬动的大石头下把他救出来。岂止是他们,就是那位相貌丑陋的青年,能否从他背上取下自己搬起的那块大石头,也是不得而知的。因此,这会儿他那丑陋的脸上,一会儿出现恐怖的神情,一会儿又出现惊愕的表情,一会儿又不知所措地注视着粗矮脖子的青年。

惨相,不可避免地发生了。那位粗矮脖子的青年,终于发出了一声不知是呻吟还是喊叫的痛苦的声音,听起来让人一阵心悸。他的膝盖,重重地砸在沙地上。毕竟,血肉之躯,如何能与富士山抗衡!

旁边的人,仿佛吓呆了似的,没有喊叫,没有行动,有的只是那写在脸上的惊讶。那位相貌丑陋的青年,听到了那凄厉的叫声,就像立刻被从梦中惊醒似的,猛然跳起,使劲儿去推那块大石。但不幸的是,在他伸出手之前,悲剧上演了。那位粗矮脖子的青年一下子扑倒在沙地上。一阵响声,显然是骨头被压碎那种特有的声音。随即,眼耳口鼻无不迸出许多鲜血。就这样,那位可怜的力士成了一摊血泥。

四周是惊惧不安的人群。那位相貌丑陋的青年发愣地束着手,望着倒在地上的尸体,沉默着。他依稀觉得,这开满鲜花的、春天的气息中,有着一丝的血腥。他抬头望着远处的山峰,痛苦的目光,在乞求着无语的回答,看得出,他也不知所措。四下很静,许多年轻人沐浴着明媚的阳光,都垂着目光,谁也没想到抬头看看他那张丑陋的脸。

## 六

从那以后,高天原的青年们对这位相貌丑陋的青年,态度也发生了一百八十度的大转弯。再也没有人故作冷落他。一方面,他们嫉妒他那非凡的力量,而另一方面,则像狗一样,盲目地崇拜他。情况也并非完全如此。还有一伙人,对他的野性和机遇加以无情地嘲笑。但到了最后,也大都心悦诚服了。只是在最初未分敌我,都对他开始感到一种威严、一种威压,这也是无法清除的事实。

这种感情的变化,当然连他本人也未能摆脱。心中老是有阴影,怎么也挥不去。那位粗矮脖子的青年死了,虽然并不是他杀的,但多少也和他有关系,而这一切,在他内心深处留下了痛苦的伤痕,时不时地袭击着他。正因为这一点,面对他们的好意或是反感,他不能不有某种困惑的感觉。特别是当接触到崇敬他的那伙年轻人时,这种感觉尤显得强烈,就好像怀有一种少女似的羞涩。这样,他的世界,无可避免地分化为两极:一方面,他的朋友,对他投入比以前更加友善的目光;另一方面,他的敌人,也对他报以比以前更大的反感。

他是一个孤独者。他不想见人,尽量避开,多数的时间,他宁肯一个人待着,待在这大自然所造就的大山环绕的村庄里。他只对大自然无所保留,把她当作朋友;大自然也对他充满了温情。他看到的一切,都是那样新鲜,树木发了芽,偶尔绽出一两片嫩叶;山鸠的啼声是那样动听,仿佛是一曲完美的乐章;水边的芦苇在风中摇曳,不时地亲吻着带着春的讯音的河水。他又抬头望了望天。春天的行云是那样温暖,隐隐约约映入平静的水中。这景象,都是那样的亲切;而也只有这些,才会让他热泪盈眶,至于其他的,比如树丛中夹杂着的荆豆花,从山白竹丝中飞出山鸡、幽静的山谷流水中的香鱼群,也同样深深吸引着他。

几乎在所有的地方,他都能感受到那种在伙伴们当中所不能感受到的快感;几乎在所有的地方,他都能感受到安宁和平。最起码,这里没有爱憎和歧视,没有那人世永远也讲不清的恩恩怨怨,一切都平等地享受到阳光与微风的幸福。

然而,他是人。

他时不时地望着掠过河面飞来飞去的岩燕,或听到山谷中生长的辛麦下被蜂蜜所吸引不能飞走的牛虻抖翅的声音,那平静的生活仿佛被投入了一颗小石子,激起了阵阵涟漪,再也无法平静。那难言的寂寞又突然围绕着他。他不晓得,这寂寞从何而来,只是感到无尽的悲哀,与几年前失去母亲时的那种心情很相似。当时无论他走到哪儿,一见到母亲曾经到过的地方,睹物思人,必定要出现由凄凉的空虚感所产生的压抑心情。但当时的心境,是何等凄苦! 相较之下,这种寂寞就不是那么难熬了。

人世间还有比思念母亲更急切的心情吗? 如果有,那也是极少数。他就是一例。此时此刻他有着一种更沉重的心情。在春天的山中,他独自像鸟兽一样游荡着。内心深处,却在品尝着与幸福不可分离的不幸。

仰望天空时,他想大喊几声。这样的事,他干过几次。他莫名其妙地大吼大叫,他不知道为什么,但又不得不那样做。寂寞一旦来临,他就去爬树,爬到很高的柏树的枝杈上,出神地俯视着很深很深的山谷。他的村庄在山谷里靠近天安河畔,像围棋子一样散落着一个一个屋顶用茅草修葺的房子。甚至,他有时还能隐隐约约看见那屋顶升起的缕缕炊烟。当他骑在柏树上时,被从故乡刮过来的风吹着,一动也不动。他愿意那样,在风中,他能嗅出家乡泥土的气息。

风摇晃着柏树的小树枝,在阳光中飘散着枝头嫩芽的味儿。每当风从他耳边吹过,他都觉得那是故乡在召唤他。风,却总是像在对他窃窃私语:

"素盏鸣啊,你在寻找什么? 你要找的东西,这山谷也没有。那个村庄里,不是也没有吗? 跟我一起来! 跟我一起来! 你在为什么迟疑? 素盏鸣啊! ……"

## 七

打心底里,素盏鸣不想和风一起游荡,高天原,总是缠绕着他的牵挂。那又会是什么呢? 他这么一寻思,必然会因为羞怯而涨红了脸。在他内心深处,飘荡着一个姑娘的影子,即使相貌丑陋,他也悄悄地爱着村上的一位姑娘。但是,他深知自己的条件,性情粗野的他竟会爱上那位姑娘,连他也觉得似乎不可思议。

他第一次见到那位姑娘,他记得很清楚,也是在这山中的柏树梢上。当时他一个人爬在上面,茫然地望着下边奔腾的泛着银光的天安河。不幸的是,他的心情很快被破坏,因为他听到了树下女子爽朗的笑声。那声音很不和谐，就像啪啦啪啦往冰上扔石头似的，突然惊醒了他。他一边压住火气，一边在柏树林中长着草的空地搜寻。后来，他终于看到有三位姑娘在绚丽的阳光中，高兴地打闹着。

她们胳膊上挎着竹筐，像是来采什么的，比如说花呀，树叶呀，山当归呀。这些姑娘素盏鸣一个也不认识，但从他们的肩上披着漂亮的围巾来看，她们在那个村子里，也是不土气人家的姑娘，她们的围巾，在微风中摆动着。

素盏鸣定睛一看，她们正在追赶着在草地上吃力地飞转着的一只山鸠。这只山鸠从她们中间穿过去，竭力抖动着翅膀，却怎么也飞不到离地三尺高，显然受过伤。他看了一阵子下面的喧闹。只见一位姑娘将胳膊上挎着的竹筐扔出去，险些要扣住山鸠。山鸠显然吓昏了头，飞转了一阵子，抖落了一些像雪一样的柔软的毛。他一看到这些，就又抓住刚才骑着的粗大的树干，夯拉着悬吊在半空中，接着又一纵身，顺势朝着柏树根部的草地往下跳。最后他终于滑了下来，仰面朝天地摔倒在惊呆了的姑娘们中间。

姑娘们刹那间止住了笑声，面面相觑。随即又笑了起来，反而比以前更加响亮。他马上从草地上爬起来，也露出难为情的样子，一边又故作傲慢地瞧着姑娘们的脸。而又在这时，山鸠意外地抖动着翅膀，很快地飞人长满了芽的树木的丛林中跑掉了。

"你到底藏在哪儿？"

一位姑娘轻蔑地问，并睁大美丽的眼睛瞧着他。那声音中，有些难以抑止的惊奇。

"在那儿，那个树枝上。"素盏鸣抱着双臂，依旧傲然地回答。

## 八

显然，姑娘们并不大相信。他们互相瞧着，又笑了起来。听到她们的笑声，他觉得自尊心受到了伤害，微微变了脸色，同时心里又有些感到高兴。他一边绷着脸，使丑陋的脸更加难看，一边又故意摆出吓唬人的架势，以不快的眼神看着他们。

"有什么好笑的？"他做了一个吓人的表情。

不幸的是,这一切努力完全失去了效果。她们好像没有看见,开心地笑了一阵子后,又望着他。这时,有一位姑娘有些害羞的样子,一边摆弄着漂亮的围巾一边说:

"那么,你怎么又从那儿下来了?"

"这只小鸠,我想救它。"

"这么说,我们是为了同一个目的了。我们也是想救它。"

第三位姑娘欢快地笑了起来,接过话茬儿说了一句。他定睛一看,原来是一位挺漂亮的姑娘。与其他两人相比,她宛如云中仙子,秀美可人,看样子,她年纪尚小,像不大出门的那一种。即便如此,她倒是很伶俐的。刚才扔出竹筐,差一点要打中山鸠的,大概就是她了。他忍不住又瞧了一眼,哪知对方也正目不转睛地瞪着自己。他吓了一跳,心中一阵扑通,急忙收回了目光。于是,他极力做出一副镇定的样子,他不想让她瞧出自己慌乱的样子。

他满不在乎地用手理了理头发,说:"你说谎!"

他极力压住那即将出口的脏话。话刚出口,他就一阵后悔,因为他比谁都清楚,姑娘是无辜的。

"哎呀,"那姑娘瞪着美丽的眼睛,不解地问,"你怎么这样说呢?我真是想救那只山鸠的。"

另外两位姑娘好奇地看着这一切。当看到他不知所措的样子时,心中暗暗好笑。于是,她们也加入了战团。

"是真的,不骗你。"

"你怎么能冤枉好人呢?"

"喜欢这山鸠的,又不是你一个人。"

他一时语塞,没有马上迎击。他只觉得自己失手打翻了一个蜂巢,到处都是嗡嗡的声响。现在,是必须采取行动以挽回颜面的时刻了。他终于又鼓足了勇气,放下叉在胸前的手,故意做出了一个很吓人的架势,想把她们一个一个地推倒,一边却又在大发雷霆:

"吵什么吵?说不说谎,难道我不清楚?要是没说谎,就快点到那边去。再不走,我就……"

仿佛第一次见到这么残暴的人,姑娘们显然是吓坏了,她们慌忙躲到一边,惊疑不定地你看看我,我看看你。待了一会儿,又齐声大笑起来。她们摘下正好在脚下开着的鸡肠花,一齐向他抛去。一时间,满天缤纷,淡紫色的鸡肠花纷纷掉落在素盏鸣的身上。他沐浴在这花的香雨中,心潮起伏。他仿佛觉得,自己是多么的伟大,他的心情渐渐好转。但是持续不了多久,一想起刚才的恼怒,胸中那团无名野火又腾腾燃烧起来。他张开双臂。像老鹰捉小鸡,猛然三步并作两步向正在嬉闹的姑娘们奔去。

这一招显然失效了。她们很快向树林外边跑去，渐渐消失在树丛外，他停住了脚步，长长地吁了一口气。他就站在那里，看着远去的围巾，目送他们的背影。良久，他又回过头，看着那一朵一朵堆积在周围草地上的美丽的鸡肠花，微笑便爬上了他的嘴角。他弓着身子躺在草地上，躺在这落满鸡肠花的地方，透过那长出芽来的树梢，仰望着那春天明朗的天空。远远的树林外边，传来姑娘们的笑声，渐渐地消逝了。剩下的，只有那即将繁茂生长的草地和在明朗天空下的沉寂。

好一会儿，那只翅膀受了伤的山鸠，又战战兢兢地回到了这里。而这时的他，早已进入了梦乡。透过树梢的阳光照着他仰望的脸，嘴角挂着一丝淡淡的微笑。山鸠一边小心翼翼地踩着鸡肠花，一边悄悄地来到他身边，认真地看着他那张因熟睡而略显好看的脸。此时的它，大概也在思考他微笑的意味吧？

## 九

说来也怪，从那以后，那位姑娘的欢快的身影时时清晰地浮现在他的脑海中。正像以前所说的那样，他自己对自己的所作所为是很不满的，甚至还带有一丝的羞怯。正因为这一点，他才没向伙伴们透露出这件事。虽然伙伴们也想知道他的秘密。不幸的是，他们都坚信他平素是一个与恋爱无缘的人。过着粗俗的生活，因此也就作罢了。

他依旧躲避着人，因为已习惯于生活在山里的大自然当中，他经常做的事，就是在森林的深处转上一个晚上。晚上出游并不很太平，冒险的事当然不会少，曾打死过大熊、野兽等。而且，他有时还翻过总是冰天雪地的山峰，远远地射杀大鹰。他使尽了非凡的臂力，但至今尚未找到强硬的对手。即使是生活在山边的山洞里的被称为强悍者的侏儒，每当遇到他时，也必定成了尸体，作为胜利者的他，总是从那些尸体上夺下武器，然后用枪头扛着鸟兽，带回到村子里。

麻烦随之而来。由于他那武勇的名声，他在林子里结下了许多仇敌。因此他们只要一碰上，就公然互相仇恨。他当然尽量地避免这些无谓的争执。而他们为了他们自己，也不管他什么态度，几乎是对任何事情都互相争执。也许是命中注定，一方面他尽力压制自己，对这些敌对者的反目感到不快，另一方面也不由自主地加入这场纷争。

这其间，曾有过一次这样的事。

那是一个风和日丽的春天的傍晚。他一个人扶着弓箭，从村庄后面的山上下来。他的脑海中还不断翻腾着刚才射中的一头壮鹿的形象，那是怎样一个激动人心的壮举啊！因为长草的缘故，山显得略微平坦。透过山上长的一棵榆树的嫩叶，一眼就可看到沐浴着夕阳的村庄的屋顶。他信步走到那附近，心中充满了难以言状的喜悦。在那里，他见到有四五个年轻人正围着一个青年，在不停地争吵着什么。在他们的四周，有几头正在吃草的牛马，——很显然，他们都是到这座山上放牧牛马的。特别是在一些崇拜他的年轻人当中，必定有一位几乎像奴仆一样问候他反而引起他反感的青年。

根据以往的经验，他隐隐觉得即将有什么不祥的事发生。他本想抽身而过，可是，既然来到了这里，对他们的争执置之不理也是不大近道理的。所以，他走了过去，问一个他所认识的年轻人："怎么回事？"

看到他，那个年轻人就像来了大救星似的，眼中一亮，语气也随之强硬起来。他滔滔不绝地讲起对方那些人不近情理的事，他们怎么因为憎恨他，就伤害和虐待他养的牛马。他一边抱怨，一边拿眼睛瞪着他们。

"好小子！你们别想逃！看我怎么收拾你们！"他双手抱在胸前，凛然一副天下之大我最大的神情。

十

素盏鸣沉默了。说真的，如果小伙子所说属实，换作他，地上说不定早就倒下了好几个。幸运的是不是他！他正要说些调解的话，消消双方的火气。就在这时，事情又发生了变化。他的那位崇拜者可能由于忍不住气愤，猛然扑向旁边的一个青年，狠狠地痛打了一顿。被打的青年一边摇晃着，一边立即扑了过来。

"住手！喂，让你们住手，听着没有？"

素盏鸣一边这么斥责道，一边伸手想把两人拉开。可是，两头急红眼的狼，若不来个你死我活，又怎会分开！被打的青年被素盏鸣抓住胳膊，气得眼睛冒火，发疯似的向他冲过来。同时，他的那位崇拜者又解下腰间插着的鞭子，就像发疯似的又向那群年轻人冲去。人家当然不会被动挨打。他们立即分成两伙，一伙很快围住他，另一伙纷纷挥舞着拳头朝他打来。事情来得太突然了，素盏鸣一下子着了慌，看眼下形势，他不想卷入也很困难。而且，当对方的拳头终于向他的头部打来时，他理智的大堤崩溃了，内心深处着实发了火。

他们都混乱的拥挤过来，开始互相厮打起来。吃草的牛和马被惊动了，不安地嘶鸣着四下逃散，而这些牛马的主人，谁也没有注意到这些，他们所注意的，只是对方的拳头和自己的拳头。

打斗，激起了素盏鸣原始的野性，他疯狂地反扑着。与他争斗的青年，有的手被折断，有的脚被扭了，渐渐地处于下风。就这样，到了后来，他们的胆儿都吓破了，不知谁喊了一声，他们纷纷往长着草的山下逃去。

素盏鸣没有追，就那么傲然地站着，宛如一尊天神。倒是那位崇拜者，要克制对他们的留恋了。

"不要吵,也不要追! 他们要跑,就尽管让他们跑吧。"

那个青年挣扎了好一阵子,才从他手中挣脱出去,筋疲力尽地坐在草地上。他感觉好像做了一个梦,但被拳打肿的脸,证明这是明明白白的事情。素盏鸣一看他的脸,内心就有火,但又感到很滑稽。

"小伙子,怎么样? 没有受伤吧?"

"小意思! 这点小伤……即使挨了打,又有什么呢? 我就是要吓唬这帮家伙一下子,争一口气……对了,你受伤了吗?"

"喔,不碍事,只是起了一个小包。"

素盏鸣吐出这么一句气话,便靠在身边的一棵榆树根上坐下。阳光映照在长草的山的山腰,村庄中的屋顶红红地映入他的眼中。他感到这一切都是格外地温柔。这景象,与刚才的殴斗相比,恍如隔世。

谁也没开口。两个人就这么坐着,观望着村庄那宁静的黄昏。

"怎么样? 包还疼吗?"

"不觉得。"素盏鸣轻轻摇了摇头。

"听说嚼口生米放在上边管用。"

"是吗? 今天还真有收获,我听到了一个好办法。"

## 十一

就像这殴斗一样,尽管不是他先挑起而他也不愿挑起,它还是要发生。素盏鸣还必将逐渐地把那伙青年当作敌人。而且,他们人数众多,几乎占到这个村庄里青年的三分之二以上。和他的拥护者把他尊为首领那样,这伙人对思兼尊和手力雄尊这样的年长者怀有敬意。所不同的是,这些被称为尊的年长者并没有对他怀有特别的敌意。

特别是思兼尊,对他的野性好像有特别的好感。那次去长草的山上发生吵架以后两三天,在一个午后,他像往常一样一个人到山里的一个古老的湖沼去钓鱼。凑巧的是,思兼尊也是一个人来到这里,互相间没有隔阂,两人同坐在一棵朽木的树干上,十分融洽地闲聊起来。

提起思兼尊,素盏鸣不能不油然而生一股敬意。虽然是一个头发和胡子都已经花白的老人,但是他是村中首屈一指的有学问的人,并且被称为村中的第一位诗人;在村中的妇女当中,也有些人把他尊为非凡的巫师,能够祛除百病,只要一有空,他就到山谷中走走看看,采采草药。

一个这样的老人,素盏鸣当然没有理由抱有反感,因此就一边钓鱼,一边高高兴兴地与他闲谈起来。在古老的湖沼边,长着许多柳树,在挂着像银白色的花的柳枝下,二人长时间聊了许多：

"最近大家对你的刚勇的气力不是评价很高吗？"思兼尊这么说，面颊上浮现出笑意。

"只是气力，评价倒也高。"

"这也就很可以了。任何事情，都有个评价才有价值。"

对于这一点，素盏鸣一点儿也不理解。

"是吗？那么，尽管我有刚勇的气力，却没得到很高的评价……"

"那就不是真正的刚勇之力。"

"可是，这世上本有沙金，即使你不去淘，沙金终归是沙金。"

"然而，你若不去淘，又怎么会知道那就是沙金？"

"这么说来，如果人明明知道了那是沙金才去淘……"

"还是沙金才成为沙金吧。"

素盏鸣心中隐隐觉得有些被戏弄，却又不知道是哪一点儿。他边这么想，边看着他。而老人满是皱纹的眼角上却堆满了微笑，没有一点戏弄人的神色。

"我总觉得，即便是成为沙金也没有什么。"

"问题就在这一点儿。一些无所谓的东西，再去捉摸想法就错了。"

思兼尊这么一说，又一边显出不以为然的表情，并开始闻起不知从何处摘来的忍冬的梗的气味。

## 十二

素盏鸣沉默了一会儿。这时思兼尊又提起他那非凡的膂力这个刚才没说完的话题。

## 老年的素盏鸣尊

### 一

祸害一方的高志大蛇终于被英武盖世的素盏鸣斩除了，为此足名椎推举他做了部落首长，与此同时素盏鸣又娶了美貌的栉名田姬为妻。

一座富丽堂皇的宫殿拔地而起，直插云霄，犹如在雾霭中隐现的山林。素盏鸣和他心爱的妻子就在这里平淡、安静地生活着，微风轻拂，海浪拍岸，繁星点点，落英无限……一切都是那么静谧和谐。

过去的生活已经远远地离开了素盏鸣，杀戮、流浪、纷争……都再也无法唤起素盏鸣的热情,当然,偶尔在睡梦中那刀光剑影,电闪雷鸣……也会令他心驰神往,但当他醒来的时候,心里只有部落和他美丽的妻子,他完完全全地沉醉在幸福的生活中。他和妻子常常在宫殿外的小树林里悠闲地散步,呼吸着清新的空气,倾听着小鸟的歌唱,描着狩猎图的四壁留有他们的足迹,雄伟的宝殿中萦绕着他们的歌声……

素盏鸣深爱着他的妻子,为此都更改了自己的性格,他用最温柔的眼神望着妻子,用最轻柔的声音同她说话,完全不似先前的野性与粗鲁。美好的日子一天天过去了,不久,素盏鸣当上了父亲。他给孩子取名叫八岛士奴美,小婴儿漂亮可爱,就像他的母亲一样,素盏鸣对于他的第一个儿子甚是钟爱……

时光如水,岁月如梭,在这之后漫长的一段时间里,素盏鸣又娶了几位妻子,他的孩子们也渐渐长大成人,儿孙们继承了他的品性,个个骁勇善战,慢慢地,素盏鸣的英名远播四方,周围有很多部落来此朝拜纳贡,对他俯首称臣。

一次在来朝拜他的人群中,有三个来自高天原的年轻人,他们个个身材魁梧,气宇不凡,就如同当年的素盏鸣一样。看到这几个年轻人,不禁使素盏鸣想起了他的故乡,因此在朝拜后,他为这三位年轻人准备了丰盛的酒席,面对这位声势显赫的英雄人物的盛情款待,这几个年轻人不免感到有些惶恐不安,但不多时他们见素盏鸣如此亲切地同自己说话,心里也就不再害怕了,神情自若地向素盏鸣讲起家乡的事情,又用竹筷敲打盆底,跟着节拍,唱着高天原的国歌……热闹的场面一直持续到这三位年轻人要起身告辞的时候,这时素盏鸣拿出一把锋利的宝剑说:"这把利剑是我在斩杀高志大蛇时从蛇尾取出来的,请你们代我把这宝剑献给高天原的女王。"年轻人恭恭敬敬地接过宝剑,向天发誓,一定不辜负素盏鸣的重托。

素盏鸣一直把三位年轻人送到海边,望着他们驾船离去。海面在阳光的照耀下,波光粼粼。船越走越远,直到消失……

## 二

虽然素盏鸣夫妇一直都在这里安静、平和地生活,却也没有躲过死神的拜访,就在八岛士奴美成长为一个健壮美貌的青年时,栉名田姬突然得了一场重病,尽管素盏鸣为她请来无数名医,最终也没能留住妻子。一个月后,栉名田姬溘然逝去,素盏鸣妻妾成群,可他最珍爱的却只有栉名田姬一人。

此时的宫殿上下哭声一片,特别是最小的女儿须世理姬悲痛欲绝,这让素盏鸣的心里更加难过,他就一直呆呆地坐在妻子的灵堂之上,泪流不止,整整七天七夜不曾离开。

此后,素盏鸣用部落里最尊贵的仪式厚葬了他的爱妻,并连同栉名田姬生前用过的珠宝、穿过的衣服……统统一起埋葬了,还杀死了十一个服侍妻子的女奴,作为殉葬。

触景伤情，素盏鸣每到一处，都会想起美丽善良的妻子，想他们往日一同度过的快乐时光，所以素盏鸣把王位传给了长子——八岛士奴美，而他自己则带上小女儿须世理姬坐船去了遥远的根坚洲国。

这是一个四面环海的孤岛，早在他年轻时就到过这里，并为岛上秀丽的风光所吸引，不久他便在小岛的南面搭盖了一座小型宫殿，以安度余生，素盏鸣也已经成了一位白发苍苍的老人，但尽管如此，他依旧精力充沛，双眼炯炯有神，英武不减当年。

素盏鸣的心情渐渐地由悲伤转为平淡，那大海中的风浪和空中盘旋的雄鹰又重新唤起了他内心深处野性的力量。

在小岛上，素盏鸣同女儿豢养了毒蛇和蜜蜂，他们用毒蛇的毒液浸泡箭头，用得来的蜂蜜酿制食物，日起而作，日落而息，过着原始的生活，在闲暇之余，素盏鸣便把自己的一身武艺传给女儿，日子一天天过去，在这样的环境下须世理姬终于长成为一位巾帼不让须眉的女中豪杰，她的性格像足了她的父亲，只是容貌中还保存着母亲的影子。

素盏鸣更加衰老了。皱纹不知何时悄悄爬上了他满是胡须的脸，长大了的须世理姬眼里闪烁着坚毅，如同她父亲当年。

## 三

这一天，素盏鸣正在扑树下剥刚刚捕到的那只雄鹿的皮，这时本该去海里洗浴的须世理姬走了过来，旁边还跟着一位年轻人。"父亲，这人是我刚才去海边时遇到的，他的船触礁了，所以我把他带到了这里。"须世理姬小心翼翼地向她父亲介绍身边的这位年轻人。素盏鸣上下打量了一下眼前的这位年轻人，年轻人身材魁梧，眉清目秀，英俊又不失威武，脖颈上挂着一串红蓝项链，腰间佩带一把高丽宝剑，英姿勃发地站在素盏鸣的面前，这不禁又使他回想起自己的过去……"你叫什么?"素盏鸣冷冷地问道，"我的名字是苇原丑男，"。"来岛上做什么?""我在海上遇到风浪，船不幸触礁，我来寻找食物，修补木船。"苇原丑男一五一十地说道。"那你就进去吧。"素盏鸣的口气依然没变，冷冷的。

须世理姬带着苇原丑男走进了小宫殿，素盏鸣拾起地上的刀，继续剥鹿皮，但不知为什么一阵心潮澎湃，怎样也平静不下来，他知道这孤岛上宁静的生活即将被这陌生人打破。

太阳徐徐西落，天色渐黑，素盏鸣收拾好剥完的鹿皮，走回宫殿。当他掀开门前的白帘，步入大厅的时候，突然看见女儿同苇原丑男神色慌张地站了起来，犹如雀巢中一对亲热的小鸟被猛然惊起一般。看到这些，素盏鸣的脸立刻沉了下去，眉头也皱了起来，一脸的不悦，"今晚你就留在这儿。"素盏鸣几乎用命令的不容商量的口气同苇原丑男说。苇原丑男站在那里一脸尴尬，没有说话。这时素盏鸣失望地看了一眼女儿，"快把他带到蜂房,"须世理姬不解地望着父亲,"还不去?"素盏呜几乎要咆哮起来了,他绝不允许有人违抗他的命令,见此情景,须世理姬不得不带着苇原丑男走出去,即使这样,在出门之前,苇原丑男也没忘给素盏呜深深地鞠一躬。

## 四

大厅之外,须世理姬默默地注视着苇原丑男,良久,才取下身上的披肩,放到苇原丑男手中,小声说:"记住,进了蜂房,你就把这披肩挥舞三次,那样蜜蜂便不会来叮咬你了。"苇原丑男显出了不解的表情,还没容得他细问,须世理姬已经打开了蜂房的小门,没有办法,苇原丑男只得走了进去,紧接着门被关上了。

眼前一片漆黑,苇原丑男什么也看不见,只好呆呆地站着。过了一会儿,眼睛渐渐习惯了黑暗,他隐隐约约看到一些模糊不清的影子。几个木桶般大的蜂窝悬挂在屋顶,数不清的幼蜂在上面蠕动,那蜜蜂甚至比他腰间的高丽剑还要粗。……当苇原丑男看清了眼前的一切,不觉心惊胆战,他慌忙地退到门口,想夺门而出,但门早已被关牢了,任凭他怎样用力,也没有丝毫的作用,就在他手足无措的时候,一只斗大的蜜蜂向他飞来。苇原丑男急忙用手去挡,这时,更多的蜜蜂朝他飞来,不容分说地落到他身上。

"你把他带到蜂房了吗?"素盏呜见女儿走回大厅,便厉声问道。须世理姬避开父亲的眼光,"我从来不违抗爸爸的命令!"她话语中带着幽怨。"那今后你也不要违抗爸爸的吩咐!"听着素盏呜口带嘲讽的语气,须世理姬什么也没说,只顾埋头整理自己的东西,见须世理姬默不作声,素盏呜不高兴地说:"我绝不同意那年轻人做你的丈夫,我素盏呜的女儿,得找一个我素盏呜看中的人。"

夜渐渐沉下去了,素盏呜鼾声已起,可须世理姬却毫无睡意,她悄悄地走到窗口,望着海面上宁静的月亮,"不知道他会不会平安归来?"须世理姬心中暗想。

## 五

海面上晨曦渐起,素盏呜照例去海边游泳。"早上好!"这时就见苇原丑男兴冲冲地从宫殿旁跑过来,并向他热情地打了个招呼,"啊……你昨晚睡得可好?"素盏呜吃惊地问道。没错,的确是苇原丑男,真是出乎意料,他竟没有被蜜蜂蛰死!"托您的福,我很好!"苇原丑男一边轻快地回答,一边从地上捡起一块石头,用力向前抛去,石头在空中画了一条优美的弧线,便跌落在很远的海中。

素盏呜皱起了眉头,不友善地看着苇原丑男,他知道要是自己的话,绝不会抛得这么远,现在他心里更加不喜欢眼前这位年轻人了,甚至有些憎恨他。

须世理姬已经打理好早饭,便去叫两人过来吃。素盏鸣啃着一条鹿腿,板着脸对苇原丑男说:"既然你挺喜欢这里,那就多留几天吧!"听完爸爸的话,坐在一旁的须世理姬连忙向苇原丑男使了个眼色,意思是让他别答应爸爸的邀请,可苇原丑男没有注意到须世理姬,所以欣然接受了。

直到中午,素盏鸣睡着的时候,两人才得以偷偷溜出宫外,来到了宁静的海边,水中的海草散发出一种淡淡的幽香,远处几只海鸥正在嬉戏玩耍……可须世理姬此时却无心看风景。"你怎么能答应爸爸呢?你知不知道,你再留在这,性命就不保了,不如,你现在就赶快逃走吧!"她担心地说道。"能够和你在一起,我宁愿死!"苇原丑男顽皮得像个小孩子。"可你万一,有什么意外,我可怎么办?""那好办,我们一起逃走吧,离开这个孤岛,开始新生活。"苇原丑男深情地望着须世理姬。

就在这时,须世理姬一把推开苇原丑男,迅速地站了起来,惊慌地说:"爸爸在喊我了。"说完便像一头受惊的小鹿飞快地向着宫殿跑去。苇原丑男望着她的背影不由得笑了,这时他突然发现在他手中有一条披肩,和昨晚须世理姬给他的那条一模一样。

六

天又黑了,这回素盏鸣亲自把苇原丑男带进了蜂房旁边的屋子。

苇原丑男刚走进去,还没站稳,就听背后一记重重的关门声,门又被牢牢地锁住了,这间屋子同昨天的一样漆黑,唯一不同的是,地上有好多亮晶晶的东西,就像散落的宝石。

在黑暗中,苇原丑男并没有感到恐惧,可当他看清屋里的一切时,却不禁毛骨悚然。地上闪闪发亮的哪里是什么宝石,分明是毒蛇的眼睛,数不清这里究竟有多少条毒蛇在地上伏着,房梁上缠绕的不计其数,每条蛇都有碗口那么粗,足足可以活吞下去一匹马。这时,一条吐着鲜红信子的毒蛇向苇原丑男爬过来。苇原丑男急忙拔出腰间宝剑,可是没有用的,即使是他杀了眼前的这条蛇,另外的一条蛇也完全可以把他吐下去。越来越多的毒蛇向他拥来,像小山一样堆在他脚下,眼中闪着凶光,直逼他咽喉。逃,已经是不可能的了,可也不能坐以待毙呀,这时苇原丑男灵机一动,想起自己昨夜在蜂房里,拿着须世理姬的披肩一阵挥舞,才保住性命,眼下是不是也可以呢?已容不得苇原丑男多想,他匆忙地从腰间解下披肩对着毒蛇挥舞。

初升的太阳映得海面一片通红。素盏鸣又来到了海边准备游泳,这时苇原丑男英姿飒爽地走过来热情地打了声招呼。"啊——你昨晚睡得可好?""托您的福,我很好!"素盏鸣的脸色阴暗,既而又换上了一副平静的面孔,似乎毫不在意地说:"既然你精神这么好,不如我们一起去游泳吧!"在高天原的时候,素盏鸣可是一等一的游泳高手,就是水中的鱼儿也比不上他。

说着说着两人便脱了衣服,跳进波涛汹涌的大海中,素盏鸣用尽全力,拼命地向前游。他不想输给这个两次都没有让他得逞的年轻人。正当他得意于苇原丑男被他落在后面的时候,一个大浪拍过来。这时苇原丑男像一只灵巧的海豚,他娴熟的技艺连素盏鸣都不得不佩服……

远远望去,只见藏蓝色的大海上,两人如同海豚一般,你追我赶,互不相让……

## 七

尽管素盏鸣不时地向苇原丑男投以不友好的目光,可他好像根本就没有注意到这些,依然在碧蓝的波涛中上下翻滚,越过一个又一个巨浪,这时苇原丑男已经远远领先于素盏鸣了,越游越远,不见了踪影。

"让鳄鱼吞了这家伙吧!"素盏鸣在心里诅咒着,只要苇原丑男不死,素盏鸣就不会甘心,正在他希望苇原丑男葬身鱼腹的时候,苇原丑男不知什么时候又游了回来,还嬉皮笑脸地同素盏鸣打招呼。此时的素盏鸣连生气的份都没了,他早已经精疲力竭。

吃过午饭,苇原丑男又跟着素盏鸣去孤岛西面的原野上打猎。在一块高大的岩石上,两人正在休息。站在高处,放眼望去,遍地的荒草,没有边际,此时正值秋高气爽,一阵风过,荒草摆动,犹如金黄色的海浪……

"我们比箭吧,看谁射的远。"素盏鸣轻蔑地看着苇原丑男,问道。"好!"苇原丑男干脆地回答,一副成竹在胸的样子。

于是,两人肩并肩地站在岩石上,同时拉起了弓箭,只听"嗖"的一声,两支箭同时射出,速度之快,如天空中直冲而下的雄鹰,瞬间便不见了踪影,见无法分出胜负,素盏鸣不由得露出了不悦的神情。"麻烦你把我的箭找回来,那可是我从祖国高天原带回来的。"听了素盏鸣的吩咐,苇原丑男只得向着狂风刮起的荒野跑去,一直顺着箭的方向,这时,素盏鸣望着苇原丑男的背影,狡黠地笑了一下,从腰中取出打火石……

火借风势,越烧越急,越燃越大,不断延伸,浓黑的烟雾弥漫在这荒原上,遮住了眼睛的视线,岩石下的枯草被烧得噼啪作响,小鸟在空中不停地哀叫。整个天空都被映红了,空气里满是呛鼻的焦烟……

"这回,这家伙完蛋了!"素盏鸣掩饰不住内心的高兴与激动,如同打了一个大胜仗。

傍晚,素盏鸣回到家中,得意扬扬地望着浓烟滚滚的荒原上空。这时,须世理姬走过来叫父亲吃晚饭,素盏鸣惊奇地看着一身素衣的女儿,"你这是干什么?""我知道苇原丑男再也回不来了,他被爸爸您烧死了!""你很难过?"素盏鸣望着一脸神伤的女儿问道。"当然,如果是爸爸您死了,我还不至于如此伤心呢!"素盏鸣虽然很气愤,却也拿须世理姬没有办法，毕竟是自己把苇原丑男烧死了。"要是在平时，我一定狠狠地揍你一顿！"素盏鸣说完便怒气冲冲地向大厅走去。

须世理姬一个人站在门口，呆呆地望着依旧火光冲天的荒原，掩饰不住内心的悲伤，泪流不止……

说来也奇怪，终于杀了苇原丑男的素盏鸣本应睡个好觉，可不知为什么眼下却辗转难眠，其实苇原丑男的出现，无形中消减了素盏鸣老年的孤独，终于又有人可以跟他一比高低了，可是现在他死了，素盏鸣的心中不免有些落寞，明天的生活又要跟从前一样了。

夜更深了，一切都安静了，连蟋蟀都不再鸣叫，只有星星在调皮地眨着眼……老年的素盏鸣仍旧无法入睡。

## 八

阳光洒满大地，新的一天又开始了。

当素盏鸣睡眼惺忪，面带倦意地从大厅里走出来，却惊奇地发现，须世理姬和苇原丑男正亲热地坐在台阶上说着话。

看见素盏鸣从大厅里出来，苇原丑男面带笑容，恭敬地递上那枝朱漆的羽毛箭。"真是不容易呀，为了找这箭，我差点连命都没了。"

"就在我去找那支箭的时候，不知为什么着了一场大火，那时我一眼看见那支箭就在前方，我飞快地跑过去捡起来，火像毒蛇一样紧紧地跟在我身后，尽管我一路狂奔，却也快不过狂风烈火呀，我想这一回我大概要被烧死了。就在这时，我脚一松，掉进了一个大窟窿里，我什么也看不见，后来上面的火燃到了洞口，我才看清，原来我掉进了一个老鼠洞，几百几千只老鼠密密麻麻，都把地面覆盖了，不过，幸运的是只是老鼠而已，如果要是毒蛇，我就死定了，不过老鼠也够厉害了，它们拼命地撕咬我，你们看，我的衣服，噢，对了还有那把箭，箭尾的羽毛已经被它们啃光了，过了好长时间，火才从洞口燃过去，就这样我回来了。"苇原丑男几乎一口气说完了，旁边听着的须世理姬终于也松了一口气，悬着的心也放了下来，可是素盏鸣却不这样想，对于总是走运的苇原丑男，他又滋生出一种恨意。"是吗？年轻人，你的运气真好，大难不死，必有'后福'，现在请你给我捉一下头上的虱子吧。"

素盏鸣端坐在大厅中央，苇原丑男不得不解开盘在他头顶的长发，银白色的长发，披散下来，如同飞瀑一般，苇原丑男轻轻地拨开他的头发，给他找虱子，可哪里有什么虱子，在发根间爬着的原来是血红色的蜈蚣，眼睛闪着凶光。

# 九

正在苇原丑男慌了手脚,不知所措的时候,站在一旁的须世理姬递上了早已准备好的黄土和朴树果。苇原丑男咬碎果实,和在黄土上,做成蜈蚣的样子,然后扔在地上,疲劳的素盏鸣没有发现这些蜈蚣是假的,由于昨天晚上没有睡好的缘故,素盏鸣渐渐地睡着了……阴暗的天空,炸雷响起,狂风暴雨,席卷而来……乌鸦在头上"呱呱"乱叫,素盏鸣被驱逐出境,永不能返回他的祖国高天原,有人拔去了他的指甲,有人剪断他的头发,还有人拿着棍棒狠狠地抽打他……"我究竟有什么罪,难道就仅仅因为我比他们强吗?你们这群阴险、狡诈、无耻下流的家伙绝不会有什么好下场的……"在小路的尽头,一座不高的小山顶上放着一面铜镜,旁边还挂着六个银铃,他望着那面铜镜,里面映出了一张青年的脸孔,奇怪,这不是自己的脸,再仔细一看,原来是苇原丑男的脸,他挥舞着手中的剑直冲过去……只听一声巨响,顿时地裂山崩……

素盏鸣身体一抖,醒了过来,原来是一场梦,这时他向四周一望,早已没了须世理姬和苇原丑男的踪影,而且自己的头发被分成几股,牢牢地系在了大厅的柱子上,"可恶!"素盏鸣大声骂道。现在他什么都明白了,一定是趁自己睡着之际,苇原丑男带着女儿逃跑了。

素盏鸣把头用力一甩,三条柱子倒塌了,大厅内发出雷鸣般的响声,素盏鸣哪里顾得了这些,他左手抓起硕大的弓箭,右手拎起羽毛箭袋,夺门而出,健步如飞地朝宫外跑去,素盏鸣霹雳旋风一般穿过树林,在他身后,树叶纷纷落下,小鸟惊起,就连树上的松鼠都吓得上下乱窜……

来到海边,素盏鸣一眼便看见自己的那只小木船,正向远方飘去。素盏鸣分明能够看清,须世理姬在船尾,苇原丑男在船头。

这时的大海,恶浪滔天,狂风不止,漩涡一个连着一个,小木舟如同一片孤独的树叶,在海面上飘来荡去,有几次都几乎被海水淹没,但最终还是向着对岸驶去。

勃然大怒的素盏鸣举起大弓,搭上巨箭,但久久的,箭依然停在弓上,没有射出,这时他手一松,弓箭一起滚落在地,素盏鸣脸上露出了平时少有的笑容,一行浊泪夺眶而出,然后对着小船的方向疾声大呼:"我向你们祝福,祝你们比我更勇敢,更有智慧,也祝你们生活得比我更幸福!"素盏鸣边喊边向小船挥手。

素盏鸣声如洪钟,他的声音传遍了天空,传遍了大海,响彻云霄。此时的素盏鸣虽然已白发苍苍,皱纹满面,但他所显示出的气概,却比在高志斩大蛇时更加神勇英武。

风浪过去了,海面渐渐平静下来,小船在粼粼波光中轻快地划着,像张微笑的脸。

# 诸神的微笑

那是这年春天的某个傍晚,奥尔甘蒂诺神父独自一人走在南蛮寺的庭院里,长长的法衣下摆拖在他的身后。

蔷薇、橄榄、月桂等西洋植物,点缀在庭院里的松树与日本扁柏之间,尤其是在微明的夕阳透过树丛的照射下,怒放的蔷薇花散发着轻轻淡淡的香气。如此景致使得这宁静的寺院拥有了一种不像是在日本的独特魅力。

奥尔甘蒂诺沿着红色的沙土小路孤独地漫步着。他沉浸在回忆的往事之中:罗马的群山、里斯本的港口、曼陀铃那美妙的声音、巴旦杏的美味、"天主啊,我的灵魂之镜"之歌,许许多多的往事使得这位红发沙门不禁泛起了浓浓的思乡之情。他默默地吟诵着"上帝"的名字,好使那种悲伤之情得以驱散。然而,悲伤并未被驱散,反而比以前更加重了他心中的痛苦。

"这是一个景色怡人的国家!"奥尔甘蒂诺回味道。

"这的确是个景色秀丽、气候温和的国家! 本地人也许会认为黑人比那矮个子黄皮肤的人好些。可是,矮个子黄皮肤的人很平易近人。不仅如此,近来信徒的人数已达到了几万人左右。如今还有这样的寺院坐落于这个城市的中心。如此说来,继续住在这里心情连不愉快的理由都没有。然而,神父的心却时时陷入忧郁之中,希望回到里斯本,离开这个国家。难道只是思乡的痛苦吗? 不,他发觉自己只要离开这个国度,即使没有回里斯本,到什么地方去都可以,中国、暹罗、印度都行。他只是希望能尽早逃离这个国度,因为他发现思乡的痛苦只是他忧郁的一部分。可是,这是个景色如此美丽的国家! 首先有温和的气候……"

奥尔甘蒂诺深深地叹了一声。此时,他的目光偶然发现了樱花。樱花! 那灰白色的樱花零零点点地散落在树荫处的苔藓上。奥尔甘蒂诺惊奇地凝视着那微暗的树木中间。在四五棵棕榈树之间有一株垂着枝条的垂樱,像弥散着花的梦境般的云雾。

"请天主保佑我吧!"奥尔甘蒂诺在胸前画着十字。

实际上在那一刹那,在他的眼里,那盛开在黄昏的微暗中的垂樱也没有意义了。然而,不知为什么那展现着日本特有魅力的樱花令他心神不宁。不过,在那一瞬间过后,他又认为没有什么可惊奇的。那只是一株樱花,他苦涩地笑着。然后,他静静地回到来时的小路上,迈着沉而无力的步子返回去。

过了半个时辰，在南蛮寺的正殿上他向上帝进行祈祷。正殿的圆形顶棚上吊着灯，灯光下，环绕正殿的墙上是圣·米格尔与地狱的恶魔争夺摩西尸体的西洋古式湿绘壁画。或许是因为那朦胧的灯光吧，不仅仅是英勇的天使，就连那狂哮的魔鬼在今晚也似乎比平时显得柔美了。也或许是祭坛前供奉的金雀花和蔷薇花飘散着清香的缘故吧！他一动不动地站在祭坛的后边，低着头真心实意地祈祷着。

"我敬爱的万能的主啊！自我乘船离开里斯本之时起，就把我的生命献给了您。因此，为了使十字架放射出神秘而威严的光，即使遇到极大的艰难困苦，我也不会胆怯地退缩。这当然并非我一人力所能及，这都是万能的主您的恩惠。在日本居住的这段时间，我渐渐明白了我肩负着多么艰难的使命。然而有一种奇特的力量在暗中阻碍了我的使命。这种奇特的力量潜伏在这个国度的每个角落，无论是山川、森林，还是排着一户户人家的村镇。否则，我又怎会像如今这样，突然深陷在不知何种理由的忧郁的深渊之中。我不清楚那种力量究竟是什么，但是，它如地下的泉水般流往这个国度的各地。哦，我敬爱的万能的主啊！必须先消灭这种力量，否则沉浸于邪教中的日本人可能永远也不会崇仰天堂的庄严。这几天我为此而愈加烦恼了。请您赐予您的忠实奴仆奥尔甘蒂诺忍耐和勇气……"

这时，几声鸡叫声好像传来了，但是奥尔甘蒂并未在意，又继续虔诚地祈祷着说："为了能够胜利地完成使命，我必须与那潜藏在这个国度中的神秘力量或人所看不到的各种神灵进行斗争。埃及的军队曾因为您而沉没红海的海底，而这个国家的神灵力量并不亚于埃及军队的强大。请您像古老的预言家那样，让我也在与这神秘力量的斗争中……"

不知何时祈祷的话语消失在他的唇边。突然，尖锐的鸡叫声在祭坛的附近响起。奥尔甘蒂诺惊疑地环顾了一下四周，一只垂着白色尾巴的鸡正昂首挺胸地立于他的正后方祭坛上。他思索着或许这只鸡在夜晚也像黎明时一样又一次打鸣吧？

奥尔甘蒂诺慌忙跳起来，张开穿着长长法衣的两只胳膊，仓皇地赶走鸡。可是，刚迈出两三步，他就茫然地站在那里不动了，并且还不断地喊着"主啊"。不知何时无数只不知来自何处的鸡聚满了微暗的正殿，或许它们是从四面八方跑来的，或许是从空中飞来的。他目所能及之处几乎是一片鸡冠汇成的汪洋。

"上帝啊！请您保佑我！"

正当他要画十字时，他的手好像被钳子夹住了，无法自由活动。过了一会儿，像木块燃着的火一样的红光不知从何处照映出来了，红光渐渐地出现在正殿之中。奥尔甘蒂诺用力地挣扎着，他又发觉与此同时，有模糊不清地从周围浮现出来的人影在红光中显现。

渐渐地人影变清晰了，这是群谁也看不惯的朴素男女，用细带串接起来的玉缠绕在他们的脖子上，欢快的笑容呈现在他们脸上。正殿中成群的鸡比刚才叫得声音更大了，因为它们看清楚了他们的影子，有几只正在互相争斗着。与此同时，正殿的墙壁像雾一样被黑夜完全地吞没掉了,尤其是那面画有圣·米格尔的画的墙壁。其痕迹……

　　如海市蜃楼般的日本"涵神节"使奥尔甘蒂诺看得入了神,他看到了身穿古代服装的日本人在火红的篝火火光中团团围坐在一起竞相欢饮的情景。有一位女人在那堆人的最中间,她在翻扣过来的大木桶上热情狂舞着,这是他到日本以来从未见过的一位拥有健壮身体的女人。他还见到又有一位十分魁梧像小山一样的男人站在桶的后面,他托起像是被整根拔起的洋梧桐的树枝上悠然悬挂着的镜子、玉石。他看见数百只鸡一边不断地欢快地叫着,一边把鸡冠、鸡尾巴及鸡翅膀互相拥簇到一起。在对面的夜幕中,一块像石头房子的门一样的岩石墩实地屹立着。此时,奥尔甘蒂诺不得不怀疑自己的眼睛了。

　　那位健壮狂舞着的女人不停地跳着,挂在她脖子上的玉石像霰一样相互碰撞着发出清脆的声响。她鬈曲的头发在空中优美地飘动着,她手中的小竹枝在风中随意地挥舞着,并且在火红的篝火火光中,她那袒露的胸部恰好呈现出一对丰润光滑的乳房。奥尔甘蒂诺认为这一切都是情欲的表示。他一边念诵着上帝,一边使劲儿要将脸扭到别处去。可是,似乎有某种神奇的诅咒似的,使他的身体无法动弹。

　　这时候,沉涵于梦乡中的男女们突然沉默起来。那位骑在木桶上的女人似乎又变得正常了,终于停止了那疯狂般地舞蹈,不仅如此,就连争相鸣叫的鸡群也在这一刹那伸着脖子,变得鸦雀无声了。但是,不知从何处传来的庄严而动听的声音打破了这份沉默。

　　"假如我躲起来不再出去,世界不是要变得昏暗了吗?诸神全会欢乐地嘲笑我。"

　　当那美丽的女子声音消失于夜空时,站在木桶上的那个女人异常冷静地瞅了大家一眼,回答说:"那是因为也有强于您的新的神灵,所以互相欢乐。"

　　奥尔甘蒂诺在这一刹那受到了极大的鼓动,那所谓的新的神也许指的是上帝。他用捎带着兴趣的眼神凝视着这奇妙的幻觉变化。

　　沉默持续着,但是伴着鸡群的一齐鸣叫,对面那被黑色夜幕包围着、像石屋子的门一样的岩石缓缓地向两边打开了,像洪水般极其壮丽的万道霞光从石缝中喷射出来。

　　奥尔甘蒂诺想要放声呼喊,可嘴却没有动,他想逃走,但脚却不听使唤。因为那灿烂夺目的光明使他感到强烈的头晕目眩。这时,在万丈霞光中,他听见众多的欢声笑语充荡着天空。

　　"大日灵贵!大日灵贵!大日灵贵!"

　　"没有新神,没有新神。"

　　"背叛您的人势必灭亡。"

　　"您看黑暗正在消失。"

　　"您的山、森林、河川、城镇、大海一望无际。"

　　"谁都是您的奴仆,没有新的神。"

　　"大日灵贵!大日灵贵!大日灵贵!"

奥尔甘蒂诺一身冷汗地矗立在这片沸腾声中,他痛苦地呼喊着,最终彻底倒下了。

奥尔甘蒂诺艰难地在夜里近三更时分从昏迷中苏醒过来,诸神的声音似乎仍在他耳边回绕着。然而,他看向周围,鸦雀无声的正殿中只有圆形顶棚上的吊灯发出如同刚才一样朦胧的光。奥尔甘蒂诺竭尽全力挣扎着,无力地从祭坛后面离开。

令他不解的是那个幻影意味着什么?不过,他可以确定一个事实,那就是他看见的不是上帝。

"我与这个国家的神灵斗争……"他边走着边小声地自言自语着。

"我们同这个国度的神灵做斗争好像比想象中的更艰难。会成功还是会失败……"

这时候他听见"是失败"这样一句耳语。

奥尔甘蒂诺怀着很不悦的心情向话音传来的方向看去,可是除了金雀花和蔷薇花,灰暗处连个人影都没有。

第二天的晚上,奥尔甘蒂诺依旧散步于南蛮寺的院内。不过,有一些喜色已呈现在他那蔚蓝色的眼睛里。原因是今天这一天之内有几名信徒加入了信教的行列中。

在昏暗的光芒中,橄榄和月桂静静地矗立在庭院中,只有将要回巢的鸽子打破了寺院的宁静。空中鸽子的声音如此清楚,因为除此之外什么声音也没有了。一切都显得那么和谐美丽,蔷薇的清香,沙地的湿润……天使们看见世上的美丽的女子,拍着长翅膀飞下来讨妻子。这景致如同祥和的古代的傍晚。

"在威严的十字架面前,丑陋的日本神灵的力量想取胜仍然是艰难的。可是昨天看到的幻影?不,只不过是幻影。邪恶的魔不就让安东尼奥这位圣人见到了这样的幻影吗?今天就有最好的证明,收了好几个信徒。将来,天主教堂也将在这个国度的各地被建起。"

奥尔甘蒂诺一边这么思索着,一边沿着沙土铺设的红色小路走着。这时,他的肩膀被谁悄悄地从背后拍了一下,他立刻回过头去。然而,身后除了黄昏时的亮光薄薄地照射在路两边洋梧桐的嫩绿叶子上,什么也没有了。

"上帝,请您保佑我吧!"他这样念诵之后,又缓缓地转过身来。这时,有一位不知何时靠近这里的老人站在他身旁,老人和昨夜幻影中看到的一样,也是颈部挂着玉石。他那朦胧的身影缓缓地、迟钝地走着。

"你叫什么名字?你是谁?"奥尔甘蒂诺不禁在那里住了脚步,突然愣住了。

"我是谁这没关系,我是这里的一个神灵。"老人微笑着和蔼可亲地回答着。

"既然如此,我们一起走走吧!我为了与你谈心而来。"

奥尔甘蒂诺虔诚地画了十字,然而老人对那个动作没有丝毫惧意。

"你看!这块玉和这把剑是如此纯净,若我是恶魔,它们被地狱之火烧制而成,又岂会如此洁净。喂,你不必再念咒文了!"

奥尔甘蒂诺不高兴地却又不得已地抱着胸跟老人一同走出去了。

"你是到这儿来传播天主教的吧……"老人不慌不忙地谈了起来。"那并非坏事,然而上帝在这个国度里,最终一定会彻底失败。"

"天主是万能的,因此对上帝……"奥尔甘蒂诺一开口,就马上又意识到了什么,又改成平常惯有的对这个国度的信徒所用的客气语气说:"无人能强过上帝。"

"可是,事实上有人能胜过,你听好! 不辞劳苦地传到这个国家来的不仅仅是上帝。还有好几位中国的哲学家,如孔子、孟子、庄子等。当时,这个国家还刚刚诞生。除了哲理外,中国的哲学家们还带来了丰富多彩的物品,比如吴国的丝绸、秦国的玉。并且,他们还带了比这些宝贵物品更灵妙的文字。可是,中国是以此来战胜我们吗? 不,例如文字。如果说是文字征服了我们还不如说文字被我们所征服。有一位叫柿本人麻吕的诗人,他是以前我们认识的本地人。他的诗"七夕之歌"至今仍流传于这个国度。你读一下,那歌词中颂扬的是彦星和棚机津女这对永远的情人,而非牛郎织女。他们耳边响起的并不是如同中国的黄河长江一样的银河的波涛声,而是像这里的河流一样是清澈天河的涓涓流水声。为了把那支歌记录下来,柿本人麻吕使用了中国的文字,但那只是为了记述发音而不是为了记述词意。即使'舟'字引入以后,'船'仍常常使用'不权'。否则,我们的语言可能就转变成了中国语了。这不仅是捍卫人麻吕,更是守护人麻吕的心,这是神的力量。不但如此,中国的哲学家们还把书法传到了这个国度。我总是悄悄地到空海、道风、佐理、行成等人呆过的地方去。中国人的墨绩即是他们成为楷模的原因。当然,新的美感从他们的笔逐渐形成。他们的字是的的确确的日本人字,而不是王羲之的书法,也不是褚遂良的笔迹,但是文字仅是我们获得的胜利之一。我们那如海风般的生机,就连学者之道也很易被人接纳了。这个国家的本地人士会告诉你,他们都认为,孟子著的书很易触怒我们。如果遇见装有孟子著作的船,一定会被弄翻。可是,潜在于这个国家的力量,对于这种信仰也会模糊地觉察到。难道你不这么认为吗?"

奥尔甘蒂诺迷惑不解地凝望了一下老人的脸。对于他来说,这个国家的历史他不了解,对于老人那庄严而有力的雄辩也是一知半解。

"在中国的哲学家们之后又传来了印度的王子悉达多。"

老人顺手摘了一朵路边的蔷薇花,高兴地嗅了下那花香,继续说着。然而刚刚被摘去花朵的地方依然还有那朵花,只是那朵花除了形状、颜色与老人手中的一样外,还像雾一样弥散着。

"具有同样命运的还有释迦牟尼。可是若再这样依次讲下去,你会厌烦的。但是有一点是值得你注意的,那就是佛说身为神的神佛同体之教,本地的人都相信,这教中的大日如来与大日灵贵是同样的人。然而这是大日如来的胜利还是大日灵贵的胜利呢? 如果现在在这个国家的本地人知道大日如来是何许人却很少知道大日灵贵,那么,他们所梦想的大日如来的形象与印度的佛相比,是否还会有许许多多的人注目于大日灵贵的面容呢?在沙罗双树的花影下我与日莲和亲鸾一起行走。他们崇仰和尊重的是充满温情和威严的上官太子等兄弟而非像菩萨一样头上有发光圆环的黑人。可是这话说起来可就太长了,我只能遵守与你的约定谈到这里。总而言之,我想告诉你的是,即使像天主那样的神来到这个国家也不可能获胜。"

"喂,请停一停,你尽管这样说……"奥尔甘蒂诺从中插了一句话。"今天可是又有两三个信徒归了天主教。"

"无论是几个人这也是皈依。若单单讲归依的话,大部分的这个国家的本地人皈依悉达多的教。但是我们的力量是能够重新创造的力量而不是破坏的力量。"

蔷薇花被老人扔掉了。花刚离开手,立刻就消失在夕阳之中。

"真的是能够创造新的力量吗?但这样的事在任何国家都有吧?比如就连被称为希腊诸神的国家里的那个恶魔也……"

"令人尊敬的潘神已经死了。不,说不定什么时候潘神又能复活,而我们仍在这样活着。"奥尔甘蒂诺惊奇地凝视了一下老人的脸。

"潘神,你知道吗?"

"听说这是九州派往西方国家的大名的孩子们。来自西洋的西洋文字的书中写的——这也是刚刚提及的话题,我们绝不能马虎大意,即使不仅仅是只有我们有这种重新创造的力量。其实不如说我仍然想提醒注意这一点,毕竟我们是古老得像希腊诸神一样看到了未来世界的神。"

"可是胜利一定属于上帝!"

奥尔甘蒂诺再一次执着地重复了一遍。可是老人继续慢而轻地说着,丝毫不受影响。

"我踏上九州的海岸是在四五天前,那时,我遇见了一位希腊的船员,那个男子只不过是个人而不是神。我们同坐在月夜下的岩石上,我倾听着他讲的故事。有把人变成猪的女神的故事,声音甜美的美人鱼的故事,还有被一只眼的神抓住的故事……那位男子叫什么?你知道吗?当他遇见我时起,就成了这个国家的本地人了,据说他如今叫白合若。故此你应该注意,不应说上帝必胜,即使再扩大也无法使天主教必胜。"

老人的声音渐渐变轻了。

"在各种不同的情况下,某位这个国度的本地人可能就是上帝本身的化身。西方也必会变的,中国和印度不是都变了吗?在森林中,在拂过蔷薇花的风中,在清清的河流中,在残存的夕阳照射中,我们生长着,无处无时不在。请你注意,请你注意……"

伴随着那老人声音的渐渐消失,老人的身影也像逝去的影子般在夜晚的黑暗中消逝了。与此同时,皱着眉的奥尔甘蒂诺听到了从寺院的塔上传来的圣母玛丽亚的钟声。

不仅仅是南蛮寺的神父奥尔甘蒂诺,高鼻梁、红发的人飘然地拖着长长的法衣下摆,从月桂和蔷薇中返回到一对屏风处去了。那月桂和蔷薇悬空着沐浴着黄昏的阳光。奥尔甘蒂诺向着那画有南蛮船人津图的三个世纪历史的古屏风走去。

奥尔甘蒂诺神父,再见吧!你和你的伙伴现在正一边眺望着悬挂着旗帜在泥金色彩霞中的大型南蛮船,一边沿着日本的海滩行走。不管是上帝获胜抑或大日灵贵获胜,直到如今这也许仍不能轻易断言。可是,终究应该给予肯定的应是我们的事业。从静静的过去的海滩注视我们吧!如果你与牵着狗的船长和撑着旱伞的黑孩子一同沉人没记忆的睡眠中,又重新在水平线上出现,那么外国驶来的大炮舰船的声音,也必将时而打碎你们的旧梦。那么……再见,奥尔甘蒂诺神父!南蛮寺的乌尔甘伴天连!再见!

# 庭　园

## 上

有一所庭园曾是过去达官显贵们外出游览的落脚之地。这所庭园是中村家的产业之一,它位于这个豪门世家所经营的旅馆中。

即使在明治维新以后的十年间,庭园依旧以它原有的风貌示人。依旧清澈见底的葫芦瓢形状的池塘,依旧是婀娜多姿地低垂着松枝的假山,同往昔一样坐落在那里的洗心亭,栖鹤轩。庭园的后山在池塘的尽处,从山岸上悬挂下来一帘银色的瀑布。生长旺盛的棠棣花不断地向四方蔓延伸展,然而总是有某种不可忽视的荒凉感存在于庭园的某个地方。这种感觉特别突出时是在立春季节,当各类树梢上都绽出一片嫩绿色的新芽时,隐藏在这明丽的人工雕琢的风景背后的,是一种令人心慌的咄咄逼人的粗鲁残暴的力量。

如今隐居在家的,是中村家那位豪爽开朗的老头子。他正在享受颐养天年的福气。现在,他正和一位头上长了疥疮的老太太相对而坐,他坐的地方正面向庭院。他同老太太经常以下棋或斗牌这些清静的事来消磨时间。但是,倘若老太太连胜了五六盘之后,他会变得很暴躁,常会认真起来发起脾气。长子继承了家业,与其表妹刚刚新婚,他们就住在连接长廊的一所独立的下房里。房间很狭小。老大是个脾气很坏的人,表字文室,即使是老头子也要畏惧三分,更不用说染病在身的妻子和诸多兄弟了。然而说来也怪,老大只有对井月时才会客客气气。井月则是当时一位寄居在此的云游师傅,井月时常到他屋里去聊天。每次,老大都是一脸喜气地敬酒并求井月为他挥毫作书。曾经有这样的唱和之作留存着——"山间淑气拂花馨,杜鹃飞过遗好音。井月。物华冉冉是处有,潆潆飞泉看不真。文室。"文室还有两个兄弟,其中做了一位开米店的姻亲养子的是老二,而在酿酒作坊做事的是老三,那是家距离镇子五六里远的大型酿酒作坊。似乎和协议好的一样,他们都无意于向老家靠拢。老三不仅仅是由于住得比较远的缘故还因为他与当家的大哥素来谈不到一起去。老二却是因为风流放荡结果身败名裂,以至于连养父母家也很少去了。

　　庭园在两三年的时间里越来越显得荒凉了。枯枝开始混杂在树丛里,绿藻也渐渐浮起在池塘里。至于老头,又在一个干旱无雨的严暑因脑溢血而突然死去。据说在老头死前的四五天里,他在喝烧酒时看见了某些幻象。他看到了在池塘那边的洗心亭有一位古代白色装束的朝臣数次地进进出出。就在这种大白天老人看见了这些,紧接着的第二年的晚春时候,老二和一位女招待私奔了,不仅如此,他还掠夺了老家的财产。也是在同一年里,老大家的女人生下了一个早产的男孩。

　　自从父亲死后,老大便和母亲分住在正房里。不久,有一位当地的小学校长借住了那所孤立的下房——老大曾住的那间。不知什么时候,那位信奉福泽谕吉的功利主义学说的校长劝服了老大,使庭园里栽上了果树。自此,春天来临之时,放眼望去庭园里一片杂英斑驳。在以往平凡的松树柳树间夹杂着各种桃花、杏花、李花,它们竞相怒放着,常常可以看见老大和校长在这片新的果园里散步。校长边走边议论着:"这可真是一举两得呀!现在我们还可以尽情地赏花。"然而,正因如此,那些依旧存在的假山、池塘、亭台楼阁越发显得会不久消失于人世了。确切地说,那种荒凉感更浓了,因为除了大自然给庭园带来的荒芜感之外,如今又增加了人为的摧残。

　　某年秋季,发生了一起近年来罕见的山林火灾,使得庭园后山的那帘缎带似的瀑布从此销声匿迹了。可谓祸不单行,在飘雪的时节,当家老大患了病。据大夫诊断,是那种过去叫作痨病而如今叫作肺病的症状。由于患病老大不得不躺躺坐坐的,脾气也越来越坏了。又一年的正月初一,老大与来家拜年的老三激烈地发生了口角。最后,老大气得连手炉都扔了过去。自此以后,老三也一去不复返了,直至老大死去也未见上一面。后来,老大虽然又活了一年多,但是仍然还是在妻子的彻底护理中,卧在蚊帐中咽了最后一口气。"耳闻青蛙鸣叫声,井月啊,你在哪里?"老大临死前的最后一句话竟是这个。然而井月或许早已厌烦了这里的风景吧?连化缘讨饭也未曾再来这里,他好久没有来了。

　　当老大的周年一过,老三就结婚了,娶了东家的小女儿。此时恰巧那位租借下房的小学校长转任他处,因此老三连同妻子一同住了进来。这时的下房搬进了装饰着红白锦缎的油漆得乌黑的衣柜。可是就在这期间,老大的妻子也正患病在身,同她丈夫一样是肺病。自从老大的妻子吐血之后，老大的独子廉一就每夜同祖母睡在一起。祖母每次睡觉前定用手巾将脑袋盖遮住，然而尽管如此，晚上老鼠仍会因疥疮散发的臭味而趁上前来，时常会有被老鼠咬到的事发生只因为忘了盖手巾。同一年的年底，廉一的母亲终于像一盏耗尽了灯油的灯魂归极乐了。就在出丧下葬的第二天，假山后面的栖鹤轩被大雪压得倒塌了。

当春天再度来临的时候，一切都那么沉寂，只有混浊污秽的池塘畔那杂乱的树林有些微小的改变：新芽从树枝上萌发出来，夹杂在残留着洗心亭茅草屋顶的树木间。

## 中

冬天一个飘雪的黄昏，老二回到了老家，他私奔后至今已十年之久了。如今的老家事实上可以说只是老三的家了。老三以其平平淡淡、坦然处之的态度接纳了这位风流放荡的公子。老三在见到老二时既没有非常不愉快的神色也没有非常高兴的样子。

自老二回家以后，他总是卧躺在正屋的佛堂里守着被炉。老二染了杨梅大疮。佛堂里的大佛坛上并排供奉着父兄的灵位。为了不看见灵位，老二将佛坛的纸门紧紧关着，并且只有在一日三餐时他才和母亲、兄弟、弟妇见上一面，只有孤儿廉一常跑到他的住处玩儿。老二常在廉一的纸制石板上画山、船之类的给廉一看。他有时还会草草地写上以前的小调——"向岛花儿正在盛开，茶馆里姐儿哟，请你出来一会儿。"

转瞬间又一个春天踏入了庭园，池塘的水色变得苍白昏暗了，虽然它依旧可以映出洗心亭的倒影。园中草木滋生，在杂乱的草木丛中开着娇弱稀疏的桃花和杏花。老二仍是老样子，独自闭门而居，寸步不离佛堂，大白天也会昏昏沉沉地打不起精神来。某一天，时断时续的三味线的琴音传入老二的耳朵，同时又传来隐隐约约的歌声。老二横躺着，稍抬着头细听着，"这次诹访之战，吉江前往沙场，他是松本的亲信。为了增强炮阵的力量……"不会错，那是母亲从饭厅里发出的歌声和琴音。"那天甲胄整饬，粼光闪烁，壮士兮吉江，豪气侠义，勇赴疆场。赫兮烜兮，堂堂仪表……"或许母亲是在唱给儿孙们听吧。她继续唱下去。这是填了新词的大津画小调，不过，这是举止翩翩的老头子在二三十年前从一位老娼妓那儿学来的流行歌曲。老二那张许久不曾修整过的脸上不由自主地显出了一种奇妙的眼光，炯炯有神、双目生辉。"吉江舍身饮敌弹，献身丰桥，可惜珍贵的生命，竟同草露一样陨灭。然而英雄美名，名留千古……"

又过了几天，老二来到滋生了欵冬草的假山背阴处挖土。老三发现了他哥哥，老二正气喘吁吁地挥动着不甚好使的铁锹，尽管那姿势很滑稽可笑，可也让人知道他很专心。

"哥哥,你在做什么?"老三从背后向老二打着招呼,他的口里衔着烟卷。老二似乎有点儿觉得刺眼地眯起双眼说:"我?想从这儿挖一条小溪。""挖它干什么?""想让庭园修整成原来的样子。"老三听了没再询问下去,只是呵呵地笑。

每天老二都充满热忱地拿着锹去挖小溪,然而,他的身体却一天天衰弱下去了,病魔缠身。因此他已经很难应付这点儿很简单的劳动了。开始是很容易劳累,又因他以前从未做过这种事所以时而会在手上生出老茧来,也有时会指甲断裂,总之不太顺利。有时,他把锹顺手一丢便就势躺下来,一动也不动像死了一样。阳光高照着庭园,红花绿叶五彩缤纷却又杂乱无章地交织着。唉!周围依旧是那个样子。然而每次他都是只静静地躺上几分钟就又艰难不稳地站起来,断续以顽强的毅力工作着,不停地挥动着铁锹。

可是这样过了几天后,庭园并没有太大的改变,水草依旧杂密地长在池塘里,种满树的地方也旁枝左出,参差不齐了。庭园给人的感觉好像比以前更加荒凉冷凄了,尤其是当果树上的花儿飘落一地的时候。更令人可悲的是,全家老小无人关心老二所做的事。向来偏爱投机冒险的老三则全心关注于米行市和蚕丝的投机。至于老三的妻子则是对老二的恶疾又一种特殊的厌恶感——或许是女人自身的特点吧。鉴于老二的身体状况,母亲也十分忧心,焦虑他总是摆弄泥土会伤害身体。虽然周围境况如此,老二却一点儿也不在乎人们和自然的无情,仍然很顽强地日复一日地点点滴滴地努力改造着庭园。

某一天早上,雨刚刚停下不久,刚一踏入庭园的老二就发现廉一在一片欸冬草低垂的小溪旁搭着石头。"叔叔,"快乐的廉一扬起头看着老二,"从现在起,我来当你的助手吧。""好,那么就帮我吧。"此时老二开心地笑了起来,他已经不知多久没有这种笑容了。打那以后,廉一哪儿也不去了,专心致志地做叔父的帮手,很认真地干活。似乎是为了感谢侄子,老二经常给廉一讲一些新鲜有趣的事。当叔侄俩在树荫下歇口气时,廉一听老二讲着海啦、铁路啦、东京啦之类的事情,这些全部是廉一从未听说过的事情。他就像被施了法术似的咬着青梅,伸长脖子痴痴地听着。

又是一个无雨的黄梅季节,疾病缠身而且逐年衰老的老二和年纪尚小的廉一仍然无所畏惧地辛苦劳作着。他们顶着长夏的炎炎烈日努力地挖土掘池,伐木砍树,就这样工程似乎逐渐有了起色。似乎外界的阻碍已被克服,只剩下内在的障碍却仍是无可奈何。尽管老二的脑海里仍存在着以前庭园布局的大体轮廓,可是一旦遇到一些具体的细节就老是记不清楚了,例如树木的配置情况或是小道幽径如何安置等。常常他会在工作正热烈的时候忽然停下来,撑着铁锹注视着四周,怔怔地想着。廉一则会扬起不安的眼,看着叔父发问:"怎么啦?"

汗流满面的老二会低声地自语着:"原本这里是怎样的呢?"他迷茫地走来走去,"好像这株枫树不应在这儿。"此时的廉一只好无奈地用满是泥巴的手杀蚂蚁。

然而这种内在因素的阻碍并未因此而中止。也许是由于接连不断的疲劳过度吧,伴着长夏一天一天的灼热,老二的头脑经常发生不清楚的混乱现象。他有时会将刚拔去松树的原地又栽上松树,有时又会把曾挖好的水池重新用土填平。这些事情已见怪不怪了,最让廉一感到生气的一次,是老二为了打池桩竟将一株靠水的柳树砍了。"那可是近来刚刚种上的呀!"廉一瞪大眼睛看着叔父,而老二则含着忧虑的眼神凝望着炽热日光下的水池说:"是吗?我已记不起这些了!"

无论怎样,庭园迎来了又一个秋天。这座庭园在繁密的草木中隐隐约约地显现出来。然而,与往昔相比,如今的庭园不再有栖鹤轩,也不再有飞泉般的瀑布了,而且以往那种被某位出名的园艺师创造设计出的绝美的园艺风韵也荡然无存了。不过庭园依旧在,一潭清水再次清澈见底地蓄在池塘里,假山的倒影也被清楚地映了出来,洗心亭前的树木再次自在悠然地伸展着枝叶。然而,老二却在庭园渐有起色中一病不起了。他全身的骨头都痛苦万分,一直高烧着。母亲则常靠在儿子的枕边,一个劲儿地说着这样的怨言:"都是劳累过度啊!这样的勉强自己。"可是老二却感到从未有过的满足感。不管怎样,反正没有白费力,那种成就感让老二感到幸福。虽然庭园中有好些地方还未着手整理,可那已是无法想象的了,尽管老二曾想过要修葺。或许是那私奔的十年吧,辛苦奔波使他学会了豁达,也正是这种心境拯救了他。

当深秋来临的时候,在无人注意的情况下,老二悄悄地离开了人间。首先是廉一发现他死去的。廉一大声呼喊着,奔向那紧接着长廊的独立下房。闻声纷纷赶往老二身旁的人们,均露出一种惊讶与料想不到的神情。全家人聚在死者身旁,其中老三回头看向母亲说:"你们看,哥哥似乎面带着笑哪。""呀!今天佛坛上的纸门是开着的。"老三的妻子正注视着大佛坛而未看向死者。

自从给老二送葬殡仪之后,廉一总是那么无助地发呆。他常常独自一人坐在洗心亭里,望着暮秋时的树和池水……

下

这个曾经是高官显贵下榻过的庭园一度泛起中兴的景象。然而这所属于大富大贵之家的中村家的庭园依然无法摆脱将有的命运。在那之后的近十年的风雨中,庭园已经不复存在了,就连房子也一起被毁坏了。一个火车站被建在了这片被遗弃的废墟上,车站前还盖了一所小小的饭店。

中村家的人早已不在了。老母亲早在多年前就入土为安了，据说老三由于在事业上失败而搬到大阪去了。

日复一日，火车总是开进开出。有一位年轻的站长常常坐在大写字台前，他的工作很清闲，时常无事地同站务员闲谈或者凝望那一片青翠的群山。然而并没有关于中村家的逸闻出现于他们的话题中，谁也不曾想到过，这里曾经有过优美的亭台楼阁和假山。

此时，廉一正在东京赤坂的某个西洋画研究所里工作着。他仔细地站在画架前挥笔画着油画。尽管研究所的环境与故乡庭园没有任何关联之处，尽管在他面前的是盘梳着桃髻的模特女郎以及油画颜料的香味和那从天窗处照进的光束，他仍会不自觉地想起某个人。在他牵动着画笔时，脑海中常会不时地浮现那孤独老人的身影。对于已经疲惫不堪却仍顽强地连续工作的廉一，老人总是微笑着说："以前你很小的时候就帮我忙了，如今，让我也帮帮你吧。"

至今廉一仍是一贫如洗，连续不断地画油画。至于老三，没有人知道他的消息。